Siento Un Cuento

Emma Lorival

authorHOUSE®

AuthorHouse™
1663 Liberty Drive
Bloomington, IN 47403
www.authorhouse.com
Teléfono: 1-800-839-8640

Primera edición en español publicada por Auhorhouse   06/28/2011

ISBN: 978-1-4567-5165-4 (sc)
ISBN: 978-1-4567-5164-7 (e)

Numero de la Libreria del Congreso: 2011910619

Impreso en los Estados Unidos

Algunas imágenes de archivo©Thinkstock.

Impreso en papel libre de ácido.

AGRADECIMIENTOS.

Con este libro se cumple otro de mis caros anhelos. Mi Padre Celestial ha sido tan generoso conmigo, soy su hija bien amada. El me ha concedido muchísimos deseos a través de mi vida y me ha dado un tiempo para crecer, otro tiempo para aprender, otro tiempo para viajar, otro tiempo para conocer el mundo, otro tiempo para sufrir, otro tiempo para fortalecerme, y otro tiempo para escribir después de haberlo soñado desde niña.

Me marcó los tiempos, y me abrió camino cuando era menester. Me dijo: primero vive, lee mucho, aprende todo lo que puedas, experimenta en todas las posibilidades, guarda algo de memoria de tus andares en el planeta Tierra y luego escribe. Escribe sobre las tareas sublimes de la mujer. Escribe sobre el ser mujer. Escribe sobre el ser hija, ser hermana, ser amiga, ser esposa, ser madre. Escribe sobre el ser.

Cuando hayas logrado todas tus metas sigue adelante pues ese es el sendero que conduce al paraíso; así dice el sabio chino, Lao Tse. "No olvides, mi bien amada que yo voy siempre a tu lado".

Por todo esto doy Gracias a Dios.

Doy gracias a la madre naturaleza variada, bella y abundante de mi México adorado que es mi cuna, y de mi venerado planeta que es mi hogar.

Doy gracias a mi madre, ejemplo de mujer valiente, valiosa, proactiva.

Doy gracias a mis hijos porque a través de ellos descubrí los secretos de la maternidad.

Doy gracias a mis hermanos, a mis amigos, a mis vecinos, a mis compatriotas y a todos los seres humanos que se han cruzado en mi camino dando ejemplo de amistad, fraternidad y humanidad.

Contenido

VIVIERON FELICES PARA SIEMPRE.

AQUÍ INICIA EL CUENTO CIENTO UNO.

Una vez que hayas logrado tu meta, sigue caminando, ese es el sendero del paraíso.

Lao Tse.

from	**Christine** <chrichv@videotron.ca>
to	Amanda Loza <alozal@gmail.com>
date	Sun, Jan 3, 2010 at 7:05 PM
subject	: CUENTOS
mailed-by	videotron.ca

Buenos días querida Amanda,

Ya estoy de regreso en Montreal. Extraño mucho a mi marido. Conozco bien a Armando, estoy inquieta por esta separación. Sé que el trata de sobresalir en su país, que él quiere que vivamos allá pues le gusta su familia, sus amigos, su gente. A mí también me gusta mi familia mexicana, mi suegra, mi cuñada, mujeres excelentes. Pero siendo realistas, creo difícil que podamos vivir en México.

Yo tengo un buen trabajo en Canadá, mi maestría en Lengua y Literatura Francesa me permite tener un ingreso justo y hasta ahora habíamos logrado ocho años de matrimonio con altas y bajas, donde apoyé a mi marido a salir adelante con su maestría en Finanzas. Tuvo oportunidades aquí en Montreal, tiene su ciudadanía, bien podría quedarse aquí. No entiendo porque este cambio de rumbo. Lo único que me queda claro es la crisis de depresión que tiene Armando, y creo que es la peor, la que verdaderamente está poniendo en peligro nuestra relación.

No te quiero aburrir con mis temores. La verdad en este viaje a México, aparte de volver a estar con mi esposo, y de ver a su familia que tanto estimo, me dio muchísimo gusto conocerte. Eres una mujer valiosa, y tu belleza interna me cautiva, aunque le comenté a Armando que me da la impresión que muchas personas abusan de tu bondad.

Espero que Armando no sea una de ellas. Te repito, conozco a mi marido y sé que en ocasiones se recarga sobre la gente, especialmente mujeres. El me ha comentado lo mucho que te estima y te admira. Le encantan tus historias, las anécdotas de tu vida y los discursos de superación personal que das en el club lo tienen fascinado. Parece ser que vas a recopilar estas historias en varios cuentos, como las mil y una noches. A mí me gustaría hacer lo mismo, en cuanto tenga paz en el alma dedicaré tiempo para escribir.

Si me quieres contar alguno de tus relatos, me daría mucho gusto leerlos, en francés o en español. Entiendo bastante bien el español, no lo domino como tu el francés, pero soy una lectora apasionada. Besos. Christine Chevey.

from	Amanda Loza <alozal@gmail.com>
to	**Christine** <chrichv@videotron.ca>
date	Wed, Jan 6, 2010 at 9:25 PM
subject	: Re: CUENTOS
Mailed by	: gmail.com

Salut Christine,

A mí también me dio mucho gusto conocerte. Armando me había hablado de ti, me dijo que vendrías a fin de año. Armando, tu marido, se acercó a mí por practicar francés. Le hablé de un grupo de amigos extranjeros que tengo aquí en Tijuana que hablan francés. De ahí surgió nuestra amistad. Me siento muy a gusto con él, no creo que abuse de mi, y si lo hace, tal vez es porque lo necesito… (LOL). Bromeo, Christine, espero que lo entiendas así. De otro modo no nos hubiéramos conocido. Yo me sentía segura cuando mi marido me presentaba a sus amigas. Entonces pasara lo que pasara entre ellos no me daban celos. Siento mucho lo que está sucediendo entre ustedes, ojalá y lleguen a una solución sabia y saludable.

Tus confidencias no me aburren, al contrario me siento honrada por tu confianza y tu amistad. En cuanto a mis historias, efectivamente las he presentado en nuestro club de liderazgo y oratoria. Varios compañeros gustan de ellas. Uno, que es escritor, me dijo que tomaría una de las que más le gustó para "hacerme el favor de publicarla en su próximo libro". Tu marido me defendió, dijo que yo no necesitaba que me publicara un autor, ya que yo misma ya tenía registrada ante "Derechos de Autor" esa historia en mi libro de cuentos, que yo también era escritora". Después, a solas, me dijo: "Amanda deberías hacer una recopilación de tus historias y pláticas y registrarlas en derechos de autor, no quiero que R… te robe lo que es originalmente tuyo." Le di toda la razón, ya he escrito tres obras con anterioridad, pero cedí mis derechos a los concursos donde las presenté. Y no se ha publicado ninguna. Entonces ahora si estoy decidida, hice un compromiso con Armando de hacer ciento un anécdotas o cuentos cortos para publicarlas, haré de cien en cien hasta juntar las mil y una historias, es una meta, algo que me motiva y me enamora de la vida nuevamente, así, con el gusto que presento mis historias en el club. Créeme es muy gratificante, me da vida y juventud.

Aquí anexo la primera. Es una ampliación de mi "rompehielos", es decir mi presentación en el club. Recuerdo que les impactó y les gustó a todos pues somos de diferentes partes de nuestro México querido, pocos son de Tijuana, pero los hay, y a pesar de todo, la capital de nuestro país nos habla de unión.

Bisou. Amanda.

P.S. Aquí anexo puedes leer el primero.

HABIA UNA VEZ.

La vida es como una leyenda, no importa lo larga que sea, lo que cuenta es que sea bien narrada. Séneca

Había una vez una niña que de grande quería llegar a ser hombre. Tal vez hubo muchas veces niñas que querían ser hombres. Yo quería ser hombre cuando fuera grande. Tendría nueve años cuando la vida me dio dos grandes sorpresas. La primera fue de la naturaleza: "ya puedes ser madre me avisó, mediante un soberano susto: sangre. Yo no tenía ni la menor sospecha de que las mujeres para ser madres sangran cada mes. A los hombres no les sucede. Una vez más, yo quería ser hombre. Luego, la segunda sorpresa cuando en el periódico que leía mi abuelo se publicó la noticia de que médicos ingleses ya podían hacer cirugías de cambio de sexo. Entonces con mayor determinación me dije: "seré un gran hombre cuando crezca. Llegaré a ser el presidente de mi país".

No tengo envidia del pene, ni nunca la tuve. Lo que realmente deseaba era esa libertad de salir a explorar el mundo. De poder estudiar y decidir qué hacer con mi vida, mi dinero, de quedarme en casa a cocinar o salir a trabajar, ir de juerga, votar, recibir un salario, ser empresario. Como en la obra de !Feliz Nuevo Siglo Doctor Freud!, de Sabina Berman; donde se ve claramente el error de Sigmund Freud, él creía que las mujeres teníamos envidia del pene, no se daba cuenta que su mujer, y su hija, y sus pacientes femeninas sufrían de opresión. Los hombres tenían todas las ventajas que pudieran adquirir, los derechos y beneficios, mientras que las mujeres sólo tenían obligaciones. Sus padres, sus maridos, sus hermanos decidían por ellas. Felizmente hoy en día las mujeres tenemos casi los mismos privilegios.

Lesbiana no podía ser. La verdad con tanta misoginia a mi alrededor, era como una vacuna. Una dosis pequeña de ese veneno basta para no enamorarte de alguien de tu mismo sexo. Ahora valoro a la mujer. Admiro a mi madre, amo a mis hermanas, a mis amigas, a las mujeres. Me amo, me acepto como mujer y como tal me he realizado.

Al hombre, mi hermano, mi padre, mi marido, mi hijo, le quiero, le admiro y le respeto. Me doy cuenta que como ente social pasa las de Caín, igual es oprimido, igual tiene temores, igual que nosotras debe luchar tenazmente para andar el camino digno y divertido del crecimiento o de la trascendencia. Digamos que por lo menos quiere dejar descendencia para preservar un país digno.

Muchas lecturas nutrieron mis sueños de infancia con libros interesantes: los mejores cuentos de Hans Christian Anderson, los mejores cuentos de Perrault, los mejores cuentos Rusos, los mejores cuentos Españoles, el libro de los ¿por qué?, las mil y una noches, versión infantil, revistas, periódicos, enciclopedias y colecciones literarias infantiles.

El alimento espiritual no faltaba con los domingos en la iglesia presbiteriana, mi abuelo materno era pastor. Ahí los niños estábamos con los niños, jugábamos a ser ángeles, o pastores, y dibujábamos historias bíblicas, como un cuento nos presentaban pasajes del génesis, de los Reyes, del antiguo testamento o del nuevo testamento. A mí me gustaba la iglesia Presbiteriana por eso. La misa católica me aburría, era como "siempre lo mismo". Además tenias que quedarte con todos los adultos. No había algo especialmente atractivo para los peques.

Sin embargo, como mi madre se hizo católica para casarse, asistí a un colegio de monjas. Mis semanas terminaban con viernes de misa y confesión católica en mi escuela primaria con religiosas teresianas. En este colegio particular tuve buena literatura para sellar el aprendizaje de mi idioma, extractos de lectura con mitos griegos, con lo mejor de la literatura hispano-americana y la literatura universal, aunado a esto leíamos historia Sagrada, obras de Santa Teresa de Jesús, vidas de santos, pasajes de la biblia, y desde luego el catecismo.

Las profesoras eran mexicanas y españolas. Los profesores de idioma extranjero, ingleses. Así pasé nueve años escolares con muy buen promedio de aprovechamiento. Luego vino el contraste. La gloriosa preparatoria de la Universidad Nacional Autónoma de México. Contraste sólo en cuanto a religión se refiere, aquí era un hervidero de ateos, contestatarios, rebeldes, opositores, críticos acervos de todo: política, religión, sociedad y corrientes conservadoras. La cultura igualmente es apabulladora, nuestros catedráticos, universitarios con licenciaturas, maestrías y doctorados estaban deseosos de saciar la sed de conocimiento de los estudiantes que la padecieran.

Marcas indelebles dejadas por aquel profesor de matemáticas, que habiendo solamente ocho o nueve estudiantes mujeres en cada salón de sesenta alumnos, el profesor se ponía de pie al decir nuestro nombre cuando pasaba lista. A nosotras la mujeres nos ayudaba con los resultados, a los hombres les exigía hasta cuatro décimas en los resultados. El profesor de lógica, muy acorde a su materia, el de las etimologías greco-latinas que nos dio la conciencia de la importancia que tenían nuestras raíces lingüísticas. La profesora de Química que cuando obtenías por abajo de ocho de calificación sobre diez; Te mandaba a tu casa a cocinar frijoles si eras mujer, a ayudar con labores de jardinería o albañilería a los hombres. El profesor de historia que nos hizo sentirnos orgullosos de nuestra mexicanidad, la profesora de derecho, abogada brillante, primero por ser prominente y con buen renombre en las leyes, segundo por ser mujer, tercero por convencernos de la importancia de conocer nuestros derechos y obligaciones como ciudadanos. Pero el galardón sin duda, se lo llevó, en mi generación un maestro singular, el psicólogo que nos daba "Higiene Mental". Rompió con el tabú del sexo. Higiene mental se convirtió en "todo lo que queríamos saber sobre la sexualidad humana", a los dieciséis y diecisiete años, un verdadero tesoro. El auditorio de la preparatoria seis, "Antonio Caso", en Coyoacan se llenaba, hasta en los escalones nos sentábamos, en los pasillos, todos atestado. El nos hablaba de orgasmos, de lugares específicos para sentirlos y prodigarlos según el sexo, de enfermedades venéreas, de cómo evitar el embarazo, de la masturbación y mitos que la rodean, de cómo llevar una relación sana entre parejas. De ahí mi excelente educación en la materia. Rematada por conferencias de un psicólogo especialista en sexualidad humana que venía desde Italia y dio conferencias en el auditorio del Seguro Social, y libros que abundaban en conocimiento de la sexualidad humana como Masters y Johnson o Wilhelm Reich o Desmond Morris con su libro " El Mono Desnudo". Y es que en aquel entonces, en México, y en el mundo, poco se permitía a la juventud saber de la sexualidad, como si la igno… perdón la inocencia fuera más útil que la información.

Intenté una carrera universitaria. Yo quería Filosofía y Letras. Pero se me dijo en casa que la gente que va allí es rara, disque intelectual, snob, elitista y la gran mayoría se mueren de hambre. Se me dijo que me casara, era la mejor carrera para una mujer. Pero esa carrera no me gustaba. Existía capacitación para ser "ama de casa de gran sociedad" en algunas escuelas para mujeres, pero no, gracias. En fin entré en la facultad de medicina, pero estando en el sexto semestre, me casé con un francés y me fui a viajar. Esta fue una respuesta y sugerencia de mi Padre Celestial bien amado. Quise ser enfermera, estudiando en otro país, no terminé, no era mi vocación el área de la medicina, pero aprendí mucho al respecto. En la Sorbona logré ser Profesora de Francés.

Aquí estoy escribiendo porque nuevamente, mi amado Padre Todo Poderoso, me dio la oportunidad.

4

El arregló todo para que ahora me dedicara a realizar otro sueño que tenía desde mi infancia. El me ha concedido muchos deseos, viajar, casarme, tener hijos, conocer muchas ramas de estudio que es como filosofar, trabajar, tener una empresa, tener dinero, tener poco dinero, casi no tener dinero, volver a recuperarlo. Ser ermitaña, ser sociable, sufrir hasta desear la muerte, amar fundiéndote en un solo ser capaz de ir al infinito y ver a Dios cara a cara, todo eso y más en una vida que aquí vamos a intentar relatarla como indica Séneca.

CUNA DE GRAN ALTURA.

"Pedid y se os dará" (1ª. De Juan5:15), "La tierra que pisares con vuestras plantas de los pies, será vuestra".

Nací en cuna de gran altura, el valle del Anáhuac, rodeado de montañas. Desde su fundación, 500 a.C. y hasta la fecha, la ciudad asentada en un lago en medio de este hermoso valle es especial, una aguja en un pajar. Así son sus hijos, para bien o para mal. La Capital de un bello país en forma de Cuerno de la abundancia, que tanto diera a los europeos en oro, plata, piedras preciosas y gran variedad de alimentos y productos que no se conocían en otros continentes: cacao, papa, maíz, xitle, caucho por mencionar algunos. Ciudad llamada por ellos: "Ciudad de los Palacios", una vez que sobre palacios Aztecas y Tolteca que dejaron en ruinas, construyeran otros nuevos a su estilo y añoranza.

Si, sé que les he guiado a creer erróneamente que soy hija de potentados. Alta cuna y tanta abundancia. Saben bien que me refiero a la suerte que nos ha tocado a los mexicanos de haber nacido en donde lo hicimos y de tener tanta riqueza natural a nuestro alrededor. Algo de bueno tiene ser hijo de una Naturaleza tan prodiga, de una religión tan llena de fe, de un padre que es el "Amor Todo Poderoso" y de las oportunidades que nos brinda la vida si nos subimos en el buen tren. Soportar estoicamente el sufrimiento y falta de libertad por momentos, sabemos que esto no es la eternidad, luego la oportunidad brinda luz resplandeciente con sueños que se hacen realidad.

De la fatalidad y el destino escrito por profecías que anunciaban la llegada del dios sol, de la colonización alienante y el descubrimiento de culturas prehispánicas, culturas ricas en conocimientos de astronomía, matemáticas, arquitectura, artesanía, y literatura propia. De la tortura inquisidora a la liberación de una raza mestiza mimada por la madre naturaleza, gentil, noble, dispuesta a festejar hasta la muerte misma. De esa raza de bronce, de ese mestizaje, de ese enriquecimiento ancestral estoy hecha, yo.

Yo, que amo a mi planeta Tierra, lo siento mío, tan mío como mi ciudad, mi país, mi continente. Yo, un individuo singular, que se identifica en lo universal del ser humano. Yo mujer que en mi hombre veo un espejo que me reconoce como su complemento. En su mirada de admiración, en sus gestos de amor, en su conducta de protección me pide reciprocidad, que lo vea como un dios, que lo alabe, que le prodigue caricias llenas de afecto y ternura, que lo cuide que lo acompañe.

De bebita, como capullo, me envolvieron en medio de la Sierra Madre de Guerrero, en Tlaco-tepec que significa "lugar rodeado de cerros". Ahí me depositó mi madre, a la muerte de su esposo, con mis abuelos. Mis alas empezaron a crecer de regreso a mi ciudad natal. Los viajes me marcaron desde muy temprana edad. De la ciudad, al corazón de la sierra. Del nivel del mar y el calor ardientemente tropical de Acapulco, y la costa chica de Guerrero, -donde se habían asentado los hermanos de mi madre- a la altitud de México y su clima templado y sus volcanes cubiertos de nieve. De la variada flora y fauna del medio ambiente que la rodea, bosques de pinos hacia Toluca, sabana por Tlaxcala, eterna primavera en Morelos, diversidad de paisajes, arquitectura e historia en los estados y poblaciones aledañas. Y luego se abrieron poco a poco todos los tesoros de los treinta estados de nuestra amada República Mexicana.

Yo, hija de una profesora, quien a su vez era hija de un profesor y pastor anglicano, ¿qué posibilidades tenia de viajar? Primero que nada nuestro petróleo mexicano y la coyuntura internacional nos otorgaron un "milagro económico". En esos tiempos viajar en México era cosa de tener ganas. Una vez afianzada la vivienda, con créditos otorgados a los maestros, nos lanzamos a disfrutar de las vacaciones de tres meses que también eran y son privilegio de los enseñantes. Quince días en semana santa y pascua, Quince días en invierno, y dos meses, o mes y medio entre cada ciclo escolar. Con ello y un auto, a veces sin auto, sólo en autobús o excursiones organizadas por el I.P.N. (Instituto Politécnico Nacional), donde estudiaba mi tío, el menor de los hermanos de mi madre, teníamos para ir a balnearios: Las Estacas, con aguas transparentes del deshielo del Popocatepetl (cerro que humea), Oaxtepec, aguas termales sulfurosas, Popo Park, rio cristalino de los deshielos de Iztaccihuatl (Mujer blanca, volcán conocido como la mujer dormida), caminar por las faldas de esos volcanes, conocer la ruta histórica de la independencia, Querétaro, Guanajuato, visitar los lagos de Michoacán, las plantaciones tequileras, las otras grandes ciudades de la República: Guadalajara, Monterrey, Puebla.

Conocí mi país de cabo a rabo, de la Península de Yucatán, a la bellísima "Venus que surge del mar", la Baja California. Flora, fauna, paisajes, pirámides, museos, vestigios de historia y arqueología, minería, artesanía, colores, sabores, acentos lingüístico, costumbres, modos de ser, el franco abierto y jocoso del norte, el huraño, cabizbajo y desconfiado del sur, los sensuales y atrevidos de las costas cálidas, los famosos por "bravos y buscapleitos" como los de Sinaloa o de Guerrero.

Con la bendita costumbre de la lectura empecé a soñar con tierras lejanas, Europa, sobre todo. Me llegan historias del Abate Prevost, prohibidas, me dijo mi madre, ni se te ocurra leer este libro. Lo ocultó entre los cientos que había en la biblioteca del hogar. No lo perdí de vista, y a escondidas encontré el porqué de lo proscrito. Este libro está vetado a los que no tienen con quien, ni como desahogar su sexualidad. "Dafne y Cloe", "Manon Lescaut". Esto hizo que me encantaran los autores franceses, de ahí a "Los Pardallan", "Los Tres Mosqueteros", "La reina Margot", El Jorobado de Nuestra Señora de Paris, y otros europeos, Historia de dos Ciudades, "Resurrección" – Leon Tolstoy-, "La Madre"- M. Gorki-, "Cumbres Borrascosas", "El Lobo Estepario", Metamorfosis y muchos más. En fin lo Universal. Después de cada libro quedaba yo en el limbo. "Dios mío, quiero conocer estos lugares".

-Pues trabaje mija, estudie una carrera y páguese esos viajes, porque no va a ser fácil. – Me contestó Dios-. Por eso decidí estudiar medicina. En contra de la voluntad de mi madre. De por sí, sin su permiso me inscribí en la preparatoria. Ella, en la escuela de monjas me había costeado una educación paralela para "secretaria ejecutiva, auxiliar contable", para que yo trabajara, conociera al príncipe de mi vida, me casara y viviera feliz para siempre.

Cuatro o cinco veces intentó casarme, en contra de mi voluntad. Hui de casa, me escondía en casa de alguna tía, o de alguna amiga. Y pasados algunos meses lográbamos un nuevo acuerdo de paz, mi madre y yo. Finalmente, después de la muerte de mi padrastro, tuve que irme de casa, pues mamá y yo no podíamos vivir juntas, estábamos al borde de la pérdida de la salud mental. Ocasión, ésta, en la que decidí mi independencia. Poco se da en México esta situación. No sólo las mujeres viven con sus padres hasta que se casan, también los hombres, igual viven con sus padres hasta que les llega la hora de hacer pareja.

Juzga amigo, si o no, soy una aguja en un pajar. A los diecinueve años, mexicana, sin haberme casado, vivía yo de manera independiente y sola en la Región más Transparente, así la llamó, Carlos Fuentes, nuestro destacado literato. En cuartos de azotea si quieres, pero orgullosamente con mis dos mil quinientos pesotes mensuales, me mantenía como reina de Java. Rendían tanto, que hasta me quería comprar un terreno por allá por Xochimilco, estaban vendiendo a cinco pesos el metro cuadrado de chinampas. Mi ingreso venia de dar laboratorio de Biología en una escuela para trabajadores, de ser recepcionista bilingüe en una empresa norte-americana y empezar mis días a las seis de la mañana para llegar a hospitales, como estudiante. Vida más enriquecedora, llena de trabajo, de actividades que me alejaban del ocio y que en los cinco minutos antes de caer rendida en brazos de Morfeo, me permitía soñar en viajes y más viajes.

Se me han concedido más de tres deseos en la vida, muchos más, se los contaré. Realmente soy la hija mimada de Dios, la madre naturaleza, y el Espíritu Universal. Mi corazón reboza de agradecimiento, mis labios sonríen con frecuencia, mi vida continua siendo abundante en sorpresas, en fe, en esperanza, en jovialidad, idealismo, amistad, amabilidad, y tantas otras cosas que se me dan.

Mi cuna de altura es la ciudad de México, y mi hogar el planeta Tierra. Me siento ciudadana del mundo, soy terrícola, y cuidado y lleguen los marcianos pues como descendiente de Malitzin puede ser que me gusten.

"Pedid y se os dará" (1ª. De Juan5:15), "La tierra que pisares con vuestras plantas de los pies, será vuestra".   **La Biblia**

hide details 9:16 AM (9 hours ago)	
from	*: **Christine** <chrichv@videotron.ca>*
to	*Amanda Lozal <alozal@gmail.com>*
date	*Fri, Jan 8, 2010 at 9:16 AM*
subject	*« Rompehielos »*
mailed-by	*videotron.ca*

Amanda,

Armando ha decidido regresar a Canadá. Estará aquí para la primera semana de febrero, en esa semana celebramos nuestro aniversario de casados. No puedo esconder esta alegría. Todo vuelve a la normalidad.

Me sorprende gratamente tu habilidad narrativa en ese rompehielos. Escribes muy bien en francés. En español no capto toda la sutilidad literaria. Puedo decirte que desearía "me prestaras tu pluma para escribir unas palabras". Mientras me decido a escribir, lo hare; seré tu fan en espera de la secuencia. Tu vida suena interesante. La ciudad de México y sus alrededores me encantan.

from	: Amanda Lozal <alozal@gmail.com>
to	**Christine** <chrichv@videotron.ca>
date	Sat, Jan 9, 2010 at 11:55 AM
subject	Re : « Rompehielos »
mailed-by	gmail.com

Ya me avisó Armando de su decisión. Le voy a extrañar mucho, hemos hecho una buena amistad. La haré un desayuno de despedida con los amigos del club. Ya te contaré. Por lo pronto me da gusto ver que los lazos de matrimonio son aun fuertes entre ustedes. Espero estar en contacto por este medio contigo y con Armando. Cualquier día y les caigo de visita por allá. No conozco Canadá, esperaré un verano cálido para visitarles.

Christine, aquí te envío otra historia. Espero, pronto recibir la primera tuya. Empieza como yo, con la presentación de tu vida, es una idea, si te gusta. Besos. Amanda.

EL MAL DE AMORES.

"La verdadera amistad tiene un poco de amor y el verdadero amor tiene algo de amistad." Madame de Lafayette.

El enamorarse es un motor que te pone a andar a todo vapor y te conserva en forma, con una gran sonrisa en la boca, con alegría en el corazón; todo lo que hagas hazlo enamorado, y veras que el mundo es un arcoíris, que ciertamente en cada extremo brilla con intensidad el dorado halo del sol.

A mí me gusta enamorarme. Desde mi infancia me enamoré de las montañas, del mar, de mi ciudad natal, de mi familia, y de Pepe, luego de Paco, luego de Pepe, otro Pepe. René, Juan, Antonio, Alejo, Rubén… muchos se enamoraron de mi. Cuando las cosas se ponen serias, cuando sientes que encontraste al que será tu compañero, entonces estamos hablando de un enamoramiento casi laberintico. ¿Saldremos bien librados? Cuando no funciona el "enamoramiento" que sientes que es el VERDADERO, EL UNICO, EL NON PLUS ULTRA, te desmoronas, lloras, pataleas, te duele aquí, allá, y acullá, sientes que el corazón va a dejar de latir, la vida no vale nada, y quieres morir… ¿ cómo curar el mal de amores?

Ayudan las pastillas, los psicólogos, las amigas y amigos que te escuchan y aconsejan, el alcohol para las sobadas del alma, y el otro también. Ayudan los viajes, las novedades (ropa, maquillaje, gente nueva, libros fabulosos, cuentos de ultratumba, canciones de despecho, mariachi y tequila), pruebas de todo y finalmente pasa el tiempo, y llueve, y llega el invierno, la primavera y quizá ya por el Verano, te das cuenta que finalmente EL TIEMPO CURA, la locura amorosa queda en el olvido, vuelves a sonreír, y la nebulosa aquella que cubría tu vida se aleja. Y en menos que canta un gallo, ya estás otra vez soñando en el "nuevo amor", buscando despacio pero con mucha prisa al "verdadero y único amor de tu vida".

Así una de esas tantas veces me ocurrió que después de mi último amor de la prepa, ya en la universidad, en la Facultad de Medicina lo conocí a él. CARLOS ROJAS, alto, moreno, de Oaxaca, "chico bien", carro nuevo, su papi tenía un gran hotel en Oaxaca. Carlos era alegre, mimado, juguetón, poco serio en el estudio, y en el amor. Tres semestres duró esta 'sin razón", ya en el cuarto semestre, nuestro grupo fue enviado a prácticas en la Cruz Roja, Carlos quería "novedades", pidió otro hospital más bonito, más a su gusto y bueno decidió "curarse de mi amor".

Un año más tarde, sentada en un café en lo que era la "zona bonita del Distrito Federal", en la calle de Hamburgo, cerca de Paseo de la Reforma, el café "K…i", era un lugar muy concurrido, y ahí nos volvimos a encontrar.

Carlos al entrar al café gritó mi nombre con gran alegría,

"Amanda querida, que gusto verte, cuanto te he extrañado", con paso presuroso se acercó a saludarme… Yo feliz y dichosa, me levanté como resorte para abrazarle y besarle, el cumplió rápido el ritual, y fue al grano: -"preséntame a tu amiga ¿no?"

Noté entonces que Carlos no apartaba sus ojos de los grandes, llamativos senos, medio descubiertos, de mi amiga Carolina, secretaria de C. D., empresa norteamericana en la que trabajábamos ella y yo.

Ella sólo era secretaria, no de las más inteligentes, pero si muy coqueta y atractiva. ¿Qué cómo se me hizo el corazón en ese momento? Ya lo saben amigos, añicos. Como premio de consolación Carlos, ya sentado y abrazando a Caro, me presentó a un amigo que iba con él. Ni mencionó su nombre.

El tipo, alto, flaco, desgarbado, pálido, ojos claros, cabello claro, era sin interés, así, nada de interés para un CORAZON DESTROZADO. Trató de ser amable, y hacerme plática, hizo varias cosas para llamar mi atención, pero el dolor y la decepción de Carlos "enamorado", emocionado con Carolina, ignorando completamente mi presencia y la de su amigo. Ouch!.... duele!, duele mucho… Para colmos, el amigo de Carlos hablaba raro, detecté algo que diagnostiqué como "dislexia", y me dije a mi misma, no sólo es poco agraciado el galán éste, además "disléxico". Del café, fuimos a Plaza Garibaldi a escuchar Mariachis, al Tenampa (restaurante, cantina hecha famosa en las películas de Pedro Infante), por Tequila y más música.

Y el tipo me exasperaba, tenía ganas de irme desde hacía ya un buen rato, pero mi amiga me pedía que no la dejara sola, y entonces Carlos, la secundaba diciéndome que no fuera yo una aguafiestas… Buuuhuuuuu, buuhuuuu!, ahí en mi propio funeral…. Ojos más tristes no podía haber…y el "amigo de Carlos" continuaba con sus tonterías…

El TIPO: _ no te gustan los "parajos", vamos y te dicen tu suelte los parajos…

YO _Se dice pájaros, a ver repite: pá-ja-ros… -obediente repitió, y no pudo decir lo.-

EL TIPO: _pa-rga-jos….. pargajos… -Vamos, me insistió,- que te digan tu suegrte… Es divegrtido, la suegrte!.

Seguro ya los han visto, es parte de nuestro folklor nacional: el pajarillo, generalmente un canario bien adiestrado, hace cosas chistosas, mete a un bebé en la tina, ofrece una flor, canta y luego, saca un papelito verde, que es tu pasado y situación actual, y luego, un papel amarillo que es tu futuro…

El papel verde bien atinado, me dijo que pasaba por una decepción amorosa, pero que el tiempo todo lo cura. El amarillo me dijo que pronto viviría yo en un país lejano, muy feliz y con un hombre "apiñonado" que sería mi verdadero amor…. Mmmm! bueno, una sonrisa triste… se vale soñar…

YO: _Entonces, ¿cómo me dijiste que te llamas? -Le pregunté al amigo de Carlos.-

EL TIPO: _ D'ni. (Asi se escucha, se escribe: Denis) -dijo.

YO: -Ah, nunca había escuchado ese nombre. Raro, tu nombre, -le comenté-

El TIPO: _Es fgrancés como yo… común en Fgrancia…

YO : _jajajaja!, no me digas que eres Francés…

-digo no le creí nada! Yo adoraba Francia, había leído muchas historias que se pasaban en Francia, en Inglaterra, en otros países, en fin libros que me hacía vivir viajando. Y el tipo burlándose de mí… que era francés…. Pero; ¿qué?, ¿Me leyó el pensamiento? ¿O, qué? Ante mi incredulidad… me mostró pasaporte e identificación. Si, si era de Francia. Guauuuuu!... ¿Quién es Carlos?, ¿Quién es Carolina? Ey! Todo, todo se olvida… (Dice la canción). Todo desaparece, tu atención se enfoca en un sólo y único objetivo. ¡Ah, el enamoramiento!

(Ahhhaaa, suspiro y digo) YO: _ Denis, cuéntame todo, todo de ti…

Empezaba el verano, él se quedaría de vacaciones por dos meses, había planeado su tercera visita a México, a Palenque, Uxmal, Chichenitza… pero todo se suspendió; cambió sus planes por un tórrido romance con una estudiante de Medicina. Después vinieron seis meses de cartas puntualmente cada lunes… (No había internet todavía) y finalmente el ofrecimiento de un boleto de avión ida y vuelta para "Marruecos" lo habían enviado a trabajar a Marruecos. El había pedido México y Costa Rica como las dos primeras opciones, y países del norte de África en las otras tres. Así pues la Legión Extranjera de Francia, lo envió a cumplir con su Servicio a la Nación en el Norte de África, y allá me fui, a vivir con él la más hermosa de las aventuras, el amor, la amistad, la entrega con la total desinhibición.

Lejos de nuestras ataduras, del rol que nos han asignado en nuestra familia, nuestro hogar, con nuestros amigos de siempre, lejos de nuestra cuna nos liberamos y vemos el mundo de otra manera. Nos renovamos, somos otros.

Viajes, otras culturas tan inesperadamente reales, un "mundo viejo, viejísimo" pero nuevo para mí; al lado de este amigo, querido, de este hombre que no me llamaba la atención y del que nunca me sentí enamorada, viví plenamente feliz, me hice mujer al cien por ciento, me llené de confianza en mí y en los otros, es el mismo hombre que se convirtió en mi marido, y nunca recuerdo haber tenido tanta FELICIDAD, ALEGRIA Y PLENITUD EN MI VIDA. Fue todo maravilloso, nunca me enamoré "ciegamente", ni tontamente, simplemente viví profunda e intensamente una relación espontanea de un hombre y una mujer que se atraen, se quieren y se retro-alimentan mutuo amor día con día, gracias a la admiración. A los "clichés": ! ah los franceses tan románticos…!! Ah "las mexicanas tan sensuales"!, y todo fue amor verdadero con mucha amistad, y una gran amistad con mucho amor.

from	**Christine** <chrichv@videotron.ca>
to	Amanda Loza <alozal@gmail.com>
date	Tue, Jan 12, 2010 at 10:05 PM
subject	: Mi primer escrito.
mailed-by	videotron.ca

Amanda,

Ahora te entiendo más. Dicen que "Un buen amor te endulza la vida para siempre." Tuviste suerte de encontrar tu media naranja.

Aunque mi familia desciende de franceses, yo aun tengo tíos en Francia, he estado allá, pero definitivamente nací aquí y he vivido según las costumbres de Quebec. Sabemos que los franceses son especiales, pero a ti te tocó uno muy especial y muy bueno. Me gusta en tu relato la sorpresa.

Yo te voy a contar mi vida en orden cronológico y breve: Naci en Quebec, en el campo, la séptima hija, inesperada, fui una sorpresa para mis padres. Mis hermanos cercanos tenían ya siete años, eran gemelos, hombres. Mis dos hermanas, las mayores estaban muy lejos de mi edad. De mis otros dos hermanos uno murió en un accidente automovilístico, iba con mi hermana que le seguía.

Yo era la alegría de la casa. Quien me prestaba atención era mi padre y mis hermanos gemelos aunque peleábamos mucho. En los largos inviernos, nos divertíamos con la nieve, jugábamos hasta el punto de congelación. Esto preocupaba a mi madre. Nos tenía que meter en agua muy caliente, para poder quitarnos los calcetines y lo moreteado de los pies a medio congelar. A pesar de ellos me encanta el invierno, los paseos en la nieve, el silencio y lo blanco del paisaje es una experiencia mística.

Fue muy doloroso para mi madre perder un hijo suyo. No se repuso, mi hermana se sentía responsable. Entonces en una crisis de depresión se suicidó. Te imaginarás bien el desenlace. Dos hijos que mueren, fue una verdadera fatalidad para mi madre. Al año del suicidio de mi hermana su tristeza la llevó a un paro cardiaco.

Para toda mi familia y para mi especialmente fue una época muy difícil y triste. Aunque ya tenía diez años, encontrar mi lugar en la vida no era cosa fácil. Mi carácter alegre y fuerte me ayudó, supongo que lo heredé de mi padre, y esos hombres a mi alrededor ayudaron mucho a fortalecerme, sentirme responsable e independiente.

Bien aquí tienes la primera parte. Es corta. Pero poco a poco iré soltando la mano. ¿Sabes? Me da gusto que tu amistad me motive a escribir.

Entonces viajaste mucho con tu marido francés. ¿Adonde fueron?

Xoxo. Christine.

QUEBEC.

Reply	Forward
from	Amanda Loza <alozal@gmail.com>
to	**Christine** <chrichv@videotron.ca>
date	Thur, Jan 14, 2010 at 9:00 AM
subject	: Re: Mi primer escrito.
Mailed by	by: gmail.com

Hola Christine,

¡La nieve! A mí también me encanta, he ido a lugares de esquiar, también en la punta de los volcanes de mi ciudad he tocado la nieve. Experiencia por demás extraordinaria para nosotros los mexicanos. Tienes razón debe ser divino un paisaje nevado, su silencio y su blancura, la luz reflejada e intensificada por ello. Aun así por nada del mundo viviría en un lugar frio. De por si soy friolenta. Imagínate Acapulco, tú lo conoces, me lo dijiste. Bien pues en Acapulco no puedo dormir con el aire acondicionado, me da resfriado. Ja,ja,ja. Bueno me causa risa, pero es cierto, a treinta y dos grados centígrados hasta calcetines uso; si es invierno me tapo con una sábana. En tiempo de mucho calor sin sábana, con shorts, camiseta sin mangas, pero indispensables los calcetines... ríe por favor... supongo que tu dormías en traje de nacimiento….(lol).

Bien, voici ma toisième histoire. (Aquí está mi tercera historia. Beso). Bisou. Amanda.

TU MUJER POR MIS CAMELLOS.

"En la venganza, como en el amor; la mujer es más bárbara que el hombre".
Nietzsche.

1a. parte.

Agadir es a Marruecos como Acapulco es a México. Hermoso lugar, pero no hay dos iguales y Acapulco además es tropical, y sus montañas, céfiros y flora, tropicales cálidas, y sensuales, bueno ese es Acapulco. Agadir tiene un tono más frío y definitivamente nosotros teníamos un objetivo diferente, el OASIS de Guelmim. Puerta de entrada desde Marruecos hacia el enorme desierto del Sahara. Visitamos también Tiznit, población amurallada, con las típicas puertas "aguja". Esas puertas estrechas que parecen cerradura de puerta antigua, redondas arriba, y en pirámide hacia abajo, muy árabes. Un guía de turistas comentó que por eso decía en la Biblia que era más fácil que "un camello entrara por el ojo de una aguja a que un rico entrara al cielo", se referían a estas puertas usadas en las poblaciones amuralladas. El color de la muralla, color arena del desierto. Más que café, tiene una variedad de tonos rojos ocre.

El reino de Marruecos está tremendamente marcado por ese enorme, místico desierto que es el Sahara. Pareciera que su arena llega a todos los confines del reino. Así desde Marrakech, Agadir, o ahora Tiznit, se siente la arena, el aire, el color, el olor y el calor del Sahara. Continuamos carretera hacia el sur del país. Y desde lo lejos ves ese paisaje tan maravilloso que es un oasis. Es alivio para los ojos, es regalo de promesas y esperanzas para el espíritu. Dios mío, exclamé, extasiada ante ese paisaje matutino, el sol brillaba amenazador sobre la carretera desértica, más por allá se levantaban palmeras, árboles, arbustos y a medida que nos acercábamos podíamos escuchar el correr del arroyo, sentíamos la humedad del elemento más precioso de la tierra, el agua. ¿Es eso el paraíso? Un caminar en el desierto y de pronto encontrar agua, agua, flores, frutos, plantas verdes, gente amable, sonrisas y un sentimiento de "ya llegué", ya "la hice", ya me realicé.

En Guelmim, nos hospedamos en un modesto hotel, en forma rectangular, las habitaciones se distribuían a lo largo de las aristas del rectángulo, en el centro un patio, dos esbeltas, altas, coquetas y bellísimas palmeras cargadas de dátiles. Y aquí y allá plantas en macetas, flores, buganvilias, azaleas, geranios, plantas verdes de tranquilidad. Estaban también unas mesas con parasoles, ahí servían el desayuno, cuernos o bolillo con café con leche. (Estilo francés), ah pero la comida, esa podía ser un "Tajín", o un "CousCous", o cordero en guisos variados. Era la semana del cordero, un festejo importante en el mundo musulmán.

En la primera tarde, después de un "almuerzo" ligero a mediodía, un pan árabe con carne de borrego en su jugo; a las 6:00 p.m. pedimos nuestro "Tajín", es una gran cazuela de barro ocre, tapada con un cono, por el que sale el aroma apetitoso, una vez descubierto el manjar, encuentras variedad de verduras, calabacines, zanahorias, alcachofas, garbanzo, nabos, todos bañados por el jugo de la carne de borrego, una delicia que también acompañas con pan árabe y un té a la menta servido en un vaso de cristal claro, dónde aprecias el color oro del brebaje con unas hojas frescas y tiernas de menta ahí flotando. ¿Qué si les estoy contando las mil y una noches? Bien podía ser, yo estaba viviendo ese tipo de historias en estos países árabes. Milenios de cultura conservadora. La Biblia da cuenta de ello, igual que las historias de Sherezada.

Noches de amor intenso coronaron nuestro viaje al desierto del Sahara. Al día siguiente a la hora del desayuno, en el patio, varios huéspedes comentaban el hecho insólito de la dificultad de dormir, no sólo por el calor intenso, sino por unos ruidos emitidos seguramente por una pareja de recién casados, quejidos, gritos, suspiros, susurros, plañidos, gemidos y el éxtasis que todos compartieron involuntariamente. Desde luego mi marido y yo nos hicimos los desentendidos. Después de todos los comentarios eran más de admiración que de queja.

Paseando por las afueras del pueblo fuimos a parar a un mercado singular. El Mercado de Camellos. Estaba yo fascinada por estos animales, hasta quería comprar uno e irme con él a través del desierto como Laurence de Arabia. Esos ojazos enormes de estos animales, sus pestañas bellísimas, pobladas y muy largas, desde luego son de primera necesidad para quien vive en el desierto, sólo así paran las tormentas de arena, los camellos además cuentan con un parpado transparente para evitar el daño de los granos de arena. Había también dromedarios, pero en su mayoría eran animales de una sola joroba. Cuando alguien negociaba precios y hacía la compra nos quedábamos mirando curiosamente, y admirábamos la adquisición con el cliente y el mercader. Que si el color, que si la altura, que si fuerte, que si joven, el camello es el transporte indispensable en el lugar. Además es compañía, supongo que sus propietarios se encariñan y les dan nombre.

Nos percatamos de unos ojos que nos seguían adónde andábamos. El hombre con su Kaftán* beige con rayas grises verticales y discretas, se acercó a nosotros y nos habló en árabe, le dijimos que no entendíamos árabe, luego intentó en inglés, pero mi marido inmediatamente le dijo que prefería hablar francés. Said, me llamo Said, dijo en francés, y nos tendió la mano. Cuando tomó mi mano, la guardó más tiempo, y en euforia franca la apretó con sus dos manos, sus dedos tamborileando sobre mi piel. No aprecié este gesto para nada. Me liberé lo más rápido que pude y puse mis dos manos sobre el brazo izquierdo de mi marido, me hice hacia atrás, como si Denis fuera un escudo, como buen francés, mi flemático marido, no hizo mucho caso del incidente. Sonrió socarrón, curioso tal vez por la actitud del individuo éste. Said nos invitó a ver su rebaño de camellos, era el más grande del mercado. Nos contó que era el mercader número uno en muchos kilómetros a la redonda. Inquirió con mi esposo, si de verdad estábamos interesados en comprar uno de estos animales. Denis rió, ¡claro que no!, le contestó, curioseamos, es todo. Said, por hacer plática, le contó que era un gran negocio, que se ganaba bien, que él vivía muy bien como mercader de camellos, que viajaba a Francia y Europa con frecuencia. Al decir esto me miraba. Yo volteaba y ponía mis ojos más atentos en los camellos, finalmente no es todos los días que estoy entre tanto camello.

Me separé de ellos y me puse a ver camello, por camello. Ellos platicaron un buen rato. La hora del almuerzo había llegado. El sol, la caminata, el paseo me tenían con hambre y con sed..

Kaftan:*es la túnica que usan sobre su ropa normal, es común el uso de ésta, les protege del sol, les da frescura, y ya con la capucha es como una tienda de campaña individual que te da sombra

Denis se me acercó seguido por Said. "El señor,- me dijo-, nos invita a comer a su casa, es un honor en estas fiestas del cordero tener invitados extranjeros me explicó. Me parece una costumbre interesante, hoy es el día de comer "las tripas", cada día de la semana se come una parte diferente del carnero. Entonces, ¿qué te parece la idea?", me preguntó. Lo miré recelosa, lancé una rápida mirada a Said, y le dije en español, que no me daba confianza Said. Entonces el árabe habló español también, dijo que no dominaba el idioma pero lo reconoció. Aclaró que su suegra lo hablaba muy bien, pues.había trabajado con españoles en Ifni, posesión española en territorio marroquí, no muy lejos de Guelmim. (Actualmente Ifni, ya pertenece a

Marruecos). Además en las casas de lo árabes, agregó Said, las mujeres se van con las mujeres, en la sala que es llamada "harem". Y los hombres somos servidos en una sala para hombres.

Eso me convenció. Estuve de acuerdo con mi esposo que la invitación era interesante, conocer una casa árabe, el harem, vamos un harem, el hombre tenía un harem… ¡vamos!, acepté, y caminamos con Said hacia su hogar.

Un terreno grande, mucho espacio, todo en semi- despoblado, a las afueras de Guilmim. Había otras casas rurales, todas parecidas. A la entrada, del lado izquierdo, un muro largo de adobes, alcanzaba uno a ver la entrada a otro patio, a la derecha un muro muy corto daba paso a un patio de buen tamaño, y a la entrada principal de la casa, ahí se encontraba el gran salón para hombres. Ya había algunos invitados, amigos de Said, y llegaban otros. Said gritaba a su mujer y a su suegra, daba órdenes en árabe. Ellas salieron del patio del fondo, se acercaron a nosotros y el dueño del hogar nos presentó a mi marido y a mí con sus amigos y su familia. Acto seguido, les pidió a las mujeres que me llevaran al harem, entendí esta palabra en su dialogo, (járem), y él se llevó a mi marido y a sus amigos al gran salón.

En el segundo patio varias macetas con flores y plantas, una fuente en medio, con poca agua. Un aljibe y un lavadero de piedra pegados a un muro de la casa. Luego la entrada nos daba paso al lado derecho a la cocina, al lado izquierdo a un salón. Había más mujeres, en total éramos siete mujeres. Sus vestidos eran coloridos, algunas traían el Kaftán, otras vestían con ropas largas, todas muy cubiertas, pese al calor. Sus caras me llamaban la atención, tenían dibujos, como tatuajes, hechos con henna , igual los cabellos teñidos, todos eran tintes de plantas. En general la henna (alheña es la planta que da este colorante). Sus ojos grandes se veían más grandes aún gracias al kehel. Yo traía puesto un vestido de una sola pieza, sin mangas, color azul cielo, cuello en V, discreto, el talle limitaba los senos con pliegues hacia arriba, esto podía ser lo más llamativo para el lugar.

Aicha era la joven esposa de Said, dieciocho años, yo con veinticuatro, me sentía la mujer de mundo y muy experimentada. Su madre, Fátima, me traducía algunas cosas de los comentarios de las mujeres. No todo. De cualquier modo eran nimiedades. Ellas reían, comentaban y me miraban mucho. Fátima y Aicha llevaban la comida a los hombres. En platos hondos, soperos. Nosotras, las cinco mujeres restante, amigas o parientes de ellas, nos mirábamos sin hablar casi. Yo intenté el saludo: "salamalecum", ellas reían, como pueblerinas. Una de ellas entre risa y risa logró responderme: "malecumsalam". Cuando se terminó el servicio de los hombres, comimos nosotras, el platillo era condimentado con fuerte olor a comino, desde luego tenía también pimienta, clavo y otras especias. Las tripas del cordero tenían muy buen sabor, como la "bola de pancita de la barbacoa mexicana". Muy cocidas, mojábamos el pan árabe, (tortilla de harina, muy gruesa, y también habían horneado pan de trigo blando), esto para remojar en la sopa, a fin de degustar el caldo y poder tomar las tripas con la mano. Se come con la mano derecha.

Aicha y su madre habían llevado la jarra, la tina y toalla para que los hombres se lavaran las manos. Antes y después de la comida. Por honor a mí, hicieron el mismo servicio, entre ellas se ayudaron al lavado de manos con estos utensilios. Comimos, recogimos platos, y entre todas limpiamos la cocina. Luego intentamos la conversación. A través de Fátima me preguntaron mi nombre, lo repetía cada una de ellas, siempre con la risilla de los inocentes. Me preguntaron si yo era española, les aclaré que era de México, y que allá hablábamos español también, se asombraron y me miraban con más atención, una de ellas preguntó por el sombrero, y todas reían. Fátima hacía los comentarios pertinentes en árabe o español para nuestro entendimiento.

Pasaron a curiosear con sus manos y olfato, mi cabello lo tocaban, lo olían, Fátima me decía que les gustaba mi perfume y mis cabellos. Yo me sentía extraña. Aicha empezó a besar mis cabellos, y a darme un masaje en los hombros y brazos, y de repente me besaba una mejilla, la otra, alejaba su rostro, con sus manos puestas en mis brazos, y me contemplaba con arrobamiento, como si yo fuera su muñeca.

Finalmente con gesto decidido, me puse de pié la aparté de mi, la tomé por los hombros y la senté en el primer lugar vació que encontré. Aclaro que no hay sillas. Eran pufs y asientos largos corridos, estilo canapés pero sin extremos, y con muchos cojines para el respaldo. Fátima rió muchísimo por esta acción. Me preguntó por qué me molestaba que su hija me quisiera, agregó que era mejor que tuviéramos buenas relaciones, ya que yo iba a ser la "mujer cristiana" que tanto anhelaba su yerno.

Mis ojos casi se salen de su órbita. No necesitaban kehel para verse enormes, llenos de sorpresa. Fátima reía a carcajadas. Sí, me aseguró, te vas a quedar aquí a vivir con nosotras. Las invitadas reían y Aicha seguía con su arrobamiento, ojos clavados en mi, sonrisa extraviada, y esa mirada de admiración y contentamiento que ninguna mujer occidental haría si le dicen que su hombre va a tener otra mujer.

Impulsivamente me dirigí al primer patio, entré a la gran sala, y le dije a mi consorte: "Denis, vámonos". Era una orden absoluta. Said, de un brinco y tambaleándose un poco, (bebían vino tinto, prohibido entre los musulmanes, pero...) se acercó a mí y vociferó en francés: "haz que tu mujer te respete, hazla regresar al harem, las mujeres no pueden estar aquí". Yo repetí mi orden en mi idioma. Y Denis con sonrisa en la boca depósito la copa en la mesa labrada, y se dirigió a la salida conmigo.

Said, enojado corrió a la puerta de salida de su casa y me cerró el paso. Repitiéndole al francés que tuviera pantalones, que se hiciera obedecer y me obligara a quedarme. La debilidad de ellos fue el vino, mi FUERZA de súper-chica venía de la certeza de que eso no me iba a suceder a mí, quedarme a vivir ahí, en un harem, como la segunda esposa de un mercader de camellos. No-ó. Empujé a Said y salí a la libertad de la calle empolvada, llena de arena del Sahara. A pasos gigantes y apresurados me dirigí a nuestro hotel, ¡Denis detrás de mi traía una risa del que teme lo peor, risa nerviosa, estaba yo tan furiosa en el momento.

Ya en nuestro hotel, con muchos turistas de otras civilizaciones, en su gran mayoría europeos, me sentí a salvo. Respiré. Pedí un Martini. Denis ordenó Perrier y anís. Me contó su parte de la historia.

Después de la comida, sentados en el gran salón, sobre los divanes, inclinados hacia la derecha sobre un mullido almohadón bebían vino tinto, de las barricas de la cava de Said. Said entre un comentario y otro había empezado a negociar mi compra. Le dijo que le interesaba muchísimo tener una mujer "cristiana", era su sueño dorado. Denis no prestó mucho interés en un principio, lo tomó como un comentario y punto. El, Said, había conocido a Aicha y su madre en Ifni, cuando negoció vino en ese puerto. Fátima tenía ocho hijos, tres hijas, la última que le quedaba por casar era la pequeña Aicha. Fátima ya estaba cansada de trabajar, su marido había muerto, ella sola crió a sus hijos. El trato fue sencillo, el se quedaba con Aicha, se casarían e irían a vivir con él las dos, así Fátima tenía asegurado un lugar para vivir por el resto de sus días.

"Buen negocio", le dijo mi marido. Una mujer muy joven y otra bien añejada, como un buen vino. – Rieron de buena gana todos los hombres que hablaban francés, y los que no, se les explicó y celebraron la opinión de mi amado.- A Denis, hijo único, le fascina tener audiencia. Le encanta que le escuchen y festejen sus ideas. Y por otro lado, le gusta conocer las tradiciones y costumbres de los pueblos. Por eso le deleitan mucho los viajes, sobre todo a lugares, considerados "exóticos", para los europeos.

Said, después de un rato y más vino, le ofreció la mitad de sus camellos por su mujer. Denis alzó una ceja, lo miró, y le dijo, no, primero, los camellos no me interesan, no me sirven en Francia para nada. Segundo, mi mujer no es española, no es europea, es "latina", algo que por estas tierras vale mucho más que cualquier tesoro. Todos comprendieron muy bien la razón de tan especial "tesoro". Son clichés muy manejados por todos lados. Said, como buen descendiente de fenicios, quedó impactado y tenía deseos de subir el precio, inclusive mencionó todos sus tesoros… camellos, vino, dólares. Ahhh!, (suspirando y en broma) exclamó Denis, ¿dólares?, dólares, dólares… repitió varias veces. Desde luego comprendan que llegar a esto tomó mucho tiempo, los comerciantes árabes gozan en el mercadeo, platican entre oferta y oferta, no es cosa de ten, y págame, no. Cualquier objeto es más valorado si se mercadea bien.

Fue en aquel momento cuando irrumpí en el salón con una orden tan imperiosa. Todos se asombraron y quedaron perplejos al presenciar los eventos ya relatados. Los amigos de Said, y el mismo mercader de camellos, el número uno, creían llegar a un buen final con los dólares por una "mujer latinoamericana". Denis se lamentaba de que no le dejé saber cuántos dólares se ofrecerían por mí, por su tesoro. "La broma se pasa de pesada, - comenté con enojo-. No me gustó. No me asusté, pero no me gustó. Fuiste demasiado lejos. En fin ya salimos de ésta, espero que no se repita nunca más". Y para que fuera de esta manera, el castigo tenía que ser ejemplar. Esa noche, todos en el hotel descansaron plácidamente. Nosotros dormimos y ya.

from	**: Christine** *<chrichv@videotron.ca>*
to	*Amanda Lozal <alozal@gmail.com>*
date	*Fri, Jan 15, 2010 at 7:15 AM*
subject	*Quien es Sandra ?*
mailed-by	*videotron.ca*

Je suis très fâché. (Estoy muy enojada). Me enteré por Armando que anda saliendo con una mujer llamada Sandra. Tú amiga. Que tú le presentaste. Armando comentó que se sentía solo y quería sexo. Ella al despedirse le dio su número de teléfono, para que tú no te dieras cuenta y no contaras chismes a mí. Armando está muy mal. Estoy enojada con el no contigo, Amanda. Dime quien es Sandra, que sabes de ella.

Siento mucho como te digo las cosas. Tus relatos me gustan, sinceramente, por lo menos a ti te llenan de buenos recuerdos. A mi si mi padre me hubiera querido vender, me regresan de seguro, si Armando tratara de hacerlo, lo mataría, igual ahora si tiene sexo con otra mujer lo mataría… verdaderamente. Tienes razón, no puedo entender esas árabes que aceptan otra mujer con su marido. Yo no, no lo acepto. Díselo a Armando.

Christine.

from	Amanda Loza <alozal@gmail.com>
to	**Christine** <chrichv@videotron.ca>
date	Sat, Jan 16, 2010 at 10:00 AM
subject	: Re: Quien es Sandra?.
Mailed by	by: gmail.com

Christine,

Tu esposo y yo tomábamos café en un conocido lugar de aquí de Tijuana cuando llegó mi amiga Sandra. Es una joven, atractiva, muy coqueta. No creo que sea del tipo de Armando. Entiendo que él prefiere las mujeres con buena preparación escolar y educación. Ha sido muy feliz contigo, una Canadiense, con maestría en Letras, el mismo tiene maestría en Finanzas, verdaderamente veo difícil que pierda el seso por unas tetas y sexo rápido. No irían muy lejos. Una aventura y ya. Aunque según el mismo culpable me confesó, que sintió tentación, me platicó el incidente de las llamadas telefónicas y un par de salidas a bailar y a un bar, pero no fue más allá, por eso te lo hizo saber, no quería cargar en su conciencia la "infidelidad", aun están casados y el te debe respeto. No te preocupes. Ocúpate en escribir tus crónicas, cuando tengas tiempo libre, pues entiendo que tu trabajo te absorbe. Los alumnos significan preparación, entrega y demasiado trabajo.

Por suerte, yo tengo pocas horas de clases de francés, no me gusta saturarme. Así puedo dedicar tiempo a mis intereses personales, a mi crecimiento espiritual, y a recordar, escribiendo los bellos momentos de mi vida. Con todo eso me entretengo mientras decido si mi novio actual y yo haremos buena pareja o no. Sería mi cuarto matrimonio. Ahora si quiero que sea mi compañero por el resto de mis días, que no se muera , que no me haga lo que me hizo el último.

Es difícil Christine, volver a rehacer la vida en pareja cuando algo ha salido mal. Por ello quiero verles de nuevo juntos a ti y a Armando. Les estimo mucho como amigos y considero que el matrimonio debería conservarse sagradamente. No me canso de decirle a Armando la suerte que ha tenido de encontrarse contigo, por algo se casaron, había química, revívanla, ya pronto estarán juntos nuevamente.

Amanda.

from	Amanda Loza <alozal@gmail.com>
to	**Christine** <chrichv@videotron.ca>
date	Sat, Jan 16, 2010 at 10:45 AM
subject	: Otra historia.
Mailed by	by: gmail.com

Christine,

Te envío otra de mis historias, te entretienes, te doy ideas para las tuyas y continuamos con un agradable intercambio de experiencias, en lo que nos llega la hora de encontrar brazos varoniles cálidos y sensuales. Volveremos a revivir el gozo de encuentros o reencuentros amorosos. Con cariño. Amanda.

OASIS.

"Dicen que al envejecer uno deja de enamorarse, están equivocados, es justo al contrario, cuando dejas de enamorarte es cuando envejeces. " Gabriel García Márquez.

Enamorarse es una experiencia indispensable en nuestras vidas. De hecho nos enamoramos de la Vida misma desde que nacemos, nos enamoramos de los que nos rodean, de los que nos cuidan, de nuestra gente, de nuestra tierra, de nuestro entorno. Yo estoy enamorada de mi gente, de mi país, su geografía, su tierra, de mi planeta, de ustedes amigos, de mis alumnos, de mi trabajo…. Y de mi misma, me enamoro todos los días.

Conocer el Desierto del Sahara, el más grande desierto de nuestro planeta es enamorarse nuevamente de la Vida, de Dios que nos ha dado tanto, de la madre Tierra de sus misterios y su variedad. Vivirlo, abrazarlo, amarlo. Así como en una escena de Francisco de Asís, por la directora Italiana Liliana Cavani: cuando está nevando, Francisco sale de su iglesia en ruinas, y descalzo va caminando por el campo lleno de amor por Dios, por la naturaleza tan bella y tan perfecta, dice en su oración, y con sus ojos y su actitud se muestra esa entrega total a la contemplación, al amor de lo que Dios nos da, sol, campo, nieve; se desnuda para estar en armonía con todo ello y finalmente se tira sobre la nieve abrazando al planeta, fundiéndose con la madre tierra, ¡eso! es una experiencia mística.

En Las Lagunas de Zempoala, en Morelos, me pasó algo semejante. En una ocasión, cansada del trabajo, de la gente, reuniones sociales, amigos, familia, negocios, escuela, uf!, harta estaba yo de tanta tensión en la ciudad de México, entonces huí de todo ello y me refugié manejando en la carretera, llegué a Zempoala cuando iba amaneciendo. Yo sola. Dejé mi auto y subí una pequeña colina. Desde lo alto, abrazando a un pino, miraba una de las lagunas, sobre de ella había una niebla densa que se elevaba en forma de nube muy blanca. Etérea, ligera; menos densa era la niebla que como cortina transparente cubría el bosque del fondo, también esta cortina se elevaba, como en un teatro listo para presentar un escenario, y ¡qué escenario amigos!, ése, sólo ese, el amanecer, los rayos del sol filtrándose por el bosque, la niebla se disipaba dejando ver nítidamente la laguna verde azul y todo lo que le rodeaba. No había nadie, sólo nuestro padre Dios, y la madre naturaleza conmigo. Todo mi ser vibraba, más me abrazaba al hermano Pino, fuerte, alto, robusto, el olor de las hojas muertas que se reciclan, el aroma de los pinos y mi espíritu que se elevaba con esa niebla en una sincera y profunda paz; lo mejor se te da gratuitamente, sólo abre los ojos y aprovecha el magnífico espectáculo de amor hacia nosotros por parte del Todo Poderoso.

Ahora, aquí en Marruecos, aún en Goulumini, en el umbral del desierto del Sahara, contemplábamos el océano de arena rojiza ¡Asombroso!. Ahí, sobre la carretera estrecha que se interna en el gran desierto del Sahara hacia el sur, hay una caseta dónde los guardias, dos vigilantes, anotan a los exploradores, a las personas que con gran espíritu de aventura y de ese deseo de grandes hazañas, van a atravesar el desierto desde Marruecos hasta Mauritania. Estas personas registran datos que servirán para dar ayuda a estos viajeros en caso de que pasados dieciocho días no se reporten en la siguiente caseta, en Mauritania, señal de que están en problemas. En su travesía no encontraran nada, sólo el desierto, no hay poblaciones, ni montañas, ni riveras, ni nada que les guie, arena y más arena y como parámetros de orientación el instinto y las estrellas. En ese lugar tuvimos un encuentro simpático; vimos a unos "chicanos " en su "Combi", pintada alegremente con "Viva México", "Viva Zapata", "Viva Villa", y un sombrero Mexicano, de charro, muy grande, pegado en el techo. Estos cinco Tejanos de origen mexicano, jóvenes muy alegres y atrevidos, charlaron un momento con nosotros, nos dimos gusto de hablar nuestro idioma (los chicanos y yo), español de México, sin sesear como en España. Ellos habían planeado un viaje alrededor del mundo, venían de cruzar el Estrecho de Gibraltar, cruzaron y visitaron varios lugares de Marruecos, y ahora iban a atravesar el desierto del Sahara. En ese momento se registraban, daban sus datos, mostraban sus pasaportes, escribieron nombres y direcciones o números de teléfono para avisar a familiares en caso necesario, todo este ritual que les daba seguridad, y los guardias también les dieron información de cómo cuidarse y precauciones que deberían tomar en caso de tormentas de arena, que aseguraran también su abastecimiento de agua y alimentos. Continuarían su viaje hasta Sud- África para realizar su meta… la Vuelta al Mundo en un año.

Nosotros, mi marido y yo, modestamente sólo queríamos adentrarnos un poco en el desierto, sentirnos solos, y rodeados de esa arena mágica. Los guías nos advirtieron que no perdiéramos de vista la caseta, pues fácilmente se desorienta uno y se pierde. Nos fuimos alejando de la caseta pero sin perderla de vista. Cuando me sentí rodeada de arena del desierto, un mundo de arena, muchísima arena rojiza, cálida, entonces presa de una gran emoción me extendí de bruces, con toda mi ropa, pantalones de mezclilla, blusa blanca y una piel de oveja blanca hecha abrigo, ese día soplaba un viento frio, de esta manera abracé al planeta Tierra desde ese desierto, sentía yo que amaba todo absolutamente todo lo que Dios me ha dado, como niña me rodaba en la arena, mi maridos reía y él también compartió conmigo la alegría de ser y de estar ahí, nada más, jugando con la arena como hacen los peques, bañándonos en arena del Sahara.

De pronto un berebere, un nómada del desierto venia con su rebaño de camellos; cerca de nosotros hice el signo de dedo para pedir aventón, (puño cerrado, dedo pulgar levantado apuntando hacia dónde deseábamos ir). Lo hice de broma, el berebere se detuvo, bajó de su camello, nos saludó, se presentó, nos preguntó de dónde veníamos. Nos presentamos con Mustafá, hablaba inglés, francés, español, un poco de alemán, sueco y japonés, su trabajo consistía en pasear a los turistas en sus camellos, también era pastor de camellos y borregos, vendía o hacia trueque con estos animales en el mercado de Goulumini. Pero sobre todo estaba orgulloso de convivir con miles de turistas que tomaban fotos de él y sus camellos. De hecho una de las postales más vendidas en Guelmimi era su imagen con sus camellos. El berebere estaba vestido todo de azul, pantalón holgado azul, camisa azul, túnica azul, y su turbante era azul marino oscuro. La mayoría de los nómadas del desierto del Sahara son muy morenos, Mustafá, no lo era tanto, el sol lo había respetado, tenía un aire de nobleza, de bondad, un espíritu limpio y amable. Nos invitó a su campamento. Los guardias nos miraban, realizaron lo que sucedia complacidos, parecían conocer bien a Mustafá. El hizo que su camello se arrodillara nuevamente, para que yo pudiera subir a la montura. El animal rumiaba, sus ojazos me miraron con desdén, y luego bramó, me asustó. Mustafá dijo que era el saludo del animal. Me reí, y entonces el camello se levantó con cuidado, para darme confianza. Mi marido subió a otro camello y Mustafá tomó las riendas y caminaba por delante. Fueron como 40 minutos de viaje en el desierto. Mil emociones había en mi corazón, extasiados estaban mis ojos de ver la inmensidad del desierto. Dios mío, cuánto me amas, te pido algo y me lo concedes. Quería yo adentrarme en el desierto, no como la "gran aventura "que hacían los paisanos "chicanos", pero así en corto. Y yo pido y Tú me das. Bendito seas. Los tres lagrimones que derramé de gozo, llegaron a mi boca, saladones, pero era mi agua que volvía a mí, nada se desperdicia en esta tierra, menos aún el agua.

En el campamento de los nómadas del desierto, la gente de Mustafá, esa gente tan bella nos recibió amablemente, nos ofrecieron lo poco que tenían, Té principalmente, té de menta, un poco de pan árabe, como tortilla, un poco de azúcar. El agua para ellos, es un verdadero tesoro, como ustedes pueden imaginar, la guardan en bolsas de cuero curtido, de los borregos, o de camellos, de esta manera se mantiene fresca y dura mucho tiempo. En su tienda de campaña, sus dos mujeres, sus 3 hijas y sus 2 hijos estaban asombrados de ver extraños en casa. Nunca había sucedido. Ni en el campamento. Sus vecinos preguntaban azorados por nuestra visita. Nos veían con curiosidad y nos aceptaban con sencillez. Pocos hablaban, y hablaban poco, pues sólo sabían árabe dialectal. Nos limitamos al saludo: Salamelecum, malecum salam respondían. La bes? (Están bien), La bes. Contestaban con una sonrisa. Ouaja, (de acuerdo) messiane, (está bien) zouina, (es bonito). Era todo lo que nosotros sabíamos en árabe, lo que ellos podían contestar y comunicar con nosotros en un intento de entendimiento y amabilidad por ambas partes.

Nos quedamos a dormir en el campamento. El viento dejó de soplar y hacía calor, sobre un tapiz marroquí nos instalamos cerca de la tienda de campaña de Mustafá, al aire libre. La noche cargada de estrellas, como si todas ellas en asamblea general nos quisieran mirar. Yo las contemplaba feliz. Mi pensamiento como una oración, una vez más soy elegida del Señor, mi Dios, la experiencia espiritual se apoderaba de mí. Ser y estar en el firmamento, en la tierra, en el universo, más que mi cuerpo, mi esencia. Ser parte de todo esto, un grano de arena, polvo de estrellas. Sentirme llena de tanta abundancia, de tanto afabilidad, de tanta perfección que sólo EL en su infinito saber, en su infinito cuidado y delicadeza creó para nosotros. Esta sociedad nómada, pura, sencilla, que tiene miles de años vagando en el desierto del Sahara, llenos de sabiduría natural, te acogen sin recelo, sin malas intenciones, sin intereses creados, sólo por tenderte la mano amiga, sólo por sonreír contigo. Sólo por permitirte mirar en el espejo, que es tu prójimo, mismo género, reconocerte en la humanidad que es una sola.

En la madrugada la tenue luz del amanecer nos indicó la hora de emprender el regreso. Para entonces ya nos tenían preparado el té y el pan. Agradecimos a la familia entera. Nos dependimos de los otros habitantes del desierto que encontrábamos a nuestro paso. Regresamos con Mustafá y sus camellos. Con su sencillez y amabilidad, con su plática cordial y la satisfacción de haber tenido esta experiencia amistosa, hermosa. Mustafá compartió con nosotros sus tesoros. Nos mostró su alma y se contentó con ello, con ver la admiración y respeto que teníamos por esas joyas y por él mismo.

from	**: Christine** <chrichv@videotron.ca>
to	Amanda Lozal <alozal@gmail.com>
date	Wed, Jan 20, 2010 at 11:00 PM
subject	Lo siento.
mailed-by	videotron.ca

Amanda,

Lo siento. Armando no tiene mucha consideración por las mujeres. El es lo único importante para el mismo. Lo he aprendido a lo largo de nuestro matrimonio. Tu amiga después de todo es sólo un pretexto para su diversión. Si te fijas Armando no es muy dado a tener amigos hombres. Tiene una gran preferencia por las mujeres. Si yo no te hubiera conocido, estaría celosa también de ti. No sabía que tenías novio. ¿Es mexicano, o es otra vez un extranjero? Me mencionaste que tuviste un marido norte-americano. No me contaste mucho de él.

Espero que Armando cumpla con su promesa de volver en la primera semana de febrero.

PLAGIO.

Continuando con mi crónica de infancia. Recuerdo que en la primaria yo tenía mucha fe en los adultos. Los adultos protegen a los niños, les enseñan a ser buenos, los adultos eran para mí la ley, adivinaban y sabían todo, podían impedir las injusticias, discernían el bien del mal.

Con esta confianza, en mi examen final de primaria, estaba segura de obtener la mejor calificación. Una compañera mía, no había estudiado, tenía problemas en casa y me pidió mi hoja solo para entender una pregunta que no captaba bien. Aquí tuve mi primera experiencia de "plagio". Inocentemente le permití que viera mi hoja. Ella copió todo mi trabajo. Cuando nos entregaron las calificaciones yo estaba muy emocionada, sería la mejor de la clase. En lugar de ello obtuve una indignante arenga de lo que era "copiar" y no tener ideas originales. No entendí porque la maestra no tuvo en cuenta que yo siempre fui la mejor en Francés, porque decidió que yo copié y no mi compañera quien generalmente obtenía resultados pobres.

No podemos ser tan confiados Amanda. Una cabeza hueca igual puede quitarme a mi marido, el no es ningún santo. Tu amiga Sandra será solo una mujer bonita, pero Armando es hombre y no estoy muy segura de que las cosas vayan por buen camino si sigue saliendo con ella. Hay muchas mujeres solas por todos lados, y veo que en Tijuana las mujeres son muy atrevidas, no respetan a los hombres casados.

Cuéntame de tu novio. Espero con impaciencia otra de tus anécdotas. Has tenido mucha suerte, conocer África, el desierto del Sahara, y otras costumbres. Tu vida ha sido interesante. Yo he viajado, ya te contare de lo poco que he conocido, incluye México.

Xoxo. Christine.

from	Amanda Loza <alozal@gmail.com>
to	**Christine** <chrichv@videotron.ca>
date	Fri, Jan 22, 2010 at 9:55 PM
subject	: Reunion de nuestro club.
Mailed by	by: gmail.com

Tuvimos una reunión especial en nuestro club. Hubo un concurso de oratoria contra otros clubes de la región. Tu marido se lució y obtuvo un segundo lugar. Yo participé en evaluaciones de oratoria, obtuve el primer lugar. Tuvimos un convivio a orillas del mar con una vista preciosa. Armando fue mi acompañante, aunque otras socias del club vinieron con nosotros para usar un solo auto, contaminar menos y cooperar con los gastos de viaje, gasolina y carretera. Te anexo una foto del grupo para que nos recuerdes.

Hubo baile también. Armando no resistió el abrazar a tanta damisela bella que había en la reunión, inclúyeme a mí como ángel de la guarda de tu hombre. Sabes que le gusta bailar y lo hace muy bien. Nos divertimos. Lástima que no te decidas a venir a vivir aquí. Las relaciones son más cálidas. En los largos inviernos de Canadá las personas se encierran demasiado. Es una queja de tu marido. Señaló que es lo que más le disgusta de Canadá. Por otro lado es bellísimo el paisaje y la naturaleza en tu país.

Ciertamente, injusticias hay por todos lados .Lo digo por tu examen. No vivimos en un mundo perfecto. Pero cada uno de nosotros podemos ser perfectibles. Mejorar lo que podamos a nuestro alrededor. Y depende de nosotros el interpretar a nuestra sociedad y sus acciones de una manera positiva para sentirnos bien con nosotros mismos, adecuarnos a las situaciones.

He aquí una injusticia que ahora que la recuerdo, me hace reír, me hace pensar que soy parecida al camaleón.

Besos. Amanda.

SALAMALECUM.

Salamalecum, Malecum salam.

Qué Dios te bendiga. – Te bendiga a ti Dios. Es el saludo en árabe.

Sucedió que paseando con mi marido Francés, un mediodía que regresábamos de visitar el puerto de Casablanca, veníamos muy quitados de la pena, y al atravesar una avenida principal, un policía furioso se dirigió hacia mí, hablándome en árabe… mi marido y yo veníamos hablando en francés. Asombrada de que sólo se dirigiera a mí y tan enojado, le espeté, que el semáforo estaba en verde para nosotros los peatones y que todos estábamos atravesando, no sólo yo, todo esto, en francés, pues yo no hablo árabe, y en aquel entonces el idioma oficial en Marruecos era el Francés.

Esto aumentó su cólera, me agarró fuertemente por el brazo y balanceó la macana amenazadoramente… mi marido, que por la sorpresa me miraba como si yo fuera una criminal, tal vez dudaba de si ayudarme o echarse a correr, no sé, pero me preguntó, siempre hablando francés, que qué había yo hecho.

Ahora la enojada era yo, cómo, **mi amorcito**, (A sólo un año de casados), resultaba que junto con el policía sospechaba de mi, entonces mi respuesta fue también agresiva… ¿sabes que hice? Andar contigo, ese es mi crimen, le insistí, andar con alguien que en lugar de apoyarme se pone contra mí.

Ya recuperado de la sorpresa, me dijo que iría a la casa por mis documentos: pasaporte y permiso de residencia. Y puso pies en polvorosa dejándome con el gorila que me sacudía y me decía cosas que sonaban horribles en árabe… nada bonito y amable como el Salamalecum… que ya bien conocía yo, era el saludo en árabe.

Llegamos a la alcaldía, y continuaba su perorata, con preguntas a las cuales yo no podía contestar, y sólo repetía: "je ne comprends pas, je ne comprends pas" que significa, no entiendo, no entiendo. Llaves, cerrojos, barrotes, heme ahí empujada vilmente entre varias mujeres que tenían su túnica, algunas, velo. Estas me rodearon y me bombardearon de cuestionamientos, que igual, nada de mi conocimiento. Una de ellas se puso muy agresiva, me empujaba con el cuerpo y me decía una retahíla de palabras ininteligibles para mí.

Entonces, amigos, no pude más solté mi llanto, y un grito muy patriótico, me salió de las entrañas, SOY MEXICANA, HABLO Español, NO ENTIENDO NADA DE LO QUE ME DICEN. Lo repetí en mi propio idioma unas tres veces a grito pelado. Las agresoras se alejaron, hubo silencio absoluto, el policía de las llaves y otros tres, se apresuraron a la celda y me veían con ojos desorbitados. Me sacaron de ahí.

Me llevaron a la puerta de la oficina del jefe, entró uno de ellos a dar parte del problema. El jefe inmediatamente hizo salir a las personas que estaban con él. Todos me miraban como a un "ser de otro planeta".

El "Mayor", me interrogó: ¿mexicana?, ¿eres mexicana?, en español, el hombre era una persona preparada. Me senté ante él y me contempló por varios segundos. Después me mostró el "jalapeño con sombrero", emblema del Mundial de Futbol en México… e inmediatamente reconociéndolo le dije que era "Juanito México, del mundial".

Si, me dijo, eres mexicana. ¿Y el sombrero? ¿Por qué no lo traes puesto?... sonreía. Así no te hubiéramos confundido. Resulta que te detuvieron porque las mujeres marroquíes, las árabes son nuestras mujeres, y está prohibido que una árabe ande con un europeo. Las detenemos, y muchas de ellas se quieren hacer pasar por europeas, pues visten modernas y saben francés. Si desde el principio hubieras hablado en español, también el policía se hubiera dado cuenta de que eres turista.

En fin le expliqué que no era turista, que vivía ahí, y las razones. El estuvo contento por un lado, así me lo expresó, por otro, era una lástima porque le hubiera gustado que yo perteneciera a su harem, ya que nuestro oficial en cuestión tenía el sentimiento de que yo era "buena suerte para él", pues las personas que acababan de salir de su oficina le habían avisado que tenía un ascenso y lo transferirían casi de inmediato a su nuevo puesto que a todas luces era superior al que ya tenía.

Le hicieron llegar mis documentos, los miró con interés, y me dijo con complicidad, vamos a hacer sufrir a tu marido otro rato más… y me contó toda la historia, bien conocida por nosotros, de porque tenemos sangre árabe. Ellos conquistaron (versión árabe, "invadieron", versión española) territorios de España y España conquistó nuestra tierra entre otras. Nos despedimos con la hermosa frase del país: Salamalecum!, dije yo, y el jefe de Policía sonriendo contestó: Malecum Salam!

Finalmente, yo con toda la razón de mi parte, pude decirle a mi marido: ves, fue por tu culpa que me encerraron.

from	**: Christine** *\<chrichv@videotron.ca\>*
to	*Amanda Lozal \<alozal@gmail.com\>*
date	*Sat, Jan 23, 2010 at 8:40 PAM*
subject	Reunion de nuestro club.
mailed-by	*videotron.ca*

Amanda,

Veo que en el club de oratoria no nada más se esfuerzan intelectualmente. La diversión toma un lugar preponderante. Es indiscutible que a mi marido le sienta bien. Entiendo ahora que este en ese club. Le sobran mujeres.

Normalmente me gusta reír y no amargarme la vida. Me está costando trabajo entender a mi marido. ¿Serán los ocho años de casados?, o ¿por qué es extranjero?

Lo que te sucedió en Casablanca, me das a entender que en ciertas ocasiones tu esposo francés no estaba del todo contigo. Yo también pienso que los mexicanos tienen dotes camaleónicas. Oye, me habías contado que otro hombre árabe te quiso comprar, ¿fue este, el oficial, que te dijo que te quería en su harem? Cuéntame.

Christine.

---

from	Amanda Loza <alozal@gmail.com>
to	**Christine** <chrichv@videotron.ca>
date	Sun, Jan 24, 2010 at 9:55 PM
subject	: Marrakech.
Mailed by	by: gmail.com

No, fue en otra ocasión, visitábamos Marrakech, una ciudad linda, llamada la Meca de Marruecos. He aquí el relato. Bisou. Amanda.

HOLA, MARRAKECH.

"Tú dices hola, cuando yo digo adiós". The Beatles.

Marrakech, es una ciudad que se mimetiza con las arenas del gran desierto del Sahara. Es llamada la meca de Marruecos. Aquí el color de la arena es ocre- amarillento, café con leche, beige mate. Hay muchas mezquitas… el llamado de éstas: aaahhaaalaaaaaaahhhhmaaaalecum, lo puedes escuchar desde muy temprano y a varias horas del día; así cumplen los musulmanes sus oraciones para tener una buena jornada.

Ahí estábamos en la Gran Plaza de esta ciudad, esa gran explanada que da entrada al Suk, o sea el mercado árabe, el cual es uno de los laberintos más hermosos que existen en el país. Los Suks más famosos de Marruecos (por lo intrincado de sus callejuelas) son el de Tánger, el de Marrakech y el de Meknés. Los árabes no conocían la línea recta, cuenta la historia, y por eso hacían sus centros comerciales en esta forma desordenada, en apariencia, ellos tienen su orden de ellos, y resulta en un intrigante laberinto, que representa un reto para los turistas que se aventuran solos a recorrerlos, en general pagan a un guía, para no extraviarse. Muchos chiquillos se ofrecen como guías para llevar a los extranjeros azorados a través de estos mercados con las mil y un maravillas, pues la artesanía y los artesanos en estos países son espectaculares. Un día antes, Denis y yo nos habíamos internado en el Suk de Marrakech.

Fue un día lleno de interés. Mi marido tenía la intención de comprar un Tapis, una gran compra, un tapis hecho a mano, grande, que nos gustara a los dos. Esto significaba mirar muchas tiendas, mercadear al estilo árabe, sin apresuramiento, sentados, tomando un té a la menta, y en la charla dices un precio, ellos dicen otro, así hasta llegar a un acuerdo que haga felices a todos.

Además Denis tomó el reto, iremos solos, me comentó, sin guía, si nos perdemos no faltará quien nos saque del embrollo. Cuando confías en tu suerte y disfrutas de las cosas todo sale bien. Los chiquillos, cinco en un principio, nos seguían, esperanzados de poder servirnos y recibir una propina. Al final sólo uno persistió y nunca nos dijo por dónde ir, aprovechó para ser coloquial, platicarnos de su vida e indagar por mera curiosidad normal en sus once años sobre nosotros y nuestros países. Ya adentrados en el mercado, cuando nos dábamos cuenta de que entrabamos a una nueva cofradía, pues están juntos los artesanos del cobre, primero, los de algodón, después, los de madera, los de tapicería, los peleteros, y otros varios; lo comentábamos mi marido y yo, mira novedades ahora estamos aquí con los tapices, o ¡que olor tan horrible!, eran las pieles en tratamiento, ¡apestan! El niño entonces decía lo que sabía sobre el proceso artesanal, nos aclaró que no nos cobraría, que no esperaba nada, sólo conversar. Nos esperó con paciencia, cuando de regreso encontramos la tienda en la que habíamos visto el tapiz que terminamos por comprar. Al final, mi marido, quien cuidaba exageradamente el presupuesto, le dio dinero, por haber perseverado en su intento de ser nuestro guía, pero sobre todo, me comentó, porque el crio era interesante y nos hizo pasar un buen rato.

Ahí en la plaza" Djema el fna" se puede ver a los encantadores de serpientes, tocan la flauta mágica y la cobra baila, obedientemente. Los canastos redondeados y grandes son inconfundibles, dentro de ellos unas cinco cobras se entrelazan y se mueven inquietas o descansan tal vez si el calor es infernal. Hay también saltimbanquis, traga- fuegos, y otras suertes típicas de circo.

Ese segundo día en Marrakech, después de curiosear en la plaza, nos sentamos alrededor de una mesa, de un buen restaurante Marroquí, queríamos decidir lo que tomaríamos para el almuerzo, mientras saboreábamos ese delicioso liquido ambarino del té a la menta.

De pronto llega el mesero con un gran "Tajín", este es el plato de barro, cubierto por un cono, abierto en su punta, humeaba, el olor del platillo era apetitoso.

_ No hemos ordenado esto, dijo mi marido, además es demasiado para nosotros dos. Seguramente hay un error.

_ El mesero nos mostró a unos hombres sentados en otra mesa, bien vestidos, a la usanza europea, modales finos, gente "bien", digamos. Ellos los invitan y piden permiso para sentarse con ustedes a compartir los alimentos.

_ Curioso, mi marido, me preguntó si me parecía buena idea, ya que él estaba encantado con la propuesta de conocer esa gente. Pensó además que podía ser el padre de alguno de sus alumnos, pues como maestro de un Liceo de renombre y alcurnia como Le Lycée Lyautey en Dhar El Beida, (Casablanca, bachillerato de franceses y con validez oficial en Francia) seguramente el hombre le había reconocido y es normal ser amable con los maestros.

Aceptamos, y los dos hombres encargándose de que nos unieran dos mesas para estar más confortablemente acomodados, se unieron a nosotros. Se presentaron. Rachid El Rahid, dijo ser primo de Benzhir el Alaui, príncipe de E.. Los dos pasaban ese fin de semana festivo en Marrakech donde Rachid tenía su morada. Inquirieron sobre nuestra estancia. Y nosotros hablamos de lo maravilloso que nos parecía estar en un cuento de las mil y una noches, el hotel con arquitectura típicamente árabe, el suk, las mercancías y el mercadeo, en fin todo bellísimo .Y luego ese Tajin, carne de cordero con verduras y caldo, ¡delicioso! Y la grata compañía, de un príncipe marroquí…

Benzhir dijo haber sido educado como europeo, sus padres tenían departamento en Paris, toda su vida estudió allá, sólo la primaria la había cursado en Marruecos. Ahora era médico cirujano, especialista en Cardiología.

Nos dijeron del ballet Folklórico de esa noche y nos invitaron, pues tenían boletos en primera fila. Aceptamos. La curiosidad seguía latente. Además era divertido dejarse consentir de esa manera.

Fue un espectáculo hermoso, muralla de arena del desierto del Sahara, camellos y sus jinetes haciendo suertes, escaramuzas; mujeres con vestidos coloridos, sin velo, pintada la cara con Henna, con sus tambores a la mano, haciendo con sus lenguas "lurulurlurlurlurlurlurlurlurluruluru", se escuchaba increíble el ruido que sale de esta manera de la boca de las marroquíes, los hombres bailaban al son del tambor y cantaban, acompañados de cítaras, flautas, luces de colores, magnífico espectáculo del folklor del país.

También hubo cena ahí mismo, nuestros anfitriones ordenaron y pagaron todo, ¡grandioso! El Mercedes Benz nuevo de Benzhir nos llevó de regreso al hotel, y ya ahí nos invitó al siguiente día a su palacio, en el puerto con fortificación portuguesa, "El Bien Guardado"; a menos de 200 kilómetros al oeste de Marrakech. Asombrados y todo, dijimos, Si.

El viaje al puerto de cinco culturas fue muy confortable, pese al calor, el auto nos mantenía en buena temperatura, fue rápido; la conversación entre nosotros cuatro fue interesante. Supimos que sus plantaciones de "albaricoques" producían varias toneladas que eran exportadas a Europa. Desde luego dentro del programa estaba un paseo por estos huertos de chabacano. Llegamos e inmediatamente nos llevó a un restaurante en el muelle, se ordenó Langosta para cada quien, y verduras crudas, acompañante común en los platillos árabes y franceses. Dimos un paseo por las callejuelas estrechas que bordean la fortaleza construida por los portugueses. Visitamos el embarcadero donde los pescadores zarpan cada madrugada para ir en busca de frutos del mar, conocimos la Medina del lugar y finalmente fuimos a casa de Benzhir.

Ya en palacio nos dieron nuestra habitación, amplia, con vista al jardín del palacio, con ventanas de "aguja" típicas.

Se ordenó a los sirvientes que cocinaran una" bastella" para la última comida del día siguiente, es un platillo exquisito con codornices, almendras y relleno sazonado con azafrán, cebolla y perejil.

Nos presentó a sus dos hermanas, vestidas con Kaftán pero sin velo, solteras, jóvenes.

Seguimos el programa al pie de la letra, pensando, mi marido y yo en lo suertudos que éramos, de encontrar a un príncipe que por puro "capricho" o para no estar tan aburrido nos había invitado a finalizar nuestro puente vacacional de una manera tan agradable, cultural, abundante en todos los sentidos, de gentileza, de buen gusto, de comida, de lugares y eventos novedosos, de finas atenciones. Mi esposo llegó a pensar que lo que el príncipe Benzhir quería, era el ofrecerle a alguna de sus hermanas, después de todo es usanza en Marruecos tener más de una mujer.

Si eres musulmán…, le aclaré. Él ya se engolosinaba y jugaba a ponerme celosa, yo reía, pues no pensaba que tal cosa fuera posible. Y eso nos dio una fantasía nocturna muy especial; una vida de tres, dos mujeres y un hombre. Se puso súper excitado sólo de imaginarlo. Yo también; era una idea loca, pero nos daba cuerda para encender el fuego de la pasión sexual, sensual, exquisita. Fue delicioso, lo que me hizo, lo que le hice. Ni un milímetro de mi piel quedó sin ser acariciada, ni uno sólo de sus cabellos y bellos quedó sin estimulación. Como si la necesitara. Además los muros de piedra nos daban confianza en la insonoridad, así que los susurros, los gemidos, terminaron en gritos de placer inmenso. La entrega volvió a ser total, al unísono llegamos al clímax, obviamente las mujeres latinas como yo, tenemos varios orgasmos antes que nuestro hombre llegue al suyo, pero el grande, el del éxtasis total, cuando es al mismo tiempo es fantástico. Ves a Dios en los ojos, te sientes casi Dios, pues eres dos almas, dos cuerpos, dos espíritus unidos en uno solo, más completo no puedes estar, mayor felicidad no puede existir, la plenitud, las dos mitades en perfecta compaginación. El universo es el lugar donde nuestra almas se pasean y se regocijan junto con Dios nuestro Señor. Acto y momento efímero pero sublime.

Cuando nos recuperamos, bromeé a mi marido preguntándole que como nos iba a mantener a las dos, pues como profesor, apenas le alcanzaba para mí. Una princesa es otro gasto, mucho mayor, y reímos divertidos. El dijo que seguro detrás de la mujer había una buena dote, tal vez hasta terminaría siendo socio del príncipe. Bueno lo que uno puede imaginar en países tan exóticos.

Al día siguiente paseamos por el huerto, caminamos nuevamente en el malecón de "La Perla del Atlántico", disfrutamos del puerto, de los pescadores, del mar, del palacio, de la "Bastella", una exquisitez marroquí. En el gran salón de palacio, los sirvientes nos llevaron los lebrillos y agua para lavarnos las manos, toallas individuales. Las hermanas, el primo, el príncipe y otros invitados estaban ahí, continuábamos en el cuento de las mil y una noches. Recostados, más que sentados en los divanes y con almohadones nos acomodamos para degustar los alimentos.   Después de la comida, el príncipe le pidió a Denis, mi esposo, un momento a solas en el jardín, yo seguí departiendo con hermanas e invitados, curiosos de saber de México, y porque no traía yo sombrero (broma común supongo o ¿será que si piensan que tenemos sombrero de charro todos y todo el tiempo?), en fin cosas así, nos divertíamos y ellos saciaban su curiosidad sobre mi país y el Nuevo continente.

De pronto veo entrar a mi marido pálido, un poco contrariado, conteniendo una explosión emocional me dijo que subiéramos a nuestra habitación que tenía algo que comunicarme. No paraba de fumar, siempre fue un fumador; pero ahora era exagerado, y la mano le temblaba. Pensé: aquí viene la cuenta. Finalmente hay "una cuenta" .Esperé a que él hablara. Por la ventana, de madera, abiertas las dos puertas mirábamos el jardín, sus dátiles sus pasillos a la francesa, su fuente en medio.

Yo esperaba, pacientemente al principio… ya con impaciencia más tarde al notar que no hablaba, pregunté…. ¿es muy grave?, ¿estamos endeudados con cuánto?, ¿qué pasa? Dime algo….

El príncipe te quiere, desde el principio su objetivo era negociar conmigo por mi mujer…. me lo dijo como todo un caballero, me lo dijo diplomáticamente. Como nos había contado, fue educado en Francia, sin embargo no deja de ser musulmán, de realeza además, y te ofrece ser la primera, la única, no quiere más mujer que a ti. Desde luego propone remediar mi pérdida a la usanza de sus costumbres, con una buena suma…. en dólares, o en francos franceses… sólo que antes de hablar del precio, quiere saber si tu consientes, no te quiere en contra de tu voluntad.

Et voilà !, ¿Cómo ves Chritine ? Esta fue la segunda ocasión seria de un marroquí que deseaba comprar a la mujer de mi marido; a mí.

Bisou. Amanda.

ADIOS, ESSAOUIRA.

Tú dices "hola" cuando yo digo "Adiós".   The Beatles.

from	*: **Christine** <chrichv@videotron.ca>*
to	*Amanda Lozal <alozal@gmail.com>*
date	*Mond, Jan 25, 2010 at 11:00 PM*
subject	*Marrakech.*
mailed-by	*videotron.ca*

Amanda,

La suite, la suite… s'il te plait, je suis ta « fan ». (Lo que sigue, lo que sigue… por favor, soy tu "admiradora". No comprendo porque este árabe, quería conseguirte a pesar de verte casada. Eras irresistible. ¿Cómo le hacías?

Christine.

from	Amanda Loza <alozal@gmail.com>
to	**Christine** <chrichv@videotron.ca>
date	Thu, Jan 28, 2010 at 5:00 PM
subject	: Lei un libro que lo explica.
Mailed by	by: gmail.com

Hola Christine,

Estuve prendada de un libro, seiscientas páginas. Premio Nobel de literatura 2006, el autor. Orhan Pamuk. Su obra premiada fue Nieve, cuando tengas tiempo hay que leerlo. Yo lo voy a leer. El que acabo de leer "Me llamo Rojo". Te lo recomiendo; te entretiene, te habla de costumbres diferentes, el imperio Turco es otro estilo de vida. Lo que tiene en común con Marruecos, dónde viví, es que son musulmanes. Bueno, ahí en ese libro está la respuesta a tu pregunta de que si ¿era yo irresistible?

Pamuk habla de la muerte, de la vida, de batallas, de ilusiones, de deseos y frustraciones. Sobre todo en aquel mundo donde la mujer no se deja ver. Perciben los hombres a bultos envueltos en tela que deambulan por la calle. Solo miran de cerca, y tocan y viven el afecto de sus madres, en primer lugar, y de hermanas o primas, familiares cercanos en segundo lugar. Entonces, los musulmanes, desde jóvenes, tienen deseos que se convierten en fantasías y en una "olla de presión sexual". No dejes de leer ese libro.

Sí, yo era irresistible en Marruecos, yo no me cubría todo el cuerpo, a veces osaba usar mini-falda. Que te puedo decir; cuando me atreví a ponerme una blusa entallada y un poco escotada color rojo vivo. Hasta mi amado marido francés se molestó, me cubrió de inmediato con su saco, y después me recomendó jamás volver a ponerme esa blusa ni comprar algo semejante para vestir tan provocativamente. Ni en Marruecos, ni en Francia. Bastante tenía yo con ser latino-americana! Son clichés! Pero alborotan la imaginación masculina y sus hormonas.

from	**: Christine** *<chrichv@videotron.ca>*
to	*Amanda Lozal <alozal@gmail.com>*
date	*Mond, Jan 25, 2010 at 11:00 PM*
subject	*Marrakech.*
mailed-by	*videotron.ca*

No me contaste el final. ¿Qué hicieron, que le dijeron al príncipe y cómo lo tomo él?

No conozco ese autor turco del que me hablas. Buscare el libro de "Nieve". Adoro la nieve, es parte de mi, de mi infancia, de un verdadero canadiense.

Mi aniversario de bodas esta a la vuelta del calendario. Vuelvo a sentir gran alegría. Armando de vuelta en casa. No soy latina, pero las canadienses también sabemos ser irresistibles. Cuéntame, Amanda, para que el tiempo se deslice veloz. Christine.

from	Amanda Loza <alozal@gmail.com>
to	**Christine** <chrichv@videotron.ca>
date	Thu, Jan 28, 2010 at 5:00 PM
subject	: Leí un libro que lo explica.
Mailed by	by: gmail.com

Los torrentes siguen su curso propio, querida Christine. Igual será con tu vida. En aquella ocasión, los eventos se dieron uno tras otro de la siguiente manera:

Los ojos de Denis, mi esposo, estaban llenos de lágrimas, expresó lo mucho que me amaba, pero era mi decisión ya que él era quien había aceptado jugar "al tonto", me pidió perdón de la broma de las hermanas, de rodillas y ya en pleno llanto, brotaban palabras de sus labios que apenas entendía: que si me perdía sería un hombre acabado, que no quería dinero, sólo quería mi felicidad. Se dio cuenta que delante de mi tenía una oportunidad como pocas, él nunca podría ofrecerme lo que el príncipe de E… me ofrecía, lo habíamos visto, lo había hecho "magistralmente", desplegar todos sus encantos para deslumbrarme… era pues yo quien tenía la última palabra.

"Me abracé a él llorando también, lloraba de felicidad de saber que mi marido me amaba tanto, que estaba dispuesto a dejarme ir si yo iba a tener un mejor futuro con un hombre que como rival era muy superior a él". Lo besé con ternura, con dulzura, con todo mi corazón… supe que yo también lo amaba muchísimo. El príncipe estaba bien, un hombre atractivo, interesante, rico, poderoso, con una profesión. Aunado a todo ello era un hombre gentil, sensible, profundo, me atraía, indiscutiblemente, tal vez mi alma era semejante a la suya, menos flemática (como la de Denis).

Si yo hubiera conocido al príncipe Benzhir primero tal vez me hubiera enamorado de él, se hubiera desarrollado de manera natural ese bello sentimiento que cala en nuestras entrañas, en nuestro corazón y nuestro espíritu, ese deja huella, ese es uno mismo como ser íntegro. Mujer, latina, mexicana, emocional, emotiva, sensible, esa soy yo. Obviamente no cambié tenía que seguir siendo quien era.

En la despedida el abrazo, y la mirada aterciopelada bajo esas pestañas espesas y abundantes de Benzhir reflejaban su respeto, bondad y aceptación. También su genuino sentimiento que desde luego alagaban mi ego. Yo agradecí la oportunidad, a él, al príncipe, de habernos permitido renovar el amor que sentíamos mutuamente mi marido y yo. La prueba fue de fuego, el príncipe era una enorme tentación por ser una gran persona, noble moralmente y atractivo, independientemente de ser un príncipe. Benzhir me dijo que esperaba encontrar en el futuro una mujer como yo, aunque tuviera que viajar a México, algo que no estaba en sus planes. Y a Denis le felicitó.

Ya en Dhar El Behida (Casablanca), en nuestro apartamento, hicimos el recuento de nuestra última aventura. No pude evitar recordarle a mi amado esposo que hubiera podido tomar dulce venganza de la broma que me había jugado en Guelmim, con el mercader de camellos.

CASABLANCA. (DAR EL BEIDA).

"Quien conoce a los hombres es inteligente, quien se conoce a si mismo es un iluminado" Lao – Tse.

TARDE DE ROMANCE.

"Mis amigos me tienen envidia porque tengo una esposa latinoamericana". Denis entró al departamento, arrojó su portafolio, se quitó el saco y la corbata y cuando decía esto abrazaba a su esposa, y se la comía a besos. La apretaba contra él para sentirla con todo su cuerpo. Toda su piel palmo a palmo se unía al cuerpo entero de su esposa. Sus manos en un momento estaban en el pelo, y en otro en su talle, en sus senos, en su espalda y bajaban y apretaban los lugares indicados, subía suavemente y se detenían en un pecho, en el otro, sus labios resbalaban por la redondez de éstos y entonces la cerraba contra él. De inmediato, su latinoamericana respondía a todas sus caricias. Se apretujaba contra su hombre pues ya alrededor de su vientre había percibido la excitación masculina. Él le decía cosas: me deseas, yo sé que te urge que entre en ti. Su boca besaba su cuello, lo succionaba… "quiero ser un vampiro y succionarte toda la sangre". Ella gemía y dulcemente le decía, yo también quiero succionar…, le bajó el cierre del vestido, y lo arrojó en la sala; se la llevó a la recámara en sus brazos mientras ella lo besaba o pasaba su impetuosidad en el oído, en el cuello en sus mejillas, en sus labios, susurrando lo que ella haría por él unos instantes más tarde. Las prendas de vestir de ambos caían por un lado y otro de la cama. "Vas a saber lo que es un francés enamorado". "Vas a sentir toda la pasión y el romanticismo de este francés". Me vas a suplicar por más, pasaremos toda la noche y todos en este edificio y el de enfrente sabrán que tienes un marido a la medida de tu sed de amor, que quedas más que satisfecha, que no necesitas a otro hombre, porque yo soy ¡tu hombre! Aprenderás que no puedes vivir sin mí.

Sus frases eróticas funcionaban, para ambos. El jugueteo era largo, sabían sostenerlo de tal modo que sus fantasías se alimentaban de novedades y se cumplían hasta en mínimos detalles. Así la entrega de los dos era completa. El se daba cuenta de un orgasmo, y otro, y otro de su mujer, lo que sostenía su vigorosa erección pues quería sentirse más poderoso que Sansón. Esperaba hasta que su compañera pidiera ya el final. Y al unísono lograban el clímax. Todos los vecinos se enteraban. La mayoría de ellos eran hombres solos. Franceses jóvenes, en sus 20s o tempranos 30s. Cumplían como Denis, el servicio militar en la Legión Extranjera.

Sólo que estando en Marruecos, quedaban irremediablemente solos. Las mujeres marroquíes eran prohibidas para ellos, y lo sabían o se enteraban rápidamente pues el poder de la ley recaía sobre los infractores. Había una que otra extranjera europea, pero eran contadas y en general ya estaban apartadas, viviendo con el novio o de plano casadas.

MUJER MISTERIOSA.

Joven o vieja, bella o fea, frívola o austera, la mujer sabe siempre el secreto de Dios.   Amado Nervo.

Una mujer impresionaba muchísimo a la multitud que andaba por la playa y a nosotros también. La encontramos en el malecón de la playa más popular de Casablanca, la primera vez. Ahí donde se reunía la mayoría de europeos, en días soleados para contemplar el mar, para asolearse y comer antojos, o beber Pastis , anís o una cerveza. Era rubia, muy rubia, no muy alta, una cadera y un trasero que se movían como los barcos en altamar, una cintura estrecha, pantalones entallados, talle de ninfa, y viéndola así por detrás le dabas unos 18 a 25 años máximo. Denis la miraba, y le decía a su mujer, mira que atractivo señuelo, seguramente es francesa, pues las suecas son más altas y no tienen un gran trasero como ése. Quiero ver su cara, estoy seguro que no es tan bonita como la tuya, - besó a su mujer en los labios, con ternura, y un poco de sazón- No te pongas celosa, le dijo. Pero su latina reía, la confianza que había depositado en su marido era completa. No sentía celos. Envidia tal vez si, un trasero como aquel y una cintura así, de seguro que cualquier mujer se sentiría irresistible, como aquella que iba delante de ellos.

Christine, continuaré esta historia la próxima vez. Que sea leve tu espera. Festejaremos el feliz retorno de Armando a tu lado. Besos. Amanda.

from	**: Christine** *<chrichv@videotron.ca>*
to	*Amanda Lozal <alozal@gmail.com>*
date	*Frid, Jan 29, 2010 at 10:05 PM*
subject	*Notre Anniversaire.*
mailed-by	*videotron.ca*

Nuestro 5º. Aniversario de bodas es el próximo viernes 5 de febrero. Armando llega el miércoles 3. Tengo sorpresas para él. Y con las ideas que me das. Y las que obtenga del autor que me recomiendas, será inolvidable.

¿Seré yo esa mujer misteriosa? Amanda, me gusta tu estilo directo. En esa picante tarde amorosa hablabas en tercera persona. Continuemos. Yo aun te debo mi historia de amor. El final está pendiente.

Xoxo Christine.

from	Amanda Loza <alozal@gmail.com>
to	**Christine** <chrichv@videotron.ca>
date	Sun, Jan 31, 2010 at 9: 43 AM
subject	: La mujer misteriosa.
Mailed by	by: gmail.com

Cierto, Christine, corte la sensación directa. Como un director de cine quise verme detrás de la cámara. Sobre todo porque varios vecinos se quejaban de nosotros. Ja,ja,ja. Te imaginas bien porque. Aun actualmente en los departamentos donde vivo. No falta el vecino que se queje de la pareja de recién casados, gemidos, acarreo de muebles, la cama saltando, (LOL). Algo que me hizo reír muchísimo fue que una mujer sola llevo sus quejas a las autoridades policiales de Tijuana. Le siguieron la corriente y los policías y la juez, para divertirse vinieron a visitar a la pareja. (lol)

La despedida que le organizamos a tu marido fue ayer sábado por la mañana. Nos deja tristes a varias mujeres del club. Ya no tienes porque encelarte, el estará contigo el próximo miércoles.

Continúo con anécdotas de Casablanca. La mujer misteriosa me encanta. Aquí veras porque. Bisou. Amanda.

No alcanzaban a verla de frente. Denis es amante de ir despacio para descubrir los placeres de la vida. Sabía que en un momento u otro veríamos a la misteriosa francesa de frente. En un rápido gesto, rosó y apretó mis senos, preguntando: ¿Cuáles crees que son más grandes los tuyos o los de ella? Me encogí de hombros. "Tu averígualo, que me preguntas", pero en mi mente se clavó el reto: Dios, que tenga yo más tetas que ella, en algo le tengo que ganar. Entre la muchedumbre del sábado por la tarde, perdimos nuestra presa. Como no la veíamos, nos sentamos ante la mesa al aire libre de un bar. Él ordenó anís, Yo, una cerveza. Contemplábamos el mar, los veleros, los bañistas, el ambiente de un soleado día en la playa de Dar El Beida. Denis odiaba los baños de sol, su piel blanca, delicada, se quemaba, enrojecía y ardía de inmediato, por eso no acostumbraba bañarse en el mar. A mí me gusta el calor de las playas mexicanas, aguas cálidas. Un día me metí al mar que acariciaba Casablanca, las corrientes heladas en su mayoría con una que otra tibia y el aire fresco me desanimaron para siempre. Juré que sólo en países tropicales me metería al mar.

De pronto la mesa de al lado quedó vacía y del interior del bar, se precipitaron un par de clientes. Un hombre muy joven, cabello oscuro, ojos claros, piel muy clara, y con él la francesa despampanante a la que tanto queríamos ver de frente. Bonitos pechos, si, buen tamaño también, pero ¡sorpresa!, su cara estaba llena de arrugas, sus ojos azules como el mar de ese día soleado aun tenían chispas juveniles. Estaba ahí con un joven que la

miraba como si fuera Romeo mirando a Julieta. Se besaban y se acariciaban apasionadamente ante el estupor de quienes ponían atención a esa escena. Tal vez de veintitrés años, el cooperante francés, Denis le conocía de vista; llenito como un bombón, con una anciana que por su cuerpo parecía de la edad de él, pero por lo visto y lo aquí contado había más de una brecha generacional entre ellos dos. ¡Verdaderamente sorprendente!

HOMBRES NECIOS.

El amor es física y el matrimonio químico. Alejandro Dumas, hijo.

JUAN RAMON:

Tocaban a la puerta del departamento. Golpes fuertes, tres, resonaban decididos. ¿Qui est-ce? (¿Quién es?), dijo la voz femenina en francés. "Juan Ramón, tu vecino de abajo". Contestó una voz varonil muy fuerte y en español. Ella abrió confiadamente sin retener la puerta. Juan Ramón decidido entró, la miraba con sus ojos verdes. Ella pudo notar esos hermosos ojos verdes enmarcados con unas pestañas oscuras y muy pobladas. El hombre era muy alto, más alto que su marido quien medía un metro con ochenta y dos centímetros, este español era como 5 centímetros más grande y bastante corpulento." ¿Me reconoces?" preguntó, y agregó: "Trabajo en el mismo liceo que tu marido y además vivo aquí abajo. Varias veces he traído a Denis del Liceo para acá".

Ah!, Esta bien, ¿debo decir gracias?, ¿o me traes alguna noticia de parte de Denis? Juan Ramón la miraba fríamente, la recorría de arriba abajo, desde su altura, es más, dio tres pasos adentro del departamento para alejarse de ella y observarla más detenidamente. "!hmmhmmm! – Exclamó- No eres del todo mi tipo, pero en el desierto y con hambre uno come lo que sea. ¿por qué me abriste?, ¿Por qué me dejas pasar con tanta confianza? Un día de estos entra un hombre cualquiera y te viola. Yo mismo podría hacerlo ahora, ¿no crees?

La verdad, no te comprendo Juan Ramón. Ella cerró la puerta, sin seguro. Se dirigió a la sala y se sentó. Le dijo a Juan Ramón que se sentara. Insistió en que si él llevaba algún mensaje de la parte de su esposo. Ya que de alguna manera, ella esperaba que llegara de un momento al otro.

Juan Ramón se sentó con desparpajo en el sillón próximo. Había una actitud muy retadora en él. Su mirada inquisidora, su actitud provocativa, y la retahíla de cosas que había dicho no eran nada amistosas. Sin embargo estaba ahí, con los ojos clavados en ella, cínicamente en sus pechos, luego en los ojos de la chica, luego en las rodillas, en las piernas, y a cada vez regresaba a sus ojos.

_Estoy sólo, no tengo mujer. Soy español, sangre caliente. Por parte de mi madre, francés por parte de mi padre. Nací en Canarias. Ahora aquí trabajo como profesor de matemáticas y como la mayoría de los legionarios, ardo en deseos de tener una mujer. Y tú sin más ni más me abres la puerta y me dejas pasar. ¿Qué debo pensar? ¿Qué debo hacer? ¿Te salto encima y ya?

Ella puso cara de interrogación. ¿Qué deseaba realmente este joven de ojos verdes? -pensaba- ¡Muy atractivo!, atrevidamente coqueto, su postura al sentarse con las piernas bien abiertas quería mostrar su virilidad, aún bajo control, su lengua no tenía control alguno, bueno, hablando…, por otro lado… ¿Quién sabe? Igual sería muy buena, igual y no, como dicen perro que ladra…

Juan Ramón: _   "¡Äha!, me miras también ahora. ¿Me estás invitando? He escuchado que vosotras sois irreprimibles, fogosas, poco leales…"

Yo _"Mira Juan Ramón, tu actitud es cuestionable, pero hasta ahora no me has saltado encima, como amenazaste, y pese a esa mirada fría, percibo un hombre correcto, mi instinto me permitió dejarte pasar, además, repito, sé que mi marido no tarda en llegar, y tú lo sabes también."

Juan Ramón _"Si, de hecho lo estoy esperando. Quiero hablar con los dos. Quiero que quede claro que tú estás en peligro. Que él, tu compañero, debe morderse la lengua, habla demasiado de vuestras relaciones amorosas, pareciera que nos invita a pasar a visitarte. Además los oigo, vamos mujer, vivo aquí abajo. ¿Sabes cuántas noches me quedo sin dormir por culpa vuestra? O ponéis un alto a tanto atentado, o no respondo, ni por los otros, ni por mí. Estoy aquí por mí. Me ves aquí, pues bien quiero tenerte, quiero sexo, quiero los goces que Denis pregona que sólo son exclusivos de él. Hoy me retengo, hoy vine a verte de cerca, a invitarte tal vez, a incitarte, te estoy conociendo, te estoy midiendo, te estoy advirtiendo. Necesito una mujer, no importa cual, no importa de quien."

Los ojos de la mujer de Denis, ojos de almendra decía él, color miel, grandes, se hacían más grandes tratando de medir al gigante español y sus amenazas. La situación no le parecía de peligro. Pero si notaba una "protesta", y después de escucharlo, le parecía justa, le daba la razón. Ella ignoraba que su marido hacia comentarios de sus relaciones. Por otro lado, estaba segura de que no se refrenaban en sus amoríos en el departamento, sabía a ciencia cierta que los vecinos escuchaban de sus pasiones y acciones. Y tenía perfecto conocimiento de la situación de los hombres solteros en Marruecos. Ey vamos, qué mujer no quisiera estar en su lugar, a los 24 años te quieres comer al mundo, y a los hombres también, igual que ellos a todas las mujeres, quieres, si, pero ¿puedes? El silencio era largo, las miradas decían mil cosas, hombre y mujer, hormonas en el aire, atracción fatal, fantasías, deseos… el ruido de la puerta que se abre, la voz de su hombre que alegremente la llama.

Denis: _"¿Dónde está mi mujercita…? ¡ Juan Ramón, (asombradísimo de encontrar a su vecino y colega inesperadamente al lado de su mujer): qu'est-ce que tu fais ici? (¿Qué haces aquí?)".

Juan Ramón: _ ¡Siéntate Denis!, (dio la orden, sin más ni más): "mujercita", "mexicanito", todo en diminutivo, así hablan en México, ¿verdad? Bien, subí a hablar con vosotros dos. Le decía a tu mujer que si las cosas continúan de esta manera, no respondo, hombre, no respondo de mí. Cualquier día tomo a tu mujer prestada. Soy "macho", necesito "hembra". Y vos andáis por ahí pregonando que tu latina es muy sensual. Sin contar que cada tarde, cada noche lo puedo constatar. Por más que me tapo los oídos, por más que pongo música, nada, ahí están ustedes dos y sus amores como vino embriagador. - Juan Ramón, movió el dedo índice hacia Denis-, "vos, y sólo vos, seréis el culpable, os estáis portando como el necio que describe Cervantes, cuidado, no os confiéis mucho, si me lo propongo, me quedo con tu mujer, y a ver qué haces. "

Se puso de pie, se dirigió a la puerta, Denis detrás de él, le dijo flemáticamente:

Denis: _" no es para tanto hombre, si te lo propones te encuentras una mujer, yo lo haría si no tuviera la mía… "

Juan Ramon: _! Guarda silencio necio!, no quieres entender y no hay peor necio que el que no escucha, estáis advertidos, y dile a tu mujer que no me vuelva a abrir la puerta así de confiada, que no use faldas cortas, no aquí dónde las mujeres están tapadas hasta los ojos, que se vista más o ¡no respondo de mis actos la próxima vez!

Denis cerró la puerta.

Denis: _ ¿Cenamos o vamos a la cama?" –miraba a su mujer con regocijo. Piel morena, ojos canela en forma de almendra, dos manzanas jugosas que se veían apetitosas con ese vestido con cerezas rojas y escote discreto. Ella se desabotonó el cuello oval delantero del vestido de tal modo que el escote era más pronunciado, su cuello invitaba, sus aros de oro en las orejas la hacían aparecer como una princesa, la más hermosa- ella notó ese fogonazo de admiración y deseo de su marido. Amanda acababa de pasar por una gran tentación con Juan Ramón, su entrañas estaban más que inquietas ardían en deseos de saborear las mieles del hombre, así que contestó, "vamos a la cama", reían con ganas. Se encerraron en el cuarto, se desvistieron y pasaron a su pasatiempo favorito, devorarse el uno al otro con todas las caricias, con todo su ímpetu, con toda su juventud. Aunque ahora trataron de reprimir los aullidos gozosos.

Yo: _ Ahhhh!, mi amor…Denis: _ shhhh! … ha,ha,ha… mmmhhhh… te voy a devorar… aaaghhh!…. Yo: _ shhhh! –risa- "encore, encore", (más, más…)

Al francés no le había disgustado que Juan Ramón se hubiera presentado para decir que deseaba a su mujer, eso aumentó su excitación, se sentía como el mejor potro de la región. A ella, latinoamericana, sensual, joven soñadora, la tentación que venía de vivir alimentaba su imaginación, veía a Juan Ramón, intercambiaba a su esposo con el otro. La voz de su amado se confundía con el vocerrón varonil, enojado, frustrado pero deseoso de una hembra, como lo describió su visitante, "soy un macho, necesito una hembra". Además Juan Ramón era más alto, más fornido, posiblemente todo en él era armonía, por lo que correspondía un más grande placer. Se decían cosas al oído. Él le preguntaba a quién prefería, ella desde luego respondía que a su amado esposo, el se sentía todo potencia y la hacía sentir dentro de ella esa fuerza de virilidad, ese gozo de disfrutar a la mujer que lo prefería. La sensación de ella era como si el grandulón aquel la poseyera con toda su ansia, toda la pasión acumulada por falta de mujer. Sus gemidos se ahogaban en los oídos de su hombre, sus cuerpos se estremecían de placer, deseaban fundirse el uno en el otro. Vino que embriaga, así de dulce, así de agrio como el olor de su sudor, como el sabor de su saliva, primer orgasmos de ella, pero él quería darle más, y le prodigó caricias en los rincones extremadamente delicados de su cuerpo, el dulce sabor de su sexo le incitó a ir de lento a más profundo y apasionado hasta lograr obtener otra entrega más de su amada. Volvieron entonces a unir sus bocas, a fundir sus cuerpos, en abrazo trémulo, en movimientos vigorosos donde el penetraba hasta él último de sus pensamientos, deseos e intimidades y ella se entregaba enteramente, confiadamente en un anhelo de pertenecer por completo a su marido, como él quisiera, lo que él quisiera, el tiempo que el deseara. Sublime es el momento de entrega total. Una vez más viaje al universo astral, una vez más ver a Dios, un momento fugaz y eterno donde ambos están completos, todo poderosos, felices y extasiados, lágrimas que ruedan en sus mejillas de felicidad absoluta aunque efímera. Pero es, y vale.

from	**: Christine** *<chrichv@videotron.ca>*
to	*Amanda Lozal <alozal@gmail.com>*
date	*Tue, Feb 02, 2010 at 1:05 PM*
subject	*Hombres Necios.*
mailed-by	*videotron.ca*

Conozco los hombres necios, Sor Juana los describió muy bien. Las mujeres "excéntricas" como tú. No. ¿Son pocas, o muchas en tu país?

En realidad pones distancia en tu redacción para dar rienda suelta a tu pasión. Me gusta. Me excita.

Amanda me dejaste estremecida. Cuando llegue Armando no va a reconocer a su mujer. ¿Quizá ya le diste lecciones? ¿Te doy las gracias o los asesino a ambos?

Haciendo un paréntesis en mi orden cronológico, aun te debo mucho de mi infancia. Quiero hablarte de mi relación con Armando. La ocasión lo amerita. Anexo puedes ver un "power point" de recuerdos felices con él.

MEXICO Y CANADA.

Visitando Cholula, en Puebla, conocí a un inquieto estudiante, extremadamente tímido y gentil. Se dio cuenta que yo era una extranjera. Me abordó en inglés. Así nos hicimos amigos. Era el verano, la primera vez que viajé a México, país de magia y mil encantos. Una vez que recorrí todos los alrededores de Puebla con mi guía turístico y nuevo amigo; me atreví a invitarlo a otros recorridos que tenia planeados en el centro de tu país.

Desde luego Armando ya me había presentado a su familia. Fui bien aceptada entre ellos, y el entusiasmo que ponía mi amigo mexicano cada vez que me llevaba con amigos y gente nueva me halagaba mucho.

No tardamos en caer rendidos y enredados en el hilo de atracción y locuacidad sexual.

Te entiendo bien Amanda, cuando describes con colores alegres y de estallidos estelares las visitas a lugares que nunca has visto, que son maravillosos y que se multiplican descomunalmente cuando tienes compañía. Así fue para mí la ciudad de México, Cuernavaca, Tepoztlàn y Taxco. Con toda esa novedad del clima tropical. Húmedo, cálido, gente afable, todo lo que me rodeaba era colorido y variado. Y esos brazos fuertes que me brindaban sensaciones tan agradables, y los besos de dulce de guayaba, de ate con queso, de camotes poblanos, de glorias, de cajeta. De todos esos dulces traje a Canadá para dar a mis amigos. Al final me los guardé pues quería recordar todo el tiempo esos sabores de los besos de Armando. Bien racionados tenían que durarme hasta las próximas vacaciones.

Había decidido que todas mis vacaciones las pasaría recorriendo México. Si Armando me acompañaba disfrutaríamos doblemente el paseo.

Olvidé traer dulces mexicanos esta última vez. Le recordé a Armando que los trajera. Ya mañana estará aquí.

Xoxo. Christine.

from	Amanda Loza <alozal@gmail.com>
to	**Christine** <chrichv@videotron.ca>
date	Wed, Feb 03, 2010 at 5:00 PM
subject	: Un hombre y una mujer.
Mailed by	by: gmail.com

Christine,

Un homme et une femme, l'histoire recommence au hasard… *(Un hombre y una mujer, la historia vuelve a comenzar al azar).* Me encanta esa canción, y ahí vais de nuevo, Christine. Ojalá y este hombre lleve los dulces. El sabor está en tu memoria y en las bocas y lenguas exquisitas que se enlazan de nuevo.

Ya no dejes a ese hombre suelto, nos lo vamos a comer por acá si vuelve a venir sin riendas. Créeme, no hay razón para asesinar a nadie. Todos moriremos tarde que temprano. (LOL).

Esta historia es la continuación de la "mujer misteriosa". Llegué a conocerla toda.

Amanda.

MAUDE, LA MUJER.

Lo más bello que esta vida puede brindar a un varón es la mujer. José Luis Cuevas.

Maude nació en Paris. Su padre murió dejando solas a la madre y la hija. La madre de Maude era ama de casa, no sabía de que vivirían. Su hermano iría a Marruecos a trabajar, él le sugirió que se fueran juntos. Si ella vendía su casa en Paris, y con lo que le había dejado el marido y su pensión, vivirían mejor en Marruecos. Se instalaron en Casablanca, compraron una gran mansión. Y ahí la familia rentaba habitaciones para los legionarios y tenían un restaurante francés. Les fue bien. Maude en un principio protestó, a sus 20 años no le parecía nada bonito Marruecos, extrañaba a la ciudad de Paris, a sus amigos. Quiso irse de regreso a Paris para estudiar cocina y repostería, le dijo a su madre, y así le ayudaría con más ganas en el restaurante. La madre no estuvo de acuerdo, la familia eran ellas dos y su hermano, el tío de Maude. No quería que ninguno se desbalagara, Ya con perder al padre había sido suficiente.

A los veinticinco años Maude se casó con un legionario francés. Se fueron a Francia cuando él terminó su misión en Marruecos. Luego de dos años, lo enviaron a Argelia también. Tuvieron un hijo, Jean Marc. Y una vez más asignaron a una nueva plaza a su marido. Su destino final fue Clermont Ferrand en el Macizo Central francés. Ahí creció Jean Marc. Cuando él tenía doce años sus padres tuvieron dificultades de pareja. Maude se separó y pidió el divorcio. Regresó entonces a Marruecos con su hijo.

La abuela de Jean Marc estuvo muy contenta de tener más familia. Su hija de regreso, su nieto, su joven hermano, Maurice, quien se había convertido en el chef simpático, parlanchín, recibía a los cooperantes militares, les daba consejos de cómo moverse en Marruecos, que visitar, que comer, y ellos a cambio regresaban "Chez Maurice" y recomendaban la cocina de un buen restaurante francés en Casablanca. La madre de Maude, así como Maude, era muy atractiva. Tenía novio, vivía con él, y no veían la necesidad de casarse. Se acompañaban, trabajaban juntos, Leo Grenier y Marie Marin eran dos sexagenarios felices, muy activos sexualmente, e igualmente creativos en su negocio de hospedaje y alimentación. Leo además había agregado algo de turismo ofreciendo visitas guiadas los fines de semana en un viejo taxi estilo inglés.

Jean Marc floreció cual abeto, alto, delgado, bronceado con los cabellos rubios. Hizo sus estudios en el liceo francés de Casablanca. Y fue enviado para estudiar hotelería a Lyon, en Francia. Así recordaría su tierra natal y tendría nuevamente una relación estrecha con su padre, quien sólo lo visitaba de tiempo en tiempo mientras vivió en África.

Con su padre aprendió cosas de su madre. El, Bernard siempre culpó a Maude de su separación. Era muy bella, le gustaba llamar la atención de todo el mundo y esto le ponía los nervios de punta a Bernard. Le aconsejó a su hijo que nunca se casara con una mujer así. Jean Marc amaba a su madre y a su abuela. Le gustaba la forma en que vivían en Casablanca. Le gustaba lo árabe y el sofisticado aire que tomaban los francés viviendo allende del Mediterráneo. Se sabía atractivo y había asimilado la manera natural en que su abuela convivía con Leo. Su tío con su mujer árabe- francesa, nunca habían tenido hijos pero tenían una relación de pareja como buenos cómplices, amigos, amantes. En cuanto a su madre, le llamaba la atención que no quisiera casarse, tenía amigos, salían, convivían en toda la extensión de la palabra, y al cabo de uno o dos años terminaba la relación. No entendía muy bien las razones, estaba de acuerdo con su padre en que Maude era muy hermosa, sus ojos muy azules, su cabellera intensamente rubia, casi blanca, su piel tostada por el sol y sus hermosas formas llamaban la atención de hombres y mujeres. Cierto era que su madre tenía un comportamiento narcisista que daba la impresión de ser extremadamente egoísta y casi sin sentimientos. Era totalmente hedonista. Su padre en cambio estaba amargado. Intentó rehacer su vida con dos mujeres más, pero no le funcionó y terminó solo, quejándose de todo y de todos. Jean Marc quería convencerle de ir a vivir a Marruecos, tal vez ahí le cambiaría el carácter, la vida era más relajada y se sentiría acompañado.

Bernard aseguró que jamás regresaría al norte de África. Le gustaba su país y moriría ahí. Ya le avisaría alguien cuando él muriera si quería ir a velarlo en su última noche.

Con la carrera terminada regresó a Casablanca. Su madre lo recibió en su nuevo complejo de apartamentos. Eran sólo cinco, el de la planta baja era el más grande, reservado para Maude. Decorado con grandeza y exquisito gusto, una recámara muy amplia, con sala de estar anexa, con sala de baño y tina estilo Cleopatra, una estancia pequeña, un rincón para la cocina, bar y afuera patio y jardín. Arriba tenía 4 departamentos para rentar, así no se preocuparía de su jubilación. Lo recibió gustosa, le permitió instalarse unos días en su casa, mientras el mismo arreglaba la suite que le tenía destinada su abuela. Sólo que esperaban que él la arreglara a su gusto.

Jean Marc se incorporó al negocio familiar. Invirtió en la zona de playas de Casablanca, y ya asentado y centrado en su economía personal y en su realización como administrador hotelero, no tardó en encontrar una novia formal.

Evelyn asistía a su último semestre de enfermería en la Cruz Roja Francesa de Casablanca. Era alta, su cabello cenizo largo, lacio y su cuerpo delgado sin muchas formas, no la hacían la enfermera de los sueños guajiros de muchos soldados, no nada de eso. Era una mujer remilgosa, criticona, exigente, con sonrisa falsa y aire altamente hipócrita. ¿Qué le vio Jean Marc? Si él era todo lo contrario. Tal vez la semilla que sembró el padre. – Cásate con una fea y asegura tu dicha- Sólo que Evelyn era fea por dentro y por fuera. Y eso no asegura la dicha de nadie. Evelyn presumía con sus compañeras estudiantes su anillo de compromiso, y la foto de su novio. ¡Guapísimo!, exclamaban todas. "Es más alto que yo, tan delgado como yo, es inteligente y ya es propietario de un hotel, es su negocio."

La envidia de todas ellas. Por lo bajo las murmuraciones de enfermeras ya tituladas, compañeras y maestras eran como un hervidero de víboras. "tan delgado como ella, e igual que ella de pecho plano", risillas burlonas. "¿Qué le habrá visto a esta amargada, pobretona y sin ningún chiste?"." Es todo lo contrario a la madre de Jean Marc." –Dijo una enfermera que conocía a Maude- ¿Y quién es la madre? – preguntó otra-. La famosa rubia de la playa. -¡Nooooo! Fue el grito al unísono de todas las que conocían a la leyenda de Casablanca. "¡Ella es la madre de Jean Marc. Creí que no tenía hijos. Su vientre plano, su cintura estrecha, sus senos turgentes." - "Es muy atractiva, digan lo que digan, a mi me gustaría llegar a su edad y estar así de bien conservada y sin cirugía". Comentó otra uniformada. "y tener tantos amantes, uno tras otro" – ja,ja,ja. Las risas sardónicas y llenas de envidia también. "Tal vez eso la mantiene en forma". – a cual más tenían opiniones y comentarios sobre <u>la dama de los legionarios</u> "Aunque no le haría mal una restirada facial".

Evelyn se daba cuenta y sabía que la fortuna no era totalmente favorecedora para ella como cualquiera supondría. El precio era alto. Su prometido tenía un gran inconveniente, una madre muy conocida en un puerto que era como "pueblo chico". Los padres de Evelyn, franceses los dos, eran muy católicos, de los pocos que pertenecían en Marruecos a una sociedad del Opus Dei. Extremadamente exigentes en moral cristiana y conducta recatada.

Cuando Evelyn era objeto del escarnio de los otros, inevitablemente se le escapaban las lágrimas y sus ojos se enrojecían e inflamaban al perder control de sus emociones. Se avergonzaba de su suegra. La evitaba, y no entendía porque el hijo era diferente, porque Jean Marc se había fijado en ella. Cierto que había pocas mujeres francesas en Marruecos, pero su novio viajaba con frecuencia a Francia. Ella no estaba segura de lo que sentía por él, a causa de Maude. Todo lo que significaba para ella esa mujer, le repugnaba: Sexo, placeres, hedonismo, vanidad, egoísmo, superficialidad, narcisismo, mordacidad y era completamente despectiva con su futura nuera. Lo cual lastimaba profundamente la débil personalidad de Evelyn. Se escondía detrás del parapeto de su frialdad, y su rígida moral. Quería creer que se casaba con él por la voluntad de Dios. Ella tal vez sería la mediadora que redimiera a Maude, y que salvara al hijo de tanto pecado en el que vivían. Así se lo comentó a sus padres cuando ellos se enteraron de los pormenores de la familia de Jean Marc.

Maude se relajaba en su tina llena de leche de burra, por lo menos una vez al mes. Se rodeaba de asistentes jóvenes que le hacían manicure, pedicure, masajes, le ponían mascarilla, le ayudaban con el cuidado de su pelo y su belleza. Trabajaba en la caja del restaurante. Ahí conocía a los recién llegados de Europa. Ahí elegía a su galán en turno. Y se daba el lujo de decidir el tiempo que andaría con él.

EL JOVEN Y LA MUJER.

La jovialidad de una mujer madura cautiva el alma de un joven, tanto o más que la riqueza de un hombre atrapa a las jovencitas. Emma Lorival.

Luc llegó en el otoño. Entró al restaurante con dos compañeros. Se les había dicho maravillas del lugar. Se sintieron como en casa desde el momento en que les recibió el tío Maurice, con su experiencia, sus canas y su voz acogedora les bromeaba al tiempo de ofrecerles lo mejor que había en el menú del día. Benhadou, el mesero árabe continuó con la atención personal de estos jóvenes. Entre servicio y servicio les aconsejaba lo que había que ver, hacer y visitar en el país. Inquiría también de dónde venían y nunca faltaba que de otra mesa, algún paisano se hiciera presente para reconocer al recién llegado.

Al momento de la cuenta, cada quien la pidió por separado, se dirigieron a la caja. Maude estaba de espaldas. Los tres se quedaron boquiabiertos. Ella recogía servilletas del estante de atrás, estaban en la parte baja de éste lo que la obligaba a inclinarse mostrando uno de sus grandes atractivos. Alcanzó a percibirles y aún de espaldas, entregando a un lado las servilletas a un mesero, les dijo que en un momento les atendía. Los tres jóvenes tenían la boca abierta ante la mujer de tan bellas formas.

Si bien al mirarla de frente se sorprendieron. No dejaron de quedar semi-enganchados al anzuelo. Ya sabían cual sería su restaurante favorito. Luc tenía veintiocho años cumplidos, era virgen, se graduó de físico-matemático y era muy dedicado al estudio. Detrás de sus lentes los ojos de color gris – azul brillaban con destellos especiales, la imagen de la mujer agachada no se apartaba de su mente. Era obsesiva. Regresó a desayunar, almorzar y cenar al siguiente día, y al otro, y al otro. Finalmente se atrevió a comentarle a Maude que buscaba hospedaje pues el hotel era caro y se quedaría en Casablanca por lo menos dos años. Ella le ofreció uno de sus departamentos, pero faltaba un mes para que lo desocuparan, aunque si él estaba de acuerdo podía compartir, mientras tanto, un lugar en su casa. Acondicionarían la estancia, le sugirió.

Luc tímidamente aseveró que no deseaba ser una molestia para nadie. Maude como felino ante su presa, pasó la lengua por sus labios, despacio, sensualmente y mirándole fijamente a los ojos. "Si me molestara no te hubiera hecho la oferta", le lanzó la frase ruda pero segura de que el joven aceptaría.

"Bueno, si es así, este fin de semana podría ir a ver y a ayudar en lo necesario para acomodar la pieza." Propuso Luc. "Sábado a las nueve de la mañana, a esa hora ya estoy de regreso de mi caminata por la playa" así cerró el trato Maude, y le extendió la mano, lo jaló con ella para darle los dos besos de bienvenida.

A la semana de haberse instalado en casa de la rubia, Luc disfrutaba del cómodo lecho con sabanas satinadas, y mosquitero suspendido en lo alto de la cama. La falta de experiencia de Luc animó a Maude a disfrutar de fruta fresca, despacio, con ternura, con deleite. Le invitaba a corresponder con caricias semejantes, y el estudioso de la física, con gran iniciativa se atrevía a más besos, a resbalar sus labios en la piel blanca ligeramente tostada pero bien cuidada de la "Cleopatra" rubia. ¿Cómo podría no desearla? Le parecía la mujer más hermosa que jamás hubiera visto. En un sitio exótico, lugar extraño, solitario, alejado de los suyos. Preciosa que era esta hija de la patria, sus curvas deliciosas eran un regalo para sus manos, las acariciaba, las palpaba, cerraba sus dedos con dulzura y avidez en sus senos, en sus nalgas, en sus caderas, en todas sus carnes. Hundía su cara entre las piernas de Maude, pasaba horas saboreando la excelsa dulzura de su paloma, se sentía amado, deseado, admirado por la más bella del lugar. Su alma de hombre viejo se compenetraba con la aceptación total del espíritu jovial de su amada. No había placer que no hubieran experimentado juntos, no había límites en la imaginación de las cosas que se decían el uno al otro sabiéndose totalmente aceptados en todo. Los deseos de él eran colmados, los de ella cumplidos a pie juntillas. Conocían el sabor de todos sus líquidos, el olor de sus cuerpos desnudos que excitaban sus sentidos. Los brazos de Luc rodeaban a Maude con ternura, avidez y complacencia, así se quedaban dormidos. Cuando salían, delante de todos se prodigaban caricias frugales, furtivas como jóvenes adolescentes temerosos de ser descubiertos en sus más íntimos placeres. Esto era un estimulante místico. Flirteaban en público siempre que podían. Maude aceptaba a Luc como una madre a su bebé; con todos sus defectos, con todas sus gracias, sus olores, sus excreciones, sus discreciones y su exhibicionismo y él correspondía de igual manera encontrando en la oscuridad de la noche, el tenue brillo de la luna en las curvas traseras de Maude que inflamaban de ansia loca su bajo vientre, y toda su energía sexual desbocada, poco a poco se calmaba en penetrar con dichosa ventura que apagaba su sed en los momentos non plus ultra del hedonismo. Escatología pura, placer en este punto y en aquel. Pasión al rojo vivo, como un torero en plena faena. Y también afecto y sencillez en horas de silencio, y ser y estar el uno al lado del otro sin más ni más.

Los dos años que estuvo en Marruecos, conoció con esta mujer mayor, los lirios y los cardos, los cactus y los geranios, el desierto y el oasis, lo extraño y lo propio, lo novedoso y lo bien experimentado. Las ciudades de Marruecos se teñían de colores pasionales o afectivos, divinos o tenebrosos, pero al final de cuentas eran fascinantes. Todas las experiencias vividas con Maude eran fantásticas, lo dejaban satisfecho en plenitud como hijo bien amado, como bebé bien cuidado, como el elegido de los dioses.

En el cumpleaños número treinta de su hijo, Maude invitó a Jean Marc y a Evelyn a viajar junto con su pareja, Luc. Celebraron toda una semana en Tunisia, visitando las ruinas de Cartago y la bella ciudad de Túnez. Fue entonces que Maude le comentó por lo bajo a su hijo, que era la primera vez que se sentía enamorada de un hombre, que le encantaría vivir el resto de sus días con Luc. Terminó deseándole a su hijo que el encontrara también una mujer que lo hiciera feliz de verdad y no una especie de "placebo" que curaba su soledad. Ni hijos tenían, Evelyn era aburrida y sosa y exageradamente rígida en su moral. "Ya diviértete un poco Jean Marc", sugirió a su vástago. En cuanto a Luc, al conocer esta pareja tan dispareja, su hijastro y la esposa de éste, se sintió el hombre más afortunado de la tierra sólo de pensar que en desesperación hubiera caído con una mujer semejante.

Jean Marc aceptó a Luc como al resto de los "conocidos de su madre", así los llamaba y no se interesó en profundizar relación alguna con ellos. Era la primera vez que viajaba con su madre y la pareja de ésta. Se esforzó en ver el lado bueno de Luc. Llegaron a charlar durante el viaje. Esto le dio un gran gusto a Maude. No así a Evelyn quien criticaba todo, a los musulmanes, a su comida, a su olor, las visitas guiadas, todo demostraba que no lograba pasar un solo minuto de solaz y genuina alegría como el resto del grupo. Sólo pudo apreciar un poco los sitios históricos y los museos. Evitaba, desde luego, a los "amantes" de su suegra.

De regreso a Dar El Beida había más amistad y puntos en común entre Luc, quien era de Clermont Ferrand, y Jean Marc. Este último no le daba mucha importancia, sabía que pronto desaparecería de la vida de su madre, que regresaría a Francia y que tal vez recibiría, su progenitora, alguna postal de éste último amor. Si se dio cuenta de que esta vez había una relación más íntima, más real entre Luc y Maude por raro que parezca. Se dio cuenta también de que Luc disfrutaba más de su relación de pareja que él con su esposa Evelyn.

from	Amanda Loza <alozal@gmail.com>
to	**Christine** <chrichv@videotron.ca>
date	Thu, Feb, 04, 2010 at 11:55 PM
subject	: FELIZ ANIVERSARIO. HEUREUX ANNIVERSAIRE!
Mailed by	by: gmail.com

JOYEUX ANNIVERSAIRE POUR LES MARIÉS!.
Ecoutez «Au Claire De La Lune» Et Soyez Romantiques.
Je Vous Embrasse Bien Fort. Amanda.

[**Feliz Aniversario de casados. Escuchen "Claro de Luna" y sean romanticos. Un abrazo muy fuerte. Amanda.**]

<Sonata Claro de Luna.pps>

from	*: Christine <chrichv@videotron.ca>*
to	*Amanda Lozal <alozal@gmail.com>*
date	*Sun, Feb, 07, 2010 at 1:08 AM*
subject	*La situacion como es.*
mailed-by	*videotron.ca*

Amanda,

Gracias por tus buenos deseos. No conmovieron el corazón de mi marido, por desgracia. Nunca se presentó. No comprendo la burla. ¿Acaso tienen un gran placer en México por hacer sufrir a los demás? El desayuno de despedida. La foto que publicaron de mi marido y yo cuando los visité en Tijuana. Todo ello no sirvió para nada.

Ningún respeto han mostrado todas esas mujeres del club que han salido con Armando sabiendo que es casado. Muchas son tus amigas. Sé que eres de una calidad diferente, una mujer muy humana. Pero debes saber que esas compañeras tuyas se burlan de ti, de mí y de todo valor de decencia.

Hablé con mi suegra. Escuchó mi desesperación. Me pidió tener paciencia con Armando. Cree que con un poco más de tiempo todo se arreglará. No sé qué creer. Quiero contártelo todo a ti. Que sepas la verdad de Armando. Estoy molesta y quiero culpar a todos cuando el principal culpable es mi propio marido. Él es quien busca a las mujeres, en Canadá, en Puebla, en Tijuana, donde este. Ellas solo aceptan divertirse, y alguna se deben hacer ilusiones. Si supieran que clase de hombre es, no correrían detrás de él.

No te quiero pasar toda mi amargura. Tú has tenido una vida feliz. No te preocupes por mí. Ahora me desahogo. Mañana vuelvo a reír. Después de todo es mi responsabilidad ser la alegría de mi casa.

Si hablas con Armando házmelo saber. Christine.

LA SITUACION ACTUAL.

Nadie afronta las verdades desagradables hasta que no está en condiciones de superarlas.   **BERNARD SHAW.**

Al salir del club de liderazgo. Armando subió al auto de Amanda. El conducía.

Armando _ Entonces ya te dijo su verdad. ¿Quieres escuchar la mía?

Amanda _ La verdad y la realidad que estoy viendo es que hace quince días te despediste de todos en el club, y ahora te vemos aquí. Tu mujer está destrozada.

Armando _ ¿Vamos a cenar?

Amanda _ Si, donde siempre, es el único lugar que cierra tarde. Tomaré todo el tiempo necesario para escuchar tu verdad.

Armando _ Estarás de acuerdo conmigo en que cada quien tiene su versión de los hechos. Tú ya estabas al tanto de gran parte de estos hechos. Para mí el amor acabo. No tengo ganas de seguir adelante con esto. No quería herir los sentimientos de Christine. Me siento culpable, me siento obligado, te juro que tuve ganas de volver ahora que vino y las vi juntas, te vi a ti tan decidida aconsejándome que era la mujer ideal para mi, y la situación más extraordinaria, que quise hacer el sacrificio de continuar, aguantando los inviernos largos y depresivos de Canadá.

-Entraron al restaurant. Ordenaron. Y continuaron su charla-

Amanda _ Esta bien. Me gusta que tomes tus propias decisiones. Si te quise convencer de lo contrario fue por jugar al "abogado del diablo". Las decisiones bien tomadas nacen de dudas consultadas, de noches de insomnio, de errores y confrontaciones con tus miedos. Ahora vas por buen camino. Tu decisión es firme. Falta que Christine lo entienda. Espero ayudarla en ello.

Armando _ Estoy seguro de que si se hizo amiga tuya es porque quería tener a alguien vigilándome. Deseaba obtener información de personas que no fueran de mi familia. Algo se sospechaba, eh. – Su tono de voz era suave, seguro, confidencial-. Muchas veces le demostré que estaba cansado, y nos escuchaste a los dos, cuando ella estuvo aquí; escuchaste como me quejé de su frialdad para con su hombre, (conmigo, claro); me tiene harto con el continuo olor a tabaco, y de que en ocasiones bebe demasiado. Tu sabes que no soy así, soy más como tú. Desde que te vi supe que tú y yo teníamos mucho en común. Sabes bien que podríamos ser una buena pareja.

Amanda _ Si, me doy cuenta que quería tener una "cámara escondida" siguiéndote como una sombra. Esta tan lejos de ti. Ahora me doy cuenta que no es sólo la distancia que les separa, hay varias cosas. Christine va a reponerse. Todas lo hacemos. Mírame, tres matrimonios, y voy por el cuarto. Y estoy segura que no hay quinto malo. – Sonreía, lo miraba divertida-

Armando _ No voy a permitirlo, tu quinto malo. Seré el último. Tú y yo podemos conservarnos juntos hasta el final. – Su voz era muy varonil, su mirada clavada en Amanda, llena de esperanza bien calculada, de sus raíces ancestrales brotaba "el macho que se sabe triunfador al cortejar a su hembra"- Así que ve haciéndote a la idea. En cuanto tenga el divorcio de Christine estaremos unidos para siempre. Y sabes que no es broma.

Amanda _ Me siento muy a gusto contigo. – Alegría sincera, ambiente de bienestar y punto, pensaba Amanda- Lo que dices es tan agradable, como la vida en rosa: " il me dit des mots d'amour, des mots de tous les jours, ça me fait quelque chose… c'est lui pour moi, moi pour lui dans la vie... » (El susurra palabras de amor, palabras de todo señor, y eso me hace un efecto… él es para mí, yo soy para él por toda la vida… Edith Piaff).

Armando _ ¿Quién mejor que yo para entenderte Amanda?

Amanda _ Lo sé. Ahora solo hay que permitir que el tiempo haga su labor. Que tú mi ave picaflor te fatigues de buscar a diestra y siniestra a tu Dulcinea. En fin dejemos fluir la relación y los acontecimientos como tarea del destino. ¿Te parece?

Armando _ No. No estoy de acuerdo. Me llamas picaflor cuando has sido tú quien me ha enviado de paseo a cada vez con otras mujeres.

Amanda _ Entonces soy la culpable de que seas mujeriego, parrandero y soñador

Armando _ Si formalizáramos nuestra relación viviendo juntos, todo el mundo se enteraría de que somos pareja. No tenemos porque dar explicaciones. Fuiste tú quien quiso que todos se enteraran de que yo tenía una esposa canadiense. Yo te lo dije sólo a ti, porque contigo mis intenciones son serias. Quería que supieras toda mi verdad, la realidad en la que estoy parado. Con las demás no creo deberles explicación. No espero nada de nadie. No me importa que se ilusionen o desilusionen. Ante tú desdén y tu juego: "esperemos un poco, démosle tiempo al tiempo"; me orillas a lo que está sucediendo. Para ser sincero me he divertido. He tirado dos que tres canas al aire con cosas que desee hacer de joven. Son hechos sin trascendencia.

Amanda _ ¿Ves? Todo va por buen camino. Aun tenías deseo de extravagancias. Una vez que los colmes todos, ya no necesitaras de otras u ¿otros? Queda pendiente lo de "tener hijos".

Armando _ No es importante eso para mí. Lo dije por decir. Christine quería tener hijos, no los tuvimos. Tú tienes los tuyos. Tal vez sea suficiente. Aunque en ocasiones la paternidad me da cosquillas, quizá como padre adoptivo. Tal vez tengo algo que ofrecer por ahí. Mira, como tú, escribir, ser mentor de alguien, todo eso significa "hijos", creatividad, es todo lo que deseo. Si estoy estable conseguiré esa descendencia, o mejor aun "trascendencia". – Se acercó a Amanda, la abrazó, se besaron con ternura y delicadeza, él susurró a su compañera. – Vámonos Amanda, el fuego me abrasa, el lecho nos espera, vámonos querida.

Amanda _ No me hiciste comentarios sobre mi historia de "Kalim". Fue la primera vez que la hice de consejera matrimonial. Ahora lo hago contigo. – Sonreía - Hay también detalles sobre los hijos y la relación de pareja en fin con gusto escucharé tus comentarios.

Armando _ La leí. Tenemos toda la noche para comentarla. –La tomó de la mano la jaló hacia sí, le gustaba sentirla cerca.

KALIM, cambiando costumbres.

Aquel que tiene esposa e hijos ha entregado rehenes a la fortuna, pues aquéllos constituyen una traba para las grandes empresas. Bacon.

Le di clases de español. Sobre todo necesitaba conversación. Se iba a trabajar a España en un mes y era necesario llegar dominando el idioma. Muy apuesto este joven: moreno claro, pelo rizado, ojos cafés claros, estatura media, casi alto. Era recién casado, moderno. Estudio Informática. Su mujer era secretaria, hermosa ella también. Una pareja hecha el uno para el otro.

. Desde niños habían sido compañeros de escuela, amigos, vecinos, familias que se conocían entre sí. Kalim obtuvo una beca para estudiar en Francia cuando ya fue a la universidad. Y exitosamente al terminar su carrera regresó a su país. Solo que ahí no encontraba trabajo bien pagado, y sobre todo, me explicó, que representara un reto para él. La empresa para la que trabajaría en España era una gran central contable y el sería el encargado de mantenimiento de programas en los ordenadores.

A su esposa también le gusto la idea. Su luna de miel había sido en Agadir, solo por viajar, pero realmente consideraban la oportunidad del trabajo en Sevilla como su luna de miel, la mejor. Esperarían para tener hijos unos 6 meses, para ser el primer encargo.

Ese mes de curso intensivo de español, yo también aprendí mucho, teníamos libros de lectura de España, para que él se acostumbrara a esa forma de expresarse. Así me di cuenta que los albaricoques es lo que llamamos chabacanos, los melocotones, comúnmente en México les decimos duraznos. En España no entenderían estas palabras. Y desde luego el tenia que buscar un piso en renta, no un departamento. Además teníamos que usar el "vos" y sus conjugaciones, nada difícil para mí, aprendí con las monjas Teresianas toda mi primaria y secundaria, leí a Santa Teresa de Jesús, así pues vos comprendéis que mis ajustes eran necesarios, y ejercitaban mis habilidades de aprendizaje, memoria y relaciones públicas. Amar a la madre Patria porque perdonar es de sabios. Así que junto con Kalim, y Fátima nos enamoramos de España, ya hasta me quería ir con ellos a vivir a Sevilla. *"Vamos hombre, anda que no ez difízil reconozer lo que ez tuyo.*" (ceceando).

Hasta tuve sueños regresivos, de vidas pasadas. Soñé que en alguna de esas vidas fui un soldado de la edad media. Persona sencilla, era yo fuerte y orgulloso de defender a mi pueblo, a mi religión. Seguro que andaba yo en las cruzadas. Al atravesar un puente levadizo, yo montaba un corcel blanco. La gente nos sonreía agradecida y mi pecho protegido por una cota de malla se hinchaba de alegría. En la multitud veía rostros de campesinos, de trabajadores, de gente del pueblo con quienes me identificaba. Españoles, todos. Catalanes. Buscaba yo un rostro femenino que me hiciera sentir como bálsamo al alma, pero no lo encontraba. Y me conformaba pensando que quizá Dios me llamaría al servicio religioso pues no había media naranja para mí.

Mas los sueños, sueños son. ¿Vidas pasadas? Si es posible, yo creo que sí, parte de mi energía, de mi genética, tiene recuerdos de esas vidas pasadas. Todo se recicla, el día sigue a la noche, del invierno vuelve la primavera, de la destrucción vuelve la reconstrucción. Entonces igual y si, nosotros nos reciclamos, hasta alcanzar una cima que debe ser la sabiduría misma, la máxima luz, el ser completo que se encuentra con su creador. Mientras tanto en esta vida presente, y en aquel pasado que ahora recuerdo, yo vivía en plenitud siendo mujer, sexualmente activa, en un porcentaje elevado, pues en mi segundo año de matrimonio, aun continuábamos deseándonos todos los días, mi francés y yo, su latinoamericana sexy. Y los fines de semana cuando había energía y estimulación hasta dos o tres veces al día. Estábamos recuperando esa fuerza sexual, creativa y recreativa que de mi parte se había reprimido varios años.

Cuando empecé a tener relaciones con mi marido, quien entonces era mi novio, lo primero que me preguntó es que si yo ya había tenido experiencia sexual. Si claro, y de verdad que sí, mi primera vez fue deliciosa, digo no se lo conté a mi novio francés, pero asentí en mi gran conocimiento de las relaciones sexuales. Además en teoría si me había preparado, Master y Jonhson entre otros libros, "El Mono Desnudo" (Desmond Morris), y más sobre la revolución sexual, que antes era tabú.

Denis iba muy preparado con preservativos, todo se pasó de maravilla en nuestro primer encuentro amoroso. Al terminar notamos que las sábanas estaban manchadas de sangre. " Me mentiste!" me dijo enojado. ¡NO!, de verdad que ya había tenido relaciones con mi novio mexicano, hasta nos íbamos a casar, no entiendo que pasó. Tuve orgasmos y fueron varios encuentros. No sangré mucho, pero según los libros leídos, no todos los hímenes se rompen con abundancia de sangre… sin embargo, con Denis si hubo abundancia, en todo".

Pero regresemos a Kalim y Fátima. Llegaron a tener mucha confianza conmigo. Me preguntaron dudas que tenían sobre el sexo. Me asombré, pues creí que los musulmanes tenían una fuente de información y una experiencia sexual vasta. No era así, en Marruecos, las familias medias, no tienen cinco mujeres, ni los hombres son forzosamente unos expertos sexuales por haber probado nenas desde su tierna adolescencia. Nada de eso. Igual que nosotros, son cuidadosamente distraídos de su sexualidad. Se les impulsa más a la educación y superación personal. A la oración y el conocimiento y temor de Dios. Todo esto ayuda a formar solidez moral en las personas. Solo que también acarrea dudas e inseguridades en cuanto lo que es bueno y malo.

La psicología, la paciencia, la ciencia al leer un poco de todo, y luego estudié medicina, aunque no terminé, y en Marruecos estaba en la Cruz Roja como auxiliar de enfermera, con ello esta joven pareja sintieron la confianza de preguntarme si era razonable desearse tanto, si no les haría daño tener relaciones con frecuencia. Si no afectaría a su bebé, en caso de embarazo el continuar con sus afectos. Mi opinión venida de lo leído, visto, experimentado y escuchado, era que la naturaleza misma guía tus instintos, que escuchar tus deseos y tu conciencia es escuchar a Alah, a Dios, a la creación, al creador. Nada malo pasa si en forma sencilla y natural sigues los dictados de tu corazón. Ah! Pero guardaos de sentir remordimientos y ansiedad por estar haciendo algo, eso sería clara indicación de que estáis obrando mal .y tendréis consecuencias negativas desde luego.

Kalim me había preguntado cuanto tiempo tenía yo de casada. "Casi dos años" – le dije orgullosamente-, se asombró de que no tuviera hijos. Y sin rodeos me preguntó si mi marido no me hacia feliz. Si, le dije que él y yo teníamos una relación muy intensa. Había de todo: afecto, admiración del uno por el otro, confianza plena de ambas partes, nos decíamos todo, nos comunicábamos bien y eso era esencial. No teníamos presiones ni de familiares, ni económicas, ni de diferencias en lo que queríamos hacer, en nuestra educación nos habíamos encontrado en un mismo nivel de conocimiento, de actualización digamos en educación sexual, en política, en religión, en creencias en general. Yo admiraba mucho la cultura y experiencia de mi hombre. El amaba y admiraba en mí la mujer dulce, afectuosa, tierna, quien le prodigaba atención y cuidados y que se entregaba sin reservas en muchos sentidos a él. La sexualidad y el afecto eran factores importantes entre los dos.

Kalim no estaba muy convencido. Si todo está tan bien ¿Por qué no tienen hijos?. Algo anda fallando. Sonreí, me di cuenta que en las costumbres musulmanas era muy importante el tener hijos. Eso demostraba la virilidad masculina, la fertilidad femenina, cualidades estas que eran esenciales en esa cultura, vamos, en todas las culturas de la antigüedad. Actualmente todo eso ha cambiado. Y nos dirigimos al opuesto. Sabemos que tener hijos conlleva grandes responsabilidades y que el planeta está saturado de seres humanos. Por eso es importante decidir si realmente uno quiere tener hijos, planear su educación de la manera más completa y entonces ver si se tienen los medios para lograr darle una vida decorosa. Mi esposo y yo estábamos de acuerdo, en ese momento de nuestras vidas en no tener hijos. Queríamos viajar, necesitábamos nuestra libertad de acción. Nuestra meta era conocer varios países a través de la facilidad que Francia ofrecía a los legionarios. Trabajar para otros países en cooperación con estos, y conocer así diversas costumbres.

Kalim me dijo que parecía importante pero no le convencía. Una manera de vivir egoísta y sin el fin básico de una familia, tener hijos. El moría de ganas de ver a sus descendientes.

Al cabo de treinta días nos despedimos. Quedó formalmente de enviarme su dirección en Sevilla. Así lo hizo. Dieciocho meses más tarde, ya instalados en Lyon, Francia. Decidimos viajar por España. Sevilla era una de las ciudades que visitaríamos. Le avisé a Kalim de nuestra posible visita. El estuvo contento de saber de mí, y seguro sería estupendo encontrarnos en esa ciudad.

Nos dimos tiempo para visitarles. Quedamos de vernos en un restaurant para el almuerzo. Hablábamos en francés, en español, hasta en ingles. Le dio gusto ver gente que le recordaba su país. No habían podido regresar a Marruecos, todo era por correo normal. Aun no llegaba la maravillosa era cibernética.

Tenían una bebita. Estaba delicada en esos momentos, por eso Fátima no había asistido. Platicamos de muchas cosas. Entre otras de lo que llevábamos recorrido de Francia a Sevilla. De lo divertido que lo pasábamos viendo cosas nuevas y maravillosas en las ciudades, en la naturaleza en los vestigios del paso del tiempo. Kalim reconoció entonces que llevábamos una vida diferente pero muy divertida. El en su trabajo iba bien, cansado, pero estaba adquiriendo experiencia y la empresa estaba contenta con su trabajo. El salario no era lo más alentador, esperaba con el tiempo conseguir mejoras. En su vida íntima, al contrario estaba lleno de tensiones, la bebé, la adoraban, pero si significaba muchísimo desgaste, pocas horas de sueño, disputas con su mujer, poco sexo, enojos y un sinnúmero de preocupaciones. "Cuanta razón tenias, me dijo, al aconsejarnos que precipitarse en lo de ser padres no era lo ideal en esta era. Pero lo hecho; hecho está. Sé que Fátima y yo pasaremos este momento difícil, tenemos gran amor el uno por el otro. Y ya cuando la nena sea grande, podremos disfrutar la vida como ustedes. Yo ahora sólo deseo tener una hija y ya. Fátima sigue con la idea de que si tenemos una, de una vez vayamos por otro hijo, o nena, igual y eso sea nuestra familia, sin importar que en casa aun sigan teniendo cuatro o cinco hijos. Eso ya no es posible.

Después del aperitivo, y la comida, fuimos a conocer a su bebita. Le llevamos un postre a Fátima y tomamos el delicioso té a la menta. Ayudé a Fátima cargando a la bebita, que por suerte no era huraña. Me di gusto de abrazar ese ser humano tan completo, pequeño pero todo un potencial. Cierto el instinto materno me cosquilleó todo el interior de mi ser. Sin embargo recordé muy bien lo que Kalim venía de confesarnos en el restaurante. Y la verdad yo deseaba seguir teniendo esa libertad de acción, y mi marido ni se diga! El si no se conmovía con los niños. Apenas le hizo una caricia a la bebé. Mero compromiso. Luego prefirió ignorarnos, a las tres mujeres y dedicarse a indagar de la vida en Sevilla con Kalim.

from	Amanda Loza <alozal@gmail.com>
to	**Christine** <chrichv@videotron.ca>
date	Wed, Feb, 10, 2010 at 5:05 PM
Subject	: Sorprendidos. Mailed gmail.com by

Christine,

Todos en el club nos sorprendimos al ver a Armando en esta última sesión. Lo hacíamos en Canadá. Bien yo sabía por ti, que no llegó, pero él no me había dicho nada. Entonces no quise hablar a casa de sus padres hasta que él se comunicara conmigo.

Armando está decidido a no regresar a Canadá, no quiere saber del invierno de allá. Se quedará en Tijuana. Considera, como tú, que no es suficiente el ingreso para los dos. Aunque con el tiempo, ya bien establecido, puede ser que las cosas cambien.

La situación depende de que pruebes ahora tú, de adaptarte a nuestro país. A nuestras costumbres, a nuestro ingreso. ¿Cómo ves?

Me gustaría sobar tu alma, abrazarte y sostenerte largo tiempo para aliviar el dolor que sientes Christine. Esta anécdota que te anexo tiene esa intención. Los seres humanos somos un misterio, y las cosas no son "buenas" o "malas" en sí, nosotros las hacemos a nuestra comodidad, a nuestro gusto, aprovechando oportunidades.

Fuerte abrazo. Amanda.

MICHEL

La fidelidad tiene un corazón tranquilo. Shakespeare.

_ Siempre me gana jugando sólo sus peones. El colmo, sólo con los peones. Fue el campeón de ajedrez en esta ronda de "Encuentros culturales entre Liceos de Casablanca". Te va a agradar. Es carismático e interesante. Michel. Es francés, pero ha vivido aquí desde la primaria. Solo hizo la universidad en Toulouse y regresó a Marruecos. Habla español, árabe, inglés y hasta alemán. Es profesor de matemáticas.

_ ¿Trabaja en el Liceo con ustedes?

_ No, el trabaja en un liceo Marroquí. Y tiene tierras laborables, hortalizas. Eran de su padre. De su abuelo, primero, su padre heredó, y ahora Michel es el terrateniente. Vive con su abuela. Como su madre abandonó al padre para regresarse a Francia, Michel no quiere casarse con una europea. Tuvo una novia española. Cuando ella notó que Michel no quería casarse, se regresó a Málaga. Son buenos amigos, si queremos nos da la dirección o va con nosotros para visitarla y tener hospedaje. ¿Buena idea, no?

_ Denis, mi cielo, me fascinan tus ideas. No sé qué tan cómodos nos sentiríamos en casa de la ex-novia de Michel. ¿Y él? ¿Se sentiría cómodo?

_ Si, quedaron buenos amigos. Piensa, "ma belle" que no estás lidiando con mexicanos. Los europeos tenemos mentalidad diferente.

_ O sea, tú no te pondrías celoso si yo acepto una relación con Juan Ramón, sólo para ayudarlo a sobrellevar su soledad.

_ Oh, "petite sal…", no harías eso. Te conozco. Tú sólo estas hecha para mí. Sin mí no puedes vivir.

_ Pero Juan Ramón dice que prácticamente me ofreces a todos tus amigos.

_ Es el punto de vista de Juan Ramón. Después de todo es español, sangre más latina que la de los franceses. Y eso que te dijo es para ver si te convence. Pero yo no lo voy a permitir. Aquí me tienes listo para hacer tu felicidad completa.

Besos dulces, deliciosos, con sabor, con tiempo con amor, con pasión. Caricias que encienden y volvemos a empezar con esa exquisita relación que solo se da entre un hombre y una mujer que se desean con intensidad, con conciencia de ser uno para el otro. Era viernes por la tarde, nos divertíamos jugando a corretearnos en el pequeño espacio del departamento, desde luego si me alcanzaba, yo me hacia la difícil. El ruido que hacíamos de pronto me recordó que los vecinos… pero él me decía, no importa, no te preocupes por ellos.

Me persiguió hasta la recámara, cuando escuchamos tres golpes en la puerta. No me dejó moverme, ya estábamos muy ocupados en lo nuestro como para atender la puerta. Me dijo cosas hermosas, me hizo reír, volvimos a gritos y susurros. Entonces los golpes vinieron de abajo. Juan Ramón, seguramente con una escoba, golpeaba el techo para pedirnos recato. Imaginar que se le antojaba al grandulón aquel de ojos verdes, imaginarlo ahí en lugar de mi marido, aumentó mi efusión. Fue ¡fantástico, fantástico!

Sábado por la mañana se repitió la dosis. Nos gustaba tanto estar juntos, sin prisas, sin preocupaciones, uno para el otro. El mundo rodaba, nosotros nos amábamos con necesidad, con afecto, con dulzura. El estómago nos recordó otras necesidades. Me pidió una quiche Lorraine. Mientras el arreglaba papeles de la escuela. Después del almuerzo me ayudó a recoger la mesa y levantar todo en la cocina. Empezaba a hablarme de nuestras vacaciones de verano, cuando alguien golpeó la puerta.

Denis fue a abrir. _ ¡Michel!, me olvidé que te había invitado.

Michel _ Si, ayer por la tarde, sugeriste. Vine y escuché que había fiesta. Toqué pero no me invitaron a pasar. Me di cuenta que la fiesta estaba en su apogeo y que seguramente no me escuchaban. ¿Había música mejicana, verdad? – lo dijo socarronamente-.

DENIS_ Querida, te presento a Michel. Y precisamente llega en el momento interesante. – Volteando hacia Michel- justamente íbamos a hablar de las vacaciones.

Michel_ Hola, tu marido habla mucho de ti. Esta como poseso. ¿Acaso lo has embrujado?

Yo _ Michel, tanto gusto, yo también ya escuché lo maravilloso que eres en el ajedrez y lo poco común como francés, casi marroquí. Aunque difícilmente se te tonaría como tal.

Michel_ ¡Mira, mi piel morena!

Yo_ Bronceada, muy bronceada. Pasas mucho tiempo al sol. Te falta teñirte ese pelo rubio y tal vez puedas dejar los ojos azules, son casi grises, te irían muy bien como árabe.

DENIS_ ¿Qué deseas tomar: tequila, rompope, (son de México), vino o café.

Michel_ Nunca he tomado tequila, será bueno empezar ahora. Pero si me quedo dormido se aguantan con un invitado inesperado hasta mañana.

DENIS_ Mi mujer maneja, te llevamos en tu auto y te dejamos en tu casa sano y salvo.

Michel_ Me gustaría más quedarme. La alegría que reina en tu casa no se encuentra en cualquier parte.

DENIS_ Lo sé, pero no te anotes, hay exclusividad.

Michel _ Podría intentarlo.

DENIS_ Inútil! Créeme. Pero vamos al grano. Ya tengo el guía de Argelia y de Tunisia. El de Marruecos ya lo tenía desde hace mucho. Amanda y yo ya recorrimos el sur de este país. Ahora vamos por el norte. Tenemos mapas. Todo. Falta que nos pongamos de acuerdo en el itinerario, y calcular gastos.

Serví el tequila para los tres, acompañado de limón y sal desde luego. Michel preguntó para que servían el limón y la sal. Y le mostramos como se tomaba el tequila. Sus ojos fijos en mi, succionaban el limón con sal y daba sorbos al tequila." ¡Sabor mejicano! –Exclamó- muy fuerte, quema por dentro."

Nos enfrascamos los tres en ver mapas, recorridos, decidir cuál era lo mejor, calcular tiempos. Ya había tomado yo gran placer en estas tareas de planear vacaciones. Mi marido me ponía a leer para enterarme lo que visitaríamos, luego se lo tenía que decir, y explicarle porque esta visita y aquella. Nos turnábamos el papel de guía turístico. Ahora compartiríamos con Michel quien gustoso se alió con nosotros. El no viajaba mucho, era más bien sedentario. Pero se entusiasmó con el viaje, el ponía su auto, un Reanault azul claro.

Nosotros no teníamos auto. Denis alegó que era caro el mantenimiento. Además como su padre había muerto en un accidente, manejando en invierno y con niebla, sumó pretextos para no adquirir uno. Aunque en México yo estuviera acostumbrada a moverme en estas máquinas. Pronto me di cuenta que por acá nos podíamos pasar de ellas.

Llegamos a media botella de tequila. Y discretamente la guardé. No era fácil conseguirla en

Marruecos. Llevé café, pues además había preparado una tarta de fresas. (Receta de mi suegra, me quedaba deliciosa.). Michel prefería té a la menta. Fui a la cocina, por suerte que tenía hojas de menta, en Marruecos es parte de la cocina, Michel entró en la cocina seguido de mi marido. Dijo que quería asegurarse de que sabía yo hacer el té. Le entregué lo que tenía y le dije que se sintiera como en casa. Le gustó sentirse en casa, lo dijo. También aseguró con mucho énfasis, que yo era de su completo agrado. Mi marido captó todo el sentido y propósito de Michel, y se divirtió con ello. A mí no me molestaba. Y ante este hombre joven, franco y abierto, me sentía a mi guisa. Como si de verdad fuera de mi familia.

La noche llegó, y nuestro amigo sugirió ir al cine. Había una buena película de Woody Allen, ahora si como los tres mosqueteros, todos para uno, uno para todos, comentó Michel con gran alegría. Teníamos los mismos gustos, y el mismo propósito, pasarlo bien como gente de nuestra edad, veinticuatro años, con destinos en parte conocidos en su mayor parte desconocidos pero no escabrosos.

Desde el primer momento entablamos una relación de franco flirteo, Michel y yo. Era mi hermano, me apapachaba, era mi primo, me acariciaba, era mi mejor amigo, besaba mi mano, mi frente. Era mi cuñado, hermano de mi marido, me prodigaba afecto. Todo era una broma muy seria, nos divertíamos mucho. Mi marido no fue ajeno a esto. También tomaba su parte de regocijo. So pretexto de su seguridad de mi fidelidad, y también de vez en cuando de darse permisillos con una que otra amiga, escasas eran las solteras extranjeras, pero mi marido con sus ojos marrón, su gran altura y su aire de hombre de mundo, cautivaba. Michel era más reservado. Le gustaba pasar desapercibido. No era my alto, y aunque matemático y reflexivo, era también una persona de acción. Tuve oportunidad de verlo cuando me llevó a su casa, y luego a su huerto.

Su abuela, Etienne, me acogió con entusiasmo. Nunca antes había conocido una mejicana. Había visto turistas americanas, pero jamás se mezcló con ellas. Tenía toda su curiosidad sobre de mi. Quería saber muchas cosas de América, de mi país, de nuestras costumbres. De los clichés, que si ciertamente andaban con grandes sombreros los campesinos, que si solo andaban a caballo y en burro. Preparó comida francesa, un soufflé de queso, igual de sabroso que el de mi suegra. A mí no me quedaba bien, era difícil lograr la consistencia de las claras de huevo y no dejar que callera con el peso del queso.

Etienne me dijo que Michel estaba muy contento desde que me conoció. Le cambió el carácter. Era alegre como cuando niño. Me dijo que haríamos buena pareja, me contó su sueño de lograr ver a sus bisnietos. Me asombró lo que decía. ¿No sabía que yo era casada?

En el huerto, Michel me confesó que no, su abuela ignoraba mi estado civil. Así lo dijo, como un chiste, algo además que no tenía importancia. Yo tenía dos hermanas sin casar, y amigas solteras, posiblemente entre estas mujeres el encontraría su mejicana, ya había decidido que si se casaba, seria con una mejicana, eso se lo había comentado a su abuela.

Tarde que temprano conocerá a Denis, le recordé. "Si, más tarde que temprano, me aseguraré de ello". Sin ningún empacho lo declaró de esa manera.

from	**: Christine** *<chrichv@videotron.ca>*
to	*Amanda Lozal <alozal@gmail.com>*
date	*Frid, Feb, 12, 2010 at 12:08 AM*
subject	*Los canadienses somos diferente.*
mailed-by	*videotron.ca*

¡Asombroso! Los franceses parecen muy permisivos. Mucho se ha hablado y escrito sobre las costumbres amorosas de ellos, especialmente las inusuales.

Los canadienses somos diferentes, Amanda, por lo menos los hombres que yo conozco son honestos y gente de familia. Ante todo es su familia.

Cuando conocí a Armando y su familia creí que teníamos los mismos valores. Lo que no me explico es porque sigue escribiendo a mis hermanos y a mi padre. Diciendo que pronto los vera, que está arreglando asuntos en Tijuana pero que este mismo año vendrá a Quebec. Cuando hablo con mi suegra es lo mismo me pide que espere y tenga paciencia con Armando.

El me dice que tiene pendientes unos trabajos que ya había iniciado y que en cuanto termine esos proyectos vendrá.

Trabajo con muchos extranjeros adultos. Me gustan mucho los extranjeros, eso tenemos en común. Mis alumnos son profesionistas, gente que trabaja y se está adaptando a Quebec, las clases de francés son básicas para su adaptación y empleo. Muchos de ellos se sienten atraídos por mí. Sería tan fácil par mi salir con alguien. Un peruano me acaba de invitar a Lima y a Machupichu. Me encantaría irme de vacaciones olvidando todo esto. Sólo que Armando no es como tu marido francés. El se enojaría y buscaría el divorcio culpándome.¿Qué tengo que perder, me pregunto, con el divorcio?

Denis, entonces sabia, y además permitió que anduvieras con Michel. Me gusta tu vida. Te ves tan contenta y satisfecha de lo que te rodea. No soy "pleurniche" (chillona), no estoy, tal vez, en mi mejor momento. ¿Cómo terminaste con Michel? Christine.

from	Amanda Loza <alozal@gmail.com>
to	**Christine** <chrichv@videotron.ca>
date	Sat, Feb, 13, 2010 at 1:34 PM
subject	: Ve a Per'u.
Mailed by	by: gmail.com

Salut Christine!

Atisbo un hilo de luz en tu vida, una inundación solar. Ve a Perú, diviértete, conoce gente. Este chico te invita y paga parte de los gastos. Aprovecha por dios Christine. A eso se le llama oportunidad en la vida. Viajas, te diviertes, conoces gente, te das opciones en la vida.

En cuanto a Armando, ya te mostró con hechos su posición. ¿Por qué vas a esperar su permiso, su acuerdo para que tu vivas tu vida? El está viviendo la suya, a su manera. Te lastima y avanzan lentamente hacia un final inevitable. O al contrario, ocurre que cuando "uno ve que va a perder lo que realmente se ama, no permite que eso suceda"

Vamos *"ma belle"*, te recomiendo de ir a Perú.

Si, ahora la paz y la armonía reinan en mi alma, mi ser, mis finanzas, mi vida. Por eso sonrío todo el tiempo. Estoy segura que nuestro Padre celestial eso quiere que hagamos. El andar por la vida es buscar la manera propia de cada quien para llegar al paraíso, cuando lo encuentras, das un paso al más allá, a la eternidad.

Y con el placer que me da compartir contigo, continuo con mi historia sobre Michel, fue bella, *"un ménage a trois"*, consentido. Si se te presenta ¡vívelo!.

Xoxo. Amanda.

MEKNES, FEZ... ¡VIVA LA VIDA!

La naturaleza no podrá decirse plena ni perfectamente feliz si no alcanza lo que demanda. San Agustín.

Las 6 semanas previas a las vacaciones de verano transcurrieron rapidísimo. El seis de julio fue nuestro banderazo. Todo listo, todos prestos nos dirigimos a Meknes en primer lugar. Dejando la capital, Rabat, como la cereza del pastel que nos comeríamos al retorno.

La importancia de Meknes le viene de haber sido una ciudad imperial, guarda vestigios esplendorosos del Sultán Moulay Ismail. Leíamos y escuchábamos historias del Sultán y la cultura árabe. Era revivir "la aventura" de conocer un país que solo vislumbrábamos cuando niños con los cuentos de las mil y una noches. El Sultán con su harem y muchas concubinas. El Rey David tuvo muchas esposas, era usual en los viejos tiempos tener varias mujeres.

Ahora los vientos favorables soplaban para mí. Una mujer con muchos maridos, la Sultana del Norte de África. Uno tiene derecho a soñar cosas exóticas en países extraños y siendo una extranjera singular. En una situación inusual. Mis dados en la mesa mostraban cinco ases. La conducta de mi marido nos hacía ya una especie de *"ménage a trois"*. Ellos dos se entendían por su cultura en común, *"vive La France"*. Yo, una mujer latinoamericana, joven, con hormonas nutridas en latitudes tropicales y con un marido que tiene un amigo muy de nuestro agrado, los tres padeciendo las mismas fantasías sexuales nos pusimos a jugar de tal modo de satisfacer lo esencial de la vida misma en ese momento nuestro. Los tres, gozosos, dichosos, alegres visitábamos monumentos, cafés, restaurantes; recreándonos, coqueteando, divirtiéndonos, en un marco de cuento de hadas. Rodeados de lo fabuloso como Bab Mansour, la bellísima puerta la más hermosa y más grande en el mundo árabe- de arquitectura islámica, arte que embelesa. Dar El Makhzen el palacio del sultán, arrobamiento total. Aromas de azafrán, comino, pimienta, y otras especias, colores ocres y variados, dátiles, aceitunas, pasas; sabores que deleitaban nuestros sentidos en el mercado de la Medina, la Medina es la parte antigua en cualquier ciudad marroquí. Un mosaico de extranjeros: asiáticos, europeos, sud-africanos, australianos. Una charla anodina con uno que otro de estos visitantes. Y nuestro mundo, el de tres en un recreo excitante.

El tercer día fuimos a Volúbilis, las ruinas romanas. Hablamos aquí de exquisitos tesoros, patrimonio de la humanidad, sencillez y riqueza del espíritu universal que brota del ingenio humano. El Arco del triunfo, la casa de Baco con delicados, precisos y preciosos mosaicos romanos, el capitolio; fastuosidad y poderío económico de la histórica Roma, que aun tienen eco viniendo desde el siglo tres antes de Cristo. Era un encanto estar ahí. Denis encontró una inglesa que viajaba sola. La sangre flemática de mi marido viene de los ingleses, su padre era inglés. Se alargó nuestra visita placenteramente para todos. Denis conquistando a la inglesa, Michel aprovechando para seducirme. De cualquier manera la seducción flotaba en el aire con tan abundante motivación, la vista de esas ruinas impresiona, vives la historia y marcas tu historia personal.

Fez la ciudad religiosa por excelencia. Aquí los infieles se convierten, hablo de los otros infieles, (je,je,je); desde el punto de vista religioso. Una gran mezquita, muy antigua es parte de lo que no te puedes perder de Fez. Ciudad medieval musulmana. Continuamos en las nubes, alucinando la historia viva y tejiendo la nuestra, fielmente, siguiendo los dictados de la oportunidad, de la edad, de la naturaleza y de la belleza y delicadeza del cortejo de dos hombres y una mujer. Después de Fez nos esperaba una larga ruta hasta Oujda. Michel me permitiría conducir su Renault.

El placer de acariciar a la madre naturaleza, a nuestro Planeta de esta manera tan maravillosa. Ahí perdidos en un punto de la cordillera del Atlas. Mareándonos con las curvas y jugueteando con las manos, Michel y yo, cuando Denis en el asiento trasero dormitaba. *"Tu me fais tourner la tète, tu es mon manège a moi, on fera le tour du monde…"* es la letra de una canción francesa de Edith Piaf. En español diría algo así: Tú haces que la cabeza me dé vueltas, tú eres mi juego mecánico para mí, daremos la vuelta al mundo… y todo será felicidad. Parábamos a contemplar el paisaje. Escuchábamos el silencio. Los tres parecíamos meditar y aquilatar la riqueza que estaba ante nuestros ojos. Denis fumaba. Solo dejaba de fumar cuando comía o dormía y en el auto también, Michel se lo exigía. Había sido un acuerdo entre ellos. Michel no fumaba, le molestaba el olor a tabaco.

Después de varias horas de carretera vi a lo lejos una muralla. Yo:-Mira Michel, una muralla, es eso Oujda?

Michel: - No, es un espejismo, bromas del desierto. – Sonrisa burlona sobre sus labios-

Yo:- "Es Oujda, nos acercamos". Aseguré.

Denis:- Es la sed que tienes lo que te produce los espejismos. Bebe un poco de agua.

Yo insistí –"Denis, mira con atención, allá está la población, es cierto que se mimetiza con el desierto, pero es seguro que veo esa muralla y que existe. Hay muchas casas del mismo color que el desierto subiendo las colinas. ¡Qué espectáculo tan soberbio!

Carantoña sobre mi cabeza, de mi marido que seguía en el asiento trasero. Yo manejaba y de cuando en cuando lanzaba un vistazo al panorama de espejismo fundido con realidad, eso era el poblado de Oujda.

Denis:- Deliras, pero estas contenta, ¿verdad? ¿Quién te trajo por estos lares? ¿Quién tiene ideas geniales para complacerte? Ciertamente una alegría infantil me invadía. Tarde mágica, éramos personajes de cuento, de hazañas dignas de relatarse y sobre todo de disfrutarse. ¡Allá vamos "molinos de viento", allá vamos murallas del desierto, allá vamos quimera del desierto.

"Soplen, vientos del norte y del desierto, soplen en mi huerto para que se expandan sus aromas, y así entre mi amado en su huerto y coma de sus exquisitos frutos." Cantar de los Cantares.

Y comí exquisitos platillos, garbanzo y zumo de naranja, y frutos de amor a la vida.

ARGELIA, NORTE DE AFRICA.

La oración es el acto todo poderoso que somete todas las fuerzas celestes a disposición del hombre. Lacordaire.

En Oujda nos habíamos alojado en un hotel de adobes, muros altos casi una fortaleza, con patio central donde había plantas, mesas para el desayuno. La habitación de Michel estaba junto a la nuestra. Antes de dormir aprovechamos el grito del llamado a la oración, el minarete estaba cercano, y la voz era de un muecín. En la mayoría de las mezquitas actualmente lo hace un altavoz, pero Oujda aun era tradicional. Nuestra oración de amor era la sagrada unión de dos cuerpos que se complementan, lo manda la naturaleza, lo exige Dios, es la base de la creación, y es perfecta, armoniosa, de total entrega y búsqueda divina. Al alba, hay otro llamado a la oración. Nos despertamos ídem, un cuerpo imantado por el otro, voceamos al tiempo del muecín. Oh Esposo mío el calor de tu cuerpo me reconforta. Tierra amada, sol de verano mantened la calidez de mi ser.

Después de asearnos, ya con el sol brillante pero no abrasador, nos encontramos los tres para desayunar y continuar con nuestro viaje a Argelia. Denis se quedó en la habitación terminando su aseo y además aprovechó para fumar. Michel y yo nos saludamos, me abrazó, me dio dos besos, luego otros dos más cercanos a mis labios, no me quitaba los brazos que me cerraban hacia él. Me dijo muy bajo al oído: "Te escuché anoche, te escuché esta mañana, estabas a mi lado, te escuché y fui feliz contigo". Sonreí satisfecha, y también en voz baja le dije: *"croissants et café, vas-tu prendre la même chose?* – cuernos con café, tomaras lo mismo? –"Estuvo de acuerdo, lo mismo, hizo el signo con su mano, los cuernos, y dijo "cocu – cornudo-". No había, yo, tenido esa intención. De hecho me sentía en un trío que está de acuerdo en todo. Denis no parecía molesto en nada.

A sesenta kilómetros de Oujda, bajamos del auto para entregar pasaportes. Los argelinos son serios, son guerreros, secos y abruptos. Llegamos a Argel, la capital, a mediodía. Decidimos ir a la Kasbah, (Medina, ciudad antigua). Ahí comimos mariscos, mejillones (almejas alargadas, color obscuro por fuera) preparados estilo francés. Argel es un puerto de mucha importancia en el Mediterráneo. Después de localizar un lugar para pernoctar un par de días. Empezamos por visitar la fortaleza, Alkazaba, hecha por los turcos en el siglo XVI. Nos perdimos en las callejuelas estrechas y laberínticas de la ciudad vieja. Nos regocijamos en el Suk – mercado- y descansamos en la Plaza de los Mártires. Al siguiente día seria la visita al Palacio de Barbarroja, ahora museo de artes populares.

Nuestro desayuno típico francés: pan (brioche, cuerno, bolillo o baguette) con mantequilla y mermelada y café. Mientras tomábamos el desayuno les recité la historia de Barbarroja.

Algo recordaban ellos de sus clases de historia. Para mí era novedad completa, pues no pusimos tanta atención en la historia nuestra ya que el imperio Otomano no tocó costas mexicanas jamás. Pero si invadió el Mediterráneo y golpeo fuertemente a España, que ya estaba herida de invasiones de moros. Los franceses también sufrieron sus embates en sus costas del sur, Venecia luchó contra ellos, enviando el Papa ejércitos cristianos contra moros. Pero Barbarroja, los hermanos Barbarroja, salieron victoriosos logrando dominar el Mediterráneo por treinta y tres años a favor de sus aliados los turcos otomanos. Aruj fue el primero, era alfarero y de gran riqueza, comerciante en un principio, terminó siendo un pirata my temido. Ayudó a los musulmanes que eran perseguidos por los españoles en el intento de echarlos fuera de las Mallorca y Menorca. Aruj los transportaba a las costas del Norte de África. Así los musulmanes le honraban con el nombre de Baba Aruj – papá Aruj-, que por deformación fonética –babbaruj- los españoles le conocían como barba rossa, y para los italianos eso significaba "barba roja", de ahí el nombre de los hermanos Barbarroja. En 1516 se apodera de Argel, Aruj se nombra Sultán del puerto, pero para ganarse los favores del Sultán Otomano, le otorga este derecho, el Sultán lo nombra gobernador de Argel.

Leí de la guía turística, que en 1538 derrotó a la liga Santa y permitió que el imperio Otomano dominara el Mar Mediterráneo hasta la batalla de Lepanto en 1571. Recordé al manco de Lepanto, Miguel de Cervantes Saavedra – Don Quijote de la Mancha- quien estuvo preso por cinco años en Argel.

Los otomanos firmaron un tratado de paz con Venecia, tanto temían los italianos a los piratas Barbarroja. Carlos I de España le pidió a Barbarroja que se uniera a su causa. Este desde luego se negó, y cuando España decidió atacarlos, los Caballeros de San Juan tomaron preso a Aruj, murió ahí uno de los hermanos Barbarroja. Hizir, otro de los hermanos, ayudó a Aruj a escapar. Así Ishag, Hizir y Aruj eran los corsarios más temidos en el Mediterráneo. A la muerte de Aruj, le sucede Hizir. Y es este quien dicta sus memorias de conquista y de corsarios. La compilación de estas se reúnen en cinco volúmenes manuscritos. Se exhiben en el Palacio de Topkapi y en la Biblioteca de la Universidad de Estambul.

Ya con energía y un tema del cual discurrir; nos dirigimos a las visitas del día. El palacio de Barbarroja en primer lugar. Mi esposo tenía que hacer el comentario de que fue el primer ayuntamiento bajo la dominación francesa. Michel un poco en defensa del mundo árabe sentenció que el gobierno francés siempre se vio mal con su política imperialista en Argelia. Tuvieron muchos conflictos con los argelinos, estos bereberes, saharahuis y musulmanes venidos de acá y de allá son por principio histórico gente aguerrida y rebelde. De ahí que el mismo Mitterrand se vio envuelto en un escándalo político por sus acciones en Argelia.

Noté también que de no ser por las mujeres extranjeras, Argel es una ciudad de machos. Los hombres, en su mayoría vestidos a la usanza occidental, dominan las calles, los cafés, los restaurantes. Las pocas mujeres argelinas, están cubiertas de pies a cabeza, muchas con el velo, y sus burkas son de colores oscuros. Otra cosa que me llamó la atención es que los hombres que caminan junto a un amigo se toman de la mano. No juzgo aquí. Recordemos que los rusos se besan en los labios, entre hombres, son costumbres que asombran a quienes no entendemos el origen de éstas. Como siempre las cosas en apariencia, son engañosas. Si vas al fondo descubres razones que pueden ser de peso o no. Estas y otras cosas discurríamos los tres mosqueteros, cada uno daba su opinión según nos ha ido en la feria. Denis, mi marido, su punto de vista francés de izquierda, Michel en una franca confusión – en opinión de mi marido- se creía mas árabe que francés, desde luego físicamente era totalmente francés, rubio de ojos azules, labios delgados, no muy alto, buena estatura, su piel forzada a ser morena por tanta exposición al sol. El contraste era de mi total agrado. Igualmente me llamaba la atención su ostracismo, su timidez de algún modo, su deseo de pasar desapercibido. Muy opuesto a Denis, quien desea siempre llamar la atención y ser el centro de miradas y auditores. Yo, en aquel entonces, de la izquierda mexicana, Adelita de corazón, revolucionaria, rebelde, Clara Zetkin, Angela Davis, Margaret Mead, ahora si como Don Quijote con esas ideas en la cabeza, soñaba en cambiar al mundo femenino, ahí estaban mis ideales. Por eso no quería tener hijos, por eso no deseaba una familia común y corriente. Una comuna, un kibuts, o mi harem, ja,ja,ja.

Después de estas discusiones, Michel quedaba boquiabierto y más confundido que antes. Sin embargo la naturaleza, las entrañas, las extrañas y exóticas costumbres en las que estábamos sumergidos, la aventura de la vida. El consentimiento de mi esposo y lo que nos venía sucediendo a los tres nos llevaban en un arroyo con corriente a veces suave en otras ocasiones francamente fuertes.

Cous cous para cenar. Me encanta, es igualmente común en Marruecos. Es sémola de trigo bañada en jugo de cordero acompañada de legumbres. Para terminar el día fuimos a la parte europea. Encontramos ahí a Susan, la inglesa que se había enterado de nuestro itinerario por Denis. Estaba sola en una mesa de un café francés. La acompañamos los tres. Ella hablaba inglés y un poco de español, tan poco, que era difícil mantener una conversación. Amablemente conversamos con ella en su idioma. Ella encantada tomaba la mano, y el brazo de mi marido, muy en confianza se acercó mucho más a él. Michel aprovechó la ocasión para acercar su silla a la mía y pretender que éramos pareja. Me tomaba de la mano, me plantaba un beso. Así se originó una batalla de patadas debajo de la mesa, discretas, de niños. En la confusión involucrábamos el idioma. Que si Susan había bien entendido, defensa de Denis, pues el explicó que viajaba con "esa pareja" refiriéndose a Michel y a mí y quedando él en el limbo, muy poca definida su situación. Por lo que Susan creía que era soltero. Denis argüía que era ella quien deseaba engañarse. Michel acusaba a Denis de querer engañarme, y apuntando con el dedo a Denis, aseguraba que se arrepentiría ya que como todo un caballero él estaría a mi lado para no dejarme caer en la pena y desolación que eso me causaría. Reíamos como críos, Susan creyó que los latinos tenemos un sentido del humor muy diferente al sajón por supuesto. Quedamos con ella de ir a la visita de las ruinas romanas, era nuestra siguiente jornada. Su hotel estaba cercano al nuestro, la recogeríamos en el auto. Sus ojos se iluminaron de alegría y besuqueó a mi marido. Me puse de pie les dije: "vámonos ahora, en este momento". Susan y yo ocupamos el asiento trasero del Renault de Michel. Ellos seguían con sus qui pro quos –malentendidos- muy divertidos. Por mi parte intenté saber algo sobre Susan. Los tres amigos, parábamos oreja para enterarnos de las dos conversaciones, queríamos saber en que estábamos parados y hacia dónde íbamos. De manera divertida, jamás hubo tensión, ni pasiones de muerte.

Tipasa estaba fuera de la ciudad de Argel, unos treinta km. Las ruinas romanas comprendían la necrópolis, allí un mausoleo o tumba de la cristiana; un museo y también una basílica cristiana. Hay también una especie de odeón o teatro. Una extensión grande Tipasa, al borde del mar. Nuevamente disfrutábamos de la naturaleza, la cultura, el aprendizaje, la aventura, la seducción de todos los sentidos, incluido el sexto que supongo es como la suma de los cinco y se da en el cerebro, que envía aviso al resto del cuerpo. Con ese sexto sentido las dos parejas nos separamos, nos perdimos de vista, nos permitimos lo que deseábamos. Había poca gente, fuimos temprano. Encontramos un lugar apartado, los amantes siempre encuentras esos lugares escondidos

_! Qué hermoso eres Michel, que hermoso!, tus ojos hoy son un cielo límpido.

_ ¡Qué alegría tan grande, mi corazón quiere salirse de mi pecho. Deja que mi cuerpo tiemble en el tuyo!

_ ¡Eres lindo como el David de Miguel Ángel, tu cuerpo es tan bello!

_! Querida mía, querida mía, quiero que sólo seas mía!

_ Tu boca es dulce, eres un encanto, tus brazos fuertes y tus músculos tensos me hacen sentir tu hombría. Sigue ahí, cariño, me encanta sentir mi pecho acariciado por tus labios, húmedo con tu saliva.

_!Querida, preciosa, exquisita mujer mía, por fin mía, deseo morirme en ti, fundirme y desaparecer en tu cuerpo, en tu alma!.

_ Ah! !Qué divino lugar, lo encuentro encantador!.

_ ¡Las olas son una canción en mis oídos y contemplarte un deleite para mis ojos! ¿Qué puedo hacer para que seas siempre mía?

Nos reunimos a la entrada al museo. Los cuatro, ahora cuatro, traíamos gran contentamiento, satisfacción entera de nuestra visita. En la noche fuimos a cenar juntos. Esta vez fue cordero con ciruelas pasas, canela muy sensual, y azahar, platillo argelino exquisito. Pastelillos árabes, los había rellenos de almendra, pistache o dátiles. Yo me engolosiné con las almendras tostadas y molidas con azúcar, acompañamos el mil hojas con el té a la menta.

Como en Argelia sólo visitaríamos la ciudad capital, le dimos un tercer día, aunque de regreso haríamos nuevamente escala aquí. Susan parecía unirse al grupo. Estuvo de acuerdo en seguir nuestro itinerario. Sin embargo cuando nos fuimos rumbo a Túnez, no la invitamos a compartir el auto. Ya en camino Denis y Michel en el asiento delantero, apostaban a que nos encontraríamos con Susan en Túnez. Denis rió, el apostaba a perder, muy pocos Francos, pues sabía de cierto que Susan se cruzaría de nuevo en nuestro camino. Y todos felices y contentos.

TUNISIA, COLORES DE ALEGRIA.

La alegría es la piedra filosofal que todo lo convierte en oro. Benjamín Franklin.

Lo colorido de este país y su gente alegre contrastan con Argelia. Nuestro ánimo de cualquier modo ya estaba teñido desde un principio de mil alegres colores. Argelia fue un clímax. Tunisia y el resto del viaje, supongo que el Edén.

Los aguadores visten de rojo vivo. La pasión. Traían sus pieles de carnero repletas de agua fresca y colgando de esta piel y de su cinturón, vasos de cobre, en realidad son pocillos, pues traen un asa. En general en Túnez la vestimenta típica usa mucho el rojo, rojo ocre, carmesí, naranja, combinados con blanco, o coloridos mantos en los que predomina el rojo decorado con amarillo, naranja, azul.

La medina, los suks – mercados- con su gran variedad de frutos secos, de moliendas, aceitunas, habas, pistaches, dátiles, pasas, ciruelas pasas, azafrán, curry, cominos, pimienta, hasta hachich (Cannabis indica) podías encontrar. El museo del Bardo, la Ville Neuve (Ciudad Nueva), las mezquitas lo dejábamos para el segundo día.

La historia de Túnez es también interesante. Muchas culturas pasaron por este lugar. Fenicios, romanos, musulmanes, bereberes. En 1883 fue protectorado francés, en 1957 se independizó, un partido socialista y un líder vitalicio estuvo en el poder.

Visitamos el mausoleo Tourbet el Bey, las casas en Dar el Haddad, lo típicamente árabe, callejuelas empedradas, laberintos fáciles de recorrer.

No sólo encontramos a Susan, en realidad había una cita previa en la entrada al museo del Bardo. Michel encantado de la vida le hizo pagar en efectivo en francos franceses, la apuesta. Denis intentó que al menos invitara la cena Michel, y éste se negó. Abiertamente continuamos con el teatro, Michel y yo éramos pareja, Susan y Denis visitaban el museo conjuntamente.

Cartago, las ruinas romanas que datan del siglo VIII a. C. Una ciudad interesante, fue el inicio de un reino que abarcó todo lo que es actualmente la República Tunicina. Sencilla y llanamente el flirteo era más romántico que el acto sexual completo. Michel no estaba de acuerdo en lo absoluto. El azul marino del Mediterráneo se reflejaba en los claros ojos de Michel. Débilmente defendí mi posición, de solo flirtear. Hay ocasiones en que no puedes resistir la tentación, y esta seguía siendo la ocasión, tal vez no era tentación, era una oportunidad. Mar, ruinas romanas, recordar los bacanales y orgias, leídos o vistos en películas de romanos, tener a alguien que te mira como si fueras toda la esperanza del mundo. El vino embriagador era el simple roce de su piel, el licor de sus besos despertaba el amor. Mis labios le sabían a granada, el fuego de su vehemencia me quemaba. ¿Mi esposo?, ¿Dónde estaba?

En el fondo de este juego había un permiso tácito entre cónyuges. En la noche, en la cama surtía un efecto poderoso, mi esposo me deseaba como nunca antes. Secretos de alcoba, quería y no, comparar. Deseaba escuchar que él era el mejor, (mi marido) el macho dominante. Mi preferencia era actuar como que él era el único, no había nadie más, era mi hombre, mi complemento y punto. Con Michel era lo novedoso, lo ingenuo y después lo muy atrevido. Conocer terreno nuevo. Ternura, coqueteo, y competencia. El también quería probarse el mejor, buscaba a ser el ganador de un trofeo, Michel.

Susan era muy sajona. Blanca, rubia, alta, delgada, solterona feliz en el norte de África. Seguro que con el sello de felices vacaciones el semblante le cambiaria y la suerte también, de regreso a su país encontraría pareja. Hubiera yo apostado en ello. ¿Celos? No, no había ningún sentimiento en mi corazón que me indicara peligro. Muy en el fondo de mi ser había seguridad, confianza plena en mi marido. En mi marido, no en Michel.

En fin la moneda estaba en el aire. Nos despedimos de Susan en Túnez, ahí la inglesa tomaba el avión de regreso a casa. Nosotros muy a nuestro pesar hicimos del regreso algo lento y largo. Rabat coronó nuestro viaje, como lo habíamos decidido desde un principio.

Rabat en las costas del Océano Atlántico, igual que Casablanca. Estábamos cerca de casa ya de vuelta. La ciudad tiene muchas casas blancas, techos de tejado verde. Destaca desde luego la gran Torre de Hassan de la mezquita que quería ser la más grande del mundo árabe, pero no se logró, la muerte se llevó al sultán antes de lograrlo. Visitamos la Kasbah, también, la mezquita de Agdal, el palacio real: Dar-al-Mahkzen.

El rey en aquel entonces, Hassan II, se sabía que tenía un gran Harem. Teníamos una pareja de vecinos en Anfa, Casablanca, que eran suecos. Elke, la chica, era muy agradable, alta, rubia, ojos azules, muy bonito cuerpo. Ella pertenecía al harem de Hassan. Por dos años se había contratado, le pagaban una buena suma anual en dólares, esta cantidad, contaban ellos, les serviría para casarse. Elke en los 10 meses que llevaba en este "trabajo", concubina del rey de Marruecos, una de las cien, había estado con el rey solo en tres ocasiones. Su novio no ponía ninguna objeción a esto. El tenía un barco en el puerto de Casablanca, llevaba mercancías a varios puertos, rentaron el departamento en Casablanca porque no les era muy costoso y deseaban darse tiempo para verse y continuar su relación. Al final de los dos años regresarían definitivamente a Suecia.

El hijo de Hassan II se educó en Estados Unidos, fue a una universidad muy conocida. Cuando él tomó el mando del país, se casó, y dijo que su esposa sería la única, parece ser que actualmente esto ha influido de una manera positiva en la condición de la mujer en Marruecos, y por consiguiente en su economía y modernización.

LA EMBAJADA DE BRASIL.

El comercio aumenta la riqueza y gloria de una nación, pero su verdadera fuerza debe ser buscada en el cultivo de la tierra. Lord Chatam.

Había gran alboroto entre la colonia francesa. Los árabes reclamaban la tierra laborable para ellos. " La tierra de Marruecos es para los marroquís, fuera los franceses".

Tenían, los terratenientes franceses, seis meses para entregar sus tierras y marcharse del país. Michel estaba entre ellos. No pudo evitar que su abuela se enterara. Etienne lo supo todo por la radio y por sus trabajadores marroquís. La apreciaban, igualmente Michel se había ganado la estima y amistad de su gente, pero la situación era seria. El gobierno francés reconocía que no había mucho que hacer. Retornar a casa y buscar empleo. Estos fenómenos sociales dejan tan perplejos a todos, propietarios y dependientes de este tipo de empleo, pues no todos son líderes, no todos saben exactamente qué hacer si se va el patrón.

Brasil al enterarse de la noticia, aprovechó para jalar inmigración interesante. Franceses que sabían trabajar la tierra y hacerla productiva. A través de la embajada en Marruecos, invitó a una cena especial a los terratenientes que debían marcharse.

Michel nos pidió que lo acompañáramos. Era una novedad, para nosotros asistir a una reunión de este tipo. ¿Cuál era la propuesta? Estábamos intrigados junto con Michel. Nuestro amigo, estaba en crisis, le preocupaba su futuro. Cuando creía que todo continuaría como siempre. Tenía una casa enorme, tenia tierra laborable, un trabajo que le gustaba, ayudando a la educación en Marruecos, sólo le faltaba una mujer como tanto insistía su abuela. Ahora le faltaba todo. No se veía buscando empleo en Francia. Ya ni se sentía francés, pero no se podía ocultar su casta ni su estatus en este caso. Si tan siquiera su padre hubiera sido árabe. Toda su línea era de linaje francés.

Había mucha gente. Desde luego que los "campesinos" franceses estaban interesados en escuchar una opción a su desgracia. No se podían llevar nada, no se le indemnizaría, o en todo caso sería mínimo el pago que obtuvieran por sus herramientas, maquinaria, y la experiencia, alegaban ellos, la costumbre, el amor y el apego a la tierra eso quien lo paga, que dinero alcanza para ello. Francia estaba saturada, no había lugar para ellos en la tierra de sus ancestros.

En los canapés había caviar, volovanes con atún, "crudités" – rábanos, zanahorias, apio, alcachofas, queso con piña, una combinación brasileña, ¡riquísima! La cena tenía como platillo principal lomo de cerdo en piña. Los vinos franceses tinto y blanco, y champagne. Invirtieron una buena cantidad, estaban interesados en el conocimiento, la experiencia y el apego a la tierra, los brasileños.

La oferta fue interesante. El gobierno de Brasil ofrecía ¡Diez hectáreas!, Diez hectáreas es muy buena extensión de tierra, crédito para maquinaria y herramienta, una lista de cultivos en demanda para Brasil, por la población y por compañía extranjeras, verbigracia Nestlé, igualmente ofrecía la asesoría necesaria en los cultivos nuevos y en contratos con clientes potenciales. Toda la documentación para inmigrar legalmente al país que sería su nuevo hogar. A cambio los franceses debían probar ser terratenientes en Marruecos, tener experiencia en labores agrícolas, pagar sus gastos de viaje e instalación aunque, se insistió, que para todo esto podía haber créditos para los interesados, sobre todo debían comprometerse a trabajar la tierra por diez años ininterrumpidos al cabo de los cuales se les daría su título de propiedad. La embajada estaba desde ese momento abierta a registrar nombres de interesados y a dar informes de todo tipo en los horarios y días de oficina.

Hubo baile, música, para dar tiempo a la reflexión y a los que ya querían anotarse para iniciar trámites. Varios lo hicieron. Denis y Michel discutían acaloradamente con otras personas, hombres en general, sobre los pros y los contras. Que si Brasil esta lejísimos de Francia, que era el destierro absoluto, que si hay malaria y otros riesgos tropicales, el clima era otro inconveniente. Por otro lado la oferta era tentadora, créditos, clientes potenciales, la extensión de tierra era verdaderamente interesante, y es que tierra hay en abundancia en Brasil.

Michel andaba azorado, no veía ahora con claridad su futuro. Mi marido nos dijo que bailáramos. El tomaría mas vino y vería que podía averiguar, con más sangre fría y flemática para ayudar a Michel en su decisión. Pese a su estado de ánimo, al tomarme en sus brazos lo sentí relajado. Me dijo que era su oasis. Había tomado ya mucho vino. Sugerí que yo podía manejar a su casa. Me pidió que me quedara con él esa noche. "¡No exageres! -Le dije- Denis no estará de acuerdo en tanto, o tal vez acepte quedarse en tu casa." _ "Qué le diríamos a mi abuela? Ella espera que tú seas mi mujer, ¿Recuerdas?. Ignora que eres casada. Te ha visto tantas tardes conmigo que eres su esperanza, y la mía. Me siento muy a gusto ahora, aquí a tu lado". –Me hablaba de promesas, de ilusiones, pero no era el momento de ver la vida en rosa. Era un momento de tener los pies bien plantados en tierra firme, sobre todo para él, tan sedentario, tan apegado a una vida en la cual era la tercera generación. En esos momentos Michel me parecía frágil. Solo podía brindarle ternura y silencio. Escucharle y permitirle lo que se podía, lo que Denis sabía a ciencia cierta y que le gustaba en lugar de ponerle celoso.

Con todo lo que venía pasando en esos momentos, entendí que Denis y Michel se habían conectado en algún nivel espiritual, eran como hermanos, se complementaban tan bien. Las fortalezas de uno eran debilidades del otro. Lo que compartían como experiencia era ser el último bastión de su familia, el hombre, el hijo único que lleva el apellido adelante. Compartir tan íntimamente una mujer, no lo hacen todos, por más franceses que sean. Denis había presumido ser poseedor de un gran tesoro con todos, me lanzaba como carnada, era un crio con el crisol más preciado para muchos jóvenes solteros en el desierto, encontró en quien depositar su confianza para compartir ese tesoro; Michel. Y por mi parte, estaba en mi momento, por así decirlo. No había culpa, al contrario esta situación era de complicidad y plácemes.

Etienne no sobrevivió a las noticias. Nunca imaginó que tendría que irse de Marruecos, ella había decidido pasar la vida entera allí. Antes que dejar lo que más quería prefirió partir hacia la eternidad.

Junto con otros compañeros cooperantes, acompañamos a Michel en el funeral. Michel se animó a inscribirse en la lista de postulantes a inmigrar a Brasil. Nuestra relación continuó, siempre que podía insistía en que me fuera con él. Después de todo era viajar, era lo que yo quería. Pero él quería hijos y un hogar estable. Y yo no, ni Denis.

- Comentario: Recordando este incidente, la idea de la tierra es grandiosa. En las labores más primitivas del hombre, las más básicas esta la tierra. Los menonitas en México han logrado convertir el desierto en tierra laborable. Hoy sabemos de compostas, sabemos de invernaderos y técnicas agrícolas nuevas, la hidroponía por ejemplo. La secretaria de agricultura pudiera bien probar en animar a la gente, a esos inmigrantes que han ido a trabajar la tierra ajena, a regresar a casa ofreciéndole un lugar estable donde ser productivos. El ejemplo de Brasil es significativo. Permitió la inmigración de gente valiosa que sabe cuidar lo más precioso de un pueblo, su tierra. Ahora Brasil ha salido de deudas, tiene una política de crecimiento e impulso a las poblaciones autosustentables.

No promete dar, pide trabajo, frutos, rendimiento, sostenerse por sí mismos, participación popular, crear tu sustento, es la base de una economía que se fortalece.

P.S. *Et voilà* Christine, êsta es la historia de Michel. Años más tarde lo encontramos en Paris. *"This is a small world after all".* Su mujer, una brasileña muy sensual y coqueta, Myriam, flirteó abiertamente con mi marido. Denis los invitó a pasar una noche en casa. Vivíamos en Paris en aquel tiempo. Michel se excusó pues tenía que ir a Clairmont Ferrand para una corta visita a su madre y regresar a Brasil. Nos dio gusto volvernos a ver. Nos dio su dirección en Brasilia. En su despedida, me habló dulcemente al oído, lo bien que me veía, lo mucho que me recordaba y que Brasil nos daría una oportunidad loquísima de nuevas dimensiones. Viendo a su mujer no lo dudé para nada. Myriam con mucha sensualidad me abrazó y me besó sobre los labios. ¡Atrevida la mujer!

from	**: Christine** *<chrichv@videotron.ca>*
to	*Amanda Lozal <alozal@gmail.com>*
date	*THU, Feb, 25, 2010 at 10:08 AM*
subject	*La meditacion.*
mailed-by	*videotron.ca*

El tiempo transcurre. El trabajo es abundante. La comunicación con Armando es lacónica. Supongo que lo vez poco. Está asistiendo a otro club. Le conviene más o encuentra mujeres a su gusto.

Tienes razón Amanda, debo pensar en mi vida, no en la de él. A mi estilo, lo pienso y lo vuelvo a pensar. Esperaré hasta fin de año para iniciar el divorcio. Tal vez en el verano vaya a Tijuana. No sé. Tal vez acepte un "menage a trois". Si es contigo. Eres una mujer fuera de lo común. Compartes, das, y disfrutas lo que haces.

Entonces tus historias son parte de tu vida. Debo decir que ha sido interesante y que tu marido francés ha sido excepcional. Los viajes seguramente eran un motor poderoso en sus vidas.

Armando y yo pudiéramos hacer lo mismo. A mí me gusta viajar. No tenemos hijos y nos lo podríamos permitir. Solamente que a Armando no le interesa mucho conocer el mundo. No ha dado prioridades en su vida. Aquí continúo con la maestría en Finanzas Publicas, con el tiempo que le sobraba gustaba más de ir a clases de baile, a clases de piano, al gimnasio, vestir bien. Así no se puede ahorrar para viajar.

Entiendo que tu marido no era un millonario. Se las arreglaban con su salario de maestro y ahorros. No tener hijos ayuda también.

Ahora que estoy sola podré realizar esos viajes, estoy de acuerdo contigo. Aceptare las oportunidades que se presenten. Mantenme al tanto de tus historias que me encantan y de mi marido.

Baisers. Christine.

from	Amanda Loza <alozal@gmail.com>
to	**Christine** <chrichv@videotron.ca>
date	Sat, Feb, 27, 2010 at 1:25 PM
subject	: Menage a trois.
Mailed by	by: gmail.com

Christine,

Me gusta tu cambio de actitud. Compartir es bueno. Acepto el " *ménage a trois* ». Con la gran distancia entre Quebec y Tijuana… ¿Qué te puedo decir?... es mejor reír. Tendremos que aceptar que seremos más de tres, pues definitivamente Armando es un "mujeriego" sin remedio. Allá el. Tú y yo sabemos lo que significa. Por otro lado una vez sanada bien tu herida, podremos ir al mundo musulmán, donde es más abierta la poligamia. Mejor aun fundaremos nuestra isla de "Amazonas polígamas" (LOL).

Tengo ya una serie de historias que presentaré en mi club. Tus sugerencias y comentarios son siempre bien venidos. Bisou. Amanda.

NO TODOS FESTEJAN LA NAVIDAD.

Donde hay religión se presumen todos los bienes, donde falta, hay que presumir lo contrario. Maquiavelo.

Tánger, pueblo mítico. Pareciera que de ahí salieron los 40 ladrones de Ali Baba. Más todo es mito. Resumen de ciudades y puertos del Mar Mediterráneo, del comercio, la navegación, marinos, piratas, la historia, la cultura, la bravura, la conquista, el pleito territorial. La ciudad blanca contrasta con el azul marino, el azul cielo, el azul rey del Atlántico que ahí se abraza al Mediterráneo. Lugar estratégico para fenicios, bereberes, europeos, moros y cristianos. Aquí se abrazan o se agarran a encontronazos varias civilizaciones. Aquí te encuentras al pirata honrado, al príncipe malo, a la bruja hermosa, de J. M. Serrat, al despiadado que se apiada y llora por nada. La música marroquí te envuelve con sus tambores, su guitarra y violín. Una música que llega a parecer zumbido de insectos para los profanos. Pero es sutil, apasionada y profunda para ellos.

El ambiente de este desembarcadero es de lo más atractivo. La efervescencia del puerto se suma al transitar de europeos y africanos que en el Estrecho de Gibraltar ven un camino para sus mercancías, para sus andanzas, sus aventuras, sus sueños de conquista y de gloria. Y la fama que ha cobrado con el tiempo y la historia atrae a turistas de otros continentes. Muchos huyen asustados de lo mal que les va en la feria, raptos, robos, heridas de arma blanca, crímenes menores o mayores, mafias, trueques de mercancía ilegal, estafas. Pero el que esté limpio de culpa, que tire la primera piedra, el primer misil, la primera bomba. Y han visto que muchos se consideran limpios de culpa, ¿verdad?

La provocación invita al criminal, al necesitado, al mafioso, al corsario. La victima puede poner cara de inocente. ¿Es inocente el turista que hostiga la cultura que es diferente de la suya? ¿Es inocente el paseante que desea mostrar sus joyas y bienes terrenales como para que todos se enteren lo que le sobra, o tal vez le falta? ¿Es inocente el ignorante, el cara de bobo o extraviado, como si viniera de otro planeta y no sabe lo que está provocando? Sabemos bien que las leyes señalan que la ignorancia de sus preceptos no es excusa. Si quieres andar sano y salvo por un lugar entérate de lo que hay, como moverte en ese medio, como entrar y salir, como respetar costumbres. Haz lo que vieres, mimetízate si puedes con ellos, usando el caftán, o con el uniforme universal de hoy en día, pantalones de mezclilla desgastados y el blusón, camisa, o camisola lo más parecido al lugar en el que estas. O de plano si eres muy nacionalista, identifícate como tal, pero en su estrato social modesto, de ahí salen las personas fuertes, astutas y aventureras.

Fascinante, así es Tánger. Los suks no pudieran ser más laberínticos y animados. Las mercancías que se manejan y el modo de manejarlas son ancestrales de fenicios, de bucaneros, de mercaderes del Mediterráneo y de los dos continentes que aquí quisieran darse la mano.

Las avenidas nos hablan de los amores de Tánger. Avenida España, boulevard Pasteur, Boulevard Mohamed V, el barrio de la Esmalah está entre las calles Méjico, Holanda, Inglaterra y boulevard Paris. La decoración árabe predomina por supuesto. La Kasbah, ciudad amurallada. La Medina, ciudad antigua, calles igualmente laberínticas, la Alcazaba, muralla Portuguesa, el zoco o zuk, mercado típico de hombres con turbante, caftán, sombrero turco o boina tejida de los musulmanes de África. Hombres morenos, de cabellos rizados, ojos claros u oscuros, recios o llenos de sabiduría, fumando sus pipas largas y delgadas. Las mujeres, con la túnica larga, la cabellera cubierta, usando velo para cubrir su cara en muchas ocasiones. Sólo los ojos están libres para coquetear con el abrir y cerrar de parpados bordeados de kehel y tupidas y aterciopeladas pestañas largas.

Elegimos las vacaciones de navidad para venir aquí esperando obtener las golosinas españolas y francesas, castañas glaseadas, pavo con puré de castañas, turrones, mazapanes. Esperábamos ver las iluminaciones de la temporada, los árboles de navidad, los nacimientos. ¡Sorpresa! Olvidamos que mal que bien es el mundo árabe, mundo musulmán. No festejan la Navidad.

El Ramadán, que nos tocó vivir la celebración en la ciudad de Casablanca, es una de sus grandes festividades, son cuarenta días de ayuno, no se come mientras brilla el sol. Pero a la puesta del astro rey, los socos, la medina, la Kasbah, las murallas todo es alumbrado, enriquecido con alegría de comida y golosinas típicas de su cultura. Al décimo día del Ramadán se festeja el aniversario de Jadiya, esposa del profeta Mahoma y primera musulmana. Otra característica del Ramadán es que se va moviendo con el calendario lunar, no es en una fecha fija.

Las vidas de Mahoma y Jesús son completamente opuestas, y agrego de una vez la disimilitud de Buda. Algo en la vida de estos hombres místicos que dan origen a diferentes religiones, marca la filosofía, la forma de pensar y actuar de las culturas que cobijan. Jesús nace pobre, pero de linaje real, encuentra en la vida la sed de seres humanos que necesitan ser guiados para convivir en paz, con tolerancia, amor y leyes que los rijan y les permitan respetarse. Mahoma andaba en el desierto, joven solitario, sin familia. La viuda rica y bella, mayor que él, Jadiya, le protege pues ve su casta noble, y la gran madera de líder de Mahoma. Mahoma entonces se dedica a profetizar y a dar bases reglamentarias para la moral de los musulmanes. Para la búsqueda de Dios, igual que Jesucristo, la preocupación básica es el espíritu de la humanidad, su sensibilidad y su trascendencia en la divinidad. Buda en cambio, es un príncipe rico, tiene todo lo que se puede desear en la vida. Festines, banquetes, y nada de preocupaciones. Pero un día sale del palacio y se da cuenta que existe el sufrimiento humano, la pobreza, la enfermedad, la maldad. Y decide cambiar su vida. Todos meditan, los tres elegidos de Dios se dan una cuarentena de ayuno, de meditación en el desierto. Prueban su fortaleza espiritual, que es superior a la física. De esta manera dan ejemplo de que el espíritu puede dominar a la materia.

Ciertamente las religiones son filosofías del espíritu, no del cerebro, no del pensamiento puro del hombre, pero de un deseo genuino de bondad, nobleza, y universalidad que busca la trascendencia del ser. En el Tíbet, en los Vedas, en el Tora, en el Tao, en la Biblia, El Corán, o la filosofía China se busca una esencia del ser en armonía con la naturaleza y consigo mismo como parte de ésta. La materia, la necesidad, el cuerpo, la maldad, la destrucción puede ser dominada por el lado bueno, espiritual, creativo y conservador de la vida. Si no fuera así ya no existiríamos, simple y llanamente la vida desaparecería ante el caos y la destrucción.

Felizmente los ciclos positivos nos mantienen con vida, con ilusiones, esperanzas, entretejiendo fraternidad, amistad y tolerancia. Búsqueda continúa de la superación, de la perfección.

No hay navidad en Tánger. Hay españoles que se cierran a las costumbres árabes, hay árabes que empujan por sus valores y costumbres en contra de europeos, pero también existe lo opuesto, muchas culturas que curiosas vienen a asomar la nariz a un mundo inquieto, interesante que interactúa con su cultura, su historia, sus hábitos y que se pule y cambia y hace que los otros cambien también.

Así de sabrosa es la ciudad de Tánger, cocinada con muchas especias, mitos, cuentos, leyendas.

La media luna y la estrella, los caballos árabes, el joven que rapta a la princesa y huye por el desierto estrellado en la noche cómplice del amor.

¡Ah, yo quiero uno!

Un tapiz árabe que ilustra el clásico rapto amoroso, de la fuga por el desierto, de la pareja montada en un caballo de pura sangre, color blanco virginal, con fuerza descomunal, la fuerza del amor.

BALI, NATURALEZA ADMIRABLE.

La naturaleza es el primer ministro de Dios. De Brehan.

El alba tiene colores bellísimos. Cuando uno está en los países de oriente ve nacer el sol. En México adoramos las puestas de sol. Aquí en Bali te quedas fascinado por el disco rojo que se asoma en el horizonte curioso, pero poderoso. Luego el rey Neptuno, te sorprende ágil, inquieto con su manto azul marino, marino.

A lo lejos percibo cuatro pequeñas pagodas de piedra volcánica negra. Son cuatro pilares de un templo en Bali. Chandi, es el nombre que le dan a sus templos. El templo está sentado en un montículo de roca negra que forma un cabo que se inserta en el mar como punta de flecha.En esta punta que sobresale mar adentro, el paisaje exquisito te regala con un mar que se avalancha furioso sobre las pagodas pero al caer termina convencido de que más vale acariciarlas dulcemente, entonces su espuma blanca es abundante y sube por las columnas y rocas negras, y luego baja lentamente.

Rojo el sol que tiñe el ambiente en colores naranja, azul marino como alfombra mágica, rocas negras que contrastan con la espuma blanca. Y aun tienes otras sorpresas en Bali, volteas al lado izquierdo y te encuentras con un jardín enorme, toda la extensión de tierra que alcanzan a mirar tus ojos, son de suaves colinas con terrazas que dejan caer agua al nivel bajo. Esta agua milagrosa se extiende por el valle verde. Los límites del jardín se marcan en ondas largas. En cada división se ven tres o cuatro sombreros de paja clara, en forma de cono extendido que pertenecen a los cultivadores de arroz, que muy de madrugada se afanan en la tarea de cambiar, de una parcela a otra, las diferentes fases del germen de este cereal base de su alimentación. Estábamos atravesando el Parque Nacional Barat de esta isla de Indonesia, la más visitada por turistas, Bali.

En el autobús autóctono, viajábamos con gente de Indonesia, no con turistas, si bien había varios colados como nosotros. El chofer se detuvo en un restaurant modesto. Teníamos varias horas viajando desde Yakarta, necesitábamos reponer fuerzas. Las meseras del lugar me miraban con curiosidad. Los otros 6 extranjeros, incluido mi marido eran europeos altos, blancos, güerillos. Yo era diferente desde luego, estaba consciente de ello, ni con rasgos europeos, ni asiática: estatura media, pelo semi-rizado, ojos grandes. La mayoría de los asiáticos del sudeste de este continente son muy delgados y "petits", -chicos- En Bali, las personas tienen estos rasgos, sin embargo las meseras del lugar parecían de China, con redondeces pronunciadas y piel blanca.

De pronto, nuestra mesa, estaba rodeada de meseras, tocaban mi cabello que se había enchinado por la humedad y el calor; y ya sin recato alguno me miraban, me pedían que volteara para un lado y otro, pues todas estaban adivinando de donde podía yo venir. Comentaban en su dialecto. No entendíamos nada. Se acercó el propietario del lugar, sonriente, les dijo algo a las meseras, ellas no se movían, entonces, en inglés, se dirigió a nosotros.

_Disculpen, dijo, las mujeres están curiosas de saber si eres china, aunque con el pelo rizado lo dudan mucho.

_ Soy mexicana. Dije de inmediato, ya que en otras partes del sudeste asiático me había pasado algo semejante.

_ ¿Y dónde está tu sombrero? Era la pregunta de cajón. Las risas atronaron después que preguntara una de las meseras, y de que el patrón me hiciera la traducción.

_ Me hace tanta falta aquí, con este sol, pero seguro compraré uno típico de este lugar, son frescos, apropiados para el país y no como el "conocido sombrero de charro". Les dije esto, acerté en darles alegría. Realmente ese es el que esperan, o el gigantesco de palma que dobla la punta. Si hubiera tenido alguno seguro que ya lo hubiera intercambiado en otro de los países visitados. Consejo, si viajas al extranjero, llévate una buena dotación de sombreros mexicanos, harás un buen trueque.

Después de esto, el servicio se agilizó, y cuando terminamos, todas las chicas del lugar, se despedían de mi prodigándome todo tipo de caricias. Ahora sé lo que siente una mascota.

Nuestro alojamiento en Denpasar, la ciudad capital de Bali, fue en una cabaña. Todo hecho con material del lugar, Techos doble de palma en forma de pagoda, muros de madera, suelo de lodo aplanado. Un catre grande, confortable, una cómoda de bambú y dos bancos del mismo material. Ventanas en tres de los muros, eso permite que corra el aire. Todo natural, sin aire acondicionado, sin ventilador. A la entrada de la cabaña, desde nuestra llegada y cada mañana que permanecimos ahí, había un tapete hecho de pétalos de flores que formaba algún dibujo, sea una pagoda, una planta, o un animal. Hermoso el tapete, y el detalle de balineses que aman el arte, la artesanía.

Nuestro libro nos aconsejaba visitar la playa de Lebih cercana a la ciudad, playa del noreste. Arena suave y negra. Disfrutar de un baño de sol. Fuimos ahí, el calor lo ameritaba. Con nuestros trajes de baño puestos. Mi marido con pantalón caqui de algodón y camisa blanca, yo con un vestido azul rey de seda y algodón que me habían hecho en Tailandia, una sola pieza. Mis cómodas alpargatas y la bolsa con protectores solares, el guía y una agenda para planear nuestro itinerario de la semana en Bali.

Al llegar a la playa nos rentaron una silla de tela y marcos de madera. En la playa varios europeos, en su mayoría alemanes, holandeses y nórdicos, se paseaban la mitad de ellos en traje de Adán o Eva, el cual portaban con naturalidad. Yo, no voy a mentir, no puedo ser natural ante esa belleza humana que poco veo, el recato católico-cristiano en el que fui educada me lo impide. Así que no pude concentrarme en la tarea de lectura y redacción del programa de visita a la isla. Eso si tomaba el libro para cubrir discretamente mis ojos curiosos, que se posaban en penes y escrotos de todos tamaños, muy blancos o color rosado en general, jóvenes o viejos. Igual me llamaban la atención las mujeres de edades diferentes con senos de manzana o colgados plenamente, pero los rostros eran alegres o indiferentes, descansados en busca de armonía y reposo.

Luego mi marido me dijo que hiciéramos una caminata sobre esa arena negra. Al final de la playa, donde se concentraban las palmeras y nos acercábamos a una parte rocosa, encontramos varias barcas de pescadores que regresaban con su preciosa carga de frutos del mar: pescados y mariscos. Estas barcas peculiares, eran muy delgadas, hechas de un solo tronco de palmera, escarbada y pulida, con forma de huso, terminada en punta en sus dos extremos. Un par de bambús arqueados sostenían y unían en un costado de la barca, lateralmente al tronco escarbado, otro tronco, este era hueco y servía para dar equilibrio a la barca, que de otro modo se giraría constantemente. En los extremos de la barca dos pescadores remaban de un lado y otro, en medio venia la pesca adquirida. Ahí había puestos de comida: arroz blanco recién cocido, con algunos mariscos y verduras.

Al terminar el almuerzo, nos mojamos un poco en las aguas balinesas. Regresamos a nuestra cabaña y ¿adivinen que hicimos? Desde luego esos cuerpos desnudos también surtieron efecto en mi marido francés. ¡Ah la naturaleza, lo natural! Que delicia, las vacaciones, sin horarios, sin presiones. Cuando se te antoja satisfaces tus preciosos deseos, los mas naturales, instintivos y espontáneos. Antes de cenar decidimos informarnos sobre la renta de motocicletas. Era la forma recomendada para visitar la isla, alquilar una motoneta. Sólo que para hacerlo, era obligatorio obtener la licencia local de conducir motoneta. Nos informaron en la oficina de turismo, donde, que documentos y en que horario nos debíamos presentar para obtener ese permiso.

Al día siguiente con todo lo necesario fuimos a la oficina de licencias. Los que rentaban motonetas te prestaban el vehículo y te permitían practicar una hora antes. La prueba espectacular era sortear en zigzag una docena de conos naranja fosforescente. Ni mi marido, ni yo logramos sortear la prueba. Yo tire seis de los doce conos. Mi marido tiro tres, se burlaba de nuestros intentos, diciendo que no eran bolos para tirarlos todos como en el boliche. Nos impresionó ver que había motociclistas expertos, con motos Harley y otras marcas conocidas asociadas a motociclistas hechos y derechos, con tatuajes y chalecos de cuero adornados con águilas o calaveras. Y ¿qué creen? Muchos tiraban dos o tres conos. Salían furiosos de la oficina de licencias pues se las negaban, tenían que volver a intentarlo y pagar derechos nuevamente. Vociferaban en su idioma, y decían que era un negocio de los balineses.

Mi marido tampoco obtuvo la licencia. Era mi turno de entrevista, con las preguntas y la marca de los seis conos que tiré en mi examen de manejo.

_ ¿Mexicana?! mmmh, !mexicana! repetía el oficial. Me miraba, me contemplaba, sonreía curioso, socarrón. Desde luego, me pregunto por mi sobrero. Le mostré el cono de palma que ya había adquirido. El rio de buena gana. Me dijo: - tiraste seis conos, sólo seis y se carcajeó. Yo también reí, sólo seis, le dije.

_ ¿Para qué quieres el permiso? – preguntó-

_ Deseo conocer toda la isla de Bali y su hermosa naturaleza. Y mi libro me aconseja que sobre todo no debo perderme la ceremonia de "Cremación" que tenía lugar en Payangan, lugar al norte de Denpasar dentro de tres días. Aconseja que visite Ubud y vea la danza de Barong . Me sugiere visitar los artistas que esculpen la madera, y conseguir un "Garuda". (Garuda es un dios que puede ser bueno o malo. Igual te castiga, igual te premia. Tiene forma humana, pero sus garras son como de un águila gigante, sus alas extendidas le dan aire señorial, su cara semi-humana tiene sin embargo un gran pico y dientes puntiagudos como de cocodrilo).

El oficial me mostró sus uñas de los meñiques. Eran larguísimas, dobladas, me presumió que median 12 centímetros. Tenía seis años conservando el largo de las uñas, no había logrado que todas crecieran pues sus manos ocupadas en motos, vehículos y actividades de oficina terminaban por quebrar la uñas largas. Por lo menos había logrado dos.

_Garuda, me dijo, nuestro Dios, tiene uñas largas, esas garras son poderosas, por eso nosotros queremos tener uñas largas, poderosas. Significan fuerza para el hombre, como la del águila, como Garuda.

_ Es muy interesante dije. En mi país las mujeres quieren uñas largas por motivos de belleza. Yo tengo las uñas cortas,- se las mostré- me las muerdo, o se quiebran fácilmente con mis actividades, como tú. (la conversación era en inglés).

_He visto mujeres europeas con uñas largas, y coloreadas. – Sonreía todo el tiempo cuando me hablaba, y no dejaba de mirarme. Finalmente agregó:- Mira, quiero que tengas una buena impresión de mi país, quiero que conozcas esos lugares que me has dicho que vas a visitar. Yo mismo iré con mi familia a la ceremonia de "Cremación" tal vez te vea allá, aunque hay muchísima gente. Te va a gustar, es una ceremonia muy bonita, y aquí en Bali nos enorgullece, todos cooperamos par que las ofrendas de los muertos sean abundantes, y permitimos que todos los asistentes prueben algunos bocados de esas ofrendas. Así que te voy a dar el permiso, mexicana, te lo doy a ti por ser de un país que casi no nos visita. No digas nada ahora al salir. Te vas rápido a alquilar tu moto y te marchas lejos de aquí. ? ¿De acuerdo?

_! Desde luego! Le dije. Y te lo agradezco mucho. Ojala y si te vea en esa ceremonia o en el camino. Le extendí la mano, como hacemos en México para agradecer, mano limpia, no hubo nada oscuro en ese apretón de manos, se que él no lo esperaba, la gente de Bali es así, sonriente, sincera, clara, pareciera inocente y eso es bello.

En el fondo de mi, me hubiera encantado decirle a esos tatuados de las Harleys, Yamahas, Kawasakis, etc. , me hubiera encantado repito pues, bailar y decirles: "lero, lero, candelero, a mi si me la dieron". Me conformé con decírselo, ya a solas en el alquiler de motos, a mi marido. Estaba asombrado. ¿Te la dieron? Tu tiraste mas conos que yo! Shhh! Le dije. Los de la motoneta no harán preguntas, alquilemos solo una. Yo te llevo, ahorramos dinero, como siempre quieres. Iremos muy abrazados, muy juntos como nos gusta, haremos cosas en la selva virgen, ya no será tan virgen, le comenté coqueta. Me abrazó, me dio un beso dulzón, alquilamos la motoneta, nos fuimos a comer y luego a preparar nuestro viaje por la hermosa isla.

Montañas, arrozales, bellos arrozales que pretendían cubrir toda la isla; por algo Indonesia esta en los primeros lugares de producción de arroz, misma que consume en su gran mayoría. Arroyos, playas, lugares secretos donde nos amamos y nos unimos con la naturaleza en armonía, y estando a solas era como Adán y Eva en el paraíso. Gozo divino, encuentro con Dios en este jardín del Edén.

En la zona montañosa, nos llamó la atención que entre árboles frondosos y de grandes troncos se refugiaban balineses que vivían de forma salvaje. Sin ropa, entre las ramas. Vimos por ejemplo a una madre que expurgaba a sus hijas, les sacaba los piojos y se los comía. Igual que los simios. Hombres que cortaban o recogían frutos de los árboles, su desnudez era completa, solo las frondas de árboles y matorrales los cubrían en parte de nuestra vista. No quise enfocar la cámara hacia ellos, me pareció poco respetuoso. Ellos nos ignoraron. Creímos pertinente alejarnos para no incomodarlos.

La ceremonia de "cremación" fue muy concurrida. Llegamos temprano, las mujeres muy arregladas, con su sahri, sus corpiños apretados en bonitos colores, blancos, azules brillantes, naranjas, amarillos, verdes; flores naturales adornaban sus cabellos bien recogidos, estaban formando fila para entregar sus ofrendas, eran charolas de hoja de plátano con marcos de flores naturales y cubiertas de bocadillos de arroz blanco con algún acompañamiento, camarón, pedazo de carne, vegetales, atún, u otro pescado, cada bocadillo sobre un pedazo de hoja de plátano. Bajo un doble techo de pagoda, dentro del "Chandi" –templo- en varias mesas largas de madera, acomodaban esos bocadillos.

Por otro lado, en ese templo, en el jardín, tenían construido un gran féretro de cartón, cubierto de papeles de colores. Ese ataúd es representación de la muerte, es en honor de todos sus muertos de ese ciclo anual. Si ese día, en ese pueblo hubiere muerto alguien, lo incinerarían dentro de esa caja. No lo hubo, entonces estaba vacío. Al filo de las tres de la tarde inicia la incineración, después de la cual todos los invitados pueden pasar por un par de bocadillos.

Luego los restaurantes de la población se llenan de turistas y visitantes locales que con el apetito despierto devoramos los platillos locales que son parecidos a los famosos rollos de Sushi japonés.

En el lugar de artistas de la madera adquirí mi Garuda, que tenía un buen tamaño, (medio metro); un lindo color rojo en el cuerpo, con adornos blancos azul, líneas negras y dorados en la corona y las uñas largas. Este dios-demonio es muy llamativo. Lo hacen también en batiks. Los batiks son telas decoradas con dibujos de colores, cada color representa una gran labor de cubrir el dibujo con cera. Es un trabajo artesanal muy bello.

En realidad disfrutar de esta isla es como una regresión al Jardín del Edén. Sin duda alguna aquí aun se puede encontrar a ese Primer Ministro de Dios, y si ya tanto turista lo mancilló, deben quedar las islas Célebes de Indonesia, o alguna otra, Indonesia es el Archipiélago más grande del mundo. Si lo ves en el mapa parecen varias piedras que si las saltas una a una te llevan a Australia.

Recuerdo que cuando veníamos en el avión de "Garuda Airlines", una antropóloga inglesa buscaba tres acompañantes a las Islas Célebes, iba a estudiar la tribu de caníbales guerreros que comen el cerebro de sus enemigos. El problema era que sólo una vez al mes puedes llegar a esta isla y es el único día que puedes regresar. Es un barco que hace el viaje. **Curiosamente, pese a que ofrecía todos los gastos pagados mas una remuneración en libras esterlinas, nadie se ofreció a acompañarla.**

YOGYAKARTA.

¿No es la historia sino una fabula aceptada por muchos? Napoleon.

Denis siempre organizó nuestros viajes de manera poco costosa e interesante. Varios meses antes del viaje buscábamos ofertas en las agencias de viajes francesas. Desde luego buscábamos la de mejor precio y que fuera cómoda y con ciertas garantías. Aunque a veces fallaban, así nos sucedió en Zúrich, donde el avión se retrasó doce horas. Doce horas que los turistas con mochilas, con jeans, alpargatas o tenis, con maletas de lona como las nuestras, dormíamos en los pasillos de espera. Valía la pena, era parte de la aventura. El aeropuerto de Zurich es precioso de cualquier manera.

De Lyon tomamos el tren a Zúrich. En Zúrich abordamos el avión de "Garuda Airlines". Muy bonito, muy bien cuidado, una excelente atención en un viaje tan largo. Hicimos corta escala en Moscú. Y descendimos al hemisferio sur para aterrizar en Yakarta.

Un mes de vacaciones en Java, el archipiélago más grande del mundo. Era verano, tiempo de monzón en el sudeste asiático, prometía lluvia abundante y calor sofocante, es el trópico. Es mi tipo de clima, va bien conmigo.

Decidimos ir primero a Bali, viajamos en autobús local y eso consume muchas horas del viaje. Regresando de Bali pasamos otra semana tranquilamente en Yogyakarta. Visitar la ciudad, ver las danzas regionales, vivir su cultura, sentirte tan importante por ser un grano de sal en medio de esas dieciocho mil islas que forman el país de Indonesia. Verdaderamente ante maravillas geográficas y culturales me da la impresión de ser terrícola y me gusta olvidarme de las nacionalidades. Todo eso es nuestro, de la humanidad, y debemos protegerlo, admirarlo.

Ver a las mujeres y hombres con su "sarong", se ven frescos. El sarong es la vestimenta adecuada, es como una sábana que te enrollas de la cintura hacia abajo. Los hombres usan camisa o torso desnudo en el campo, las mujeres usan corpiños ajustados y de muy bellos colores. Para las danzas son aun mas coloridos y adornados, las mujeres se ponen uñas muy largas, doradas, y pareciera que es solo el mover de manera rítmica, lenta, artística las uñas, las manos, los brazos. El torso y las piernas se mueven en cámara lenta. La danza más ágil y activa es el "Barong dance", hombres jóvenes con mucha agilidad y una gran mascara llevan a cabo ese ritual.

Igualmente disfrutamos en las noches frescas del teatro de sombras. Es cuando usan las marionetas aplanadas, hechas de cuero, detrás de una pantalla iluminando a las marionetas en un plano trasero lejano lo que puede dar la impresión de dimensiones descomunales de las marionetas. Existen también las marionetas de madera, vestidas con su sarong y sus camisas muy ornamentadas. Las obras son sobre el Mahabarata o el Ramayana. El Ramayana, lo que nos tocó ver es la relación romántica e idílica de la pareja, la familia y los sirvientes. Rama es el rey – dios Visnú- y Sita su mujer quien será secuestrada por un mal demonio.

En Indonesia se practican varias religiones, el hinduismo es una de ellas, hay también católicos, protestantes, budistas y musulmanes. El monumento antiguo y bellísimo que hay que visitar en Yogyakarta es el Templo de Borobudur. En las afueras de la ciudad, una extensión como las pirámides de Teotihuacán. Este templo contiene setenta y tantas "estupas" como campanas hechas de piedra de lava negra, engarzadas, no pegadas, y dentro de cada una de ellas hay una figura de buda. La Estupa central es gigantesca, y de la misma manera contiene una figura de Buda. La base de la campana es cerrada, la parte de arriba tiene la apariencia de un tejido de malla muy abierto a través del cual descubres las figuras interiores. Algunas estupas están abiertas.

La visita es de varias horas. Mi descubrimiento genial, eran las marmitas de agua hirviendo en varios puntos alrededor de Borobudur. Nos acercamos sedientos, pues no hay otro indicio de bebida. Es té, infusión de planta de té, lo que llamamos en México té negro, hirviendo. Esperamos que se enfriara un poco, y sorbo a sorbo calmamos la sed. ¡Magia! Al continuar la visita, sudábamos frio, nuestros cuerpos estaban frescos como lechugas. No más refrescos con soda, no más bebidas en hielo, el té hirviendo refresca, ¿irónico? Igual debe funcionar nuestro café.

YAKARTA, MEXICO, CULTURA.

La educación es el fundamento verdadero de la felicidad. Simón Bolívar.

La gran ciudad de Yakarta, ocho millones de habitantes. La gran ciudad de México unos diez millones de habitantes más los doce de aéreas conurbadas. Ciudades muy pobladas, ciudades preciosas, ciudades caóticas en su tráfico, ciudades de grandes contrastes; cinturones de miseria y barrios de lujo. Así es el mundo, en algunos lugares es muy notables en otros es menos. Digamos que Paris y Nueva York no se quedan atrás con estos contrastes. Paris te abofetea en centros turísticos con sus miles de jóvenes desempleados que al pedirte limosna francamente te agreden con su actitud. Nueva York conocidísimo su Bronx y sus problemas de alta criminalidad debido al mismo fenómeno los extremos contrastes de estratos sociales.

La clase media somos los bienaventurados, porque nos aventuramos bien, ja,ja,ja. A subir y a bajar en las escalas sociales, a apretar el cinturón para poder tener el lujo de viajar por ejemplo. Como hacemos mi marido y yo. No tenemos auto, no compramos ropa de marca, ahorramos todo lo que se puede y buscamos la manera de llenar el "cochinito" para darnos el lujo de estos veranos exóticos. YAKARTA, BALI, YOGYAKARTA, Java, Indonesia, se escucha tan chic! La verdad no importa que no se escuche así o asado. Lo importante es que nos divertimos, que estamos juntos, que las novedades nos hacen crecer juntos, que nos amamos y que continuamente estamos aprendiendo cosas nuevas. Eso aumenta nuestra atracción mutua, mantiene viva la llama de la pasión con la que iniciamos nuestra relación amorosa.

Denis ha tenido el buen sentido de ayudarnos a costear nuestros viajes con artesanía del lugar que visitamos. Eso hace más divertido los viajes. ¡Las compras! Desde luego adquirimos cosas para nosotros pero también llevamos artesanía igualmente sofisticada que se vende muy bien en los mercados de pulgas de Lyon o Paris. En esta ocasión llevamos batiks, (las telas pintadas artesanalmente con cera), marionetas de madera y marionetas planas. Garudas en batiks. Este monstruo y/o dios es de lo más atractivo y tiene tantas representaciones, igual que Vishnus, Brahamas, Shivas, Budas; deidades asiáticas. Y fotos. Las ventas de estos productos locales, artesanales y de nuestro propio pasatiempo nos pagan el boleto de avión del próximo viaje.

Esto es la sal y la pimienta de nuestra relación, ya en nuestro tercer aniversario de casados. Felices, contentos y con la química cosquilleando o burbujeando nuestra sensualidad y nuestro afecto. Además cualquier aventura grande o pequeña, las consideramos fantásticas. Por ejemplo aquí en Yakarta tuvimos dos encuentros sorprendentes.

El primero fue en el Museo Nacional. Me encontré con unas figuras y máscaras de barro que yo estaba segurísima que eran de México. Las "caras sonrientes de Michoacán", aunque existen en Cuicuilco y el Tajin. Esas figurillas de barro diferentes del resto de los vestigios de otras culturas precolombinas en nuestro país, por la sonrisa tan prolongada, tan marcada en las caras de las estatuillas. Las vi iguales en el museo, allí estaban en Yakarta, y decían que eran de Yakarta, vestigios de los primeros pobladores del lugar. Los guías de visita de países que se consiguen en Francia son geniales. "Les Guides Blues", son de los mejores libros en su género. Te dan una serie de información vasta y profunda de lo que puedes visitar en cada país, de lo que vale la pena ver, de los precios, horarios y comentarios que son muy útiles. En este guía se mencionaban esas caras sonrientes y tal vez por diversión o por agregar especias al guisado de comentarios, hacían notar el parecido de estas con las de México. La teoría posible era que algunas embarcaciones de pescadores o exploradores del mar en Indonesia, hubieran sido atrapados por una corriente marina, que suelen ser muy traicioneras, rápidas y de gran fuerza, no te sueltan fácilmente, y de esta manera llegaron a costas de América, adaptándose y confundiéndose con los habitantes de la región, mucho antes de que fuera descubierta y conquistada por los europeos. Los estudiosos de las corrientes oceánicas han presentado varias tesis similares ya que se han encontrado con asombro pruebas de que algunos pobladores asiáticos hayan llegado a América a través de ellas y no solo por el estrecho de Bering, teoría ésta muy mencionada en los libros de historia. Por ejemplo en Perú hay una estela del siglo VI donde se ve representado un elefante… No había elefantes en Perú en aquel tiempo. Igualmente en Ecuador se han encontrado figurillas en vasijas de barro con carros o carretas, cuando supuestamente la rueda no se conocía en este continente. Es asombroso lo que uno aprende visitando museos y países.

Otro hecho singular que nos ocurrió fue en una plaza pública en Yakarta, en un evento festivo, veíamos una obra de títeres de madera y se me antojó hablar en español con Denis para comentar lo que entendíamos. La mayor parte del tiempo nos comunicábamos en francés. Hablábamos pues en español sobre lo que entendíamos de los títeres, cuando un niño, con su sarong, evidentemente del país, me preguntó en español con acento mexicano ¿De donde son ustedes? Admirada y boquiabierta por la situación atiné a decirle de Francia, mi marido, yo de México.

_Hola, dijo el pequeño, me llamo Hamak y aprendo español en el consulado de México.

_ ¿Por qué? -Le pregunté, aun alelada- aprendes español en la embajada de México, ¿por qué?

_Me gusta, así puedo hablar contigo. Hay una escuela de español allí y me enseñan.

_ Si, lo que quiero saber es tu razón, elegiste México, ¿por qué?

_ Mi padre trabaja en la Embajada como chofer, en la tarde tiene su taxi. Mi padre también aprendió el español de México ahí mismo. – Nos jaló hacia su padre-

_ Papá, ellos son de México. – El hombre con Sarong y camisa verde olivo, manga corta nos saludo. – Mucho gusto. ¿Mexicanos? ¿De visita en nuestro país? ¡Es un honor!

_ Soy francés, me llamo Denis. Mi esposa es mexicana, se llama Amanda.

_ Aja, -sonreía el papa de Hamak- no parecías muy mexicano, no traes sombrero, - dijo en tono de broma- Me llamo Saruk, trabajo en la embajada de México.

_ ¿Y de dónde eres? – cuestionó mi marido- de Bali, de Yakarta…

_ Nací en Sumatra, pero hace muchos años vivo aquí. En Yakarta hay más movimiento mejor economía.

El espectáculo terminó, la gente del festival se alejaba. Entonces Saruk nos invitó a su casa. Por respeto a su mujer y resto de su familia, aceptamos la invitación para el día siguiente, si él estaba de acuerdo. Y así fue.

La noche siguiente nos divertimos en casa de Saruk y Hamak. Su mujer preparó una deliciosa cena con sopa de pollo y legumbres cortadas finamente. Varias brochetas de mariscos, pescado, arroz con legumbres, té negro como bebida. Las legumbres y frutas daban colorido a la mesa. Nosotros logramos encontrar pastelillos franceses en un gran hotel, fue nuestra aportación a la cena. Todos nos deleitamos con el banquete ofrecido con el corazón, con amistad y cordialidad. Este tipo de experiencias me conmueve profundamente. Todo fluye de manera natural, del alma cristalina y bondadosa de los seres humanos que se reconocen, tienden una mano amiga a un amigo desconocido físicamente pero un verdadero espejo espiritual.

Animados como estábamos de jocoso encuentro, se nos ocurrió cambiar ropas. Denis se puso el sarong y la camisa limpia que llevaba Saruk, esto divirtió muchísimo a Hamak y sus hermanas. (Ni ellas ni la mujer hablaban español, se les traducía). Entonces quisieron que la madre y yo hiciéramos lo mismo. Le di mis ropas a Nusar y ella me dio su sari color naranja, me yudo a enredarlo, asegurarlo y finalmente cruzarlo sobre mi blusa. Luego bailamos estilo Javanés, solo moviendo pestañas, haciendo posiciones con las piernas y torso, lentamente cambiando los movimientos de brazos y dedos. Fue una noche divertidísima. Saruk nos regresó a nuestro hotel, y al siguiente día por la tarde, todavía nos dio una paseada por su ciudad. Recuerdos imborrables en mi alma. Hay tanta gente bonita sobre nuestro planeta.

Denis, por muchas noches me pidió usar el sari. Se enloquecía cuando me lo veía puesto y enseguida lo desenredaba, me ponia nombres como Nusar, Sita o algo que sonara de la india, antes de tirarme sobre la cama y empezar el ritual amoroso.

Aprendimos mucho, me sentí orgullosa de la embajada de México en Indonesia, que junto con la embajada de España difunden nuestro idioma, nuestra cultura. Me di cuenta que la familia es la base de la educación. Hamak estaba ufano de su padre, de su desempeño en la Embajada de México, enaltecía de mucho honor tanto a México, como a su padre y sumado a ello el que fuera taxista. El padre a cambio estaba más que satisfecho de su Hamak, de su esposa, de su familia, de su hogar y de su trabajo. Dios, con tantas cosas agradables en su vida, no podía menos que tener tan magníficos resultados y ser una persona EDUCADA y FELIZ.

ALONDRAS COMO MODELO.

Los hombres están formados por sus padres. Emerson.

En los albores de la primavera llegaron a instalarse en mi terraza unos inquilinos: buenos arquitectos, excelentes cantantes, diligentes, ágiles, menudos y muy agradables. Desconfiados, si, ¿mala paga?... No, si tomamos en cuenta la lección aprendida y sus cantos que alegran mi despertar y la estación más bella del año.

Cuando empecé a observarlos, vi que era una pareja joven y bella, paseaban por los alrededores trayendo todo el tiempo algo nuevo para su hogar, ramas, hojas, plumas de otras aves, hilos de telaraña tal vez, el caso es que rápidamente armaron un nido fuerte y difícil de destruir. Además protegido contra viento, lluvia, y posibles predadores. Ah!, terminaban su día agotados pero felices, se hacían arrumacos, sus picos juntos se besaban, o se hacía "piojito" entre las plumas, el uno a la otra y viceversa. Difícil decir quien es quien en las aves. A los dos, por turnos los vi, defenderse, cuidarse mutuamente y cuidar su nido y a sus críos. Si noté que hacen pareja, son monógamos.

Tuvieron 5 huevos, el quinto huevo se veía a las claras que andaba en la cuerda floja, ya que cada vez que "el que empollaba" salía del nido, el huevo se tambaleaba peligrosamente en lo alto. Si, terminó por estrellarse en el pavimento de mi terraza. Cuando sólo te alcanza para 3 o 4 en casa, pues no hay para más. Fue misión abortada.

Finalmente, en el transcurso del mes, una madrugada escuché el piar de varios polluelos. Me asomé y ahí estaban ya 4 picos enormes, para lo pequeño y feo que son cuando rompen el cascaron, exigentes: pio, pio, pio, pio, incesantemente, hasta que llegaba un padre con algo de comer y lo metía en los buches, y luego detrás llegaba el otro y así continuaban la ardua tarea de alimentar 4 picos más y los 2 suyos. A los 15 días los polluelos ya pintaban mejor, más proporcionados, con más plumaje, su canto más afinado. Uno de ellos parecía no encontrar acomodo, en la esquina era empujado al borde del nido. La pobre criatura no osaba ver hacia abajo, pues seguro que le daba vértigo. De vez en cuando con desesperación empujaba a los otros, pero estos unidos, tenían más fuerza y lo volvían a poner al borde del abismo. Fatalmente llegó el día de la caída. Ante los azorados ojos de la pareja, que veían la imposibilidad de ayudar a su pequeño. Tragedia aún mayor cuando un gato que husmeaba por ahí, detectó el manjar.

Las dos alondras, volaban vertiginosamente, tomaban altura y se dejaban caer a gran velocidad como misiles sobre el gato, que con la mayor tranquilidad hacía caso omiso de sus agresores. El con sus garras destrozó al polluelo, comió lo que pudo, fue sólo un bocadillo, el gato quedó con ganas de más, miró hacia lo alto del nido, se subió al barandal de la terraza, intentando medir algún salto estratégico para hacer caer a los otros. Pero con mayor ahínco y esta vez más certeros, en los ojos y cabeza del gato, lo pájaros le caían encima hasta que lograron ahuyentarlo.

Que no hacen los padres por sus hijos, arriesgando sus vidas, tomándose todas esas molestias, para alimentarlos, protegerlos y educarlos. Pues si, aunque no lo crean, las aves están ahí al pendiente de sus pequeñuelos veinticuatro horas al día, todos los días, surtiendo lo necesario y dándoles ejemplo, buen ejemplo de pareja, de amor, de trabajo, de combate… una maravilla de familia… Al verlos ya maduros, los padres se alejan del nido y piando los invitan a salir. Los polluelos no se atreven luego, luego, ellos a su vez, vuelven a su loco proceder con el pico para pedir comida. Los padres ya no dan nada. Nada más esperan a que alguno ponga el ejemplo, se atreva a salir del nido, y vea que puede volar.

Así sucede, el valiente que ya no puede más de hambre, se avienta al aire, y para sorpresa suya, vuela, surfea sobre las ráfagas de aire, uno de los padres lo acompaña y le muestra donde conseguir comida. Ya con este ejemplo sigue el otro, y el otro. Así la familia feliz se pasea por el territorio que los vio nacer, cada vez se alejan más. Es grato verlos en las tardes de regreso al nido, lo ven de lejos, ya no se alojan ahí, se ponen en ramas, o alambres, y los cinco, cantan las buenas noches, y en el alba las loas a los primeros rayos del sol. Se pasean juntos, cada vez más lejos, finalmente se pierden, ya no regresan, cada quien agarra su rumbo. La pareja sigue contenta con su vida en pareja, de vez en cuando regresan como con nostalgia a despedirse del nido.

Pero un polluelo, ¿macho?, ¿hembra?, ¿el mayor?, ¿el menor?... no sé, uno, es el que se queda todo el resto de la primavera, y ya casi empezado el verano, mide, explora, reconoce el territorio al que volverá nueve meses más tarde.

Me di cuenta de sus andares, pues mirándose en el vidrio de la puerta de mi terraza creyó ver a un rival rondando lo que era suyo, y arremetió contra él, dándose un golpe en el vidrio, era su propio reflejo. Se alejó perplejo por tan ingrata experiencia… aproveché para abrir la puerta, y esperé su regreso.

Al volver, buscó al supuesto enemigo, llegó al nivel exacto donde había estado el vidrio, yo, adentro esperaba que entrara a mi casa, pero no lo hizo , su instinto de conservación tal vez. Yo quise ofrecerle mi amistad, puse unas semillas en la mesa, cerca de la puerta de vidrio, …. entonces me miró… y el ingrato hizo su vuelo "misil", intentó atacarme,! a mi, la propietaria del inmueble! No, pero que les pasa a estos inquilinos,- me dije- uno les da todas la facilidades y en lugar de agradecer, atacan. Pero en verdad fue divertido, ver a las alondras, observarlas con atención y aprender tanto de ellas.

Durante los meses que se fueron, respeté el nido vacío. El verano me hace feliz por el calor, por las reuniones tardías con amigos, por los paseos nocturnos frescos, por la alegría que nos contagia el rey sol. El otoño, con sus tardes cobrizas, sus colores ocres, sus promesas de: "aún hay buen tiempo no os apuréis. " Finalmente los inviernos suaves, otros, más duros, con intensos fríos y lluvias que calan los huesos, así es el clima de Playas de Tijuana. Un clima templado.

Desesperadamente espero la primavera, el renacer de muchas esperanzas. Además ahora sé que tendré visitantes. Llegan por ahí del 10, 15 de marzo. Una madrugada con felicidad escucho a las alondras cantar. ¡Ya llegaron!, se acelera mi corazón. Aunque sean las 5:40 de la mañana, me levanto para disfrutar del alba, la tenue luz del sol dibuja el pálido azul del cielo, el Océano Pacifico, se ve azul – gris – plata, contemplo con placer, desde mi terraza los avances primaverales, florecillas nacientes, verde joven en el pasto, en la punta de los arbustos, en los limoneros, en los geranios, en las orejas de ratón y en los dedos moros. Todo reverdece, las alondras revolotean por los alrededores. Las otras aves comienzan a despertarse con el canto de las madrugadoras.

Mi curiosidad me impacienta; ¿vendrán, regresarán mis inquilinos? Por fin un día lo veo, nos reconocimos, el último pájaro aquel, me vio, sabía que lo esperaba, me saludó con su "vuelo agresor", aunque no tanto esta vez, fue así que me di cuenta, que estaba sentando precedentes de "nos podemos llevar bien" siempre y cuando cada quien respete a cada cual. Varias veces ofrecí semillas, migajas y hasta insectos muertos, colocándolos en el pretil del barandal de mi terraza, nunca los tomó,-le gusta su independencia, igual que a mí- dejé la puerta abierta, nunca entró.

Un día llegó contenta (o), acompañada (o) de otra ave. Había encontrado su pareja el ciclo volvía a empezar. ¡Qué felicidad!, el amor, la creación, la vida misma hervía de gozo ahí en mi terraza. ¡Gloria, Gloria!, ¡Aleluya, aleluya! Que interesante, entretenida y bella es la vida. Esa alondra, y su pareja re decoraron el nido, su herencia, la hicieron a su gusto y volvieron los coqueteos, las caricias, los besos, los paseos. La puesta de los huevos, la eclosión de nuevos herederos, la alimentación y la educación de éstos.

Como buenos padres formarán a sus hijos: estando al tanto de los polluelos hasta que éstos puedan valerse por sí mismo. El rito fue el habitual. La familia entera: son cinco, dos padres, tres polluelos; se pasea. La pareja ha cumplido con su tarea de perpetrar la especie. Y uno, uno de ellos se queda hasta el final de su estación. Es el heredero o ¿heredera? Ya en soledad hace varios recorridos, incluso, como si ya le hubieran avisado los padres, me reconoce, pero guarda su distancia. Sabe de nuestro contrato. Ni tú te acercas a mi nido, ni yo me meto contigo.

Lecciones aprendidas: muchas, la naturaleza nos da todo, ahí donde estamos, es el lugar ideal, ahí hay todo lo que necesitamos, cuidarnos, unirnos a alguien, tener una familia, seres queridos, y enseñarles lo más pronto posible a ser capaces de autosuficiencia e independencia. De entender que ellos se irán muy pronto, seguirán su camino… y nosotros, en el nido vacío podemos volver a empezar, cada primavera, re- decorando, arreglando, cambiando cosas, en nuestro hogar, en nuestro corazón, en nuestra mente. Entender también que al contar con nuestras propias fuerzas, hay que medirlas justamente y no pretender abarcar más de lo que podemos.

Vida, nada te debo, Vida nada me debes, Vida estamos en paz.

(Amado Nervo).

from	**: *Christine*** *<chrichv@videotron.ca>*
to	*Amanda Lozal <alozal@gmail.com>*
date	*Wed, Mar, 10, 2010 at 5:48 PM*
subject	*Isabel.*
mailed-by	*videotron.ca*

Chere Amanda,

Leí cada una de tus historias con interés. Definitivamente me Gustan. Espero pronto leer sobre Francia.

Armando anda muy interesado en una tal Isabel. Me pregunto si Isabel sabe que Armando está casado. Tendré que averiguar sobre ella y si es necesario escribirle. Si mi marido quiere empezar una nueva relación debe empezarla con honestidad. Amanda, no tengo ni tu paciencia ni tu manera de ver la vida. Mi esposo debe aprender a ser responsable de estas situaciones. Cuando termine definitivamente lo nuestro, entonces hará lo que desee. Mientras tanto que hable claro. .

Xoxo. Christine.

from	Amanda Loza <alozal@gmail.com>
to	**Christine** <chrichv@videotron.ca>
date	Sat, Mar, 13, 2010 at 7:05 AM
subject	: Re. Isabel.
Mailed by	by: gmail.com

Christine,

Conozco a Isabel. Es guapa como tú. Mucho más joven que nosotras. Tontea con Armando, no sé bien que quiere de él. Lo que sí sé es que Armando sólo quiere bailar, salir y divertirse con ella. Isabel tiene problemas propios de su juventud. Deseo intenso de un Príncipe Azul que la salve de su soledad, que la mantenga, que le ayude con su responsabilidad de madre soltera, tiene dos varones que no pasan los ocho años. No veo a Armando como ese príncipe azul. Yo no me preocuparía. De cualquier modo si quieres escríbele. Bisou. Amanda.

p.s.: Empezaré por Lyon, allí nació Denis.

LYON, FRANCIA.

Una mirada hacia atrás vale más que una mirada hacia adelante.
Arquímedes.

Como una niña miraba embobada a los títeres. El pequeño teatro "Guignol" estaba lleno, de grandes, si, de adultos. La obra que fuimos a ver esa noche era de crítica social. Guiñol, el títere que dio nombre a una nueva puesta en escena de las marionetas en el siglo diecinueve es un símbolo de Lyon; tiene grandes ojos, bien abiertos, mejillas coloridas, apariencia de buena persona; su amigo Gnafron tiene la nariz rojiza por el vino, el sabroso Boujolais. Guignol viste como vestían los obreros de la seda en el pasado. Lyon es la capital de la seda en Europa; Guiñol se queja de la mala paga, de las condiciones de trabajo, del poco tiempo para sexo y familia que tiene. Muy a pesar de todo ello por lo menos come "cochonaille", especialidad de Lyon; productos del cerdo – embutidos - pan y vino, no le faltan. Desde luego cuando el espectáculo es para niños, y familias el tema cambia, se centrará sobre Lyon, su comida y sus lugares hermosos. Muchas veces los franceses llaman "guignol" a una persona ridícula. También hacen de los políticos "gignoles" para protestar contra conductas poco populares de esos personajes.

Al día siguiente volvimos a recorrer el "viejo Lyon", lo hicimos muchas veces mientras vivimos en esa ciudad del departamento Ródano- Alpes. Visitar lo que fuera la ciudad medieval. Callejones empedrados y estrechos, puedes tocar al mismo tiempo, con los brazos extendidos los muros de una fachada y otra en frente, como los callejones en Guanajuato. Las casas parece que se van a caer, no están muy derechas, pero tienen siglos allí. En las esquinas hay figurillas en estuco que representan el nombre de la calle, así un buey, para la entrada de la calle del buey, una carreta, para la calle de la carreta y demás. Visitamos La catedral "Saint Paul". Después entramos al museo de las marionetas, era el plato fuerte del día. Me encantó. Marionetas de todas partes del mundo, las orientales: planas, hechas generalmente de la piel de estomago o intestino de animales, como los tambores; eran de Indonesia, China o Japón. Según el país son los vestidos de los títeres. Había, en el museo, un monigote impresionante, era un merolico con muchas cuerdas a fin de moverle varias partes del cuerpo, los dedos y las manos, las pestañas, los ojos sueltos y pesados, se movían con la agitación, la quijada, las piernas, los pies, asombroso, se necesitaban cuatro o cinco cruces arriba para moverle.

Recuerdo que en la ciudad de México vi un titiritero con este tipo de fantoches. Muy diestro en moverlos. En un antro en la calle López, si no mal recuerdo. Llevaba una bailarina de rumba, preciosa, que movía todo, ojos, pestañas, quijada, cabeza, brazos, manos que levantaban el precioso vestido con cola larga y de muchos holanes y lentejuelas, movía las caderas, piernas y pies, una maravilla bailando. El otro era un bailarín de flamenco. Era buen espectáculo aquel. Hay talentos en todas partes, y los descubres inesperadamente, lo que te deja un sabor de delicia que quisieras volver a ver. Estos artistas de la diversión son personas entregadas a su profesión, lo hacen con gusto y perfección, por ello contagian alegría, y la gente ríe, aplaude, celebra gozosamente estas diversiones.

Lyon tiene, igual que Paris, una isla (casi isla) en la ciudad antigua, el rio Ródano se divide en dos vertientes al entrar a la ciudad, El Ródano mismo, y la Saona su vertiente. La ciudad moderna es muy bonita. La arquitectura de vanguardia de esa época se veía en sus centros comerciales, su mercado, en su teatro de la opera, donde no me dormí al asistir a "Tristán e Isolda", de Wagner; Denis es fanático de las opera de este alemán; aguanté con ojos bien abiertos toda la obra de solo dos cantantes.

La ciudad creció mucho y continua incesante en su ampliación. Villeurbane, era el suburbio en boga en aquel entonces. Tuve una amiga muy agradable allá. Estudiaba enfermería como yo, en la Cruz Roja Francesa. Evelyn era una rubia pequeña, delgada y bondadosa. Las enfermeras necesitamos de esa cualidad, la bondad, la entrega y el afecto que ayuda a los pacientes. Señalo esto porque mucha gente de Francia, dice que los lioneses no hablan con extraños, son poco afectos a tener nuevas amistades, sobre todo si son fuereños. En realidad en toda Europa las personas están tan llenas de quehacer existencial que se olvidan de conectarse con sus semejantes. Y están tan solos. Se acostumbran a su soledad, pero no es una soledad alegre, es gris, pesada, triste en la mayoría de las ocasiones.

El mercado de esta ciudad es precioso, se muestra la mercancía con mucha calidad y cuidado. La carne se pone sobre papel blanco que simula tela de encaje, como los pasteles antes. Los peces, las langostas, están en grandes y limpias peceras, así te los dan frescos de verdad. Las legumbres bien acomodadas y de gran variedad, aves, piezas de cacería en otoño, puedes ver jabalíes colgando enteros decorosos y decorativos pese a la sangre y la peluda piel, liebres, faisanes, patos. La carne de jabalí, me gustó, un sabor fuerte, cierto, todas las piezas de caza son carnes muy oxigenadas por lo que su sabor es intenso, como la moronga, sangre, mucha sangre. En general, las piezas de caza, se marinan por veinticuatro horas en vino, vinagre y especias varias, luego lo coces y la carne queda muy suave, exquisita.

Lyon fue nuestro centro de operaciones para explorar el sur de Francia. Los lugares cercanos los visitábamos los fines de semana, cuando esos fines de semana eran largos debido a alguna celebración, nos íbamos alejando, y si de plano eran vacaciones extendidas, entonces decidíamos entre una larga excursión como la que hicimos en Occitania y el Masivo Central o irnos a Grecia, España, Inglaterra. Elegíamos según el presupuesto y según la mejor oferta tanto en economía como en interés del lugar. Fue Fantástico.

LA PART DIEU.

La muerte es el descanso y fin de todas las penas.   Séneca.

Dos experiencias me impactaron cuando viví en esta ciudad. Teníamos un departamento muy céntrico, pequeño, en un edificio muy antiguo. La ducha era de alzarla, si, bajabas y subías la plataforma, para poder tener espacio y acceder al w.c. Todo esto se hizo para tener comodidad moderna, anteriormente el baño era comunal. Bien, nuestro espacio era reducido, eso permitía que estuviéramos pegaditos todo el tiempo, este es el lado bueno del asunto. Otro lado amable es que podíamos caminar hasta el "viejo Lyon" Atravesar el puente del rio Ródano, y luego el del rio Saona y llegar a la "Presqu'ile", (casi isla). Nuestro edificio estaba situado en el tercer distrito de la ciudad de Lyon, barrio llamado la Part Dieu. Ese viejo edificio estaba sobre la "rue de Crequi" , (la calle Crequi), cercana a la muy concurrida calzada Lafayette. Estábamos justo en la frontera, por así decirlo, de lo viejo y lo moderno de la ciudad. A tres calles de ahí se construyó el ultramoderno centro comercial de La Part Dieu.

Les cuento ahora esa primera experiencia impactante. Varios de nuestros vecinos eran personas de edad avanzada. La mayoría recelosos, les tomó tiempo acostumbrarse a nosotros, a respondernos el saludo. Nosotros una pareja joven, sin hijos. Aquí, en este viejo edificio, no se permitían niños. Ni nosotros queríamos tenerlos. En una ocasión, un lunes en la tarde, al llegar estaban los bomberos allí. Nos asombramos, no parecía haber un incendio, no había humo, ni olor a quemado. Nos dejaron pasar, estábamos en el segundo piso, de tres. Al llegar a nuestra puerta, un policía nos interceptó, nos preguntó si sabíamos algo de la vecina de al lado. Explicamos que teníamos poco tiempo de vivir en el lugar, ni seis meses todavía. Recordábamos a la señora Mari, era su apellido, lo decía el buzón a la entrada del edificio. Una mujer canosa, pesada en kilos, poco propensa a la sonrisa, su saludo parecía un gruñido. Nunca la vimos con nadie, nunca supimos de alguien que la visitara. Siempre sola, hablaba con el carnicero, el de la cremería y la tienda de abarrotes de enfrente solo para pedir lo que necesitaba. Nadie sabía de ella. Los vecinos que tenían doce años de conocerla comentaron que vivía sola, nadie le conocía a ningún pariente. El vecino del departamento seis fue el que dio aviso de que venía un mal olor del departamento cinco, le parecía a él. Igual había dicho que le preocupaba no haber visto a la señora Mari por varios días, no era usual que se ausentara. Por eso los bomberos abrieron la puerta a hachazos, la encontraron muerta, tenía tres días de muerta. Nadie lo había notado, hasta que el hedor avisó de ello.

Me impresionó por varios días esta muerte. La pareja de ancianos del número seis, los que avisaron, quedaron terriblemente impactados, la esposa de este hombre lloró muchísimo, no tanto por haber conocido a Mari, poco hablaban con ella, era la soledad de la persona lo que la tenia así. Esto unió más a esa pareja. Y yo comprendí la importancia de tener un compañero. En Europa la base de la familia es la pareja, un hombre y una mujer, o ahora se permite dos del mismo sexo, todo es posible para evitar a doña Soledad. A mí no me asusta tanto, de hecho pienso que la cumbia de la "Negra Soleda'" se refiere al doble sentido, una soledad que es alegre, que baila y que usa una pollera, enaguas rojas de pasión por la vida, y una mujer negra jacarandosa y sensual. Puede ser de esta manera la negra soledad, puede ser, depende de cada uno.

Otra muerte vino a quitarme el sueño. Me dejó sin aliento sumida en la tristeza y la meditación. Teníamos unos amigos, tan jóvenes como nosotros. Veintiocho años Bernard, veinticinco su mujer, Ela, pelirroja, muy bella ella. Su adorable hija de tres años, blanca, bomboncito hermoso, así son los críos a esa edad, llenita, pelo rojo, pecosa, graciosa y adorable jugó conmigo, me abrazó, me besó, bueno, la ocasión en que cenamos en casa de ellos fue encantadora por la pareja en sí, y por su hija tan sociable y agradable. Mi esposo tenía miedo que fuera yo a emocionarme y deseara tener un bebé. Antes del mes de haberla conocido, fue arrollada en la carretera, habían ido a pasear al campo, y Ela caminaba con Maude, la nena, a orillas de una carretera poco transitada. Sin embargo, de pronto, apareció un auto que perdió el control al verlas, se salió del camino y ante el azoro de Ela, pasó sobre su pequeña niña quien corría adelante de ella en pleno campo. Ela quedó sin habla. Tuvo que ser internada en un hospital psiquiátrico. Bernard, devastado, frecuentaba a mi marido para hallar consuelo con nosotros. Al final de los dos años que vivimos en Lyon. Esta pareja quedó destrozada, deshecha. Ela fue a vivir con su madre, a encerrarse como una ostra. Bernard se quedó solo. Y pidió el divorcio. Denis me contó la historia según Bernard, se conocieron en los últimos años de estudio en la universidad. Después de dos años de novios, esto en Francia significa: "vivir juntos", decidieron casarse. No había mucho entusiasmo departe de ellos, era como que no había nadie, ni nada más y se casaron. Dos años después se aburrían, y Ela quería un bebé, pensaba que eso cambiaria sus vidas. Bernard no tenía mucha decisión. Preocupación abundante si que había en su interior, no estaba seguro de sus metas en la vida. Su esposa Ela amaba los gatos, tenía cinco, hablaba con ellos, los trataba como parte de la familia, tenía pocas amistades era solitaria, su objetivo era el hogar, un hijo y vivir. Maestra como él, pero poco interesada en la educación. Finalmente la nena vino a ser un verdadero "rayo de luz" en ese hogar. Hubo alegría, objetivos cotidianos. Los gatos seguían en casa, lo que Bernard detestaba. Ese accidente les quitó el sentido de la vida juntos. Concluí que a Ela le quitó todo el sentido de su vida.

Dos muertes, fin de penas, de personas que pasan por este planeta padeciendo, soportando una gran parte de sus vidas como si de castigo se tratara. La Part- Dieu vieja murió, en su lugar se han alzado edificios nuevos que asombran a los visitantes y a los habitantes de un Lyon que ya pasó dos milenios, el poblado luce joven, renovado y encantador.

PRIMAVERA EN PEROUGES.

Las injurias son las razones de los que no tienen razón.   Rousseau.

Cuando llegamos a vivir a Lyon conocí al mejor amigo de mi esposo. Claude Beauchamp. Estudiaron juntos desde la primaria hasta el liceo. En la universidad se separaron pero se veían con frecuencia. Claude estudió administración. Claude con sus veintisiete años parecía de treinta y cinco. Pintaba canas en su cabello rubio, sus ojos caídos como los de un perro San Bernardo eran azul pálido, como pálida era su piel. Su boca muy grande con labios carnosos y su expresión facial de sabiduría, afecto y seguridad en sí mismo. Sus brazos fuertes, peludos, su cuerpo de huesos anchos, no tan alto como Denis. Todas esas características estaban salpicadas de un gran sentido del humor y mucha humanidad. Era feo pero muy atractivo.

Desde luego cuando mi hombre me preguntó que pensaba de Claude, dije que no tenía idea de cómo un hombre tan feo podía ser tan amistoso, sin agregados que lo pusieran celoso. ¿Celoso? Algo en mi mente no andaba muy derecho. Ey, después de tres años de matrimonio una empieza a mirar otra vez a los hombres de manera diferente. No, no me sentía enamorada de Claude, claro que no. Y luego mi marido no paraba de hablar de todas las bondades de su amigo, y del porque era su mejor amigo. Terminé por lanzar la primera piedra, un pequeño guijarro:

YO _"Tú estás enamorado de tu amigo, me haces pensar que también estabas enamorado de Michel. No te culpo, recuerdo que Alexis Carrel en su libro "Los estados intersexuales del hombre", dice que es común sentirse atraídos por el mismo sexo, por las cualidades que compartimos, también tenemos las dos hormonas en cada uno de nosotros, testosterona que predomina en los hombres y progesterona, que regula a las mujeres, pero tenemos las dos. Si tienes mucha testosterona puedes ser un hombre muy agresivo, o una mujer con mas testosterona que progesterona, es la típica mujer barbuda. De cualquier modo, no quiero que me hables mucho de Claude."

DENIS: _ "y tú estabas enamorada de la mujer de Casta, la caribeña, o de Consuelo, la española… siempre querías estar a solas con ellas… "(Lo decía en tono de broma a ver si "veras" se asoma).

YO: _ Recuerdo esa noche en que me hablaste de las nalgas de la negra caribeña, estabas muy excitado. Consuelo nunca fue de tu agrado, los dos fumaban como para competir para ver cual chacuaco sacaba mas humo en menos tiempo. Me llevé muy bien con ella, fue mi tabla de salvación en Marruecos, con quien más podía hablar español a mi gusto. Era muy feminista y eso me divertía. Las tres juntas nos divertíamos mucho, no había lugar para hombres allí a menos que parecieras homosexual, transexual, trasvertí, o algo semejante.

DENIS: _ "Ahora viene la venganza. Saldré con mis amigos, en reuniones de "hombres", no se admiten mujeres, ¿de acuerdo?

YO: _ De acuerdo, Evelyn y yo tenemos planes. No tengo muchas amigas enfermeras, son muy cerradas aquí las mujeres, tienen muchas ocupaciones. Y Ela, mejor ya ni hablar del caso.

DENIS: _ Evelyn no me gusta mucho, vive muy lejos. El otro día te fuiste hasta Villeurbane a su departamento, llegaste tarde. Me preguntaba yo si era lesbiana, ¿si te quedarías a dormir allá? No estoy de acuerdo en que salgas con esa chica. No me gusta, es bonita, y está sola, algo anda mal allí.

YO: _ Tal vez si presentamos a Claude y Evelyn…? Ahora que vamos a salir a Perouges… Dile a Claude a ver si está de acuerdo.

DENIS: _ A Claude nunca le ha gustado que le presenten chicas, el consigue las que quiere; lo intentó mi ex novia Chantal con una amiga suya, a la mitad de la función de cine, Claude se fue.

YO: _ Me gustaría escuchar lo que tiene que decir Claude a ese propósito. Mira dile que Evelyn me acompaña, no le digas que es para él.

Estábamos en la cama, listos para dormir; dormir lo que se dice dormir, todavía no, pero en el preámbulo, y Denis como yo gustamos decir cosas que enciendan la imaginación.

DENIS: _ Confiesa, - me hablaba al oído, me besaba, volvía a susurrar locuras- Claude te encantó, te gustaría hacerlo con él…

YO: _ mmm – besos, caricias, nuestros cuerpos entrelazados- "Evelyn es bonita y ¿la detestas? O ¿se te antoja?

Ufff que noche! Tres veces. Es bellísimo renovar votos. Perouges prometía diversión. Un fin de semana encantador. Iríamos en el Renault de Claude. Esos franceses son muy Ranault. Evelyn tenía un auto "Quatre chevaux" – cuatro caballos- de Citroën. Eran como unos Volks Wagens, los económicos muy populares en México, sólo que como de la guerra. Su carrocería gris en general daba la impresión de ser para el campo, o hecha de pedazos de tanques de la segunda guerra mundial.

Por cierto de las guerras. Estando en Lyon escuché por primera vez esa sirena que suena del centro de la ciudad, y que te congela el corazón. Le pregunté a mi suegra que nos visitaba ese miércoles primero del mes… ¿qué sucede? ¿Qué es eso? Alice, la madre de Denis, me explicó que cada miércoles primero del mes volvían a funcionar las sirenas de emergencia que se usaban en la guerra antes de los bombardeos. La gente corría a las cavas, o a los refugios para protegerse. Alice me contó como fue parte de la resistencia durante la guerra.

Alegría, lleno de alegría fue nuestro domingo en Perouges. Salimos temprano de Lyon, hacia el norte, por carreteras pequeñas, para mirar la campiña de la región. La primavera, es la primavera. Quiero decir que en Francia las cuatro estaciones son muy marcadas. Evelyn y yo viajábamos en el asiento trasero. Le comenté mi regocijo de vivir por primera vez la primavera tan espectacularmente. Ramos de flores por todos lados, de los árboles en flor, cerezos, duraznos, albaricoques, ciruelos, todos abundan con florecillas lilas, rosas, blancas, azules, rosa intenso, la hierba alta tapiza las colinas y valles, jazmines, lavanda, manzanilla, diente de león, margaritas, cólquico, pasionaria; ¡Que hermosa la vestidura preciosísima que da la naturaleza! Es relajante, estimulante contemplar la obra maestra de fenómenos tan sencillos y que parecen tan cotidianos y garantizados que no los apreciamos.

EVELYN: _ ¿Acaso no hay primavera en México?

YO: _ La naturaleza en mi país es exótica y extraordinaria. Es la selva tropical, lluvias casi ocho meses al año, y el resto seco. Hay gran diversidad de climas, de aves con todos los colores del arcoíris, de flores intensas, aun tenemos helechos gigantes en Chiapas. Una maravilla que aprecio. Solamente que se nos habla de las cuatro estaciones y yo no las conocía directamente, solo en teoría.

CLAUDE: _ Nosotros conocemos la selva tropical en teoría y en el cine.

DENIS: _ Ustedes, porque yo si conozco México, y la India. Acabamos de estar en Indonesia, el verano pasado. Todo eso es el trópico.

EVELYN: _ México seguramente es el país que más te gusta.

DENIS: _ Fui varias veces hasta conseguir mi "hot and sexy Latin-American girl".

EVELYN: _" Solo ves eso en ella. Amanda es encantadora, nunca había tenido una amiga así de amable, adorable. Si los hombres latinoamericanos son como ella, creo que sí, si me gustaría conocer uno"

DENIS: _ " ¿Te gusta mi mujer? ¿Prefieres a las mujeres que a los hombres?"

YO: _ " ¡Eres muy agresivo! ¿Qué te sucede?"

CLAUDE: _ "Así son los hijos únicos. Hacen todo para llamar la atención. ¿no te habías dado cuenta?"

EVELYN: _ "No importa, así han sido todos los chicos y chicas franceses en la escuela. Estoy acostumbrada a la gente tontamente agresiva".

DENIS: _" ¿Yo soy tonto?, ¿Me llamaste tonto?"

CLAUDE: _ "Denis si paro el auto, va a ser para que te bajes, a ver como llegas a Perouges. Nos encuentras allá."

DENIS _ ¿Es esa tu fórmula que no falla para quedarte con las chicas? El caballero andante que defiende a los desvalidos.

CLAUDE: _ y salgo ganando, como de costumbre. Podrás ser el "guapo", yo soy el gentil que se queda rodeado de nenas.

Después de estos diálogos de bromas; llegamos a Perouges, veíamos desde la carretera la atractiva muralla medieval. Los viñedos, los campos en flor. ¡Qué paisaje! La entrada por la calle empedrada nos mostraba las hileras de casas del Medievo. Unas de piedra otras con tremendas vigas de madera cruzadas que sostenían los muros. Ventanas de piedra grande aparente con macetas llenas de flores. Por algo dicen que es el pueblo más lindo de Francia. Una vez que encontramos lugar de estacionamiento, bajamos a recorrer la villa. Es una buena caminata. Vimos el árbol que plantaron durante la Revolución Francesa, admiramos un reloj de sol, marcaba las diez de la mañana. Esta encantadora población data del siglo XIV, las murallas protegían a los campesinos de las invasiones bárbaras.

Degustamos vino, especialidad de Perouges. Con galleta de mantequilla y azúcar, ¡exquisito!. Compramos vino rosado espumoso, tres botellas, para nosotros, tres botellas para Claude quien vivía con sus padres, raro en Francia pero sucede – jóvenes mayores de dieciocho en casa de los padres-, Evelyn sólo una, para ella sola. Claude y ella fueron al auto a dejarlas mientras Denis y yo buscábamos un restaurante con un menú atractivo.

Nos sentamos en la escalinata de un lugar con terraza, muy animada, bien decorado, el menú del día incluía una entrada, pierna de cordero o cerdo con ciruelas o tarta de legumbres, vino y postre. Evelyn y Claude venían caminando hacia nosotros parsimoniosamente. Su dialogo parecía animado, los dos se veían contentos uno con el otro. Los dos rubios, pálidos de ojos azul claro. Denis fumaba sin parar, adelantaba los cigarrillos que no podría quemar mientras comíamos. Me comentó: "Parece que si va a funcionar. Se ven contentos. Te dije, Evelyn es bonita, pero si poníamos en guardia a Claude no hubiera aceptado conocerla. Bien, ya es tiempo de que este hombre encuentre pareja. Las pocas novias que le he conocido no lo han motivado lo suficiente."

Degustamos nuestros alimentos disfrutando del ambiente medieval, del paseo primaveral y de la charla animada de nuestros amigos. Enseguida decidimos dar un recorrido por las afueras, entre los viñedos.

Claude y yo llegamos a conocernos un poco más. Decía muchas bromas en su conversación, era definitivamente interesante y me sentía muy a gusto con él. Platicando con Evelyn se enteró que era amiga de la hermana de una de sus ex – novia. Otra vez exclamamos: "Que pequeño es el mundo". Claude consideraba que Lyon era una ciudad de poca gente, nada que ver con Paris o la ciudad de México. Le pregunté porque había terminado con esa mujer. Me dijo que no estaba preparado para casarse, aun en ese momento no se sentía apto para el matrimonio. Tenía todo en casa de sus padres. Su situación económica estaba indecisa, solo había conseguido trabajos temporales y sobre todo, no le había llegado el momento de enamorarse. No sabía lo que eso significaba. Desde luego el placer de tener un cuerpo femenino enredado en el suyo no era un problema, era una situación que se daba con frecuencia, aunque fuera casual y no volviera a ver a la chica en turno. El cierre de la relación era la frase célebre: "nos llamamos más tarde", equivalía a "c'est fini", se acabó.

Denis y Evelyn tuvieron tiempo de hacer las paces. En realidad es un juego común en los países desarrollados "la agresión inicial", -son guerreros - después vienen los chascarrillos, las risas, y un ameno retozo que puede ser el inicio de una amistad, o simplemente un conocido, conocida simpática y ya.

CANADA, FRANCIA.

from	: **Christine** <chrichv@videotron.ca>
to	Amanda Lozal <alozal@gmail.com>
date	Sun, Mar, 14, 2010 at 11:04 AM
subject	La France.
mailed-by	videotron.ca

Chère Amanda,
   Mi familia Francesa vive en Niza. Cuando los visité conocí
   La costa del Mediterráneo, fue durante un verano, imagínate para una
   Adolescente experiencia tan fascinante. Recuerdo muchos extranjeros de
   varias partes de Europa asoleándose en esas playas.
   La segunda ocasión, llegamos a conocer el puerto de Marsella.
   Recordaras sin duda que ahí empieza la historia de Monte Cristo.
   Conocí lugares interesantes como Aigues Mortes, una ciudad amurallada.
   Esa muralla data del siglo XIII. Arles y Nimes con sus vestigios romanos,
   Se empezaron a construir antes de Cristo. Me gustó toda esta región de
   la Camarga, sus pantanos, sus caballos, sus toros. Me enteré que una
   Artista mexicana muy conocida, María Félix, tenía una casa allí y criadero
   De caballos. Toulouse, una ciudad con mucho que ofrecer, de un ambiente
   Muy animado y estudiantil. Pensé en hacer mis estudios de maestría en
   Francés en este lugar sólo que ya andaba yo enredada con Armando.
   Todo vale la pena. No fui a estudiar allá, en su lugar, me casé con Armando.
   Me arrepiento de no haber conocido Paris, los castillos del norte
   de Francia y lugares como el que me cuentas, Perouges debe ser
   asombroso. Sigo admirada de la suerte que tuviste con tu francés.
   Parece que conocieron Francia de Norte a Sur.
   Tal vez deberías ser mi guía, nos vamos a vacacionar tu y yo y nos olvidamos
   de Armando. ¿Te parece?
Xoxo. Christine.

from	Amanda Loza <alozal@gmail.com>
to	**Christine** <chrichv@videotron.ca>
date	Sat, Mar, 20, 2010 at 7:50 PM
subject	: Re. La France.
Mailed by	by: gmail.com

Me gusta la idea. Planeando con tiempo, digamos que el verano del 2011 nos vamos de parranda a Francia. Paris, es una idea genial. Los Castillos del Loira y la Bretaña, Christine, la Bretaña te va a encantar. Los Bretones son celtas, bosques bellísimos, mar poderoso con remolinos que solo los "hombres" se atreven a pasar. Y los productos de la pesca y la comida allá riquísima. Los "calvarios" son monumentos religiosos muy especiales del lugar. Y los bretones son guapetones. Estamos hechas Christine. Preparémonos para esa odisea.

Si; con Denis exploramos Francia de Este a Oeste, y de N. a S. Conocí los lugares que mencionas, menos la ciudad de Toulouse. Saltamos fronteras, todavía no era la Unión Europea, y vimos lo más sobresaliente de Europa. Te contaré despacio, como nos gusta.

CARCASSONE Y LO DIVERTIDO.

Los hombres son tan simples y unidos a la necesidad, que siempre el que quiera engañar encontrara a alguien que quiera ser engañado. Maquiavelo.

Como tú, visité la región de Camarga y los lugares que mencionaste. Íbamos acompañando a un colega de trabajo de Denis. Henry Poupon era de Perpignan. Nos invitó a conocer su ciudad y a sus padres. Evelyn se unió a la excursión, eran las vacaciones de pascua.

De Lyon fuimos hacia el sur a Valence, Avignon, Montpelier, Narbonne, Carcassone y Perpignan. Toulouse no está muy lejos de Carcassonne, pero deseábamos conocer Marsella y toda la Camarga por ello consideramos que el punto cumbre seria Carcassone y de ahí revirar hacia el Gran Puerto de Marsella y de retorno a Lyon parar en otros puntos turísticos. Hay mucho que ver en Francia, en Canadá, en México, en el Planeta Tierra. Con estos nuevos programas en la televisión envidio a los presentadores que van viajando por el mundo para mostrarte los rincones más apartados de cualquier continente. El lado amable de esos programas es que no gastas mucho, igual te diviertes y conoces el mundo.

Henry Poupon tenía apenas veintitrés años, el no partió a la legión extranjera. Era maestro de Geografía y gustaba de leer todo sobre su materia, pero los viajes no le llamaban la atención. Mi marido como era su costumbre le habló de sus hazañas por lugares exóticos. Para hacerlo más divertido le agregaba sandeces a sus relatos. Poupon escuchó cosas extrañas de México. Que si las tribus salvajes, que si usábamos sombrero, que aun vestíamos como adelitas, y sobre todo que en donde hacía calor las mujeres andaban con las tetas al aire. Según el así me conoció en Acapulco.

Henry ardía en deseos de conocerme, se entiende la razón de la sin razón. Cuando me vio se sorprendió de que yo no tuviera las tetas al aire, mi marido le había dicho que en general así andaba yo en casa. Como llegaron de sorpresa a comer, el llevaba patés y sabía que tenía pollo rostizado pues el día anterior habíamos revisado el menú de la semana. Henry no me quitaba los ojos de encima. Me ponía nerviosa que el cara de niño aquel observara todos mis movimientos, y todos los detalles de mi persona. Su acento al hablar francés era especial, muy marcado, por hacer una comparación el acento de Yucatán al sur de México, con el de la Ciudad de México, así de extremos, e igualmente graciosos. Tiene su gracia la gente sureña. "**lin**do her**mo**so, pin**ta**mos **ca**sas a domi**ci**lio", - las negritas son las silabas que ellos acentúan - frase típica para reír del acento del sur de mi país. Lo curioso es que en Perpignan sean también ingenuos y de poca lógica.

Ya hechas las presentaciones, al sentarnos a la mesa. Henry me hablaba como quien habla a un indígena, ayudándose de señas y en cámara lenta, con una sintaxis poco convencional.

HENRY: _ Moi, Henry, - j a ' rry , hh a 'n rry- … toi?

YO: _ JE m'appelle Amanda, Amanda, Amanda…. (me llamo Amanda, ….)

HENRY: _ Me entiende bien tu mujer, ¿no crees?

DENIS: _ Si, hoy está de buen humor, seguramente le simpatizas. Con que no te quiera cenar mas tarde.

HENRY: _ ¿Cenarme?, ¿son caníbales en México?

DENIS: _ Las mujeres, prácticamente lo son, recuerda lo que te conté de cuando la conocí. – Lo decía con tono de guasa, contenía la risa, pero Henry con la fuerte emoción que le envolvía no se daba cuenta.-

HENRY: _ Ah, sí, claro! – Muy entendedor del doble sentido- pero tú no vas a permitir que ella me haga eso, no delante de ti, no ahora. – era incrédulo, pero estaba dispuesto a llegar hasta las últimas consecuencias de la "sin razón" sexual de sus fantasías-.

YO: _ -Hablando en español- Denis, de que se trata esta charada, explícame. – Dirigiéndome a Henri- ¿Hablas español?

HENRY: _ Henry no –hacía señas con las manos, para el "no" y hacia su boca para "hablar", formando una concha con el puño y los dedos, moviéndolos- español, no español, Français, français.

YO: _ (No pude evitar la risa, era tan ridículo que no se daba cuenta). Supongo que puedo reír, es tan gracioso lo que hace tu amigo…

DENIS: _ -en español- Si, a mí también me causa risa, está saliendo mejor de lo que imaginé. Se tragó historias extraordinarias de México, así de extraordinario le parece tu país. Se comprueba una vez más que los franceses conocen poco de Geografía, yo soy la excepción. Poupon es maestro de Geografía, ¡imagínate!

HERNRY: _ ¿Qué pasa? Traduce, no entiendo, ¿Qué quiere ella?

DENIS: _ Si, te desea de postre, no va a esperar la cena. Ten cuidado, si te toca el cierre del pantalón, por ahí va a empezar la cosa. –Denis reía-.

HENRY: _ -Todo nervioso reía también. – ¡Me va a bajar el cierre del pantalón!, , ¡me va a desvestir!… ¿por ahí va a empezar?... No me digas, se me va a poner duro… ¿qué hago? …" ¿qué hago? ¿Me voy o me quedo?

YO: _ (Moría de la risa de tanta tontería), ya dile la verdad, mira está muy rojo y muy nervioso, y creo que si tiene abultado su pantalón ahí en el cierre, no estaba así.

HENRY: _ (se puso de pie, me enseñó su cierre del pantalón) " C'est mon zipper, mon zipper… fermeture de sécurité, se-cu-ri-te … pour mon pantalon" (deletreaba cada palabra, quería hacerse entender, pero su bulto seguía crecido, sus nervios estaban exacerbados, estaba viviendo su fantasía, se me acercaba mostrándome con claridad su bragueta, continuó así.) Ne touche pas… d'accord?... Non, ne pas toucher…(me tomó la mano y la puso sobre su bragueta repitiendo en francés), No toques, no hay que tocar, entiendes, no tocar, … (Yo dócilmente deje que pusiera mi mano en su bragueta, Denis se carcajeaba y buscaba la cámara, que no encontraba por el ataque de hilaridad que teníamos los tres.

YO: _ - en francés- Henry, ça sufí, ça sufí. (Suficiente, suficiente). Veme, soy normal, Denis te jugo una broma. No sé que te contó, pero fue broma.

HENRY:_ - Color rojo encendido- ¡Pero cómo! ¿Hablas francés? ¿Qué dices? ¿Qué esto fue una broma? Denis, ¿Qué es esto que mi hiciste cab…? (Qu'est-ce que tu m'as fait salaud?)

DENIS: _ No puedo creer que avalaras un cuento tan descabellado, que tienes Poupon? Ya sal del cascarón. Te urge una novia, o ir al burdel, algo así.

HENRY: _ - Ah salaud!, tu es un salaud ! – cabrón eres un cabrón).

YO: _ Vayan al salón, mientras recojo la mesa y limpio los trastes, luego les alcanzo, con café y postre.

Ya más tranquilos y bajo control. Tomamos el café y continuamos conversando en francés. Henry tuvo el valor de disculparse y de aceptar que fue una tontería creer algo que desde un principio le parecía exagerado, no se dio cuenta de todo lo ridículo de la situación hasta que ya reíamos todos.

HENRY: _ De verdad, Denis me dijo que te conoció en estado salvaje. Que como no tenían ropa, por el calor sofocante que hay allá, tú no conocías lo sofisticado de la vestimenta francesa. Entonces te acercaste a él y le tocaste el cierre del pantalón, subías y bajabas la mano preguntándole para que servía eso que brillaba tan bonito, si era como los aretes de oro, un adorno. El se dejó hacer, le bajaste el cierre y luego… y luego… y luego…

YO: _ ¿Qué pasó despúes Denis?

DENIS:_ Me ibas a comer, empezando por ese buen pedazo de salchicha. Te dije que era mejor solo chuparlo, morderlo era muy malo. A ti te gustó, y a mí también, así empecé a civilizarte.

HENRY: _ ¡Qué estúpido fui! ¡Qué estúpido! Como fui a creer semejante patraña.

YO: _   Henry, pienso que te pareció divertida la historia. La verdad, hasta a mi me han hecho reír mucho. No te apures. Ahora estoy segura que te gustaría ir a México y conseguirte una salvaje de verdad, que te coma todo entero, pero a besos, ¿verdad?

HENRY: _ Tu esposa es gentil. Esto me enseña que los tontos queremos tanto que nuestras ilusiones se hagan realidad que estamos dispuesto a dar crédito a cualquier cosa.

DENIS: _ Lo bueno es que hemos pasado un buen rato. Lo que si te aseguro es que no necesitas ir hasta México para conocer a maniacas sexuales. Aquí en Francia también hay. Mi esposa tiene una amiga que es enfermera, y lo que más le gusta es limpiar penes, so pretexto…

YO:_ Ya basta Denis. No exageres. Lo bueno es que ahora Henry no se va a tragar nada de lo que digas. Van a terminar como Pedro y el Lobo, a menos de que cambien su relación. Y Henry, déjame decirte que mi amiga Evelyn, es lindísima, no tiene novio por el momento, y no es ninguna maniaca. Espero que vengas a cenar este sábado para presentártela.

Así ese sábado se conocieron Evelyn y Henry. Fue entonces que planeamos el viaje. La simplicidad de Henry Poupon lo hacía muy simpático y fácil de tratar. Evelyn y Henry conectaron muy bien. Henry era de piel blanca, cabello castaño oscuro, ojos grandes color marrón, delgado y de estatura media.

Durante las vacaciones de pascua usamos esos quince días para pasearnos en el Sur de Francia, conocer Perpignan, la ciudad de Henry. Es una ciudad importante para el sur, unida a la historia española por haber pertenecido al reino catalán. Todavía se puede ver el palacio de los reyes, y muros de la ciudad medieval. En Semana Santa aun se hacen las procesiones de los encapuchados. La familia de Henry fue muy amable, nos recibieron en su casa por dos días. Les dio gusto ver a su hijo bien adaptado, era la primera vez que se había alejado de ellos, Lyon les parecía una ciudad grande y peligrosa. Pero por boca propia de su hijo supieron que era todo lo contrario y otra testigo confiable fue Evelyn, quien fue muy bien recibida por los padres de Poupon.

No lejos de allí encontramos este lugar Medieval gigante, en realidad una ciudad amurallada, igual que Perouges, pero cuatro veces más grande, sin contar la ciudad baja que la rodea. Lo impresionante de Carcassonne son sus torres, sus rampas, sus puentes levadizos, rodeada por una fosa, la imagen misma de las fortificaciones del Medievo. Te das una idea clara de lo que eran las batallas, los asaltos de aquel entonces y la funcionalidad de la muralla protectora. Fuimos también a Narbonne, museos, restaurantes, ruinas romanas. Hicimos una verdadera expedición en el sur de Francia, lo que los franceses llaman "el mediodía", tiene temperaturas agradables y paisajes salvajes como los pantanos de la Camarga, Aigues Mortes y Nimes con muchas ruinas de romanos y huellas tangibles de los tiempos medievales.

from	**: Christine** *<chrichv@videotron.ca>*
to	*Amanda Lozal <alozal@gmail.com>*
date	*Mon, Mar, 22, 2010 at 7:14 PM*
subject	*Vamos a Europa.* *Mailed videotron.ca By*

Chere Amanda,

C'était vraiment drôle, je me suis bien amuse. (Realmente muy cómico, me divertí con tu relato) Tienes razón cuando alguien desea ser engañado, es el ciego que no ve. Yo, un ejemplo.

Vamos a Europa. Me parece una buena idea. Empecemos a ahorrar. Para entonces lo más seguro que estaré libre. Me falta probar ese tipo de extranjeros, los europeos. Tal vez me siento europea, la realidad: soy canadiense. Estoy motivada.

Por lo pronto en las próximas vacaciones saldré al campo con amigos, aquí en Canadá. Dándonos la última oportunidad a mi marido y a mí misma.

¿Qué otros países europeos conoces?

Xoxo. Christine.

from	Amanda Loza <alozal@gmail.com>
to	**Christine** <chrichv@videotron.ca>
date	Tue, Mar, 23, 2010 at 8:40 AM
subject	: Re. Vamos a Europa
Mailed by	by: gmail.com

Christine, tenemos buenos planes. Estoy segura que nos vamos a divertir a lo grande. Armando se quedara sorprendido. Para empezar el hecho de que salgas de vacaciones y no te quedes llorando por el encerrada en casa.

Conozco varios países europeos. Aquí te cuento la anécdota de uno de ellos. Te va a gustar, espero. Baisers. Amanda.

GRECIA.

Cuando mires tu imagen en el espejo mágico, evoca tu sombra de niño; quien sabe del pasado, sabe del porvenir. R. Valle Inclán.

Parecía el mismo demonio hecho perro. Seguro era una cruza de rottweiler, por su quijada fuerte, sólo que era totalmente negro. Gruñía, ladraba, mostraba sus dientes y daba muestras de querer atacarnos sin piedad alguna. Su rabia era salvaje, por momentos salía espuma de su boca. Desde luego esto me aterraba aun mas, pensar que el animal estuviera realmente contagiado de rabia. No había nadie que pudiera presumirse dueño de la bestia, no había ni una casucha cercana. Nada, estábamos en plena subida de ese casi cilindro que son los escarpados montes de Meteora, en Grecia. El sendero marcado por miles de peregrinos que visitaban los monasterios ortodoxos estaba desierto en aquel momento. Solo mi Denis, y yo y el engendro del diablo, con ojos enrojecidos y una furia y saña que nos tenia paralizados. Denis me aconsejaba de no mover un solo músculo. Solo nuestra vista y nuestras palabras que trataban de reconfortar el uno al otro, eran signo de acción de nuestra parte. Cuando estoy en dificultades así de grandes me entrego completamente a Dios Todo Poderoso, rezar, y rezar, el rosario, y oraciones propias. Mi charla con mi Padre celestial. Cinco minutos, parecían una eternidad, el perro daba saltos, se acercaba y se alejaba de nosotros siempre amenazándonos. Subió la peña, parecía que iba a tomar vuelo de lo alto para abalanzarse sobre alguno de nosotros, continuaba mostrando sus colmillos, babeando y lanzando gruñidos y ladrando sin parar. Mi oración era firme, me fui del lugar, mis ojos miraban el límpido cielo azul. Ni una nube, un sol esplendoroso, un día precioso, nada malo podía ocurrir. La amenaza se desvaneció.

Respiramos profundamente, empezamos a dar un paso, luego otro, mirábamos a nuestro alrededor buscando a la alimaña, ¿andaría por ahí? Mi marido me dijo que el campo estaba libre. Seguimos escalando, era uno de los monasterios que tenía menos altura y podía ser visitado a pie. Había otros que eran visitados en auto, otros solamente escalando. La mayoría de estos monasterios ortodoxos no tenían acceso. Los monjes que se decidían a entregar su vida a Dios, escalaban de una sola vez por toda su vida, y no regresaban a la sociedad. En la cima oran, meditan, contemplan la vida, el paisaje, hacen sus trabajos de mantenimiento del monasterio, cultivan hortalizas, tienen algún pasatiempo artesanal. Hacen miniaturas que toman varios años en esculpir en madera o piedra. El tema es la vida religiosa, Jesucristo y su pasión y muerte. El Monte Athos, que no está en la misma región, es la sede de la iglesia Ortodoxa, son varios monasterios de iglesias ortodoxas del mundo y no se puede acceder a menos de tener un permiso especial.

En la base de las erosionadas montañas había canastos, la gente del lugar suele llevar provisiones para los monjes, y mediante polea y cuerda intercambian las provisiones por productos artesanales, o simplemente aceptaban esas ofrendas, los religiosos. Meteora es como otro planeta, uno bombardeado por meteoros. Paisaje de ensueño y meditación, sobre todo con la niebla matutina, muy adecuado para los religiosos ortodoxos.

El paisaje es singular, como en Tepoztlan, México, el paso de "Eos" es tal que corta las colinas en formas caprichosas, uno diría que Dios se puso a jugar con lodo, y un molde cilíndrico y ponía

102

un monte acá, otro al lado, y otro más allá. Místico y único. Visitamos tres monasterios, con esa artesanía propia de ellos, las imágenes de Cristo y la virgen, la resurrección, la crucifixión; en fondo dorado totalmente plano, la perspectiva no era su fuerte, sin embargo esa ingenuidad da su toque artístico a la pintura ortodoxa. Estos son los llamados íconos, dieron una singular batalla a principios del cristianismo, muchos creyentes no estaban de acuerdo en hacer imágenes que serian adoradas. Pero los íconos se abrieron paso a través del tiempo; algunos son verdaderas piezas de arte.

En Atenas, lo encantador es el ambiente. Los griegos caminan muy erguidos, mostrando a todo visitante su perfil y su galanura. Traen en las manos una especie de rosario, son cuentas que pasan y pasan una y otra vez. Pregunté para que servían esas cuentas, si efectivamente era un rosario y oraban. No, simplemente era una manera de combatir el estrés. El Partenón, en la Acrópolis, se levanta ufano, vencedor del tiempo, las columnas que quedan erguidas, porque en realidad ha sido saqueado y maltratado por humanos y por cronos.

Camina uno por las calles de Atenas entre varios árboles cítricos que bordean las aceras, naranjos, limones, limas. La comida común es con cordero, con hojas de parra, pepinos, tomates, aceite de oliva, berenjenas. La Musaka, es un platillo exquisito, con berenjenas, carne molida, vegetales picados y una salsa de quesos y leche espesa. La música típica no falta en las calles, viniendo de un auto, de un restaurante o de un café. La más difundida fue Zorba el Griego, así por el estilo sigue siendo la autóctona, desde luego son afectos a la invasión universal de toda música moderna, aunque consienten los suyo propio como Yanis. Me imagino que ese concierto, el de Yanis en la Acrópolis, fue un hecho histórico cultural, al que asistimos todos los que lo vimos por televisión y los que con mayor suerte estuvieron presentes esa noche.

Disfruté mucho más Mystras. El campo, los olivares, en las ruinas había tinajas para aceite y aceitunas, aun llenos, los cuidadores aprovechan el lugar y tienen sus productos a la venta. Desde lo alto de la colina puedes gozarte de la vista de la campiña griega y de la ciudad de Mystras. La belleza de esos techos de teja, de esos muros altos que otrora fueran un castillo bizantino.

Cuando fuimos a Grecia era las vacaciones de Navidad. Los griegos se encierran el día veinticuatro, es una fiesta silenciosa, en familia, religiosa ortodoxa, muy en su papel. No contando con las consecuencias, se nos ocurrió ese día por la mañana viajar a DELFOS. No había autobuses en servicio, no había quien quisiera llevarnos. Contra corriente, lo intentamos, nos dirigimos a la carretera que lleva a Delfos, y en un cartón escribimos, recordando el alfabeto griego, entre mi marido y yo:

Δελψοί

Seguramente con faltas de ortografía, pero era un intento. Después de varias horas, lo logramos. Un pequeño auto azul nos llevo a Delfos, el ombligo del mundo. Donde está la caverna de las sibilas, donde te dicen tu fortuna, donde varios personajes: reyes, guerreros, dioses, hijos de dioses, y también gente del vulgo, iban a que les dieran predicciones y consejos para el futuro, ese futuro al que deseamos llegar antes de que nos llegue por detrás, nos rebase y no nos demos cuenta.

El monte Parnaso abriga este templo de Apolo donde las pitonisas realizaban el trabajo de predecir hechos por venir, de aconsejar a los jefes guerreros como atacar para ganar. El oráculo de Delfos avisó a los padres de Edipo que, éste mataría a su padre y se casaría con su madre, ellos trataron de evitar esa desgracia deshaciéndose de su hijo, pero era inevitable, el destino estaba dicho. Visitamos el museo, nos ilustramos con la información y disfrutamos de cultura y mitología griega.

Desde luego cada noche de esas vacaciones navideñas, nos envolvíamos el uno al otro, contándonos nuestras impresiones del día. Yo fascinada en los brazos de mi hombre que sabía tanto, que aprendía más que yo y que me paseaba orgulloso y amoroso por lugares tan preciosos. Un invierno exquisito, un recuerdo de un pasado inolvidable, y augurado por las pitonisas de Delfos, un futuro prometedor para mi por tanto enriquecimiento cultural.

LA SITUACION ACTUAL II.

La herida que sangra no permite la infección, los golpes curan el mal interior.
Proverbios 20:30

AMANDA: _ Al concierto del primo de Ileana le faltó sentimiento. Una búsqueda racional de algo novedoso, pero el arte es sentimiento. Sobre todo la música, debes ser una transmisión de sensibilidad.

ARMANDO: _ Que bueno que no asistí. A mí me gusta tocar el piano con sentimiento. No escribo música, repito la conocida, pero una vez más, lo que cuenta es los sentimientos, el momento bohemio. Estoy de acuerdo contigo.

AMANDA: -¿ Ileana no te invitó?. Recientemente le dijiste que eras casado, que te ibas a divorciar.

ARMANDO: _ Llevo una amistad agradable, hasta cierto punto, con ella.

AMANDA: _ Te gusta, es atractiva. Es más joven que yo, ha vivido menos que yo. Y tiene muchas conexiones sociales que te ayudarían en tu carrera. ¿Cierto?

ARMANDO: _ De acuerdo. ¿Es un pecado? ¿Está mal desear progreso y aprovechar las amistades de tus amistades?

AMANDA: _ Ileana y yo concordamos contigo completamente. Nos parece justo y razonable darnos la mano. Somos un grupo de mexicanos que se cuece aparte. Estamos por el progreso y por poner el hombro por los demás, sin abusar.

ARMANDO: _ ¿Consideran que hay abuso de mis parte?

AMANDA: _ Ileana se molestó que trataras de matar muchos pájaros de un tiro. Aprovechar lo de la carrera hacia una mejor situación, pasa, contactar con personas que te pueden dar la mano a través de ella, pasa, bailar y divertirte con ella, pasa, acompañarla cuando te lo solicita, pasa, tratar de seducirla, ya no tanto, y el golpe maestro: un "estoy casado pero me voy a divorciar". No le gustó en lo absoluto. Su última relación fue exactamente esa, un hombre casado que prometía divorciarse.

ARMANDO: _ Estarás de acuerdo conmigo que es diferente. Ese hombre casado, quien quiera que fuera, estaba aquí, vivía aquí frente a ella con su familia, en último caso ella lo sabía y lo aceptó. Mi mujer y yo ya estamos separados, y la distancia que hay entre ella y yo es de miles de kilómetros. No tenemos familia. Soy una ganga.

AMANDA: _ Eres una ganga, muy cierto. Solo que en esto de los sentimientos, es bueno poner algo de sentimiento. Tu solo estás haciendo cálculos matemáticos. Tienes miedo.

ARMANDO: _ Mira, reconozco que pocas veces me he enamorado. Una de ellas es de ti. ¿Me das miedo? Si, muchísimo. Tú hablas de frialdad, me ganas, campeona olímpica.

AMANDA: _ Cualquiera te diría lo contrario. Soy una persona bondadosa, afectiva, sensible, dispuesta a dar y entregarme a una causa, o a una persona, pero en un tiempo. Es decir, no hago como tu. ja,ja,ja… realmente me provoca risa pensar que tú quieras todo al mismo tiempo, muchas mujeres, todos los beneficios posibles, y todo al mismo tiempo. ¿Qué te pasa?

ARMANDO:_ No contigo, te lo he dicho, pero me rechazas. Aquí estoy a tu lado. Dejo todo por ti. ¿Y que recibo a cambio? Dudas, sospechas, inseguridad.

AMANDA: _ Exactamente eso es lo que traes contigo, y lo transmites. Ya lo intentamos, Armando, y no te das plenamente, y no estás seguro, y la prueba es que ya pasaste de Mónica, a Rita, a Lolita, a Adela, a Zoila, etc.,. Te dije que yo no soy celosa, no me gusta serlo, me gusta sentirme segura de mí y de lo que hago. Ciertamente una dosis de celos en una relación amorosa es como una especia dando sabor a un platillo, pero si te excedes ya no tiene buen sabor.

ARMANDO: _ En serio, entonces, acéptame ya en tu vida y santo remedio. Te presentare con todos como mi mujer, nos verán juntos en todos lados, ¿ qué mujer querrá andar conmigo si me ven contigo?

AMANDA: _ Ese es el dilema, yo quiero verte seguro de ti mismo, no quiero que tomes nuestra relación como la roca en la que estas parado para sentirte fuerte. La relación pasional que tuviste con Sandra, me dio mucho que pensar, como que te hace falta esa experiencia, la pasión, el enamoramiento, el sentimiento a flor de piel… lo escondes, lo sumerges. Entonces puede ser que aparezca mañana y todo se vendría abajo.

ARMANDO: _ Una vez más tu rechazo. Lo entiendo. Con el maravilloso romance que viviste con tu marido francés. Grecia, la Acrópolis, los olivos, el hombre de mundo que te hacía sentir única. Me gustó tu relato, me gusta tu vida, me hubiera gusta vivirla contigo. Estoy celoso del fantasma de tu esposo. Me pongo a competir con él cuando estoy contigo, y no doy la talla.

AMANDA: _ Eres un amor. ¿Sabes? me gusta como hablas, despacio, sensual, con tiempo. Así manejas el auto con ese mismo estilo, me agrada, me siento segura contigo. Sospecho que vamos a pasar un momento muy agradable entre dos buenos amigos en Ensenada, con este sol, con el desfile de las vinaterías, mar, música y un galán, un latinoamericano muy sexy y culto a mi lado. ¿Qué más se puede pedir?

from	Amanda Loza <alozal@gmail.com>
to	**Christine** <chrichv@videotron.ca>
date	Sun, Mar, 28, 2010 at 10:10 PM
subject	: Por adelantado.
Mailed by	by: gmail.com

Christine,

Tu marido me acompañó a Ensenada. Tuvimos un paseo fantástico, queso, pan, vino, sol, música, mar. Confidencias también. Me adelanto a tu protesta, se que te vas a enterar, por él mismo. Eso tiene Armando, decir lo que está viviendo. Por lo menos no debes sentirte engañada, te dice las cosas como las va haciendo. Eso me gustaba de mi marido. Insisto, ya te lo había contado, me parece. El caso es que si tu marido te dice que anda saliendo con alguien, es mucho más confiable, a que venga un extraño, aunque sea amigo, o enemigo, a contarte con cizaña el que vieron a tu marido con fulanita, o sultanita. Para mí esa confianza plena es fundamental en la relación de pareja. Ahí si se forja una relación sólida, de cómplices, de amantes, de variedad, pero ante todo de sinceridad y esto ayuda a la fantasía sensual y sexual de una pareja. A mí me hace efecto.

Ileana es su presa del mes. Es una mujer valiosa, empresaria muy activa. Tiene tres hijos, dos mujeres… adolescentes, este detalle, si lo analizas no favorece a tu marido. Estaba saliendo con Armando sobre la base de que era soltero, en cuanto se enteró de que está casado, se disgustó. Sin embargo alberga esperanzas al saber que estas lejana por la distancia. Ahora soy yo la que te pregunta ¿qué vas a hacer? La separación real habiendo miles de kilómetros de por medio es un hecho, Armando no va a regresar a Canadá. ¿Vendrás tú a vivir al lado de tu marido?

Ahora te cuento de mis inviernos, no tan divertidos como los tuyos.

Xoxo. Amanda.

AMO A PARIS.

La civilización no suprime a la barbarie, la perfecciona. Valtour.

Amo a Paris en el mes de mayo, amo a parís en el otoño, amo a Paris en el invierno. (Algunas canciones dicen eso). ¡Qué bello es Paris! Estaba viviendo en la capital Francesa, con mi marido francés, rodeada de franceses… simpáticos, encantadores… ¿simpáticos, encantadores?... la duda cabe en cualquier mega urbe acelerada del planeta.

En agosto, en el metro, un pordiosero, de esos típicos de la capital francesa, con su botella de vino, su pedazo de baguette con queso, apestando a rayos, saboreaba a sus anchas su cena, ofrecía a los pasajeros por si alguien quería compartir. Reía el solo y decía babosadas. " Ustedes ni siquiera son franceses, he?. No entiendo lo que digo por eso no se ríen. Bola de extranjeros, sin papeles…" y se reía. (En el mes de agosto Paris se vacía, es el mes más caluroso, casi todos salen de vacaciones, solo quedan los turistas). En la estación en que paró el tren en ese momento, se subieron varios turistas ingleses, en su mayoría mujeres. Las cuatro mujeres que quedaron cerca de nosotros y del borrachín, andaban muy divertidas, cuando vieron al hombre les causó mucha risa. Este se puso de pie, les ofreció el asiento, ellas lo rechazaron, con la gran sonrisa. El pordiosero dijo que todas eran igualitas a la reina de Inglaterra, todas tenían los dientes muy grandotes… y mostraba sus dientes, ellas no entendían, les causaba hilaridad de cualquier manera. El tipo quería a toda costa llamar la atención, se abrió la braguета y les mostró su poderosa arma masculina. En ese momento estallaron las carcajadas de las inglesas que señalaban al miembro caído del exhibicionista. Este, apenado se bajó en cuanto se abrieron las puertas del metro en la estación Charles de Gaulle, Etoile.

En cuanto a otros franceses simpáticos y amables de Paris, juzguen ustedes. Conseguimos nuestro HLM (Habitation a Loyer Modere, Habitacion de renta moderada, pertenecían al gobierno y este en particular era para maestros de instituciones públicas) en el norte de la ciudad. Al cabo de un mes de vivir en estos inmuebles modernos situados entre un gran jardín lleno de árboles y un área de estacionamiento con un pequeño centro comercial tuve una sorpresa por parte de mis vecinos cercanos. Una tarde tocaron a mi puerta, eran una media docena de ellos, sin saludo, de golpe y porrazo me lanzaron una queja.

Vecinos: - Alguien aquí se baña todos los días queremos saber la razón. - Dijeron indignadamente. —

Yo: - No me meto a la bañera todos los días, solo tomo una ducha rápida, de lo más normal.

Vecino 1:- ¿Por qué te duchas diario? ¿Estás enferma?

Vecino 2: - ¿Es contagioso lo que tienes?

Vecino 3: - ¡Haces mucho ruido con el agua que corre, eres inconsiderada con los demás!

Vecina 4: - Aquí ahorramos agua, uno se baña los sábados solamente. ¿De qué planeta vienes tú?

Vecina 5: - ¡Seguramente ni siquiera es francesa!

Vecina 6: - ¡Esos extranjeros con costumbres extrañas deberían ser advertidos!

Llovieron las protestas, no me dejaban ni respirar. Seguramente pensaban que los dos, mi esposo y yo éramos extranjeros, parecían dispuestos a lincharnos y corrernos. Entonces al escuchar tanto alboroto mi amado francés de Lyon, alto, con garbo y orgullo asomó su presencia, con voz firme y decidida y exagerando su acento Lionés los puso en su lugar.

Denis: - Mi esposa es americana. Ustedes bien saben que en aquel continente tienen por costumbre bañarse diario, ahora despejen. Me metió al departamento y les cerró la puerta en las narices.

INVIERNO.

En aquellas ciudades de tráfico todos van sin mirar unos a otros, todos miran a donde van, por donde van, no mira nadie. Benavente.

El departamento que conseguimos estaba en un suburbio al norte de Paris. En Gros Noyer (Gran Nogal). Era amplio, muy iluminado, moderno, con calefacción central, tres piezas, sala de baño, w.c., cocina y terraza. Esa calefacción central nos permitía estar bien calientes en invierno. Ese invierno sí que nevó, treinta centímetros en la primera gran nevada en mucho tiempo. Los noticieros hablaban del acontecimiento sin parar. La emoción me embargaba. Me sentía lista para enfrentar el invierno en las calles de Paris. La noche anterior había colgado ropa mojada en la terraza, corrí a recogerla, pensé que estaría llena de nieve.

¡Sorpresa!, de las prendas colgaban carámbanos, las toqué y eran pedazos de hielo que quemaban mis dedos. Quebré esos carámbanos golpeando las prendas contra el muro, sonreía ante la tontería que me había sucedido, eso hace la ignorancia. Yo no sabía vivir con las bajas temperaturas, nunca me imaginé que la ropa mojada se congelaría. Para algo servía el closet eléctrico. Ahora primero tenía que descongelar la ropa y exprimirla bien antes de ponerla a secar. Antes tomé una ducha. Me urgía conocer la gruesa capa de nieve en la ciudad, nunca había tenido experiencia semejante. Me alisté con camiseta pants térmicos, encima unos buenos pantalones de lana, un sweater y mi abrigo con capucha, mis botas para la nieve, y guantes. Bajando las escaleras me encontré con una vecina. Me miró como si yo estuviera loca. "No piensa salir con el cabello mojado ¿verdad? Si se le congela se quedará calva.". ¡oh, oh,oh! Regresé rápidamente a secarme el pelo.

Por fin, pisé la nieve, blanca capa espesa que cubría el parque, las calles, las aceras. Abordé la banqueta por en medio, ya estaba marcado el sendero con varias pisadas. Al tercer paso resbalé, caí irremediablemente y de manera cómica, mis piernas se levantaron como en las caricaturas, los codos que intentaron detener la caída eran como un trineo que me deslizaba sobre el hielo resbaladizo que era el sendero. Me reí de mi situación, aunque al escuchar un grito de algún conductor de los autos que pasaban sin cesar por la avenida, me ruboricé. ¡Qué vergüenza! ¿Ahora como me pongo de pie? – Pensaba- Cada vez que lo intentaba volvía a patinar, quedándome en el suelo helado. Cuando pude permanecer sentada, observé con calma la situación para resolver como ponerme de pie. La nieve amontonada al lado del camino de hielo era mi alternativa. Al sumirme me detendría logrando agarrarme de la reja de la casa frente a la que me encontraba, de ahí ya pensaría yo como regresar a mi refugio.   De vuelta en mi departamento suspiré y dije como una plegaria: "No hay sitio bajo el cielo más dulce que mi hogar". Y aun me daba risa pensar que la nieve me había derrotado. Se ve tan linda, blanca y pura. ¡Es una perra malvada! O yo soy una tonta imprudente. La primera opción me gusta aunque sea una falacia.

Ese invierno después de la desafortunada pero cómica caída, fuimos a Chamonix, la estación para esquiar famosa en los Alpes franceses. Denis y yo solos. Para que me acostumbrara a la nieve. Antes, habíamos encontrado una ganga, en un auto usado, un Thunderbird que nos vendió un vecino en el puesto del mercado de pulgas, donde vendíamos la artesanía de los países que habíamos visitado. Yo lo manejaba. Denis tenía su licencia de conducir pero tenía pánico de hacerlo. Tomó las clases y le dieron la licencia. Sin embargo con lo del accidente de su padre, y también por ahorrar, no quiso comprar auto. Estábamos pues delante de nuestra "primera vez", el con auto, yo con una estación de invierno.

Subimos felices a Chamonix. Un movimiento febril, muchos deportista que se tomaba en serio los deportes de invierno. Me impresionó la velocidad de los esquiadores, las cabañas de madera, las chimeneas, lo animado de la población, la vestimenta tan colorida y tan especial. Denis sólo me compró el pantalón, y otro para él, para lo demás nos arreglamos con lo que teníamos, no era lo que estaba en boga, la mayoría de la gente en este lugar va porque tiene medios y le sobra para tener el último grito de la moda de invierno, de cualquier manera, los puros pantalones tienen cuatro veces el precio de los normales, claro equivalen a cuatro pantalones juntos para evitarte el congelamiento de tus músculos.

Lo romántico fue nuestra cabaña, con su propia chimenea en la habitación, era de gas, pero calentaba y mi marido también me calentaba rico. Los desayunos con cuernos recién horneados, mantequilla, mermelada y chocolate caliente. Delicioso. Muy valientes, después de recargar energía nos fuimos a conseguir equipo para esquiar. Ni Denis, ni yo, teníamos la menor idea de cómo hacerle. Prudentemente fuimos a las colinas de los niños, y principiantes. No dábamos una. Nos subíamos caminando, nos bajábamos con los esquíes y los piolets, nada, el equipo nos dominaba, nos tiraba y nunca logramos subir a las sillas, que por otro lado me daban miedo, un gancho rápido entre las piernas, y luego quien sabe cómo se desenganchaban en lo alto.

Fue divertido mirar a los demás esquiar. Una noche y tuve suficiente, decidimos bajar de la montaña y recorrer las poblaciones nevadas en la base. Había nevado mucho durante la noche, todos en la aldea lo comentaban con alegría, eso significaba mucha nieve, caer acolchonado supongo. Antes de irnos quise probar a dejarme caer en montones grandes de nieve. ¡Encantadora experiencia! Tomar fotos desde luego. Paisajes divinos, como que los ángeles se divierten jugando en nubes blancas, y rebotan, caen y descienden, ascienden y todos tienen sonrisas enormes, gozo puro y blanco como las nubes, como la nieve, enmarcados en un cielo índigo infinito.

Las subidas, las escaladas son difíciles, descender puede ser peor, como bajar sin frenos en bicicleta. Sucedió exactamente este horripilante hecho. No teníamos cadenas para las llantas, la carretera nos hacia derrapar y estaba empinada de sesenta grados, o serian de plano los noventa? El pánico se apoderó de nosotros. Muchos subían, casi nadie bajaba. De cualquier modo en Europa cada quien a lo suyo. Denis se puso a fumar fuera del carro, de por si no le gustaba manejar, con esto menos aun. Mientras el fumaba y yo veía la bajada, el carro estaba con las llantas volteadas casi perpendicular a la línea en que deberían de estar. La llanta derecha delantera se encajó en una piedra picuda que bordeaba el camino. Así era todo el camino. Eso me dio la idea. Deslizaríamos el auto unos cuantos metros y antes de que agarrara velocidad haríamos encajar la llanta en esos bordes. Llegamos al anochecer a la base de la montaña. Llegamos, era lo que contaba. Con gran fatiga y los músculos tensos al máximo. Un buen masaje de mi hombre, y viceversa, así los dos dormimos relajados en el albergue que alquilamos. Y háblenme de deportes extremos y aventuras en la selva, ha!

Tomar fotos de los paisajes invernales fue el paliativo de tal frustración. Finalmente te llenas de recuerdos y buscas lo que te parece artístico, tu mejor toma.

Años más tarde pude gozar verdaderamente del invierno. Cerca de Denver, Colorado. Fui con mis niños, once y cuatro años tenían, nos acompañaban mi cuñado, casado con mi hermana la pequeña. Nos divertimos muchísimo. Tomamos un paquete de una semana, incluía la renta de la cabaña, el equipo para esquiar, la renta del parque y el ascensor y clases de esquiar por un día. Fue maravilloso, por fin disfruté de la nieve, con la ropa adecuada, con el espíritu liberado, y en un parque de invierno para invidentes, incapacitados, niños, principiantes y gente de la tercera edad. Se siente uno protegido, ayudado por todo el personal. Realmente los americanos son fantásticos en esto, atienden hasta el más mínimo detalle, permiten que la gente con distintas capacidades se sienta bien.

He pasado otros inviernos en la nieve, sola, disfrutando de la montaña y su silencio, de la vista impresionante de los pliegues terrestres copados de blanco, con cielo añil, diáfano. De dulces colina y picos escarpados y desafiantes. En Francia gocé de mi marido francés, de los paisajes invernales en las ciudades, con iglesias típicas del campo, con monumentos que se yerguen orgullosos en la nieve, tal la Catedral de Chartres, donde contemplas vitrales de Marc Chagal. Recuerdo una feliz entrada de la primavera, 21 de marzo, en Dijon, nevaba con singular cinismo, parecía que el invierno reía diciendo "los atrapé, los engañé", todavía tengo más nieve para ustedes".

from	*: **Christine** <chrichv@videotron.ca>*
to	*Amanda Lozal <alozal@gmail.com>*
date	*Sat, Apr, 10, 2010 at 9:15 AM*
subject	*Es demasiado para mí.*
	Mailed videotron.ca
	By

Estoy por adelantar acontecimientos. Hable con mi suegra, insiste en que espere como ya lo había decidido, a final del año.

Esto ya es demasiado para mí. Una tras otra, ¿Qué busca?. Lastimarme. Ya lo logró. Lo que yo quiero es que reponga un poco de lo que se le ha brindado, mi familia, mis amigos, yo misma le ofrecimos todas las facilidades. No me parece correcta la forma en que nos está pagando.

Lo siento Amanda, siempre te meto en mis problemas. Me duele. Es todo. En estas vacaciones, no acepté ir con mi amigo peruano, no quise tomar ese riesgo. Fui con la familia y amistades al campo, aquí en Quebec. Fue relajante. Ya no había nieve, pero si hace frio. El fuego del hogar y de la familia reanimo mi corazón un poco.

No me has hablado de tu nueva relación. Espero que para ti es mejor el panorama del romance. Mereces encontrar alguien como tu primer marido. Fue cómico lo de la nieve, de niña me sucedió, pero era hacerle al tonto, nos gustaba deslizarnos, caernos, retar a los otros a ver quien salía mejor librado en un camino congelado.

Si sabes algo del progreso de esa relación de Armando con Ileana, dímelo, tendré la versión de mi marido y la tuya. Christine.

from	Amanda Loza <alozal@gmail.com>
to	**Christine** <chrichv@videotron.ca>
date	Sun, Apr, 11, 2010 at 6:04 PM
subject	: Hay mas tristeza en el mundo.
Mailed by	by: gmail.com

Christine,

Es devastadora una relación de pareja que termina. Ya la viví dos veces. La sobreviví. Se vuelve uno más fuerte, te llenas de confianza y esperanza si tomas el buen camino. No todo está perdido. Si hay opciones de solución para los grandes males de la humanidad, con mayor razón para los pequeños males de cada uno de nosotros. Mira hacia el futuro, veras una Christine contenta con una persona más adaptada a tu entorno, y que sea más pareja contigo.

Hay otras tristezas más profundas. Aquí te cuento de una de las que realmente hicieron yagas en mi alma. Je t'embrasse bien fort. Amanda.

INVASION DE TRISTEZA.

La tristeza es la templanza de los dolores del alma. Chateaubriand.

Hay personas que al estar paradas en el fango, no lo ven, buscan lo bello con su mirada. Logran ver un jardín lleno de flores. Si lo construyen, vale la pena. Si los encierran como locos, se queda en utopía.

¿Qué hay de la sensibilidad? ¿Para qué sirve? ¿Por qué hay personas que lloran por cualquier cosa? El llanto alivia el alma, pero mucho llanto acaba por desgastar y envejecer a quien lo padece. Melancolía, tristeza, depresión.

Viajamos por Indian airlines. Las azafatas vestían con sari. A diferencia de otras aerolíneas, las azafatas aquí son de una falta de gentileza asombrosa. Esto tiene que ver con las castas en India. Obviamente las damas que atienden en esta aerolínea son de una casta elevada. Son dominantes, dan órdenes y no aceptan sugerencias ni peticiones. A la hora del refrigerio, te dan tu toalla húmeda para que te limpies las manos, y prácticamente te obligan a comer, aunque no lo desees. Cuando es hora de apagar luces, las apagan, tu quieres leer, no, no es hora de leer, todos con luces apagadas. Te les puedes imponer, cierto, después de un buena pataleta, unas cuantas frases dichas en tono déspota y sin vacilaciones, entonces entienden que es tu voluntad hacer otra cosa. En Air India, la comida es buena, a mi me gusta el Curry.

A las cinco treinta de la mañana nos anunciaban nuestra llegada a Nueva Delhi, en preparación para el aterrizaje. Nuestros planes eran los monumentos de la India: visitar desde luego la capital, Nueva Delhi, sus monumentos Quatab Minar y la tumba de Humayun, Viajar por tren a Agra, objetivo: El Taj Mahal; después ver también el templo de Khajuraho , el Kamasutra, ir a Benarés a Bombay y regresar desde ahí a Francia. Mi marido ya había hecho este recorrido. Con gusto lo hacía por segunda vez. Sabía lo que compraríamos, pues la artesanía de la India es también muy apreciada en Francia.

Desde el avión veíamos como la oscuridad cedía a la poderosa luz solar. Es impresionante a cierta altura ver la línea divisoria entre día y noche, ying y yang. Te preguntas que significa el tiempo, algo tan tenue, tan leve. Pero cuando estas con los pies en la tierra, el alba te muestra otro punto de vista, el día es el día, la noche es la noche. Aterrizamos con luz solar. Notaba, antes de tocar la pista, una especie de alfombra blanca. ¿Algodón? La India produce mucho algodón. Este tapiz se movía, ¿Qué sería?

El taxi nos llevaba al hotel, con lentitud, no podía ir de prisa. Azorada, mi mirada se perdía en lo que creí que era algodón, era una alfombra humana, miles y miles de personas que dormían en las calles se estaban levantando. Apenas cubrían sus partes nobles con un trapo blanco de algodón. Hace mucho calor, nadie moriría de frio. De lo que si estaban a punto de morir varios de ellos es de hambre. Esqueletos vivientes, una piel morena, deshidratada, delgada cubría esos huesos con forma humana, algunos ya no lograban pararse, el raquitismo los obligaba a arrastrarse o a quedarse tumbados, abriendo la boca reseca, tendiendo la mano, suplicando piedad… ¿a quién? Oh Dios, despiértame, esto no es cierto. No salía ni una palabra de mi boca, también abierta, también reseca. La sorpresa era tan grande que francamente no daba crédito a lo que mis ojos veían. No era una película de terror, no era Alejandro Jodorowsky mostrando la miseria de México, esta miseria estaba multiplicada por diez a la cien. Eso era lo apabullante, lo que daba aire de pesadilla a mi llegada a la India.

Mi marido hablaba. Le oía como lejano, perdido a kilómetros de distancia. Despiértame Señor, esto no existe, esto no es real. El estupor dio paso a una inmensa tristeza, las lágrimas empezaron a brotar. Denis decía que ya no recordaba las vacas sagradas, famélicas, con la piel colgándoles por falta de músculos, tampoco comían mucho, pero la gente comía muchísimo menos que ellas. Me movía en automático. Seguía a Denis como una nena de dos años. No me atrevía a pensar, ni a lanzar un juicio, no atinaba yo a reaccionar congruentemente. Fue en la recepción de hotel que desperté, y grité en mi idioma. ¡Vámonos Denis!, no quiero estar aquí, no quiero estar aquí ni un minuto más. Cerraré los ojos, que el avión nos lleve lejos. ¡Vámonos, te lo suplico, Vámonos!

Denis me tomo en sus brazos, me recostó en su pecho. Trato de reconfortarme. Es duro me decía, pero así es la vida aquí. Es casi igual que en México, solo que con muchísima gente. _ No!, -grité- no es igual que en México, no te atrevas a decir eso, no es igual. Mi país no es así. _ Está bien, está bien. Tranquila, mira tomemos la habitación, haré unas llamadas para ver cuando podemos salir y a donde podemos ir. Buscaré los cambios necesarios con la línea aérea y nuestros boletos. Por ahora dame tiempo, necesitamos reposar y tranquilizarnos. Ya no llores, me lastimas con tu llanto. Y yo no soy sentimental. Eres tú que me rompes el corazón con tus lágrimas. Amor, te traje a ver cosas que valen la pena. Por favor pon tus ojos en el Taj Mahal, en el Ganges, en Khajuraho. Mi llanto era un arroyo que tenía que desahogar su tormenta.

En la habitación, le pedí que no abriera las ventanas, que no desempacara maletas. Lo único que yo deseaba era irme muy lejos de ahí. Me mostró la guía de la India, el libro del Kamasutra, lo bello de ese templo, la naturaleza tropical, la gente viva que reía y se movía normal. Tomó varias horas para calmarme. Hizo las llamadas apropiadas, descendió a la agencia de viajes del lobby del hotel. Regresó y me indicó que lo único que pudo lograr era cambiar los boletos para Srilanka – Ceylán- y seria en menos de cuarenta y ocho horas.

Tomamos el desayuno en la habitación. Hablamos largo rato. Aunque me negué a hablar de la pobreza, sobre todo no soportaba que mi europeo viera de igual manera a mi país que a este otro país. No es igual, punto.

Para la hora del almuerzo, me pidió que hiciera un esfuerzo y le acompañaría. Iríamos a comer, el tenia hambre, a ver Quatab Minar y la tumba de Humayun, y una calle de artesanos donde podía adquirir objetos que se venderían bien en Paris. Acepté, el ya había cambiado los boletos, yo sabía lo que significaba para él en gasto y en desilusión. Entonces quise esforzarme por mi parte.

Salimos a la plaza cercana del Hotel, en lo que Denis elegía un restaurant para el almuerzo, compró unos duraznos, comió uno, me dio uno a mí y en la bolsa de papel quedaban tres o cuatro más. Me dijo que era un buen precio, unas pocas rupias, equivalían a medio dólar y era un kilo de duraznos. Mordí uno, y vi como se alejaba mi marido. Entonces, nuevamente la pesadilla se apoderó de mi. Mujeres, muchas mujeres cargaban fetos con enormes cabezas, estos chupaban desesperadamente los senos caídos, secos de sus madres, ellas apenas se sostenían en pie, otros seres raquíticos se arrastraban y tendían su mano flaca hacia mí, una niña tenia en brazos a su hermano raquítico, los dos tenían gusanos en la piel, una mujer con elefantiasis, toda deforme de los dos pies me arrebató el durazno que tenía en la mano derecha. De los seres que reptaban, alguno me arrancó la bolsa de duraznos, entonces una muchedumbre de menesterosos me rodeo, me jalaban la ropa, me tiraban de la piel, me rasgaban. Yo sentí nuevamente el rio de profunda impotencia y desconsuelo que corría por mis mejillas, no me importaba que me comieran si eso calmaba su hambre, si eso ayudaba a terminar su miseria. Inmóvil deje que hicieran lo que tenían que hacer. Dos hombres, guardias del hotel, empezaron a repartir golpes a diestra y siniestra con sus macanas, pateaban a unos, empujaban a otros. Denis se abrió paso y me rescató, regañándome, "Tienes que defenderte, tienes que mostrar que no les temes, tienes que sacar tu casta". Yo quería morir para no ver ese cuadro de dolor, espanto y consternación.

Mi Denis era impasible. Bueno por él y por todos los que son así. Aparentemente sufren menos. Seguro que mi posición no ayuda a nadie, ni a mí misma. Yo no puedo resolver los problemas del mundo, sin embargo en muchas ocasiones es como si me sintiera obligada. No sé si me creo Jesucristo, o líder mundial del planeta. Desde muy pequeña, cuando veo noticias con problemas que afectan a la humanidad, me quitan el sueño y en franco devaneo busco una solución. Oh Don Quijote, querido Quijote, que bello seria alcanzar la armonía en nuestro planeta, y luego ir por el universo poniendo todo en orden.

Ya analizado y con toda seriedad, los problemas se resuelven primero célula por célula. O sea individualmente. Recuerdo un compañero de la Sorbona, francés, que peleaba conmigo por ello. Yo defendía la posición de ver por los demás, el aseguraba que si cada quien resolviera sus propios problemas, con ello el mundo cambiaria. Ahora le concedo la razón. Tenemos cada uno de nosotros la posibilidad de cambiar nuestro mundo, empezando por cambiar nuestra mente, nuestra vida. El problema de sobrepoblación es una cuestión de educación. En México ayudo mucho la política del gobierno apoyada por los medios masivos de comunicación. Se le decía a las parejas que una familia bien planeada vive mejor, se les ofrecían imágenes de bienestar y además las instituciones de salud colaboraban dando información y medios para el control de la natalidad de forma gratuita. Esto bajo el índice de natalidad, evito la sobrepoblación que se preveía. China fue muy criticada por las medidas drásticas que tomó. Pero a problemas enormes medidas igual de monstruosas logran resolverlos, entonces quienes son el resto del mundo para criticar, señalar, condenar si no son ellos los que viven las consecuencias, aquí, al final todos hubiéramos pagado los resultados catastróficos , pues nuestro planeta es uno solo, y muchos de sus problemas vienen de la sobrepoblación.

Actualmente existe una tendencia novedosa de jóvenes que convencidos por sí mismos, han decidido de vivir en pareja, disfrutar lo que ofrece la modernidad y olvidarse de tener hijos, ante el futuro incierto y amenazador que se pronostica en la actualidad. Así sucedió en Europa, a consecuencia de guerras, hambrunas, criminalidad, terrorismo. Por ello los franceses se encuentran en el extremo opuesto, casi en peligro de extinción. Poner la balanza en equilibrio seria lo óptimo.

FIDJI.

from	**: Christine** *<chrichv@videotron.ca>*
to	*Amanda Lozal <alozal@gmail.com>*
date	*Fri, Apr, 16, 2010 at 5:01 PM*
subject	*Recuerdos felices.*
	Mailed videotron.ca
	By

Amanda ahora estoy más convencida de que los recuerdos felices te alejan de problemas que en su tiempo tendrán solución. Continuaré constantemente con mis crónicas.

Uno de los viajes llenos de diversión y dicha lo realicé cuando terminé mi universidad. Viajamos mi, padre, mis dos hermanos y yo a Fiji. Nada más llegar, fue un regalo para la vista. Desde el avión se presentan ante tus ojos una variedad de islas flotando en el vasto Océano Pacifico. Rodeadas de variados tonos de azul.

Me lucí en bikini, a pesar de mi piel blanca. Entonces no importaba nada. La arena blanca era un contraste con la nieve por lo caliente. Si no tenia sandalias, los pies serian como los de Cuauhtémoc, quemados.

Los colores del agua son increíbles, translucidos, cristalinos, verde aqua, y todos los tonos de azul se presentan en estas islas. Las palmeras, y en general la vegetación te hacen sentir en el paraíso. Los gemelos me animaron a esquiar en el paracaídas. Valía la pena pues admirar desde las alturas estas islas es una de las delicias de este viaje.

Mi padre, más tranquilo, insistió en tomar un crucero por otras islas. Navegamos por esas aguas de azul profundo, o verde acuático. Buceamos y vi la gran variedad de peces multicolores que en otro viaje encontraría también en Cancún.

Mi padre y mis hermanos me mimaron, fui la festejada y un sabor de verdadero edén quedó en mi. Tuve tiempos malos de pérdidas irrecuperables, tuve años de esfuerzo y duro trabajo para salir adelante en mis estudios universitarios, todo se vio coronado con este maravilloso viaje.

El viaje de regreso fue pesado, muchas horas de vuelo, y el no querer terminar algo que te encanta. En el trópico de estas islas el verano era húmedo, lluvioso, siempre cálido y con brisa. Nuestra estancia fue ecológica para marcar bien la diferencia entre una ciudad como Montreal. y ese paraíso tropical.

Xoxo. Christine.

from	*Amanda Loza <alozal@gmail.com>*
to	*Christine <chrichv@videotron.ca>*
date	*Mon, Apr, 19, 2010 at 11:55 AM*
subject	*: Buena decision.*
Mailed by	*by: gmail.com*

Christine,

Has tomado una buena decisión. Revivir los momentos de júbilo para llenar tu corazón y tu mente de energía y alegría. Es un ejercicio saludable. Imagino lo bello del inmenso Océano Pacifico y sus islas. Fidji tiene fama por ser paradisiaca. No lejos de allí están las islas del archipiélago de Indonesia, el que visité con Denis. Digamos que no nos toco el mismo pedazo de pastel pero hemos probado sus delicias. Lo que si gustamos en común en Cancún.

Continuemos pues con nuestro pasatiempo. Xoxo. Amanda.

LA INFUSION Y EL TE.

Nadie guarda mejor un secreto que el que lo ignora.   Farguhar.

En México le llamamos té a todas las infusiones. Cuando se pone en agua hirviendo una hierba aromática con el fin de obtener el sabor del extracto, la bebida que resulta es una infusión. Ejemplos de infusiones comunes son la de manzanilla, la de hierbabuena, la de canela, y una gran variedad de plantas medicinales. El té es una planta que acompañado de otra hierba aromática, limón, azahar, naranja obtiene ese sabor agregado por eso se dice que es té de azahar o de limón...Esta bebida estimulante se acostumbraba en China, en India, sobre todo en Asia y fue difundida por los ingleses. Cuando en América la bebida preferida ha sido el café, que igualmente se ha extendido por todo el mundo. Ambas bebidas significan un movimiento interesante de dinero, de economía y fuente de trabajo alrededor del orbe.

El secreto del té, el llamado té negro, depende de la oxidación de la hoja del té, y del tiempo que tarda en ser colectado y puesto en la taza de té. Las hojas jóvenes, que vienen de brotar de la planta, si se protegen de la oxidación, se secan y en ocasiones se empacan con su aceite natural, es ese sabor exquisito de té verde fresco. La infusión toma un color ámbar, o verde si tuvo un poco de oxidación. Las hojas viejas, tostadas dan un sabor diferente, la coloración en el agua hervida será de rojiza a mayormente oscura. Depende del gusto de cada quien, o del humor y variación deseada se saborean cualquiera de ellos. La bebida caliente da la sensación de calentar el cuerpo durante el invierno, en realidad produce sudoración y es diurética, lo que a fin de cuentas disminuye la temperatura del cuerpo.

Todo esto lo aprendí en Ceylán, Isla que está en la punta sur de la India, es otro país, ahora llamado Srilanka. En las plantaciones de este arbusto aromático. Las colinas verdes rebosando del cultivo de esta planta, parecen jardines enormes. Los hornos lanzan al viento ese aroma peculiar y agradable del té de Ceylán que ha sido considerado de los más finos, y aun representa un ingreso importante para este país que exporta y consume este producto.

Los trabajadores, hombres y mujeres, con su clásico sarong o sari; la tela larga que se enredan de la cintura para abajo, con una blusa o camisa de color caqui, verde o café claro; portan una canasta alargada sobre la espalda, la cual sostienen con tela que forma un arnés para la canasta y se sostiene en la frente del campesino. Van recogiendo las hojas y las ponen en el canasto. Los canastos llenos se los reciben en la bodega de la plantación.

Estas jornadas de visita a labores productivas me embargan de una emoción solidaria y ancestral. Nace en mis entrañas, me siento una con la humanidad capaz de producir sus alimentos, de discernir lo que ayuda a su supervivencia, de labrar la madre tierra para obtener secretos íntimos de ella, su enseñanza, sus frutos. Me encantó pasear por estas plantaciones, y por las de caña de azúcar, bien conocidas por nosotros los mexicanos estas últimas, son un producto mexicano, en Zacatepec, Morelos, por ejemplo.

Visitamos Colombo, la capital de este país. Sus playas, sus museos, su monzón. Esa lluvia precedida por espesas, enormes nubes negras que al descargarse lavan la isla y llenan de alegría a chiquillos y grandes por igual. Participamos en un safari fotográfico en un jeep, nos llevaron a un Parque Nacional de Vida Silvestre y pernoctamos en el refugio del parque. La vida nocturna de los animales es más activa. Aunque en el día los coloridos de aves y mariposas son el encanto de la luz que en ellos se refleja. En la noche búhos, gigantescos elefantes, zorras, jabalíes y felinos, son sombras y fantasmas que te asustan y se asustan con los vehículos motorizados, sus luces y el gran predador que es el hombre. Está prohibido lastimar a los animales, solo podíamos disparar las cámaras. Éramos ocho personas en el jeep. El chofer y su ayudante, de Colombo, amables, sonrientes prestos a servir, a ayudar y guiarnos. De los seis restantes, cinco eran europeos, y yo, llamando la atención, por no serlo. ¡Ah, mexicanish!, así me sonó, la pronunciación de unos holandeses, la otra pareja, alemanes. Agradables todos. En el refugio encontramos un grupo mayor de europeos. Cenamos, y escuchamos historias de los experimentados en safaris. Los que si habían ido a la sabana africana, a cazar cebras, jirafas, búfalos, leones, elefantes africanos, diferentes de los asiáticos por sus orejas. Todos ecologistas, lo que significaba "cazar" era con la lente de sus cámaras. Cuan bello y tranquilo puede ser el mundo con personas tan conscientes y cuidadosas como las que encontraba en mis viajes.

Nada de misterio, ni asesinatos, ni sangre, ni armas, todo sobre ruedas, lo único picante, a parte de las especias, era la coquetería. Había en el refugio aquel una hermosa jovencita, veinte años a lo sumo, de Bosnia, con su novio alemán. Pero tan coqueta que barrió con todos, si acaso le faltó el elefante que rondaba la cabaña, hasta a mi marido le tocó un agradable momento de charla, caricias, besos y la danza de la seducción. Vestía con un lindo sari amarillo, abajo del ombligo, y su corpiño ceñido, rojo, escotado, adornado con lentejuelas doradas en los bordes de las mangas y cerca de la cintura. Denis se dejó mimar por Valeria, mientras el novio tonteaba con otra chica rubia, aparentemente de Suecia. Esa fue la diversión durante la cena. La pareja de holandeses que viajaba en nuestro jeep me hacían plática inquiriendo sobre puntos de interés en México, distancias y posibles costos. En cama, mi marido muy ufano me decía que Valeria lo había invitado a irse con ella, que le dijo que los franceses son atractivos y que sabían del arte de amar, no como los alemanes. "Estoy totalmente de acuerdo con ella – le dije – yo conozco más de un par de franceses con los que me gustaría probar suerte". Supuestamente enojado empezó a hacerme cosquillas y a decirme que estaba yo totalmente celosa. "¿crees que el alemán te hubiera permitido estar con su novia?" "Si, a ellos les tiene sin cuidado, tenía a una sueca muy guapa como repuesto." "Entonces estabas dispuesto pero…" "Pero yo tengo una latinoamericana y no la puedo dejar sola, al ver la cama vacía alguien podía tomar mi lugar y tú dirías que no te diste cuenta, ¿cierto?" "Cierto." Me abracé a mi hombre con amor, con la dulce seguridad de que era mi complemento ideal.

Fuimos a la fiesta de los elefantes "Esela Perahara" en Kandy. En las montañas de Sri Lanka. Visten a los elefantes con un ajuar apropiado para ellos. Telas coloridas sobre sus lomos, cabeza y trompa, con adornos de bisutería y luces. Se hace una procesión, donde los implicados visten de fiesta, el desfile reviste formalidad y grandiosidad, es una ceremonia religiosa budista. Asisten peregrinos de todas partes, fervorosos creyentes que llevan a cabo su ritual devotamente. La parte fascinante son los paquidermos dóciles y elegantemente vestidos. Algunos con grandes colmillos, y los hay de varios tamaños, hasta bebés elefantes.

Me perdí de conocer la India ancestral, con una cultura rica y variada. Donde a pesar de sus problemas de sobrepoblación y pobreza, existen destacados científicos, personas que dedicadas al estudio son excelentes matemáticos y estudiosos dedicados, por eso la India tiene Investigación en energías nuevas, en propuestas estratosféricas, como es el proyecto "Marte", y no quitan el dedo del renglón místico, curaciones holísticas, curaciones por la fe, conserva la sabiduría antigua de los lamas y el esoterismo propio de ellos. Vamos me quito el sombrero ante este país. Mi opción fue Sri Lanka, una experiencia agregada, tierra pisada por mis pies, tierra mía, como lo es todo el planeta, al que amo entrañablemente, y no pienso irme a Marte, suceda lo que suceda.

from	: **Christine** <chrichv@videotron.ca>
to	Amanda Lozal <alozal@gmail.com>
date	Sun, Apr, 25, 2010 at 12:16 PM
subject	Marte
	Mailed videotron.ca
	By

Amanda,

También Canadá participa en el proyecto "Marte U". Me asombra que un país como la India este en ello. ¿Ustedes no han participado? Yo también me sentí muy conmovida en México, muchos indígenas viven en condiciones lamentables. Por lo que me dices y por lo que he visto de la India, no hay comparación, la sobrepoblación multiplica la problemática.

Si alguien llega a salir del planeta serán los líderes políticos locos, los científicos apoyados por estos líderes y los millonarios desquiciados. El resto de la población nos hundimos con el barco o salimos adelante en el.

Armando sale mucho con Ileana, tengo la impresión de que ya hay una relación seria entre ellos. Me torturo inútilmente, lo que va a pasar, pasará. Es posible que ni Ileana, ni Armando vean un problema con las hijas adolescentes de esta mujer. Yo no quiero opinar, entiendo que es una tentación para un hombre, y yo soy la última en pensar que Armando seria irreprochable, al contrario es débil ante toda tentación. Para que te des una idea continúo con nuestra historia.

1. YUCATAN.

Como planeado, regresé para las vacaciones de Navidad. Nos pusimos de acuerdo Armando y yo en pasar estas vacaciones especiales, lejos de la familia. Egoístamente deseábamos estar juntos y olvidarnos del mundo. Que mejor lugar que Yucatán. Nos encontramos en la ciudad de México. Pasamos un día de locura allí. Jamás vuelvo a pisar esa ciudad en diciembre. Todo era multitud, prisa, atorón, queríamos hacer compras y fue prácticamente imposible, todas las calles llenas de autos, para ir de un lugar a otro, tomas varias horas, y nosotros solo disponíamos de veinticuatro.

Mérida fue una bendición. El movimiento natural, bastante gente que viene y que va, se agregan turistas extranjeros y del país pero no llegas a la desesperación. Nos hospedamos céntricamente, podíamos caminar hacia el mercado, las iglesias, los museos, los lugares de interés. Eso ya es relajante. El calor que hace en invierno fue una agradable sorpresa para mí. Compré de los vestidos típicos de esa región, con bellísimos bordados, son muy frescos. Armando se hizo de un par de "guayaberas", las camisas que se usan en Yucatán. Probamos faisán, venado, codornices acompañado de bebida de anís del lugar. Me sentía de la realeza europea con comida tan exquisita y fuera de lo cotidiano. Tomamos excursiones a los templos Mayas. Leer sobre esas maravillas no es lo mismo que estar presentes sobre vestigios históricos tan relevantes. Las matemáticas mayas, la astronomía, son renombradas y existen teorías de que los mayas han sido acertados en muchas de sus predicciones basadas en estudios astronómicos.

Mérida maravillosa, sus alrededores, sus cenotes, aguas cristalinas o coloridas, llenas de historia y cuentos misteriosos. Mi mexicano, macho, pero mucho muy inteligente, musculoso pero mimador. Todos los ingredientes para unas vacaciones de ensueño.

Conocimos Tulum, la laguna de Xel Ha, Ixcaret , Isla Mujeres y Cancún. Que te puedo contar Amanda, tú conoces los tesoros de tu país, los colores de corales, de peces tropicales, de piedras ancestrales arregladas en pirámides labradas con mensajes universales. Razones poderosas para perder la cabeza en remolinos de pasión y enamoramiento.

En conclusión, veo aquí el origen de mi insensatez. Envuelta en magia y misterio, en brazos de bronce masculinos y encantadores, cuando regresé a Canadá, lo único que deseaba era que el tiempo volara para las próximas vacaciones volver a perderme en ese torbellino. ¿Llegaré a reconocer la peor parte?

Christine.

---

from	Amanda Loza <alozal@gmail.com>
to	**Christine** <chrichv@videotron.ca>
date	Fri, Apr, 30, 2010 at 6:01 PM
subject	: La peor parte?
Mailed by	by: gmail.com

Christine,

Hay mil excusas para no encontrar la peor parte. No la busques. Recuerda que son las memorias felices las que nos sostienen con ánimo y esperanza de un mejor porvenir. Lo sucedido entre ustedes fue una experiencia que tuvo su parte exquisita en la búsqueda autentica del amor. Todos buscamos eso, hombres y mujeres, por algo existen tantas canciones románticas. Ahora con lo que has aprendido, tu relación con Armando o con otro hombre va a ser mejor seguramente, esta es tu ganancia. ¿De acuerdo?

Me voy a deleitar, entonces, con la lenta llegada de vuestra boda. En el Power Point que me enviaste, noté que la ceremonia fue sencilla pero se percibía Cupido en ella.

Armando no sale tan seguido con Ileana. Ileana me comentó que es una amistad y ya. Velo tu también así. No todo está dicho, Hay sorpresas. Esperemos a ver qué sucede.

Saludos. Amanda.

EL SUDESTE ASIATICO.

Haríamos muchas más cosas si creyéramos que son muchos menos los imposibles.   Malesherbes.

Salimos de Bruselas en un avión de la Cruz Roja. Sentados como soldados prestos a brincar en paracaídas. Era divertido, cansado claro, casi vas en cuclillas, los asientos son bajos, aunque los espacios son grandes, ya que no llevábamos paracaídas, ja,ja,ja. Nos ofrecieron una bebida y cacahuates. La Cruz Roja sorprende con su hospitalidad. Nos depositaron en Moscú. En esta capital sólo bebimos té recién salido del samovar, (así le llaman a la gran tetera donde se infusiona el té); comimos una especie de pastelillo para acompañar a nuestra bebida mientras esperábamos el avión de Royal Thai Airways que nos llevaría a Bangkok. Este arreglo de viaje nos daba una tarifa de casi el 50 % de ahorro. Por otro lado ayudábamos a la Cruz Roja con nuestra cooperación para mantener en forma sus aviones con los que ayudan en los desastres mundiales.

Bangkok, la capital de Tailandia es una ciudad muy activa. Los ritshaws, triciclos con un asiento doble atrás, son el transporte típico en Asia, Sri Lanka, India, Laos, Birmania, por todos partes les encuentras. Es una forma fresca, que no consume energético contaminante, ofrece empleo y es divertido. (Actualmente muchas ciudades lo utilizan- los triciclos de esta índole- en donde se concentra el tráfico, o para alternativa de paseo, como en el centro de la ciudad de México, y en el centro de San Diego, Ca.) Hay taxis y autobuses como alternativa. Utilizamos todo tipo de transporte para no perder ninguna experiencia. Incluidos nuestros pies, caminar te permite apreciar otro aspecto de las ciudades que visitas.

La religión budista Teravada predomina en Tailandia. Los templos, llamados (wats) vats, se elevan por toda la ciudad. Cuando un templo está muy maltratado, lo abandonan y levantan uno nuevo. En general su mayor atractivo es el color dorado que predomina en la estructura. Wat Phra keo es el principal, es un templo grande, en superficie y en altura, su chedi principal es una estructura en forma de campana con una lanza o torre vertical, es dorada, y ahí se guardan restos de la familia real en Bangkok. De momento crees que es Disneyland, los colores pastel, las figuras de guardianes verdes, o azules son los yacs, los garudas rojos y dorados, los demonios negros con blanco, rojo y azul. Los techos de las pagodas son especiales, llaman la atención por su armonía y belleza, se pueden contar hasta cinco techos escalonados superpuestos con madera fina color caoba. Todo el ambiente es alegres, y de paz, donde se huele las flores frescas que se ofrendan. Los monjes con sus túnicas naranjas o rojo vivo, son un contraste de la sobriedad que se estila en otras religiones. Ellos meditan por largo tiempo, se ponen en posición de loto, y podrían ser una estatua mas, casi ni respiran, tanta es su concentración. Este templo mayor guarda al buda de esmeralda. Otro templo guarda al buda de oro y otro en las afueras, a un enorme buda recostado.

El Buda tailandés es delgado, sonriente, de facciones finas con la intención de transmitir el nirvana de armonía deseado. Es realmente encantador. Los tailandeses son de esta manera, encantadores, amistosos, siempre sonrientes, trabajadores y muy limpios. Disfrutamos de masajes, de compras interesantes, budas, y los gorros típicos dorados, ilustraciones en papel de arroz de la vida de Rama y Sita, (del Ramayana hindú). La seda es una ganga, y te hacen en cuarenta y ocho horas un vestido. Me hice tres, y quedaron perfectos, a tiempo, nada de que vuelva mañana, son muy puntuales.

Fuimos a centros nocturnos, donde bellas asiáticas, cuerpos delgados, blancos, cara en "V", cabellos lacios, largos muy negros hacen todas las posiciones sugeridas para una buena satisfacción sexual. Nos dieron ideas.

Conocimos el mercado flotante, en el rio Mekong, comparando con lo conocido, el estilo de las lanchas flotantes con su mercancía, me recordó Xochimilco en el Distrito Federal de mi país. En Bangkok las pangas están adornadas únicamente con la cantidad de mercancía que llevan y la sonrisa de sus marchantes. En México, muchas de las embarcaciones tienen un arco engalanado con flores naturales o artificiales y tienen un nombre: Rosita, Adela, María, y otros.

El mercado es vasto en variedad de comestibles, ajíes, frutos, semillas, vegetales, animales vivos y otros ya preparados para comer. Muchas personas mantienen en la boca una especie de ciruela que colorea el interior de morado, es un efecto espectacular, ya que cuando sonríen los dientes, la lengua, los labios amoratados son como un maquillaje tenebroso. Entre los frutos me llamaron la atención dos, uno amarillo, parecido a la chirimoya en México, solo que este es seboso, de un sabor sui generis, poco agradable para mí, muy oloroso, casi apestoso. El llamado litchi, ese me gustó, aquí en Tailandia, es rojo vivo, la cáscara, como con espinas, cuando lo abres, el fruto es blanco, muy jugoso, aromático y refresca como las tunas verdes o el kiwi. Lo hice mi fruto preferido durante mi estancia en el Sudeste Asiático, ya que este fruto lo encontramos en otros países.

Birmania (Actualmente Unión de Myanmar) era el segundo objetivo. Volamos desde Bangkok a Rangún. En aquel entonces era una República Socialista. Me llamó la atención que tuvieran relaciones estrechas con Cuba, el comandante Fidel Castro acababa de hacer una visita y de ofrecer ayuda a este país. Con esa suerte degustamos langostinos que Cuba había enviado a Birmania.

La pagoda de Rangún es muy conocida por tener un diamante enorme en la punta del chedi principal. Es también un país budista y las ciudades imperiales de Pagan y Mandalay eran visita obligada. Para trasladarnos tomamos un avión local de lo más folklórico. Volaban a poca altura, no tenían presurización, el aire se colaba por las rendijas, uno se iba congelando y se preguntaba si llegaríamos vivos a nuestro destino. Los pasajeros llevaban gallinas, cabras, conejos, y equipaje dentro de la cabina, parecía un autobús de tercera. Me gustaban estas pequeñas aventuras de nuestros viajes. Nada me atemorizaba, ni perder la vida en una aeronave bimotora, no tenía ningún compromiso, solo conmigo misma, con mi marido quien estaba a mi lado y con Dios, hasta cuando El lo deseara.

Muchos años después, en un vehículo aéreo moderno, computarizado, con todo el soporte posible de torres de control de dos grandes ciudades, volando de la ciudad de Houston a México, sentí terror al ver al piloto americano, desesperado, quien perdió el control de sí mismo, avisándonos que moriríamos porque el tren de aterrizaje automático no servía. En esa ocasión, mientras nos poníamos en posición de emergencia, flexionando el cuerpo sobre las rodillas, yo lloraba inconsolablemente y rezaba a Dios porque me guardara la vida, dos pequeños míos esperaban por su mamá. A la mitad de mi rosario, una calma se hizo en mi interior, supe con certeza que los volvería a ver y a tener en mis brazos largo tiempo. Dios me dijo: "Tu me los pediste, son tu responsabilidad, haz todo lo que puedas por estar siempre a su lado, te necesitan". Recordé entonces esos viajes aéreos riesgosos: el de la Cruz Roja y el de Birmania donde no hubo ni el más mínimo temor en las turbulencias y las incomodidades de aviones rudimentarios. La torre de control de la ciudad de México, logró que el copiloto, con temple y valor, hiciera funcionar el tren de aterrizaje mecánico de forma manual. El pánico se debía a que el piloto solo confiaba en lo "automático" veía imposible tocar tierra sin su < tren de aterrizaje automático>.! Así es la vida!

CIUDADES ABANDONADAS.

La Historia es el testigo de los tiempos...   *Cicerón.*

La ciudad perdida de Angkor levantó miles de teorías, leyendas y cuentos. La descubrió un francés explorando la selva de Camboya. Uno se puede imaginar su sorpresa. Una mañana en medio del vapor de niebla que levanta el calentar del sol en los trópicos, divisó unos edificios abandonados, creyó que era fantasía, que no había dormido bien. Abrió brecha en esa vegetación celosa que parecía tener voluntad propia para impedirle llegar hasta esas ruinas. Ya con la luz resplandeciente el podía tocar firmemente lo que parecía un delirio. Uno tras otro, los templos invadidos por raíces de árboles gigantescos, u hojas enormes de las que suele haber en selvas húmedas, le sorprendían por su belleza, su fina arquitectura y por la gran cantidad de construcciones. Era una ciudad entera.

Desde entonces varias instituciones de arqueología se han dedicado al estudio de esta ciudad imperial de origen Kmer. Muchas generaciones de turistas se han deleitado en su contemplación. Nosotros, Yo con mi orgulloso marido francés, decidimos revivir esa emoción de descubrir los cientos de templos, el palacio, y el sinnúmero de pagodas que forman la ciudad abandonada misteriosamente. Angkor fue dedicada al dios Vishnu hindú. dios de la creación. Muchos de sus vestigios hablan del Mahabarata o el Ramayana, los vedas de la India. Sin embargo son monjes budistas que se encargan de velar por Angkor. La verdad, no necesitas saber nada, ni haber estudiado mucho para quedar largos momentos en éxtasis al contemplar estas ruinas guardadas envidiosamente por la exuberante vegetación de la selva camboyana. De hecho los árboles y plantas que invadieron algunos edificios forman parte de lo espectacular del lugar. Todo un día inolvidable de visita que nutre nuestra alma y deja huella inefable en el corazón.

En el continente americano tenemos el misterio de las ciudades Mayas, de igual belleza y de las más antiguas civilizaciones, datadas antes de Cristo. ¿Por qué fueron abandonadas estas ciudades antiguas de las selvas tropicales? Eran extraterrestres que vinieron, se asentaron aquí por un tiempo, dejaron sus ideas y costumbres, y se fueron a otros planetas, dicen algunos. Una epidemia incontrolable diezmaba a la población que temerosa prefirió emigrar a nuevas tierras. Predicciones de los sacerdotes y líderes indicaban un terrible cataclismo por llegar por lo que decidieron huir. Una catástrofe natural, cambio de clima brusco, inundación, sequia, plaga, empujó a los otrora felices, laboriosos y estudiosos habitantes a abandonar esos bienes materiales y terrenales con tal de salvar sus vidas. Mucho se ha dicho, muchas teorías se han lanzado ante estas interrogantes. El testigo de los tiempos, como dice Cicerón, son esas ruinas reales, tangibles, de las que se han descifrado ciertos enigmas, pero como la Esfinge egipcia, adivinas uno y esta respuesta arroja cien preguntas más. Todo es parte de la diversión que mi Padre celestial me ha regalado. Hermanos disfrutémosela mientras se pueda.

Aparte de este tesoro, nos dimos tiempo para explorar Phnom Penh y sus alrededores, a la medida de lo posible. Como siempre en nuestros viajes no dejábamos de reconocer nuestros cuerpos y las nuevas sensaciones dictadas por lo insondable de los misterios de la raza humana. Por lo menos en cada experiencia de afecto, mi marido y yo compenetrábamos hondo y profundo el uno en el otro. De hecho en algún apartado templo de Angkor dejamos huella de nuestro reconocimiento y satisfacción mutua. Ya que realizar el acto de amor en medio de estos secretos develados, da a la relación de marido y mujer una veta inextinguible de renovación de votos.

Para subir la adrenalina un poco se prestaban las condiciones existentes en la zona, la guerra de los "*kmer rouges*" (Kmer rojos), los soldados comunistas que estaban decididos a imponerse, tenían asoleada a la población y salpicaban de emoción al turista atrevido. En uno de los tours que tomamos para ver la fabricación de la seda en una aldea de las afueras de Phnom Penh, tuvimos un encuentro con estos soldados. Contrariamente a algunos comentarios de extranjeros alarmistas, nuestro encuentro fue afable. Los soldados solo preguntaron porque estábamos en la aldea. Interrogaron a los aldeanos y al notar que todo estaba en orden continuaron sus rondines. Nosotros, mi esposo, yo y la docena de curiosos que componían el paseo, seguimos enfrascados en los centenares de capullos de los gusanos de seda. Eran amarillos y los cultivaban en una rueda tejida de palma y bambús enroscados concéntricamente. Los capullos de color amarillo, eran retirados de esta rueda y puestos en ebullición, de allí las mujeres y hombres dedicados a esta labor obtenían un hilo que enredaban en una rueca grande y después en carretes prácticos para ser enviados a la fábrica de telas de seda. En una de estas fábricas, se podían ver varios telares y la coloración diversa de su producción. Vendían prendas hechas y materia prima. Adquirí un par de cortes para mí y otros para mi suegra. Posteriormente ella y yo nos divertimos cosiendo vestidos nuevos y platicando de las aventuras en países lejanos.

Laos no tenía mucho que ofrecer turísticamente hablando, fuimos solo por el hecho de que fue posesión francesa. En Vientián, la capital, había toque de queda a las ocho de la noche. Como no había mucho que hacer, realizamos una caminata lenta y curiosa en el mercado. Nos admiramos de las enormes ranas vivas que se vendían como pan caliente, gustosos de la comida estilo francesa, los laosianos consumen las ranas para devorar esas ancas acompañadas de ajíes, arroz blanco y verduras. Eso nos dio una idea de que cenar, seguramente que los restaurantes tenían exquisitos guisos y con garantía de ser muy frescos ya que vimos la abundancia de este batracio.

El tercer y cuarto día, nos dedicamos a vagar por Vientián y fuimos dos veces al cine. Una ocasión vimos una película de Bollywood, India es una gran productora de filmes, produce anualmente un mayor número de éstos que Hollywood, y son distribuidas en todo Asia. Son películas musicales en su mayoría. La que vimos era hablada en hindi y con subtítulos en japonés, laosiano y otro, desde luego nada que pudiéramos entender, pero fue divertida y la trama con puras imágenes era fácil de descifrar. Una pareja tenía problemas porque el hombre bebía y jugaba, apostando todo lo que ganaba. Felizmente no tenían hijos, pero si hacía de su relación amorosa un infierno. Finalmente ella huye, entonces él se da cuenta que la ama y lucha contra su demonio interno que lo induce a ese infierno que es el juego, la bebida, el endrogarse y terminar sin un centavo. La música es muy pegajosa, típica de la India, con cítara y voces corales.

Repetimos el experimento por segunda vez de ver si podíamos entender otra película. Vimos una de Kung Fu. Inútil decirles que no había mucho que adivinar en las patadas voladoras, y la violencia cómica por extrema, exagerada y súper abundante. En el futuro, el celuloide ayudará a arqueólogos, historiadores, sociólogos y otros estudiosos a imaginar la vida de nuestra época, si es que esta llega a desaparecer por los tantos presagios pesimistas de erupciones, calentamiento global, inundaciones, tsunamis y otras pesadillas que anuncia el fin de nuestra era.

En el vuelo de regreso a casa nos dimos cuenta de que toda la zona de guerra, al norte de Tailandia estaba dominada por varias bases militares estratégicas de los Estados Unidos de Norteamérica. Identificables fácilmente con su bandera, y lo moderno de su equipo bélico. Sobre todo Vietnam estaba en la mira después de la derrota tan sonada. Además era un buen punto para que los "Rambos" del planeta detuvieran el avance del "comunismo", que es la cacería de brujas de nuestro tiempo.

LLUVIA DE ROMANCE.

from	: **Christine** <chrichv@videotron.ca>
to	Amanda Lozal <alozal@gmail.com>
date	Tue, May, 04, 2010 at 11:26 PM
subject	Tailandia
	Mailed videotron.ca
	By

En Canadá las vacaciones son sagradas. Se habla de ellas, se planifican, se realizan proyectos e investigaciones para viajar si es el caso, uno las espera y las desea. De niña, de joven, me conformé con experimentar el campamento, las caminatas, el ciclismo, escalar y hasta actividades en ríos como canotaje o balsas en los rápidos.

Eso que hacen los franceses es normal para mí. Tres meses antes, tu marido ya estaba comprando libros sobre los países que deseaba conocer, informándose de tarifas aéreas para conseguir la mejor oferta y tomar decisiones de importancia. Supongo que no midió el riesgo de esos viajes en aviones de poca seguridad. Como me dices eran parte de la aventura. Me asombra ver lo bien que te acomodabas con él. Me gustó la parte en que cuentas la diferencia de tener un compromiso o no tenerlo. Cuando estas soltero o en el caso de ustedes, una pareja joven sin hijos, que puede importar el peligro. Eso mismo sucede con los deportes extremos que practiqué en mi temprana juventud. Nunca piensas en el riesgo solamente en la diversión.

Tailandia siempre me ha parecido una tierra de ensueño. Amanda, que suerte has tenido, todos esos lugares que describes, desearía poder viajar de esa manera y conocerlos y descubrirlos como tú.

Estas despertando esa vena dormida en mí, la aventura las ganas de conocer y palpar nuevos lugares. Bastante he logrado con conocer lo que conozco de mi país y del tuyo.

Siguiendo con mi relato, regresé a México ese mismo año en el verano. Tenía un trabajo seguro, un ingreso que me permitía lujos como esos viajes a tu país que además eran un ahorro, pues la comida y el transporte representaban un significativo ahorro con respecto a Canadá.

Mi mexicano ardiente me relajaba, me inyectaba pasión e intensas ganas de disfrutar caricias, besos, sensualidad. El calor que invadía mi cuerpo lo relajaba en una especie de pereza, de somnolencia que lo invitaba a abrir los brazos, las piernas y todos los poros. La hora de la siesta en Acapulco era un torbellino de locura sexual. Mi cuerpo desnudo ansiaba la húmeda lengua de Armando que me recorría de pies a cabeza, deteniéndose largamente en mi pubis. La fiebre tropical le daba ideas creativas de cómo mimarme y conseguir varios explosivos orgasmos que culminaban con nuestros cuerpos convulsionados y pegados como uno solo.

La lluvia abundante y tibia lavaba nuestros cuerpos en las calles, en la playa o en plena jungla. El paseo nocturno en barco, para beber, bailar y admirar la bahía terminó con una Christine rendida en los brazos varoniles. Una mañana flotando en una tabla en Puerto Márquez, éramos dos pero parecíamos una persona.

Caminata a lo largo de la arena negra del Revolcadero y los hoteles grandes que están a lo largo de esa playa. La ecología diferente era patente, Canadá tiene sus paisajes nevados, sus venados, sus bosques, Acapulco sus aves de colores, flores excitantes, manglares, lagunas y patos de Canadá. Supe por los nativos que en esa laguna de Pie de la Cuesta, donde las tardes rojas son el esperado espectáculo para visitantes y gente del lugar, esa laguna recibe aves migratorias de mi país en el invierno, algunas se quedan allí. Pensé que yo podría hacer lo mismo. Adán y Eva en el paraíso por siempre.

De acuerdo a lo que yo había planeado, cinco días en Acapulco era mi premio de descanso. Luego, Armando sugirió ir a Guanajuato, Querétaro, San Luis Potosí y Jalisco. Delegué la tarea del itinerario a mi novio mexicano, le dije mi presupuesto.

Empezamos por pasar unos días en la capital. Esta vez logramos disfrutar de un concierto en el Auditorio Nacional, de una pieza de Teatro, "Les Miserables", muy bien puesta, de museos de arte y el de Antropología, y la visita al centro de la ciudad de México.

Luego en Querétaro rentamos un auto. Armando me dio información sobre la historia de la Independencia mexicana, que se inició en este lugar. Cerca teníamos a San Miguel de Allende, fue una novedad para mi, sus empedrado y su estilo auténtico me gustaron. El que si me quitó el aliento fue Real de Minas del Catorce. Pueblo fantasma, perdido en el tiempo, protegido por el túnel que te hace dejar un presente moderno y regresas a un momento de inmovilidad en el pasado, mineros, casas de piedra, mujeres con rebozo, gente vieja pero derecha y recia. Las ventanas y las puertas de madera antigua con cerrajes de antaño.

Habíamos ido allí después de conocer la ciudad minera de San Luis Potosí. Regresamos para dirigirnos a Guanajuato. Las calzadas de los sótanos no tienen igual, las callejoneadas con vino y gente alegre, la Universidad tan sobria y las horrendas momias. Armando jugaba a asustarme para después sostenerme y protegerme con sus cuidados. Nos divertimos como infantes. Por último nos regocijamos en Guadalajara, otra gran ciudad con cultura y lugares de diversión. Los mariachis y el tequila coronaron nuestro romance. Bajo esas condiciones queríamos apurar una fecha para boda. Armando estaba por terminar su tesis y recibirse. Era la ocasión para empezar una nueva vida. Revisamos pros y contras para decidir que la mejor opción era mi país. Nos dimos cuenta que nos estábamos apresurando en ciertos puntos, si teníamos paciencia lograríamos mejores opciones. Una beca para maestría era la meta a seguir para mi novio mexicano. Lo logró, pero aun tuvimos tiempo para una luna de miel previa. Ya te contaré la próxima vez.

Besos. Christine.

from	:Amanda Loza <alozal@gmail.com>
to	**Christine** <chrichv@videotron.ca>
date	Fri, May, 07, 2010 at 7:04 PM
subject	: Ah, nuestro planeta.
Mailed by	by: gmail.com

Chère Christine,

Mi país es hermoso como el tuyo. Conozco Canadá gracias al Discovery Channel y otros canales que difunden las bellezas de nuestro planeta. En realidad actualmente deberíamos sentirnos como decían los Beatles: Imagina que no hay países, ni fronteras, ni religiones, ni nada que nos divida. Seriamos todos ciudadanos del Mundo. Cuidaríamos del planeta, que buena falta le hace, por algo la madre naturaleza esta protestando con tanto terremoto, volcanes explosivos, lluvias devastadoras y cambios drásticos en el clima.

Con tu relato me puse muy alterada, quería correr para platicar con Armando de esas noches acapulqueñas, que me dijera con detalle como lograba hacerte sentir lo que sentías… ja,ja,ja… No te apures, no lo hice, no lo haré. Pero recuerdo que era el juego de mi marido, te lo he contado mucho. El decía a sus amigos lo bien que la pasábamos en la cama, y créeme esos franceses no se detenían a pensar mucho, intentaban averiguar que tan bien la podían pasar con la esposa de su gran amigo. No me pongas en tentación Christine.

Sigo en el Sudeste Asiático, por cierto de ciudadanos del mundo aquí te relato como supe de que es real, existe la ciudadanía del mundo.

Xoxo. Amanda.

CIUDADANO DEL MUNDO.

El dinero debe ser el más poderoso de nuestros esclavos. Bonnard.

Al verano siguiente regresamos a Tailandia. Esta vez logramos un chárter cómodo por una línea aérea europea. Visitamos nuevamente Bangkok. De ahí tomamos el tren para dirigirnos al sur. Fue una travesía larga pero interesante. Los trenes toman caminos surcando exóticos paisajes naturales, menos poblados por humanos. Temprano por la mañana, siete antes del meridiano, llegamos a la frontera con Malasia. Subieron los agentes de aduana y nos pidieron los pasaportes. Eran un tren largo, era verano, seguro que por lo menos había mil pasajeros.

Lo habitual, se nos había dicho, era entregar los pasaportes, se revisaban y sellaban en la oficina y luego los oficiales te regresan el pasaporte. No había necesidad de desembarcar. De pronto escuché repetidamente mi nombre pronunciado con ese acento característico de los asiáticos. Mi nombre, solo mi nombre, afuera en el andén un uniformado se paseaba con mi pasaporte esperando que yo respondiera a su llamado. Pasmada por lo insólito del caso, bajé la ventanilla para hacerme presente. El hombre me pidió que le acompañara a la oficina. Denis se aprestó para ir conmigo.

En la entrada a donde estaba el jefe en turno con su escritorio lleno de pasaportes amontonados, el asiático nos pidió esperar, avisó a su jefe de mi llegada entregándole mi pasaporte. Acto seguido me dijo que pasara yo sola, aunque inquirió con Denis su nacionalidad, el contestó que francés, entonces le dijo que esperara en el tren. Denis se quedó esperándome afuera de la oficina.

El jefe me sonrió abiertamente, miró mi pasaporte con atención, y me dijo en inglés, "tu pasaporte va a ser el último que yo selle, quiero que me hables de ti, de tu país, y deberías traer el sombrero, ¿no lo tienes?" Ohhh, no, pensé, otra vez el famoso sombrero, era la única mexicana, el resto eran asiáticos, europeos, australianos y algunos norte-americanos, pero de Latinoamérica la única representante era yo. ¡Qué suerte la mía! Sinceramente era buena suerte, me hacía ver en estos viajes de manera diferente, divertida, única, como única era yo en ese preciso y precioso momento. No tuve ninguna objeción de hacerle un pormenor de que yo había nacido en la ciudad de México, y de que viajaba con mi marido, en fin contestar a sus preguntas y bromear sobre sus comentarios, festejar sus chistes con respecto a las fotos y pasaportes que sellaba. Fue en ese local, entrando a Malasia que vi dos pasaportes que me llamaron la atención, uno rojo brillante, con letras negras que decía "APATRIDA", con un nombre ruso, o de la parte de Europa del este, y otro Azul con escudo de la O.N.U. y letras doradas que decía "CIUDADANO DEL MUNDO". Le pregunté si ya había tenido pasaportes semejantes en otra ocasión. Me dijo que pocas veces, pero por ser europeos los nombres, no le interesaban. "!Ah México!, México era diferente y una mujer "bonita de México" no se le puede perder de vista. El apátrida y el ciudadano del mundo, míralos - me dijo-, blancos, pálidos, todos iguales, no quiero verlos, son todos iguales. Tu no, tus arracadas, tus cabellos, tus ojos, tu color de piel, diferente, me gusta". Fue amable, bebimos té desde luego, y pasamos veinte o treinta minutos muy agradables. Se despidió de mí dándome un beso en la mano. Me hizo sentir muy bien, creo que regresé pavoneándome al tren, yo era especial, diferente, me gustaba mi papel, ya me estaba acostumbrado a tanta deferencia.

Denis molesto y celoso buscaba a hacer chascarrillos de mi situación. De nuevo en el correr rápido del tren cambiamos impresiones de paz, mi marido y yo. Le conté toda la entrevista y la experiencia. Le pregunté si él conocía lo que era un apátrida y lo que era un ciudadano del mundo. Mi amorcito, lo sabía todo, y me lo explicó. En conclusión ser ciudadano del mundo es todo un honor, me gustó muchísimo ese pasaporte, ese honor que otorga la O.N.U. a personas especiales, le pedí a mi Padre Celestial que yo pudiera ser uno de esos "CIUDADANOS DEL MUNDO". Todavía tengo tiempo de lograrlo. Seguro que si Dios quiere me mostrara el camino para conseguirlo. Yo me siento de esa manera consciente de todo el planeta, de toda la humanidad como una sola raza, como un solo país, vamos somos el mundo, el mundo es uno solo, actualmente se busca el orden mundial, se buscan acuerdos internacionales, la economía se mueve en ese volumen.

Un periodista en mi país lo puso de esta manera: en una conferencia mundial por la "Globalización", varios jóvenes de países de todo el mundo se presentaron para protestar. Uno de ellos, asiático por cierto, se suicidó para hacer patente que era "globalifóbico". Resulta que el joven traía zapatos tenis hechos en Tailandia, calcetines de Corea, jeans de Inglaterra, camisa hecha en Nicaragua, gorro fabricado en Alemania, celular hecho en China y pasaporte de Japón.

Malasia fue un país colonizado por los ingleses, supuestamente para contra restar el dominio Holandés en el Sudeste Asiático. Ahora país independiente y próspero con un mosaico de razas que conforman su población. Asiáticos, indios, japoneses, chinos, indonesios. Casi podía distinguir a cada cual, por ejemplo los chinos tienen la cara redonda, los japoneses son cuadrados en la quijada, y los vietnamitas, tailandeses y laosianos con cara en V, los indios son parecidos a nosotros los latinos, aunque su piel morena es más intensa, sus labios suelen ser gruesos y desde luego su vestimenta sí que los distingue, el turbante, la camisa larga, algunos se dejan crecer la barba y el pelo toda la vida, es impresionante. La gente de Indonesia es como una combinación de rasgos chinos con indios. Existen europeos colados aquí, ingleses, holandeses, alemanes que encontraron gran rendimiento en su inversión y se quedaron a cuidarla, se adaptan, se regalan de vivir en grande en estas latitudes.

Lo mismo sucede con la religión malasia, hay budistas, hindúes, musulmanes y cristianos en menor porcentaje pero los hay. Los autos son como en Inglaterra, con el volante del lado derecho y se maneja del lado izquierdo. La ganancia que tuvimos fue de encontrar un hotel "colonial estilo inglés" a buen precio. La habitación era muy amplia, con terraza grande, con una sala de estar y un baño con tina, había mucho espacio en nuestra habitación, muebles de mimbre y palma fina y una gran vista sobre la ciudad de Kuala Lumpur.

Asistimos a danzas de la India, China y Tailandia en una muestra cultural. Tocaba entonces el festejo de "año nuevo Chino", como es lunar cambia de fecha a través del tiempo. Encontramos el barrio chino adornado con figuras enormes en papel de China de colores vivos. Tenían listo el Dragón en tela igualmente en arcoíris, predominando amarillos, azules y rojos, era largo, pudimos apreciarlo una vez que la gente se puso bajo del disfraz y lo hicieron circular por todo el lugar, al ritmo de la música con instrumentos chinos. Muchísimas mesas con una muestra muy variada de la comida china, al verlas se hacía agua la boca. El olor y la presentación despertaban el apetito.

En esta fiesta descubrí otra faceta mía. A la hora de la cena, una de las familias chinas nos invitó a compartir su mesa. Nos invitaron a sentarnos, jalaron la silla para mí, Denis se puso la suya, éramos quince comensales. Con nuestro tazón lleno de arroz blanco y el servicio de comida que ellos nos hacían era un placer degustar esos platillos con los palillos. Varias veces el patriarca de la familia se dirigía a mí en chino. No sé cómo pero mi sonrisa y el movimiento de mi cabeza le hizo pensar que yo entendía lo que él decía. Un hombre que parecía el hijo mayor, el que me sirvió y me sentó, me hablaba con mucha confianza y su mujer se acercaba a mí con familiaridad. Todo eso me extrañaba. Pero teníamos hambre y estábamos dispuestos a pagar parte de la cuenta, el banquete era celestial, los comensales con su sonrisa y sus maneras afables y de confianza me hacían sentir parte del clan.

En un momento dado el patriarca reía y me instaba a responder a lo que me decía. Yo reía pero no podía responder, no entendía nada, el idioma Chino no es mi fuerte, ni siquiera se saludar en esa lengua. Ante tanta insistencia el hermano mayor se me acercó, me toco el brazo, rió también y me habló en chino. Me disculpé en inglés, diciéndoles que yo era mexicana y los tres idiomas que hablaba. La cara de perplejidad de los chinos duró pocos segundos y dio paso a carcajadas. ¿Mexicana?, ¿en verdad eres mexicana?, me preguntaba el hijo mayor en inglés esta vez, si, - le dije en español y luego en inglés para que se diera cuenta que era cierto- soy mexicana, mi marido es francés, pero yo nací, crecí y estudié en México. Hizo la traducción correspondiente a su padre y a toda la familia y seguían dando rienda suelta a su hilaridad que nos contagiaba sin saber la razón. Finalmente me aseguró el anfitrión, y se me hizo la traducción, que el apostaba a que yo era china o que tenía antepasados chinos, pues era igualita a ellos. WhwhwhAT? Ahora sí que me quedé azorada. De cualquier manera me sentí halagada y se los hice saber. No era de mi conocimiento ningún antepasado de China, pero tampoco era imposible por algo había una "China Poblana" en mi país. A mí me hubiera encantado tener ese pelo lacio, grueso y abundante de las mujeres chinas, siento que hubiera aumentado mi belleza haciendo resaltar la del espíritu, desde luego, ya que en esa cultura de tradiciones milenarias, la meditación y la sabiduría son adornos de la belleza que admiro.

Singapur es un país, una ciudad. Una ciudad país, como el Vaticano. En el sentido de ser una ciudad país. Nada que relacionar con religión. Pero si con ECONOMIA. Singapur es un puerto donde la economía es su fuerte, es el mayor intercambiarlo de divisas en el mundo. Un puerto muy activo y de gran importancia mueve mucha mercancía, existe un gran trueque de carga que se re-distribuye entre Oriente, occidente, la India, el medio oriente.

Esta ciudad es moderna con muchos edificios estilo Manhattan en Nueva York, el área comercial es tres veces la de Manhattan. El ingreso per cápita es el mayor del mundo. Es un lugar limpio, y como en Malasia, hay diversidad de razas y costumbres. Muchísimas embarcaciones circulan por sus aguas. Yates modernos y de lujo, barcos de mercancías, cruceros, embarcaciones de pesca y de paseo. Existe también sobre sus aguas un barrio con puros sampanes. Un sampán es un barco-casa, muy típico de China. Pienso que por su extensión debe ser uno de los barrios flotantes más grandes del mundo aunque con la población que existe en China posiblemente este país tenga el primer lugar y no Singapur.

Siguiendo los consejos de nuestro guía escrito, visitamos esos lugares de interés ya mencionados. El puerto, jardines, zoológico, la vista de los sampanes, y la caminata por las avenidas de los rascacielos. Desde luego no nos perdimos la visita a varias tiendas, con mercancías de todo el mundo, es puerto libre, licores, cigarros y souvenirs de todas partes. Como Koalas de Australia en piel de canguro, figuras chinas en jade, en porcelana, paisajes chinos en sándalo, en marfil, en maderas dentro de cristales, mascadas de seda, joyería, iconos religiosos cristianos, budas, vishnus, deidades hindúes, libros ilustrados, una y mil maravillas. Uno debe limitarse así que elegí un buda de ébano, precioso, estilo tailandés, y un Koala de piel de Canguro. Ya tenía un buda chino, en marfil, y una pulsera de marfil y otra de hueso de camello, de viajes a otros países. Ya podía yo distinguir entre marfil, hueso y plástico. El marfil tiene dibujos finos de elipses concéntricas, el hueso tiene rayas verticales, el plástico no tiene ningún diseño.

La vida nocturna es asimismo señalada en el libro de visitas interesantes, la Guía del Sudeste Asiático. Fuimos a una calle popular: muchos marinos, gente snob, turistas de los cinco continentes se asoman a curiosear los antros del lugar famosos por sus travestis. Estábamos tomando cerveza y fisgoneando el ambiente. Los travestis se veían como mujeres divinas, muy femeninas, bien maquilladas y arregladas, extremamente delicadas y emperifolladas. Le preguntaba a mi marido que cual escogería par pasar la noche. "Si no supiera lo que son caería en la trampa", me dijo. "De acuerdo, dime cual te llama la atención, imagina que no lo sabes, ¿con cuál te irías, y por qué?"

En eso estábamos cuando de un balcón, un hombre golpeaba a una de estas "mujeres", gritando que lo había engañado y que se las iba a pagar. El tipo estaba furioso y muy borracho. Era grande, fornido, rubio. Todos en la calle mirábamos hacia aquel balcón del escándalo. La peluca salió volando por los aires, el collar de cuentas rotas caía en pedazos, ella lloraba y suplicaba ayuda, aclarando que allí nadie era forzado y que todos sabían de que se trataba, no le parecía justo que el australiano abusara así de ella/ el. La situación era cómica, la verdad, todos en ese lugar sabíamos que era la famosa calle de los travestis de Singapur, así como Pigalle en Paris , por lo menos se presume que un setenta por ciento de las bellas de la calle son hombres maquillados, en Singapur todos son hombres, entonces el que va allí sabe a lo que va. Decir que fue engañado es aceptar que quería ser engatusado, o se mintió así mismo para ver si le gustaba la situación.

En fin estábamos en Singapur, Babel, Sodoma y Gomorra, Manhattan, todo eso es Singapur. El que quiere ser esclavo de sus pasiones se encuentra en ese lugar. Definitivamente la mejor opción sería la financiera, hacer del dinero el más poderoso de nuestros esclavos, pero no hacernos esclavos ni de nosotros mismos.

from	**: Christine** *<chrichv@videotron.ca>*
to	*Amanda Lozal <alozal@gmail.com>*
date	Sun, May, 09, 2010 at 9:44 AM
subject	*Seguro que Armando ya lo ha intentado contigo.* *Mailed videotron.ca* *By*

No, Amanda, no deseo compartir a mi marido con nadie, ni presumo para que se les antoje. Quiero que regrese a mi lado. De cualquier modo, Amanda, mi marido me dijo desde que te conoció que le atraías muchísimo. Por eso me extrañó que quisieras conocerme y que me dieras la bienvenida. Para mi había cosas extrañas de ti que no tenían explicación. Ahora me doy cuenta, eres fuera de serie, poca gente te entiende. Eres mucho más altruista e idealista que yo. Ahora que leo lo que fue tu "Gran Amor" y la vida soñada que llevabas con él, lo comprendo.

Tus memorias deberías intitularlas "Daremos la vuelta al mundo, Tu y Yo". No cualquiera se presta a complacer a los hombres, aunque sea tu esposo, como tú lo hacías con tu francés. Tal vez ese es el secreto de una vida marital estupenda. Cuenta más de Francia y como dices que esos franceses se sentían atraídos por lo que tu marido contaba de ustedes.

Xoxo. Christine.

from	: *Amanda Lozal <alozal@gmail.com>*
to	**Christine** *<chrichv@videotron.ca>c*
date	Thur, May, 13, 2010 at 8:13 PM
subject	*El escándalo.*
	Mailed gmail.com
	By

Te informo del presentimiento que tuve y se hizo realidad. La hija mayor de Ileana y Armando bailaron sin parar en un evento. Ileana se molesto. Ese fue el escándalo según tu marido.

Me enteré del ruido por pocas nueces. De las dos fuentes, Ileana, molesta porque sus parientes fueron los que pusieron la alerta preguntando si Armando era novio de su hija. Eso fue lo que desató su indignación. Bailaba con la hija muy apretado, bailaron de todo, hasta tango, él le daba clases, transcurrió el tiempo sin que ninguno de los dos reparara en ello. Tu esposo se defiende asegurando que su intención era quedar bien con Ileana como prototipo del "padrastro ideal". No funcionó, será que no podía ser "*le beau-père idéal*". Por otro lado reconozco que todos enloquecemos un poco en ocasiones de alegría, en otras de sorpresa, y muchas veces de dolor insoportable. Continuando con mi historia veras porque te lo digo. Saludos. Amanda.

ENFERMERA.

No hay deber que descuidemos tanto como el deber de ser felices. R. L. Stevenson.

Geraldine estaba mirándose en el espejo del baño de su habitación. Tenía siete días en esa posición, era una piedra, una estatua, no respiraba, no sudaba, no se movía. Su rostro sin expresión, tenía los ojos clavados en el espejo, preguntándose ¿Quién es esta persona? Este síntoma de una enfermedad psicológica se llama "catatonia". El cuerpo humano es sorprendente, Geraldine había permanecido en vida latente por siete días. ¿Volvería a la vida normal?

Era estudiante de medicina estaba a punto de graduarse con excelentes calificaciones, prometía ser una eminencia. Parecía tener vocación, esta mujer pequeña, rubia con ojos grandes color marrón, pestañas pobladas, era como un robot, trabajaba en hospitales, como "practicante de medicina" con poco descanso, escudriñaba sus libros enormes de medicina para exprimirles toda la información para sacar adelante a sus pacientes, su ciencia y sus objetivos en la carrera de su elección. De pronto, en vísperas del primer examen de la recta final, le dio su primer ataque de catatonia. Había terminado con su prometido dos meses antes, el se quejaba de que casi no se veían, de que ella le daba mayor importancia a la medicina que a él. Ahora estaba internada en este hospital psiquiátrico donde me tocó hacer mis prácticas de enfermería con mi amiga Christine.

Me impactó este caso. Igualmente el de un estudiante de derecho, Paul, el psiquiatra a cargo, nos resumió su caso, como un joven obsesionado sexualmente, nos advirtió, a las mujeres, que podía ser peligroso, ya había intentado forzar a su prima, a una compañera de estudios, y a una enfermera. Su curiosidad por el sexo, y su sexualidad habían sido reprimidas toda su vida por los abuelos paternos, quienes subvencionaron todos sus estudios. Ya cursando el tercer año de derecho, todos sus casos, todos sus discursos, todas sus disertaciones hablaban de sus inquietudes sexuales sin que vinieran a colación. Fue reportado por sus profesores a la dirección de servicios escolares, de ahí al hospital de la Universidad y finalmente a su internamiento en el psiquiátrico.

Medea, quien en realidad no era Medea, no era su nombre real, una pelirroja, pecosa, aparentaba unos veintidós años, la encontraron vagando en la estación del tren, preguntando por el próximo tren a Clairmont Ferrand, pero no tenia, dinero, ni bolso, ni ningún papel de identificación con ella. Los agentes de seguridad de la estación del tren la interrogaban por su nombre completo, su domicilio, algún familiar y al no obtener ninguna respuesta coherente la llevaron al psiquiátrico.

Por el resto del total de quince pacientes que nos tocaba atender, era difícil ver la línea entre salud y enfermedad mental. Ese mes de prácticas vi a Geraldine salir de su catatonia, pero no la darían de alta fácilmente, tenía que asistir todos los días a la plática matinal de los quince pacientes que hablaban con el jefe de psiquiatría presente, dos asistentes, cinco estudiantes de medicina y cinco enfermeras, de las cuales tres éramos practicantes.

Christine y yo charlábamos sobre las posibilidades de recuperación de estos pacientes, de lo difícil que era trabajar en este tipo de medicina, "la psiquiatría", de los rumores de que hay gente normal que la hacen pasar por loca, de que hay locos que nunca son reconocidos, sus familiares se avergüenzan y prefieren dejarlos en el seno de la familia sin tratamiento, otros que logran convencer al mundo como Hitler, un ejemplo; de los lavados de cerebro que se pusieron tan de moda en la Unión Soviética, pero igual lo usaban el gobierno francés, el de Estados Unidos, y sobre todo los militares en cualquier parte. La mente humana es un acertijo, es un iceberg, es un reflejo del espíritu de la sociedad, es un poderoso motor de la transformación de todo lo que nos rodea.

Me faltaban dos meses para terminar la carrera de enfermera, esos dos meses significaban las ocho semanas que debía yo de guardias nocturnas. Un reto tremendo para mi acostumbrada a dormir en cuanto esta oscuro. Nunca fui buena para desvelarme, las fiestas, los antros, las celebraciones especiales que requerían de pasar la noche en vela significaban una gran dificultad. Durante mis estudios iniciados en Marruecos, me entretuve y encontré un gran interés por estar en un país nuevo, conocer gente, hacer amigos. Como había estudiado medicina me parecía sencillo lo que al resto de las compañeras les parecía muy difícil. En cuanto a las técnicas y el material, me fascinaba era jugar "a la enfermera".

En Marruecos, como en México existía un marco flexible de conducta entre enfermeras y médicos. En Francia quise continuar con este estado de cosas, me parecía normal. En mi primera práctica, en cirugía general, el cirujano se dirigió a los estudiantes de medicina para hacerles preguntas, yo alcé la mano para contestar. Respondí acertadamente varias ocasiones. El doctor Laforet estaba encantado conmigo. El se graduó de cirujano plástico en Estados Unidos, por lo que era una persona muy abierta. No así la enfermera en jefe quien me llamó a su oficina. Típica "solterona" francesa. Me ofendió con frases racistas, refiriéndose a que "ni siquiera era yo francesa" (frase muy usada en Francia contra cualquier extranjero, inclusive europeos) entonces como latina no conocía yo mi lugar en su sociedad pero que ella me enseñaría. Una enfermera jamás se dirige a los médicos a menos de ser una puta que los acosa, si quería yo terminar mis estudios no debía tener actitudes osadas como las de esa ocasión queriendo llamar la atención de todos los hombres que había en la sala de "enseñanza", donde nos reuníamos enfermeras y médicos para estudiar algunos casos como modelo aprendizaje. No obstante esta llamada de atención, Serge Laforet me tomó como su practicante preferida, cuando supo que era yo mexicana quería contarme sus experiencias entre México y Estados Unidos, el estuvo en Houston, Texas. La jefa de enfermeras se enfermo de bilis, hice caso omiso a sus advertencias.

Me encantó asistir, como invitada especial al implante de prótesis mamarias, y de glúteos. Pude tocar el silicón como todos en el quirófano, y bromear de lo rico que se siente tocarlas aun sin estar en su lugar. La obra maestra en la que todos nos quitamos el sombrero por este gran cirujano, fue la reconstrucción de la cara de una linda chica que sufrió un accidente esquiando y se desfiguró completamente. Con fotografías recientes proporcionadas por sus familiares, el doctor Laforet, levantó con mucho cuidado la piel como si fuera un antifaz, puso injertos de mentón, de vómer, de cigomáticos para realzar los pómulos, y en el frontal reconstruir los ángulos de las cejas. Tomó su tiempo, todo el equipo se esmeró, era como un escultor que con meticulosidad reconstruyó ese joven rostro de la chica accidentada.

Mi amiga Christine sólo debía pasar dos semanas nocturnas y otras seis diurnas. Ya tenía trabajo como auxiliar de enfermera en un hospital en Villurbanne, cerca de su casa. Ella y Henry ya vivían juntos. Henry ya le había pedido que se casaran en cuanto ella terminara los estudios. La abrasé fuertemente, me dio muchísimo gusto que esa relación tuviera tan buenos frutos, ya desde el viaje a Perpignan nos dimos cuenta que eran uno para el otro.

Yo, estando a pocos meses de terminar la carrera, veía difícil llegar a la meta, tal vez no era mi vocación, para ser enfermera se requiere de verdadera vocación. Hice mi primera semana de guardia nocturna en el pabellón de Oncología. Triste situación la mía. Triste porque soy muy sensible, esa semana vi morir gente diariamente. Una mujer ya grande, setenta y dos años llamada Albertine, una bellísima persona, dinámica, trabajadora muy activa, se quedaba al lado de su hija todo el tiempo. Rose, su hija tenía un enorme tumor en el vientre. Las radiaciones, la quimioterapia, la preocupación, la enfermedad la habían consumido, se veía casi de la misma edad que su madre. Su esposo y sus dos hijos asistían a terapias familiares para aceptar y coadyuvar con el cáncer de la madre. Todos querían y respetaban a Albertine, la abuelita que se hacía indispensable por su cariño y fortaleza. Rose se arreglaba y maquillaba tres veces al día, le gustaba verse hermosa, se ponía aretes, pulseras, pelucas. Su madre la trataba como cuando niña, "su princesa bella". Todos lloramos la muerte de Rose.

Antoine, de cincuenta y cinco años, era un empresario exitoso, el cáncer no se fija, agarra parejo, nunca pensó que sus "gastritis" se convertirían en esa pesadilla, metástasis en huesos y en páncreas. Le gustaba tomarme de la mano, era su enfermera consentida, "su mexicana", el había estado en mi país y recordaba su visita como una de las experiencias más felices de su vida. Sus hijos y su esposa se turnaban para hacerle compañía.

Uno tras otro de mis pacientes, se fue; por más que corríamos a auxiliarlos en sus necesidades, sabíamos que eran terminales, es un trabajo humanitario de apoyo, de simpatía, de fortaleza. Terminé esa semana desmoronada, desmoralizada.

Mi marido molesto por todo. No le agradaba que me ausentara en las noches, no le agradaba que me entregara tanto a un trabajo como ese. Menos aun le agradó que me "explotaran". Me habían exigido en dos ocasiones esa semana, que cubriera a enfermeras que no llegaban a cumplir con su turno matutino, y mi labor como "practicante" no era pagada. Denis me dijo, porque no les dejaste el trabajo, debiste explicar que eras estudiante, no enfermera, no es tu obligación. "Es una obligación moral, sobre todo en oncología" – le expliqué-. "No, definitivamente tú no estás hecha para enfrentar este mundo, cualquiera abusa de ti y tus buenos sentimientos. Deja ya la carrera, te lo suplico. No, te lo ordeno. Yo iré contigo para hablar con la directora de la Cruz Roja. Esto se acabó". Sentenció. "Lo haré yo sola, no te apures, confía en mí. Después de todo no es mi vocación. Te doy la razón, mi primer deber es conmigo misma, para ser feliz te quiero ver feliz, no me gusta tener dificultades contigo, eres muy importante para mi" Me tenia pegada a él, parecía que bailábamos, la danza de la vida, si, estaba ante una decisión importante. Quería darle sentido a mi existencia, no me era suficiente con ser su mujer y ya. Sobre todo que habíamos decidido no tener hijos. Pero ser enfermera requiere vocación, apego, y fuerza de voluntad para saber decidir cuándo sí, cuando no.

Renuncié a ser enfermera. Me dieron un reconocimiento como auxiliar solamente. Esa misma semana me fui a informar en la Universidad de Claude Bernard de Lyon sobre la licenciatura en Lengua Francesa. La Facultad de Filosofía y Letras había sido mi sueño desde niña. ¿Por qué posponía mi felicidad? Por querer ser útil a la sociedad, a mi familia, a mi país. Si uno es útil a si mismo ya es ganancia, en ese peldaño empieza el ser valioso para todos los que te rodean, para todo el mundo.

from	**: Christine** *<chrichv@videotron.ca>*
to	*Amanda Lozal <alozal@gmail.com>*
date	Fri, May, 14, 2010 at 9:44 AM
subject	*Re.El escándalo.*
	Mailed videotron.ca
	By

Amanda,

Mi ánimo no está muy centrado. Hoy digo que deseo terminar con todo esto, hablo con Armando, con su madre, con su hermana y me convencen de tener paciencia. No creen que Armando se adapte nuevamente a México. Cosas como la experiencia con Ileana lo debilitan y lo ponen en franca paranoia. Cuando hablé por teléfono el creyó que yo estaba en Tijuana, que lo espiaba, que había ido a hablar con Ileana para de una vez zanjar y definir la situación.

Si me gustaría ya tomar una decisión. Tuve esa idea de enviarle un correo a Ileana para enterarla y enterarme de que tan seria era su relación. Sin pleitos, tienes razón, no tengo porque hacer todo difícil y doloroso para mí. Si me entero de que la relación entre ellos es seria, pues le dejo libre y en paz, que haga su vida. Yo puedo volver a empezar. Soy como tú, aunque me llevas ventaja en el idealismo y en haber pasado por otras experiencias desagradables con los hombres, pero al final busco a simplificar mi vida y ver la parte agradable de lo que resta de ella. Estarás de acuerdo conmigo que este, particularmente éste, es el momento difícil, tomar la decisión de acabar de una vez por todas. Christine.

from	*: Amanda Lozal <alozal@gmail.com>*
to	**Christine** *<chrichv@videotron.ca>c*
date	Sat, May, 15, 2010 at 9:13 AM
subject	*Decisiones.*
	Mailed gmail.com
	By

Christine,

En muchas ocasiones las decisiones vienen sobre la marcha. Te las da la vida, el destino. Son cosas que suceden y te acomodas a la situación. Continuo contándote mis locuras del pasado, mismas que explican mi presente, el cual encuentras "raro", pero no lo es tanto. Ahora mismo tú estás viviendo algo que no te esperabas y tendrás que amoldarte a la situación mientras tomas o llega la decisión.

Bisou. Amanda.

HUELGOAT.

La imaginación tiene sobre nosotros mucho mas imperio que la realidad. La Fontaine.

Un bosque misterioso, las ramas de sus árboles se enredan para atraparte, o construyen bóvedas donde se cuelan los rayos del sol para dar un ambiente esotérico y mágico. En cualquier vereda, detrás de enormes raíces torcidas podrás encontrar a las sibilas con su marmita, preguntarles por tu destino, entre las hojas de los helechos danzan las ninfas y te invitan a imitarlas. El agua saltarina rebota de roca en roca y gnomos traviesos te hacen resbalar, los geniecillos se burlan de ti, los elfos te hacen bromas. Imagina lo que desees, *Huelgoat* es como un caleidoscopio que te ofrece figuras cambiantes y fascinantes. Intérnate y piérdete en este bosque bretón, Afrodita y Apolo te mostraran una gruta que puede ser tu himeneo, Atlas, y Prometeo te advierten de la aventura grandiosa que podrás realizar, escalando o explorando o sumiéndote en la caverna del diablo o contemplando las rocas extrañas que reflejan alucinaciones.

En unas vacaciones de primavera nos fuimos al noroeste de Francia. Teníamos una invitación de un antiguo compañero de Denis, cooperante en Marruecos, para pasar unos días en San Malo, un puerto de la Bretaña. Habíamos empezado una tibia mañana madrugadora por una caminata en el bosque de *Huelgoat*. Un mundo mítico, un paseo relajante y diferente de la urbe cotidiana en la que estábamos metidos. Las vacaciones se trataban de eso, variar nuestra rutina, imaginar, soñar, realizar actividades diferentes, ver gente fuera de lo común. Vimos los riscos franceses del Atlántico. Conocimos los calvarios bretones, representaciones en piedra de la pasión de Cristo, típicas de esta región celta. La Punta de Raz, el cabo extremadamente saliente de toda Europa sobre el Atlántico,. Las corrientes chocan de tal manera que los pescadores cuando retornan al puerto se enfrentan a esta lucha de media hora para atravesar esa furia marina.

En Saint Malo buscamos la casa de *Benoit Lebeau*. Nos esperaba. Yo no lo recordaba, lo había visto pocas veces cuando estuvimos en Casablanca. *Benoit* era rubio, muy rubio, como los celtas, pero tenía los ojos cafés grandes, ese contraste le daba un aspecto agradable junto con su cara de niño bueno. Una conducta amable, muy propia y refinada. Nos mostró la finca de su familia, una vez que nos hubo instalado en lo que sería nuestra habitación por un par de días. Sus padres aprovechando las vacaciones fueron a visitar a su hermana quien vivía en Brest con su marido y sus hijos.

Caminamos por el puerto de Saint Malo, muchas embarcaciones de pescadores colmaban la marina, por apartado se veían los barcos de recreo, yates de viaje o para pesca deportiva y veleros.

Buscamos un café - restaurant en el muelle para beber un aperitivo y luego devorar una baguette con quesos, y jamones. En la noche haríamos una cena formal en el mejor restaurante del lugar. *Benoit* insistía en ello como buen anfitrión.

Los dos amigos se habían embarcado en la conversación del recuerdo de la legión extranjera. Yo quería ver las boutiques del centro, con la típica ropa "marinera" que se usaba mucho en este puerto francés. Logré por lo menos el sweater marino con botones en el hombro y un rompe vientos blanco con botones azules.

De regreso a casa de *Benoit*, tuvimos tiempo de seguir charlando acompañados de un vino blanco, *Chardonnay*. Nos puso de humor para bromear y hablar de intimidades. Le pregunté si tenía novia. *Benoit* recordó a su amigo Denis que siempre hablaba de su esposa latina, quien era muy sexy, entonces agregó en tono de broma que para tener novia estaba esperando ir a latino americana, o encontrar una latina en Francia, o esperar a que Denis se divorciara. Denis me miró, y se acercó a mí, me pasó el brazo por encima del hombro, le aseguró a *Benoit* que lo mejor era que fuera a latino América si quería disfrutar pronto de las mieles del matrimonio.

Benoit aprovechó para decirle a Denis que en realidad pretendía darle un consejo, esperaba que ya en Francia fuera sensato y no anduviera contando su vida íntima a todos, pues tarde que temprano algún vivales le podía robar a su mujer.

Llegó la hora de la cena. Nos retiramos para arreglarnos. Con el vino, el viaje y la charla, mi Denis quería aprovechar para un rato de intimidad. Me negué pues me pareció de mal gusto ante un hombre soltero en celibato, además de que tendríamos la noche para nosotros, no había prisa. Noté que mi marido era una presumido, le gustaba restregar ante los otros el "yo si tengo… tu no". Empezaba a parecerme de mal gusto, era una lucha que teníamos que emprender para superar problemas posteriores en nuestra relación. Lo que dijo *Benoit* tenía sentido, si el contaba nuestras intimidades a sus amigos solteros, era como invitarles a mirar su pastel sin ofrecer migajas.

El restaurante de mariscos era realmente agradable. Muy amplio, con una atmosfera refinada pero no elitista, se sentía uno a gusto en el lugar. La mesera que nos atendió dijo llamarse Margot, vestía de negro con delantal blanco, el escote de su blusa era muy pronunciado, todas las meseras eran igualmente coquetas, era la firma de la hostería para atraer o halagar al hombre del hogar pues es él quien a fin de cuentas paga. Margot, rubia también, se veía hermosa con vestimenta negra y el delantal era un toque sensual, "estamos para servirles, señores". De manera casual ponía su escote bajo los chispeantes ojos de mi marido.

Denis es un Peter Pan cualquiera, no madura. Siguió el juego de la mesera. Me ignoró, cuando nos dimos cuenta el flirteo estaba sobre ruedas. *Benoit* me dijo que no me preocupara, que si Margot estaba para servir a mi esposo, el estaba dispuesto a ponerse a mi servicio. Me pareció muy gracioso aunque peligroso. Recordé que ya habíamos tomado esa ruta años atrás con Michel.

La "coquille Saint Jacques", un platillo de mariscos, que me recomendó nuestro amigo fue una delicia. Aunque no fue suficiente. *Benoit* compartió conmigo su langosta, el limpiaba la carne antes de ponerla delicadamente en mi boca. Denis ordenó ostras en doble ración para que todos compartiéramos, hasta Margot llegó a probarlas. El todo siempre rociado de *Chardonnays*.

Al retorno me encontré con que estaba yo sola con *Benoit*. Las fantasías de *Huelgoat*, se las conté, mientras esperábamos que regresara Denis. *Benoit* me pidió que se las siguiera contando, desde niño se había maravillado en ese bosque de cuento que es de su región, el me contaría otras, mientras me mostraba su recamara. Tal vez estas ocasiones son buenas razones para cambiar la rutina y encender pasiones. Dos noches nos quedamos en Saint Malo. Dos noches especiales de permisos bacanales.

Al despedirnos *Benoit*, me dijo que me esperaría mucho tiempo, desde Casablanca, aunque casi no nos conocíamos, su imaginación le ponía en la cabeza a la "mujer de Denis" como compañera.

CASTILLOS MEDIEVALES.

El hombre prudente se prepara siempre para lo que está fuera de su control. Pitágoras.

Aprovechando nuestro auto, seguimos por carreteras de la Bretaña, Rennes, la capital de esta región era un objetivo, pero el castillo de *Fougères* tenía prioridad. Quince días de vacaciones nos daban tiempo suficiente. Caminando por los pasillos de la muralla del castillo, fortaleza medieval de *Fougères*, platicaba con Denis. Nuestro tema era Saint Malo. Denis se mostraba prodigioso, habíamos descubierto juntos toda la Bretaña. Su amigo Benoit resulto ser un excelente contacto, buen anfitrión. Le permitió conocer a una linda y coqueta mesera.

Denis: - ¿Nos divertimos, cierto?

Yo: - Te divertiste con la mesera. Margot. Linda en verdad.

Denis: - No estás celosa. No vale la pena. Es una aventurilla. – Me abrazaba y se portaba paternal, condescendiente, cariñoso. Tu sabes que te quiero, no te cambiaria ni por mil francesas, aunque fueran una muestra de cada región. – Reía, buscaba mis ojos, reclamaba mis labios con besos que deseaban transmitirme seguridad.

Yo: - En realidad no me estoy quejando. Quiero poner en claro lo que sucede.

Denis: - No sucedió nada. Te amo, me amas, sé que no puedes vivir sin mí. Mira este castillo, sus jardines, su belleza, Francia es muy bonita. México es muy salvaje y pasional. Me gusta tu país, me encantas tu, tu naturaleza tropical. Hay diversidad, y yo tu esposo lo comparto todo contigo. Estamos bien.

Yo: - Te amo, desde luego, me siento feliz de nuestros paseos y me encanta todas estas oportunidades que me brindas. – Nos abrazamos, nos besamos como recién casados. Como todas las parejas, miles, millones, que lo habrán hecho en todos los tiempos en estas murallas, en estas piedras, en sus torres, en su patio de armas. - ¿Qué piensas de Benoit?

Denis: - Es un buen chico. Es un burgués, buena familia, muy conservador supongo. Encontrará una mujer igual, seguramente sus padres le empujarán a casarse con alguien, o ya le tienen a alguien.

Yo: - El dejó muy en claro que tú le has convencido de casarse con una mujer latina.

Denis:- Muchos de mis amigos me envidian ciertamente. Es un sueño de muchos europeos, una mujer muy sensual que cumpla tus deseos, que sea afectuosa, cariñosa, que te cuide, que te atienda. Están cansados de esas feministas que parecen competir con uno, por eso terminan siendo lesbianas.

Yo: - Denis, tengo la impresión que estamos conociéndonos nuevamente. Seguramente nuestros viajes, el tiempo que tenemos de compartir nuestras vidas, nuestra estancia en un país de costumbres orientales…

Denis: - del medio oriente, diferente que los asiáticos. Ya que lo mencionas, me gustaría pedir la India en la cooperación, se que no te gusta, pero es donde hay mas probabilidades o tal vez Colombo.

Yo: - Sri Lanka, si. Puedo vivir en Colombo. Peno en ningún lugar de la India.

Denis: - Te parece entonces que a partir del próximo año solicite Sri Lanka como tercera opción, empezare por Costa Rica, México, me encantaría, o cualquier otro país en Centro América.

Yo: - Me gustaría mucho Centro América o mi país, me haría dichosa volver allá por un tiempo. Lo que te den que no sea la India. Asia también me gusta. – Como niña permití que cambiara el tema.

Después de la visita al castillo, fuimos a almorzar, y a pasear por las calles de la ciudad. Rennes era interesante por sus casas medievales, su museo, y conocer el centro que mueve a la región celta francesa.

Nantes, otro castillo con foso, murallas, plaza de armas, todo convertido en jardines bellísimos, paseos de ensueño. Por algo se dice dulce Francia. Los jardines franceses dan ese toque de dulzura sobre todo en primavera. Están arreglados con gran gusto y esmerado diseño. Engalanan a las fortalezas medievales, que en su tiempo eran muros, murallas de contención de enemigos que atacaban incesantemente a las poblaciones campesinas, a los feudos que tenían prosperidad.

Viéndolo bien, las cosas siempre han sido igual, guerras, o guerrillas, ataques de vándalos, barbaros, o bandoleros, bandidos, ladrones y malvivientes que al no lograr estabilizarse van a casa del vecino que tiene más para equilibrar la situación con quien tiene menos. En resumen esta es la historia de la humanidad. Sin amarguras, solo aceptando el fluir de los tiempos y la conducta social.

Angers, ya no es la Bretaña, pero nos queda de paso para regresar a Paris. El castillo pequeño, con su puente levadizo, con su foso convertido en jardín, con sus rampas, sus almenas y torres de vigía, o su Torreón de castigo, prisión para los enemigos. No nos cansábamos de admirar vestigios históricos tan valiosos y hermosos.

Quería aclarar en mi mente lo que sucedía. Algo en el fondo de mi iceberg quería aflorar y poner en guardia a mi marido. Este juego de una "aventurilla" de vez en cuando, o de presumir ante sus amigos de que tenia lo mejor de todos los mundos ponían una alarma en mi mente. Si bien parecíamos inseparables, hechos el uno para el otro, contentos de nuestros objetivos, nuestros paseos, nuestro enriquecimiento cultural, existía por otro lado ese muro interno que estábamos construyendo, ¿fortaleza o debilidad?

Yo: - Benoit me dijo que me esperaría. Piensa que podríamos separarnos.

Denis: - Te apuesto que en menos de un año estará casado con quien sus padres elijan. – Sus ojos admiraban el castillo de Angers – Con su mano derecha me tomó de la mano, me apretaba con cariño y emoción intensa. – Vamos bien, vamos a estar bien. Si lo hubiera dudado, nunca me hubiera casado contigo. Te amo. – Me miró clavando sus pensamientos en los míos-, nada nos va a separar, confío en ti.

Yo: - Denis, para terminar quiero puntualizar que deseo dejes de presumirme con tus amigos. Claude, tu mejor amigo, viene a Paris este verano. Le ofreciste nuestro departamento, mientras encuentra donde acomodarse. Han estado bromeando sobre mí, ese juego no me gusta, empieza a poner en peligro nuestra relación.

Denis: - Claude y yo somos como hermanos. Fuimos a la escuela juntos desde primaria hasta universidad. El odiaba a mi ex – novia francesa. A ti te aprecia mucho. Confío en el, estoy seguro que no se quedara mucho tiempo, si usa nuestra hospitalidad. Por otro lado vamos a viajar este verano por España y Portugal. No estaremos en casa, le dejamos la llave y asunto arreglado. –

Encendió otro cigarrillo. No paraba de fumar. Cuando estábamos en el auto fumaba tanto que yo me veía obligada a hacer paradas continuas para ventilar el auto. Me ahogaba. Como me ahogaba en mis pensamientos inquietantes sobre Claude. Prudencia, me dije muchas veces esta palabra, cuando pensaba en Claude y su actitud conmigo.

from	**: Christine** *<chrichv@videotron.ca>*
to	*Amanda Lozal <alozal@gmail.com>*
date	Tue, May, 18, 2010 at 8:00 PM
subject	*Mi boda.*
	Mailed videotron.ca
	By

Amanda,

Ahora me toca continuar con mis crónicas. Sirve para despejar mi cabeza de preocupaciones y precipitaciones que no deseo por el momento.

Xoxo. Christine.

MI BODA.

En Canadá hablé con toda mi familia. Los preparé para que supieran que la chiquita de la casa se casaba con un extranjero. Ya se lo suponían, tanto viaje a México les hizo sospechar. Estaban contentos, confiaban en mi buen juicio. Yo tenía la edad adecuada, sabía lo que hacía y en lo que me metía. Aparentemente. Tal vez ese era el error, demasiada confianza en mí misma en aquel momento. ¿Dónde la perdí?

Me puse de acuerdo con mi padre para hacer preparativos. Seria en su casa, cerca de Quebec. Es el campo, es muy bonito. Estaría mi familia, la de Armando y algunos amigos.

En la navidad decidimos pasar cada quien con la familia pues sería la última vez antes de que nosotros dos pasáramos a ser nuestro núcleo propio. Además de que tenía que sufragar los gastos de mi boda. Por otro lado, vista la situación, deseaba pasear en México con mi novio antes de casarnos, sería lo "especial de nosotros", una luna de miel previa.

Armando sugirió que nos casáramos por lo civil en Puebla, y que la ceremonia de reconocimiento por parte de Canadá y la bendición anglicana se hiciera en mi país como lo estaba yo arreglando. El padre de Armando le hizo un regalo en efectivo. El decidió gastar una mínima parte en su ceremonia de graduación, otra parte en el viaje de luna de miel, aunque consideraba que el viaje de recién casados se extendería por mucho tiempo en el que seriamos felices en Montreal. El no había estado aquí anteriormente. Se esforzó por conseguir la beca para la maestría en Finanzas y logró el apoyo de una institución mexicana y del gobierno de Quebec. Para febrero todo estaba listo. Pedí un permiso especial por tres semanas en mi trabajo y me lancé a realizar el proyecto de mi vida. El matrimonio. Formar una familia es un compromiso serio y duradero para nosotros los canadienses. Esa era mi meta y las galantes frases de Armando me hacían creer que éramos el uno para el otro.

En Puebla su familia me recibió con mucho entusiasmo. Prepararon una sencilla recepción solo con familiares. Armando me compró un vestido de novia de manta. Precioso, yo estaba encantada de lucir como una novia mexicana. Su hermana me dijo del Traje de China Poblana en blanco que algunas novias han usado, es muy bonito el bordado, se ve precioso ese traje todo de blanco con el águila en lentejuelas, pero era demasiado adorno para mí.

Fuimos a Veracruz. Al Puerto de Veracruz en primer lugar. El quiosco del centro, los parroquianos tomando café, el baile de los domingos, el malecón animado todas las noches, la gente alegre, los mariscos, la marimba, la bamba, El puerto era una fiesta constante. Visitamos el fuerte construido por los españoles, el acuario, grande y submarino. Conocí la música de Agustín Lara, muy romántica, Armando supo llegar al centro de mi corazón. Jalapa, es una ciudad seria, llena de cultura, el aroma de café te persigue en todo el estado de Veracruz. La laguna de Catemaco, muy grande y rodeada de un halo de brujos, curanderos y chamanes era un ambiente novedoso que yo conocía poco. Navegamos por sus manglares y llegamos hasta la barra, donde se juntas las aguas de la laguna con el mar. Las aves blancas, azules, los tucanes con enormes picos amarillos y colorido plumaje, eran un anuncio de una variedad aun mayor que encontraríamos en Palenque. Nos dirigimos a Tabasco, donde están las cabezas colosales de los Olmecas, cultura prehispánica del lugar y finalmente la selva, esa fantasía. Una maleza espesa que muestra como un estuche su destacada joya, la pirámide de Palenque. Vimos caídas de agua, muchas lianas, cacatúas y guacamayas verdes, azules, rojas. Changos balanceándose en las copas de los árboles, serpientes y otros bichos que dan horror pero que son tan naturales en la jungla que da gusto verlos pues es el complemento ideal para saber que no estás soñando, es real. Esa jungla exótica se abrió a mis ojos y mostró todo su esplendor. ¡Qué mejor luna de miel que esa!, yo me mantuve muy abrazada a mi Tarzan.

Armando regresó a Puebla desde la ciudad de México, aun tenía que arreglar asuntos de su beca y su partida a Canadá. Yo regresé a Montreal a preparar su recepción y nuestro departamento. Esos fueron nuestros inicios Amanda. Tenía la seguridad de haber encontrado al hombre ideal, afectuoso y apasionado, gentil, educado, buen amante, excelente amigo. ¿Qué más podía pedir? Ya sé, un francés como el tuyo que me llevara a pasear por todo el mundo, pero no se me ocurrió entonces. Nunca he sido dócil como tú. Siento que debo ser la fuerte, la que controle la situación. ¿Estoy mal? Así soy.

from	: *Amanda Lozal <alozal@gmail.com>*
to	**Christine** *<chrichv@videotron.ca>c*
date	Thur, May, 20, 2010 at 9:23 PM
subject	*Re: Mi Boda.* *Mailed gmail.com* *By*

Christine,

Tu boda fue sencilla pero llena de ilusiones. Y lo vivido bien valió la pena. Tu padre y tus hermanos te respetan y te aman, lo primordial: tú te amas y necesitabas vivir esa experiencia. Ahora pase lo que pase, perdónate, perdona al resto del mundo y no permitas que nada manche tu alma idealista. Sigamos adelante Christine, la vida tiene lindas sorpresas todo el tiempo si le damos la oportunidad. Amanda.

LA SITUACION ACTUAL III.

La herida causada por una lanza puede curar, pero la causada por la lengua es incurable. Proverbio árabe.

En la terraza de un restaurante con vista al mar:

Armando: -La gente goza con las calumnias y los chismes sin importarles el daño que causan.

Amanda: -Ileana está formada dentro de una familia, un clan de bases solidas. Me gusta ese tipo de familias, son un ejemplo de fortaleza que tiende a desaparecer. Es normal que si sus tías y tíos criticaban tu actitud con sus hijos, ella se alejara de ti. En lo particular me comentó que te consideraba un buen amigo, pero que te excediste en quedar bien como "buen padre". Ella no busca un padre para sus hijos, estos tienen a su padre, no será el ideal, pero lo tienen. Por otro lado, comentario de ella misma, te dejas llevar por tus deseos fácilmente lo que provocó una mala interpretación.

Armando: -Siempre te percibo hermosa, alegre, sin malas intenciones, en un día soleado y frente al mar me pregunto una vez más, porque tanto rodeo. Dime Amanda, ¿porque me haces las cosas tan difíciles? -Miraba al horizonte, luego mirándome, me besaba la mano, el brazo, y levantándose de su asiento continúo con el cuello, la oreja y los labios.- Mi situación con Christine está definida. El divorcio será rápido ya que la distancia y la separación son una excusa excelente para hacer patente la incompatibilidad.

Amanda: - ¿Te gustó el sabor de anís?

Armando: - Me encanta. – Se levantó de nuevo para besar mis labios- Si continuas provocándome vamos a terminar por pedir una habitación y no la comida.

Amanda: - Tu cerveza combina bien con mi bebida, –Con sarcasmo: - este sabor amargo y dulzón. Hace tanto tiempo que no tomaba Anís. De verdad muchísimo tiempo.

Armando: - Tu marido, Francia, el Anís francés, tus viajes. No hay lugar para mí en tus recuerdos.

Amanda: - No hay lugar para mí en tus tentativas con jovencitas, insisto en que es una gran tentación. No estoy celosa, solo quiero sentirme segura de que no me importa. A Ileana le importó muchísimo, sobre todo que la jovencita era su hija, y eso duele Armando, no tienes mucha diplomacia.

Armando: - Tu no crees que yo trataba de seducirla. Sabes bien que no. Me conoces mejor de lo que yo me conozco. Quise ser un buen "padrastro", tal vez, quise ser amable, me gusta bailar, a Ileana igual, la hija heredó su interés por el baile. Los viejos tíos y tías son los que tienen mente cochambrosa. Te aseguro que no había nada allí. Mira viéndole bien, que bueno que sucedió, me doy cuenta que no es para mí ese tipo de gente. Tú si, tú eres la mujer que busco, la mujer que quiero, la mujer que si me lo permite, podría amar para toda la vida. – Me tomaba de la mano, me miraba directamente a los ojos, deseaba ser convincente.

De pronto una mano varonil se posó en mi hombro izquierdo e inmediatamente después sentí el beso en mi mejilla derecha.

Tom: - ¿Cómo estás? Que gusto me da verte. Necesitamos salir, ponernos al corriente de nuestras vidas. Estuve ausente siete meses. Te extrañé muchísimo. Pero ya estoy aquí, saldremos juntos otra vez, ¿verdad?

Amanda: - Tom, ¡qué alegría! En realidad se me hizo larga tu ausencia. – Me levanté, desprendiéndome de la mano de Armando, y me abracé con fuerza y afecto al cuerpo de Tom.- Desde luego que vamos a continuar nuestras parrandas. No me perdería por nada tus charlas, tu compañía. ¿Cuándo me vas a buscar?

Tom: - A mitad de la semana. Iremos a cenar al Country Club. Sabes que me encanta el lugar. Y luego vamos a bailar.

Amanda: - Ideal. Hay un lugar con buena música "Divinas" esta remodelado, te va a gustar. Entonces el miércoles nos vemos. Déjame presentarte, mi amigo Armando, quien regresó hace algunos meses de Canadá. Armando, el es Tom, cardiólogo en San Diego.

Tom: - ¡Mucho gusto! No te levantes, no es necesario, ya me voy, los dejo que sigan conversando. – Me tenía abrazada, así que dio esa media vuelta para darme otro apretado abrazo y un dulce beso de despedida.

Armando se quedó mirando hacia el azul infinito del mar y del cielo. El mesero preguntó si deseábamos ordenar.

Amanda: -Si, yo quiero el filete de pescado.

Armando: -Lo mismo. Y otra cerveza. –Dirigiéndose a mí- ¿Qué vas a tomar?

Amanda: - Una cerveza, la misma que el señor. – El mesero se alejó con las comandas- Tom es un encanto, aparte de ser cardiólogo, es un amigo que sabe escuchar, digamos que es un psicólogo nato. Me agrada salir con él, me hace reír, me hace sentir que la vida es ligera.

Armando: - Y se ve que tiene dinero. Otro que te va a llevar a viajar alrededor del mundo.

Amanda: - No es posible, tiene que trabajar. De vez en cuando toma un respiro, ya tuvo un connato de infarto, el cardiólogo, por eso trata de tomar las cosas a la ligera. Ahora mismo regresa de ver a su hermano y su madre. Enterró a su hermano recientemente en North Carolina. Por eso se ausentó esos siete meses a causa de la enfermedad terminal de su hermano, quien ya era viudo pese a sus 45 años, no quiso dejar sola a la madre, con esta carga.

Armando: - ¿Es tu novio? ¿Lo amas? Lo prefieres porque es rubio.

Amanda: - Estas en un error, créemelo. En todo. Tom es muy buen amigo mío, lo estimo muchísimo. El que sea rubio y muy atractivo, porque lo es, representa un impedimento para que yo pueda amarlo. Hay otras reservas, una de ellas es que los sentimientos no se gobiernan por cosas físicas o materiales, no los míos. Los tuyos, tengo la impresión de que si, Armando.

Armando: - Puedo parecer frio y distante, o convenenciero si quieres. Contigo es diferente. Contigo es lo que dices, sentimientos espontáneos y genuinos. No me importa que seas mayor que yo. Ahora me doy cuenta que no es la diferencia de edades, Tom seguro es menor que tu también. No se te nota la edad Amanda. Sobre todo por ser tan alegre, positiva. No cargas tu pasado como un fardo o como una amargura. Hay algo en ti que atrae a los jóvenes. Apuesto que algunos de tus alumnos se te han insinuado.

Amanda: - Cierto. Ha sido cómico. Este semestre tuve tres alumnos de bachillerato que querían salir conmigo, inclusive uno de ellos me habló directo, sin tapujos, la urgencia sexual se le venía a flote en cuanto me veía. Me hacia reír muchísimo. Creo que la falta de "afecto materno", debido a las mujeres que trabajan, ha dado generaciones de jóvenes que les hizo falta mamar leche amorosa.

Armando: - Tu amigo el suizo, Hervé, lo dijo, el desear estar con una mujer mayor es "sublime", vivir una relación romántica, tener sexo con ella, o casarte con "tu madre" debe ser una experiencia gloriosa insuperable. Estoy seguro que el también quiso andar contigo. ¿Cuál es tu misterio? ¿Por qué renuncias al sexo, al amor?

Amanda: -¿Leíste el libro que te presté sobre la "Eterna Juventud según los Tibetanos"?

Armando: - ¡Tonterías! Sublimar la sexualidad no te da eterna juventud, y si es así, entonces voy a envejecer muy rápido.

Amanda: - Estas envejeciendo muy rápido.

from	**: *Christine*** *<chrichv@videotron.ca>*
to	*Amanda Lozal <alozal@gmail.com>*
date	*Sat, May, 22, 2010 at 10:24 AM*
subject	*Mailed videotron.ca*
	By

Amanda,

Olvidemos tanta seriedad y malas noticias mías. Háblame de tu novio. Armando dice que se lo presentaste, que es americano, muy guapo y adinerado. Tú tienes suerte. ¿Cómo le haces? Dime el secreto.

Xoxo. Christine.

from	*: Amanda Lozal <alozal@gmail.com>*
to	***Christine*** *<chrichv@videotron.ca>c*
date	Sun, May, 23, 2010 at 7:35 AM
subject	*Mi novio.*
	Mailed gmail.com
	By

Mi novio se compone de cuatro hombres, uno que es "mi mejor amigo", le tengo confianza en todo, platicamos al mismo nivel de intereses, compartimos el gusto por los idiomas, la oratoria, la filantropía. El segundo es un hombre que me lleva a buenos lugares para pasear y divertirnos, el costea todo. El tercero me ayuda en casa con el mantenimiento y arreglo de fugas de gas, agua, puertas descompuestas. Cuando mis hijos eran pequeños me ayudaba a cuidarlos. Genial ¿verdad? El cuarto es mi verdadero amor, estoy subyugada por él, nos tenemos un elevado aprecio, una mirada lo dice todo, nos pone a temblar, apenas nos rozamos la piel y mil sensaciones pasan del uno al otros sin hablar. Yo te puedo asegurar que no soy celosa, nunca lo había sido, sin embargo cuando el suspira tengo celos al sospechar que no sea por mí. Por su parte me pregunta con frecuencia ¿En quién piensas? Y noto que la duda lo hace sufrir. Creo que mientras no superemos este frenesí, no podremos avanzar en una relación con madurez. Estamos peor que Romeo y Julieta. Mi apreciación de esta romántica historia de amor es que solo sucede en la adolescencia, como una utopía, y muere, como mueren los protagonistas, porque un amor que te consume de esa manera acaba por matarte o volverte loco.

Notaras Christine, que oportunidades hay, solo que no son las óptimas, y esta vez me gustaría acertar en el que será mi compañero por el resto de mi vida. Todavía se puede lograr, no importa que me equivoque otra vez, y otra, y otra… (l.o.l.) Estoy siguiendo el consejo de que una mujer debe tener un hombre que la haga feliz en la cama, un hombre que la lleve a pasear y a divertirse, un hombre que sea su confidente y gran amigo, un hombre que la ayude en todas las tareas del hogar, lo mejor del consejo es que esos cuatro hombres no deben conocerse entre sí… ja,ja. Te contaré la historia de Tom.

TOM, VIVA LA VIDA.

Gracias a la vida que me ha dado tanto….　　　*Violeta Parra.*

Tom es guapo según los cánones anglo-sajones. Cuarenta y cinco años, alto, atlético, rubio, ojos azules, dientes parejos que enmarcan una sonrisa amistosa muy amable. Es mi vecino, vive en el mismo edificio donde vivo. Varias veces nos encontramos al salir o entrar, empezamos a saludarnos, luego a conversar, finalmente me pidió de favor que le llevara por su auto que estaba en reparación, y así empezó nuestra amistad, una oportunidad de camaradería y apoyo entre vecinos.

Al poco tiempo me sorprendió cuando tocaron a mi puerta y un par de macetas con flores de colores estaban en sus manos. "Son para ti", me dijo, me ayudó a colocarlas en mi terraza, nos sentamos con un té helado sobre la mesa a contemplar el mar y la vista de Tijuana y San Diego. Hablamos largo rato y nos dimos cuenta que teníamos afinidad. Me dijo de su trabajo como cardiólogo y de lo paradójico de su ataque al corazón. Tanta tensión, tanta entrega y devoción a su trabajo lo estaban llevando por la vía de sus pacientes. Se dio cuenta que lo mejor es llevar la vida ligera, divertirse, no angustiarse y vivir en plenitud cada momento. Hacer lo que se puede sin exigirse demasiado. Con estos buenos consejos, una vez que se enteró de que yo daba clases de francés y de que había viajado un poco por el mundo, quedó prendado de mi compañía y conversación. Por lo que me invitó a conocer Temecula en California. Es un lugar de viñedos y lindos paisajes, donde reina la tranquilidad todavía. Tiene una casa de campo en esa población. La pasamos de maravilla, caminando por el campo, charlando, preparo una cena deliciosa y en la noche primaveral, bajo un cielo estrellado, disfrutando su jardín, compartimos confidencias.

Tom tiene pareja, otro médico de la misma especialidad. Mathew de cincuenta y ocho años. Mathew está casado, su mujer vive en Los Ángeles, tienen dos hijos jóvenes. Todo el mundo piensa que Mathew vive una vida normal. Buen padre, esposo maravilloso, médico devoto, exitoso. Debido a su participación en la asociación de cardiología tuvo que iniciar un hospital en San Diego, la excusa. No consideraba necesario que sus hijos y esposa tuvieran que dejar las comodidades, amistades y parentela que frecuentaban en la gran urbe californiana. La realidad es que ya tiene quince años con esa doble vida. Tom nunca le exigió, ni se exige a sí mismo el "salir del closet" como se dice en la actualidad a mostrarse tal y como son. Ya se acostumbraron, piensan que en la jubilación será el momento de decirle a todo el mundo. Entre los dos compararon la casa de Temecula, aunque está a nombre de Tom.

En el trabajo tal vez sospechan, pero nunca ha sido una relación abierta. El refugio de su relación amorosa es cruzar la frontera. Aquí dan rienda suelta a su afecto, a la vida en pareja homosexual, aunque siempre detrás de la puerta, nunca en público.

Por mi parte le mencioné que no me había dado cuenta de ese hecho, nunca hasta entonces, había visto a su "amigo" Mathew. Le dije abiertamente que a él lo noté por ser atractivo, por ser rubio americano. En mi condominio la mayoría somos tipo latino, aunque tengan la nacionalidad estadounidense la mitad de los que aquí habitamos. Ya en tono de broma le dije que si decidía ser "lesbiano" que me avisara. A lo que respondió, que sin duda alguna, que por mi sería capaz de volverse al camino recto. Fue una manera de iniciar una amistad tierna, dulce, afectuosa.

Tenemos mucha confianza el uno en el otro. Cuando él tiene deseos de un abrazo, de bailar y hablarme al oído, de ir al cine, a comer, a desayunar, a pasear, en fin cuando necesita compañía, me busca. Yo también he requerido de su presencia en momentos en que se me baja el ánimo. Estando con él, la alegría vuelve a mí, hay un gran cariño entre los dos. El invierno pasado Tom me acompañó a Lake Tahoe, donde tenía mi semana pagada de luna de miel. Sucedió que ya dispuesta a casarme, con el que si amo, suspendimos a último minuto la ceremonia. El se enojó porque tomé decisiones sin avisarle. Acostumbrada a vivir sola, me olvidé por completo tomar en cuenta a mi pareja y se enfureció, prefirió posponer indefinidamente la decisión de casarnos.

Llamé a Tom, le pedí que me diera un tiempo para desahogarme. Cuándo le conté lo sucedido, me dijo: "Cuando nos vamos a Lake Tahoe?, me muero de ganas de pasar una semana en la nieve esquiando, y que mejor que contigo". La pasamos súper bien, compartiendo la misma habitación como las mejores amigas que somos.

Tom sufre por que su relación con Mathew es a escondidas. Su madre, Eileene, no sabe que él es gay. Eileene tenía a su hijo mayor enfermo de leucemia. Robert había estado casado con una mujer coreana, ella murió de cáncer en ovarios. No tuvieron hijos. Robert era maestro de literatura, una persona muy sensible, Tom también es un sensible, pero dice que aprendió a ser fuerte, en fin con tanta desgracia rodeando a la madre no quiere darle otra mala noticia. El siente que por ahora su madre no está preparada para esto. Entonces le habla de mí como si fuéramos pareja. He hablado con Eileene por teléfono. Recientemente Robert se agravó, y Tom decidió acompañar a su familia en este difícil trance. Por eso se ausentó siete meses. Ya de regreso, lo encontré cuando comíamos, tu esposo y yo frente al mar de Puerto Nuevo.

Doy gracias a la vida por los amigos que he encontrado, por tanto que me ha dado. Esta vida que el Señor me dio.

from	**: *Christine*** *<chrichv@videotron.ca>*
to	*Amanda Lozal <alozal@gmail.com>*
date	*Tue,* May, 25, 2010 at 11:35 PM
subject	*.Fui de pocos novios.*
	Mailed videotron.ca
	By

Amanda estoy totalmente contigo, apenas con cuatro hombres encontramos nuestras necesidades cubiertas. Entonces los harems actuales deben ser para las mujeres. (L.O.L.)

Qué pena me da lo de Tom. Que no se acepte como es. Ocurre mucho actualmente, mientras esta sociedad termina por respetar a todos y cada cual. Yo tengo amigos en la comunidad gay. Varios de mis alumnos son homosexuales. Cuando son aceptados, actúan con seguridad y son tan normales como cualquiera de nosotros. En general en Canadá hay mucho respeto por las creencias religiosas, las costumbres, y las conductas que no son el común denominador. Existe poca gente intolerante y extremista pero cuando sucede nos hacen padecer a todos por igual.

Tuve pocos novios antes de casarme con Armando. Reconozco que tengo menos experiencia que tu. He tenido menos suerte tal vez. Mis experiencias en este rubro te las relato brevemente. Notaras porque soy desconfiada aunque en ocasiones soy totalmente naïve. [Inocente].

ROSTROS DEL ENGAÑO.

Como estudiante en la universidad me enamoré de mi maestro de lingüística. Nunca creí que se fijaría en mi. Era mayor que yo, desde luego. Me recordaba a mi padre porque era protector conmigo, me ayudaba en todo lo que podía, con su materia y con todo a lo que los estudios se refería. Como mi preceptor y guía de mi tesis nos reuníamos con frecuencia. Para cuando presenté mis finales y mi tesis ya éramos novios. El estaba separado de su mujer. Esperaba el divorcio. Tenía dos hijos, Yvan y Anaïs. Los llegué a conocer superficialmente. Nos encontramos en la universidad y Raymond, mi maestro, nos presentó. Desde un principio nuestra relación fue de pocos amigos. Al cabo de año y medio celebramos su libertad. Nos pusimos a vivir juntos. Raymond era atento, educado, me ayudaba con los quehaceres del hogar. Teniendo la misma rama de trabajo, la docencia, nos entendíamos perfectamente. Los dos como canadienses sabíamos que esperar de la vida en familia.

Éramos felices como estaban las cosas. Tarde que temprano nos casaríamos. Pensé. Empecé mi maestría en literatura. Cierta ocasión, en la biblioteca escolar me encontré con Anaïs. Me sonrió de manera extraña, se sentó a mi lado y me dijo: "Ahora pagarás por lo que le hiciste a mi madre. Verás a papá con jovencitas que necesitan ser guiadas en su tesis, como tú". Me tendió lo mano en un gesto sarcástico y se alejó. Me tomó tiempo comprender lo que me quiso decir. Cuando me di cuenta de que Raymond repetía su patrón de maestro guía con otras estudiantes, de padre protector, y finalmente de enamorado de la "juventud" se presentara como se presentara, me dolió muchísimo. Nunca me había sentido tan engañada, tan tonta.

Me precipité a una segunda relación. Dando clases a extranjeros conocí a un libanés recién llegado a Canadá. Era mi alumno más aplicado. Tenía mucha facilidad en aprender. Me pidió cursos extras, fuera del aula. Quería tomar la nacionalidad canadiense para estar seguro que se quedaría en ese país que tanto le gustaba. Hablaba varios idiomas, inclusive el francés, pero no lo sabía escribir. Tenía un negocio con un socio; al hacerse canadiense aseguraría su inversión.

Cuando terminé mi relación con Raymond quedé lastimada profundamente, razón por la cual me precipité en los brazos de Abdalah. Era joven como yo, alto, rubio, ojos claros como los míos. Yo era su tutora en Quebec, quería sentirse como cualquiera de nosotros. Conocí a su socio, a algunos amigos libaneses. Me llevaba a buenos lugares. Terminó por ponerme un departamento, no quería que Raymond fuera a presentarse donde había vivido con él. Me percaté que prefería esta situación, la de ser la "controladora" de la situación, de alguna manera mi extranjero dependía de mi más que yo de él.

Esto me ayudó a obtener buenas calificaciones en mi maestría, y avanzar a buen paso trabajando, estudiando y ahorrando. Di un enganche para un departamento propio, Abdelah me ayudó con gastos e instalación. El día de su nacionalización, Abdalah , la comunidad libanesa y otros alumnos asiáticos que tomaron su protesta en la misma ocasión festejamos. El padre de Abdalah y un hermano, recién llegados los dos, asistieron a la celebración.

El vino nos puso alegres y parlanchines a todos. Abdalah se enfrascó en una discusión en su propio idioma, con sus familiares. No entendía el idioma, pero si me daba cuenta que la discusión era acalorada y tomaba visos de disputa. De pronto me tomó del brazo, me sacó fuera del salón y fuimos a casa. Me contó que su padre no estaba contento de la situación. El había prometido ayudar a toda la familia a mudarse a Montreal, su madre, dos hermanos, su padre, su esposa y una hija que había dejado en Líbano. Una avalancha de nieve tupida no me hubiera dejado tan helada. Cuando reaccioné fue para pedirle dura y decididamente que abandonara mi casa. En varias ocasiones me buscó en la escuela, me llamó por teléfono, intentó explicarme cosas. Cosas que para mi estaban más que explicitas. Entonces si me obsesioné con terminar la maestría, con trabajar en exceso, beber también más de la cuenta, era la única manera de relajarme. No culpo a nadie, solo a mi misma por no tener la ciencia y paciencia para ordenar y lograr mis objetivos.

Por lo menos en mi casa, mi padre, mis hermanos, mi hermana Susan, todos significaban apoyo, comprensión, afecto una verdadera unión de clan. Después de todo lo que ya habíamos sufrido, siempre intentamos juntos afrontar las nuevas dificultades conjuntamente con fuerza y valor.

Escasa y poco agraciada ha sido mi experiencia con los hombres. Imagínate cuando descubrí a Armando, conocí sus orígenes desde el principio, limpio sin malicia mostrándose como es. Por eso nos casamos, y no fue de un día para el otro. Dos años de conocernos. El no conocía nada de mí, confió en mi. Yo vi su hogar, sus padres, hermanos, amigos, su escuela en México, su entorno, su país. Armando es mi hombre, es mi esposo, la lucha sigue en pie.

Xoxo. Christine.

from	**:** *Amanda Lozal <alozal@gmail.com>*
to	**Christine** *<chrichv@videotron.ca>c*
date	Fri, May, 28, 2010 at 7:55 PM
subject	*Re: Fui de pocos novios.* *Mailed gmail.com* *By*

Seguramente no contaste tus novios de la primaria y secundaria. O en Canadá no cuentan esas nimiedades. (l.o.l.) Veo un contraste en nuestras costumbres, Christine. En mi país supuestamente no puedes vivir con tu novio. Los hijos solteros, hombres o mujeres, en general viven con los padres hasta que se casan, sin importar la edad, hay hombres cuarentones viviendo con sus padres, la mujer "solterona" obviamente continua bajo la tutela familiar toda su vida si no logra casarse.

Cuando se casan, entonces viven con sus cónyuges, si hay suerte, en ocasiones siguen viviendo con los padres. (ha, ha, ha). Lo que no es usanza común es vivir con el novio. Por otro lado nuestro temperamento latino nos urge a la sexualidad. En algunas poblaciones se casan desde los doce años, en la costa tropical sucede a menudo. Ahora, por debajo de la mesa, muchos niños, niños desde los seis años o menos, prueban con los besos, las caricias y la exploración sexual , masturbación, o juegos sexuales con vecinos, amigos, primos incluso. Esto desde luego es tabú, "top secret". Entiendo que sucede en todas las sociedades del planeta. No le damos importancia. Las acciones toman un giro serio cuando se infringe la ley (abuso infantil, violación, etc). Mientras queda en "juegos sexuales consentidos por todas las partes", no pasa nada.

Mi madre quería casarme, obligadamente, desde los catorce años. Consideró que yo era una "mujercita" precoz. Desde los nueve años la madre naturaleza me dio la oportunidad, la posibilidad de ser mamá, si yo así lo deseaba. Yo no lo deseaba, pero mi madre con sus temores y prejuicios se empeñaba en bien casarme. Algún día te contaré estas historias. El caso es que yo si tuve como ocho novios antes de casarme. El contraste insisto, es que no vivíamos juntos, no teníamos relaciones sexuales, jugábamos a tenerlas, lo intentábamos a escondidas, pero no se lograban con plenitud. Esa es la realidad. A veces pienso que en mi país la sexualidad no se logra en plenitud debido al machismo. Los hombres son mujeriegos, quieren siete mujeres, (a escondidas), y no satisfacen a ninguna (ja,ja,). Pocos hombres hechos y derechos. Eso sí para gozar la fiesta, la vida, el sexo fuera del matrimonio le ponen mucho afán. También hay canadienses así, te tocó uno por mala suerte.

Chris, viendo el pasado desde la perspectiva en la que estamos colocadas, la verdad, no daría marcha atrás. Yo no quiero volver a ser adolescente o joven inexperta. Ser mujer madura, independiente, con la sabiduría de mis años me hace sentir tan bien, tan a gusto y tan feliz. No lo cambiaría por nada, ni por cirugías estéticas gratuitas. (l.o.l.)

VERANO, CLAUDE.

No podemos evitar las pasiones, pero si vencerlas. Séneca.

Claude llegó a Paris la primera semana de Julio. Era la última semana de trabajo en el Liceo de Porte de Pantin, para mi marido. Yo había terminado mis cursos en la Universidad de la Sorbonne, en junio.

Nuestro departamento era amplio. Un pasillo de entrada con un closet para abrigos del lado derecho. En la primera puerta a la izquierda nuestra habitación. Con su closet. La puerta de enfrente era una pieza para todo uso, allí pusimos el comedor y la sala. Tenía vista al jardín principal del conjunto habitacional. Al fondo de esta sala estaba la entrada para otra pequeña habitación, nuestro estudio. Fue el lugar que le asignamos a Claude. El estudio conectaba con la sala de baño. En Francia la sala de baño tiene una tina, la ducha y el lavamanos. La sala de baño tenía una segunda puerta que daba nuevamente al pasillo de entrada. Saliendo por aquí, del lado derecho había una puerta para un cuarto pequeño exclusivamente para el w.c. En frente de la puerta por la que salimos estaba la puerta de cantina, para la cocina, toda equipada, incluso con un closet secador. La secadora de ropa es más práctica que estos closets eléctricos. Teníamos también una terraza orientada al traspatio. Y una portezuela de fierro pesado que permitía arrojar la basura por tubería. De esta manera la basura se acumulaba en los depósitos del sótano.

Era verano, no se necesitaba la calefacción. Teníamos un ventilador eléctrico portátil. En el verano los días son larguísimos, el sol alumbra desde las seis de la mañana hasta las diez de la noche. Al principio no me di cuenta. Un día me quejaba de cansancio, el sol brillaba espléndido y caliente, cuando una oleada de fatiga casi me tira a la cama. Le dije a mi marido que debía yo estar enferma. Entonces, el entrando a la habitación, me ayudó a desnudarme, me dijo: "el calor provoca esa fatiga", puso a funcionar el ventilador, y agregó que esperaba que fuera suficiente para relajarnos mientras disfrutábamos de nuestro pasatiempo preferido antes de dormir. Protesté vehementemente: "hacer el amor a media tarde cuando estoy en mi semana de exámenes". Se quitó el reloj y me mostró que eran las diez con quince minutos de la noche. No lo podía yo creer. ¡Las diez de la noche y el sol aun muy alto y con tanta fuerza! Eso no sucede en el trópico. Lo más tarde que se oculta el sol es a las 7:30 p.m.

Esta anécdota se la contaba Denis a Claude. De lo poco habituada que estaba yo a las estaciones del año estilo europeo. Platicaron largo y tendido, como buenos amigos que son. Yo estuve un rato con ellos, pero a las once de la noche, ya que el sol se había apagado, me apagué igual, me excusé y fui a dormir.

Dos horas después mi marido me despertó, quería tener sexo conmigo.

Yo: - Denis, déjame en paz, estoy fatigada, ya estaba dormida, respétame. Tú te tienes que levantar temprano todavía esta semana.

Denis:- De ninguna manera te voy a dejar sin satisfacción esta noche. Claude esta aquí, me di cuenta como te devoraba con los ojos. Y los voy a dejar solos mañana.

Yo: - ¡Eres un cer...! Me voy a dormir ya.

Denis:- Lo siento pero no puedo dormir, siénteme, si no lo hago no duermo. Me preocupan Claude y tú, solos. El no tiene novia, le urge una mujer.

Yo: - ¡Estas mal de la cabeza! ¿Qué te sucede? Volviste a presumir de tu mujer latina.

Denis: - No hubo necesidad. El recordó y preguntó cómo iba mi mujer latino-americana. Bromeamos como siempre, no lo pudimos evitar. Me insistió que con gusto el probaría con "mi americana", ya sabes nuestro auto es marca americana, si se lo permitía. Eso me tiene así, querida, por favor no te niegues. Nunca te has negado…

Yo: - No puedo creerlo, me estas violando prácticamente. – Repentinamente algo sucedió en mí a causa de su insistencia, a causa del calor y las vacaciones, a causa de la visita de Claude y de sus pláticas… cuando nos dimos cuenta estábamos en ese sexo salvaje, en todas las posiciones, con toda la entrega y la pasión que no habíamos tenido en mucho tiempo.

Denis: - Así, querida mía, así me gustas, cuando te entregas, cuando me haces estas cosas… aahhh, … así me encanta, te ves preciosa, lo haces bien…

Yo: - Ssshhh! No hagas ruido, tienes un invitado.

Denis: - Está lejos, no nos oye. Yo te deseo como nunca, déjame volver a probar el dulce sabor entre tus piernas…

Yo: - Denis, por favor… por favor… _ Quería pedirle que parara, que terminara, que no le hiciéramos eso a Claude. Claude, Claude… estaba en mi mente el mejor amigo de mi marido. Chillaba, aullaba y me mordía los labios para no gritar su nombre.

Caímos rendidos, por buena suerte. No me atrevía ir a la ducha, tenía deseos, o miedo de encontrarme con nuestro visitante. Preferí quedarme dormida de esa manera. Antes de irse al liceo, Denis lo hizo de nuevo. Me dejó desecha.

Me levanté tarde. Hacia muchísimo calor. Del w.c. me metí a la sala de baño para relajarme en la tina. Me acordé de mis vecinos que de tiempo en tiempo protestaban por mis baños frecuentes. Pasó una hora. El departamento estaba en silencio. Yo en la tina de baño. Recordé a Claude. ¿Qué estará haciendo? Decidí enfrentarlo. Salí con mi bata, mi toalla en la cabeza. Asomé la cara en la cocina, nadie; en la sala, nadie. Alcancé a ver un papel sobre la mesa. Fui a recogerlo. Era una nota. "Salí temprano a buscar apartamento, tengo cuatro citas hoy. Regresaré en la tarde. Buen día. Claude".

Uff! ¡Qué alivio! Me sentí a mis anchas en mi casa nuevamente. Terminé de arreglarme, secarme el pelo y me preparé un sándwich como almuerzo. Me puse a leer las guías de España y Portugal. Nuestro viaje era ya para la siguiente semana.

Escuché la cerradura de la puerta, se abrió y se cerró.

Yo: - Denis estoy aquí en el comedor, viendo nuestro itinerario de viaje.

Claude: - Hola, buenas tardes. Supongo que Denis no debe tardar. Son casi las cuatro. ¿A qué hora llega?

Yo: - Está por llegar, como es la última semana salen temprano. Están entregando calificaciones.

Claude: - Si, calificaciones y documentos que deben procesar en la administración escolar. Esperemos que la rubia de las grandes tetas -(Claude hizo señas con las manos para referirse a los senos),- no le ayude, porque entonces se va a tardar mucho.

Yo: - Ya lo sé. Se llama Anne. Denis tiene todo el semestre hablándome de esa rubia mitad inglesa, mitad francesa.

Claude: - No te inquieta, me doy cuenta. Con las noches que pasan, y la manera de despertarse no tienes nada que temer. – Lo dijo en broma, lo dijo para que yo me diera cuenta que él había escuchado y tomado nota de que mi marido no contaba cuentos, las latinas mantenían la flama ardiendo.

Antes de sentarse a la mesa conmigo me ofreció traerme algo de tomar. El había traído jugos, agua, cervezas…" las cervezas son mexicanas, - me dijo- las traje por ti, para todos pero en tu honor."

Yo:- Bueno te acompaño con una cerveza. – Puso las dos cervezas y dos vasos sobre la mesa, sirvió mi bebida, luego la suya, se sentó tranquilo, y posó sus ojos azul claro sobre mí. No pude evitar el rubor, su mirada parecía una caricia prolongada, lenta, amable, afectuosa. Le pregunté: - ¿Conoces España?

Claude:- La Costa Azul. Mis padres me llevaban allá en vacaciones. Más barato que en Francia. Tuve un campamento en los Pirineos, también, para practicar el español aprendido en la escuela. Como ves no sirvió de mucho. Hago muchos errores hablando español.

Yo:- tú no te has visto motivado para practicar lo que sabes en español. Me está costando trabajo dominar el francés, sobre todo el escrito. Derivan del latín los dos idiomas, pero tienen sus dificultades.

Claude: - Ahora recuerdo que estas en Letras Francesas en La Sorbona. Dejaste la enfermería. ¿Cómo te va en la facultad?

Yo: - Estoy fascinada. Es lo que siempre quise hacer. Mis notas son buenas. Mis profesores me felicitan. Los compañeros son de todas partes del mundo. No podía estar mejor.

Claude: - Vamos a ver si es cierto que es tu vocación. Préstame papel y lápiz.

– Le di el cuaderno y la pluma que tenia con el itinerario de viaje. El escribió tres preguntas, y me pidió que hiciera dos dibujos. Era un test psicológico. Mientras lo hacia el bebía su cerveza, yo tomaba sorbos. Fue a la cocina por otra cerveza, regresó y se puso detrás de mí, bajó su cara al lado de la mía para mirar los resultados. –

Claude: - Vas muy bien, las respuestas dan a notar tu sensibilidad, eres una persona que actúa con el corazón, no con la razón. Eso es bueno para las letras. Tus dibujos denotan creatividad y capacidad literaria. Aparentemente esta si es tu vocación.

Me hablaba al oído, estaba tan cerca de mí, percibía su aliento, su voz era muy varonil, seductora, me rozaba con sus cabellos, con su mejilla. Me ponía nerviosa, de mal humor. Me levanté rápidamente con el pretexto de ir por queso. "Me gusta acompañar las bebidas alcohólicas con comida, de otro modo se me suben a la cabeza rápidamente". Me siguió a la cocina. Se puso a ayudarme. Se ofreció a comenzar la preparación de la cena. El mismo había llevado un par de baguettes, patés y ensalada. Pusimos manos a la obra. No perdía oportunidad de chocar conmigo, me tocaba con su frente, me codeaba, reía pronunciando palabras difíciles en español o tratando de adivinar todo el vocabulario de la comida y objetos de la cocina.

Claude:- Amanda me estoy enamorando de ti. Tal vez estoy enamorado de ti desde Lyon, desde nuestro primer encuentro. (hablaba en español, se oía chistoso, pero bonito) ¿Lo dije bien?, ¿Lo dije claro?, ¿Me entiendes?, ¿Comprende señorita?

Se escuchó el cerrojo de la puerta nuevamente.

Yo: - Es jugar con fuego. Sé que es una broma, tal vez estás de acuerdo con Denis para esto. Pero es jugar con fuego. ¡Cuidado! – Antes de que entrara mi marido, alcancé a decirle esto rápidamente a media voz, en francés. -

Denis: - ¿Donde están?, ¿Qué hacen?

Claude: - Me estoy quemando. – Lo dijo en voz alta, lo dijo en mi oído y se alejó hacia la puerta para mostrarle el camino a Denis. (Llevaba la ensaladera con papas,   jitomate en rodajas y aros de cebolla, y el paté para ponerlos en la mesa del comedor).

Denis: - Se ve bien la ensalada de tomate con papa. Buena idea. ¿La cocinaste tú? Porque mi mujer cocina muy bien. No tenías porque molestarte. – Tono sarcástico-

Claude: - No es molestia, es un placer cocinar al lado de una gran chef. (Mismo tono de sarcasmo, estaban jugando a bromear.)

Denis: - <u>Que bueno que llegué a tiempo</u> (continuando la broma) para ayudar. – Entró a la cocina y me besó largamente y con estudiado apasionamiento. Haciendo ruido y para que Claude supiera. - Te amo querida.

Yo: - ¡No exageres!, (se lo dije en voz baja, en voz alta le pedí que pusiera la mesa). Yo terminare de preparar los alimentos, ustedes pongan la mesa y tomen asiento.

from	**: *Christine*** *<chrichv@videotron.ca>*
to	*Amanda Lozal <alozal@gmail.com>*
date	*Sun, May, 30, 2010 at 11:23 AM*
subject	*Los latinos, buenos amantes.* *Mailed videotron.ca* *By*

Amanda,

Si acepto salir con otro hombre te culparé. Tus letras son mucho muy sugestivas. (l.o.l.) Tu vida con ese francés fue intensa, por algo tienes tranquilidad ahora. ¿Qué pasó con el mejor amigo de tu marido? Apuesto a que si sucedió. A tu marido le gustaba compartirte. He escuchado de algunas parejas por el estilo. Raras, pero hay.

Hay algo de razón en lo que dices. Los hombres que quieren satisfacer a muchas mujeres terminan por no satisfacer a ninguna. Ni ellos mismos quedan satisfechos. En general su vida es un desastre. Me temo que mi marido es uno de ellos. Eso deja en mal lugar al famoso "Latin lover".

En un principio, era el hombre dulce, galante, complaciente. Sexualmente era fuego, ese fuego que nos consumía a los dos. Ya que estábamos casados, todo cambio, Armando solo buscaba su satisfacción. Siempre que podía salía a "conquistar chicas" con compañeros de la escuela, aquí en Montreal, pese al frio invierno, a la nieve, y los largos meses grises, nada de eso acabó con la fogosa latinidad tropical. Tampoco le importó su compromiso matrimonial, su palabra de hombre.

Ahora lo ves, intentando amores con todas las mujeres que se le ponen enfrente. Yo sé que no se siente bien, que atraviesa por una crisis depresiva, lo conozco, le va a costar trabajo recuperarse. No le importa el daño que me causa y a mi familia, con sus indecisiones, con sus correos donde promete volver para que todo sea como antes. Al final todo es mentira.

UN MEXICANO EN QUEBEC.

Nuestra boda, sencilla ciertamente, estuvo colmada de afecto familiar. Mi padre, en primer lugar, puso todo de su parte para recibir a su yerno mexicano con la intención de que se sintiera en casa. Mis tíos, mis hermanos, mis amistades todos le tendieron la mano con gusto a mi esposo. Fue invitado de honor en varios hogares de canadienses amistosos y sinceros.

Armando se portó correctamente con ellos. Éramos recién casados, empezábamos una vida llena de promesas. Nuestro departamento en Montreal le gustó, se adaptó y puso su toque personal con objetos de decoración que conseguía en nuestras visitas a museos, centros comerciales y centros de interés. Encontró cosas de México, y de otros países, sobre todo instrumentos musicales, le gustaba coleccionarlos. Armando toca la guitarra, el piano y hasta consiguió un Xilófono, que divertía a nuestros invitados por lo inusual de éste. En nuestras reuniones teníamos invitados extranjeros, varios latinos. Muchas mujeres. No le daba yo importancia. Me divertía junto con mi marido, gozaba de la cordialidad y la alegría que se lograba.

El primer invierno lo pasamos en familia en casa de mi padre. A las afueras de Quebec. El paisaje blanco con nieve por todo lo que alcanza la vista le encantó a mi marido. Jugamos a las guerras de bolas de nieve, nos hundimos en los montículos, hicimos el mono típico, hicimos un castillo de nieve junto con mis hermanos pues Armando no se cansaba de disfrutar esta nueva experiencia, un invierno con nieve por montones. El "Carnaval de Invierno", es una fiesta inventada en Quebec para sacudirnos la pesada cuesta arriba de la temporada fría que parece prolongarse enteramente. Hay un castillo de hielo que adorna la ciudad, desfiles por las calles con luces y destellos de fuegos artificiales. El "bonhomme" , el mono de nieve es el anfitrión de este carnaval. Las competencias deportivas de patinaje, surf de nieve, moto nieve, deportes de invierno en general, inyectan calor a este festival. Mi hombre quedó maravillado por el invierno. Desde un principio le di consejos de cómo prepararse para abrigarse y vestirse en un clima que se que es diferente al de ustedes. Cuando visitábamos a mi padre aprovechamos para conocer lugares interesantes en la vieja ciudad de Quebec, los puentes, el Castillo Frontenac, la muralla antigua. Sobre todo compartí con el mis grandes placeres: caminatas en los bosques con raqueta, patinaje sobre hielo, deslizarnos colina abajo y la moto de nieve cuando mi padre la tenía arreglada. Según la estación del año y el clima disfrutamos esos paseos en bicicleta y actividades que desde pequeña me estimulaban a practicar para no quedarte congelada en la inactividad. Son maneras de adaptarse a este medio. Yo vi a mi marido muy contento con estas novedades.

En primavera y en otoño creí que se volvería loco. Su alegría desbordaba límites. El no conocía los colores del otoño, entonces me di cuenta que tenemos maravillas que damos por garantizadas, para nosotros son normales los cambios de estación, la caída de las hojas con colores amarillo, naranja, rojizos ocres forman alfombras en nuestros parques que pisoteamos con gusto, las pateamos y nos bañamos con ellas de niños, y de adultos comprendemos el trabajo que representa limpiar y mantener limpio tu jardín o tu calle. Con Armando descubrí un nuevo prisma para ver a mi país.

En Montreal mi mexicano si hizo adicto a la Place Ville-Marie. En invierno el centro comercial subterráneo es un atractivo particular. Re-descubrí con él lugares de paseo que aconsejaba a mis alumnos extranjeros. El jardín botánico, el puerto antiguo, el centro histórico, la colonia internacional, el parque Monte Real. Mis lugares de refugio, bares y centros nocturnos donde olvidas tanto estrés.

Prácticamente nuestros ocho años de matrimonio fueron felices. Durante cinco años el se conformó con poco trabajo y becas de estudio. El tenía mucho tiempo libre, como estudiante becado. Entonces se dedicó a conservar su figura y sus músculos en los gimnasios, a aprender baile, a hacer yoga y algunas artes marciales. Tenía afición por salir con amigos jóvenes a flirtear con jovencitas. Cerré los ojos a esta conducta, no porque la alentara, como tu marido, nunca presumí de tener un "latin lover", no es mi persona hacer esto. Al contrario soy celosa y mi intimidad la guardo. Contigo ha sido de las pocas veces que comparto mis secretos, eres una persona que invita a tener confianza para hacerlo.

Ahora me sorprende su actitud. Quejarse del invierno canadiense que tanto parecía disfrutar. De las ciudades y de la manera de vivir de nosotros, no comprendo su cambio. Cuando, en Tijuana, hablamos de esto delante de ti, el dijo que yo no le ayudaba a sentirse bien. Tú sabes todo lo que una mujer se esfuerza para conservar a su hombre. Yo lo hacía, aparte de trabajar como el doble de tiempo que otros compañeros, pues yo aportaba económicamente el sostén importante en nuestro hogar. El se portaba como mi hijo, y cada vez era más exigente. Bajo estas circunstancias debimos haber tenido pleitos, y sin embargo no lo hacíamos. Tanto él como yo los evitamos. Quizá esto fue lo malo en nuestra relación. Dicen los psicólogos que lo mejor es discutir, diputar si necesario hasta lograr acuerdos, y eso no lo hicimos. Me pregunto si podríamos intentarlo. Tendría que ser aquí, porque necesitamos nuestro espacio independiente. No lo lograríamos en Tijuana, con lo poco que gana tendríamos que vivir con sus padres y eso no es correcto, no para mí.

Como ves estoy dando vueltas en mi cabeza para lograr una solución a este conflicto. Reconozco que me atormenta. Pero hay otros momentos en que pienso que es mejor terminar con esta farsa armada por mi marido. Por eso quiero desahogar y decir que hay algo mal en mí, pero existe algo peor en Armando.

Cuéntame un cuento, Amanda, cuéntame un cuento para aliviar este malestar. Tu novio actual, entiendo que te decepcionó en el invierno pasado, tal vez ahora van mejor. Cuéntame un cuento, cuéntamelo. Xoxo. Christine.

from	: *Amanda Lozal <alozal@gmail.com>*
to	**Christine** *<chrichv@videotron.ca>c*
date	Mon, May, 31, 2010 at 9:40 PM
subject	*Re: Los latinos, buenos amantes.* *Mailed gmail.com* *By*

Chere Christine,

Pensando positivamente, tener un buen amante latino es preferible mil veces a tener un $ueldo latino, (l.o.l.). Por eso no te decides a venir a vivir a Tijuana.

Todo lo que estoy contando son cuentos, pero me encanta. Desde los Sultanes de Sherezada, los cuentos de la antigüedad en China, Tíbet, Egipto, entre los mayas. Deseamos saber cosas, mágicas, bonitas, historias de amor o de desamor, de horror, de valor, de destino, de atino y desatino. Cada vida es un cuento, algunos lo cuentan escuetamente, otros mágicamente, otros como un sueño, varios como una pesadilla, la trama está en la mente de quien lo vive.

Definitivamente Denis, mi marido francés, era especial. Los hijos únicos son tan especiales. Su mejor amigo, como te lo dije, era también hijo único. Yo de alguna manera soy única, el molde se rompió al momento de morir mi padre, un mes antes de mi nacimiento. Tuve medios hermanos, que viniendo de mi madre se sienten como verdaderos hermanos. A pesar de ello somos semejantes a nuestro prójimo, y aunque hagamos lo mismo el detalle de distinción es como lo hacemos.

Ahora continuo con la historia de ese verano en España, fiesta de pasiones, y del mejor amigo de mi marido, aunque el final no está cerca.

Luego me interrumpo y te envío noticias de "mi novio" actual que en realidad son cuatro... je,je,je. Baissers. Amanda.

SAN FERMIN.

Las pasiones moderadas son el alma de la sociedad, sin freno, son su ruina.
Federico el Grande.

Los toros son pasión, el rojo es pasión, la fiesta de San Fermín en Pamplona es apasionante. No conseguimos reservaciones, todos los hoteles, todas las casas estaban saturadas, millones de personas se dan cita para dar rienda suelta a sus arrebatos de todo tipo.

Caminamos por las calles atiborradas de personas vestidas de blanco con mascadas, camisas o boinas color rojo vivo, todo era excitante. Los anfitriones traen porrones, botas o botellas de vino tinto que te invitan a beber, te pasan el brazo por los hombros, te piden que abras la boca y vierten el vino para que pase hasta que aguantes, es un gesto amistoso de convivio y bacanal. Los balcones, los restaurantes, los cafés terraza, las plazas de Pamplona son salones de baile, centros de alegría, y de desmanes. Cualquier rincón callejero se convierte en alcoba para follar, hay concursos de las fotografías "altamente sexuales". La gente ríe, grita, se escuchan carcajadas, bromas, palabrotas socarronas. Es la torre de Babel, percibes lenguas varias: vasco, catalán, español, francés, inglés, alemán, y otros.

La calle donde sueltan a los toros se llena todo a lo largo. Vimos pasar a los valientes que corren delante de los cuernos de los animales que bufan o babean. De pronto algún bovino descarriado salta hacia los mirones, esto le pone adrenalina al espectáculo. No falta el atropello, o la cogida brava de un cuerno afilado. Sangre, sudor y lágrimas se mezclan con la algarabía festiva.

Logramos tener boletos para la corrida múltiple. Me enteré entonces que existen otro tipo de corridas que la clásica española. La corrida Portuguesa y la holandesa. Allí tuve la oportunidad de apreciarlas. En la portuguesa el matador triunfa cuando agarra al toro por los cuernos y hunde la cara del animal en la arena, desde luego esto es una vez que el animal ya ha sido toreado, agotado y le ayuda su séquito. Con los holandeses la fiesta brava es divertida. Ellos trabajan en equipo, distraen al toro entre varios, y cuando están listos logran esperar al toro de frente, brincar a tiempo para poner las manos en el lomo del bovino y caer detrás de éste, es circo y maroma, son payasos del peligro. Esta juerga es de esas que nadie debería perderse, una verdadera graduación de viajeros, aventureros y amantes de la diversión en grande.

Con este delicioso sabor, cansados pero felices abandonamos Pamplona para Zaragoza, luego Madrid, continuamos hacia Salamanca, cruzamos la frontera hacia Portugal, visitamos Porto, escuchamos Fados profundamente románticos en Lisboa, degustamos ostras claras, transparentes y con un sabor único, exquisito. Al retorno pasamos a Burgos.

Palacios árabes, mercados, en Zaragoza; tren (RENFE), la gran capital, absorber su ambiente, reconocer a la madre patria es un placer. Ver que te entienden, que entiendes y descubres tus raíces. Un deleite de actividades, ópera, teatro, otra corrida, ahora si la Corrida de Toros madrileña. La Puerta del Sol, una plaza cerrada, que se aísla del bullicio urbano pero se llena de la alegría española, los desvelos, la buena comida, las tapas, los caldos, las chistorras. Un día entero para el Museo del Prado, a la salida comer Paella Valenciana y sangría española. Otro día para ir a Toledo compararlo con Taxco. Los monumentos como la Puerta de Alcalá, Las Célibes, monumento cuya copia que nos regalaron y pusimos en una linda rotonda en México, está cerca de la glorieta Insurgentes.

En Salamanca, la universidad, desde luego, las catedrales, plazas y paseos a pie. Se disfruta tanto Europa caminando. En Portugal entienden bastante el español, y luego sabiendo francés uno se da a entender. Y tomas el *"obrigado"*, (gracias) para acá y para allá. La gente es amable, seria, profunda.

Cerramos nuestra primera visita a España con Burgos. La catedral vale la pena. Trabajos finos con mármol blanco dan un toque distinguido a este monumento gótico. Después de cinco semanas de viaje regresamos a Paris.

Encontramos una carta de Claude. Nos ponía su nueva dirección, Cerca de nosotros, en el bosque de Sainl Lou. Denis y yo decidimos darnos un par de días de descanso, deshacer maletas, y reorganizar la casa antes de lanzarnos a conocer el nuevo hogar de su amigo. Denis fue a hacer las compras de alimentos. Yo lavaba ropa y aseaba el departamento cuando tocaron a la puerta. Fui a abrir, era Claude. Nos saludamos con cuatro besos y un gran abrazo, nos dio gusto vernos nuevamente.

Claude: -Te sentó bien el viaje, Luces estupenda. Esa blusa de cerezas rojas es muy sugestiva...

Yo: - Siempre andas pensando en lo mismo Claude. A mí me pareció muy española, como la "maja", fondo negro, puntos rojos, pero domina el negro.

Claude: - ¿disfrutaste España?

Yo: - Realmente sí. Hablé español hasta el cansancio. En pocas ocasiones tuve dificultades. Por ejemplo cuando pedí "duraznos en almíbar"... los españoles le llaman melocotones, en otra ocasión me ofrecieron albaricoques... en mi país comúnmente les conocemos como chabacanos. Es entonces que se daban cuenta que yo era extranjera, de otro modo pasaba yo por española.

Claude: - Y Portugal, ¿Qué les pareció?

Yo: - Valió la pena, había que conocerle. Se entiende mucho el lenguaje, son tres idiomas muy afines. Me fascinaron los barrios de Alfama , Mouraria y otros muy típicos. Los fados son canciones nostálgicas, románticas, tenemos un disco... déjame ponerlo para ponerte a tono.

Se escuchó la puerta, era Denis de regreso. Al entrar a la estancia vio a su amigo, no le sorprendió, le dio gusto que ya estuviéramos en el recuento del viaje. Era digna ocasión de compartir el oporto, vino de Portugal. Lo acompañamos de la baguette, paté de foie gras, queso, y una ensalada *niçoise*. Claude nos regresó las llaves del apartamento, nos mostró que dejó algunos vinos y víveres de larga duración, pastas y latas.

En cuanto a su casa, nos adelantó que encontró una propiedad de campo vieja, pero en piedra, con una gran chimenea, y le atrajo tanto que decidió comprarla, sus padres le hicieron un préstamo para el enganche. El ya estaba trabajando tiempo completo, como gerente de un banco. Tenía libres sábados y domingos. Era viernes por la tarde, quedamos de ser sus primeros invitados al día siguiente.

La casa de piedra estaba rodeada por el bosque. Era como de un cuento de Perrault. La chimenea toda de piedra ocupaba la parte central de la casa, la hacía muy atractiva. Estaba recién modelada, el precio era una ganga, porque la propiedad tenía terreno, setecientos metros cuadrados, la construcción era amplia, aunque antigua, el baño y la cocina eran modernos. El piso de madera, y la recámara principal con un gran closet, dos muros recubiertos de madera. Las otras dos piezas tenían necesidad de algunos arreglos. El centro comercial de Saint Lou estaba a menos de un kilómetro. Había pocos vecinos, lo que a Claude le pareció de mayor interés todavía. Era un amante de la calma, los libros y la música. Apreció los discos que le dimos de música portuguesa y española. Ese día también puso música mexicana, discos que le había regalado anteriormente mi marido.

Preparó ravioles, pepinos y rábanos como entrada. Nosotros llevamos pastelillos franceses y vino. Pasamos una velada agradable. Nos sentamos en las bancas que rodeaban la chimenea, puso un poco de carbón para asar salchichas, solo por mostrarnos otra utilidad de su chimenea ya que en verano no se necesitaba calefacción. Luego salimos a tirarnos al jardín en mantas que puso sobre el pasto.

Denis le dijo que necesitaba encontrar una mujer pronto, alguien quien mantuviera limpia la casa. Claude dijo que eso sería su entretenimiento de fin de semana. Enseguida se acercó a mí, me pasó el brazo por la espalda y me apretó diciendo que si yo aceptaba podría ser la dueña de la casa, no la esclava. Denis contestó que aceptábamos, eso nos ahorraría la renta, nos permitiría viajar. De la misma manera aceptaba que Claude se encargara de asear la casa y hacer el jardín, esas actividades no eran sus preferidas. Reímos nuevamente de sus bromas de siempre.

Finalmente logré no darle importancia a las bromas entre ellos. Logré ver en Claude al hermano de mi marido. Mi cuñado. Flirtear jugando se podía convertir en un deporte sano, si los tres poníamos de nuestra parte. Igual era una tentación de pasiones mientras Claude no se casara, o viviera con una chica.

MI NOVIO TERCERO.

Ser honrado en la época que corre, es ser uno entre diez mil. Shakespeare.

Gustavo fue mi vecino desde niños. Fuimos a la misma escuela primaria en el Distrito Federal. Gustavo con mucho trabajo logró terminar la preparatoria. Después trabajó como Prefecto en una escuela secundaria pública. Tenía una hermana mayor que él, su padre se quedaba siempre en casa, con el tiempo descubrí que padecía de sus facultades mentales. Su madre era maestra de primaria. Su hermana consiguió un buen marido, le puso casa y se la llevo a vivir en provincia, en Querétaro. Los visitaba de vez en cuando. Murió su madre, antes que el padre. Se quedaron solos, los dos Gustavos. Yo me casé y me fui del país.

Como buenos amigos nos escribíamos dos veces por año. Cuando regresé reanudamos nuestra amistad. Iniciamos un negocio de familia, y él era casi de la familia, se puso a trabajar conmigo para apoyarme, y porque había perdido su plaza en la escuela pública. Su padre murió en este tiempo. Sólo tenía a su hermana y a mí como personas cercanas.

Gustavo siempre tuvo mucho sentido del humor. Me hacia reír todo el tiempo. Cuando regresé al país, realmente era mi paño de lágrimas, mi secretario, mi chofer, mi cocinero, mi compañero, mi bufón, mi psicólogo de cabecera. Me ayudaba a cuidar a mi hijo, seguíamos siendo vecinos, así que era sencillo estar tan cerca en todo. Me ayudaba con el mantenimiento de la casa. Si había trabajos de albañilería, plomería, pintura o cualquier reparación, el lo hacía o buscaba quien lo hiciera.

Lo divertido era que terminaba involucrado en relaciones románticas con los albañiles, los pintores. Cuando salíamos a algún bar en la noche, el conquistaba más hombres que yo.

Si, también era homosexual. Es homosexual. Es muy divertido cuando coquetea con los hombres. Me gana en eso, me lleva de calle, sus pestañas, su maquillaje, su arreglo personal es más femenino que el mío.

Me siguió a Tijuana, Gustavo estaba tan harto como yo de la ciudad de México. Con lo que vendió su casa, se compró un departamento aquí, y lo demás me lo dio para asociarse conmigo en la escuela que pusimos aquí.

Como había perdido su plaza por su homosexualidad, le pedí que se comportara "correctamente" dentro de la escuela, que nunca buscara problemas. El me aseguro que a su edad, sabía muy bien cuando mantenerse al margen de hacer tonterías. Y cuando hacer tonterías para divertirse. Y la verdad siempre nos divertimos muchísimo. El descubrió a nuestro vecino Tom. Me dijo que podía apostar a que era "gay". Ganó, desde luego. Con mi hijo el menor me lo habían advertido varias veces.

Mucha gente, ignorantes, me pregunta como he podido confiar en Gustavo para ayudarme con mis hijos. Gustavo es un persona bellísima, muy agradable y entretenido, honesto, honrado, sentimental, confiable totalmente. Somos como hermanas, como las mejores amigas que jamás hayan existido. Nos prodigamos cariño, confianza, afecto. Tanto que hay quienes de primera vista piensan que somos marido y mujer. Mis hijos, hablan de él como su "tío", lo hacen parte de la familia. El tiene sus amigos, sus amantes, sus relaciones personales privadas y yo las mías, en ocasiones logramos coincidir con nuestras amistades. En fiestas y reuniones importantes como la navidad, el año nuevo, nuestros cumpleaños. Entonces sabemos de nuestros conocidos nuevos, y estos conocidos nos conocen quedando sorprendidos, en general, por lo atípico de nuestra relación.

De una vez te hablo del cuarto, lo conoces muy bien, es Armando, un gran amigo que conocí recientemente. La paso muy bien con el por su preparación, hablamos en inglés, en francés o en español. Componemos y descomponemos al mundo a placer. Flirtea conmigo como flirtea con todas las mujeres. No hay de que encelarse, Christine, es tu marido, lo sabemos. Y si lo llamo mi novio, es al estilo adolescente mexicano, no al estilo canadiense, nada que ver con intimidades sexuales o vivir juntos. Solo por seguir la broma que te conté, de cuatro hombres apenas hacemos uno. No se conocen, no se tratan entre sí, los cuatro hombres que forman al "amado", es un chiste y ya.

No necesito hablarte de mi honradez, me conoces. En cuanto a Gustavo, igual que Tom, son homosexuales, son personas que sienten, aman y pueden ser buenos, malos, honrados o deshonestos como todo el mundo. Ellos en particular, son honestos, honrados y sensibles. De tu marido, prefiero no darle calificativos por el momento, estas muy sensible al respecto, y a fin de cuentas tú lo conoces mejor que yo.

from	: ***Christine*** *<chrichv@videotron.ca>*
to	*Amanda Lozal <alozal@gmail.com>*
date	Frid, Jun, 04, 2010 at 11:03 PM
subject	*El secreto.*
	Mailed videotron.ca
	By

Hay un secreto bien guardado Amanda. ¿No quieres hablar de tu novio? Se iban a casar cuando tenías tu reservación en Lake Tahoe. Pero no ha terminado todo, mencionaste que estas reflexionando sobre casarte nuevamente. Entonces ¿porque no me cuentas?

Claude parece una persona interesante. ¿Estará soltero todavía? Ha,ha,ha. Voy a acompañarlo, Quiero vivir en Francia. Paris es bellísimo. No conozco. Me has enviado correos donde aparecen fotos; el ultimo es sobre los monumentos visitados en Paris por todo el mundo, menos por mí. Si me quieres dar la dirección exacta de Claude le llevo tus saludos. (l.o.l.).

Mi turno de contarte una historia. Mi historia, mi cuento. Xoxo. Christine.

LA PROFESORA.

Desde que terminé mis estudios en literatura Francesa, doy clases en la Universidad a estudiantes extranjeros y también en la escuela de Lingüística. Mis estudiantes canadienses son interesantes pero los extranjeros me satisfacen plenamente. Inclusive doy clases los sábados con gran placer. Tengo una gran atracción por los extranjeros.

Recuerdo que en mis primeros años de maestra, muchos estudiantes de la escuela de extranjeros pensaban que yo era una alumna. Es halagador. Los alumnos son mayores de dieciocho años y vienen de todas partes del mundo. Hay un gran número de latino- americanos, aunque en ocasiones ha habido oleadas de gente de un país, como pakistaníes, coreanos, serbios. Depende de las políticas de nuestro país. Se da asilo a extranjeros que huyen de una situación particular.

Traen problemática diferente, interesante también. Ellos nutren mi vida y me enseñan de su mundo. En un principio me apegaba mucho a proteger a los que sentía débiles. No sé si ahora me fijo menos o me están pasando tantas cosas que ya no soy tan sensible. Me acuerdo de una joven, que cuando la vi pensé que era yo misma. Físicamente parecida a mí, y también en su temperamento. Tenía apenas veinte años. Alegre, sonriente, pecosa, pelirroja. Era de Holanda. Vino a Canadá siguiendo al novio, holandés, era fotógrafo. Solo que él viajaba, Inge Verkek, se quedaba sola, entonces la adopté como amiga. Su padre fue embajador holandés en varios países, ya estaba retirado, en San Miguel de Allende, México. Ella me habló mucho de México. Posiblemente gracias a ella empecé a viajar a tu país. Me dijo que era muy bonito y barato. Estaba acostumbrada a vivir sola desde sus diecisiete años, cuando decidió quedarse en Holanda, estaba cansada de no tener amigos pues cada tres años cambiaban de país, de escuela, de conocidos. Era huérfana de madre desde los once, por eso me identifiqué tanto. Su novio, Henrik, la veía poco y sospechábamos que veía a otras novias. No entendí ese amor. Tal vez Inge se acostumbró al amor de su padre que siempre andaba fuera en las embajadas. Ella vivió unos meses en Francia, en Paris. Allí aprendió el poco francés que sabía. Con mi clase llegó a dominarlo. Pensaba estudiar relaciones internacionales para ser como su padre.

Durante unas vacaciones en San Miguel de Allende conoció a un mexicano, (otra coincidencia, o ¿seguí sus pasos?), este muchacho estudiaba aquí en Montreal. Terminaron por casarse. Me dio gusto, pues no estaría sola. Henrik no protestó. En todos los países hay gente polígama, aunque no estén casados, no se comprometen pero si comprometen a las personas dentro de un circulo de peligro con transmisión de enfermedades. Su esposo era de Guanajuato. Vivieron cinco años aquí, parecían felices. Cuando se regresaron a Guanajuato ella estaba esperando bebé. La visité en uno de mis viajes a México. Estaba contenta con su familia completa. Visitaban a su padre en San Miguel de Allende con frecuencia.

Otro de mis alumnos predilectos fue Yanis, griego, apuesto, divertido y serio. Me gustaba mucho. Intenté llamar su atención, yo era soltera todavía. Al finalizar el curso el me invitó a una fiesta especial. Creí que era correspondida en la atracción que sentía por él, la fiesta especial era la inauguración de una peluquería mixta. Era un buen estilista, su novia canadiense, diez años mayor que él, invirtió en sociedad con Yanis. Te confieso que tuve celos y envidia. No me tocaba un hombre tan serio y profesional. He ido varias veces a la peluquería, ya tiene tres peluquerías. Van hombres y mujeres, muchos griegos, se pasaron la voz. Su mujer es buena para hacer negocios, el es bueno en lo que hace. Ya tienen tres hijos, toda una familia.

Tal vez es lo que nos faltó a Armando y a mí. Tener hijos. No los tuvimos y ya. No sé porque, causa de mi marido o mía. No sé. Ahora me gustaría adoptar. Si sabes de alguien, o si sabes cómo podría adoptar a un bebé mexicano, avísame.

Hoy en día tengo problemas financieros, mi marido me dejó llena de deudas, quisiera que viniera y las pagara. Mientras se resuelve esta situación, he tomado mayor número de horas de clase, antes realizaba investigación lingüística. En este momento no tengo cabeza para ello, prefiero ahogarme con las relaciones internacionales, es mi manera de llamarle a mis grupos de extranjeros. Me refugio con ellos. Hay bastantes hombres interesantes, de mi edad, profesionistas que trabajan. Es una posibilidad de rehacer mi vida. Como bien dices, la esperanza de encontrar esos brazos masculinos que nos den afecto, protección y cuidado, ya que Armando me está dando la espalda. No tengo a nadie especial todavía, propuestas hay, tengo que tomar la decisión, eso es lo que hace falta.

from	Amanda Loza <alozal@gmail.com>
to	**Christine** <chrichv@videotron.ca>
date	Sun, Jun, 06, 2010 at 1:22 PM
subject	: Maldiciones.
	by: gmail.com

Chère Christine,

¿Crees en las maldiciones? *(malédictions)*. Yo tuve una encima. Tuvieron que pasar muchos años, atravesé muchas penalidades, exorcismos, terapias y meditaciones para encontrar la forma de librarme de ella. Creo que tú tienes una, por eso no encuentras lo que deseas. Entiendo que deseas una pareja, una relación estable, con romance, o con afecto e intereses recíprocos, no lo logras, no lo has logrado, busca la forma de romper el hechizo. No es fácil. Pero se logra.

He tenido dos matrimonios, y un gran amor pero no he logrado la estabilidad deseada. Lo que dices de Inge, por ejemplo, es como un hechizo, señalas que ella parecía buscar una relación amorosa que siguiera la fórmula de amor que el padre le daba, abandonarla mientras él viajaba. Tuvo suerte de darse cuenta a tiempo, que con el holandés repetía ese patrón de insatisfacción. En mi caso es la muerte, ese es el temor, ese es el secreto. Xoxo. Amanda.

OTOÑO.

Nunca es uno tan feliz ni tan desgraciado como imagina. La Rochefoucauld

En mi país no hay otoño. De niña iluminaba dibujos con las cuatro estaciones del año. En la escuela primaria me hicieron aprender las cuatro variaciones anuales del clima, sospechosamente lo que nos contaban del invierno y del otoño no se notaba en la localidad. La nieve la percibía de lejos en la punta de los dos hermosos volcanes de mi ciudad, La mujer blanca: Iztaccihuatl, también conocida como mujer dormida. Siempre está vestida de blanco, en ocasiones su vestido se acorta. Y Popocatepelt, su enamorado, siempre a los pies de su amada. Su espalda permanecía cubierta del manto albino. Cuando humea se deshace de éste, y es que entra en calor.

Breve, no conocía ni el invierno ni el otoño. Nosotros tenemos mucho calor y sequia o pura vida verde, abundante lluvia tropical, más calor esta ocasión con vapor, árboles que pierden sus hojas cuando lo desean. La nieve es de limón, mango, coco y otros sabores y sirve para calmar la sed. Entonces para nosotros, los habitantes de los trópicos, el gran espectáculo que brinda la naturaleza de octubre a marzo por arriba de los paralelos tropicales es singular, es motivo de emociones encontradas, una alegría enloquecedora o se siente uno sublime comulgando con la naturaleza y sus cambios de ropa.

Cuanta belleza, cuantas formas y colores, explosiones de luces en tonos ocres, naranjas, amarillos, rojos, verdes pálidos, un sol que parece un globo enorme, que promete romances, que promete dejarse atrapar si brincas un poco. El primer otoño estábamos en Lyon. Denis, cual padre feliz, me llevaba como niña a admirar la caída de las hojas en los bordes de los ríos Saona y Ródano, fuimos a visitar sus islas, solo para que pudiera yo disfrutar de la caída de las hojas de otoño. El sol juguetón se escondía entre esos árboles que se sacudían su follaje. El viento levantaba la hojarasca dando esa apariencia de confetis, o la maravilla de ver volar los objetos.

Ahora en Paris, era un gozo enorme. Los jardines de Luxemburgo, con su Palacio, de Plaza Trocadero con su Torre Eiffel y sus museos, los cercanos como el del Palacio de Versalles o de Chantilly; Los bosques de Boulogne, y Vincennes, y muchísimos en las afueras de la Ciudad Luz. A cual más presumía de sus coloridos meses de octubre, noviembre; agregar a esto las lunas llenas, que mas desean para sentirse reyes del universo, sultanes del amor, locos de atar, enamorados risueños, levitar cual hoja de otoño o faquir.

Claude se unía con nosotros con frecuencia. Cuando fuimos a visitar los castillos de Chantilly, en otra ocasión Blois me sentía elevada al cielo infinito, acompañada de dos hombres agradables, me hacían sentir maravillosa, irradiaba yo felicidad y plenitud, mi espíritu abrazaba la naturaleza y me sentía en total armonía. Las historias de la malvada Catalina de Médecis en Blois me parecían increíbles pues no daba cabida a tanta maldad en medio de tanta belleza de sus bosques y de la arquitectura del Castillo.

Claude nos invitaba a compartir su casa y el bosque vecinal. Recogíamos setas. Oh! Otro gran deleite, recoger los regalos naturales, poder alimentarte con ellos sin pagar un solo centavo, solo porque la madre naturaleza los ofrece. En otoño las farmacias de Francia ponen ilustraciones de los hongos comestibles y los venenosos, para evitar que los recolectores de estas delicias se pongan en riesgo. Las trufas si son difíciles de encontrar, se dice que las localizan con ayuda de cerdos olfateadores, pues crecen debajo de las hojas que están en descomposición. Este hongo tiene ese sabor exquisito de la renovación, hojas putrefactas en un nuevo ser, la trufa. Es carísima, en aquel entonces Fouchon, la tienda de comestibles exóticos, ofrecía los hongos a mil francos franceses el kilo. Mi divino marido, gastó doscientos francos para unos cuantos gramos de este hongo, (no es alucinógeno, pero casi por lo delicioso y lo caro que es). Para que yo pudiera deleitarme con esta exquisitez. Pensaba acompañarlas de chile verde, – pimientos picantes, que conseguimos en el barrio árabe -, cuando vio semejante blasfemia casi le da un ataque al corazón. !No te atrevas!, me espetó, a contaminar tu lengua con ese fuego infernal, si comes chile, no comes trufas.

Existen las "trufas de chocolate", es otra delicada golosina francesa, consiste en tres tipos de chocolate: en el centro una crema de chocolate dulce, la rodea una corteza dura de chocolate semi-amargo, el acabado es un fino polvo de chocolate amargo. Los consigues en cualquier época.

En el invierno fuimos al bosque de Saint Lou a recoger castañas, las asamos en la chimenea de Claude. Nos quedábamos a dormir en su casa los fines de semana, era como ir al campo. Todos estos momentos de mi vida fueron un gran tesoro. Era yo dichosa como nunca.

Una vez que logre controlar mis sentimientos por Claude, estos que parecían desbordarse, tuve paz. Acepté con agrado sus caricias, sus besos fraternales, la calidez de su cuerpo, su sonrisa coqueta, su mirada traviesa, sus frases picantes. En los paseos y visitas de monumentos de Paris y sus alrededores, éramos los tres mosqueteros, todos para uno, uno para todos.

Varias veces intenté presentarle amigas. Miriam, una argentina, compañera de la Sorbona fue con nosotros al teatro de la opera a ver "Romeo y Julieta" puesta por el propio Franco Zeffirelli. Vanesa, era de Nueva Zelanda, preciosa, alta, cabello castaño cenizo, ojos azules. Era modelo, había salido en varias revistas. Con ella fuimos a cenar en un restaurante sobre la avenida de los Campos Elíseos. Tuvimos una conversación agradable entre los cuatro y allí terminó todo.

Meses después conocí al novio de Vanesa, muy afeminado y delicado, nada que ver con Claude, un hombre como se definían antes, feo, fuerte, formal, pero muy atractivo, muy varonil. Yves, el novio de Vanesa, era delgado, afeminado, cara bonita y de poco carácter, contrastaba con mi amiga que tenia temperamento casi masculino. Lo sorprendente, es que cuando terminó con Yves se me declaró, me pidió que dejara a mi marido y me fuera a vivir con ella. Hizo todo un escándalo en la Sorbona porque no acepté, me acusó de tener amores con mi amiga alemana, Giselle. Retó a Giselle a desmentir los hechos. Incluso involucró a Martine, nuestra profesora de fonética francesa, porque Martine declaró que mi conducta tan afable y maternal, poco común entre europeos, provocaba que se sintiera enamorada de mí, lo dijo de broma, pero Vanesa sumergida en su dolor pasional quería arrastrar a todo el mundo en el fango.

Fue mi vida de "escándalo" en Paris, ha,ha,ha. Nos divertíamos, los tres mosqueteros, con estas "desgracias de mi vida estudiantil". Claude me rogó que le encontrara otra joya de esas, como Vanesa.

Nos dábamos cita en los cafés de Paris, o en La Sainte Chapelle, o en la Samaritana, o en la tour Saint Jacques, en cualquier lugar bonito, Paris tiene muchos lugares de encanto. Los tres amigos nos reuníamos con amigos míos, estudiantes extranjeros o maestros, los maestros gustaban de salir con sus alumnos foráneos y organizar reuniones en sus departamentos, había propensión a la diversión en todo sentido.

Los compañeros maestros de Denis era otra variedad. Anne continuaba acosando a mi esposo. Sugería yo que de una vez le diera gusto para que terminara ese "affaire", entonces Denis se encelaba, "quieres que yo cometa falta para tu irte con algún amigo de la Sorbona, o con Vanesa…" Las carcajadas de los tres celebraban su patética idea. Claude apoyaba mi sugerencia sin esconder que sus intenciones eran "buenas". Mi esposo desfogaría con Anne, Claude se encargaría de mi tristeza y despecho. Quien mejor que él, éramos familia.

Claude invitaba poca gente. En una ocasión salimos con compañeros del banco donde trabajaba. Nos reunimos en el Café de la Paz. Llegaron los banqueros, pidieron, contamos cosas del clima, de viajes, de espectáculos en cartelera y al final cada quien decidió que tenía una preferencia diferente, uno quería ir a cenar, otro al cine, otro al teatro, otro a la opera, en fin terminamos cada quien para su casa. Dos o tres veces invitó a conocidas, las posibles candidatas a ser su pareja.

Marie Merrieux, francesa, simpática, parlanchina. Rubia, ojos azules, era de Lille, trabajaba en Paris como maestra de primaria. La conoció en una reunión del banco.

Denis y yo comentamos que por fin Claude iba a sentar cabeza. Parecían contentos, la pareja que formaban era muy pareja. Se parecían físicamente, los dos franceses, tranquilos, centrados. Ella tenía chispa, eso provocaba en Claude alegría en algunas ocasiones, desesperación en otras. No veíamos razones, sucedía y ya. Pronto dejamos de ir a casa de Claude, Marie se quedaba con él varias veces y no deseábamos incomodar. Me sentí triste y a la vez contenta. Extrañaba a Claude, nos había dado otra variedad en nuestras vidas. Extrañaba flirtear con él. Extrañaba sentirme enamorada, eso pasaba, me sentía enamorada, me ilusionaba verle. Ahora prefería no verle al lado de su chica, me hacia sufrir. Pero la razón se impuso, era su momento, para Claude, de realizarse, y ella era la elegida. "Tant pis" como dicen en francés, "Ni modo", decimos en español. Se presentaron otras novedades.

from	**: Christine** *<chrichv@videotron.ca>*
to	*Amanda Lozal <alozal@gmail.com>*
date	Thur, Jun, 10, 2010 at 8:13 PM
subject	*Se casó?*
	Mailed videotron.ca
	By

Claude se casó? Yo estoy enamorada de Paris, de Francia, de los franceses. Me hace sentir bien. Iremos a Francia aunque Claude este casado, no importa, hay otros franceses. Siempre me dejas en ascuas, hay muchas historias que no terminan. Quiero finales felices, me hacen falta.

Las maldiciones, si que creo en ellas, me persiguen. Me hablas de la muerte Amanda, yo te hable antes de ella y lo doloroso que ha sido en mi vida. Ahora estoy por perder a mi marido, es un pesar diferente. Pero estoy sufriendo mucho, muchísimo. Las reflexiones y las noches de vigilia que me torturan están cercanas a la locura. En varias ocasiones he amenazado con delatar a mi marido, hablar todo lo malo que pienso de Armando. Me retengo porque aun busco la manera de que vuelva. ¿Cuál es la maldición? Encontrar hombres malos o desear retenerlos.

Prefiero soñar en Paris, en lo divertido de tu vida. No puedo, no deseo escribir nada mas por ahora. Estoy al pendiente de ti, de tus noticias de tus historias. No me abandones Amanda. Xoxo. Christine.

from	Amanda Loza <alozal@gmail.com>
to	**Christine** <chrichv@videotron.ca>
date	Sun, Jun, 13, 2010 at 11:00 AM
subject	: Empatía.
	by: gmail.com

Christine querida,

Me duele tu sufrimiento, seguramente menos que a ti, ríe por favor, quiero empatizar contigo, aunque sé que es un momento difícil pero estoy segura que la salida esta brillando fuertemente, tu cierras los ojos, es normal, parte de la maldición, cegarse. Cando llegue la luz verás que estás ganando al perder lo que no te convenía. Te darás cuenta que tu propio ser necesitaba acabar con una situación que era una espina en tu corazón.

Ciertamente hay puntos sin conclusión, como hay callejones sin salida. Oportunamente llega un final, o no llega nunca. Como nunca se casa la solterona, como nunca se alegran los amargados. Pero los que tienen fe ven llegar el final de sus desgracias. Me dijiste alguna vez que soy más creyente que tu hermana budista, que soy más idealista que tu. Es el signo bajo el que nací. Aun así te digo que mi maldición duro muchísimos años. Tú saldrás de la tuya más pronto. Posiblemente sientes que el tiempo ya fue eterno. Pero no lo es, recuerda que la Tierra tiene solamente cuatro mil seiscientos millones de años es jovencita en relación a la galaxia, ha,ha,ha… somos nada, el tiempo no existe. Je t'embrasse bien fort. (Te abrazo muy fuerte). Amanda.

TRAFALGAR.

Mejor ser envidiado que provocar piedad. Herodoto.

Christopher era de Washington, D.C., estudiaba para ser historiador. Nos conocimos en un curso de Historia Viva de Francia en *La Sorbonne*. Hicimos conexión inmediata por ser del nuevo continente y de países vecinos. Al visitar monumentos de Paris, digamos "La Santa Capilla", el profesor nos ponía a describir lo que veíamos, y nos señalaba detalles que un historiador no pasa desapercibidos. Por ejemplo los artesanos que hicieron los vitrales contando la vida de Cristo, ponían la vestimenta del Medievo, que era la época de los artesanos. De ahí se aprende como vestían, que utensilios usaban, que comían y objetos que fabricaban en la edad media, no en Israel, o en el tiempo que vivió Jesús. Estudiábamos la historia desde el punto de vista social, no de las grandes figuras. Christopher alegaba conmigo, nos enfrascábamos en largas charlas sobre los puntos de vista de nuestro profesor, los aprendidos por nosotros en nuestros países y terminábamos bromeando sobre una supuesta historia inexistente, como que Texas es México, o que México es una colonia de Estados Unidos. Lo hacíamos de broma por pasar un buen tiempo. Por flirtear también. Nos gustábamos mucho. Yo estaba consciente de ser cinco años mayor que mi amigo, y de estar casada. Pero de tanto argumentar no había tenido tiempo de contarle mi vida. El era tan sencillo y transparente que ya me había contado la suya.

Cathy me pidió que la acompañara a Inglaterra. Cathy era mi compañera en la facultad de letras, ella era también americana. Vivía en un hermoso apartamento bajo un techo típico parisino, miraba hacia la Place de la Bastilla. Me encantaban mis amigos norte-americanos, jóvenes que veían un mundo nuevo, un mundo ideal, diferente a como lo ve Hollywood o la mayoría de las películas de ese país. Le dije a Cathy que trataría de ir con ella, si me esposo me daba permiso.

En mi clase de historia se me ocurrió invitar a Christopher al paseo por Londres y estuvo de acuerdo. Faltaba el permiso de Denis, mi esposo, quien por fortuna accedió por primera vez a permitirme viajar sola. Le advertí que no fuera a salir con Anne, con cierta sorna, la verdad confiaba plenamente en Denis. No sentía ningún peligro. Denis inquirió con aire de sospecha quienes eran mis acompañantes, y le conté mi plan. "Si existen dos americanos así en Paris, deberían conocerse, no hay muchos de esa calidad" exclamó. "Si a Cathy no le gusta el tal Christopher, entonces me la presentas, seguro que no se resistirá a un francés romántico como yo". De acuerdo, entonces estaré dispuesta a consolarlo. "No te lo voy a permitir". Me decía esto besándome e invitándome a la cama. Sus amenazas de siempre. El aprovecharía ese fin de semana para ir a una feria de Numismática en *Chartres*. Su colección de monedas antiguas era considerable, le gustaba exponerlas y vendería, intercambiaría y buscaría monedas para su gran tesoro. Ya le había yo acompañado en otras ocasiones, pero me aburría como ostra.

En la estación del tren del Norte (Gare du Nord) presenté a mis amigos americanos la una con el otro. Estaban boquiabiertos. No se esperaban algo así. *Cathy* era tímida. Christopher, ya en el tren, en un momento a solas, me dijo que estaba decepcionado él creía que podía haber algo entre nosotros, le aclaré que era la primera vez en cinco años de matrimonio que mi marido francés me dejaba andar sola. *Cathy* y Christopher pensaban que yo tenía menos edad, no me importó aclarar esta situación.

En general al lado de gente rubia y piel blanca, nosotros los de la piel tostada aguantamos los embates del tiempo y lucimos con menos edad. Agregado a ello mi marido, quien siempre me acompañaba a comprar ropa, elegía vestidos que me hacían ver como colegiala, no que fuera un depravado buscando a la colegiala Lolita, pero igual esa fantasía gusta a muchos hombres. Eso sí, al momento que en la entrada al cine para ver películas de adultos le decían a Denis, "lo sentimos la jovencita no puede pasar", refiriéndose a mí, el se enfurecía aclarando que él no era un degenerado, que yo era su esposa, y que éramos de la misma edad, los empleados del cine incrédulos pedían mi identificación.

Christopher había vivido veintitrés años y Cathy veintidós, yo veintiocho y con lo viajado y lo experimentado podría decirse que tenía muchos más pero no se notaban. Si, lo digo con presunción. Es bueno no preocuparse del tiempo. No existe, por lo tanto no existe la edad, je,je.

En Londres Cathy había reservado en una casa de huéspedes cerca de Victoria *Station*. Al salir de la estación buscamos la dirección. Indudablemente Cathy y Christopher como personas de buena educación y siendo de ciudades americanas conocidas por su acervo cultural hablaban con un acento refinado, claro, precioso y preciso. Cuando mi amiga americana se acercaba a los londinenses para pedir instrucciones de cómo llegar a nuestro hospedaje, los londinenses se excusaban diciendo que no entendían, que no hablaban su lengua. Tocó su turno a Christopher, con el mismo resultado. Yo estaba por demás extrañada. Ante el fracaso de mis amigos lo intenté, con mi acento de latina que habla inglés. Una dama que escuchó a Cathy primero y luego a mí, me dio las instrucciones anheladas. Cuando terminó me dijo: "Qué bueno que usted si habla inglés, sus compañeros nunca lograran hablarlo correctamente". Reímos, pero mis dos amigos estaban igualmente azorados, ¿Cómo que no hablaban inglés correctamente? Me preguntaron si me pasó algo semejante en España. Les conté que para nada, me tomaban como española.

Visitamos Londres, Christopher nos guiaba con su libro y sus anécdotas de historia, Trafalgar square, como la batalla ganada con dificultad por la marina inglesa ante franceses y españoles, El British Museum le dio material de sobra como para hacer un libro. Finalmente vi a estos dos compatriotas tomarse de las manos y sentirse atraídos, era inevitable. Fuimos a varios Pubs, y conocimos el "Dirty Dick", bar de fama internacional. Se nos acercó un inglés, "Jim", se presentó, nos escuchó hablar en francés. Quería practicar, pensó que éramos franceses. Christopher le aclaró que ellos eran americanos y yo mexicana, que vivíamos en Paris. Le dijo que si quería podíamos hablar inglés, todos lo podíamos hacer, entonces nuevamente la sorpresa, el tipo, dijo que no, que es mejor entenderse en francés, pues el no hablaba "americano", seguro que Jim sabía a ciencia cierta que los americanos hablaban su idioma.

Me divertí un rato con Jim, tratando de averiguar esa conducta tan tajante hacia los americanos. El hombre insistió con sarcasmo, que los americanos no hablan inglés. Esto me dio la impresión de que los ingleses traen rencor y envidia contra los americanos. Igual siempre pelean con los franceses. Que si Francia es la tierra de las ranas, por que el francés se escucha como el croar de estos anfibios, que si el Corno ingles es de origen francés porque es "cuernudo", significando que los franceses no satisfacen a sus mujeres, y otra curiosidad es que el "french leather" en francés es llamado "capote anglaise" refiriéndose a los condones. En fin es cómico darse cuenta que cada país de los llamados "grandes" se sienten tan grandes que todos los demás son pequeños o no valen la pena, sobre todo sus iguales. En Francia también es común hacerles bromas pesadas a los norteamericanos, y a los ingleses; llevándoles una cosa por otra, dándoles direcciones equivocadas, ofreciéndoles baratijas por joyas valiosas. Bueno en cualquier parte del mundo se encuentra uno con sabandijas. Definitivamente descubrí que esta actitud sarcástica era envidia, una forma de admirar la fama, la posesión o la habilidad de otros. Con las personas de países menos afortunados son amables, compasivos. Aunque no estoy segura de que Herodoto tenga razón. La compasión no es tan mala, la soberbia hace mayor daño. A la hora actual muchas personas en los países avanzados terminan por añorar la vida en armonía con la naturaleza de los países en desarrollo.

from	**: Christine** *<chrichv@videotron.ca>*
to	*Amanda Lozal <alozal@gmail.com>*
date	Wed, Jun, 16, 2010 at 9:13 PM
subject	*Extranjeros.*
	Mailed videotron.ca
	By

Amanda,

Se me ocurre que quiero ser extranjera. Es la vida en Paris, o es la vida de los extranjeros. Me pregunto si mis alumnos extranjeros se divierten tanto. Debe ser Paris, quiero ir a Paris, voy a terminar por ir a estudiar un doctorado en Paris. Ya está. Lo encontré. Aunque primero tengo que terminar de pagar mis deudas. Te contaré las razones de mis deudas en cuanto me sienta con ánimo.

Cuéntame de Europa. ¿Qué mas visitaste? ¿Es cara la vida allá, cierto?

Christine.

from	Amanda Loza <alozal@gmail.com>
to	**Christine** <chrichv@videotron.ca>
date	Frid, Jun, 18, 2010 at 10:30 PM
subject	: Cara mia.
	by: gmail.com

Cara mía, Así dicen los italianos, y permíteme asegurarte que tienes razón, Europa
Debe ser más cara incluso que Canadá o Estados Unidos. Todo allá es caro.
La renta, el transporte, la comida, los electrónicos, los errores… jejeje.

OXFORD.

Útil es todo lo que nos da felicidad. Auguste Rodin.

Para la navidad regresamos a Inglaterra, mi marido y yo. A Denis le gustó la idea de irnos a pasar el fin de año en esa casa de huéspedes en la cual estuve con mis amigos americanos. Recorrimos nuevamente Londres. Abrigados, abrazados, tomados de la mano, enamorados. Siempre que enfrentábamos algo novedoso reavivábamos el fuego ardiente de la pasión, del enamoramiento, del amor. El Palacio de Buckingham, el Big Ben, el tesoro de la Reina en la Torres del Puente. Caminatas por las orillas del Támesis. La niebla, la nieve, la chimenea de nuestra habitación a la que teníamos que ponerle monedas para encender calentador de gas.

La casa de huéspedes era manejada por Benjamín Brown. Un inglés por demás amable. Nos explicó como movernos en el transporte urbano, que tiendas tenían ventas especiales, donde era económico comer, los lugares populares más visitados. El desayuno estaba incluido, en su amplio comedor puso cuatro pequeñas mesas. Los desayunos eran fuertes de buen sustento, huevos, jamón, pan y café estos últimos al gusto. La esposa de Ben trabajaba fuera del hogar, el se encargaba de la casa y de los críos. Me pareció genial. Solo los ingleses parecían estar a la vanguardia social, si la mujer trabaja fuera el hombre puede ser "hombre de hogar" y vivir de ello. ¡Fantástico!

Fuimos a Oxford por el tren en un pequeño viaje de un día, incluía la bicicleta. Fue divertido, lleno de interés, visitar la universidad de tanto prestigio, su biblioteca, sus jardines, su capilla. Igualmente viajando por tren, en un día fuimos a Canterbury. La belleza de la catedral te deja sin resuello. El pueblo es tranquilo, bonito y se puede caminar por sus calles. Desde luego uno revive los "Cuentos de Canterbury", una recolección de historias populares hecha por Chaucer. Estas historias eran contadas por los peregrinos que iban a la Catedral y continuaban sus viajes por Inglaterra o hacia otros lugares santos.

Al principio olvidaba mirar al lado correcto al cruzar las calles. El nimio detalle de circular por la izquierda te cambia hábitos. Lo bueno es que Londres está acostumbrado a los turistas distraídos. Viajamos por el Underground, es el sistema de tren subterráneo, como el Metro. Me gustaba reconocer las caras típicamente inglesas con esa nariz respingada que parece pellizcada en el "tubo", el tren en sí parece un tubo. Tomé varias fotos de ingleses so pretexto de fotografiar a mi marido.

La cena de navidad es en casa, hay poco jaleo afuera. Tuvimos que comprar latas para cenar en la habitación, los restaurantes londinenses cierran temprano en esta noche. Nos desquitamos en año nuevo. Cenamos rico en el barrio Chino. Y a la media noche fuimos a la plaza de Trafalgar donde se dan cita los ciudadanos para honrar a sus policías. Las chicas los besan, las familias les dan regalos, los muy jóvenes se meten al agua de la fuente como si fuera verano. Aproveché para besuquear a dos que tres policías ingleses guapetones. Mientras mi marido tomaba fotos de jovencitas mojadas en la fuente. Cada quien su entretenimiento de vez en cuando es sano. Me gustaba ver lo extravagante de la vestimenta de los jóvenes, los jeans rotos, los pelos parados, largos cabellos para los hombres, muy cortos para las mujeres. El Reino Unido con sus contrastes, una nobleza muy conservadora, la reina de gran longevidad y trajes tradicionalmente austeros, de buen corte claro, sus sombreros en ocasiones discretos y elegantes, en otras extravagantes en un modo diferente de la ropa de los jóvenes.

De cualquiera manera todos felices, esa ropa es útil para llamar la atención y no podemos negar que Inglaterra llama la atención todo el tiempo, lo cual es útil para su cosecha, se mantiene la hegemonía. Para mí el viaje fue útil, feliz y enriquecedor. Historia de dos Ciudades, Paris y Londres. Ciudades ahora conocidas por mí, las soñé en mi infancia leyendo a Dickens en mi gran ciudad de México. Son de los tantos deseos que Dios me concedió porque me ama.

CATHY Y CHRIS.

Amor y gentil corazón son una misma cosa. Dante.

Claude y Marie nos visitaron en principio de año. Claude se quejó de que no nos dejábamos ver mucho. Les platicamos de nuestro viaje a Inglaterra y de mis amigos estadounidenses. Cuando supieron de Cathy y Christopher se asombraron como mi marido de que hubiera dos americanos interesados en el estudio, que supieran francés y que fueran agradables. Coincidieron con Denis, mentalidad francesa, que eran el uno para el otro pues no veían posible que hubiera muchos americanos de esa valía. Marie tuvo deseos de conocerlos. Se pusieron de acuerdo con Claude para que los invitara a un almuerzo el fin de semana en casa de Claude.

Al salir de la Sorbona me fui con Cathy a su casa. Contemplamos los árboles desnudos por el invierno que hacían marco a las calles que desembocan en la plaza de la Bastilla. La ventana inclinada permitía ver el cielo limpio de nubes, y en su borde se puede uno sentar para mirar bien hacia abajo. Comimos nuestro almuerzo, un potaje de legumbres que le enseñé a cocinar, receta de mi suegra, y una quiche comprada. Hablamos de Chris. Cathy estaba enamorada, eso me ilusionaba a mí también, como si tuviera parte en ello.

Le platiqué de nuestra última clase de historia, esa misma semana, habíamos hecho la ruta de peregrinos que iban a Santiago de Compostela, seguían por la calle "Saint Jacques", la cual representaba precisamente esa ruta, y luego seguía por la calle de las escuelas pasando frente a la Sorbona. Le dije cuanto disfrutábamos este curso, una lástima que ella no se inscribió. Christopher la llevaba a esos recorridos y repetía lo visto en el curso, agregando de su cosecha el romanticismo que nacía de su corazón. Chris se sentía igualmente prendado de Cathy. Sus cabellos largos color castaño cuando estaban sueltos lo ponían a temblar, era una gran tentación, me confesó, mejor que se lo trenzara, eso lo contenía.

Cathy y yo fantaseábamos en escribir una novela llena de detalles, esas bagatelas que terminan por ser olvidadas y sin embargo dicen mucho, como una gota de rocío, una mirada lánguida, una chispa de picardía, un salto alegre del corazón, y demás fruslerías que llevaran el romanticismo a lo divino, a lo místico si posible.

Para despedirnos quedé con ella como con Chris de vernos en la estación de ferrocarril del norte, donde salía el tren que iba para mi casa, el sábado a las diez de la mañana. Estaban advertidos que nos quedaríamos en casa de Claude, en el bosque de Saint Lou. A los dos les agradó ser objeto de curiosidad de los franceses. Ellos en los siete meses que tenían en Francia casi no habían tratado con franceses, como extranjero conoces otros extranjeros.

Fueron horas muy amenas. Los franceses en un principio bromearon con ellos, como una revancha "celos" del halo de grandiosidad que envuelve a los americanos. Pero mis dos amigos en la inocencia y el idealismo propios del nuevo continente, terminaron por ganar la amistad de los franceses que se sintieron halagados de ser admirados.

Había aun muchas castañas de las recogidas en el bosque. La chimenea dio ese toque acogedor del invierno, sobre todo el fuego tan grande que logramos pues grande era la chimenea que lograba calentar toda la casa de piedra. La música, otro toque internacional, Chris y Cathy se sentían subyugados por la colección de música de todo el mundo que tenia Claude, y el sonido con tecnología alemana tan nítido, fiel y sonoro. El vino francés, "la potée Lorraine" que hicimos entre todos, consistía en alubias, zanahorias, calabacitas, papas, salchichón, costillas de cerdo, y carne de cerdo. Los lioneses estaban encantados con platillos que son usuales en Lyon, aunque este caldo es de la Lorraine. Los malvaviscos a las brasas, idea americana. La charla sobre política, cultura, cine, trivialidades incluidas, todo era regocijo amistoso.

Cathy se sorprendió que Marie viviera con Claude sin casarse. Marie aclaró que solo convivían dos o tres días por semana. Todavía no decidían formalizar su relación a través del matrimonio, tal vez tardaran uno o dos años, apenas llevaban cinco meses. En eso me vino a la mente el refugio de Cathy, me parecía acogedor y les comenté que porque no vivían los dos allí, en Plaza de la Bastilla

Yo: - Cathy tiene un lindo apartamento bajo el techo, cerca de Place de la Bastille… empecé a decir.

Claude: -Ah!, ¡Cathy, es muy chic vivir en Paris! Y cerca de Plaza de la Bastilla es muy céntrica.

Marie: - ¿No vives con Cathy, Chris?

Christopher: - Comparto una habitación con compañeros extranjeros, al sur de la ciudad.

Yo: - ¿Por qué no viven juntos? El departamento de Cathy es muy bonito, has estado ahí Chris.

Christopher: - Cuando estemos casados viviremos juntos. Cathy y yo estamos de acuerdo en eso. Es nuestra educación. (Chris enrojecía al decir esto).

Denis: - ¿De dónde eres Cathy?

Cathy: - De Boston. Mis padres no estarían de acuerdo en que yo viva con alguien antes de casarme.

Marie: - Tu ¿Qué piensas? ¿No crees que sea bueno conocerse bien y saber si pueden convivir?

Cathy: - Pienso que un tiempo de noviazgo nos permite saber que tanto podemos convivir. Un año, o más, depende.

Christopher: - Tal vez menos. Cuando se tienen muchas cosas en común. Yo estoy seguro que mis padres estarían contentos si me caso con una mujer como Cathy.

Cathy: - Cuando mi familia conozca a Christopher y a sus padres seguro que se darán cuenta que… - en este momento ella también enrojeció, ¡estaban hablando de su relación!.

Denis: -… Que son el uno para el otro. (terminó la frase de Cathy). Ustedes ya se dieron cuenta y podrían vivir juntos, o casarse aquí en Paris. Un bonito recuerdo para llevarse…

Todos reímos, es un recuerdo verdaderamente inolvidable.

Yo: - Esta noche van a compartir la habitación.

Christopher: - Traemos nuestros sacos de dormir. Y tengo un gran respeto por la mujer que va a ser mi esposa, si ella quiere.

Cathy: - Cuando me lo preguntes… cuando lo hablemos tu y yo, … cuando estemos a solas.

Esta vez los miramos con simpatía, con una simple sonrisa al darnos cuenta de la sencillez y profundidad de sus sentimientos mutuos. No se da todos los días un hombre y una mujer que se aman al mismo tiempo. Eso les estaba dando la fuerza y templanza para esperar lo necesario para realizar la unión perfecta.

Denis: - Yo también supe que Amanda era la mujer para mi, desde que nos conocimos en la ciudad de México. No lo dudé ni por un momento. Por eso le envié el boleto de avión para encontrarnos en Marruecos. Aun así vivimos juntos por seis meses antes de casarnos.

Christopher: - Nunca pensé que una mexicana se atreviera a hacer eso. —entre bromas y veras- Tenemos idea que las latinas no salen de su casa si no es de blanco, ante un altar católico en general.

Yo: - Hay excepciones, Chris.- ufana de mi misma, con alegría **comenté** esto-. No creo en las tradiciones familiares, menos aun en esas. Pienso, como Marie, que la mujer debe decidir su destino sin la intervención de la familia, o sin que medie un interés, económico o político.

Cathy:- Yo decido por mí, lo que quiero. Mis padres me apoyan.

Marie: - y si no te apoyaran, si te dijeran que Christopher no te conviene, por alguna razón, porque el vive en Washington, y tus padres no estuviesen de acuerdo.

Cathy: - Eso no sucedería, hablamos con razonamiento, en general han estado de acuerdo conmigo. Me permitieron venir a Francia sola. Les daba temor porque era la primera vez que estaría lejos de ellos, que no regresaría a casa por las noches. Un año es mucho tiempo, dijeron en un principio, ya cuando me vieron decidida y lo hablamos entre los tres, los dos respaldaron mi viaje.

Claude: - Está claro que tienen familias afines. Los ejemplos que vives en casa son los que te educan. Mis padres son así. Ellos se casaron de manera tradicional. Mi padre espero el permiso de sus suegros, y todo se hizo de manera habitual.

Marie: - ¿Ahora esperas hacer lo mismo? Claude, ¿Buscas una mujer tradicional?

Denis: - Por eso no se ha casado, porque espera una mujer rutinaria, en el fondo sabe que es aburrido. Yo le mostré el camino.

Claude: - Si, mi hermano mayor, mi maestro. El guapo del salón, las chicas andaban tras de él. Eso no me sucedía.

Cathy: - A Christopher tampoco le sucede, ni a mí. No somos porristas. Somos seres pensantes. –Risas de todos.

Yo: - Sin ser porrista, ni coqueta, ni la más bella del ejido, nunca me han faltado pretendientes. Lo que si me sucedía a menudo era que el chico que me gustaba no me hacía caso, y los que me perseguían, no me gustaban mucho.

Christopher: - Tienes el encanto latino. Las mujeres afectivas, sensibles como tú y Cathy llaman la atención de muchos hombres.

Claude: - ¡Salud por esa! Eres del club de Denis, el secreto encanto de las latinas.

Marie: - Son mitos que persiguen la fantasía. ¡Las italianas son muy sexys!, ¡Las francesas hacen el amor como nadie en el planeta! ¡Las suecas te ofrecen el mejor sexo!!Las americanas se acuestan con quien sea, cuando sea y como sea! Hasta el final te preguntan tu nombre.

Cathy: - No todas. –nuevamente risas de todos-.

Denis: - Lo de las latinas no es un mito, y es cierto que los franceses somos expertos para hacer el amor.

Las carcajadas eran atronadora, el vino delicioso, la velada excelente.

Me fascinan estos encuentros internacionales. Para todo hay en la viña del Señor. En la misma biblia se decía que unos pueblos no aceptaban a otros, que estaba prohibido mirar a extranjeros. Sin embargo había extranjeros por todos lados, el buen samaritano respondió mejor que los nativos. Jesucristo llamaba a los judíos y encontró eco entre todas las naciones, muchos judíos no lo reconocen. Así es la vida.

Dieciocho meses después recibimos la invitación a una boda que tendría lugar en Boston, Massachusetts. Cathy me escribió que vivirían en Washington, Chris había logrado una cátedra en la universidad y ella seguramente conseguiría trabajo como profesora de francés. Me haría llegar su primera novela en cuanto le diera tiempo de escribir. Yo prometí lo mismo, escribir. Desde mis diez años quería escribir. Cathy me ganó; me hizo llegar su primera novela, un sencillo pero profundo escrito sobre el amor familiar y la seguridad que brinda. El amor se rodea de gentileza sin duda, solamente que en ocasiones es difícil reconocerlo o encontrarlo en su forma gentil.

ITALIA.

"Vini, vidi, vinci." Vine, vi y venci. Julio Cesar.

"Venecia sin ti", Charles Aznavour. Roma, Roma, regresaremos juntos a Roma… Mireille Mathieu., Three coins in the fountain… de la película americana donde tres jovencitas buscan romance en Roma… tantas canciones de la bella Italia, películas ni se diga, sobre todo de gladiadores, leones, cristianismo, soldados romanos, conquistas… Italia evoca proezas, religión, conquista, cultura. Con todo esto en mi mente la emoción hacia crecer las maravillas que visitaríamos en las vacaciones de primavera. Teníamos un itinerario cargado, muchos kilómetros por recorrer. Pero bien valían la pena.

Venecia, la ciudad que se hunde, darse un beso bajo el puente, subirse a una góndola… imposible, mi marido dijo que era carísimo el paseo en góndola, se cayó el romance. No tanto, me convenció que era igual el bus acuático que nos llevó a Murano, con tarifas accesibles. En otra jornada caminamos por la Plaza San Marcos, visitamos la basílica, comimos en un lindo restaurante en el único día que tuvimos sol, pues se vinieron como cinco días de llovizna y nublados. Se veía hermosa la ciudad de cualquier manera, los paraguas multicolores daban el toque pictórico. Los canales con góndolas que paseaban a turistas. En Verona vimos el balcón de Julieta, donde Romeo le decía tantas cosas hermosas. Padua, la Universidad más antigua de Europa, se pelea ese título con la Sorbona. Lo que me gustó fue la Astronomía y astrología. Es importante tu carta astral, Aquí fue donde me la hicieron por primera vez. Hay muchos dibujos hechos a través de los años, desde la antigüedad, sobre el estudio de las estrellas. Mapas de constelaciones y relaciones con los meses del año y las tareas por hacer en el campo, el arreglo de la tierra, la siembra, la cosecha y el descanso.

En Florencia nos volvió a brillar el sol. Admiramos esta ciudad con reflector potente. Los detalles de la puerta del baptisterio se podían apreciar con embeleso. En la estación prima, cuando todo florece ver brotar obras del renacimiento en su propia cuna. El museo Uffizi con pinturas que te dejan sin aliento, y las esculturas en la Academia hasta llegar al clímax con David de Miguel Ángel. ¡Uhuh! Que recuerdo. No me quería ir de su lado. ¿Traérmelo en la maleta? Nada que ver con los millares de copias que hay por el mundo, algunas insultantes cuando le ponen una hoja de parra al perfecto miembro viril del hombre perfecto y bellísimo en quien Dios puso su complacencia y mandó ungirlo como rey de los judíos. Estas a su lado, y esa gigantesca estatua de mármol blanco parece exhalar vida. Sus venas dan la apariencia de tener sangre azul, sus rizos, su cuerpo atlético, por eso el Señor le permitió tener todas las mujeres que él deseara, pero aun deseo a las que no eran suyas. Todas estas sin razones me vienen a la mente porque me pasa lo que a Alonso Quijano. Breve uno se enamora del hombre, de la creación, de Miguel Ángel Buonarroti o de David o del hombre como ser humano, esa es la esencia del arte supongo. El Puente Vecchio, "Viejo", el Palacio Viejo y la visita de la ciudad son golosinas que no se deben dejar de lado.

Roma, la fuente de Trevi, tirar tres monedas para volver. El Coliseo, la Vía Apia. Pedir un cuaderno en una papelería, en inglés, el hombre contestó "cappicci niente", en francés, misma respuesta "capicci niente". Me rasco la cabeza y me pregunto en voz alta en español, ¿Cómo se dirá cuaderno en italiano? El hombre grita: "cuaderno, cuaderno" con ese acento de cantante de ópera, y me saca un cuaderno de detrás de un estante. Si, cuaderno, eso quiero. Nos entendemos mejor en español, el está contento e indaga mi procedencia, yo estoy contenta, el hombre prefiere turistas latinos detesta a los estadounidenses y a los europeos. Caminamos y caminamos por calles y mercados en la calle y carritos de pizza, como los tacos en la calle. Muchos turistas toman fotos de las calles populares con tendidos de ropa que parecieran adornos festivos. Los claxonazos en las glorietas, en cualquier vía, peor que manejar en el Distrito Federal, como conductor me gradué en Italia, no perdí la cabeza, VINI, VIDI, VINCI.

Extraordinario día en el Vaticano. La capilla Sixtina, horas y horas, ni hambre da, devoras la "Creación". Lloré sin recato ante "La Piedad", conmovedora, y con lo que me encanta llorar. Miguel Ángel, definitivamente es fascinante. La Plaza atestada de fieles que esperan la bendición del Santo Padre. Por no dejar esperamos para comulgar de alguna manera con el fervor religioso.

NAPOLES.

El peligro menos esperado es el que más aprisa llega.   Voltaire.

Una ciudad que ha crecido muchísimo. Un pueblo sin miedo, tienen evidencia palpable del terror que causa la naturaleza, y sin embargo llegan como moscas hacia la miel para asentarse en Nápoles.

Lo que es atractivo para el turista debería ser una advertencia para los italianos. No hay alternativas, o de plano lo que menos esperan es que el Vesubio vuelva a hacer erupción. Denis y yo fuimos a Nápoles para ver y creer lo que hizo la erupción volcánica del Vesubio a dos ciudades: Pompeya y Herculano.

La guía escrita nos cuenta que Plinio el joven y Plinio el viejo, dos naturalistas, enviaron cartas a Tácito, historiador Romano, de esta primera erupción que vivieron o recordaron los habitantes de la región. Los romanos no conocían los volcanes en el año setenta y nueve de nuestra era. El Monte Vesubio, era eso, un monte, y no veían ninguna amenaza en ésta elevación de la naturaleza. Pero el veinticuatro de agosto del setenta y nueve, los veinte mil habitantes de Pompeya y los cinco mil habitantes de Herculano, fueron sorprendidos repentinamente por sacudidas repetidas y sobre todo por una erupción violenta e inesperada del Vesubio. La nube de ceniza se alcanzaba a ver hasta Nápoles a nueve kilómetros y de varias islas del Mediterráneo.

Herculano fue mejor preservado que Pompeya. Existe una novela llamada "Los últimos días de Pompeya", escrita por un inglés: E.G. Bulwer-Lytton, impresionado por la magnitud del peligro, la sorpresa y el daño causado supo transmitir estas emociones en su narración la cual hicieron ya en obra cinematográfica. Recomiendo leer la novela llena de acción y estupefacción. Conseguir la película no creo que sea sencillo. Visitar los sitios está super justificado, ahora con los museos que salen a realizar giras por el mundo han sacado a lucir objetos de los museos de estas ciudades, con fotografías de las mismas, si pasan por tu ciudad, no te pierdas esta exposición.

Herculano, su nombre viene del héroe Hércules está en la base del Vesubio. Los objetos rescatados nos hablan de la historia de estas poblaciones. En Herculano las calles eran estrechas, no podía circular las carrozas, sólo a la entrada y en un circuito que permitía rodear la ciudad. Los baños romanos eran tinas grandes de mármol, que se llenaban con aguas termales. El ritual era ser recibidos por una joven quien les daba un masaje en toda la piel, se metían entonces a la tina con otras personas, y al terminar pasaban a otra tina de agua fría, se sumergían rápidamente y las chicas los secaban. Ese era el servicio completo. Esta pequeña población ya contaba con un odeón, aun se observa el mosaico con lira y músicos en el piso, y el muro decorado con frescos alusivos a la música. Había pues un interés por la cultura, había diversión para el pueblo.

Tenía una arena para las luchas romanas y en las calles principales había varios negocios que se distinguían por los mosaicos ilustrativos encima de la entrada. Por ejemplo trigo para el Molino o en un Lupanar, con un mosaico grande ponían a las mujeres alegres, y en cada cuarto se ilustraba la especialidad de la "sexo-servidora". Quedan en pie los vestigios de una cocina de un restaurant, sus quemadores eran hoyos donde abajo se ponía la leña y encima estaban cubiertos por mosaicos.

En las casas de los nobles y ricos del pueblo no faltaban las fuentes de mármol, hermosas vasijas ornamentales, mosaicos en el piso que mostraban a Neptuno o a animales del mar, ya que Herculano es una población costera; los frescos en los muros que mostraban escenas de caza, o celebraciones importantes de los dueños dan una idea de la vestimenta y el lujo con que vivían. También son frecuentes los mosaicos y frescos "sensuales" o directamente "sexuales" que llaman la atención, ciervos en el acto de reproducción, faunos mostrando sus grandes miembros viriles; pero lo más común en fuentes y pisos son ornamentos del mar, conchas, delfines, peces, embarcaciones.

Lo que me dejó atónita, quedando las imágenes imborrables en mi mente, eran los seres vivos petrificados. Una mujer con su manta en la cabeza, huía aterrorizada, un niño se cayó tratando de tomar su pelota y quedó así en el suelo, extendiendo la mano para alcanzarla y con una rodilla doblada por la caída. Un perro también en señal clara de huida veloz, con dos patas levantadas. Puede uno entonces pensar que la biblia tenía razón al describir que la mujer de Lot fue hecha "estatua de sal", quizá se deshizo, castigada por Dios cuando desobedeció sus órdenes pues cuando <u>llovía fuego y olía a azufre</u> – seguro que era la erupción de un volcán- sobre las ciudades de Sodoma y Gomorra volteó a ver el espectáculo prohibido. Ya se ha visto en el canal de Historia, investigadores que han ido sobre esta teoría de encontrar la relación de los relatos de la Biblia con fenómenos naturales acaecidos en esas fechas o con anterioridad, pero que habían quedado como un relato que pasa de boca en boca, por tradición oral. Es para quedarse pasmado.

Ahora en la actualidad, con tanta información, nos enteramos de cómo nuestro amado Planeta anda rugiendo por todos lados, escupe fuego por aquí, se sacude fuertemente por allá, Indonesia, Haití, Chile, Mexicali; manda agua inesperada en lugares insólitos provocando inundaciones, tsunamis, sopla con fuerza hasta derribar ciudades, Huracán Catalina.

Esta protestando el planeta, la madre tierra está enojada con nosotros, no la cuidamos. El Ser Supremo nos está advirtiendo: "váyanse haciendo menos, arréglense para estar en armonía entre ustedes y con la naturaleza, busquen la grandeza del espíritu porque solamente ésta les llevará soportar lo que viene".

from	**: Christine** *<chrichv@videotron.ca>*
to	*Amanda Lozal <alozal@gmail.com>*
date	Sun, Jun, 20, 2010 at 8:02 AM
subject	Vacaciones..
	Mailed videotron.ca
	By

Insisto en que soy tu fan. Me gusta como pones las cosas, se antoja viajar y viajar y olvidar así todos los problemas. No veo "tu maldición". Si viajar es una maldición, que me llegue. Lo necesito ahora ya, la espera se hace eterna.

Armando no vendrá, ni en el verano ni al final de éste. Esperar por inercia, esperare porque lo prometí a mi suegra, esperare porque considero que es mi única opción. Quiero escribir, no puedo. Tomare vacaciones, durante el mes de julio me voy con amigos y mis hermanos al campo. Alejarme como ermitaña puede ser una ayuda para encontrar lo que realmente deseo. Si tienes diez anécdotas ya escritas envíamelas, leeré en el campo y haré mis anotaciones. Tengo ideas con lo que me dices. Mis ideas son vivir tu vida. L.o.l. Christine.

from	Amanda Loza <alozal@gmail.com>
to	**Christine** <chrichv@videotron.ca>
date	Tue, Jun, 22, 2010 at 7:52 PM
subject	: Re: vacaciones
	by: gmail.com

Bonnes vacances Christine. – Felices vacaciones-. Con gusto te envío diez anécdotas. Si mi experiencia te ayuda a orientarte en tu vida es un gran honor para mí ser ese faro de luz. De eso trata la amistad.

Veras que lo de la maldición es cierto. Viajar no es la maldición. El hechizo es no saber vivir en contentamiento con uno mismo todo el tiempo. Tú fuiste feliz con Armando ocho años. De pronto se instaló el malestar entre los dos y ahora sufren una ruptura. Recuerda el libro de la sabiduría China, I Ching, día y noche se entrelazan. Tu tristeza dará germen a tu felicidad, deja el proceso natural y en el camino aprovecha toda oportunidad. Un fuerte abrazo. Amanda.

VIAJES VARIOS.

¿Puedes enfocarte en el aliento de tu vida hasta convertirte nuevamente en un ser maleable como un recién nacido?   Lao Tse.

El "mercado de pulgas" de Montreuil, línea nueve del metro de Paris nos daba la oportunidad de vender las piezas de colección de nuestros viajes y las monedas repetidas de la colección numismática de Denis. Lo frecuentábamos cada quince días. De la misma manera lo había hecho Denis por varios años con ayuda de su madre, en Lyon. Era conocido por los amantes de la numismática y los que comerciaban con antigüedades. Gino, un italiano ruidoso, amante de llamar la atención en todos sentidos, su vestimenta, sus bromas, sus cadenas de oro en el cuello y los brazos, y sus rollos de billetes era uno de esos "anticuarios" en busca de tesoros en los mercados de segunda. Siempre se asomaba a lo que teníamos, curioseaba sobre todo la colección de monedas, de vez en cuando se acercaba a nuestras novedades internacionales. En nuestro viaje a Italia, tuvimos la suerte de entrar con un anticuario en Nápoles, que ofrecía copias de los mosaicos de las ruinas de Pompeya y Herculano a pequeña escala. Estaba probando este mercado, el hombre ya en edad avanzada, se entretenía en hacer artesanías novedosas. Denis, igualmente por ver si funcionaba compró cincuenta mosaicos, con el toque de antigüedad romana, desde luego varios eran de temas sexuales. El napolitano estuvo tan contento de su venta que nos ofreció como regalo algo extraordinario. Una vasija de unos treinta centímetros de alto con un diámetro mayor de unos doce. La hizo de pedazos de cerámica encontrada en las faldas del Vesubio y en los alrededores. Era un obsequio, Denis nunca dice no a lo regalado. Le gustó la vasija aquella, la adornaban dos perfiles de una dama romana. Me explicó como desde estudiante aprendió algunas técnicas de reproducción de antigüedades, y lo hecho por aquel comerciante le pareció satisfactorio. Los mosaicos se estaban vendiendo bien, eran poco conocidos. Gino se maravilló con estos objetos. Se enojó, gritó, gesticuló e insultó por no haber sido él, el que viajaba tanto por toda Europa, quien encontrara estas piezas. De puro coraje las compró todas, incluida la vasija, la cual quería guardar Denis. Gino le aseguraba que por lo menos el barro era genuinamente tan antiguo como la erupción del Vesubio. Como sea fue una buena venta. Gino en ocasiones era espléndido. Denis me aseguró que vendería esa mercancía por lo menos al doble, sino al triple de lo que se la vendimos. Mi amado marido, obtuvo una ganancia del cien por ciento, sobre todo porque Gino pagó muy fuerte por la vasija, la cual estaba convencido que era barro antiguo. Tenía una tienda formal de antigüedades en Paris, otra en Lyon y dos en Italia. Nosotros conocíamos la de Lyon y la de Paris.

Denis estaba tan contento de nuestro domingo en el mercado que de regreso a casa iba haciendo planes de varias excursiones para fines de semana. La Catedral de Colonia en Alemania, La Alsacia, frontera entre Francia y Alemania, para ver las cigüeñas, Ginebra, Lausana con su catedral gótica presbiteriana, el castillo de Chillon, el lago Leman en Suiza.

Reims, la preciosa catedral de los ángeles sonrientes y la degustación de Champagne, la bebida del lugar internacionalmente conocida. Rúen, otra catedral gótica con su torre de mantequilla, los adornos en piedra son tan abundantes que parecieran pellizcados en una barra de mantequilla. Tomé fotos de ésta hasta el cansancio. Logré vender a muy buen precio un par de estas fotos con todo y negativo para no reproducirlas.

No nos conformamos con catedrales góticas, también revisamos las románicas: Cluny, Paray le Monial, Poitu, Poitiers; En todos ellas ves ilustraciones de la biblia labradas en piedra, el juicio final, el nacimiento de Cristo, la resurrección, en los capiteles se ilustran los siete pecados capitales, los demonios, el infierno, verdadera enseñanza visual que seguramente apoyaba los sermones de los religiosos en aquellos siglos medievales.

Incursionamos en sitios de geografía dignos de mencionar como el macizo central, el Puy de Dome, cañadas del rio Garona, un circo geográfico perfecto logrado por las montañas de Auvernia, Ciudades industriales como Clermont Ferrand, puertos como Niza, Cannes, y el principado de Mónaco.

Conocí Francia, tanto como México. Era un sueño guajiro en mi infancia, se hizo realidad simplemente por ser bien amada de mi Padre Celestial. "Pedid y se os dará". Sueña con fe la vida que deseas y se te concederá, porque "la vida es sueño y los sueños, sueños son" (Calderón de la Barca). El aliento de mi infancia era una sed de conocer mi planeta, de conocer el caleidoscopio que conforma su gente, los terrícolas de oriente, occidente, del viejo y del nuevo continente. ¡Y he aquí!

EL NUEVO CONTINENTE.

¿Puedes amar a la gente y guiarla sin imponer tu voluntad? Lao Tse.

En el verano volvimos al nuevo continente. Cinco años de ausencia. Extrañaba mi terruño. Me fui una semana antes para disfrutar de mi familia. Las madres no se detienen ante nada. La mía que tanto había imaginado verme casada, por fin vio su sueño realizado, me organizó una ceremonia de boda (aniversario de boda) para que todas nuestras amistades y tíos, tías y primos asistieran. Fue en Cuernavaca, con mariposas, flores y aprovechando ese hermoso jardín tan amplio que tiene en su casa. Denis estaba incómodo, poco acostumbrado a reuniones con tanta gente, cerca de ochenta personas nos visitaron, nos abrazaron, nos desearon lo mejor, nos llevaron regalos. (Mis hermanas se encargaron de decirles que mi marido era coleccionista de geodas y de figurillas de barro aztecas, toltecas, mayas. Tuvimos una gran variedad de esta artesanía que era mercancía susceptible de transformarse en francos franceses).

Mi madre irradiaba plenitud, su hija mayor se había casado con un francés. Se colgaba del brazo de Denis y lo presentaba a sus hermanos, a sus banqueros, a sus editores, a sus amigas. Mi marido terminó casi muerto. Dolor de cabeza y mareos, quejas y "ayes" a más no poder. ¿Cuándo nos vamos? Recuerda que quiero llegar vivo a Copán. Quiero conocer Quirigua, Antigua, Tikal. Déjenme llegar vivo por favor. Deliraba. Finalmente tuvimos días de quietud. Disfrutó de Tepoztlan, y el cerro del Tepozteco.

No conocía las Grutas de Cacahumilpa, ni las pirámides de Xochicalco, ni nunca había ido a Acapulco. Todo le gustó menos Acapulco. Denis no es amante del calor, ni de la playa, ni de asolearse. A mí me hacía falta, creí que sería ideal como luna de miel. No funcionó. Curiosamente en todos nuestros viajes se ponía romántico, era el mejor amante francés del mundo. Pero en Acapulco sólo quería dormir y alejarse del lugar. Yo igual me metí al mar, lo llevé a ver los clavados en la Quebrada, nos subimos al Yate de fiestas en la bahía, fuimos a una discoteca y a un antro de travestis, esto último lo reanimó.

Obviamente al estar entre los míos de nuevo, automáticamente regresé al rol conocido, comportamiento programado por tantos años de esfuerzo materno, educación y entrenamiento. Entonces la respuesta a la pregunta inicial de esta anécdota, es no, mi estimado Lao Tse, no se puede guiar a los seres amados sin imponer la voluntad. Esa es parte de la maldición. Mi madre siempre impuso su voluntad sobre nosotros. Ejemplo ahora fue esta fiesta sin ton ni son, hecha con el corazón y la mejor intención, cierto, pero qué bueno que me tardé cinco años en volver. Tomaré otros tantos para mi próxima visita. Aunado a esto soporté por tres semanas, estoicamente, la cantaleta materna: ¿Cuándo voy a ser abuela?, ¿Acaso no pueden tener hijos? ¿Eres estéril o tu marido no funciona? Ya no te tardes en darme nietos, a los treinta años es peligroso. No te quedes sola, no seas tonta, lo que realmente te hará mujer son los hijos. Una mujer no se realiza plenamente si no hay por lo menos un hijo… ¡uuu, uuufff! Que cansancio, madre querida te adoro, pero eso es demasiado… Por eso me gustó esa historia popular que cuenta que ni Dios logró que sus hijos lo obedecieran. Les dijo a Adán y Eva que no comieran del fruto del árbol del bien y del mal. ¿Por qué?, preguntaron, porque lo mando Yo y punto. He ahí a los desobedientes, corrieron a comerlo. Dios enojado preguntó la razón de su desobediencia, Adán culpo a Eva, Eva dijo que Adán había empezado, Adán señaló que la serpiente les aconsejó. Dios cansado de tanto argumento sin fundamento castigó al ser humano con el sufrimiento de tener hijos, era la venganza perfecta. Es broma, cierto, pero como dicen algo de verdad se asoma.

Queridos hijos, si alguna vez los tengo, les prometo no imponer mi voluntad, les guiaré con amor y sabiduría. Pero por favor obedezcan.

CAMINO AL CIELO.

Cuando comprendes todo, ¿eres capaz de volver a empezar de cero? Lao Tse.

Tapachula, Chiapas, estábamos lejos de mi gente otra vez, solos los dos. En mi México querido, mi marido y yo veíamos ese torrencial de agua que cae por las tardes, trescientas tardes al año llueve de esta manera en Tapachula. Los cafés de la plaza principal se llenan de personas que miran caer el chaparrón con complacencia durante una hora. Disfrutamos con ellos mientras tomábamos un café capuchino con sabor a chocolate, al fondo de la taza había chocolate con canela, de ese que no es comercial, de ese que es casero hecho con las semillas de cacao que se dan en Chiapas. Aprovechamos para leer "Le Guide Bleu", "La guía azul de Centro América" y contemplar el Tacaná, ese volcán que compartimos con Guatemala.

Guatemala, una vez cruzado el rio Suchiate, nos ofreció para empezar una ciudad de habitantes amables, cafés chinos, y facilidades para visitar Antigua. Nuestro transporte había sido y seria el autobús. La Antigua Guatemala es un pueblo hermoso. Las casas añejas con fuentecillas e íconos religiosos, algunas de ellas arregladas y decoradas con toda la artesanía que producen los guatemaltecos. Varias de estas casas son posesiones de estadounidenses que se han arraigado en esta población y con orgullo muestran sus casas como museos. Caminamos por sus calles, admiramos sus iglesias, sus volcanes y sus plazas.

Regresamos a la gran ciudad de Guatemala para tomar el autobús que nos conduciría a Chichicastenango. Este pueblo empedrado nos deleitó con la airosa presencia indígena, con sus animados mercados, con su gran variedad de artesanía. Hicimos compras de mercancía para vender en Montreuil. Los monederos bordados nos llamaron la atención, lindos y ligeros. Encontramos un hotel de muros de adobe, con patio central y macetas. Nos parecía muy adecuado al paisaje.

Para ir a Tikal tuvimos que tomar una excursión en avioneta. Valía su precio en orden de ver la selva tropical resguardando este tesoro maya. Nuevamente los velos del misterio, una civilización tan avanzada, tan capaz, y de pronto se aleja de sus centros ceremoniales y avanzados sin razón aparente. Los monos, las aves tropicales, insectos y reptiles se hospedan alegremente en el medio ambiente que es totalmente suyo.

Cada vez regresábamos al centro de transporte, ciudad de Guatemala. Fuimos a San Salvador en un autobús que no prometía mucho, para empezar los horarios son muy aleatorios. Tuvimos suerte, esperamos solo una hora para salir. Para llegar se presumía que podíamos tomar unas seis horas. Fueron once. Llegamos a San Salvador. Solo por conocer y para llegar a Honduras.

El Viaje a Honduras fue muy parecido a "La subida al cielo", película mexicana realizada por el director español Luis Buñuel. Hasta el autobús era similar. Un transporte viejo para veinticuatro pasajeros a lo sumo. El horario previsto eran las ocho de la mañana, a las once sólo éramos seis, el chofer nos dijo que esperaríamos otra media hora por más pasajeros. La ruta que llevaba a Honduras no estaba pavimentada, pasaba por varias rancherías. Hacía calor, lo bueno es que nos previnieron de llevar cantimploras con agua. El paisaje en general era yermo. En la primera ranchería nos detuvimos treinta minutos mientras el chofer indagaba sobre su primo y esperaba a un vecino que dejó dicho en la casa que hacía las veces de parada, que le esperaran, olvidó algo, mientras tanto que subieran su carga. Llegó el hombre, el chofer supo que su primo se había embarcado para Guatemala la semana anterior y se le contaron todos los pormenores. A falta de otra distracción todos escuchábamos las explicaciones. En otra ranchería nos enteramos que Doña Juana tenía dos semanas agonizando, que ahora si no pasaría de otra más. Luego se subió un amigo del chofer que viajaría hasta la próxima población, entre tanto los dos amigos platicaron la última fiesta a la que asistieron y de como el nuevo pasajero se quería casar con la chica de la fiesta, pero los padres no estaban de acuerdo, ella quería fugarse con él, el fulano no estaba seguro de querer tener ese compromiso sobre la espalda. Nuestro autobús se paró en seco ante una precesión de la virgen que usaba justo la única ruta para circular. Otros pasajeros hablaban con los peregrinos para saber de los milagros de la virgen. Ya casi anocheciendo paramos en una casa donde ofrecían algo de cenar. Yuca, arroz, frijoles y tortillas. Todavía, antes de quedarnos dormidos, alcanzamos a ver un sepelio, el féretro era blanco, lo cual significaba una persona joven. El chofer, sin apagar el motor, descendió del vehículo para prestar sus respetos enterándose que era una niña de doce años, la hija de doña Chole, a causa de una diarrea se fue a mejor vida. Doña Chole inconsolable, apenas hacia un año que perdió a su marido, su hijo mayor se había ido pa México a trabajar, y el menor a duras penas podía ayudar con la siembra. Toda una vida de las poblaciones salvadoreñas desfilan ante tus ojos, tus oídos y todos tus sentidos pues el calor, el sudor, las horas eternas en el asiento, el polvo que se mete en tu lengua después de que se acaba el agua. Nacimiento, crecimiento, trabajo, casamiento y muerte viajan en el transporte con uno que se aventura por esos caminos de Dios.

Logramos visitar Copán, la coronación de nuestro viaje. Pasamos por Tegucigalpa y San Pedro Sula. La selva tropical que rodea el pueblo y las ruinas mayas es tupida, húmeda y cálida. Engalanada con aves coloridas, guacamayas, tucanes, pericos y otras igualmente hermosas. Todo el sitio arqueológico es muestra de un elevado sentido de civilización alcanzada por el pueblo Maya. El arte de los mayas en su expresión más elevada. Las esculturas con relieves delicados, estelas que muestran vestimentas en tres dimensiones. Jeroglíficos que cuentan historias, que hablan de matemáticas, de astronomía, de un calendario más acertado en la medición del tiempo que el calendario que usamos actualmente. Son tesoros de la humanidad que se preservan gracias a esa unión de arqueólogos, geólogos, antropólogos, escritores, humanistas e historiadores locales e internacionales y a la UNESCO que en un consenso concienzudo ha decidido preservar como patrimonio de la humanidad todo vestigio y riqueza cultural o parque natural considerado herencia común a las naciones. Insisto en que terminaremos siendo ciudadanos del mundo, consideraremos a nuestro Planeta como nuestro hogar común al que hay que compartir en armonía, cuidarlo con responsabilidad y darle mantenimiento en general. Empezaríamos el año cero de los terrícolas, lo cual significaría que ya estamos listos para recibir a los extraterrestres y para viajar a otros planetas.

SE ACABO.

La duda es la fiel servidora del sentido común.   José Vasconcelos.

En septiembre, en nuestro dulce apartamento, volvimos a ver a Claude. Nos hizo una visita. El no había salido de vacaciones. Los banqueros tienen medidas sus vacaciones y cuando inicias mas te vale estar de guardia cuidando tu puesto. Le pregunté por Marie.

Claude: - "C'est fini." – Se acabó – Su tono no era de pesar, ni de alegría. Una constatación matemática. Real, fría, simple. Mi marido le regaló una botella de tequila que le habíamos traído de México. Le ofreció un vaso tequilero, de nuestra botella, con sangrita de la viuda, limón y sal. Yo quise hacer "Margaritas", recién aprendí como hacerlas, les invité a seguirme a la cocina, no me quería perder una sola palabra de ese "se acabó".

Denis: - ¿Cuántos tequilas necesitar para empezar a llorar?, o ¿Quieres hablar primero?

Claude:- No voy a llorar. Era un ensayo, si funcionaba bien, si no pues no. Realmente nunca vivimos juntos.

Denis:- Pero te hace falta. Por lo menos a cierta parte de tu cuerpo le debe estar doliendo la ausencia de Marie. (sarcástico).

Yo:- Acepta, Claude, el corazón duele, la ausencia lastima, una relación que no funciona hiere.

Denis: - Yo estoy seguro que no le duele el corazón. Pero el "biscuit" si duele. (El biscuit es un pan tostado habitual para el desayuno, se remoja en el café. Comúnmente hacían referencia al acto sexual con "tremper mon biscuit dans son café" – remojar mi bizcocho en su café -).

Claude:- Hay burdeles, hay chicas en las banquetas, y bares con chicas desesperadas.

Yo: - Pero tú no buscas eso, Claude. No eres esa clase de tipos.

Denis:- En caso de necesidad cualquiera es "esa clase de tipos". Menos yo. Porque te tengo a ti y si no te tuviera, me sobran mujeres. Lo has visto. Eh!, cuéntale a Claude cuantas de tus primas querían conmigo, y tus tías también. Y en Guatemala muchas chicas me hacían guiños.

Yo: - Denis eres muy presumido. !No te me acerques! (Al contar sus supuestas conquistas me abrazaba y se ponía meloso para darle celos, envidia a su amigo, me parecía tan de mal gusto, sobre todo en ese momento).

Claude:- Si, cuéntame Amanda. Quiero escuchar lo de la fiesta en casa de tu madre. Los volvieron a casar. Eso fue divertido.

Denis:- Ni lo digas. Mil gentes nos rodeaban, no te dejan ni respirar, y esas mujeres latinas que te abrazan y "te tocan" por todas partes… (Sorna).

Claude: - Me imagino Denis que brincabas de alegría. Con lo que amas las fiestas.

Yo: - ¿A ti no te gustaría?

Claude:- No es usual en Francia. Bueno, nosotros – miró a Denis – no íbamos a fiestas masivas, ni a conciertos… a mi me engenta. Estoy acostumbrado a pequeñas reuniones. Pero seguro que me encantará escuchar lo de su fiesta. ¡México es fiesta! Y me estoy enterando de que tienes una familia grande.

Regresamos a la sala de estar. Con margaritas y tequila. Denis relato la fiesta, exagerando todo y haciendo mímica de bailes, coqueteos y remedos de mis tías, tíos y mi madre.

Denis: - "mi hijita, apúrate a embarazarte, quiero un nieto, yo lo cuido".

Yo: - De acuerdo, es molesto que te apuren y te digan lo que se espera de ti, pero por otro lado, una familia mexicana, es una fiesta como dice Claude.

Claude:- Se preservan valores y la familia. Déjame decirte que mis padres si quieren un nieto, me lo han dicho. – Ya con copas encima, o con el pretexto, Claude me pasaba la mano por la espalda, me apapachaba, me tomaba de la mano, me rozaba con su piel, con su pelo, con su aliento- Así que estoy de acuerdo con tu madre, debes apurarte a tener un hijo, una docena…

Denis: - Si tú los mantienes y los cuidas, nosotros los hacemos… te damos uno por año… se acercó mi marido, me besó sin que yo pudiera hacer nada, y me pasó sin discreción la mano por los senos. ¿verdad querida?

Claude: - Si me permites ayudar en la inseminación, estoy de acuerdo, cuatro o cinco niños está bien. Tres niñas.

Denis: - Yo soy el de la diversión, tu eres el que quieres la obligación.

Claude: - Acepto la obligación porque hay gozo en ella, si no cual es el chiste.

Yo:- ¡Basta! Ni una copa más. Empecé a recoger botellas.

Denis: - No, déjalas, hay que seguir riendo, tenemos que festejar que ya no hay Marie, se acabó. Claude se quedará a dormir aquí.

Claude: - En tu cama, con tu esposa.

Denis:- Si tuviera repuesto a la mano, no diría que no. – Me volvió a besar y a abrazar más que sugestivamente.- Ahora si mi mujercita acepta que seamos los dos… ¿aguantarías querida?

Yo: - ¡Estás loco!

Claude: - ¡Borracho!

Yo: - Buenas noches. (Cerré la habitación, pero no tenia llave. Puse una silla para atrancar la puerta, pero tres horas más tarde el ruido de la puerta y la silla que empujaba mi marido me despertó y le abrí, ¡Qué remedio!).

Durante el desayuno Claude nos pidió que fuéramos con frecuencia a visitarlo y que le avisáramos de nuestras salidas de fin de semana. Con gusto iría con nosotros de vez en cuando. Aclaró que tenía muchas dudas con respecto a sus sentimientos con Marie, y ella también. Deseaba cambiar muchos de sus hábitos, recalcando que él no fuma, Marie sugería salidas frecuentes como las que "Denis hacia con su mujer", le gustaban las reuniones con amigos, y familiares. Desde que habíamos invitado a los americanos, Marie empezó casi cada ocho días a llevarle invitados, que una prima y su novio, que amigos del trabajo, que visitas de Lille, (Marie era de Lille). Claude protestó que no tenían intimidad, que su casa se llenaba de extraños, Marie terminó por molestarse y felizmente todo acabó pues él estaba fastidiado de tanto cambio, de tanta gente que no era de su agrado.

Denis: - Es claro que se enamoró de mi. Quería que fueras como yo.

Yo: - Claude tiene razón al decir que a ti lo que se te debe de exigir, yo que soy tu mujer, debería exigir que dejes de fumar. Claude no tiene malos hábitos. Y tú, Denis, no paras de fumar, con la colilla de un cigarro enciendes el siguiente, eres el colmo, es otra cosa que te dijeron mis tíos. Los dejaste pasmados. Nunca habían visto un fumador de tu talla.

Denis:- Querida mía, ni lo pienses. Recuerda que a petición de mi médico y de mi madre he intentado dejar este vicio, parches, inyecciones, pastillas, homeopatía… nada, regreso al hábito con mayor fruición.

Claude:- Pues si quieres morir pronto, yo no tengo inconveniente. Yo cuido de tu mujer cuando te vayas.

Denis: - Esta bien, estoy de acuerdo. ¿Sabes por qué? Porque el que espera desespera. Mientras más buitres esperen mi muerte, menos llega ésta.

Yo: - Estando en la facultad de medicina en México, teníamos un compañero de tu altura, por cierto güero también, parecido a ti, su padre parecidísimo a él, lógico. El caso es que en el semestre que estudiamos neumología, nuestro profesor nos dijo que el cuadro típico de un cáncer temprano se daba de los treinta y cinco a los cuarenta años de edad en grandes fumadores que habían empezado a temprana edad. Jorge, nuestro amigo, se puso de pie, retando al profesor y burlándose de lo que acababa de decir, aseveró que estaba en un error o que su padre era una excepción, había empezado a fumar a los doce años, fumaba dos paquetes y medio diarios, tenia treinta y siete años y estaba saludable como un roble. El profesor le sentenció que su orgullo no duraría mucho. Antes de terminar ese semestre, el padre de Jorge fue internado en ese hospital, tenía cáncer avanzado en los dos pulmones. Fue un aprendizaje impactante para todos y muy doloroso para Jorge, por lo menos el sí dejó de fumar.

Denis: - ¡Pamplinas! Me lo cuentas de nuevo cuando tengamos setenta años.

Claude: - Si no tienes ni la menor duda al respecto significa que no tienes sentido común. Deberías empezar por tomar la decisión de fumar una vez de cada dos que tienes ganas de hacerlo.

Denis: - No te esfuerces, mejor esfuérzate en conocer otra chica o en conquistar a mi mujer que es tan imposible como la primera opción.

Yo: - Denis ya basta! – Dirigiéndome a Claude- Oye, mañana vamos a Montreuil, acompáñanos. Veras nuestros tesoros mayas, y hay muchas chicas guapas en el mercado de pulgas.

Claude:- ¿Están en venta?

Denis: - A muy buen precio. Nuestra vecina de al lado de nuestro puesto te va a encantar. – reía, mi marido, solo de pensarlo -.

Yo: - Yo también pensé en Lila. Es bonita, platica mucho con Denis, también conmigo. Me encarga sus cosas, me presta sus revistas. Mejor no te hablamos de ella. Conócela. Si no te interesa, te insisto en que hay muchas otras paseándose y coqueteando. Preguntan de nuestras cosas y terminan invitando a Denis a beber algo.

Claude: - ¿Aunque estés allí?

Yo: - Verás, para no aburrirnos mucho, una vez que instalamos nuestra mesa, nos turnamos una hora Denis, una hora yo, nos vamos a dar la vuelta al mercado.

Denis: - Si, lo que no me gusta mucho; tú te vas a coquetear, sobre todo con los árabes, te he visto. Y lo peor siempre terminas comprando algo para ti, para la casa, para mi… es como una enfermedad… compradora compulsiva… - me lo reprochaba, pero me besaba tiernamente para dar a entender que eran defectos que me toleraba-.

Claude cuando se despidió nos aseguró que nos encontraría en Montreuil. Denis le dio santo y seña de donde estaríamos.

LILA.

La vida es insoportable para quien no tiene a mano un entusiasmo cualquiera.   Barrés.

Lila me gustaba mucho como persona. Era diferente a lo que conocía. Este fenómeno de ser individualista, de seguir un camino diferente a los demás, de tener una pasión tan disparatada de alguna manera, me llamaba la atención. Como las películas de Fellini, cierto o no que a uno le gusta la exageración en el maquillaje, los personajes que se ponen cosas extravagantes, encuentras fascinación en ello y tu vista no se puede apartar de esa imagen. Eso me sucedía con Lila. Pensé en Claude con Lila, por ser igualmente especial, individualista, eso sucede con los hijos únicos, cuando son aceptados, queridos e impulsados a ser, a dar de sí lo que traen dentro, lo suyo propio. Fueron guiados con amor sin imponerles prejuicios. Claro que él no era extravagante. Lila era amante de la moda retro. Sus revistas de moda eran de siglos anteriores. Compraba cosas de las abuelas. Ropa, zapatos, accesorios. Estudió teatro y se especializó en vestuario, estudiaba también historia del vestido. Me parecía por demás interesante, después de todo Franco Zeffirelli era un especialista en eso del vestido. Qué bueno que hay gente así, detallista al máximo. Para ello tienen que irse a investigar el pasado. Y acciones tan de poca monta como comprar vestuario de las abuelas, baúles llenos de sorpresas, te lleva a redescubrir la historia de vestidos y accesorios de hombres y mujeres.

Lila vendía ropa antigua, no ropa vieja. Se vestía con antigüedades. Se le veían bien. Los zapatos de abuelas, me mostraba en las revistas de modas antiguas los zapatos que traía, se le veían ¡súper!, vestidos, faldas, chalecos, chales, chaquetas. De regreso de mi país le llevaba una sorpresa, una blusa en manta bordada por indígenas, la tela hecha en telar a mano. Le encantó, esta gente aprecia muchísimo este tipo de bienes. Me lo agradeció mucho. Me regaló a su vez tres revistas de moda retro y un zorro para los hombros. Me encantaría usar algo de su moda, pero sé que no me atrevería, tengo muchos atavismos. Apenas si uso blusas como la que le regalé. En realidad no me gusta llamar la atención por ello me visto normal, como todo el mundo.

Ese día, aun veraniego, ella traía puesto un vestido de algodón grueso, blanco, sin mangas, sin sostén, se le veían los senos, pequeños como de niña. Cuando Lila fue por su café y "croissant" matutino, nos encargó sus cosas. Denis aprovechó para decirme: ¿viste su pezón color fresa? No creo que le guste a Claude.

Yo: - ¿No le gustan los pezones de fresa?

Denis: - No, mi tontuela, los senos pequeños y al aire. Lástima, de cualquier modo reiremos un rato.

Lila: - Ya estoy de regreso. Veo que va a ser un domingo lleno. Hay mucha gente, apenas si se mueve uno por los pasillos.

Yo: - Hay personas interesadas en la chaqueta marrón con zorro.

Lila: - La voy a vender bien, la acabo de adquirir, miren es brocado, la cintura bien marcada, los botones originales siglo diecinueve. Unos setecientos francos.

Denis: - Y ya se acerca el frio, todos esos zorros salen hoy. –bromea-

Lila: - Son calientes, te los pones en el cuello e inmediatamente se te aclara la voz.

Denis:- No lo dudo. - como teníamos gente, se dirigió a nuestros clientes-, esas geodas vienen de México, es cuarzo, hay otros colores con piedras adyacentes, …

Lila también tenía clientela. En efecto era un domingo con mucha gente, al finalizar el verano era como la despedida de las vacaciones, el regreso a clases, mucha gente se renueva en el mercado de pulgas.

A mediodía llegó Claude. Lila estaba ocupada. Entonces Denis se llevó a su amigo a dar la vuelta y a fumar. Cuando regresaron Lila y yo charlábamos, aproveché el descanso de gente para presentarlos. Denis sonreía burlón. Vi chispas en los ojos de Lila, me agradó, tuve la sensación de haber hecho mi buena acción del día.

Denis atendía a clientes casi sin respiro, uno tras otro. Nuestras geodas y las figurillas de barro se vendían como pan caliente, y el precio era como de cien veces mayor en el barro, cuarenta por ciento en las piedras, cuando las comprábamos nosotros, estas además fueron regalos de mi familia. Al verse tan ocupado en algo que le fascinaba, me envió que fuera con su camarada a almorzar. Fuimos a un café que estaba dentro del mercado. Le pregunté entonces a Claude que le parecían el mercado y especialmente Lila.

Claude: - ¿Siempre está lleno este mercado? En Lyon acompañé a tu marido un par de veces pero nunca recuerdo que hubiera aglomeraciones como aquí.

Yo: - Recuerda que es Paris, la gran ciudad.

Claude: - Por eso me gusta ese rincón que encontré en los suburbios, es Paris pero lejos de esto.

Yo:- A mí me gusta este ambiente, me recuerda los mercados de mi país, mucho movimiento, cantidades de gente como hormigas en hormiguero, aunque no lo necesito para vivir. Realmente si se me dieran a escoger haría lo que tú. Tal vez voy a terminar mi vida en un bosque en una linda casa de piedra.

Claude: - De acuerdo, ya conoces mi dirección.

Yo: - Ahora dime de Lila. ¿Quedaron en algo?

Claude: - Si, en que a ella le <u>encanta el teatro</u>. (enfatizó lo del teatro sarcásticamente). A mí me gusta verlo de lejos y de vez en cuando.

Yo: - Me vas a decir que no te gustó, hoy que viene tan sexy, ese vestido de algodón blanco, ¿no la imaginas vestida de novia con un modelo antiguo, romántico?

Claude:- ¿Como de una película de ultratumba? – Me hizo reír desde luego.- Es muy delgada, sin senos, le falta poco para ser hombre. Tal vez no me fijé bien y si es un travesti, ¿no?

Yo: - Eres difícil. De cualquier manera aquí hay muchas chicas, o alguna te gusta en tu trabajo. ¿Hay alguna?

Claude: - Si, tu. Piensa que tu marido ya me nombró tu guardián, y como no deja de fumar. El nos presentó con toda la intención de que yo lo releve.

Yo: - ¿Cómo te atreves a bromear con esto? Me incomodas. Prefiero sentirte como mi hermano.

Claude: - La situación siempre ha sido de esta manera entre nosotros. Yo tenía toda suerte de juguetes y bienes materiales que a Denis se le antojaban, entonces él me castigaba con las chicas bonitas que lo perseguían. Lo que yo puedo tener, el no lo puede tener, y viceversa.

Yo: - Es un juego y soy parte de éste. —nuestra charla era en guasa con fondo de "por si pega"-.

Claude: - La vida es un juego, debemos divertirnos, es parte de ésta. ¿Dentro de quince días vamos a Brujas? Me dijo Denis que vio una excursión interesante en cuanto al precio, al ser tres nos dan mayor descuento.

Yo: - No estoy segura, creo que hay exposición numismática antes. También tenemos una cena, pero en viernes, con una pareja de alemanes, amigos míos. Ella, Giselle, quiere que vayamos a su casa en Alemania, solas. No sé si Denis esté de acuerdo. Todavía no se lo digo.

Claude: - ¿te gusta ella?

Yo: - ¿Qué pregunta es esa? Es mi amiga, ya tenemos dos años en la Sorbona estudiando juntas, y desde el principio nos relacionamos bien.

Claude: - Si no mal recuerdo tuviste problemas con ella y con la mujer de Nueva Zelanda, te acusó de ser lesbiana, ¿no?

Yo: - Infundadamente, lo hizo como venganza porque no quise ser su amante. Pero en realidad Vanesa es una niña mimada, por seguir la moda, ahora las lesbianas y la homosexualidad se están poniendo de moda, por eso se siente atraída por una mujer.

Claude: - Vanesa y Lila podrían ser buena pareja, ¿porque no las presentas?

Yo: - Porque no estoy de acuerdo en relaciones de ese tipo, que se encuentren solas.

Claude: - ¿Estas en contra de la homosexualidad?

Yo: - Estoy en contra de alentar ese tipo de relaciones. Creo que el ser humano se confunde conductualmente. Busca afecto desesperadamente y cuando no lo encuentra de manera normal entonces tuerce su camino. He tenido amigos homosexuales, amigas lesbianas, pero no soy de esa corriente.

Claude: - Mi padre es mi ejemplo. Es mi amigo, siempre ha proveído todo en casa. Mi madre está contenta. Yo puedo seguir este ejemplo con orgullo.

Yo:- Esta bien, es perfecto. Encontraras a una persona que encaje con ello.

Claude: - Vamos a llevar un sándwich de jamón para Denis. Me ayudó a levantarme y fuimos a ordenar la baguette con jamón.

Para no perderme entre el gentío tomó mi mano y me guiaba. Me la apretaba con mucha ternura y luego con pasión, podía sentir como corriente de energía eléctrica. Encontramos a Denis platicando con Lila. Efectivamente Lila vendió su chaqueta, y varias prendas, estaba contenta. Cuando nos vio llegar nos lo dijo. Le pidió a Claude que la acompañara a comprar algo para beber. El no se negó. Se fueron de nuevo al café.

Denis me abrazó, me dijo al oído que era un domingo excelente. Buenas ventas y divertido me dijo que él insistió para que Lila le pidiera a Claude que fueran a comer algo, le dijo que Claude era muy tímido, por eso era un hombre solitario que no se había casado.

Yo: - ¿Eso le atrajo a ella?

Denis: - Desde luego, es una mujer al rescate de un tímido.

Yo: - Y piensas eso de tu amigo.

Denis: - Claro que no. Lo conozco bien, cuando se decide a algo lo consigue. En el liceo una chica que nos gustaba a los dos no nos hacia caso. Yo aposté que la conquistaría primero, sabes que soy guapo y me siguen las mujeres, –risillas mías- pero esta era especialmente altanera, en fin de cuentas no me gustaba mucho. A Claude si, nunca lo había visto tan interesado. La conquistó, terminamos el liceo y eran novios. Salían con frecuencia, conocieron a sus respectivos padres. Ya en la universidad, el se fastidió y Eleonor se fue a estudiar a Toulouse, se sentía deprimida, creía que llegarían a casarse. Claude me dijo que le aburrió cuando solo hablaba de casamiento.

Yo: - Creí que a él le gustaba la idea de casarse y tener un hogar como sus padres.

Denis: - Yo tenía esa idea, duré cuatro años con Chantal, estábamos preparados para casarnos. Pero conocí a una latina que me sedujo y cambió el rumbo de mi vida. – Apago su cigarro y me besó dulcemente. – ¡Hoy estoy contento! – Me miraba con ternura, convencido de que éramos una pareja ideal. –

Yo: - Estoy contenta, igual, me siento segura contigo. Ahora que fuimos con mi familia me di cuenta de lo afortunada que soy de tener un compañero como tú. Estamos de acuerdo en tantas cosas, viajamos, confiamos el uno en el otro, estoy contenta. Lo besé yo también.

Al caer la tarde nos despedimos de Lila, ella también recogía sus cosas, la fatiga nos oprimía a todos. Nos regresamos los tres juntos. En el tren nos pusimos de acuerdo sobre los fines de semana siguientes.

Claude: - Soy de pocos amigos. Jamás llamaría a un homosexual "mi amigo" o "amiga".

LOS ESSER.

La amistad es una sonrisa a flor de labios, es un abrazo afectuoso, es compartir ideas y sentimientos. Emma Lorival.

La cena en casa de los Esser tenía lugar en el departamento de mi amiga Giselle y su esposo Hans. En el Metro Passy. Su departamento era amplio con vista a la Torre Eiffel. Giselle tenía una mini hortaliza en su balcón. Hizo ensalada de tomates y queso, con los tomates de su hortaliza y preparó una "sauerkraut" que es col agria cocida en vino blanco con salchichas y costilla de cerdo, platillo típico de la Alsacia, departamento de Francia que perteneció a Alemania.

En ocasiones anteriores había tenido el gusto de platicar con Hans, aunque pocas veces, en los dos años que teníamos de amigas Giselle y yo, si acaso había visto a su esposo tres veces, ella al mío unas cinco. Nuestra amistad nació en la facultad de letras francesas, siempre nos sentábamos juntas, estudiábamos juntas, tomábamos las mismas clases, salvo algunas optativas como mi curso de historia. Con frecuencia salíamos a convivir con otros compañeros a un café, a ver una película, o a casa de alguien. Muchas veces para contarnos nuestros secretos terminábamos por ir a su casa por ser céntrica. Ir a mi departamento en las afueras de Paris significaba un viaje, en metro y luego en tren, y varias horas. Solo una vez lo hicimos, para pasear y para que Giselle conociera mi casa. Entre amigas nos gusta compartir esos detalles. Conocer mi casa, mis gustos, mis libros, mis objetos preciosos es conocer mi interior. Convivíamos con mayor frecuencia en su casa, con sus hortalizas, con sus recuerdos, con la historia de su vida y la mía. Tanto nos queríamos que deseaba presentarme a su familia, su casa, su pueblo, Heilbronn, que significa "pozo sagrado", cerca de la Selva Negra en Alemania.

Esa noche presentamos a nuestros maridos. Hans vendía maquinaria alemana en Francia, tenía buenas comisiones y su empresa le pagaba el arrendamiento del departamento. Charlamos los cuatro. Hans estaba curioso por saber de nuestros viajes. Denis se dio gusto de hablar de ellos. Como no paraba de fumar, se abrieron todas las ventanas, me percaté en ese momento de que ellos no fumaban. Antes no era yo consciente de lo molesto que es el cigarro para mucha gente. Le pedí a Denis que no fumara tanto, Con diplomacia Hans aseguró que podían salir al balcón con frecuencia.

Hans y Giselle gustaban de encontrarse con la naturaleza. Realizaban grandes caminatas en bosques, en montañas, de un pueblo a otro. Ellos habían crecido cerca de la Selva Negra, un bosque en el sur de Alemania, es un deporte común la caminata en este bosque, tienen varias rutas señaladas para cruzarlo como la ruta alta de <u>Baden – Banden</u> hasta <u>Freudenstadt</u>, y otras varias. Su equipo de viaje consistía en mochila, tienda de campaña, zapatos de montaña, bolsas de dormir, y ropa adecuada. Disfrutaban el ejercicio, el reto de orientarse, identificaban aves, o sabían enfrentarse a animales como lobos, serpientes, pumas. Adrenalina combinada con meditación y goce del medio ambiente natural. Nos invitaron a realizar una caminata por la Selva Negra. Denis aseveró que era algo sano y loable pero no estaba dentro de sus costumbres, nos dio risa, sabíamos que el cigarro no le permitiría respirar aire puro. A mí me hubiera gustado aunque me faltaba condición física. Hacía varios años que no realizaba caminatas campestres.

Hans inquirió en que paseos o rutas podrían tomar si iban a México. Me explayé contando todo tipo de aventuras en bosques, selvas y montañas que podrían tener. Y los diversos climas que podían encontrar. Ellos no eran alpinistas propiamente dichos. Sólo caminantes. Esto porque sugerí nuestros volcanes y la dificultad que representa caminar en altitud. El reto de una selva tropical cosquilleaba el ánimo de Hans. Caminar por senderos desconocidos llenos de mosquitos, con calor y sudando le parecía difícil de superar, pero probar una vez podría ser divertido. Planeaban realizar un viaje a centro América, propiamente a mi país.

Antes de despedirnos Giselle puntualizó que me había invitado a conocer Heilbronn, su pueblo natal, un mes más tarde. Hans andaría en viaje de negocios, mi esposo iría a su feria numismática. Alcanzamos a comentar sobre las monedas de colección de Denis. Hans sacó de su closet unas monedas alemanas antiguas, por indagar valores. No sabía si iniciar una colección o guardarlas como inversión. Denis dio su opinión, le explicó con placer el meollo de ser un coleccionista de corazón, del tiempo que lleva aprender y regocijarte en cada exposición. También de un valor subjetivo que tienen ese tipo de cosas, y el valor que se les da a las monedas que son poco usuales, porque se acuñaron en cantidades mínimas, o con errores, o porque habían desaparecido destruidas o perdidas en el tiempo.

Nos llevaron en su auto a la Estación del Norte, apenas si alcanzamos el último tren que salía a las doce de la noche. A mi esposo le agradó la velada se quitó la idea de que los alemanes no eran personas gratas. Yo le explicaba ese dulce sabor que se quedaba en mi alma después de una grata experiencia con personas diferentes que compartían sus gustos, sus ideas, sus dudas y sus experiencias. Me encantaban estos momentos.

El recordó que habíamos sido extranjeros en Marruecos, pero como había sido una colonia francesa, al estar entre franceses parecía como que era una extensión de su casa. ¿Y cómo extranjero en México, como te sentías?- le pregunté-. "Como el dios sol. -Dijo con aire socarrón-. En realidad los mexicanos son muy cordiales y amistosos con los extranjeros y cuando no eres gringo —guasa o verdad - todavía te tratan mejor".

Yo: - ¿Y por qué piensas que los alemanes son antipáticos?

Denis:- Después de ocupar Francia en la segunda Guerra Mundial no es fácil aceptarlos con cara de amigos. Siempre existe la desconfianza.

Yo: - llegará el tiempo en que lo olviden y vivan unidos. Corren rumores de que Europa será como un solo país.

Denis: - Hay muchas dificultades para ello. No hablamos el mismo idioma. Ya se intentó organizar un idioma universal, era el "Esperanto", tenia vocablos de todos los idiomas. Poca gente lo aprendió.

Yo: - El idioma que va a unir al mundo es el inglés, si te fijas a cualquier parte donde hemos ido se habla inglés como segunda lengua.

Denis: - O francés, el francés ha sido idioma oficial en las Olimpiadas y en muchos eventos internacionales.

Pensé que esos europeos están llenos de orgullo. Así era mi marido, así lo amaba.

HEILBRONN.

De los tiempos el que más corre es el alegre.   *Virgilio.*

No fuimos a Brujas. Denis se sentía cansado, apenas sacaba fuerza de la alegría para ir a Montreuil. Su feria numismática seria al final de septiembre, Claude iría con él. Ese mismo fin de semana era mi compromiso con mi amiga Giselle.

Cuando fuimos a casa de Claude, el nos invitó a una cena y quedarnos si lo deseábamos. Invitó a compañeros de su trabajo y de la escuela de Denis. Me pidió que llevara un pastel para mi esposo, cumplía años el veinte de septiembre. Éramos doce personas, los doce apóstoles dijo Anne, "la novia de mi marido", era su apodo de broma entre nosotros "los tres mosqueteros". Denis actuó flemático, en realidad ese es su temperamento, sólo que lo exageraba cuando se le tocaba alguna fibra sensible en su corazón.

Denis: - Son tonterías hacer este tipo de cosas. Fiestas sorpresa, ¡boff!, muy pasado de moda.

Yo: - ¡Estas contento! Se nota.

Claude: - Con música de mariachis como te gusta.

Yo: - Es la típica de los cumpleaños y las bodas en mi país.

Liz: - Me gusta, es alegre y con tequila más alegre.

Marc:- El tequila es lo que te pone muy alegre, por eso gritan los mexicanos: ayayayayayyy! (Todos en coro gritaron como buenos tequileros en ayayayay…)

Anne: - Las margaritas son mis preferidas, sabían que en Cluny hacen margaritas, riquísimas como México. —Estaba abrazada de mi marido y nunca me volteaba a ver.

Denis: - Ese Antonio Aguilar canta canciones que canté a mi mujer en Plaza Garibaldi cuando la conquisté.

Anne: - Ahora cántamelas a mí.

Claude: - No las entiendes, están en español.

Anne: - Pero la música es universal. — Todo era por pasar un buen momento. Yo me divertía, era como si me hicieran cosquillas al ver que una mujer se le lanzara así a mi esposo, y él no le prestara mayor interés.

Agnes: - Conozco a ese Antonio Aguilar, fui con amigos latinos a ver su espectáculo en el Olympia. Caballos y música. Fue muy divertido.

Jean: - ¿había margaritas o tequila?

Agnes: - Margaritas muy ligeras, no te permiten emborracharte en el Olympia.

Charlábamos en grupos de tres o cuatro. Conocí un poco más a los camaradas de mi marido. Liz y Marc vivían juntos. Marc era de Paris, Liz era italiana de nacimiento, muy guapa, alta aunque contrariamente a las italianas que son escandalosas y alegres, ella era seria, era maestra de matemáticas. Marc era técnico electricista, y daba capacitación en el liceo.

Liz: - No seas tan confiada. Pídele a Denis que ya no juegue con Anne. Yo ya le hubiera puesto el alto a los dos.

Yo: - No se me antoja ponerles un alto. Si se quieren divertir que lo hagan. Cuando se lo digo así a Denis, el piensa que ando saliendo con otro.

Marc: - Buena táctica. Como ya la escuché no la puedes aplicar conmigo Liz.

Liz: - Si coqueteas con otra te mando de paseo.

Marc: - Por eso te adoro. Me gusta cuando te pones celosa y exigente. – La abrazaba y la miraba con ojos de enamorado, Marc no era feo, pero ella me parecía hermosa como modelo de revista.

Claude: - La moto que está en la puerta ¿es tuya? – Acercándose a nuestro grupo. -

Marc: - Si, tuve que venir de un trabajo y no alcanzaba a llegar por Liz. Ella y Anne se vinieron juntas.

Claude: - Eres buena amiga de Anne, Liz.

Liz: - Somos buenas <u>compañeras</u>, ahora ella puso el auto, en otras ocasiones yo. Soy italiana pero no soy de las amistosas.

Marc: - Liz era pariente de Mussolini.

Claude: - ¿De verdad?

Liz: - Tus bromas me molestan Marc. – Se alejó de nosotros, fue a reunirse con sus otros cuatro compañeros, Luc, Nicholas, Guy y Elise.

Marc:- No lo van a creer pero en la cama es un dulce de mujer, es una mujer, mujer.

Claude: - O tal vez eres masoquista.

Agnes: -(Quien ahora se reunía con nosotros.) Claude me gusta tu música. Esa cinta que gravaste tiene una recopilación internacional agradable. Es música árabe que tocan en este momento, ¿cierto?

Marc: - Para la música soy muy malo. Escucho puro rock inglés.

Claude: - Es de Turquía. No son árabes, son musulmanes y tienen el mismo tipo de melodías. Amanda, ya conociste a Agnes…

Yo: - Hola, mucho gusto. Escuché que tienes amigos latinos. Supongo que alguno mexicano, porque conocía de Antonio Aguilar.

Agnes: - Si, estoy asistiendo a un curso sobre Latino América. Trabajo en el banco con Claude. Pretendo que nuestro banco me envíe a representar sus intereses en algún país de América del Sur. He encontrado muchos amigos, ellos son amables, fiesteros, me encantan y créeme que el espectáculo de charros es único.

De esta suerte festejamos por primera vez, en una fiesta organizada el aniversario de mi esposo. Desde que nos casamos celebrábamos nuestros cumpleaños y aniversario de bodas y de encuentro viajando, en un paseo o en un restaurante los dos. Luego el verdadero agasajo, según Denis era en la noche en nuestro lecho. Siempre me decía: "esta va a ser tu fiesta", y lo era.

El último fin de semana de septiembre con mi amiga Giselle tomamos el tren que salía de la "Gare de l'Est" (Estación de Ferrocarril del Este) hacia Alemania.

¿Mexikanich? Era lo único que entendía yo en alemán. Y sabia decir: "bite" que significa mucho: por favor, otra vez, con permiso, lo siento… todo eso, "ya" significa si y "yabol" significa: de acuerdo. Era todo mi armamento en ese idioma. Pero iba yo con una excelente traductora al francés. Giselle no hablaba español.

Giselle era muy rubia, su cabello casi albino, su piel muy pálida. Ella me decía que le gustaba mi bronceado. Le dije que prácticamente naci bronceada. De otro modo el sol de mi país te hace chicharrón. Mi amiga usaba maquillaje ligeramente atezado sobre su cara y cuello y la hacía verse muy linda, con esos ojos azules intensos. Pero se quejaba amargamente de tener que realizar el ritual del maquillaje diariamente, ponérselo temprano antes de salir, limpiarse la cara antes de dormir. Le gustaba mi color natural. Sin nada de maquillaje, mis mejillas se sonrosaban cuando había calor, y cuando había frio por los calentadores, y cuando había sol, y hasta con el golpeteo del viento. Mi único maquillaje era el kehel para hacer notar mis ojos grandes, color café claro.

En Heilbronn no tardamos en encontrar conocidos de Giselle. La saludaban e indagaban sobre mí. Lo entendía luego, luego por el "mexicanich", de quien más hablaban si no de mi. Les admiraba mi piel tostada a todos los que cruzaban. Ese si era un pueblo de "blancos", la mayoría de la población eran como mi amiga: "caras pálidas", ojos azules, cabellos rubios. Otra vez era yo un centro de atención. En casa de Giselle, al día siguiente que llegamos, comimos con toda su familia eran nueve personas, hermanos, hermanas, sus padres, todos rubios de ojos azules, yo; la oveja negra. Acariciaron mis cabellos, contemplaban mis ojos y me preguntaban sobre mi país y como éramos allá. Como siempre una alegría inmensa embargaba mi ánimo. ¿Maldición o bendición de la Malinche? (Malitzin, guía e intérprete de Hernán Cortés). El caso es que me agradan los extranjeros, me encanta la variedad de gente, de costumbres. La curiosidad que tengo por conocer a personas diferentes parece insaciable

De los cinco días de nuestra estancia en Heilbronn, pensábamos hacer uno de caminata por el campo. Ese primer día visitamos la ciudad, me mostró la fuente origen del nombre del poblado, significa pozo santo o de salud, en una placa de bronce en la fuente se lee Heilbronn; vimos el reloj astronómico que adorna la alcaldía. Fuimos a tiendas, encontramos amigos suyos. Pocos hablaban otro idioma, ella tenía que traducir todo el tiempo. El domingo fuimos a la basílica luterana. Aprovechamos para visitarla. Luego recolectamos fresas en su jardín de hortalizas, todavía había algunas. Dimos un paseo campirano en bicicleta. Regresamos a casa, cenamos, platicamos del plan de caminata para la siguiente jornada. Sonó el teléfono, y la madre de Giselle con cara de susto le dio el aparato a mi amiga. Me extrañó escucharla hablando en francés. Me hizo señas que me acercara, es para ti me dijo.

Claude: - Hola, tengo malas noticias. Tienes que regresar de inmediato. Denis esta en el hospital.

Se hundió mi mundo. Mi corazón se encogió. La noticia era realmente desagradable. Todavía era tiempo para alcanzar un tren para Stuttgart y hacer conexión para Francia, Paris recibía trenes todo el tiempo. Mi amiga no permitió que me fuera sola, regresó conmigo. Fue bueno, hablamos todo el tiempo, necesitaba desahogarme. No hubiera podido dormir.

FUMAR O NO FUMAR.

Los dioses son justos y emplean nuestros vicios deleitosos como instrumentos para castigarnos.   *Shakespeare.*

Denis estaba en una tienda de oxigeno. Su madre estaba por llegar. Me sonreía, se volvía a dormir. Yo permeancia sentada en un sillón al lado de su cama. Viéndolo sonrosado, y recuperándose creí con fuerza que dejaría el vicio. Nadie en su sano juicio quiere padecer la muerte varias veces. Cuando no puedes respirar, cuando el oxigeno te falta sientes que la muerte está cerca, y sufres. Eso le había sucedido a mi marido. Seguro que nunca más volvería a fumar. Estos pensamientos y oraciones me hacían compañía cuando llegó Alice. Venia de Dijon, Claude le avisó con una carta de correo en menos de veinticuatro horas. Alice me abrazó largamente, me dio cuatro besos. Se acercó a la cama de su hijo, quien dormitaba. Apretó una pierna de Denis para saludarlo. El abrió los ojos, sonrió y alcanzó a decir que iba a estar bien, que saldría pronto.

A las cuatro de la tarde el doctor habló con nosotras. Señora Marchand, (se dirigía a mí, Alice era señora Marchand también, llevaba el apellido de su marido); tenemos que alejar a su esposo de los cigarrillos. Lo que le está sucediendo es muy serio. Si logramos que fume menos tiene una expectativa de vida de unos veinte años mas, si se consigue que deje el tabaco su vida puede ser más larga. De lo contrario me temo que las noticias serian desastrosas. No las quiero alarmar, vamos a esperar lo mejor, que el señor Marchand va a dejar poco a poco el cigarro. Por lo pronto debe quedarse otros dos días más para controlar el enfisema y lograr que oxigene bien. Estaremos al tanto y sean bienvenidas en cualquier momento si tienen dudas o desean consultar algo más. Por ahora ni él desea fumar, ni puede, ni se lo vamos a permitir. Cuando salga tiene varias opciones: el parche, las pastillas, terapia en un hospital para adicciones. Por lo que nos dijo Claude Beauchamp, el amigo que lo acompañaba el domingo, tres paquetes diarios de tabaco negro sin filtro es demasiado, eso me hace pensar que deberían optar por un mes en un hospital de adicciones y después un control con pastillas. Desde luego tendrán que ponerlo a consideración del señor Marchand.

Bajamos a la cafetería del hospital para hablar. Alice lloraba. Denis era su único hijo. Ella era una mujer fuerte. Estuvo en la resistencia contra los alemanes, sobrevivió la guerra. –Todo esto pasaba por mi cabeza pues no encontraba como consolarla.-

Finalmente le platiqué de mis expectativas. Denis va a dejar de fumar, nadie desea una larga agonía, ahora está sufriendo y esto le enseña que el cigarro daña fuertemente su salud. Estoy segura que va a cooperar. Alice por toda respuesta me veía con gran esperanza, apretaba mi mano derecha con sus dos manos, como para asirse a una tabla de salvación. Mis ideas le gustaron tanto como a mí. Yo me las creía. Pensaba: si me estuviera sucediendo a mí, dejaría de fumar de golpe y porrazo.

Claude nos encontró en la cafetería. Saludó a Alice y la mantuvo abrazada largo rato.

Claude: - Se va a poner bien. Todavía le faltan muchos países por recorrer, tiene motivos para vivir larga y saludablemente.

Alice: - Dios te oiga, sobre todo Dios lo convenza a él de lo que debe hacer.

Claude: - ¿Cómo te sientes? ¿Cansada? – Se dirigía a mí.-

Yo: -   Muy cansada. Dormí poco y esto me pone tensa. Además no sé cómo vamos en el hospital. Los cargos… ¿te hicieron pagar algo?

Alice: - No te apures, el seguro lo cubre todo. Su seguro de empleado del gobierno se encarga del pago al hospital y en todo caso de descontarle de su cheque el veinte por ciento. Es lo más que le pueden cobrar, ¿verdad Claude?

Claude: - Si, los empleados del gobierno tienen buenas prestaciones. Es posible que la hospitalización la cubran totalmente. Los gastos del médico son los que pagará en proporción del veinte por ciento nada más. Ayer que lo interné, di su identificación y su número de afiliación, todo lo traía en la cartera. Tengo todos sus documentos y su ropa. Vendré por ustedes cuando Denis salga y les entrego su ropa. Aquí tienes la cartera. (Me la entregó).

Yo: - No he avisado en su trabajo.

Claude: - Ya he avisado yo.

Alice: - Claude te lo agradecemos mucho. Qué bueno que están juntos, y viven cerca. ¿Cómo sucedió? ¿Qué le pasó exactamente?

Claude: - Fuimos a una feria numismática a Orly, no es muy lejos de Paris. Estaba tosiendo mucho. Me dijo que tal vez era resfriado. Yo sospeché que era el tabaco y se lo dije. Él lo negó. La feria lo mantuvo alerta. Recogíamos sus monedas, cuando la tos lo ahogó, se cayó. Me ayudaron a reanimarlo. La enfermera del centro de convenciones de Orly me sugirió hospitalizarlo, me mostró sus uñas azules, sus labios azules, dijo que era urgente ponerle oxigeno. Le pregunté si alcanzábamos a llegar a Paris. Entonces le puso oxigeno por un momento, tienen para emergencias. Denis me dijo que tenía un teléfono de tu amiga Giselle en Alemania, que tratara de comunicarme contigo. Ahí mismo conseguí un teléfono público, y fui al correo para enviar la carta a Dijon, mientras Denis estaba con el oxigeno.

Alice: - El doctor nos dijo que tenemos que convencerlo de dejar de fumar.

Claude:- Alice, si su hijo no deja de fumar después de esto, es que quiere suicidarse. Véanlo así las dos. Es la primera vez que le sucede, se estaba ahogando. Yo fumo poco, pero le prometo Alice, que para apoyar a mi amigo, dejo de fumar desde hoy. Tengo unos cigarrillos en el auto, los tiraré a la basura. Les aconsejo de tirar a la basura todos los cigarros que estén al alcance de Denis.

Los tres seres queridos más cercanos de Denis estábamos convencidos de que todo iría por la vía de la sensatez. Cuando dieron de alta a mi esposo, salíamos los cuatro llenos de esperanza de salud y enmienda para conservarla. Pero uno de los cuatro ya cargaba sobre si la maldición de los dioses. Denis le pidió a Claude unos cigarros. Los tres nos quedamos helados. Hubo un gran silencio. Mi esposo insistió, "si no tienes cigarros para en cualquier lado donde pueda comprarlos". Claude aceleró, llegamos a casa, nos ayudó a subirlo al departamento. Se apresuró a despedirse. Y se alejó como alma que vio al diablo.

Alice preparó la cena para nosotros tres. Denis se levantó de la cama. No quería acostarse si no tenia cigarrillos a la mano. Estaba decidido. Le dije que el médico se los tenía prohibidos. Que teníamos que ir al día siguiente al hospital para adicciones. No me escuchó, se salió del departamento y regresó fumando.

Su madre se puso a llorar en la cocina. Yo no pude evitar una descarga de rabia.

Yo: - Denis, tengo ganas de matarte. ¡Te odio! Ni siquiera me escuchaste. Te puedes morir, nos lo dijo el doctor.

Denis: - Entonces, querida, para que te tomas la molestia de matarme, de odiarme. Espera con paciencia a que me muera.

Alice: - Es cierto, hijo, si sigues fumando vas a recaer muy pronto. Por lo menos vamos a ir mañana al hospital, ¿verdad? ¿Vas a intentar fumar menos?

Denis: - Exageraciones. Me siento bien. Todo va a estar bien. No me voy a esconder para fumar. Lo necesito y punto.

Yo: - ¿Vamos a ir al hospital de adicciones Denis?

Denis: - No hace falta. Me siento bien. Voy a hacer lo que me dijiste, fumar una vez de cada dos que se me antoje. ¿De acuerdo? (Nos miraba a las dos con la esperanza de habernos convencido).

Alice: - Intentémoslo mañana, hijo, vamos al hospital, nada se pierde con escuchar las sugerencias.

Denis: - Tengo trabajo, no voy a perder mi empleo por una tontería.

Yo:- Asiste en la mañana, pide permiso. Tomaremos una cita en la tarde para que nos expliquen cómo funciona.

Denis: - Te voy a decir cómo funciona: me van a pedir que me encierre por un mes, como si estuviera yo loco.

Alice: - No lo sabes a ciencia cierta. Vayamos a escuchar cuales son las opciones. Es posible que tengas que ir a sesiones en la tarde o en la noche, como los alcohólicos anónimos.

Denis: - ¿Qué te sucede madre? Siempre me has dejado tomar mis propias decisiones. ¿Cómo se te ocurre ahora participar en una tontera como esta? De mi esposa no me sorprende, así son en su país. Hubieras visto a su madre, a sus tíos, diciéndome que deje de fumar y que mejor me dedique a tener hijos… *"de quoi je me mêle?"* (¿Por qué meterse en asuntos ajenos?)

Alice: - ¿Vas a ir al hospital o me regreso a Dijon?

Denis: - Quédate el fin de semana y paseamos en Paris.

Yo: -   Si, mamá, quédate por favor. – La señora Marchand me abrazó con cariño tratando de esconder de su hijo sus ojos anegados en lágrimas.

Mis intenciones eran convencerlo junto con Alice. Si no lográbamos mucho, por lo menos la unión, la familia es un recurso de apoyo moral. Algo se lograría. Conseguimos entender que ya estaba más allá de nuestra buena voluntad y de la suya apartarlo del vicio. El esfuerzo que él hizo es fumar solo uno de cada dos cigarrillos que se le antojaban. Nos dio un consuelo mínimo.

MI AMIGA ALEMANA.

Cada uno se modela imperceptiblemente sobre aquellos con quienes trata y frecuenta. Clemente XIV.

Regresé a mis cursos a la Sorbona. Avisé a mis profesores la causa de mis ausencias. Giselle me preguntó cómo iban las cosas. Le sugerí que fuéramos a almorzar juntas para hablar. Es tan dulce tener una amiga que te escuche. Pedazo de cielo y gran alivio para el corazón.

Yo: - En realidad estoy muy enojada con Denis. Tanto egoísmo no cabe en mi mente. Siempre pienso en los demás, porque mi marido no piensa en mi, no se da cuenta que me está abandonando, que me hace daño a mi tanto como a él, me arrastra en su caída.

Giselle: - Desde que conocí a tu marido me asombró su manera de fumar. Se lo comenté a Hans. No me creía que fumaba un cigarro tras otro. Hans decía que no existía una persona capaz de fumar de esa manera y estar vivo para platicarlo.

Yo: - No sé porque no me molestaba. No fumo, debí haber hecho señas por lo menos de que era desagradable el humo. Nunca dije nada. Le seguí la corriente todo el tiempo. Cuando no había lugar en el vagón de fumadores, el fumaba en "No fumadores", debajo del letrero "No Fumar". Le advertí que lo multarían, en alguna ocasión una pareja protestó, el dijo que no era el único fumando allí, y ciertamente había otros dos fumadores delante de lo prohibido. ¡El colmo! Pero no hice nada.

Giselle: - No tienes porque sentirte culpable. Es un adulto, el toma sus decisiones. Ni su madre pudo convencerle. Es un hábito que tiene desde ¿Qué edad?

Yo: - Desde que tenía doce años, Giselle, doce años, un crio.

Giselle: - Entonces no sabias nada de su existencia. En mi casa mi padre fumaba, pero poco. Mi hermano mayor también. Una vez le robamos un cigarro, mi hermana Isabel y yo, queríamos aprender a fumar, yo tenía quince años, mi hermana diecisiete. Nos dio una tos tal, que mi madre se dio cuenta, nos dijo ahora se terminan uno cada una. Ya no queríamos, nos obligó y con eso tuvimos para nunca más hacerlo.

Yo: -¿Será algo hereditario? Mi madre no fuma, yo no fumo. Cuando niña igual mis primos se escondían para fumar, querían que yo aprendiera, en lugar de aspirar el humo, yo lo soplaba, quemé la cara de mi primo que me ofreció el cigarro. Se enojó me quería golpear, le dolieron las chispas en su cara. Ya que se calmó se disculpó y me dijo que mejor nunca fumara. Obediente seguí su consejo, sobre todo era que no me interesaba.

Giselle: - Dices que esta fumando uno de cada dos que se le antoja, eso quiere decir que va a disminuir a la mitad. Posiblemente eso le ayude. Es una meta. Cuando la alcance, que vuelva a hacer lo mismo. Uno de cada dos, es otra mitad. Que lo haga cada seis meses. El primer semestre debe bajar su consumo a una y media cajetilla, ¿no crees?

Yo: - Si, esperamos ver esos resultados. De otro modo soy yo quien va a acabar con él. Esta semana ha seguido tosiendo en las noches. No me deja dormir. Y lo más raro…

Giselle: - ¿qué es lo más raro?

Yo: - No hemos tenido relaciones sexuales. Antes siempre quería, ¿recuerdas? Te conté que presumía de ello a todo el mundo. Me apenaba. Ahora tenemos una semana de gran paz y descanso. No le digo nada. No quiero presionarlo.

Giselle: - Pregúntale al doctor. Me parece que es un síntoma de la enfermedad, no sé si del enfisema o del tabaco.

Yo: - El próximo sábado me toca ir con el ginecólogo, para mi control natal y de salud. Mi marido siempre va conmigo. Le preguntare al ginecólogo a ver qué dice. No creo poder forzar a Denis a regresar con el neumólogo que lo quiere encerrar en un centro de adicciones. Es la idea que mi esposo se hizo de ese doctor.

Giselle: - Que bueno que te acompaña. Yo me acostumbre a andar sola. Hans viaja mucho, cuando está conmigo vamos juntos. Hace un año dejé las pastillas y no tengo ningún control, pero no ha pasado nada.

Yo: - ¿Quieren tener un hijo?

Giselle: - Si, lo platicamos y creemos que ya es tiempo. Si quedara embarazada este año, iríamos a México para nuestras últimas caminatas, después va a tomar tiempo antes de que podamos ir los tres a caminar.

Yo: - ¿Con el bebé, o la bebé? Que emoción. Espero que sea pronto. Quiero ver a vuestro hijo.

Giselle: - Yo también. Después de las pastillas el doctor me dijo que descansara seis meses antes de embarazarme, seguimos el calendario. Y luego ya no prestamos atención a nada, pero no he podido embarazarme.

Yo: - Yo tengo el D.I.U., es lo que me controla el médico. Sirve por dos años o menos. Apenas tengo un año. Y todo va bien. Mi cuerpo no protesta.

Giselle: - ¿No quieres un hijo?

Yo: - No, hay demasiados niños malqueridos en el mundo. Muchos sufren. No quiero tener hijos. En mi país, Giselle, hay tantos niños que carecen de lo necesario. Denis me ha dicho que cuando nos cansemos de viajar podríamos adoptar uno. Ahora que estuvimos allá nos quisieron dar una pequeña de nueve años. En San Salvador. Los padres sin dinero para comer con siete hijos, nos ofrecían a su hija a cambio de quinientos dólares para alimentar a los otros. Me dio tanta tristeza. Pobres criaturas. Denis lo pensó, no es usual en el, nunca ha querido la responsabilidad de un hijo. Tal vez ya veía venir estos problemas de salud y no me quiere dejar sola.

Giselle: - Seria peor quedarte sola con un hijo, ¿no crees? El cuidado de los hijos es para dos, un padre y una madre. Tú no vas a tomar una responsabilidad a cuestas que sea tan pesada. Terminas como esas personas que quieren vender a sus hijos. ¿Cómo harías para alimentarlo? Trabajar y entonces ¿Quién lo cuida? Como tú, su propia madre. Nadie.

Yo:- Sabes, es difícil pero no imposible. Muchas madres lo han hecho. Los abuelos o algún tío ayudan a la crianza.

Giselle: - En Europa no sucede. O los cuidan sus padres o van a un orfelinato. No es agradable la vida en un orfelinato.

Yo: - Ni al caso hablar de esto. En realidad el problema es la salud de mi hombre. Me enfurece que no se cuide y me deje sola, sola, sola. No le importo ¿o qué?

Giselle: - En todo han ido bien. ¿No? Una relación apasionada con muchos viajes. Se irán pronto a otro país.

Yo: - ¿Ustedes se entienden bien?

Giselle: - Hans viaja mucho. En ocasiones me disgusta esta situación. Quisiera regresar a Heilbronn, allí me haría compañía con mi familia. Aunque ya me acostumbré a hacer lo que quiero. Es la otra cara de la moneda, y me agrada.

Yo: - Denis no me deja hacer todo lo que quiero. No me deja ni comprar mi ropa sola. Te he contado que tenemos que ir los dos. Me dice que yo puedo escoger mi ropa, pero cuando la tengo a la mano, este no, aquel tampoco, ese rojo es muy atrevido… mira este vestido rosa, como primavera, te queda bien… uf, como mi madre, me viste como nena boba.

Giselle: - Me diviertes. No veo a Hans comprando mi ropa. Yo compro su ropa, el no tiene tiempo de ir a las tiendas de compras.

Yo: - Eso es lo curioso. Es como una maldición. Mi madre siempre me decía que una mujer hace todo lo que dice su esposo. A ella le gustaba vestirme como nena, cuando ya era yo adolescente. Si no me gustaba mi ropa, ni modo, ella era la que pagaba, con Denis es lo mismo, él es quien paga, yo hago lo que él dice. Donde tengo libertad para gasto es en la comida y un poco en la casa.

Giselle: - Al final tienes temor de no saber vivir tu propia vida.

Yo: - ¿Tú crees? Pienso que es mi gran anhelo, ser independiente. Leí tanto sobre la liberación femenina. Tú que has leído menos sobre eso, eres más libre que yo.

Giselle: - Una pareja, un hombre y una mujer son independientes juntos. Deciden juntos, su mayor compromiso es entre los dos. No es bueno que uno domine al otro, debe haber acuerdos. Nos fue fácil llegar a comprenderlo, hubo momentos difíciles. El no estar en nuestro país ayudo muchísimo. Hans tiene que confiar en mí y yo solo lo tengo a él.

Yo: - ¿Manejan la cuenta de banco los dos? ¿Se dicen todo lo que necesitan para su satisfacción sexual? ¿Se cuentan sus deseos secretos?

Giselle: - La cuenta de banco es mancomunada, sexualmente me quejo de sus largas ausencias. ¿Hace algo con otras cuando anda fuera? No lo sé, ni me gustaría saberlo. Creo que lo sospecharía, hasta ahora no ha sucedido. Me cuenta algunos sueños o deseos secretos como dices, y yo a él, pero no todos. Por eso tengo una amiga como tú, a ti te cuento unos y otros a mi marido… (Reímos juntas).

Yo: - Se que la cuenta de banco puedo reclamar un parte si nos divorciamos, pero dejo que él la maneje. El me da económicamente lo que necesito. Sexualmente es plenitud, nos contamos todos, nos pedimos y nos damos lo que necesitamos… -sonreíamos socarronamente- Quizá nos contamos demasiadas cosas, nos tenemos mucha confianza en lo íntimo. Algunas de esas intimidades te las he compartido.

Giselle: - Y me dejas temblando. Envidiosa de ese temperamento latino. Finalmente los franceses son latinos, tu además latinoamericana, la fama de lo sexy. Nosotros tenemos que cargar con ser los alemanes desabridos. ¡Muy técnicos! Sin duda alguna. – reíamos nuevamente. Nos apresuramos a regresar a la escuela, se hacía tarde.

UN HOMBRE Y UNA MUJER.

Ningún bien se disfruta sin compañía.   *Séneca.*

Mi marido era muy responsable en la mayor parte de los aspectos de su vida. Jamás dejó regados espermatozoides que se pudieran convertir en un hijo no planeado. Tener condones a la mano era indispensable mientras fue soltero. De casados siempre habló conmigo sobre <u>nuestro</u> método anticonceptivo. Siempre iba conmigo al ginecólogo. De los veinte a los treinta o quizá aun después mi médico de cabecera tenía que ser ginecólogo. Sobre ello giraba nuestra vida, nuestras actividades. Ser padres responsables, si lo deseábamos. Nuestra decisión era no tener hijos porque deseábamos viajar y tener libertad para diversiones de adultos. Ahora frente a los problemas de salud que Denis presentaba había un delicado matiz de preocupación de mi parte ya que mi marido no deseaba comprometerse con la realidad del tabaquismo y sus consecuencias.

Estando en mi revisión médica tuve que aprovechar la ocasión para hablar con mi doctor de lo que estábamos viviendo como pareja a causa de que mi marido fumara en exceso.

Doctor: - Todo parece ir bien señor, señora Marchand. No hay problema con el dispositivo, está en su lugar, no hay inflamación en el útero, la presión arterial está controlada, por eso se está evitando la pastilla anticonceptiva. Entonces nos vemos en seis meses o antes si hubiera sangrado o cualquier molestia.

Yo: - Doctor, he escuchado que pudiera haber embarazo pese al dispositivo, mi marido tiene problemas fuertes con el tabaco, fue hospitalizado hace un mes por esta causa. ¿Qué problemas nos traería si llegara a fallar el método que empleamos?

Doctor: - Señor Marchand, siento mucho escuchar esta noticia. ¿Desde cuándo fuma usted? Y ¿Cuántos cigarrillos fuma al día?

Denis: - Desde los doce años, y actualmente estoy fumando tres cajetillas diarias. Bueno, estoy tratando de bajar a la mitad. Creo que ya fumo dos y media.

Doctor: - ¿Qué tabaco fuma?

Denis: - Gauloises sin filtro.

Doctor: - - Silbando- ¡tabaco negro y sin filtro! ¿Desea suicidarse? Es un camino largo, y ya recorrió un gran tramo, lo que sigue es una agonía que va a acabar con su vida familiar. Desde luego les recomiendo tener muchísimo cuidado en no embarazarse en este momento, señora. Los riesgos de un feto afectado la ponen en riesgo a usted, un niño con problemas de salud no es recomendable. Si usted, mi estimado señor Marchand, no hace el esfuerzo suficiente van a tener problemas serios de pareja, la falta de sueño le va a alterar los nervios, va a disminuir su apetito sexual, la impotencia y la disminución de sus espermatozoides pueden ser otras consecuencias del tabaquismo.

Entienda, se lo digo despacio para que lo valore, en sus manos está el revitalizar su vida de pareja, el evitar problemas de conducta que van a poner en peligro la estabilidad matrimonial. Por mucho que lo quiera su mujer, es difícil aguantar a una persona malhumorada y que no satisface las necesidades sexuales, que finalmente son un desahogo en la edad en que están ustedes. Disfruten de su vida. Intente todo lo que pueda para dejar de fumar.

Yo: - Le agradecemos su orientación familiar, doctor, es vital para nosotros en este momento recibir todo tipo de ayuda y consejos al respecto.

Doctor: - Agradézcamelo convenciendo a su marido, apoyándolo para que deje de fumar. ¿Usted fuma?

Yo: - No, en lo absoluto.

Doctor: - La mala noticia es que de alguna manera fuma de segunda mano. Usted inhala el humo de los cigarrillos de su marido. Lo bueno es que se ve sana, que aun no le afecta, pero como les dije pudiera afectar inclusive a su descendencia. Tengan mucho cuidado, si llegaran a sospechar de un embarazo no deseado, vengan inmediatamente a verme. Se puede hacer mucho por prevenir daños mayores. Aparte de que la ley ya permite el aborto en Francia, esperemos que no haya necesidad de una medida tan extrema. En lo personal no me gusta esta práctica, pero en casos como ahora que se toman todas las precauciones y llegara a suceder algo fuera de control veríamos que posibilidades y soluciones existen. ¿De acuerdo?

Denis: - No podemos tener el lujo de un embarazo no deseado. No en mis condiciones de salud.

Doctor: - Denis Marchand, haga lo imposible por dejar de fumar.

Denis: - Haré lo que pueda. Buenas tardes doctor.

Nos despedimos del Doctor Gilbert. Fuimos a un café a charlar. Denis aprovechó para llamar a Claude, tenía ganas de verle. Regresó del teléfono público. Teníamos delante de nosotros un cuarto de vino tinto y dos copas.

Denis: - Por lo menos el vino relaja un poco. ¿Me he portado mal contigo?

Yo: - ¿Por qué me lo preguntas?

Denis: - Por lo que dijo el médico. Tal vez me pongo de mal humor sin causa aparente. Me angustia lo que está pasando. Quiero que sepas que suceda lo que suceda te amo. (Me tomaba de la mano con cariño, gesto divino y valioso en ese momento). Te amo y sin embargo es muy difícil para mí dejar el cigarro. Lo he intentado varias veces. Lo sabes. Y luego regreso con mayor fervor a la fumada y aumento el número de cigarros. Es algo que ya no puedo controlar.

Yo: - Y ¿Qué podemos hacer? ¿Debe haber alguna solución? Todos los problemas tienen solución, mi querido físico- químico, tú me lo dices invariablemente.

Denis: - Ya fumo media cajetilla menos. Es un principio de solución. ¿Sabes? Nunca hemos tenido un pleito tú y yo. Desacuerdos que no duran mucho tiempo. Pero pelearnos nunca.

Yo: - ¿Quieres pelea?

Denis: - No, mi amor, te lo agradezco, eres paciente y tolerante por eso no quiero lastimarte como nos acaban de decir que pudiera suceder. Quiero que sigamos siendo felices. ¿Crees que somos felices?

Yo: - No creo. Somos felices, estoy segura. No tenemos problemas, estamos de acuerdo en la mayoría de las cosas. Vamos madurando o puliendo nuestras diferencias. Me siento contenta de nuestro matrimonio.

Denis: - No quiero hijos porque prefiero viajar. Estos momentos en que estamos tu y yo, las catorce veces de sexo por semana… - bromeaba- la atención que me pones, me gusta que me cuides a mí, siento celos sólo al pensar que un chiquito te distraiga y no me mires a mí.

Yo: - Sin embargo pensaste en que podíamos adoptar a la nena del Salvador.

Denis: - Porque ya tenía nueve años, ya no lloran por todo, ya la mandas a la escuela. Así tendrías algo que se que anhelas por tu educación mexicana, y me tendrías a mí.

Yo: - Tal vez quiera adoptar en esas condiciones, o tutelar a un pequeño mas tarde. Por ahora no quiero. Si quisiera, cuando aun pueda, intentaría primero tener un hijo de mis propias entrañas.

Denis: - Eso no es posible, el tabaco ya causo daño irreversible, podríamos tener un bebé con problemas de salud, y eso lo deseamos menos todavía. En realidad, recuerda que hay una leve probabilidad de herencia patológica por mi padre. Fue un infierno ver como el Parkinson lo acababa. Tengo miedo que me suceda a mí.

Yo: - Por qué no lo has preguntado a un médico. A lo peor estas corriendo hacia esa enfermedad con ayuda del cigarro, no que el cigarro te provoque Parkinson, pero si tienes la predisposición seria un carga mayor tener otra enfermedad encima por el debilitamiento que te ocasiona la falta de oxigeno.

Denis: - Tal vez no me ocurra a mí, pero igual no lo quiero heredar a mis hijos, ¿comprendes?

Yo: - Te amo Denis. – Me acerqué a mi esposo y lo besé tiernamente, lentamente, varias veces. Comprendí todos sus miedos, me sentía tan cercana a él. Valoré nuestra confianza mutua, la responsabilidad con la que se había educado, el aprecio a la relación de pareja sobre todas las cosas. Casi me sentí europea. Aunque como el escorpión uno nunca deja de tener sus instintos.

Llegó Claude. Nos saludó. Nos dijo que nos veíamos como tórtolos.

Claude: - No los encontraba. Pasé por esta mesa y vi a unos enamorados besándose sin parar, no pensé que fueran ustedes.

Denis: - Vamos al cine, a cenar o al teatro. Pensé que te haría bien salir, tanto quehacer en tu casa te debe fatigar un poco.

Claude: - No tanto como a ti el cigarro. ¿Cómo vas con eso?

Denis: - Acabo de recibir un sermón, mi mujer me puso una trampa.

Claude: - ¿Cómo fue eso? – Me preguntaba a mí-

Yo: - Le pregunté a mi médico que pasaría si me embarazara ahora.

Denis: - y me dio una conferencia sobre tabaquismo que duró una eternidad.

Claude: - Ya tuviste opiniones diversas. ¿Qué conclusión obtuviste?

Denis: - Bajé el consumo de cigarro a dos cajetillas y media por día.

Claude: - Este mes proponte llegar a dos cajetilla o una y media. Te está poniendo en forma el dejar de fumar. Te ves bien.

Denis: - Ni lo digas. Regresamos a nuestro acostumbrado ritmo de catorce veces por semana.

Claude: - (Captando al aire lo que insinuaba mi marido, rio con ganas). Presumes de lo que careces. Por cierto quería advertirte que en la radio escuché que la impotencia es otra secuela del tabaquismo.

Denis: - ¡Y eso que tu no fumas!

Claude: - No presumo. Tengo lo que me hace falta.

Yo: - Bien ¿Qué vamos a hacer? ¿Cine, teatro, cena?

Claude: - Hay una película de Polanski, y podríamos también cenar después, nos alcanza el tiempo. ¿Vamos?

Denis: - Vámonos. ¡La cuenta por favor!

Cenamos soufflé de queso, y una botella de vino. Regresamos tranquilos por tren. El mismo tren que nos llevaba al Gran Nogal, continuaba hasta la casa de Claude. Inquirimos sobre lo que haría el domingo.

Claude: - Voy a almorzar con Agnès. He estado saliendo con ella. Fuimos a una fiesta de brasileños. Esta muy conectada con los diversos grupos de Latinoamérica.

Denis: - ¿Te acuerdas de Michel? - Me preguntó mi marido. – Está casado con una brasileña, ¿verdad?

Yo: - Si. Michel es un amigo que conocimos en Marruecos. (Le expliqué a Claude). Era marroquí de origen francés. Sus padres, los dos eran franceses. Cuando tuvo que salir de Marruecos para entregar tierras a los marroquíes, se fue a Brasil. Lo encontramos hace un año aquí en Paris. El mundo es pequeño.

Denis: - Su esposa se veía muy sexy. Me coqueteo. Nos dio su dirección por si deseábamos ir a Brasil. Tenemos que programar ese viaje querida.

Claude: - Son buenos para las fiestas. Las mujeres son muy sexys, tienes razón, coquetas y atrevidas. Los hombres no se quedan atrás. Me dieron la imagen que tengo de los latinos, mujeriegos sin parar.

Denis: - ¿Agnès bailo con alguno de ellos?

Claude: - Con varios. Yo también, tenía chicas en bikini que enrollaban sus piernas en mi cintura. Tienen dones malabares.

Denis: - ¡Fue una orgia!

Claude: - No quería sonar presumido, pero lo fue. – reíamos todos-.

Claude: - Había mexicanas, peruanas, argentinas. Una gran variedad de lindas mujeres muy "hot". Nos invitaron a la fiesta de la "Guadalupe", en diciembre, en "Notre Dame". Me imagino que allí no hay orgia.

Denis: - ¡Esos padres! Hacen mejores orgias que a la que asististe. – risas -.

Yo: - Que bueno que me lo recuerdas. Ya me han invitado otros años, y se me olvida. Si lo anotamos en la agenda, vamos este diciembre, el fin de semana cercano al doce. Es el día de la virgen de Guadalupe, una virgen morena para la gente de mi país. Ella tiene un altar como invitada especial en la catedral de Nuestra Señora de Paris. El doce de diciembre de cada año, la comunidad mexicana en Paris se reúne frente a la plaza de la catedral con mariachis para cantar la mañanitas, canción de cumpleaños, y luego se quedan tocando toda la mañana. Hay diversos platillos mexicanos a la venta, me han dicho que es una linda fiesta muy mexicana. Las mujeres visten varios atuendos típicos.

Claude: - Agnès tiene toda la intención de asistir a esa celebración. Hay otras fiestas antes, peruanos, colombianos, chilenos, todos tienen algo que ofrecer. Les aviso para ponernos de acuerdo e ir.

Yo: - Suena divertido. Iremos cuando no tengamos viaje en puerta.

Denis: - Ahora por el otoño, y el cumpleaños de mi esposa vamos a tomar una excursión por los castillos del Renacimiento.

Claude: - Los castillos del Loira. Se oye interesante. Avísame cuando van. Veré si Agnès está interesada. De cualquier modo yo me anoto. ¿Va a ser el día de tu aniversario? ¿No deseas que hagamos una fiesta "*petit comité*" como con Denis? Tú me sugeriste de organizar la fiesta para Denis. Ahora para ti sería bueno que invitaras a tus amigos de la Sorbona.

Yo: - La próxima vez Claude. Lo que se me antoja ahora es festejar en esos castillos. Veremos si mis compañeros de la Sorbona y algunos latinos conocidos de Agnès se anotan, sería fabuloso, una gran manera de celebrar.

Claude: - ¡Ey!, ya que te encanta el otoño en el bosque, (se dirigía a mi) el próximo fin de semana vengan a la casa, iremos al bosque de Saint Lou a recoger setas.

Denis: - De acuerdo. Nos vemos el próximo fin de semana. – Nos despedimos de Claude. Estábamos en la parada de "*Gros Noyer – Saint Prix*", nuestra casa.

from	*: Christine* *<chrichv@videotron.ca>*
to	*Amanda Lozal <alozal@gmail.com>*
date	Mon, Aug, 02, 2010 at 10:35 AM
subject	*Ya estoy de regreso.*
	Mailed videotron.ca
	By

Hola Amanda,

Ya estoy de regreso. Disculpa el largo silencio, pero estaba en el campo y el descanso requiere no usar la compu.

No paré de realizar actividades que me fascinan. Volví a ser yo con mis amigos y mi gente. Caminatas largas por la campiña. Escalar montañas, hasta remamos en los rápidos. Bicicleta todo terreno, acampar, disfrutar del verano en todo su esplendor. Estoy renovada.

Cuéntame como te ha ido. He leído ya tus diez anécdotas. Me hace pensar en mi esposo en Canadá. No sé si se divirtió tanto como tú. No lo imagino disfrutando a los canadienses de esa manera que tú disfrutabas a tus amistades. Bueno quedamos que tú y yo amamos a los extranjeros. Mi marido gusta solo de las extranjeras. No quiero saber de él. Mi decisión es esperar hasta el fin de año, para empezar una nueva vida. Mientras tanto tiene ese plazo que le doy.

Tengo algunas anotaciones y comentarios para tu edición. Ve el anexo. Por otro lado, como siempre me dejas preguntándote ¿Qué sucedió? ¿Claude no se casa o sí? Ya parecía otro "ménage a trois", y luego aparece Agnès … Dime si está casado o no para irle a buscar. L.o.l. Bisou. Christine.

from	*: Amanda Lozal <alozal@gmail.com>*
to	*Christine* *<chrichv@videotron.ca>c*
date	Wed, Aug, 04, 2010 at 11:04 PM
subject	*Re: Ya estoy de regreso.*
	Mailed gmail.com
	By

Genial!, se siente tu energía renovada. Me da gusto percibirte en forma, contenta. Como me hubiera gustado hacer esos paseos. No tengo la condición física, pero los encuentros con la naturaleza, aunque no sean tan intensos aun me regocijan. Me conformo con una ida y vuelta el mismo día a algún paseo por el lago, o un viñedo.

Te agradezco tus comentarios. Estoy dedicada y decidida a terminar estas anécdotas que cuentan mi gran aventura en Europa. Te las enviaré, si quieres seguir leyéndolas. Para el próximo año, en el verano o me aceptas en Canadá o vamos a Europa, como gustes. Besos. Amanda.

CASTILLOS DEL LOIRA.

La creación artística es el contacto con los demás, la unión comprensiva y amorosa. David Alfaro Siqueiros.

Uno tras otro, los castillos del renacimiento sobre la rivera del rio Loira en Francia, nos tenían boquiabiertos, encantados, fascinados. Dios me cumplió otro deseo a corto plazo. Celebrar mi cumpleaños en esta excursión donde había latinos conocidos de Agnès, varios compañeros de la Sorbona, incluidos Vanesa, mi gran amiga Giselle y dos profesores, mi marido, nuestro querido amigo Claude con su amiga. Fue un sueño este viaje a través de la historia del arte del renacimiento. Jardines, arquitectura, paisajes, obras de pintura y esculturas, muebles, tapices, colchas, vestimenta, amigos, nuevos conocidos, mi pastel y canciones latinas. Todo en grande, a lo grande, me sentía la reina Margot, o (François I), el protector de Leonardo Da Vinci, ya que se le dio el uso de uno de estos castillos, *Clos Luce*, cerca de Amboise. Visitâmos : *Chambord, Azay le Rideau, Chaumont sur Loire, Amboise, Valençay, y Chenonceau.* !Maravilloso !

En Paris, en noviembre asistimos a una fiesta de Colombia. Bailamos cumbias. En diciembre doce fuimos a la celebración de la Virgen de Guadalupe en la plaza de Nuestra Señora de Paris.

Y en las vacaciones decembrinas fuimos con mi suegra, insistí, quería pasarla con familia, nos visitó mi hermana Carla, así los cuatro paseamos por Barcelona. Claude se quedó a recibir a sus padres en Paris.

Denis había ido varias veces de vacaciones cuando joven, conocía esta casa de huéspedes, en Barcelona, la propietaria Caro Barcino, estimaba al "majo francés", Denis. Además mi esposo le escribió desde septiembre, enviando un depósito por adelantado para que nos reservara dos habitaciones para la navidad.

La Sagrada Familia de Gaudi, otro monumento que te quita el aliento, y te lo quita de verdad cuando subes a su torre más alta. El parque Güel de Gaudi, los edificios diseñados por este arquitecto en un barrio de la ciudad, son toques de distinción. La Catedral de Barcelona, la Iglesia de Santa María del Mar, las Ramblas, el ambiente en el barrio Gótico, en sus callejas me recordó muchísimo al centro de la ciudad de México. Al fin la madre Patria, hijo de tigre, pintito. Turrones, mazapanes, y la deliciosa comida preparada por Caro.

Regresamos a Paris cuando el invierno recrudecía. Mi hermana quería visitar otras partes de Europa. Mi marido no quería quedarse solo. Le sugirió a su madre que acompañara a Carla a Inglaterra y visitaran el norte de Francia de Paso. Las ayudamos a organizar un itinerario con el tren. Visitarían Rouen, Reims, Bruselas, Brujas, Londres, y la Normandía, el Monte Saint Michel. Hubiera querido ir con mi hermana pero mi marido estaba primero, Carla lo entendió. Ella regresaría a su "despedida de soltera", este viaje era parte de ello, y se casaría en el mes de mayo.

Empezamos el año laboral normal. Denis a dar clases en el liceo. Yo en mis cursos de la Sorbona. Un poco antes de que regresara mi suegra y mi hermana, mi esposo volvió a ser internado por obstrucción masiva del pulmón. Cuando llegaron fueron a verlo al hospital. Mi hermana nos dijo que ella lo estuvo molestando durante el viaje a Barcelona por tanto fumar, por que nosotras (Alice y yo) no le decíamos nada si sabíamos cómo le hacía tanto daño. Mi suegra dijo que respetaba la decisión de su hijo, que era peor estar peleando con él. Me di cuenta que yo estaba en el mismo plan.

Mi hermana se quedaría un par de días más. Alice cuidó a su hijo en las noches mientras mi hermana estuvo conmigo. La acompañé a hacer algunas compras en La Samaritaine y au Printemps, dos de las grandes tiendas de la ciudad de Paris. Sucedió que empecé a tener problemas de cólicos y sangrado inesperado. Fue conmigo al ginecólogo. El doctor decidió quitarme el DIU, me advirtió de tener cuidado y me recordó que cualquier problema de embarazo inesperado fuera a verlo.

Mi hermana no estaba de acuerdo en que yo abortara. No va a suceder, le expliqué, sólo por decirte que en Francia ya se admite el aborto, que la seguridad social lo paga en casos como el nuestro. Si me quedo sin mi marido, el gobierno quiere niños, no hay suficientes bebés franceses, pero quiere niños sanos y con los dos padres, eso es responsabilidad.

Carla:- Bueno, yo te digo que te tienes que cuidar, y que si él se quiere morir, pues que saboree su muerte, pero no te quedes sola, un hijo te hará compañía.

Yo: - Carla, que parte de la responsabilidad no entendiste. Tú sabes el infierno que pasamos teniendo una mamá soltera. (Como mi hermana se iba a casar, no quise decirle detalles de ese final tan patético que estábamos padeciendo Denis y yo. Su impotencia, sus cambios de humor, su tos y apnea nocturnas, los dos dormíamos mal).

Carla: - Tu mas que yo, tú eras nuestra mamá. Ahora entiendo porque te extraño tanto, no estando tú, yo he sido la madre de nuestra hermana la más chiquita. ¡Qué pesadilla! Regrésate, lleva a tu marido a casa en Cuernavaca, el clima le va a sentar bien, tú volverás a ser nuestra mamá, y tu marido va a sanar con un clima tan bonito, "la eterna primavera".

Yo: - Si todo fuera así de sencillo.

Carla: - Pregúntale al doctor, tal vez si, el clima ayude. Aquí se enfermó por el invierno y su fragilidad pulmonar.   Bueno, pase lo que pase, hazlo durar hasta mi boda. Los quiero ver a los dos juntos en mayo, no falten. Nos las arreglaremos para hacer que se queden allá.

Reí y ella me secundó, nos abrazamos, era un buen momento entre hermanas. Veinticuatro horas después la despedía en el aeropuerto Charles de Gaulle.

Regresé al hospital con Claude. Esa tarde y noche yo me quedaría con mi marido. Claude llevó a Alice a nuestro departamento. Dos tardes después regresamos a casa con mi esposo recuperado pero aun en descanso. Noté que el descanso le sentaba bien. El departamento era caliente, igual que el hospital, no salir era lo indicado.

Le conté a Denis lo que nos había dicho mi hermana.

Yo: - Carla nos regañó por no prohibirte los cigarrillos. Ella te tiraba cuanta cajetilla podía. Trataba de evitar que fumaras, y tenía razón, no te hubieras enfermado, creo que volviste a aumentar el número de cigarrillos.

Denis: - La culpa fue de tu hermana. Me hacía rabiar cuando no encontraba mis cigarros, entonces compraba mas, los escondía y no me ayudaste.

Yo: - ¡El colmo contigo! Culpas a mi hermana de tu tabaquismo. Me das risa con tu actitud infantil. ¿Qué te pasa?

Alice: - Mira, no te decimos nada, Carla peleó contigo porque iba a estar pocos días. Ella lo puede soportar, y creo que le gusta el pleito. (risas de los tres). Amanda y yo no te diremos nada pero no nos pidas que cooperemos con tu vicio. Eso no.

Yo: - Carla piensa que si nos fuéramos a vivir a México no te enfermarías tanto.

Denis: - Por eso quiero ir a la India. No hay Gauloises, compraría solo tabaco natural… el clima es tropical.

Alice: - ¿Tabaco Natural? ¡Ja!...

Yo: - Tú sabes que no podría vivir en la India. Acepté Argelia, pero bueno, pediste cinco países latinoamericanos y como sexta opción Argelia. A ver que te ofrecen.

Alice: - Yo creo que donde estés tu problema será el mismo si no dejas de fumar. Amanda le comentó al médico si mejorarías estando en la eterna primavera. El doctor dijo acertadamente que no es el clima lo que te afecta, es tu vicio.

Atesoro esos momentos de aceptación, de convivencia familiar, son momentos tan gratos. Creo que todos estábamos aprendiendo a disfrutar minuto a minuto cada oportunidad de convivencia que nos brinda la vida.

MARDI GRAS.

Los placeres raros son los que más nos deleitan.   **Epicteto.**

En febrero Denis nos organizó para ir a otra excursión. El Carnaval de Colonia, en Alemania. Claude, Agnes, mi esposo y yo nos lanzamos un fin de semana a vivir ese placer loco del carnaval, "Mardi Gras", martes de carnaval, antes del miércoles de ceniza que señala el comienzo de la cuaresma. El carnaval es la fiesta pagana que permite que desfogues todo deseo carnal para después entrar con devoción al ayuno total, cuerpo y alma.

Nos recibió la bellísima catedral gótica de Colonia. La admiramos en todos su ángulos. Por dentro, por fuera, con todo los árboles que la rodean desvergonzadamente desnudos por el invierno, parecían tan góticos como la catedral.

En los bares encontrábamos grupos de jóvenes franceses, ingleses, noruegos, holandeses, se juntaban en bandas, se emborrachaban, se pasaban a sus mujeres, se peleaban entre diferentes nacionalidades, era un bacanal magno.

El domingo nos fuimos a los barrios donde inicia el desfile de carnaval. Denis llevaba el sombrero y la chaqueta de charro que nos habían regalado en casa el verano anterior. Yo esta vez sí llevaba mi sombrero picudo de paja que decía viva México. Adquirimos las pelucas de colores extremos. Yo una azul, Denis una roja. Agnes consiguió un poncho peruano y el gorro típico, para ella y otro para Claude, pero también se pusieron peluca debajo del gorro. Había muchísimos payasos bien maquillados, con la nariz, la peluca, los zapatos enormes, también abundaban los hombres vestidos con faja, corsé, liguero y sostén en pico, de esos antiguos; se veían llamativos, chistosos. El tema era de crítica política, en ese tiempo los alemanes no estaban muy contentos con varias medidas que tomaba el gobierno.

Música, alegría, bromas, cerveza, salchichas Frankfort, desmanes, locuacidades, en una mañana soleada. Sudamos la gota gorda. Tomamos cerveza fría, comimos lo que abundaba, las Frankfort. Nos divertimos como pingos. Regresamos a Francia la madrugada del lunes. Y vámonos a trabajar.

Viva lo necio. Necios, incrédulos, o simplemente deseábamos apurar el vaso. El viernes siguiente por la noche Denis tosía como para echar los pulmones afuera.

Yo: - ¿Te arrepientes ahora?

Denis: - De mis pecados, si. De fumar todavía no.

Yo: - Si pudiera matarte ¿me lo agradecerías?

Denis: - Podemos intentarlo desearía morir haciendo el amor.

Yo: - Denis querido, mi Denis. (Cubría su espalda con mi cuerpo, para calentársela). Te apuesto que has aguantado esta semana sólo por cumplir con tu deber en el Liceo, pero esto te viene de un loco fin de semana en Alemania y del tabaquismo.

Denis: - No me lleves al hospital, me siento bien contigo de cobija. – sonreí, le puse el termómetro, pues sudaba mucho, noté sus uñas y labios con cianosis nuevamente. La fiebre era muy alta.

Yo: - Vamos cariño, vístete, vamos al hospital nuevamente.

Denis: - (tosiendo y muy débil). ¡No quiero ir! (Como nene berrinchudo.)

Me abrigué bien y salí al teléfono público. Llamé a Claude para pedirle ayuda. "Me temo, le dije, que es necesaria una ambulancia con oxigeno de emergencia; tiene fiebre muy alta".

Claude: - En este momento llamo a la ambulancia y al hospital y te acompaño para ver que se ofrece. Voy a llamar a mis padres y pedirles de favor que ellos pongan un telegrama a Alice.

Yo: - De acuerdo. Alice necesita saber. Estoy preocupada, Denis se ve muy mal.

Claude: - Veamos que dicen los médicos, ya lo conocen, es la parte buena, si hay un lado bueno.

Yo: - Nos vemos al rato Claude.

Neumonía. Se veía grave, los médicos descargaron con nosotros la responsabilidad que les atañe regañando por no cuidar que Denis fumara menos. Alice y yo nos veíamos como sabiendo lo poco probable que era convencer a un adulto adicto. Teníamos un acuerdo tácito, disfrutar a Denis todo lo que él nos permitiera disfrutar. Abolir toda querella o disputa con el interesado afectado. Por lo pronto poníamos todo de nuestra parte para que mi esposo se recuperara. Estaba con oxigeno, con medicamentos intravenosos a través del suero. Esta vez insistían los doctores va a ser larga la estancia, está muy delicado sentenciaban. Alice se quedaba una noche yo otra. Claude nos visitaba todas las tardes. Y se llevaba a quien le tocaba descansar.

Me dejó en mi departamento, me ayudó a subir víveres que compré para tener surtido el refrigerador. Le pregunté por Agnes.

Claude: - Esta consternada por la noticia. Cree que ese viaje a Colonia no le sentó bien a mi amigo.

Yo: - El quería ir. Disfruta mucho de los viajes, tú lo conoces.

Claude: - Tu marido me ha estado pidiendo que cuide de ti, que te ayude. El sabe algo que nosotros no sabemos. O ya no puede, o no quiere o se sabe condenado a morir pronto.

Yo: - El doctor me advirtió la primera vez que si lo alejábamos del tabaco podía vivir hasta veinte años, de caso contrario sus expectativas eran de la mitad o menos. O sea ya me hice a la idea de cargar esta pesadilla por unos ocho años, tal vez diez.

Claude: - Es difícil, ¿no? Supongo que ya no hay …

Yo: - Sexo, no, afecto, si mucho. Eso es suficiente ¿sabes? Sentirlo cerca de mí, acurrucarnos cada noche, hablar, contarnos como nos fue en el día. Conversamos mucho. Es muy importante para mí. No me veo como esas parejas que después de algunos años ya ni los buenos días se dan.

Claude: - Tienes razón, no vale la pena. Agnes y yo haríamos esa pareja. Salimos porque estamos solos, porque somos gerentes de banco, trabajamos para la misma empresa. Entonces llega un momento en que parece que ya nos dijimos todo y no hay nada más que hablar.

Yo: - Es el momento interesante… (sonreí). Es cuando empieza el amor, ¿cierto?

Claude: - O una rutina para aliviar necesidades básicas.

Yo: - depende de ustedes avivar la llama en las brasas.

Claude: - Denis me convenció que eres la mujer perfecta para avivar las brasas. Además nunca pelean, y charlan interminablemente. Me ha dado amplias cartas de recomendación tuyas.

Yo: - Es el juego eterno de ustedes. Comenzó desde niños, Denis hijo de un obrero, gran amigo del hijo de un banquero.

Claude: - un empleado de banco, que su hijo lo hizo banquero para darle mayor alcurnia, Denis siguió la farsa, más que una farsa era una fantasía de niños que admiran a alguien, en este caso a mi padre. Con el tiempo hemos guardado el titulo como broma, ahora yo soy "el banquero".

Yo: - ¿cenas conmigo?

Claude: - Preparemos algo. – Me ayudó y seguíamos con nuestra plática.- De pronto la latinoamericana sexual se conforma con sólo afecto.

Yo: - Claude no seas sarcástico. Sabes bien que esos son clichés. Estoy de acuerdo que una persona del trópico cálido y bello no se comporte como una blanca mujer del norte. Es cierto este clima frio afecta, pero también la imaginación de todos es volátil en cuanto a ideas fantásticas. Nosotros en México creemos en "los románticos franceses" y ustedes hacen castillos en el aire con las" latinas eróticas".

Me sirvió vino tinto, el tomó una copa también, y comimos restos de lomo de cerdo que había cocinado. Me ayudó a recoger la mesa y lavar trastes. Tomamos una segunda copa de vino. Y se despidió. Lo acompañé a la salida.

Claude: - Quiero que sepas que aunque no me lo hubiera pedido Denis, estoy aquí para ayudarte, apoyarte en lo que necesites. Quiero que sepas…

Su presencia era entrañable, nuevamente su mirada me envolvía con mil caricias.

Yo: - ¡Ya vete! - Lo empujé hacia la puerta, no se movió, me pasó su mano derecha sobre mi hombro y lentamente bajaba por mi brazo, me apretó contra él y le susurré al oído- Vete.

Claude: - Quiero que sepas que te quiero… todavía te quiero.

Tres veces hizo temblar mi cuerpo con el suyo esa noche. Sentí sus lágrimas de placer caer sobre mi pecho. Sentí sus labios húmedos en mis pezones, sentí sus manos fuertes en todo mi cuerpo. A las cinco de la mañana me dijo que iba a su casa a cambiarse, regresaría por mí a las nueve de la mañana de ese sábado, para recoger a Alice, desayunar con ella y traerla a dormir al departamento.

ORIGEN DEL MALEFICIO.

A veces, mejor que combatir o querer salir de una desgracia, es intentar ser feliz, dentro de ella, aceptándola.   **Maeterlink.**

Enterramos a Denis después de más de un mes de lucha por la vida. No sobrevivió a la neumonía. Alice ahora si estaba desecha. Varios de los camaradas de la escuela, el propio director del liceo donde trabajó mi esposo asistieron al sepelio. Mis amigos, sus amigos, los padres de Claude. Finalmente era una comitiva cuantiosa. Yo no me daba cuenta de mi apariencia, Giselle me lo dijo: "te ves muy cansada, pálida y desde luego te estás acabando los ojos. Tienes que reponerte".

Cuando quedamos a solas, Claude, Alice y yo, en el departamento, sentí que se me caía el mundo encima. Había estado llorando, cierto, pero controladamente. Ahora ya no podía retenerlo; el desconsuelo rompió el dique. Entre sollozo y sollozo declaré "Estoy embarazada".

Alice pareció tomar vida nuevamente. Le salió del alma decirme: "Espero que decidas tenerlo. Yo te ayudaría. Si quieres, es tu decisión. (Siempre preocupada por no influir, por respetar a los otros, por no decir que a ella le encantaría ser abuela.) Podrías venir a vivir a Dijon. No deseo influir en ti, -volvió a llorar- La emoción me hace hablar demasiado, pero por primera vez quiero decir lo que hay en mi corazón sin importarme nada. Me gustaría que tuvieras a esa criatura. "

Claude: - (sin poderse contener) Estoy de acuerdo con Alice, debes guardarlo. Te apoyaremos. Por favor… no abortes… bueno quizá ni se te ha ocurrido… ¿Qué piensas?

Yo: - No he pensado nada. Solo siento, sé que se mueve, sé que está aquí en mi vientre, no quiero quedarme sola, pero tal vez tampoco me quede en Europa, no por el momento… -continué con mi desconsolado llanto. No veía una salida digna. Mi instinto me obligaba a regresar a casa, con los míos.

Claude: - Tienes tiempo para pensarlo. Toma todo tu tiempo. Creo… (Temblaba su voz) creo que tendrías muchos beneficios si te quedas en Francia.

Alice: - Si, tendrías ayuda departe del gobierno aparte de la nuestra. Piénsalo detenidamente. No se te va a obligar a nada. Escucha a Claude, los hombres son más sensatos en estos momentos emotivos. Tengo que ir a Dijon a ver como está la casa. Cuando gustes ir; ve. Cuando tomes una decisión avísame.

Yo: - Gracias Alice,… mamá, gracias, te quiero mucho. Te tendré al tanto de lo que voy a hacer.

Cuando Alice se fue, Claude me buscó. No me dejó sola desde entonces. Sabía que en mis entrañas estaba un nuevo ser con su propia sangre. Insistió para que me mudara a su casa. Pero no acepté.

Claude: - Cásate conmigo. Quiero cuidar de ti y de mis hijos. No te vayas, te necesito. – Sus caricias comenzaban con su mirada cargada de ternura. Buscaba en mis ojos respuestas. Estos se inundaban de lágrimas y de alegría. Un sabor agridulce recorría mi vida. Nos apretábamos uno contra el otro en un abrazo sediento de amor y nos olvidábamos de todo. – Me siento tan bien cuando estoy contigo. No necesito nada más. Tú eres mi mujer, no quiero a ninguna otra.

Yo: - Claude, yo también me encuentro tan feliz a tu lado. Completa. Lo que no consigo es olvidar el pasado tan reciente.

Claude: - No hay pasado, solo presente. Y lo hemos estado viviendo juntos.

Y continuábamos disfrutando cada momento de estar juntos. Deseaba tener esa conciencia masculina y de hijo único que sabe vivir la vida a manos llenas de "todo está hecho a la medida para mí". Solo que mi voz interior no me daba paz, medité la situación en cuanto mis ideas se fueron asentando después de la sacudida de los últimos eventos.

Claude: - Ya me recomendaron otro ginecólogo, aquí cerca, para que no tengamos que ir a Paris. Quiero conocer a mi bebé. ¿Cuándo quieres que vayamos?

Yo: - Esta semana. Me he sentido bien, ni siquiera las molestias habituales se han presentado, tal vez porque mi estado de ánimo anda tan agitado que no da lugar a otra cosa.

Claude: - Todo va a estar bien. ¿Te fijas? La vida se las arregló para darnos esta oportunidad de ser padres, de tener una familia. Te tendré para toda la vida, y tú puedes contar conmigo.

Yo:- Es tan perfecto, tan maravilloso y tan divino que no me lo explico, no me lo creo. Grité mil veces "no quiero tener hijos". Pero ahora es como si Dios me hubiera dicho: "mujer, bendito es el fruto de tu vientre", eres mujer y la fertilidad se te dio, obedece a tu madre y a la naturaleza.

Claude: - Me gusta como piensas. –Besaba mi vientre, le hablaba a nuestro hijo.- Eres bienvenido hijo, o hija, te queremos y sabemos que estas saludable y que el planeta entero te recibirá con alegría.

Sentía el calor acogedor que emanaba del cuerpo del padre de mi criatura, su tranquilidad, su seguridad. Detuve a mi inconsciente por un momento, lo mandé a pasear. Como Claude me invitaba, aquí, ahora es nuestro presente. Acéptalo, me dije, disfrútalo. Y eso hacíamos, así de simple.

La revisión médica por la doctora Lalouche, nos indicó que todo iba bien. Los latidos del corazón de la vida se escuchaban llenos de energía, Claude sonreía radiante al tomarme de la mano. La doctora nos preguntó si queríamos apartar un lugar en su clínica. De momento nos simpatizó. Vio mis papeles y mi seguro médico, nos propuso un descuento para que el porcentaje a pagar disminuyera en cuanto a gastos de hospitalización y neonatología. Toda la maternidad estaba cubierta al cien por ciento. Promoción gubernamental. Cuando nos despedimos felicitó al Señor y la Señora Marchand.

Claude: - Es urgente que vayamos a la alcaldía. Vamos a casarnos y a arreglar el pequeño detalle del nombre de nuestro bebé que es Beauchamp. Te mudaras a la casa. Me tienes viviendo entre dos aguas, podemos simplificar las cosas. Yo me quiero casar contigo. ¿Qué dices?

Yo: - Me quiero casar contigo, Claude, estoy de acuerdo en lo que dices salvo una intranquilidad en mi conciencia.

Claude: - Te escucho. – Estábamos en su auto camino a mi casa. - Lo que me digas ten por seguro que te ayudare a limpiarla. Quiero decir que si ves problemas, encontraremos soluciones, no te preocupes, ¿de acuerdo?

Yo: - Me preocupa Alice. No me gusta mentir. Por lo que acaba de suceder, estoy contigo, es un malentendido que hay que aclarar. Es tu hijo, lo sabemos tú y yo. Denis de alguna manera nos dio su bendición, es otro secreto entre tú y yo. Para los otros, tus padres, por ejemplo… Claude necesitamos tiempo… es mi intuición, no es un buen momento para casarme, no tengo ni dos meses de viuda.

Claude: - A mis padres les voy a decir la verdad. Estoy seguro que la alegría de ser abuelos no les dejara ver colores grises alrededor. No son del tipo de gentes de chismorreo o alarmista.

Yo: - En ocasiones me siento muy angustiada, tal vez culpable. Hay una maldición en mi casa. Sé que no crees en estas cosas, pero no son tan descabelladas. – Entramos al departamento, dejamos nuestras cosas en el closet del recibidor, fuimos a la cocina a preparar té y continuamos nuestra charla.

Claude: - ¿Cuál es la supuesta maldición?

Yo: - Los hijos y la muerte. Por eso no quería ser madre, pensé que estaba condenada a ser madre soltera. Mi padre murió dos meses antes de que yo naciera, su agonía fue larga, mi madre no cuidó su embarazo, no me cuidó. Le volvió a suceder por segunda y por tercera vez. Sus maridos se mueren y la dejan con la carga. Ella maldice y el maleficio lo cargo yo a cuestas. ¿Me entiendes?

Claude: - Si, es muy claro. – Me besó en la frente- Está en tus pensamientos contaminados por tu madre.

Yo: - ¡Exactamente! Son la voz de mi madre, pero esa voz no me da tranquilidad. Esa energía es tremenda y mira, si lo vemos de fuera, parece que se repitió, o repetí el patrón. Alice lo vería así, el padre de mi bebé murió, yo tengo que cargar sola con la maternidad, de hecho se ofreció a ayudar.

Claude: - Yo hablaré con ella. Le diré lo que Denis sugería, que yo debía cuidar de ti. Que no he encontrado mujer y que por el bien tuyo y del crio nos vamos a casar.

Yo: -¿Ves? Piensas como yo, no queremos herir sus sentimientos con una verdad que no todos entenderán. No quiero mentir. Prefiero que ella se mienta sola.

Claude: - ¿Cómo?

Yo: - Dándole tiempo. Quiero ir a la boda de mi hermana el próximo mes en Cuernavaca. Quiero que el bebé nazca en México, luego regreso y …

Claude: - Veámoslo lentamente. ¿Quieres que vaya contigo a la boda?

Yo: - Me encantaría. Mi hermana me advirtió de no ir sola. Es una tontería, no es importante – me dio risa recordar la sentencia de mi hermana; se lo conté a Claude y continué- no les he dicho nada, mi país está tan lejos y no quería contar nada de esto, no tengo idea como lo entenderían, si lo entenderían, pero no tenían porque aprobar o desaprobar, aunque en mi país es así, la familia se comporta como clan y mete su cuchara donde no se le llama. Pero si, si quieres venir, vamos, me harías feliz al acompañarme.

Claude: - Quiero estar contigo, voy a ir contigo. – Era cariñoso conmigo-. Te diré lo que podemos hacer. Iremos a ver a Alice para decirle que te vas a México, que deseas que el bebé nazca allá. Te despides de ella. Yo voy contigo a esa boda y aprovechamos para casarnos allá. Regresaré para ver nacer a nuestro hijo y vendremos los tres a Francia. ¿Qué te parece?

Yo: - Perfecto. – Nos besábamos y el cielo de marzo se abría para adelantar el canto de las aves y los brotes tempranos de algunas flores y del amor que renace, que empieza… por uno mismo, por el mismo lugar, en los mismos limpios, entusiastas y siempre jóvenes corazones.

from	**: Christine** *<chrichv@videotron.ca>*
to	*Amanda Lozal <alozal@gmail.com>*
date	Sun, Aug, 08, 2010 at 8:00 AM
subject	*¿Es todavía un secreto?*
	Mailed videotron.ca
	By

Amanda,

Una vez, y otra vez me sorprendes. De quien son tus hijos no es un secreto, todos lo saben, ¿verdad? Ya no sé si me estas contando historias, o fue real. Me ilusioné con Claude, ya me lo quitaste. (l.o.l.)

Un maleficio es, a tu entender, un error de los padres que recae en la familia. Te doy algo de razón. Aunque existe la herencia biológica, y esto no es un error de la familia. Tu primer marido estaba consciente de poder transmitir una enfermedad hereditaria y eso lo aterraba para tener hijos. De alguna manera es un maleficio que él deseaba romper, y lo logró dándoles una bendición. ¿Así ves las cosas? Me parece muy racional, muy francés.

Dime que otras sorpresas me reservas. Me gusta el punto donde das vuelta a tu relato. Continuemos.

Xoxo. Christine.

from	: *Amanda Lozal <alozal@gmail.com>*
to	**Christine** *<chrichv@videotron.ca>c*
date	Sun, Aug, 08, 2010 at 9:00 PM
subject	*El maleficio.*
	Mailed gmail.com
	By

Christine querida,

Me gusta sorprenderte. Ciertamente todo el mundo sabe que mi primer esposo era francés, no saben que el segundo también. Te he dicho me casé tres veces. Eso si lo sabías. Hay detalles eso es todo.

El maleficio lo veo como una orden inconsciente, se graba en la mente por repetidas veces que la escuchas en tu infancia. Desde luego hablamos de mandatos negativos, por ejemplo cuando los padres repetidamente le dicen a su hijo: "eres un tonto", los pequeños que oyen esto una vez y otra vez y mil veces, terminan creyéndolo y actuando como tal. En general así suceden las maldiciones. Se pueden romper de mil maneras, como vidas hay, así lo creo yo, así lo he visto. Y voy más lejos y más profundo que tu. Creo que el pensamiento tiene un gran poder. Recuerda: "tened fe como el grano de mostaza y moveréis montañas". Así de poderoso es el pensamiento. Entonces si tienes una herencia biológica, puedes sortearla si tu pensamiento te libera de ella. Eso es seguro.

Claude, esta a tu lado, pero no lo has visto porque en este momento prefieres resolver otro problema. Cuando lo resuelvas seguro te fijaras en el. Con gran placer continuo los relatos de entretenimiento. Besos. Amanda.

UNION FAMILIAR.

Cuando hay conflictos dentro de la familia se habla de unión fraternal.
Lao Tse

A nuestra llegada, mi madre estaba perpleja, no recordaba a mi marido, se veía diferente, o de plano era otro. Le conté lo sucedido, y quedó verdaderamente desconcertada. Nos quedamos en la ciudad de México. Llegamos el viernes en la tarde, la ceremonia civil seria el sábado por la tarde. Desde luego querían hablar conmigo. El novio de mi hermana hablaba un poco francés, sus hermanos y unos amigos invitaron a Claude a un corto paseo por la ciudad.

En casa con dos de mis tías, mis dos hermanas y mi madre tuvimos concilio familiar.

Mi madre: - ¿por qué no nos avisaste? ¿Acaso no somos tu familia? Tenemos derecho a saber de tu vida. Estoy en shock, no me esperaba esto, ahora… ¿Qué hacemos?

Carla: - Mamá, te dije que Denis no llegaría al día de mi boda. Fumaba como chacuaco, ya había ido a parar al hospital y nadie le decía de dejar el cigarro. O el no quería.

Mi madre: - Creí que exagerabas. Amanda debió decirme algo.

Yo: - Bueno, aun no te cuento todo. Claude y Alice me están proponiendo que mi hijo nazca y se quede en Francia.

Mi madre:- No, mi nieto va a nacer aquí. No tiene padre. Como tú, igual que tu, tu papá murió antes que nacieras. El hermano de tu padre prometió cuidarnos, ver por nosotras y no cumplió. Los hombres son así, egoístas, se zafan de sus compromisos.

Mariela: - Ya no digas cosas horribles contra los hombres. Se va a casar Carla, y uno se pregunta porque no sale huyendo. Yo me caso en seis meses, y con tus recomendaciones pienso que sería mejor meterme a un convento.

Tía Lulú: - No querida a ti no te veo en un convento a menos que haya muchos religiosos alrededor.

Mi madre: - Dejen que Amanda nos diga que va a hacer. Amanda, ¿Quién es Claude? ¿Cómo propone cuidarte?

Yo: - Era el mejor amigo de mi marido. Salíamos mucho los tres. El no se ha casado. Denis le hablaba mucho de las latinas, parece que Claude quiere encontrar una latina.

Tía Olivia: - ¡Ya está!, ya la encontró. Que se case contigo. ¿Te contamos que el hermano de tu padre se quería casar con tu madre? Se hubieran casado de no ser por la entrometida de la vecina, Virginia. Ella andaba tras el dinero que heredaba el hermano de tu padre.

Tía Lulú: - De verdad, Amanda, tu madre hubiera tenido un padre para ti, solo que Amalia se hundió en su tristeza y dejó pasar la oportunidad.

Mi madre: - ¡Basta!, ya lo dijeron, a Amanda no le sucederá igual. Cásate con ese hombre. Es francés. Sera el padre de tu hijo. Todo como si nada hubiera pasado.

Mariela: - ¿Como si nada hubiera pasado? Pero ha pasado todo. Amanda está sumida en el dolor, igual que tu. No paras de decirle que tiene que repetir tu vida.

Tía Lulú: - Marielita, no enciendas los ánimos de tu madre, de por si está nerviosa con todo este alboroto.

Tía Olivia: - Si, debemos enfocarnos para decidir si ponernos de luto, o seguir adelante con la fiesta.

Carla: - ¡Ah no! Yo le advertí a Amanda que viniera con su esposo. Y vino con él, todos saben que mi hermana está casada con un francés. Vino con un francés, ¿no?

Tía Lulú y tía Olivia: - Justamente es lo que estábamos sugiriendo.

Mi madre: - Y será tu marido esta semana. No quiero escuchar un: no, Amanda, siempre te has portado un poco rebelde, pero hoy me escuchas. Cuando termine la ceremonia civil, hablaré con Mario, es el juez, ¿lo recuerdas? Mi amigo Mario el abogado, ahora es juez del Registro Civil, casará a tu hermana este sábado y el martes se casarán tú y el francés, Mario lo hará. Está todo arreglado.

Mariela: - Y dentro de seis meses me casa a mí. Yo no me quedo sola en este manicomio.

Tía Lulú: - Falta mucho, tal vez sea un año mas tarde Marielita.

Tía Olivia: - Pero todo debe ser discreto. Ya no hagas otra fiesta como el año pasado, cuando vino su otro marido.

Mi madre: - ¡Shhh! Ni lo menciones. (Me abrazó fuertemente) ¡Ay hija que bueno que este hombre este contigo! No lo dejaremos ir sin cumplir su sueño, casarse con una latino americana. Somos una ganga, no somos tan frías y ligeras como las mujeres del norte, por eso nos buscan. ¿Les conté del alemán que me siguió por todo mi viaje en Europa? Se quería casar conmigo, quería que me quedara allá. Y ni siquiera hablábamos el mismo idioma.

Mariela: - Y esos hombres ¿si son buenos?

Tía Lulú: - Estás decidida a sacar de sus casillas a tu madre.

Carla: - Cuando no hablan el mismo idioma que mi madre, son buenísimos, dicen cosas muy divertidas. (Es bueno relajar los nervios con unas buenas carcajadas).

Estar con la familia es latoso pero sobre todas las cosas es reconfortante, sino no les buscaríamos. Cuando las soluciones que buscas te las ofrecen, las tomas.

Claude estaba rendido. Yo también, aguanté la velada por el jolgorio de los acontecimientos, por mi gente. Pero rescaté a Claude para que descansara. Cuando le acompañé a la habitación que le asignaron, le conté lo que sugería mi madre. Comprendió algo como en un sueño lejano.

Mi hermana se casó con todo el lujo. Las dos familias estaban en un buen momento económico, social y de bienestar. La boda civil tuvo lugar una semana antes, así se estila en mi país, luego para la boda religiosa se eligió una iglesia del siglo diecisiete, con hermosos retablos de oro. Iglesia que se encuentra en una calle empedrada, en la ciudad de México, en San Angelín. En ese mismo barrio se dio el banquete en una ex - hacienda, mi hermana lucia guapísima con su vestido ribeteado por su radiante felicidad, igualmente el novio, enamorado y contento de lo obtenido. Claude quedó sorprendido por la cantidad de gente que se puede reunir en un acto como este, que para su gusto francés podía ser llevado con decorosa sencillez.

Nosotros cumplimos con los requisitos de la ceremonia civil. El martes por la mañana, nos casamos casi en secreto y fuimos a Morelos de luna de miel. Claude estuvo encantado de alejarse de tanta algarabía que había en la casa de la gran ciudad. En Cuernavaca gozamos de tranquilidad, el bebé y yo lo necesitábamos de igual manera. Me di vuelo siendo guía turística, nos habían prestado un auto, pudimos recorrer lugares cercanos: Taxco, Tepoztlan, Xochicalco. Claude admiró esos lugares, era otra la cara de la naturaleza que veía ahora. Confrontaba su dulce Francia con la salvaje belleza tropical y realizaba una verdad natural, el trópico despierta tus instintos primitivos. "¡se siente uno tan bien! Quisiera hacerte el amor todo el día y toda la noche, y todos los días. ¿Es el calor? ¿Qué hay en esta tierra que te afecta de esa manera? = Me decía Claude-, Ahora comprendo muchas cosas".

Regresamos al sábado siguiente para la boda. El domingo temprano se fue a Francia. Nuestro hijo nació en diciembre, en Cuernavaca, Morelos. Claude estuvo presente. Tuvimos una navidad con mi familia. No éramos muchos, aunque veinte personas para mi Claude acostumbrado a tres, o un máximo de seis personas, era demasiado. El pequeño Yves recibió muchos regalos para su primera navidad. Ropa de invierno sobre todo, pues debíamos estar en Francia para el año nuevo. En el banco no dan muchas vacaciones. Mi vida dio un giro de ciento ochenta grados. Estábamos preparados para ello.

FERTILIDAD.

El primer vínculo de la sociedad es el matrimonio, después, los hijos y después, la familia. Cicerón.

Giselle y Hans me visitaron en septiembre. Los recibí en la ciudad de México. Paseamos en mi ciudad natal. Quedaron maravillados por esta ciudad moderna, ruidosa, agitada sin embargo llena de tesoros históricos, geográficos, sociales y económicos. Hans había ido a Barcelona y a Madrid un par de veces, de negocios, pudo comparar las similitudes. Mi amiga descubrió algo de la arquitectura napoleónica en el centro de la ciudad. Los museos y las pirámides cercanas les dieron una idea de las culturas prehispánicas. Paseo de la Reforma les mostró la arquitectura moderna y algunos pulmones que dan respiro a millones de habitantes, como el bosque de Chapultepec, y otros parques.

Si el Anáhuac les gustó, el valle del Cuauhnáhuac les encantó. En Cuernavaca se dejaron seducir por el Tepozteco, por Las Estacas donde sale el agua del volcán Popocatepetl, por los jardines, parques, barrancas, flora y fauna , aparte de que les presenté con unos vecinos que eran fanáticos de México, conocían más, amaban y trabajaban para esta tierra nuestra más que la mayoría de los mexicanos. Estos vecinos eran una pareja de extranjeros, él, austriaco, Herald, y su mujer alemana, Hella. El era joyero, orfebre de corazón, y como pasatiempo era topógrafo. Había realizado varios mapas en Morelos, Tlaxcala, Hidalgo, Querétaro, con detalles topográficos, algo que aparentemente ni los municipios, ni la federación hacen con frecuencia. Herald tenía como meta hacer mapas topográficos de cada uno de los estados de la república. Y los daba a los municipios, se guardaban en los archivos del I.N.E.G.I. (Instituto Nacional de Estadística y Geografía), este instituto a su vez da la información a NASA, para nuestro registro y alta en el GPS.

Como alemanes, los cuatro se sintieron en su casa hablando alemán, de vez en cuando Giselle me traducía. Me parecía divertido. Me gusta cuando mis amigos se sienten tan a sus anchas. Lo que aquí vale la pena resaltar es como la actividad filantrópica de algunos extranjeros ayuda a países como el nuestro. Herald y Hella pidieron su nacionalidad mexicana, guardando desde luego, sus registros originales y yendo de cuando en cuando a Europa. Pero si alguien conoce palmo a palmo nuestra República, son ellos dos, y por el puro placer de hacerlo. Igual que Hans y Giselle son amantes de las largas caminatas. Lo cual fue un tesoro para los Esser, pues se vieron gratificados con mapas de rutas para caminatas en Morelos y estados aledaños. Tuvieron el punto de vista alemán de lo que vale la pena visitar en nuestro país en los veinte días que les quedaban. Con su *"Kennen Mexico und Liebe..."* *(Conocer a México y Amarlo).* un libro que les guía en el país, y lo que les sugirieron Herald y Hella, revisaron su itinerario, empezando por realizar una caminata de tres días en Morelos, estaban ávidos de recorrer la "eterna primavera", sus ríos, sus mariposas, sus flores y árboles, su buen clima.

Giselle estaba contenta de que mi embarazo fuera tan bien. Me decía que aparte de mi piel, mi cabello también se había puesto lustroso y lleno de vida. Toda yo, me veía mejor que antes. Me sentaba el ser madre. Pensó en lo irónico de la vida ya que ella que deseaba serlo, aun no había podido embarazarse. Me recordó como aseguraba yo que jamás me metería en un lio tal. Reímos por esos recuerdos. Le conté de mi nuevo matrimonio. Me dijo que tenía yo muchísima suerte. Las cosas parecen haberse organizado a tu favor. "¡El mejor amigo de tu marido! Yo no conozco al mejor amigo de mi marido. Si es que tiene uno. Para mí, mi mejor amiga eres tú". La serré contra mí en un apretado abrazo y unos cuatro besos. "Por esto eres mi mejor amiga. Eres afectuosa y pocas personas conozco que sean como tú. ¿Sabes que va a pasar ahora? Que tú no te vas a quedar con mi marido, yo creo que lo que sigue es que cuando nos quedemos solas, vamos a estar juntas tu y yo… ja,ja,ja…" la carcajada hizo que Hans, quien ya salía recién bañado, nos preguntara qué andábamos tramando. Le dije que estaba aconsejando a Giselle de dejarse llevar por la naturaleza de Morelos, "es muy erótica, y fértil como habrán notado. Tendrán una niña y yo un niño, o viceversa, y ellos están destinados a casarse. ¿Cómo ves Hans?"

Hans: - Estoy de acuerdo. La idea es buena, Y del clima de Morelos, ya me estaba yo preguntando ¿Qué pasa? ¿Por qué veo a mi mujer cada vez más hermosa, más deseable y más deseosa?

Giselle: - Ja,ja,ja… eres tú el que no paras de querer mas y mas…

Yo: - Esa es la magia de México. De los pandas que regaló China, que aparentemente no se reproducían fuera de ese país, la primera pareja de pandas en reproducirse, sin mucha ciencia; solo afecto, comida, cuidados y el ambiente mágico del que les hablo; fue la pareja que quedó en mi país. Ahora que viajen por selvas tropicales tendrán la oportunidad de sentarse en piedras encantadas que hacen fértiles a los que en ellas se posa.

Giselle: - Bromeas ¿verdad? ¿Acaso llevaron a los panda allá?

Yo: - No, les llevaron piedras de la fertilidad. Ja,ja,ja… Me cuentan cuando estén de regreso en Europa. ¿De acuerdo?

Hans:- Es una promesa.

Despedí a mis amigos con afectuosos abrazos, de esos que significan nos veremos pronto. Cuando nos encontramos en Francia nuevamente, Giselle estaba embarazada. Nos invitaron a cenar a Claude y a mí. Hans le dijo a Claude que teníamos un compromiso, si ellos tenían una nena, nuestros hijos se casarían. Brindamos por la felicidad y la fertilidad tropical, por su embarazo y nuestro pequeño Yves.

from	**: Christine** *<chrichv@videotron.ca>*
to	*Amanda Lozal <alozal@gmail.com>*
date	Wed, Aug, 11, 2010 at 8:41 PM
subject	*Fertilidad.*
	Mailed videotron.ca
	By

La amistad es una constante en tu vida. Una piedra angular que sustituiste por el amor. Por algo te rodeas de amigos, pocos pero muy cercanos. Cierto, tu afecto y sensibilidad nos llega a todos. Puedo hablar por mi propia experiencia.

En cuanto a la fertilidad, no sé que pasó conmigo. Yo estuve en todos esos lugares, hasta con los hechiceros de Catemaco en Veracruz. Nunca pude tener hijos. Ahora ya es tarde.

¿Qué pasó con Claude? Ya sé, me lo dirás a su tiempo, estoy atenta a ello. Xoxo. Christine.

from	: *Amanda Lozal <alozal@gmail.com>*
to	**Christine** *<chrichv@videotron.ca>c*
date	Fri, Aug, 13, 2010 at 9:52 PM
subject	*Re: Fertilidad.*
	Mailed gmail.com
	By

Creo que en el fondo de tu ser, no deseas tener hijos Christine. En todo caso, nunca es tarde. Mi amiga Graciela no tuvo hijos. Ahora está divorciada de un francés. Ella está sola, y volvió al país. Aquí se enteró de que podía adoptar y "adoptó" a una niña en un orfelinato en Morelos. Es decir ella paga los gastos de esta pequeña, sus estudios, su ropa. Y la visita dos veces al mes. Salen a pasear y la regresa a la institución donde está. A mi amiga le satisface esta manera de ser madre. Hay tantos huérfanos que esperan ser ayudados, tú sabes que los chicos necesitan de mucha ayuda. Seguro que en tu país existe algo así. Si no, puedo conseguirte de un par de instituciones en Tijuana o Morelos que hacen esta labor. Lo interesante aquí es que conoces directamente a tu pupilo, a tu protegido y puedes interactuar con él, o con ella. Quizá a la mayoría de edad podrías tenerle en casa mientras termina estudios universitarios o de capacitación.

Te agradezco tus sugerencias y anotaciones a mis escritos. Es valiosa tu cooperación para mí. Besos. Amanda.

DAR Y QUITAR.

Cuando el paraíso te es dado y luego te es arrebatado, ¿aceptaras el resultado?
Lao Tse

Ya sabía yo que había trampa encerrada en la frase "los hijos son una bendición". Los hijos son una responsabilidad que va mas allá de la familia, tiene alcances sociales nacionales e internacionales, me atrevería a decir, universales. Los hijos son una gran responsabilidad para la pareja, punto y se acabó. Lo bueno es que en Francia, el gobierno pretende ayudar con aportación económica y seguridad social, debería haber un soporte de nanas y psicólogos y psiquiatras también. Ya sé, mas te dan, mas pides. No está por demás algunas sugerencias.

"Ah hombre, el más frágil de mis hijos, ¡cómo eres latoso!" Dios debe imaginar algo así todos los minutos de la vida eterna. Yo, simple mortal me pregunto, ¿Cómo es posible que un hijo arruine tus planes diarios? Dos deben arruinar los mejores años de tu vida, tres, te acaban, supongo. Los abuelos era extraterrestres, ellos tenían doce hijos, imagínese las doce tribus israelitas, y luego van y pueblan al mundo, por eso estamos como estamos… superpoblados.

Cierto el problema puede verse a través de un prisma donde saldrá toda la gama de colores, luego lo regresas por el prisma que lo vuelve a concentrar en una sola luz, luz que disipa la oscuridad. Bueno en eso se puede convertir tu hijo, la luz que disipa la oscuridad al mismo tiempo que el arcoíris que va a extasiarte en los días nublados y de lluvia.

Al principio intenté ilusamente, ocuparme de Yves y continuar en la Sorbona. Wrrrrooong, sonó la alarma. No es el camino. Bien me dije, leeré muchos libros, haré muchas anotaciones, escribiré maravillas. Wrrrrooong, volvió a sonar la alarma. De acuerdo me dedicaré a decorar la casa, salir con las amigas y sus hijos, ir a los parques, de compras… otra vez sonó la alarma, no es lo que mi pequeño necesita.

El papá, al principio, pensó igual que yo, que era pan comido, la verdad nos costó trabajo habituarnos, ya echados a perder los dos primeros meses de nuestro hijo, o más bien los nuestros con nuestro hijo, aprendimos como manejar la situación. Ya encarrilados, Claude me convenció, esos hombres y sus maravillosas ideas, bien, me convenció de una vez tenemos otro, y tal vez el tercero venga luego, luego. Como también era buen esposo, buen amante y gran amigo, pues cedí sin que insistiera mucho, pero solamente una vez más.

Nos quedamos con dos, no quería perder la cordura. Claude era un padre maravilloso, a las cinco de la tarde, cuando podía llegar a esa hora, la mayor parte del tiempo lo hacía, platicaba y jugaba con sus hijos, entre los tres ponían la mesa, cenábamos pese a los desastres que ocurrían de vez en cuando. Se me quemaba la comida, o los niños tiraban o quebraban algo que era parte de la comida, derramaban la sopa sobre la mesa, descomponían algún aparato, todo por el bien de la ciencia y la conciencia de una familia feliz. Yves, el mayor era tranquilo, pero en ocasiones le entraban unos celos endemoniados y los pleitos me ponían los pelos de punta. Daniel, el benjamín, era pura energía. Hablaba, trepaba, agarraba objetos, los desarmaba, acumulaba pilas de libros o discos, o juguetes de su hermano y los suyos. Cuando yo me daba cuenta era peor el caso. Ponía un grito en el cielo y entonces el susto del niño hacia que tirara todo o se golpeara o se asustara y llorara. O corría yo para evitar un desastre, y resultaba un desastre mayor.

Aprendí a tener paciencia. Entendí que los hijos son un verdadero regalo de la naturaleza y de Dios cuando haces las cosas en forma. Dedicándoles tiempo y toda tu atención. Entonces volví a enderezar mi rumbo. La aceptación de los hechos te lleva a realizar mejor las obligaciones que adquiriste. Como seda suave y fina fue mi vida dedicándome a la educación de mis hijos. Por fin había armonía. Navidades felices con los abuelos: Alice, nana Lilou y el abuelo Didier. Paseos tranquilos los fines de semana en los alrededores de Paris, o simplemente en el bosque de la esquina. Tardes de verano en nuestro jardín.

Murió nana Lilou, la madre de Claude, de una embolia cerebral. Los otros dos abuelos seguían acompañándonos durante visitas a la casa y sobre todo en Navidad. Conocieron a sus tías y a su abuela de México en una visita que nos hicieron precisamente en invierno para disfrutar la nieve.

Yves tenía seis años, Daniel cuatro cuando el maleficio me cayó de golpe. En el mes de marzo, cuando ya casi finaliza el invierno, hubo una última nevada. Claude y varios colegas fueron a una convención de la banca. Tomaron el TGV (tren de gran velocidad) para Lyon, ida y vuelta. Se fueron en jueves para regresar el sábado por la mañana. Lo increíble, lo inusitado sucedió. El tren Lyon Paris, se descarriló. Las vacas de varios granjeros al no soportar el frio de la nevada, alcanzaron a destruir la valla del ferrocarril, para calentarse allí donde no había nieve. Cuando el conductor del tren mandó el S.O.S. por vacas en el camino, nadie podía creerlo, ni el mismo. Puso todos los frenos al máximo. Los testigos contaban a los noticieros de media tarde que olía a cuero quemado a treinta kilómetros a la redonda. Sonó el teléfono, pensé que era Claude para decirme que llegaría mas tarde o al otro día a causa del accidente. Era Didier, el padre de mi marido: "Lo siento mucho, Claude está en la lista de los muertos, están cerca de Lyon, ya pasé a reconocer sus restos. Creo que Alice va a ayudarte para que traigas a los niños, los servicios funerarios serán en Lyon. Tienes que ser fuerte por ellos, por tus hijos."

Corrí a abrazarlos sin poder evitar el llanto. No sabía que decirles. Volvió a sonar el teléfono. Era Alice. Estaba ya en el Aeropuerto de Lyon a punto de abordar el avión. Ella llegaría en taxi hasta la casa. Me pidió no moverme, solo estar lista con los niños. Le hablé a Giselle, tenía que desahogarme. Mi amiga no me lo permitió, me habló rudamente, me dijo: "tus hijos te necesitan ahora como nunca, no los defraudes, eres fuerte, muéstrales que ante la adversidad uno tiene que permanecer firme, puedes hacerlo Amanda." Fue una imperiosa orden que seguí al pie de la letra. Preparé una maleta, arreglé a mis hijos, sorbía mis lágrimas. Les dije que venía mamá Alice, que saldríamos con ella. No podía decir nada acerca de su padre. No sabía que decirles. Después de las exequias, nos sentamos en el panteón, Didier y Alice apretaban a los niños. Yves lloraba, Daniel preguntaba ¿a qué hora nos vamos de aquí? Quiero ir con mi papá.

Didier le preguntó a Yves porque lloraba. Mi hijo dijo que porque todos lloraban. Didier les explicó que papá no regresaría, se había ido con su mamá al cielo. "Yo quiero ir ahora con mi padre". Exigió Daniel. "¿Se puede hacer eso?" Preguntó Yves. Alice les negó. No pueden ir ahora, irán algún día, todos iremos al cielo algún día. No es cuando queremos, es cuando Dios quiere. Regresamos a Paris los cinco. Se quedaron los abuelos un par de días para tranquilizarme y asegurarse que íbamos a estar bien. Me ofrecieron todo su apoyo, me pidieron estar en comunicación constante con ellos. Así lo hice.

No es fácil aceptar la maldición. Ni siquiera es el final cuando te das cuenta que estás en medio de ella. Es un continuar a aprender que el destino da y quita. Hoy estás feliz, mañana anegas en llanto tu desgracia. Te preguntas: ¿Por qué yo? ¿Por qué a mí? Sabes la respuesta, la traías en la punta de la lengua pero no la podías repetir por miedo a que sucediera algo todavía peor. Pero lo pésimo es que la sigues teniendo sumergida en el subconsciente, la maldición son esa serie de malos enunciados de los que te apropiaste en tu infancia, son un verdadero hechizo mientras te los repites día con día, mientras no haces un conjuro de ellos.

Con estas cavilaciones me dije siempre que cuente cuentos para mis hijos, aprovechare para decirles que la fortaleza viene de aceptar que en esta vida, caes, resbalas, patinas, tocas fondo y siempre, siempre te levantas dando gracias a Dios por lo que acabas de aprender y por la fuerza que vienes de adquirir.

Hice todos los arreglos necesarios para ir a vivir a Cuernavaca. Sentí que era el mejor lugar para que mis hijos crecieran. Y para olvidarme del paraíso, estando en el.

from	**: Christine** *<chrichv@videotron.ca>*
to	*Amanda Lozal <alozal@gmail.com>*
date	*Sun, Aug, 15, 2010 at 11:14 PM*
subject	*Llore.* *Mailed videotron.ca* *By*

Lloré. No me lo esperaba. Creí que se habían divorciado. ¿Cómo hiciste para educar a tus hijos sola? ¿Lo hiciste sola o te ayudo tu tercer marido? Eres tan suertuda. Aun tenía esperanzas de conocer a Claude. Me enamoré de él. Hubiera aceptado el intercambio de su dirección por mi esposo. L.o.l.

No había hablado de mi marido. Te conté como se portó aquí. No te conté como era nuestra relación. Me hubiera gustado que se adaptara a Canadá. Quería vivir como un irresponsable, nunca se ajustó a las normas.

IRRESPONSABILIDAD.

Una amiga mía, profesora igual que nosotras estuvo casada con un médico. Este hombre gastó muchos años de su vida para llegar a obtener la licencia para practicar medicina.

La madre de Albert trabajó muy duro para apoyarlo a costear sus estudios; su marido murió en un accidente cuando Albert estaba en secundaria. Era una mujer que gustaba mucho de la cultura y la comodidad, su marido pudo darles bienestar mientras vivió. Enseñó a Albert que debía conservar ese estatus, lo llevaba a museos, lo interesaba en la lectura y en el fisicoculturismo. Hizo maratones, natación, tenis, aprendió a bailar, hasta que en la universidad ya no podía hacerlo pues la carrera de medicina reclama atención total. Poseían un departamento, la madre se capacitó para ser recepcionista en un hospital y así fue como Albert llego a la cima de su deseo.

Conoció a Fabienne en el hospital, como paciente después de que mi amiga se accidentara. Fabienne se enamoró de Albert porque era médico. Es lo único que le interesaba. Pienso, pues siempre hablaba de su novio el doctor. Se casaron en una sencilla boda, con asistencia de su familia, Albert y su madre, y unas cuantas amigas. Yo entre ellas. La madre de Albert estuvo en la boda solo para hacer gestos y para que todos se enteraran de que no estaba de acuerdo en que Albert se casara sin haber disfrutado del fruto de sus esfuerzos.

Como doctor debía desvelarse y pasar horas enteras en el hospital sin regresar a casa. Fabienne estaba triste por esto. Albert le pidió que le ayudara a poner un consultorio privado para no tener que desgastarse en el hospital. Lo hicieron, abrió su consulta privada.

A partir de este momento, pensamos que irían a subir su nivel de vida, que Fabienne dejaría de trabajar, que tendrían muchos hijos y serian muy felices.

No sucedió nada de eso. Al contrario, Albert aprovecho la buena disposición de su mujer para ayudarlo, como hacia su madre. El se daba la gran vida, natación muy temprano, pesas para conservarse en forma. Y baile con amigas, no con su esposa. Fabienne tenía que trabajar horas extras para sufragar los gastos de su adorable médico. Quien desatendía sus obligaciones por pasarla bien en los gimnasios, la cultura y el baile.

Fabienne estaba endeudada con préstamos. El peor error que cometió, fue quedar embarazada en esas circunstancias. Esperaba que Albert se hiciera un padre responsable. No lo hizo. Nació su pequeña, Andrea. Albert regresó con su madre y se mudaron al otro extremo de Canadá, a Vancouver. Nunca volvió a saber del padre de su hija y no lo demandó para que le pagara el sustento.

Desesperada, dejó a la pequeña Andrea con sus padres, que son vecinos de mi padre en Quebec. Siempre pensé que era un horrible ejemplo de irresponsabilidad departe del padre. Me sentí muy triste por Fabienne. Ella cargo con toda la responsabilidad económica y moral.

Ahora que Armando no está conmigo, me doy cuenta que es muy parecido a Albert, es exactamente lo que hemos pasado, Amanda. Estoy endeudada a causa de mi marido, quien con su beca disfrutó de ser un playboy, sólo pensaba en su bienestar, nunca fuimos como una verdadera pareja. Lo que no estoy segura es si hice bien o no en no tener hijos. Me gustaría tener un hijo, te lo dije en otra ocasión.

Adoptar es mi opción. Conozco las dificultades por lo que paso con mi amiga Fabienne. ¿Acaso tengo las facultades que ustedes como madres solteras desarrollaron?

Te contaré algo más de Fabienne. Como Andrea se criara casi como hija de sus padres, Fabienne era libre para actuar como soltera. En Montreal llevaba una vida difícil, sin embargo salía con amigos; siempre en busca del hombre ideal. Buscaba sobre todo la relación intima de pareja. Encontró un profesor. Jesús. Para entonces yo estaba por casarme, ocupada en mi vida. No supe que Fabienne se casó con Jesús repentinamente, estaba embarazada. Tampoco supe que nunca le contó de su hija. Yo estaba feliz, a punto de casarme. Fabienne en cambio se precipitó a otro abismo. Cuando Jesús se enteró de que Fabienne nunca le habló de su hija, se enojó y empezó a salir con otra mujer. La abandonó con seis meses de embarazo, no quiso regresar con ella, había perdido la confianza porque ella nunca le dijo su situación. ¿Fue un pretexto? Se divorciaron cuando Jesús ya vivía con la otra mujer. Fabienne tuvo un niño esta vez. Fue y lo dejó con Jesús, que él lo criara para no pedirle la pensión.

Alan y Andrea son hermanos, hijos de Fabienne, son muy diferentes, educados por personas con intereses opuestos. Peor aún, Alan guarda resentimiento en contra de Fabienne por el abandono. Su madrastra fue como los ogros de los cuentos. Hace poco tiempo Fabienne, quien está en una terapia psicológica, me pidió ayuda para contarle a Alan lo que le había sucedido en su juventud. Escribió su historia de manera anónima. Yo debía preguntarle a Alan que le parecía ese relato, delante de Fabienne. Así lo hicimos un fin de semana en Quebec. Al escuchar que una joven mujer dejó a sus hijos con personas confiables para que los criaran, mientras ella se ocupaba de enviarles dinero para que no les faltara nada, Alan se molestó tanto que dijo que solo las putas tienen hijos para no ocuparse de ellos. Los abuelos estaban presentes y lo obligaron a pedir disculpas por la palabrota. El verdadero meollo del asunto era la cólera de Alan.

Andrea se dio cuenta de que su hijo está verdaderamente furioso contra de ella. No va a ser fácil lidiar con esa situación, y como bien dices, son maldiciones. Estas se van a ver reflejadas en Fabienne y en sus hijos. En su hijo Alan, sobre todo, él es quien no perdona fácilmente lo que le ha pasado. De hecho ya anda en drogas y no muy bien en la escuela. Es un castigo para los dos padres pero para Alan un verdadero lastre.

Tú no me has hablado mucho de tus hijos, por lo que sé también tienes una satisfacción muy grande con ellos. Me gustaría saber cómo lo lograste. Tendré dos puntos de vista para ubicarme en ese deseo tan genuino de ser madre. A ti te sucedió que no querías serlo pero te diste cuenta a tiempo que era importante en tu misión como mujer. Cuéntame Amanda. Xoxo. Christine.

from	: *Amanda Lozal <alozal@gmail.com>*
to	**Christine** *<chrichv@videotron.ca>c*
date	Tue, Aug, 17, 2010 at 6:02 PM
subject	*Ser madre.*
	Mailed gmail.com
	By

Mi querida amiga,

Me acabo de enterar del porque no quería yo ser madre. Es cómico lo que te voy a decir, siendo la mayor, nunca noté que mi madre se embarazara. En mi cerebro estaba gravado un mensaje de que mi madre se enfermaba con frecuencia, sufría de grandes dolores y pasaba varios meses postrada en la cama. Sus hermanas, tres de ellas, revoloteaban a su alrededor para cuidarnos, pues ella no tenía fuerzas, casi se muere, decían con sarcasmo mis tías. Sarcasmo que yo no entendía. Ellas me explicaba: "tu madre está enferma, está muy delicada, tienes que ayudar portándote bien, no la molestes para nada. Pídenos lo que necesites. Lo que un crio necesita es amor, mimos, abrazos, besos y lindas palabras de sus padres, sobre todo de su madre, y son insustituibles.

Mis tías me podrían ofrecer la luna y las estrellas, las monjas igual, pero en realidad nada se compara con la dulzura y ternura de una madre. Yo no sabía que al acurrucarme en su regazo, la molestara, no sabía que en su regazo se abrigaba el enemigo de Caín, el pequeño Abel. (L.O.L.) Quizá lo intuía. Pero hasta ahora, amiga, hasta ahora quise ignorarlo. Nunca supe de los embarazos de mi madre. Mis hermanas aparecieron cuando la malvada cigüeña aparecía en los cielos y dejaba caer bebés por toda la ciudad, y para mala suerte llegaban a mi casa y me quitaban la exclusividad del amor y cuidado maternal. Las cigüeñas para mi, eran como una plaga, había que exterminarlas. (ja, ja,ja). Luego me enteré, para colmo de males, que ni siquiera era cierto que ellas llevaban los bebés. ¿Entonces como funcionaba? Yo creo que esa era una historia de terror: gritos desgarradores, dolores infernales, era como caminar en la cuerda floja, como querer tirarse del edificio más alto, peor que caer en la tentación profunda, era la muerte lenta, llena de tortura. Y no acaba en el momento de parto, continua por muchas vidas, tantas como hijos tengas, ja,ja,ja.

Cuando tus padres te dicen, "cásate y ten hijos, quiero ver a mis nietos", en realidad están esperando la "dulce venganza". (l.o.l.)

Christine, fuera de broma, tener hijos, ya sea parirlos o cuidar de un bebé adoptado puede ser una gran bendición, o por lo contrario un verdadero infierno para ambas partes. Desde luego la decisión la toman los adultos. El poder de la mente es enorme. Si preparas tus pensamientos para criar hijos con todos los ingredientes que se necesitan para la divina maternidad, entonces divina y bendita será tu misión, todo el camino será fácil y hermoso y el fruto de tu vientre o de tu voluntad (en caso de adopción) es bendito con el mejor de los resultados. Es tu decisión, tu voluntad, Dios nos dio el libre albedrío y lo respeta, una vez que eliges con tu corazón, en armonía con tu ser y tu realidad, El te ayuda.

Besos, abrazos. Amanda.

EL FRUTO DE TU VIENTRE.

Los mandamientos de Dios guárdalos en tu corazón todos los días de tu vida y repítelos a tus hijos y a los hijos de tus hijos. Deuteronomios: 4:9.

Cuatro empujones y sin dolor. Así nació el primero de mis hijos. Para sorpresa de los médicos que aseguraban que yo gritaría como endemoniada cuando los "dolores del parto aparecieran", las enfermeras me aseguraban con firmeza que la maldición se repetía inevitablemente, teníamos que parir con dolor, lágrimas y arrepentimiento.

Mentira, grandes mentiras. Yo lo vi con mis propios ojos, muchas mujeres del campo, al parir lo hacen con amor, y con la madre naturaleza de su parte. Ellas están en sus labores, arando, sembrando, recolectando o limpiando el hogar, de pronto se rompe la fuente, esas mujeres fuertes, interrumpen sus labores, piden ayuda. si, se necesita ayuda. Preparan agua hervida, trapos limpios, y su catre lo alistan para sacar el producto de sus entrañas.

La partera, o en el mejor de los casos su hombre, la toman de la mano, o le secan el sudor, la ayudan con su presencia y su ánimo y reciben al recién nacido. Pujan, gimen, resoplan y con gran satisfacción, pero ENORME satisfacción, sienten a su retoño deslizarse por la vagina, lo escuchan gritar, chillar llenando sus pulmones de vida, de llanto alegre, pues es un canto a los albores de su destino. Los ayudantes reciben y limpian al crio, lo envuelven y se lo entregan a una madre feliz. En esa simpleza y sabiduría, en esa limpieza de alma, la madre naturaleza premia a su colega, la madre humana. Ella abraza al crio, lo besa, lo huele, lo siente, lo ama. Se sabe creadora, se cree por un momento diosa. Luego regresa a sus labores normales, lo cual indica que todo va bien.

Cuando te preparas, lees, sabes como trabaja tu cuerpo y limpias tu alma de prejuicios, sabes que tienes todo lo que hace falta para responder naturalmente al instinto sublime de dar a luz. Todo, en ese instante, funciona a la perfección.

El segundo de mis hijos, igual que el primero, escuchó mi voz desde su concepción, sintió las caricias de su padre estando dentro del vientre de su madre, supo que era bienvenido a nuestro hogar. Se le prodigaba alimento intelectual: música, lecturas, charlas de la familia, su hermano lo aceptaba y lo recibiría con amor y le explicábamos como vendría su hermano o hermana menor. No se sabe en los primeros meses. Era una lección de biología y sociedad para el mayor. La semilla que crecía en mi vientre se acurrucaba y escuchaba con atención mis lecciones para encontrar el camino, para ayudarme al salir de mi vientre y entrar en nuestras vidas.

El médico en Paris, allí de donde son los niños, se cultivan en las coles y se reparten con auxilio de cigüeñas por todo el mundo, (es el cuento de mi niñez, bendito sea este siglo donde ya nuestros hijos saben bien de donde y como vienen); ese médico, nunca había asistido un parto natural, estaba por jubilarse, y siempre escuchó gritos y lamentos, súplicas de "por favor quiero un parto sin dolor, la anestesia, ya no puedo más… etcétera." Ahora tenía delante de él una mujer que no quería acostarse, que deseaba caminar por los pasillos del hospital hasta el último minuto. Si hay nervios, una emoción profunda embarga el alma, la diosa efímera sabe que el momento del parto requiere de todo su esfuerzo, su concentración y su amor. Conectaron el medidor de contracciones para ver si el parto estaba listo, médicos y enfermeras estaban sorprendidos de que no hubiera una sola queja, las contracciones indicaban que el bebe estaba a punto… con gran emoción nos preparamos todos, uno, dos… y el suave grito de Daniel tomando aire se escuchó , ni yo me la creía, ya estaba allí, mi hijo hizo trabajo de parto conmigo, se echó un clavado perfecto, en dos empujones salió; lloraba, yo, con gran sentimiento, todo se mezclaba alegría, sorpresa, cierta depresión, normal cuando te sientes diosa por un minuto y luego dejas de serlo, je,je,je. Tal vez era que lo sentía mío, dentro de mi vientre, era mío, ya afuera, era el empezar a dejarlo ser… El doctor se arrodilló y besó mi mano, me agradeció permitirle asistir a un parto completamente natural, a sus sesenta y cuatro años, era la primera vez que no intervenía y que veía al cuerpo femenino hacer su labor con exactitud y placer. Yves y Claude pasaron unos instantes a la sala de parto para dar la bienvenida al nuevo miembro de nuestra familia. Como se debe.

Mis dos partos fueron divinos, bellísimos, me hicieron una mujer completa. Faltaba ahora mi crecimiento como ser humano, todavía falta, aun hay mas diversión y enamoramiento en esta vida, mucho por aprender. Mi misión todavía no estaba cumplida. Falta lo más largo, lo importante: madurar el hueso del fruto para que fructifique; lo que requiere de mucha paciencia habilidad y sabiduría. Eso es el educarlos, la educación la dan los padres, las actividades y las prácticas en el seno del hogar. Las escuelas, las academias y otras instituciones educativas proveen de mayor abundamiento, de técnicas de estudio, de diversificación de fuentes del saber. Con esa tarea a cuestas: repetir la leyes de Dios, (las leyes de derechos humanos); a mis hijos y a los hijos de mis hijos, tengo larga vida para llevar a cabo mi misión. Esto nos da una vida plena. Esto da a nuestra sociedad una base sana. Si todos cumpliéramos nuestra misión, habría poca delincuencia, casi no existiría la violencia, llegaríamos a acuerdos civilizados y sensatos para el desarrollo global de las sociedades y de las naciones. La base está en la célula familiar.

MI PADRASTRO.

"Castigo la maldad de los padres en los hijos hasta la tercera o cuarta generación de los que me odian." Deuteronomios 5: 9.

Era un buen hombre, trabajador, ordenado, con buenos principios, amante de la familia y las costumbres de antaño. Nos sentábamos nueve personas alrededor de la mesa a la hora de comer. Mi padrastro, mi madre, Antonio y Marilú (los dos hijos del primer matrimonio de mi padrastro), mis dos hermanas, mi tía Rita, sus dos hijos y yo. Siempre había música alegre a la hora de la comida. A él le gustaba acompañar los alimentos con música.

Mi tía Rita había quedado viuda y el esposo de mi madre aceptó que viviera con nosotros. Ayudaba a mi madre en los quehaceres del hogar. La casa era muy grande y podíamos cohabitar con espacio suficiente para todos. Prácticamente había tres casas en una. La habitación de mi madre y mi padrastro estaba separada de las tres habitaciones de los niños. Es decir las de nosotros, una la de Antonio con uno de mis primos, el mayor, otra para Marilú y mi hermana Mariela, y la otra para Carla y para mí. Esto en la planta alta de la casa. En la planta baja, por un lado estaban la cocina, el comedor y la sala, muy amplios todos los espacios.

En la parte de atrás estaba la habitación de mi tía con su hijo el pequeño, el patio de servicio, el cuarto de lavado y planchado y una bodega. Había un garaje para cuatro autos y un jardín con un limonero, una gran buganvilia, una noche buena que ya tenía tronco grueso, un pino que vestíamos en la navidad con los adornos y los focos festivos; varias plantas con flores, una porción para hortalizas: zanahorias, rábanos, tomates y calabazas y hasta una casa para el perro, era un pastor alemán muy ruidoso, "Toto", lo llamábamos.

Teníamos también una iguana, en una ocasión, cuando fueron pintores a hermosear la casa, al verla tomando el sol en la cornisa de la ventana, el pintor que estaba en la escalera, no lo podía creer, la veía boquiabierto, ella, la iguana, sacó la lengua agitándola como lo hacen las serpientes, fue muy divertido, el hombre bajó la escalera como en las caricaturas; de un jalón, y salió gritando que había un monstruo en la casa. Mis primos, mis hermanas y yo, presenciamos la escena y nos moríamos de risa. La iguana tan tranquila siguió calentándose en el tibio sol de la mañana, luego a medio día se acercó a la cocina por su habitual refrigerio. Mi tía se lo daba; ella se encargaba del huerto, mis primos y Antonio ayudaban a conservar el jardín, aunque mensualmente iba un jardinero para hacer las tareas pesadas de podar y limpiar a fondo el jardín, cambiar algunas plantas que ya necesitaran ser repuestas.

Toto, el pastor alemán había secuestrado en una ocasión a una de mis muñecas, yo creo que se enamoró de ella. Era como la famosa "barbie" de ahora, pero esta era una muñeca "Michelette", vestida de novia, mi madre quería que me casara pronto y me daba ideas. Ideas que a Toto le gustaron, el se quedó con mi juguete varios meses, cuando la encontré, le tuve que comprar otro vestido, estaba hecha un desastre, la Michelette. Estas muñecas eran caras, de "elite", esas si venían de Paris, los europeos no tenían sentido práctico de popularidad, así que llegó la barbie y les quito el mercado. Bueno continuando con Toto, este perro ladraba a más no poder contra cualquier cosa, las tusas, las ratas y los rateros, (no faltaban), pese a la maya ciclónica y las púas en la punta de ésta, siempre había gente que gustaba de entrar por lo que no es suyo. Eso decía mi padrastro con resignación.

Cuando los ladrones se llevaban algo, era una oportunidad para reponer y comprar cosas nuevas. Ese buen talante era típico de Don Antonio padre. En general los hurtos que hubo en la casa era cuando no estábamos. Salíamos algunos fines de semana, todos juntos. Mi tía con otra de sus hermanas, nosotros a algún balneario cercano a la ciudad. Antonio, el mayor se iba a casa de la novia, y Marilú también ya salía con su novio. Una ocasión, cuando llegamos, encontramos la puerta abierta de par en par. Se habían llevado hasta muebles de la casa, la sala que era nueva, la televisión, solo había una, y la consola. Nos dejaron el carro de mamá, dijo con alegría mi padrastro, estaba en el espacio habitual. Se llevaron joyas de mi madre y de mi tía.

Toto no estaba. Eso nos puso muy tristes. Se lo habían llevado también. Nuestro perro guardián se fue con los ladrones, mi padrastro no lo podía creer. Varias semanas después, Toto apareció en la puerta de la casa. Nos asombró mucho verlo todo cansado y sucio del pelo. Lo bañamos y notamos que tenía sangre en el pecho. No se nos ocurrió llevarlo al veterinario. Poco después no quería beber agua, empezó a sacar espuma por la boca y mi padrastro tuvo que usar su rifle de cacería para matar a Toto, tenia rabia, antes de morir alcanzó a morder a Don Antonio, esto le valió una docena de inyecciones en el vientre contra la rabia, se quejaba amargamente, mi padrastro. Todos lo queríamos mucho, y lo cuidamos con amor. Hasta que supimos, por boca del doctor que ya había pasado el peligro de que el adquiriera la rabia y muriera como Toto, hasta entonces pudimos dormir todos tranquilos.

Se casó Antonio hijo, fue una boda bonita, pero la mejor fiesta la hicimos en casa. Mi madre se dio el gusto de organizar la boda de Marilú. Mi madre y mis tías guisaron todo lo del banquete. Se ordenó el pastel de tres pisos en una pastelería española muy conocida en la ciudad. Se alquilaron mesas, manteles, vajilla y cubiertos. El sábado de la recepción, los meseros contratados llegaron temprano y pusieron las mesas en el jardín y el patio, dejando un buen espacio para el baile. Fue muy bonito, creo que todos nos divertimos muchísimo. Hasta yo bailé, apenas tenía catorce años. Un amigo de mi primo Ernesto era mi "novio", y bailé con él. Era mi novio porque me enviaba dulces con Ernesto, y le había dicho a mi primo que yo le gustaba, pero casi no hablaba conmigo, hasta ese día platicamos un poco, comimos juntos en la fiesta y luego bailamos.

Un año más tarde de festejos y alegres celebraciones, vino una mala racha, decían mis tías al juntarse con mi madre. Mi padrastro enfermó. Uno de sus camiones de transporte chocó ocasionando muchos desperfectos y para mala suerte el seguro había vencido una semana antes. A partir de entonces, Don Antonio caía enfermo con frecuencia. Se descubrió que tenía diabetes, mal cuidada, el no sabía que la padecía o se había declarado con la preocupación del accidente. El caso es que al paso de unos ocho meses, estaba grave, lleno de infecciones de todo tipo, la diabetes se vio complicada con leucemia, y con tanto tratamiento, terminó por un paro cardiaco. Murió dejando desolación y tristeza.

Mi madre parecía enloquecida, eso murmuraban mis tías. Ella se puso muy enferma, ahora sí, estaba postrada en cama, lloraba mucho y maldecía. Parecía muy enojada con Dios, con su vida y con todo el mundo. Pasó mucho tiempo en ese estado. Yo me preocupaba mucho por ella. Adolescente y todo, pero no alcanzaba a comprender el gran dolor por el que mi madre atravesaba. Sus palabras eran el eco de algo que ya le había sucedido, que de alguna manera yo ya había escuchado y las tenía grabadas en mi alma. Eran la maldición, el maleficio. Esas frases, esas palabras dichas con amargura en contra de Dios nuestro Señor, en contra de uno mismo, son un daño profundo, se perturba nuestro ser irremediablemente, es una cicatriz cerebral indeleble que se asoma con un rictus de amargura.

Se había muerto mi padre cuando yo nací, ahora se muere su segundo esposo. ¿Por qué? Mi madre profirió las amargas palabras que me marcaron. Heme aquí repitiendo la condena de mi madre con un primer marido muerto y luego una segunda vez quedando viuda. ¿Maleficio? "pagaran los hijos hasta la tercera o cuarta generación a menos que…"

from	**: Christine** *<chrichv@videotron.ca>*
to	*Amanda Lozal <alozal@gmail.com>*
date	*Fri, Aug, 20, 2010 at 1:25 PM*
subject	*Me gustaria una Niña.*
	Mailed videotron.ca
	By

Me gustaría tener una niña. Tienes razón, es posible que inconscientemente repitamos los patrones de conducta de nuestros padres. Por los buenos, pues excelente; pero por los malos, mala suerte. Ese debe ser mi temor, mi maldición como dices: morirme y dejar a mi hija sola. Como me sucedió. Duele, pero es bueno confrontarlo, analizar el sentimiento y la posibilidad.

Lo que me habías dicho de una amiga que tuteló a una chica, dejándola en el orfelinato, es una opción. Buscaré si existen posibilidades semejantes en Canadá. De otro modo, iré a México, y eso me hará regresar con frecuencia, me gusta tu país, aunque ya no tengo esperanza con mi marido mexicano. Veremos que sucede. Consideraré esta opción, y tus consejos en cuanto a ser madre.

Veo que se pasa mucho tiempo para darte cuenta de que repetiste los errores de tu madre, pero mi pregunta ¿el que se muera un ser querido es tu error? Entiendo lo que quieres decir, yo perdí a mi madre y eso me dolió, ahora tengo el temor de morir y dejar a un hijo sin madre… ¿Cómo es posible?

Fue divertido lo de tus mascotas.

MASCOTAS.

En casa tuvimos varias mascotas. Perros entre otros. Los preferidos de mi padre eran los cocker spaniel. Hasta la fecha conserva una pareja de estos perros. Le hacen compañía, los lleva a pasear por el campo. Cuando vamos a Quebec paseamos con ellos.

Recuerdo que cuando salíamos a nuestras largas caminatas, los perros nos ayudaban a encontrar nuestro camino, son buenos con el olfato. No se diga para la cacería. No necesitan entrenamiento, lo traen por instinto. La primera vez que salimos con estos cazadores, me impresionó ver que ellos se quedaban inmóviles como estatuas apuntando hacia donde se encontraban aves de caza: perdices, patos, ocas. Son buenos compañeros, divertidos, cariñosos, Es preferible tenerlos por parejas, de otro modo pueden ser agresivos. Yo también sin pareja soy agresiva, grrrr!, imagínate como estoy ahorita. Lo peor es que sé que las mexicanas son aun más provocativas que las canadienses. Mejor es reír que llorar.

No hace mucho, presenciamos algo inusual en los perros. Estábamos de visita en casa de mi padre, mi hermana llevaba a sus hijos. Uno de mis sobrinos tenía un perro de juguete que ladraba, caminaba y se daba una voltereta. Entonces el perro, Guismo, lo miraba con atención, lo husmeaba, le ladraba y lo volvía a mirar hasta con admiración. Al cabo de un rato de mirar las gracias del juguete, Guismo empezó a ladrar, caminó y realizó la maroma, no le salió bien, se golpeó en el lomo, no pudo caer sobre sus patas como el perro mecánico. Nos reímos bastante. Uno no puede creer que el perro se sienta celoso y desee llamar la atención como un niño.

Mis hermanos, cuando jóvenes, tenían una pequeña serpiente como mascota. Compraban ratones para alimentarla. En una ocasión un ratón muy vivaracho, corría por toda la caja de vidrio donde estaba la serpiente, saltaba en el tronco, se golpeaba contra el vidrio. Estaba muy nervioso, pero su energía era tal que no cesaba de moverse. La serpiente parecía llena de paciencia, lo miraba y esperaba a que se tranquilizara para hacerlo su presa y comérselo. Resultó que el ratón mató a la serpiente, tanto miedo le tenía que se le adelantó. Fue hilarante este acto poco común, de mucho valor. Finalmente se quedaron con el ratón.

Recuerdo que en Puebla, en casa de Armando había un loro. Me gustaba mucho, cuando llegábamos parecía reconocer a mi marido, muy claro gritaba su nombre: "Armando, Armando". La primera vez que lo escuché creí que me gastaban una broma. Era en realidad el loro el que hablaba, tenía el tono de la hermana de mi marido. Decía otras palabras, el saludo y una canción: "lorito toca la marcha te lo ordena tu capitán" y luego silbaba. Quería tener uno aquí en Canadá, pero eran muy exigentes con los papeles de importación, y sobre todo ahora que hay muchas especies protegidas. Se necesitaba probar que no era una de esas especies. Conseguí en una tienda de Montreal un par de ninfas. Cuando fui a Tijuana dejé las aves con mi padre, desgraciadamente murieron. Ellas si me extrañaron. Me sentí triste. Ahora no pienso comprar ninguna mascota. No necesito más tristezas de las que puedo manejar por el momento.

from	: *Amanda Lozal <alozal@gmail.com>*
to	**Christine** *<chrichv@videotron.ca>c*
date	Sat, Aug, 21, 2010 at 8:32 AM
subject	*Animo.*
	Mailed gmail.com
	By

Christine,

Regresaste de vacaciones con mucho ánimo y vigor. Mantente firme, seguro pronto te darás cuenta de que la vida siempre nos ofrece alternativas interesantes y que nos permiten mejorar. Cuando superamos obstáculos, somos definitivamente más fuertes y mejores personas.

¿Como van tus alumnos? ¿Hay alguno interesante? ¿De dónde es? Cuéntame, ahora es tu turno de hablarme de galanes.

Yo espero tener buenas noticias de galanes pronto. Me refiero a que esta vez es posible que si llegue a algo concreto con mi novio. Pero como ya me sucedió en aquel invierno de Tahoe, prefiero estar segura para contarte. Por ahora te doy idea de lo que he pasado con la educación de mis hijos. Xoxo. Amanda.

MADRE SOLTERA.

Educar a una mujer es educar a una familia y por consiguiente a un pueblo. Compañía de Teresa de Jesús.

"Pagaran los hijos hasta la tercera o cuarta generación a menos que…" encontremos el conjuro en y con el amor de Dios.

El duelo fue eterno. La muerte de Claude fue tan inesperada, todo iba nuevamente en "se casaron y vivieron felices para siempre"; como en un cuento de hadas cuando sin previo aviso pasa una desgracia que un maléfico ser fraguó detalladamente. Dejaba de llorar cuando mis ojos no podían ver más de tan hinchados que estaban. Me ocupé en hacer lo necesario para irme de Paris e instalarme en Cuernavaca, Morelos. Fueron seis meses de actividad febril. Extenuada, caía en cama solo para llorar hasta quedarme dormida. La soledad me enloquecía. Mi cama vacía, los recuerdos, la desesperación me deprimían, hasta que mis hijos, mis hijos reclamando mi atención me motivaban. Las manitas de Daniel en mi rostro, el cuerpo acurrucado y los ojos de Yves, tristes, reflejando mi soledad, mi angustia, estas señales me sacudían. Entonces enfoqué mi conciencia en ellos. Desperté en las noches para orar y escuchar en el silencio y la soledad la serenidad de la voz divina. "Me pediste hijos para no estar sola. Te los di, estoy a tu lado noche y día, escúchame, soy tu amigo, soy tu padre. ¿Qué pasa Amanda? ¿Querías acceder a la ciencia del bien y el mal por la que pasó tu madre? Hela aquí. ¿Qué sientes hija mía? Ve a dar amor, a entregarte a los que realmente te necesitan.

En sueños lejanos difíciles de recordar, entreveía el camino "yo soy el camino, solo por mi iréis al padre". ¿Qué significado tiene esa frase de Jesús? Aparentemente yo elegí ser sacrificada, muerta y sepultada. Este es un punto de vista que puede cambiar. Todo depende del cristal con que se mira. De alguna manera yo deseaba estar en los zapatos de mi madre para poder superar el maleficio que nos poseía. Me hacía falta la plena conciencia del como, por donde y exactamente cuál era el plan. Sólo tenía la buena intención. Por momentos me sentía perdida en un mar de tinieblas con una barca a punto de zozobrar. A lo lejos, en ocasiones veía brillar una luz tenue, pálida, débil. Quería dormir, quería morir, y luego optaba una vez más por dormir. Eso sí, me aguanté valientemente las ganas de culpar a nadie, menos aun a Dios. No quería hacer enojar al Padre Celestial, como lo hizo mi madre en su oportunidad. Había que romper el maleficio empezando por esto: Amar, amar a Dios sobre todas las cosas, amarse uno mismo para amar a los demás, amar, aceptando lo que Dios nos da.

Estar con el clan, mi madre, mis hermanas, mis tías, mis tíos, primas, primos y amigos de la infancia, estar con ellos distrae pero también te confunden. Tanto te quieren ayudar, tantos consejos, tantas sugerencias, tantas ideas disparatadas molestan y acabas por desear irte nuevamente a la Conchinchina. La mas fastidiosa de todas las presencias es la de la madre, curiosamente puede ser la más necesaria, afectuosa y deliciosa, como el día y la noche esos opuestos se funden en esa sola presencia. El martilleo constante de sus preceptos: ser madre soltera es lo peor…, estar sola es insoportable…, tienes que encontrar a un hombre…, vuelve a casarte…, déjame a los niños y entonces podrás rehacer tu vida… etcétera. Ay, ay, ay que dolor, que pena, no el que yo sintiera, sino el tener que aguantar estas cantaletas.

Las amigas que están en las mismas condiciones que uno en ocasiones son un apoyo. Salir juntas con los hijos, reunirnos en casa de una o de la otra, ya que las parejas no te aceptan fácilmente, no les vayas a quitar el marido a las que si lo tienen. Cuidar por turnos a los hijos mientras sales de novia nuevamente, por lo menos a probar si funciona. Hablar incesantemente de los hombres, de la soledad, de la necesidad del afecto masculino y del sexo que tanta falta nos hace a todos. No escasean las amigas que se hunden en el alcohol, las que se encierran en la mojigatería, las que se desvían por caminos raros hasta necesitar internarse en hospitales psiquiátricos, la homosexualidad como alternativa, la amargura, la locura. Encuentra el camino en ese laberinto, laberinto de la soledad, parece que Octavio Paz encontró la salida, es tedioso, pero se logra.

Otra buena opción es trabajar, cuando trabajas socializas, abres tus horizontes, encuentras variedad, conoces gente nueva. Estaba preparada para la enseñanza, mis hijos estaban en edad escolar, la vía apareció por sí sola, en la escuela de mis hijos necesitaban un profesor de francés, "*et voilà*", he aquí la solución. Me enteré también que la Alianza Francesa solicitaba profesores. Fue divertido adaptarme a esta nueva vida. De esta manera conocí a padres de alumnos solteros, alumnos en la Alianza Francesa que eran mayores de edad, desde luego, personas interesantes que pedían cursos particulares en razón de un próximo viaje a Europa. Eran posibilidades. Un prisma de colores divertidos se abría ante mí.

Alan, un profesor de la Alianza Francesa, francés, originario de Bretaña, empezó a cortejarme, el galanteo terminó cuando conoció a mi madre quien quiso apresurar el vaso. Aprendí que no debía presentarle a mis galanes, los asustaría irremediablemente. El inmueble que adquirí con mi herencia, era grande, poseía un anexo con tres habitaciones independientes, la salida de cada uno era hacia la piscina donde cerré la palapa para usarla como cocina y comedor para disfrutar el jardín y por los tres inquilinos. Las personas que arrendaban esas habitaciones terminaban por ser acompañantes agradables en general, nos reuníamos en este rincón agradable en la eterna primavera de Morelos. Poco a poco me di cuenta que no estaba yo sola, sola, lo que se dice sola, no. En ocasiones padecía yo el sentimiento de soledad, pero para empezar, con mis dos hijos, no había tal aislamiento, al contrario era casi imposible encontrar un momento de solaz, entre ellos, el trabajo, los amigos, la familia, los alumnos, mis inquilinos... mi vida estaba llena.

Mas importante aun fue descubrir que de todo ello, lo que me agradaba plenamente en primer lugar eran mis hijos. Me inundaban de felicidad. Comprarles libros y descubrir con ellos nuevamente la literatura, las novedades. Contarles cuentos para niños, contarles historias de la Biblia, o libros que yo leía y les hacía como historias para ellos, como la vida de Mistsubishi, o la de Lee Iacoca, me parecían ejemplares para que mis dos varones entendieran que podrían ser empresarios, que era una verdadera aventura serlo. Desde luego también les conté de Francisco de Asís, el Rey David, de Cronos y Gea, cuentos para ellos, sus amigos y mis sobrinos. Me encantaba departir con este selecto grupo infantil.

Cuando los llevaba de paseo al campo, en la carretera les hablaba de cosas que se me ocurrían o que estaban en los noticiarios. Como el alcoholismo. Les conté la broma que escuché del conferencista que al poner un gusano en agua y otro en alcohol, cuáles eran los resultados, primero les preguntaba a ellos como si fuera una adivinanza, ellos me decían sus ideas y luego aclarábamos el asunto, también con las canciones divertidas como Nacho no seas borracho, de Chava Flores, mis hijos se divertían, comparaban, habían visto hombres y hasta mujeres alcoholizadas. Les prevenía de esta manera de los problemas en que se mete la gente que anda en drogas y alcohol. Les daba oportunidad de tener sus propias ideas, de que me tuvieran confianza.

Leía libros de sexualidad infantil, ya existen y son lindos, hasta en tercera dimensión, con papel transparente, notas la piel, los músculos y los órganos internos con éstos veíamos anatomía, fisiología y el cómo se hacen los bebés, como nacen; asimilarían de manera natural el afecto entre hombre y mujer que se prodiga también con la relación sexual. No tendrían que pasarse horas y horas esperando a la cigüeña en la azotea de la casa como lo hice yo a los nueve años esperando por mi hermana la más pequeña.

Les compré computadora, para asombro mío, ellos entendieron primero que yo el funcionamiento de la moderna tecnología de su generación, pronto me daban lecciones a mí. Descubrí con mis hijos los juegos maravillosos, las historias interactivas que se viven en la cibernética. Podían crear un hormiguero en pantalla, o crear una ciudad y gobernarla, vivir un cuento donde tu manejas al personaje que va a rescatar a una princesa en un castillo, te vas de pesca, peleas con monstruos que encuentras en el camino, encuentras tesoros y objetos mágicos, revivía con ellos una infancia novedosa, esto me llenaba de energía y me daba tema para hablar con mis jóvenes estudiantes.

Tuve muchas alegrías al ser madre. Madre soltera, cierto, con muchas dificultades, seguro. Tal vez se me hacía más leve porque había disfrutado intensamente mi tierna juventud. No puedo negar que extrañaba al compañero, al hombre, la relación sexual, era lo angustiante, apremiante. Pero poseía una buena educación y esto era mucho que darles a mis hijos, compartir con ellos esta herencia adquirida con el tiempo y con el esfuerzo de mis antecesores, aumentarla con las invenciones de la tecnología abundante y de avanzada que les tocó vivir a mis descendientes. Interesante ¿verdad? Este es el mejor color del cristal con que uno debe mirar su situación de padre solitario/madre solitaria, llanero solitario, pionera solitaria… lo que brinde alegría y educación para ti y para tus hijos.

from	**: Christine** *<chrichv@videotron.ca>*
to	*Amanda Lozal <alozal@gmail.com>*
date	Sun, Aug, 22, 2010 at 12:48 PM
subject	*: Final feliz.*
	Mailed videotron.ca
	By

Amanda,

Tienes razón, si uno ya ha vivido y se ha divertido lo suficiente, puede dedicarse a la crianza. Aunque lo ideal es hacerlo en pareja, sin embargo a falta de ésta, cuando hay el genuino deseo de cuidar y educar a un crio, es mi opinión de que hay que hacerlo. Inseminación artificial, adopción u otro medio de formar una familia acogedora. Tenemos derecho. Hablo por mí, en mi caso lo que procede es la adopción. Lo haré con Armando o sin él.

Estoy a punto de pedirle el divorcio. Dije que esperaría hasta fin de año, pero empiezo a perder paciencia. No vale la pena ver cuál es el final feliz de "un hombre en brama". Tengo conocimiento de que mi marido sigue en esas andadas. Que lo disfrute, yo ya me cansé.

Siguiendo tu ejemplo deseo también ponerme a escribir, en lo que me llega el momento de la adopción, hay trámites por hacer. Empezaré por terminar el matrimonio pendiente y luego lo que sigue.

Mi alumno peruano se inscribió a otro curso conmigo. El brasileño terminó por dominar el idioma, trabaja, lo sigo viendo. Tomo mi distancia con ellos pues aun no se ha decidido mi situación. Es todo cuanto hay por el momento. Lo demás es trabajo, trámites, llamadas a México, indecisiones de ir o esperar. No tengo cabeza ni para escribir ni para flirtear. Urge entonces definir situaciones.

Espero tus anécdotas Amanda, me divierten, me dan ideas. Disfruto de abrir mi correo con ellas. Xoxo. Christine.

from	: *Amanda Lozal <alozal@gmail.com>*
to	**Christine** *<chrichv@videotron.ca>c*
date	Sun, Aug, 22, 2010 at 10:05 PM
subject	*Inspirando vidas.* *Mailed gmail.com* *By*

Christine,

Hay vidas que nos inspiran. Me das en el ego cuando muestras interés en mis historias, la realidad es que recuerdo mi vida con gusto, ahora que ya pasé por dificultades tenebrosas, espantosas y ánimo abatido a muchos grados bajo cero, ahora pues puedo respirar a mis anchas y contentarme con todo lo que la vida ofrece. Es la coronación de "sin cuenta, no se cuentan, y tantos años bien aprovechados", es el comienzo de la sabiduría, y si vivo novecientos y tantos años, como Matusalén, podré presumir de haber alcanzado la armonía, la paz y la sabiduría de quien empieza en ceros nuevamente.

Hablando de vidas que inspiran, te contaré de una vecina muy agradable, ella. Seguro que te dará ideas. Besos. Amanda.

ROSA, UNA INSPIRACION.

Los anhelos de nuestro corazón y las aspiraciones de nuestra alma son algo más que sueños vanos o quimeras de la fantasía puesto que en verdad son heraldos de futuras realidades. Mardem.

Rosa Pérez era una amiga de mi madre, mayor que ella. Tenía un negocio de reciclaje de vidrio. En un terreno muy grande juntaba toneladas de vidrio que pagaba a los pepenadores. Luego ella los vendía a los empresarios que reciclan el vidrio. Esto le daba un buen ingreso. Aparte de sus herencias. Heredó de su padre acciones en una empresa automotriz, ella y sus dos hermanos eran socios. Poseían también entre los tres un precioso rancho cerca del lago de Tequesquitengo.

Su primer marido le dejó una hermosa residencia en Cuernavaca, además de dinero, el segundo le dejó una casa editorial que ella vendió, el tercero le dejó acciones en una industria de plástico, el cuarto le heredó regalías de un invento que se usa en construcción. A sus ochenta años, Rosa era una mujer judía radiante, feliz y muy animosa. En las fiestas que organizaban las amistades de mi madre, ella se rodeaba de gente de todas las edades, platicaba de sus viajes, cantaba, bailaba, bromeaba. Tenía ochenta años, era alta, blanca, pelo cano bien peinado, siempre vestía moderna, colores alegres en su ropa y vestidos que resaltaban sus grandes, abundantes pechos, su cadera y sus torneadas piernas, aunque fuera una dama llenita, su atractivo era notorio.

Voy a insistir en su edad, por lo poco común del hecho, ¡ochenta años! ¿Te imaginas? Ochenta años y ser jovial, atractiva, alegre. Dos años antes se había muerto su marido número cuatro. Lo recordaba yo vagamente de haberlo conocido en la boda de mi hermana Carla. Más bajo que ella, moreno, ingeniero ingenioso, simpático, bailarín igual que Rosa. Claude y yo habíamos platicado con él ya que hablaba francés. Hablaba también alemán, inglés y hebreo. Era judío igual que Rosa. Ahora nos acompañaba en una comida familiar de fin de semana. Nos llevaba la invitación para su quinta boda. Estábamos más que deslumbradas, completamente embobadas. Mi madre mostraba un poco de envidia, aunque mi madre se casó por tercera vez con un hombre mucho más joven que ella, solo que ella misma no soportó la diferencia de edades y se divorció, condenándose a no volverse a casar jamás.

Rosa vivía cada momento al momento, parecía no planear, no ponderar mucho su situación, ella se dejaba llevar de la mano por el destino sin juzgar ni condenar. Supe que después de que enviudó, a los seis meses invitó a mi madre a un crucero por el Mediterráneo. Mi madre fue con ella, ya desde ese momento Rosa hizo conocidos, coqueteó, dio su dirección e invitaba a mi madre a hacer lo mismo. De hecho mamá conoció un hombre español en ese crucero, la vino a visitar a México, y le pidió que se casaran y se fuera a vivir a España. Mi madre no lo tomó en serio.

El amigo y socio de este hombre empezó a galantear a Rosa. Ahora habían decidido unir sus vidas. Rosa se portaba como si fuera la primera vez. Quería comprar su ajuar de novia, camisones, ropa para la luna de miel. El vestido. Hacer pruebas de peinados y maquillaje. Le pedía a mi mamá que la acompañara en esas compras. Le dijo que Víctor vendría con su amigo José Juan, el enamorado de mi madre; la aconsejó de no hacerse mucho del rogar.

Me dejó tan buena impresión esta mujer. Me convencí de que yo también tomaría esa oportunidad en la vida, y no la dejaría por nada del mundo. Estaba segura de que si era mi deseo, yo me volvería a casar aunque tuviera noventa años de edad, o novecientos, a los que llegue.

La boda fue hermosa. En su gran residencia morelense, los jardines se vieron adornados con mesas, parasoles, manteles largos, sillas vestidas y adornadas con listones. La piscina fue cubierta con una tarima de madera bien pulida que resultó ser una pista de baile formidable. Orquesta en vivo, miles de mariposas que se soltaron al llegar los novios. Rosa vestida de blanco, Víctor con pantalón blanco, camisa inmaculada y el saco marinero, pese a sus setenta y siete años se veía guapo. De España habían ido a la ceremonia, unas seis parejas, socios de su empresa pesquera, su hermana y su consorte y la hija de Víctor con su esposo e hijos. Rosa era una mujer judía sin prejuicios, con un karma celestial que irradiaba prosperidad, bienestar y alegría. Por lo tanto atraía exactamente lo mismo. Sus hijos, asistieron dos, de los cuatro que tenia, compartían con ella esa armonía de estar bien con todos y con todo.

Sus anhelos, los mismos que toda mujer y todo hombre tiene, son los básicos, la pareja, un hombre y una mujer que se complementan a cualquier edad, estar saludable, contenta y adaptarse a su situación con sencillez y serenidad. Fue una lección de vida para mí, fue toda una inspiración.

PRETENDIENTES.

Todo hombre lleva dentro de si una bestia salvaje. Federico el Grande.

Bestias salvajes. Eso me parecían los hombres que se acercaban a mí. En general cuando decides volver a salir con algún pretendiente sucede que no vas a encontrar al hombre de tu vida al instante mismo que lo decides. ¿Razones? Los miles de clichés existentes. "Una mujer que fue casada está deseosa de sexo rápido", "Una mujer con hijos, no conviene", "Una madre soltera acepta una relación con quien sea, como sea: casado, viudo, parrandero, borracho, jugador, sin el quinto en el bolsillo, mujeriego, etcétera", "A una mujer con dinero, o con bienes la puedes extorsionar ofreciéndole la quimera del amor que busca", "los hombres solo piensan en sexo", "los hombres son bestias salvajes, no les interesa ni el decoro, ni el romanticismo", "los hombres son unos convenencieros", "los hombres son abusivos", y todo lo que has escuchado de negativo obviamente te da carga negativa. Esta es una razón.

Otra razón plausible es que aun no estás lista. Todavía traes añoranzas, o dolor, insatisfacción por la situación que no acabas de asimilar, es decir la supuesta soledad. Una vez que tuviste pareja, tuviste experiencia, mala o buena, te marca como el fierro candente a la piel. Lo ideal es dejarse llevar por el destino, por el instinto, por lo que traes dentro de ti, en el eje central de tu ser. Si lo vemos con la filosofía oriental, tiene uno que ordenar sus chacras, ponerlos a trabajar de manera positiva y regular, el sexo, el del plexo solar que son entrañas, instintos, el del corazón o sea los sentimientos, el de la garganta o sea las palabras, el de la frente que son los pensamientos y el que está sobre tu cabeza representando la elevación espiritual.

Dentro del cristianismo se resume en la señal de la cruz, que se hace sobre la frente para alejar malos pensamientos, sobre la boca para evitar malas palabras, encima del corazón para obtener sentimientos de pureza, y el que cubre la totalidad de la parte superior del cuerpo indicando la superioridad de esas funciones de pensamiento, palabra y obra. Si meditando logras armonía en estas funciones de humanidad, si logras la comunicación con la divinidad que vive en ti, entonces puedes saber lo que tú necesitas realmente en ese momento de tu vida y actuar en consecuencia. Desde luego necesitas alimentarte de buenas vibraciones, pensamientos gozosos, lo que ves, lo que oyes, lo que lees, lo que dices, las personas con las que sales, todo tiene que ser congruente con lo que deseas, gozo, alegría, plenitud, virtud, abundancia, bienestar, belleza, amistad, sinceridad, bondad, amabilidad, en fin tus deseos son ordenes, eso es cierto. Esas órdenes deben ser positivas. Si tú te dices no quiero encontrar a un borracho… vas a encontrar a un borracho, la mente no captó el NO, negativo. El mandamiento debe de ser "quiero un hombre de bien, con buena conducta", debes estar convencida de ello y funciona. Hay muchos libros de auto ayuda que enfocan la conducta del ser humano de esta manera. La Física Cuántica, la Programación Neuro Lingüística, Los Cuatro Acuerdos, (mexicano, esencial), El Secreto. Louise Hay y otros. Es bueno leer y meditar. Es mejor si encuentras ayuda personal, en una iglesia, comunidad religiosa o con el psicólogo o siquiatra.

Uno, hombre o mujer, que desea rehacer su vida después de una experiencia frustrada por cualquier razón, debe primero trabajar en conocerse, en pulir las asperezas del alma perturbada por tal experiencia. Si existe la perturbación.

Gustavo, solterón, salía conmigo por no andar solo. Me aburría. Martin era ocho años menor que yo, me preguntaba cómo vestirse, que hacer en su nuevo trabajo, como comportarse en una reunión, con mis dos hijos era suficiente no quería un tercero. Ricardo, abogado sagaz, se fijó en mi auto y quedo prendado de mí, me llevó a su departamento como el lobo que recibe a caperucita; era guapo y atrevido, hormonal, pero yo misma sabía que no llegaríamos muy lejos, aunque después de una relación de un año parecía que no solo el interés económico le movía, también había sentimientos que se transformaron en celos, en deseos de controlar mi vida, mi monedero y peor aun controlar negativamente a mis hijos, había con ellos rivalidad y Ricardo no escondía su deseo de que yo pusiera toda mi atención en él y no en mis hijos, ellos crecerían y me abandonarían, ellos ya de por si se sentían con mucha seguridad, tenían propiedades, tenían una abuela que los quería, en fin podía yo deshacerme de ellos y dedicarme a su persona. Cuando empezó a hablarme de matrimonio, con frialdad le dije que no estaba yo preparada. Se enfureció, me había burlado de él, me parcia poca cosa, era yo una desalmada, uf! Que pesadilla.

Conocí a un joven judío bellísimo, doce años menor, un genio en computación. Iba a Francia a trabajar por un año, fue mi alumno. Cuando me pidió salir con él, me sorprendí, le aconsejé que saliera con jóvenes de su edad, me dijo que le aburrían, bueno me convenció. Era maravilloso andar con él. Era mexicano, pero sus ojos aguamarina, sus pecas, su cabellera pelirroja lo hacían parecer extranjero, mi familia, mis amistades le hablaban en inglés cuando recién lo conocían. El, serio y firme les contestaba: soy mexicano, podemos hablar español, de hecho hablo poco y mal el inglés. No soy bueno para los idiomas, ni siquiera aprendí bien el hebreo. Era sencillo, amistoso, hizo amistad con mis hijos, las computadoras los acercaron, hablaban el mismo idioma. Mis hijos lo querían mucho.

Yves: - ¿Mamá te vas a casar con Moisés? La abuela dice que te vas a casar con él.

Daniel:- Cásate con él. Vamos a tener muchas computadoras, el tiene muchas en donde trabaja.

Yo: - Me gustaría casarme con él, pero se va a trabajar a Francia por un año. Cuando regrese, si regresa, veremos.

Daniel:- ¿Por qué no va a regresar?

Yo:- Tal vez le piden que se quede a trabajar allá para siempre.

Yves:- Si vivíamos en Francia y somos franceses ¿por qué no regresamos?

Yo: - Veremos. Si se puede hacer lo hacemos. La verdad todavía no se qué va a pasar.

Mis hermanas se lanzaron al ruedo.

Carla:- Es un joven interesante, pero mucho más joven que tu.

Mariela: - Lo importante es que tu lo aceptes, si a ti no te importa la edad, que se vaya todo el mundo de paseo. Vive lo que tengas que vivir.

Carla: - Si, pero mi mama está sobre de ella, con el constante: "cásate otra vez, anda, ya cásate." Así no puedes ser congruente. Agrégale a eso que es judío, los judíos solo se casan entre judíos.

Mariela: - No es cierto. Tengo amigos casadas con judías. Y la güera, mi amiga, tiene un cuñado judío, su hermana, muy católica y de gran sociedad, se casó con un judío y se hizo judía. Nada está escrito, nada está dicho de forma definitiva, tú escribes tu vida a tu antojo. Disfruta tu relación con Moisés y no hagas caso de la gente. El me parece muy agradable y se ve contento contigo.

Yo:- Ya me pidió que nos casáramos. Quiere a mis hijos, mis hijos lo quieren. El quiere que me vaya a Francia… nuevamente a Francia… no lo puedo creer.

Carla:- Te tocaba quedarte allá, tu insistes en volver y el destino te regresa. Si te vas, ya no pienses en volver.

Yo:- Moisés no está seguro de quedarse allá. Le atrae el trabajo porque es una computadora nueva y hay retos. Lo recomendaron como uno de los mejores ingenieros, con él en el equipo resolverán las fallas y perfeccionaran el funcionamiento. Después regresara a México. El no quiere vivir fuera del país.

Mariela: - Es lo mejor que se te ha presentado últimamente. Tómalo.

Carla:- Espérate a que regrese de Francia, entonces deciden.

Yo: - Eso he pensado, esperar. Conocí a su familia la semana pasada. Una tía suya hizo una comida para festejar su cumpleaños. Tiene una casa antigua en Coyoacan, la remodeló, y quedó preciosa. Como nadie tiene niños, le pedí a mi amiga Lidia si invitaba a mis hijos a jugar con los suyos. La tía me dijo que esperaba conocer a mis hijos, la mamá y el papá de Moisés, me dijeron con franqueza que hacia tanto tiempo que no están con niños que ya no saben lo que es lidiar con ellos. Moisés dijo que mis hijos eran excepcionales. Hablamos mucho sobre Francia, todos ellos han estado allá, menos los hijos, ni Moisés, ni su hermana Raquel, ni el hijo de su tía, Estanislao.

Mariela: - ¿A que se dedican?

Yo: - El padre escribe obras de teatro, el sobrino es actor. La hermana de la madre escribe poesía, la madre es antropóloga. La hermana está en la Academia de San Carlos, pinta artísticamente.

Mariela:- Debe gustarte ese tipo de familia. ¿Intelectuales? Así se dice, ¿no?

Yo: - Supongo. Moisés es el práctico y moderno. El hermano de su padre también era ingeniero en cibernética. Murió, se suicidó porque no se casó con la mujer que amaba, ella no era judía.

Carla: - Interesante, te enteraste de algo medular. El suicidio en la familia significa posible depresión.

Mariela:- No empieces a psicoanalizar Carla, deja esto en la normalidad. ¿Comen de todo? O son de los que evitan el cerdo y comen kosher…

Yo: - Son vegetarianos. Con lo que sucedió con el tío, son abiertos a todo, no quieren presionar a nadie. Tienen libertad de culto y de elegir la pareja que deseen. Venían de Rusia. La tía tiene un piano antiguo de mucho valor, traído de Rusia. Me gustó la reunión, me gustó su familia. Pero algo en mi interior me dice que esto no va a funcionar.

Mariela:- Ya quítate esa impresión de la cabeza. No vas a estar de luto toda la vida. Estas joven todavía, tus hijos pronto se irán y te dejarán sola. No sigas los pasos de nuestra madre. Tú no quieres estar sola el resto de tu vida.

Yo: - No es cierto, mis hijos me adoran, no pueden vivir sin mí. Cuando sean grandes me llevaran a bailar y saldrán conmigo todo el tiempo. (Con sarcasmo. Las tres soltamos la carcajada.)

Carla: - Ten fe, nosotros lo hacemos con nuestra madre, ¿no es cierto? Continuando con lo que dice Mariela, pienso que por otro lado conocemos a Rosa, quien a sus ochenta años se volvió a casar, para mi tú debes tomar tu tiempo y decidir cuanto estés lista. Escucha tu voz interior. Espera a que regrese de Francia, dale esa oportunidad y te la das tú también.

Mariela: - Sexualmente ¿Cómo se llevan?

Yo: - De maravilla, aunque él a veces es tímido. ¡Era virgen! Perdió su virginidad conmigo, lo que me hace sentir mal. En principio no se portó como bestia peluda. Aunque al final supongo que si hay en nuestra relación ese mito de la mujer casada que enseña al principiante… ¡bestia peluda!, los dos nos portamos como bestias… -carcajadas sonoras de las tres-.

Mariela: - Eres su maestra de francés y de…

Carla: - Su maestra, punto final. - Continuábamos con la hilaridad, después de todo el tema se presta. -

from	: ***Christine*** *<chrichv@videotron.ca>*
to	*Amanda Lozal <alozal@gmail.com>*
date	Wed, Aug, 25, 2010 at 10:05 PM
subject	: *Religiones.*
	Mailed videotron.ca
	By

Amanda,

Creo que hoy en día las religiones se han hecho tolerantes. Mi hermana mayor es budista, su esposo, sus hijos, todos practican esa religión. El resto de la familia nos consideramos católicos no practicantes. Mi padre porque está solo y por costumbre asiste a la iglesia. Pero cada vez hay menos asistencia. Cuando lo visito, en Quebec, lo acompaño, pero en Montreal me conformo con la práctica diaria, incluye oraciones por lo menos dos veces diarias, respeto a los mandamientos en mi conducta, especialmente ser generosa, saber perdonar, ser amable y tolerante. En cuanto a los judíos en Quebec, creo que se mezclan con todos, no son especialmente separatistas, aunque hay una minoría que asiste a su iglesia y que visten con su levita y sombrero alto, sus caireles al lado, su boina del Sabbat, ellos tratan de vivir en el barrio cercano a su iglesia. Pero en si la sociedad de Quebec, o el estado, no interfiere. Cada quien hace lo que puede por guardar relación con Dios. No hay grandes disturbios religiosos, ni tampoco discriminación religiosa, al contrario se alienta el respeto a otros credos y costumbres.

Como ves es bueno tocar el punto, me recordaste que mi religión me prohíbe odiar a mi marido, haga lo que haga, a la larga hay que perdonar, seguir adelante y sonreír nuevamente. Me llama la atención que te topaste con un judío de Europa del Este, mexicano ya por nacimiento. Si que has tenido suerte. Parece que vale la pena. En cuanto a la diferencia de edad… yo soy mayor que mi marido por diez años. No te digo más. ¿Fue americano tu tercer marido? Entonces, qué pasó, ¿se quedó en Europa? Xoxo. Christine.

from	: *Amanda Lozal <alozal@gmail.com>*
to	***Christine*** *<chrichv@videotron.ca>c*
date	Fri, Aug, 27, 2010 at 7:23 PM
subject	*Resbalé.*
	Mailed gmail.com
	By

Ese Americano fue lo más estúpido que me sucedió en la vida. No lo vi venir, te lo aseguro. (l.o.l.). Por culpa del americano, por la diferencia de edades y de educación incluyendo la religión y el prejuicio y muchas cosas más, no me casé con Moisés. El regresó de Francia y me buscó. Ya te contaré.

RESBALON.

La intención de no engañar nunca, nos expone a ser engañados muchas veces. La Rochefoucauld.

Cuando se fue Moisés a Francia sentí un gran alivio. Indicación ésta de que no me sentía muy a gusto con esta relación. De cualquier modo lo extrañaba. Me hablaba una vez al mes. Me escribía una vez al mes. Yo hacía lo mismo. Mi interés era amistoso, era de maestra hacia su pupilo y ver si se manejaba bien en el idioma. Recordar Paris con Moisés, recomendarle visitas. El me decía lo mucho que deseaba que yo estuviera a su lado. Insistía en formalizar nuestra relación a su regreso, o viviríamos juntos si yo prefería esta opción. Moisés recalcaba que él deseaba que yo fuera su esposa y hasta pensaba en tener otro hijo. Lo cual me hizo pensar en ligarme, pues todo deseaba yo, menos tener otro hijo. "Ay de las que estén encinta o de las que críen en aquellos tiempos; cuando se vea venir el final". Mateo: 24:19.

Se presentó una visita inesperada. Un profesor de inglés que había dado clases a mi madre cuando ella fue a San Francisco, California. Paul Kamp, había hecho una llamada telefónica a su ex alumna que vivía en Cuernavaca, expresándole su deseo de visitar el lugar. Ella, amable y generosa se puso a su disposición. Cuando Paul estuvo en casa de mi madre, nosotros, mis hijos y yo ya estábamos instalados como invitados, pues ella no quería estar a solas con un extranjero que hablaba poco español. Eran vacaciones de semana santa. Viajamos con Paul por el estado de Morelos e incluso fuimos a Acapulco, a la residencia secundaria de mi mamá. Mis hijos estaban encantados con estas vacaciones. Paul trataba de practicar su español, estaba adecuado para lo indispensable. Cuando charlábamos temas de mayor interés entonces automáticamente cambiábamos al idioma sajón.

Mi madre se convertía en abuela amorosa y nos enviaba a las discotecas y diversiones para adultos a mí y a Paul. Me habló de su familia. Tenía una hija, después de un divorcio que lo acabó, se sumía frecuentemente en depresiones. Su padre, de origen alemán era muy estricto y no dejaba de recriminarlo por no ser tan exigente con su hija y con su ex mujer como era el propio padre. Su hermana, Claudia, era su refugio, ella lo mimaba, ella lo entendía. Claudia adquirió casa en Las Vegas, trabajaba administrando un hotel.

En defensa propia me llené la boca de alabanzas y grandes sentimientos por mi novio Moisés, con quien pensaba recomenzar mi vida una vez que regresara de Europa (No quería dar pie a que aprovechara su soledad, mi soledad y que esto y que lo otro para tratar la seducción o la relación que no me interesaba). El hombre de descendencia alemana, ya sabía por mi madre, de mi judío. Veladamente soltó ponzoña haciendo gala de su "aunque no soy antisemita, me consta que los judíos tienen delirio de persecución. Que es difícil la convivencia con ellos... bla, bla, bla". Utilizó también artimañas como que éramos de la misma edad, teníamos mucho en común, yo también era maestra de idiomas, si para los hombres es difícil relacionarse con mujeres jóvenes, para una mujer debe ser una pesadilla relacionarse con un joven doce años menor, ...". Mi madre, siempre mi madre, le puso al tanto de todo e hizo alianza con su profe. De alguna manera ella pensó que este hombre era el adecuado para mí. ¿Con que derecho piensan las madres por uno? Como madre me ha sucedido, pensar por mis hijos, ¡mal hábito, mal hábito!

Otro que al irse me deja esa sensación de alivio. ¡Uf, de la que me salvé! Me invitó a visitar California durante el verano. No prometí nada, ni me negué, Agradecí y punto. Los tres meses siguientes recibía misivas de parte de Paul, muchas de ellas les dejé sin contestación. El fue persistente. Su padre deseaba conocerme, su hija soñaba conmigo, su hermana aseguraba que yo era la mujer ideal para Paul.

Madre querida, madre adorada… no. Ahora estoy segura de que no quiero un hombre a mi lado por el momento. Me voy a dedicar a mis hijos. Lo tengo decidido.

Mi madre: - ¡Te has vuelto loca! Dices insensateces. Tú crees que los niños te lo van a agradecer. ¡Claro que no! Al contrario, te aseguro que sienten vergüenza por no tener padre.

Yo: - No voy a hablar contigo de esto. Tenemos ideas diferentes y punto.

Mi madre: - Mira, te vas con Paul de vacaciones, yo cuido a mis nietos. Le das una pensada, conoces como vive, ves si te conviene. Si no te interesa, por lo menos lo intentaste.

Yo: - Te adoro. (la besé en despedida, para salir huyendo de su lado.) Lo pensaré, te lo prometo.

En junio le escribí a Moisés sobre lo que sucedía con Paul, mi má, las reiteradas invitaciones a California. Por respuesta Moisés me dijo que me sintiera libre de ir con quien yo quisiera, que el alemán aquel parecía el adecuado para mi, que él no quería ser responsable de mi infelicidad. Sentí que había terminado con nuestra relación. Yo pensé que yo había terminado con la relación, solamente que nunca se lo aclaré. Entonces, la soberbia, maldita soberbia, me hizo reaccionar estúpidamente. Le escribí agradeciéndole, mordazmente, que me diera permiso de andar con otro. O dios mío, porque no somos sencillos, sinceros, capaces de perdonar de inmediato. En cuanto nos tocan el corazón herido, saltamos como fieras. Acepté ir a California.

En julio, la segunda semana, llegué a San Francisco. Fui sola. Me di toda clase de permisos, con la idea de regresar sana y salva a casa. Paul no era feo, desabrido, pero su piel tostada, el cabello rubio cenizo, sus ojos grandes color azul, le daban un aire de niño bueno. Me hizo visitar su ciudad, fuimos a los bosques de sequoia, me encantó, fue lo más bello del viaje. Estuve fascinada esa semana entre los gigantescos árboles, reviví en mi imaginación a los dinosaurios, a los grandes terremotos, las eras geológicas de la Tierra y el remanente, estos bosques únicos en su género sobre el Planeta Tierra. En las carreteras hay restaurantes hechos con troncos de madera, muy acogedores, clientes que son turistas o leñadores y mineros fuertes, misteriosos, la gente es amable. Se ven cosas raras como camionetas que cargan un troco de mayor talla que el transporte, se habla mucho de la leyenda de "Big Foot", "Pie Grande", un supuesto coloso que habitaba esos bosques de árboles gigantes y asustaba a los lugareños. Pasamos por un pueblo minero, con tiendas a la usanza de la minería, con mujeres cardando lana, con mineros que llevaban pepitas de oro, en verdad, todavía hay pepitas de oro en esas montañas californianas de la fiebre del oro. Nena con juguete nuevo. Esa tonta mimada que se creía muy lista, tal fue mi comportamiento, tal fue todo lo que le siguió. Paul se portaba como si él fuera mi padre, dándome gusto, disfrutaba mi regocijo con cualquier detalle. Cualidad que él había perdido tras largos años de depresión síquica. Volvió a reír, volvió a sentirse vivo.

De regreso a San Francisco conocí a su padre y a su hija. Fueron muy amables. Su padre poseía una casa muy bonita con vista a la bahía. Supo de cómo vivía mi madre en Cuernavaca y no queriendo dejar a su hijo atrás, me dijo que aparte del departamento, su hijo se quedaría con esa casa, que era para él y su nieta. Su hija Claudia ya había adquirido una buena propiedad en Las Vegas. Yo no me di por aludida, eran cosas que me tenían sin cuidado.

Al tercer día de la segunda semana de vacaciones, nos dispusimos a ir a Las Vegas para conocer a Claudia. Me mostrarían la ciudad y nos divertiríamos en familia, eso aseguró el padre de Paul. En la casa de Claudia fui muy bien recibida. Su esposo, americano, trabajaba en la construcción. Tenían un hijo de apenas dos años. Claudia pidió permiso esa semana para dedicarse a convivir con la familia. Esa misma tarde saldríamos de compras, quería que comprar mi vestido de novia y su ajuar de dama de compañía. Creí no comprender ni el idioma, ni la situación, ni nada de lo que parecía haber escuchado. Recuerdo que la miraba yo como si fuera extraterrestre.

Claudia:- ¿Te sientes bien?

Yo:- No. Estoy confundida, mareada. No sé. ¿Qué dijiste?

Claudia: - Paul, Amanda no se siente bien, tal vez necesita reposar. Instálense bien. Mientras muestro a papá y a Susana donde se quedarán. En un rato nos vamos las tres de compras. Ustedes se quedan con Steve.

Paul: - Desde luego. Vamos a la habitación Amanda. Relájate un rato. Duerme. ¿Tienes hambre?, ¿Deseas algo de beber?

Yo: - No, gracias. – ya en la recámara.- Paul, no estoy segura de haber escuchado bien. ¿Por qué tu hermana desea comprar un vestido de novia?

Paul: - Para nuestra boda. Se ha tomado una gran molestia para prepararlo todo y todavía desea acompañarte a comprar el vestido. Yo quería ir contigo, pero es cierto que mi hermana sabe bien de esto.

Yo: - Paul, no necesito vestido de novia. No veo el caso. Tú y yo somos amigos. Estuviste en casa con nosotros y ahora me pediste, en retorno de nuestro gesto amable, ser amable tu, con este viaje. Eso es lo que yo entiendo.

Paul: - Tu aceptaste este matrimonio, me lo confirmó tu madre. Esta es la razón por la que estás aquí. Mi familia y yo preparamos esto para ti. Yo he gastado todos mis ahorros para pasearte y para esta recepción, modesta, pero nos permitirá rehacer nuestras vidas. Tú lo aceptaste. Si no, no hubieras venido.

Yo: - Siento mucho decirte que es un malentendido. No deseo contraer nupcias por ahora. Vine a pasearme, a conocer a tu familia, como amigos y ya.

Paul: - Vamos, Amanda, no eres una chiquilla. Una mujer madura, una mujer decente de tu posición y educación, no acepta una relación pasajera y ya. Sería ridículo que te negaras a estas alturas. Quedarías mal ante mi familia. Conmigo mismo, no puedo creer que seas una mujer de "aventurillas". Vamos eres una mujer seria. Tus hijos necesitan un padre. Estoy dispuesto a serlo. Piensa además que ganaran mucho viniendo a vivir a San Francisco con nosotros.

Yo: - Paul, necesito descansar. Llamar a mi madre, si me lo permites. Necesito estar sola.

Paul: - Toma el teléfono. Haz la llamada. No saldré de aquí hasta saber que estamos de acuerdo en todo. Te estoy ofreciendo una vida decente, cualquier mujer estaría contenta con ello.

Me dio el teléfono. Marqué a Cuernavaca con mi madre. No hubo respuesta. Quizá era mejor así. No pude remediarlo, se me escapaban lágrimas. No podía hablar, Me sentía tan tonta, como nunca en mi vida.

Paul: - La boda será pasado mañana. Está todo preparado. Si deseas posponer la compra del vestido, aun esta el día de mañana. Le diré a mi hermana que no te sientes bien.

Yo: - De acuerdo. Solo necesito dormir un poco.

Como autómata consentí en seguir la charada. Después de todo estábamos en Las Vegas. Una kermes donde los actos como las bodas son un juego, todo es juego y diversión. Me di cuenta de mi soberbia, de mi resbalón. De mi "inocencia", falsa desde luego, lo suponía, lo sabía, algo dentro de mí, desde mi relación con Moisés, se encendía un foco rojo avisando: "peligro, peligro". No hice caso. Soberbia y más soberbia. Ahora estaba en una trampa. No tenía salida. Me casé en La Vegas, con un americano alemán.

Regresando a San Francisco, Paul sabía que yo iría a México para arreglar mis asuntos, mi casa, mis hijos, y ver lo de inmigración. Era mejor hacer las cosas como se debe. No me fueran a sacar de su país para siempre. El padre ya había revisado ese asunto. Con el acta de matrimonio irían a Sacramento para pedir mi permiso de estancia, y el de mis hijos. Paul tendría que reconocer a los niños, quienes deberían llevar el nombre de Kamp. Todo se arreglaría sin problema. Muy bien, vendré con mis hijos.

Tenía tanta vergüenza que no quise discutir nada con mi familia. Mis hermanas y mi madre deseaban saber todo sobre el asunto. Alegué que luego lo hablaríamos. Ya había aprendido otra lección. Si vas contra la corriente, perderás mucho tiempo y esfuerzo tratando de convencer a los demás. Lo mejor es dar respuestas vagas y esperar lo mejor de la suerte. Claro todo iría mejor si tienes la certeza de lo que deseas y adonde deseas ir. Cuando el destino te parece incierto guárdate de tomar decisiones. Resguárdate meditando y haciendo oración hasta saber con seguridad el rumbo que debes tomar.

En mi casa tomé la decisión de no salir por muchos años. El llamado del teléfono me sacudió. Era Paul. Llegaba al siguiente día para ayudarme. "De acuerdo, iré por ti a la ciudad de México. "

En la carretera de regreso, por la vía antigua, veníamos disfrutando los pinos, el paisaje campestre. Los niños, Paul y yo.

Paul: - ¿Prefieres quedarte aquí, verdad?

Yo: - Si, me encantaría. Es tranquilo, le sienta bien a mis hijos y a mi. ¿A ti que te parece?

Paul: - Estoy de acuerdo, es tranquilo. ¿Podría yo conseguir trabajo?

Yo: - Me parece que solicitan maestros de inglés en el Centro Cultural de la Embajada Americana en la gran Ciudad. Nada pierdes con dejar tu currículo. Cursos de inglés en cualquier parte del mundo los das. Trabajo no te faltara. La casa nos da espacio a todos. La conoces. Y el lugar es increíblemente bello, tranquilo y con un karma que te recarga de energía.

Paul: - Bueno, tengo esta semana para probar.

La suerte estuvo conmigo. Le dieron varias horas de clase en el cetro escolar de la Embajada Americana. Tenía que ir y venir setenta kilómetros diarios y cruzar la ciudad. Pero estaba joven, lleno de energía y con ganas de hacerlo. Trabajaba por las mañanas en el Distrito Federal y por la tarde en Cuernavaca.

No puedo engañar a nadie, no me gusta el engaño. Me gusta sentirme bien conmigo misma, con los que me rodean, y de esta manera estoy bien con Dios. Me sentí timada con la boda en Las Vegas, pero de alguna manera creí merecerlo, no hice caso de mi alarma interior, eso es hacerse tonto uno mismo. No pensaba regresar a Estados Unidos, estaba decidida. En cambio, Paul, lo presintió y decidió adaptarse a las circunstancias ¡Qué bueno! Eso que sucedió en Las Vegas, no tenía importancia para mí, mientras no legalizara las cosas en mi país. Mientras Paul no diera su nombre a mis hijos. Yo no estaba dispuesta a que los hijos de mi querido esposo Claude Beauchamp cambiaran su apellido, ni tampoco deseaba emigrar.

UNA SABIA DECISION.

Se tiene uno que hacer pedazos para reconstruirse y quedar de una sola pieza. Lao Tzu.

Muchos pedazos de mi ser fueron cayendo ante mi desesperación. Por seguir la corriente, por creer lo que toda la gente. Cada quien es un ser único, necesitamos un traje de una sola pieza hecho a nuestra medida. Todos esos novios, esas carreras por la felicidad en pareja, esa falta de respeto de mi madre, de mi familia, de mis amigas hacia mí, se debían a que no había yo diseñado el traje a mi medida. Mi siguiente tarea era ser yo misma, tomar una firme decisión. ¿Cómo terminar con el error llamado Paul Kamp?

A fines de enero, después de siete meses de la gran boda "Las Vegas", inesperadamente, sin advertencia llegó a visitarme Moisés. Era un viernes por la tarde, cálido, soleado, bello. Se hizo resplandeciente cuando vi a mi amigo Moisés en la puerta de la casa con una botella de buen vino francés. También traía una baguette y queso de casa, porque el de Europa estaba vedado. Nos dimos un fuerte abrazo, de larga duración, no me quería soltar, ni yo a él, disfrutamos el momento. Los niños lo recibieron con gusto también. Querían robármelo para mostrarle sus nuevos juegos en computadora. Les dimos unos minutos de atención, y posteriormente se pusieron a jugar felizmente con sus amigos. Aproveché para decirle a Moi que me platicara todo, sin omitir detalle sobre Francia, su trabajo, sus impresiones y como le había ido con el idioma.

Me contó que el trabajo fue pan comido. Lo difícil era relacionarse con los franceses y las francesas, éstas últimas se hacían las difíciles. La empresa quería que se quedara a trabajar con ellos, pero no le gustó el ambiente. Visitó Inglaterra antes de regresar, era un gran deseo de él conocer este país. "El resto podré conocerlo contigo si quieres acompañarme algún día" me dijo. En ese momento, bajo la sugerencia velada, recordé que Paul no tardaría en llegar de sus clases. Me apresuré a contarle lo sucedido. Estábamos degustando, lentamente el vino, el pan, el queso, y todo quedó en suspenso. Sus ojos aguamarina, casi transparentes, se llenaron de agua… Me sentí tan mal, no sabía que decirle como consuelo, como reparación de daños. Otra vez sintiéndome culpable, me decía yo misma, ya basta Amanda, no tienes porque sentirte culpable, todos cometemos errores, de todas maneras no era Moi el indicado.

Paul: -¡Buenas noches! – Soltó una voz fuerte, sonora, tratando de ser segura, estaba sorprendido por la visita-. Ya estoy aquí querida, tengo hambre, con gusto me voy a unir a ese convivio.

Yo: - Paul, el es Moisés, mi amigo, mi alumno que fue a Francia. Acaba de regresar y compartíamos este vino francés.

Paul:- Mucho gusto. Siga sentado, no se moleste. Me lavaré las manos y enseguida vuelvo para acompañarles con la cena.

Moisés: - Creo que debo irme. Se hace noche y tendré que tomar la carretera de regreso al Distrito Federal.

Paul se retiró un momento. Yo aclaré lo más que pude.

Yo: - Moi, entiéndeme, fue sin querer, fue una trampa, un juego tonto. Algún día terminara, rápidamente. No me gusta la situación en que estoy. Esto me confirma que no deseo estar casada ni con él, ni con nadie.

Moisés:- No te apures, debí haberte llamado antes. Creí, … pensé … en fin soñé en que seriamos el uno para el otro. Me equivoqué… te deseo lo mejor, Amanda, mereces algo mucho mejor, si no estás contenta, libérate y haz lo que quieres hacer.

Paul: - ¿No estarás por retirarte Moisés? El vino esta casi intacto. Queso y pan… y no tardaré en preparar espagueti, puedes acompañarnos si gustas.

Moisés:- Ya estaba por irme. Tengo varios asuntos pendientes antes de regresar a la ciudad, es carretera y de noche siempre hay mayor riesgo. Buenas noches. – Se dirigió a la salida, le encaminé, le insistí si deseaba quedarse, una de las habitaciones de las que rentaba, estaba vacía, podía usarla e irse temprano. No aceptó.

En la portezuela de su auto nos dimos un último abrazo y dos besos de despedida. Fui a llamar a mis hijos a casa de nuestros vecinos y entramos los tres para cenar con Paul.

Varios meses después supe de Moisés. Mi amiga Lidia me invitó a pasar un fin de semana en su casa en la ciudad de México. Paul aceptó que fuéramos los niños y yo, le agradaba tener momentos de soledad, gozaba de la casa para el solo prácticamente. Teníamos nuevamente tres inquilinos. Los tres extranjeros, solos, adultos. No molestaban a nadie. Uno era alemán, muy joven, estudiaba español en una escuela internacional en Cuernavaca, otra, una mujer española, agradable, alegre, bailarina de flamenco, daba clases de danza y hacia presentaciones artísticas, y la última en llegar, la nueva inquilina era una chica de Chicago, de origen judío, que tendría un año de vacaciones, pensaba viajar por nuestro país, y tal vez conocer Centro América.

Lidia y sus hijos eran buenos amigos con mis niños. Nos divertíamos juntas, preparábamos de comer para ellos, para nosotras, visitábamos museos, asistíamos a espectáculos populares, títeres para niños, verbenas en Coyoacan, paseos por bosques cercanos. La verdad es que gozábamos a nuestros críos, y nuestra libertad, nos quejábamos de cosas, por pura costumbre pero en realidad nos la pasábamos muy bien. Su marido había muerto de cáncer, ya tenía ocho años de soledad, todavía no hacíamos los famosos "cien años de soledad", muy buenos, muy jocosos, muy sensuales, muy latinoamericanos, muy de Gabo. **(Gabriel García Márquez)**

Ese fin de semana, después de un viernes de niñera para poder darnos una noche loca de copas, y divertirnos con otras amigas en un bar inglés, donde conocimos ingleses y un par de mexicanos muy alegres solo por pasarlo bien, luego nos recogimos santamente en su casa, el sábado preparamos carne asada en su jardín, llegaron otras amigas, niños y parecía fiesta aquello. Cuando nos quedamos solas y recogíamos el tiradero, Lidia empezó con las "confidencias".

Lidia: - Debo confesarte algo. – Yo lavaba los trastes, se acercó a mi me dio un beso en la mejilla- Es el beso de judas – me advirtió- te he traicionado amiga, y ojalá y me perdones.

Yo:- Te perdono de todo corazón si es con Paul, si le doy el divorcio, es más quiero ser tu dama de honor. Dime que andas con Paul y me harás mujer feliz. Seremos las mejores amigas, te doy las claves de la felicidad con él y tú me conviertes en mujer libre otra vez.

Lidia: - ¿Tan grave es el asunto? No parece que te lleves tan mal con tu marido. Te da libertades, mírate aquí, feliz, ayer nos fuimos de parranda, ¿Qué más quieres?

Yo: - Libertad completa, no libertad condicional. Mmm!, que decepción, creí que me ibas a quitar a mi marido de encima. (Reímos de buena gana).

Lidia:- Eres mujer casada, ni hablar. Y lo pasado, pasado. El agua que no has de beber déjala correr. El Moisés que no fue tuyo, ahora es mío, bueno andamos saliendo… me convenció… (Hablaba con timidez, esperando mi reacción, yo había suspendido mis labores y la miraba con ojos bien abiertos y boca ídem- ¡Dime algo! No te quedes callada. Enójate, insúltame, desahógate, ¡hazlo ya!

Yo:- (soltando carcajadas)! Es asombroso! Moisés nuestro bebé, Moisés a quien tu misma me dijiste que era "mi otro hijo", ahora tu andas con tu hijo… ja,ja,ja… no lo puedo creer… cuéntame como pasó…

Lidia: - Nos encontramos en la UNAM. Allí está trabajando otra vez. Yo doy clases en la facultad de Ciencias, lo sabes. Como tú nos presentaste, nos reconocimos en el restaurante para maestros. Platicamos y me habló de un concierto que habría ese día en la explanada, concierto de jazz, le dije que me encantaba el jazz… cuando me di cuenta me tomaba de la mano y me acompañaba a mi auto. Le invité a comer a la casa… y así empezó todo. Viene tres veces por semana… me siento rara saliendo con alguien tan joven, pero me hacía falta … mátame si quieres, pero aléjate de los cuchillos y mejor agarra margaritas del jardín, …. Reíamos como locas, nos abrazábamos, y nuestros hijos nos miraban con aire de sospecha…

Los críos: - ¿están tomadas?

Yo: - No, aunque se puede decir que estamos ebrias de felicidad, déjenme explicarles…. Pero la risa no me permitía explicar mucho, y Lidia igualmente explicaba entre ja,ja,ja.. y otro intento….

De regreso a casa, en la carretera, mis hijos me contaban lo mucho que apreciaban estos fines de semana entre nosotros, sin Paul. Lo odiaban, deseaban que se muriera o desapareciera de nuestras vidas. Dentro de mí había un sentimiento parecido sin embargo hay que darle la vuelta y explicar lo razonable y lo ejemplar para ellos. "Miren, Paul desea tener una familia completa, normal, quiere ser como un padre para ustedes, es un buen compañero, es trabajador y …"

Daniel:- Y siempre esta de mal humor. No le gusta que hagamos ruido, o que estemos jugando, o que pongamos nuestra música.

Yves:- Se enoja mucho con nosotros. Siempre quiere que le hagas caso a él.

Daniel:- No le gusta cuando juegas con nosotros. Mejor que él se vaya de nuestra casa.

Ya un par de veces los había escuchado entre ellos dos, jugar a "matar a Paul" para que no nos quite a mamá. Eso me preocupaba. ¡Qué difícil es que un hombre acepte a sus hijos!, como Cronos que devora a sus críos, algunos peces también se comen a sus retoños. Mayor es la dificultad de que el hombre acepte hijos que no son suyos. Un hombre busca a una mujer para su placer y compañía, no para ser padre de hijos ajenos. Pocos son bendecidos con el don auténtico de la paternidad como lo había sido Claude. Pero ya ni llorar es bueno. Sacar fuerzas de flaqueza era lo indicado. Un milagro, un milagro… tendría que llegar un milagro.

El milagro apareció; en otros seis meses se tejieron las condiciones de mi emancipación. Paul se enamoró, como nunca se había enamorado, ni siquiera se cuestionó con quien o porque. Liberado del yugo paterno, se sintió hombre independiente y sensible. Megan, la inquilina de Chicago, tampoco midió, ni pensó en prejuicios de su familia o de quien fuera. Con firme decisión los dos se deseaban, se amaban y tenían que anunciarlo a todo el mundo. Yo encantada de la vida los dejé ser. Los caminos que conducen a Roma o al amor en este caso, parecen ser los mismos de siempre: inesperados, caprichosos, inusitados. ¡Bravo, bravísimo, bravo! Sin avisar a nadie, hasta con mis hijos en compañía, volamos los cinco a Las Vegas, cortamos ataduras, nos dijimos adiós y les deseé lo mejor a la feliz pareja.

Ahora si a reconstruirme para ser mujer de una sola pieza. Lo que a mí me caía como anillo al dedo era ser madre de tiempo completo. Dios mío te prometo dedicarme a estas dos joyas que me encargaste, mis talentos y los suyos serán ofrenda en tu altar.

Todo se me facilitó, encontré la estrella del norte. Viví horas, días, meses, años felices como madre soltera. Aprendí mucho con mis hijos, les di mucho de mí, todo lo que había leído, todas las memorias de mis viajes, todo lo que había amado, todo mi anhelo de tenerlos a ellos, a mis hijos; mi alma llena de instinto materno, de anhelos de sembrar en estos nuevos espíritus al prohombre del futuro armonioso se veía ampliamente compensada y realizada en la sublime tarea.

Mis hijos han sido mis mejores amigos, con ellos he vuelto a nacer, he vuelto a andar y a enmendar el camino de la infancia, la adolescencia y la juventud. He reído, he llorado, he querido novedades, he aprendido, he encontrado tecnologías inimaginables, he revisado el mundo con mis ojos y los suyos. Conformamos un buen equipo de gente positiva, que camina hacia sus metas, hacia paraísos terrenales, hacia grandezas espirituales, hacia amores reales. Con ellos soy una sola pieza.

from	**: *Christine*** *<chrichv@videotron.ca>*
to	*Amanda Lozal <alozal@gmail.com>*
date	Sun, Aug, 29, 2010 at 1:02 PM
subject	*Cien* Años *de Soledad.* *Mailed videotron.ca* *By*

Bonjour Amanda!

Leí ese libro: "Cien Años de Soledad". Me lo regaló Armando cuando apenas iniciamos nuestro romance. Me pareció tan sensual, tan latinoamericano. Podía sentir el calor de Macondo, en todos los sentidos. Felices recuerdos. ¡Una obra genial!

Pero nadie aguanta cien años de soledad. Tú pareces muy a gusto con ella, pero ese novio pendiente, buscaras otro, y otro hasta alcanzar el bueno como tu vecina Rosa. No esperes tanto. Me parece que adelantaré el divorcio para casarme de nuevo y adoptar a un bebé. (l.o.l.) Xoxo. Christine.

from	**: *Amanda Lozal <alozal@gmail.com>***
to	**Christine** *<chrichv@videotron.ca>c*
date	Sun, Aug, 29, 2010 at 4:03 PM
subject	*Re: Cien* Años *de Soledad.* *Mailed gmail.com* *By*

Bonsoir (Buenas tardes) Christine,

No esperaré *cien* años. Ya estoy calmada, ya revisé pros y contras de mi relación con Guillermo. Paso a paso, lentamente, con mucha prisa, deseamos llegar a la conclusión tan ambicionada por ambos. Estoy lista para empezar de nuevo. Verás.

Bonne nuit! (Buenas noches). Amanda.

NACIDO LIBRE.

El hombre ha nacido libre y por doquiera se encuentra sujeto con cadenas.
Juan Jacobo Rousseau.

Nacido libre, en apariencia, la realidad es que estamos sujetos a la suerte de la familia que nos recibe en este mundo. La familia, dentro de ella la mujer; el país, dentro de este el lugar exacto; la sociedad, dentro de esta el estatus; todo esto va encadenando al ser humano. Va a depender de su libre albedrio, de su temperamento y su liderazgo para liberarse.

El machismo es una cadena pesada y puede ser una cadena perpetua. Sin embargo hay hombres, pocos, que se liberan de esta pesadumbre. Dicen que el machismo es tramado por la madre para subyugar al hijo. Las madres castradoras gustan de quitarles a sus polluelos la confianza. Los varones educados por tales mujeres desconfían del sexo femenino, desconfían de ellos mismos y se rodean de fantasmas que los acosan. También existen padres que hacen esto mismo, hombres abusivos que someten a su mujer y a sus hijos, como un señor feudal en su época.

Guillermo fue concebido por accidente. Accidente que llevó a su madre a la desgracia. Desgracia que intentó cubrir con un matrimonio lleno de cadenas. Cadenas como la sumisión, la ignorancia, la violencia, el abandono. Abandono que lastimó el alma de un niño, niño que tardaría toda una vida para sanar su herida. ¿La sanará? Esta herida en general es el "machismo", la poca autoestima del hombre, que inseguro se refugia en la impotencia, la violencia, la ignorancia y la desconfianza, se disfraza de mujeriego, borracho, parrandero e irresponsable.

Guillermo desde niño era dejado al cuidado de sus tías, su tia Lilia, la más querida de él, su mejor amiga, madre de cuatro varones, fue quien mejor le entendió y atendió. Cuando su madre se casó bien, por las tres leyes, su marido, un rudo campesino la llevó a trabajar con él en su rancho. Se defendían con dificultad en una economía que no daba beneficios al campo. Se le exigía al mayor, Memo, que trabajara como hombre, cuando aún era un crio, de esta manera surgieron dificultades grandes con el esposo de su madre y con ella también, parecía culparlo de sus pesares. A los siete años, Memo tuvo un hermano, y tres años después otro. Su padrastro trató de ser buen padre, pero lo que concebía como paternidad era la violencia verbal, y en ocasiones física La familia dejó el estado de Hidalgo para ir a buscar fortuna en Estados Unidos. Los hijos crecieron fuertes, con mayores posibilidades de educación y bienestar en ese país. Regresaban anualmente a mejorar el rancho en lo posible. Terminaron por venderlo y comprar propiedades en Tijuana.

Guillermo no era muy bueno para el estudio. Pero aprendió a hablar inglés. Obtuvieron la nacionalidad americana pero no dejaban de tener contacto con sus raíces. A los diecisiete años Guillermo se volcó en los "amigos", el alcohol, la parranda, el juego, la irresponsabilidad. Normal por ser adolescente y por adolecer de un afecto que impulsara su autoestima. Para evitar males mayores, como una incursión en la criminalidad, la madre de Guille, aprovechó una visita en Hidalgo para pedirle ayuda a su hermana. Guillermo se peleaba con su padrastro y esto lo enviaba a un círculo vicioso, de calle, y degeneración. Se le dijo que se le iba a castigar dejándolo en Tulancingo, Hidalgo, hasta que dejara de emborracharse y andar de callejero, no querían que cayera en las drogas, lo que es fácil en Estados Unidos, decía su madre.

Como suele suceder con estos remedios, son peores que la enfermedad. En un pueblo chico, sin mucha ocupación y con tantos aguijones en su corazón, Guille continúo por la calle de la amargura. Algo se remedió con la escuela del pueblo, logró terminar la preparatoria. Como premio regresó con su madre y sus hermanos a California. El padrastro, quien estaba bien situado en su trabajo consiguió que le dieran empleo a ese joven inquieto. Allí empezó una mejor suerte para Memo. Trabajando para una compañía de limpieza de la ciudad de San Diego. Se esmeró y pronto fue chofer de un camión. Se casó con una norte americana, rubia, joven, divorciada, con un crio de dos años. Tuvo casa, obligaciones y dos niñas. Con el primer niño de su mujer, un varón, Memo se esforzó en verlo como un hijo. Recibía la mujer dinero para su hijo aparte de la mesada de su marido latino, que según ella era súper "sexy". Memo creció muy alto y fuerte. Piel tostada, amante del sol, la natación, el soccer. Su hijastro era rubio, pero eran buenos amigos. Sus hijas, la mayor, Jazmín, morena lindísima, inteligente, más que sus padres, y la pequeña Susy, risueña y juguetona. Su vida había cambiado haciéndolo un hombre responsable, un hombre de bien, afortunado finalmente. Así se veía él, así lo veía su madre y toda la familia.

Un gran día de suerte: en su trabajo le dieron su sobre de valoración anual. El obtuvo el tercer lugar como mejor empleado. En la fiesta de "acción de Gracias" se entregarían los reconocimientos y un bono en efectivo. Mejor aún, le ascendían de puesto, ahora seria jefe de cuadrilla, tendría a su cargo una zona, mejor salario. Le felicitaban por su esfuerzo y superación invitándole a continuar por esa vía asistiendo a todos los cursos de capacitación y superación que ofrecía la empresa.

Feliz llegó a su casa, los niños no estaban. El entró a su recámara en busca de su mujer para darle las buenas nuevas. La encontró en su cama, en el lecho nupcial con un rubio que la abrazaba, los dos desnudos, durmiendo plácidamente. La furia lo cegó, levantó al tipo, más bajo que el, con menos fuerza, y empezó a golpearlo. Cuando llegó la policía, lo detuvieron antes de que dejara hecho un desastre al rubio aquel. La buena suerte es que los agentes de policía fueron testigos de la desnudez y del escenario que mostraba claramente que la mujer, su esposa, le engañaba con otro. Esto le valió una condena corta, y le permitió un divorcio sin cargos a su bolsillo. El arreglo por fuera de la corte, que cada cónyuge se quedara con una de las hijas y se reunieran cada quince días, las niñas, en casa de uno de los padres.

Ese mes de noviembre fue agridulce para Memo, recibió su premio en la empresa, asistió a la fiesta anual solo, muchos preguntaban por su mujer. El no daba ninguna respuesta, de por si era hombre de pocas palabras. Se aisló más de lo usual. Su padrastro estaba grave, hospitalizado. En apoyo a su madre la visitaba con mayor frecuencia y la acompañaba al hospital. La madre en cambio, con ayuda de la niñera, se ocupaba de la hija mayor.

Sus hermanos, lo invitaban a sus tertulias, a comer los fines de semana. Intentaban aliviar el dolor que no se veía salir por ningún lado. Bebía demasiado, hasta caerse, los días que tenia libres. Pero su sentido de responsabilidad y la auténtica alegría que le brindaba su desempeño laboral lo mantenían sobrio durante los días de trabajo.

El amor a sus hijas era otro faro de luz luminoso en su vida. Seguía con la idea de ser el mejor padre para ellas, el padre que no tuvo. Su madre enviudó y lo ayudó con la crianza, pero él no permitía que ella dañara a sus hijas con sus amarguras. A su ex mujer no la veía para nada. Cualquier asunto que tuviera con ella por la relación de sus hijas, lo trataba a través de la esposa de su hermano menor. Maricruz, su cuñada, también le ayudaba con sus hijas, en las compras y los pequeños problemillas que ellas no se atrevían a contarle al padre. Ellos estaban instalados en Tijuana. Por ello, para facilitarse la vida, Memo decidió vivir en esa ciudad. Allí compró propiedades.

En Tijuana igualmente encontraba mujeres jóvenes, fáciles, no muy caras. No forzosamente prostitutas. Pero cualquier mujer que aceptaba sexo fácil, no valía la pena. En su interior el rencor hacia la mujer era un enorme iceberg, consideraba que todas las mujeres eran unas putas manipuladoras, incluía a su madre, aunque este concepto estuviera en el fondo del paquete y no afloraría tal vez jamás.

Maricruz y Elena eran una excepción, las dos mujeres de sus hermanos, buenas amigas de Guillermo, lo estimaban, sus hermanos lo apreciaban y lo veían como un verdadero hermano mayor. Ellos sabían que el grandulón poseía un corazón noble; era un algodón de azúcar; ignoraban a su madre cuando hablaba de Memo como un monstruo violento, borracho, irresponsable y posible criminal. Sabían que era una farsa, quizá era la imagen distorsionada del padre de Guillermo, aquel que la mancilló; pero los hijos no intentaban profundizar en razones, obviamente. Ellos, los hermanos de Guillermo, tuvieron su parte de hiel materna, se salvaron gracias a que ella descargó su mayor parte de veneno en el primerizo.

BERNABE.

Las cualidades sublimes infunden respeto, las bellas amor. Kant.

Yo. - Le agradezco su ayuda. Mi nombre es Amanda, soy su vecina y esta es su casa. Bernabé, usted es una persona muy agradable, hasta su nombre es especial, poco común...

Bernabé.- ¿Verdad? Nunca me lo habían dicho, pero si usted lo cree.

Yo. – sus niñas son preciosas, usted es un buen padre. Su mujer debe ser muy feliz con una familia tan avenida.

Bernabé.- No, nunca veo a mi mujer, mi ex. Estoy solo, con mis hijas. Soy padre soltero.

Yo.- ¡Me sorprende! (Guau! Es soltero, es soltero!, pensé con alegría.)

Bernabé.- ¿usted tiene hijos?

Yo. – Dos, dos hijos varones. Mayores de edad ya. Sus nenas todavía no llegan ni a la adolescencia ¿verdad?

Bernabé.- No, están en primaria.

Yo.- Pues yo ya cumplí con mi deber de madre viuda. Ahora me toca a mí. Cumplir el deber conmigo.

Bernabé.- ¿Viuda? ¿Su marido murió?

Y.- Si, fumaba mucho, empezó con obstrucción pulmonar, enfisema, pulmonía y murió.

Bernabé.- (Apagando su cigarro rápidamente). Yo fumo poco, pero fumo. Difícil de dejar el cigarro. Entonces usted no se volvería a casar con un fumador.

Yo.- (¿Fuma?) No había notado que fumara, hasta este momento que apagó el cigarro. ¿Sabe? No me molesta el cigarro, no me doy cuenta que la gente fuma o no. Con mi marido me di cuenta porque en las noches se ahogaba. ¿Usted se ahoga en las noches?

Bernabé.- Todavía no. Ronco, dicen mis hijas.

Yo.- Ah entonces no me molesta. (Reímos de buena gana). Tal vez yo también ronco, no fumo, pero el frio húmedo me obstruye la nariz.

Bernabé.- Hay un concierto este sábado... ¿se quiere casar conmigo?

Yo.- ¿Cómo? ¿Un concierto que se llama se quiere casar conmigo?

Bernabé.- (Enrojeciendo). No, no, no se llama así... yo quise decir... bueno quiere... la verdad... me gustaría casarme con usted, digo, si me caso nuevamente, serian con alguien como usted... lo siento, no la quiero ofender, ni molestar... buenas noches.

Yo.- (Como se retiraba rápido, grité), No me molestó para nada, fue divertido y ameno platicar con usted Bernabé, ¡Buenas noches!.

Así lo conocí, una noche que me ayudó a bajar mi mandado del auto. Somos vecinos en el fraccionamiento. Ya lo había visto varias veces salir con sus hijas. Pregunté al conserje si sabia su nombre, el conserje me dijo que se llamaba Bernabé. Roberto, el conserje sabia muchas cosas de los vecinos, pero era muy discreto, todos lo apreciábamos por ello, y muy servicial. Por ello no me dijo nada más sobre Bernabé. Otro vecino en común, cuando platicábamos en el estacionamiento y

Bernabé salía en su "Exterra", me dijo que el ingeniero que iba en esa camioneta era muy amable, le había ayudado a instalar su computadora y unas luces que había comprado la navidad anterior. Con todas esas maravillas del buen vecino, yo suspiraba por un hombre como aquel. ¡Bernabé!, cierto que su nombre es poco común, y uno no se imagina que un ingeniero de tan buen corazón y amable hasta las cachas, tenga un nombre como ese, pero no está mal. Bern… en diminutivo hasta parece extranjero… no, no le voy a cambiar el nombre.

Como me puse al corriente en computación, compré un nuevo aparato. Con ese pretexto visité a Bernabé y le pedí ayuda.

Yo.- Hola vecino, ¿Cómo estás?

Bernabé.- (Alegre, molto allegro) ¡Hola!, pasa, pasa.

Me mostró su casa. Aunque las casas son parecidas, tienen algún toque de distinción. Nos embarcamos en una charla anodina, solo porque sí, bueno por el gusto de vernos.

Yo.- Le vi enfrente de mi casa el otro día, no salí a saludarles porque todavía no me bañaba, cuando estuve lista para salir, ya no estaban ustedes.

Bernabé. Mis hijas quisieron ir a los juegos, el jardín que está enfrente de su casa les gusta, van con frecuencia.

Yo.- A los críos les gusta ese jardín, es para todos los residentes de fraccionamiento. (Nunca habían ido, pero entendía sus reservas, y sus intenciones, las mías cuando lo vi, eran salir de volada, pero la verdad acababa de despertarme y andaba andrajosa a más no poder, en lo que me puse guapa, se perdió la oportunidad. Pero aquí estábamos de nuevo.)

Bernabé.- Claro, es el jardín de todos en este condominio horizontal. Nuestro jardín esta grande, no muy grande, pero tenemos espacio para que jueguen y para las carnes asadas… (Me mostró el jardín). Pero les gusta salir.

Yo.- Desde luego, es una manera de socializar. Los niños gustan de conocer gente nueva, gente de su edad, y si son vecinos pues con mayor facilidad los pueden frecuentar. Eso es lo bueno de su edad, no tienen muchos prejuicios. Son espontáneos, quieren amigos, los buscan y ya.

Bernabé.- Así debe ser. La espontaneidad vale la pena… a esa edad.

Yo.- A cualquier edad. Bueno Bernabé, me acordé que vine a pedirle un favor, ¿Es usted ingeniero verdad?

Bernabé.- (Con los ojos bien abiertos, asombrado) ¿por qué? ¿Necesita un plano? ¿Va a construir algo?

Yo.- No, no, nada de eso. El contador Arturo, nuestro vecino, me dijo que usted era ingeniero, fue comentario. Es todo. Me dijo que lo ayudó a instalar su computadora, y yo acabo de adquirir un aparato nuevo. Quería ver si tiene tiempo de ayudarme a instalarlo.

Bernabé.- Desde luego. ¡Vamos! Bueno, voy a preparar algo de herramienta por si la necesito y la alcanzo en su casa. Les avisaré a mis hijas donde estoy.

Yo.- Te espero en casa… te tuteo porque deseo que tu también me hables con confianza. ¿Estás de acuerdo?

Bernabé.- De acuerdo. Llego a tu casa en un momento.

Instaló los aparatos. Mientras preparé comida, sus hijas jugaban enfrente de la casa. Les invité a comer a los tres. Comentamos sobre películas. Ellos habían visto todas las infantiles. Bernabé se apenó de confesar que casi no iba al cine para adultos, solo iba al cine por acompañar a sus hijas. Me invitó al cine. Pero antes dejaría a sus hijas en casa de su hermano.

Fuimos al cine, después a tomar un café para charlar. Me preguntó por mis hijos. Preguntó si ellos me dejarían casarme. Le dije que ya estaban haciendo su propia vida,

Yo.- se sentirían aliviados al saber que alguien me acompaña. "Tus hijas en cambio, tal vez se pongan celosas con tus "novias".

Bernabé.-   No suelo tener novias. ¿Sabes? Desahogo mis necesidades con mujeres que no valen la pena. Me cuido, claro. Tuve una relación de larga duración, después de mi fracaso matrimonial, pero era muy superficial, una mujer muy vanidosa, exitosa, de dinero, pero no me satisfacía. La conocí en un bar, parecía una mujer bien, me impresionó en un principio, pero a la larga era una relación sin futuro. Nos aburrimos y nos dejamos de ver. ¿De dónde eres?

Yo.- De la capital. Lo malo de esa bella ciudad es que esta superpoblada y súper contaminada.

Bernabé.- Raro, eres modesta para ser del "ombligo del mundo". La gente del Distrito Federal es muy creída.

Yo.- solía ser la que daba la bienvenida a todos los de provincia y los extranjeros. Cuando estudiaba en la universidad, fue una de mis funciones estudiantiles. Me gustaban los idiomas, aprendí inglés y francés.

Bernabé.- ¿Francés? ¿Conoces Francia?

Yo.- Mi marido era Francés, vivimos en Paris y en Lyon.

Bernabé.- Mi mujer era americana. Aunque yo también tengo la doble nacionalidad. Me mostró su identificación como americano…

Y.- ¿Guillermo? Te llamas ¿Guillermo?

Bernabé. Claro, ese es mi verdadero nombre, allí tienes el pasaporte americano. ¿No me crees?

Yo.- Lo siento, te he llamado Bernabé todo este tiempo, y nunca me corregiste… pensé que era tu nombre…

Bernabé.- Un nombre horrible, si me hubieran puesto ese nombre o me suicido o me lo hubiera cambiado a los dos meses de haberlo escuchado… a mas tardar…. (Nos dio un ataque de hilaridad).

Yo.- ¡Qué tontería! Porque no me lo decías.

Bernabé.- Pensé que si te gustaba ese nombre, pues … quería darte gusto, pensé que tenias gustos raros…

Yo.- Roberto, el conserje, me dijo que ese era tu nombre… ¿lo inventó?

Bernabé.- Creo que al hombre que le compré mi casa se llamaba de ese modo. Por cierto… mmm… no soy ingeniero, por ti me gustaría serlo, pero no lo soy…

Yo.- ja,ja,ja… como la bamba, " no soy marinero, por ti seré, por ti seré"

Bernabé.- Si, si te gustan los ingenieros, regresaré a estudiar ingeniería…

Yo.- No, no tengo ideas preconcebidas. Solo casualmente nuestro vecino Arturo, piensa que lo eres… mira Guillermo, me encanta tu sinceridad,

Bernabé. – Mi espontaneidad…

Yo.- La verdad, has dado una lección de modestia y espontaneidad genuina a esta capitalina "creída y complicada". ¡Lo siento!, tanta confusión…

Bernabé.- ¿Te casarías conmigo?

Yo.- Si, claro, eres una aguja en un pajar, ¿Lo sabes verdad? Eres un hombre de gran corazón, y muy valioso.

Así empezamos nuestra relación. Guillermo y yo.

from	**: Christine** *<chrichv@videotron.ca>*
to	*Amanda Lozal <alozal@gmail.com>*
date	Fri, Sept, 03, 2010 at 2: 45 PM
subject	*No es un hombre para ti.* *Mailed videotron.ca* *By*

Amanda,

De quoi je me mêle ? (A mí que me importa?) Lo puedes decir con razón. Pero tengo algunas palabras para ti. Un macho, un hombre con esa patología no puede vivir con una mujer independiente y que ha vivido experiencias como las tuyas. No lo hagas, no te cases, vive con él.

Si buscas un mexicano, busca alguien como mi marido. Armando ahora me parece un diamante al lado de una persona como Guillermo. Ten cuidado, no te precipites. Me doy cuenta de lo mucho que te quiero. Me preocupas. Te considero una verdadera amiga. No te cases con un macho. Piensa en Rosa, espérate otro poco, estas lejos de cumplir ochenta años.

Christine.

from:	*:Amanda Lozal <alozal@gmail.com>*
to	**Christine** *<chrichv@videotron.ca>c*
date	Sun, Sept, 05, 2010 at 9:13 AM
subject	*:Cambie de manera de pensar.* *Mailed gmail.com* *By*

Querida Christine,

Me da muchísimo gusto que me consideres tu amiga y me quieras tanto. Yo también te quiero mucho. Me vi en un espejo cuando te conocí. Humanidad, afecto, sensibilidad, femineidad, eso y mucho más compartimos nosotras, Christine.

La vida da mil vueltas. Uno cambia, yo he cambiado. Te dije que en marzo del año pasado estuve a punto de casarme con él. No lo hicimos. Se ha pasado otro año. Nos atraemos como el oxígeno y el hidrógeno, somos fantasmas etéreos, pero juntos formamos ríos, agua, vida. Créeme que he tratado, hasta con tu marido☹(l.o.l) Pero yo veo las cosas a la inversa, mi diamante es Guillermo. Déjame que te cuente el agua que corre debajo del puente. Xoxo. Amanda.

El CIELO Y LA TIERRA.

El cielo, lo creativo, y la tierra, lo receptivo se complementan. I Ching.

Desde que lo conocí hubo atracción mutua. Sin pensarlo hacíamos cualquier cosa por llamar la atención uno del otro. Fue instinto. Su figura masculina captaba toda mi esencia. Su andar, su presencia, su energía y su sonrisa me transportaban fuera del planeta Tierra. Tenía que pedir ayuda a Houston, pues no podía yo aterrizar.

Cuando él estaba frente a mí y hablábamos, los dos perdíamos el hilo de lo que decíamos. Como la vez que me quería invitar al concierto, en lugar de: "quieres venir al concierto conmigo"… me dijo: "quieres casarte conmigo"… supe entonces que era correspondida. Tanto que no pensaba lo que decía, decía lo que su corazón sentía. Lo masculino- paternal, irresistiblemente seducido por lo femenino-maternal dice el libro de las mutaciones Chinas.

Gran ventura, alta necesidad uno del otro. El busca una mujer-madre que lo ame, lo acepte, lo haga sentirse valioso; le hizo falta toda su vida. Yo soy esa mujer madre. Yo la utopía volando detrás del espíritu universal necesito la gravedad de lo primitivo, de lo sublime terrenal para poner los pies en la tierra, el hombre- paternal. El hombre que cuida, protege pero también exige y es muy posesivo.

Cuida y protege, me encanta. Exige y es posesivo, no es mi tipo. Entiendo, querida amiga, que me adviertas de no andar por ese vericueto. La primera advertencia fue cuando se enfureció porque me puse una blusa escotada para ir a una fiesta con él. Sus ojos se salían de sus órbitas. Me cuestionó de que si era la manera de vender mi cuerpo… me ofendí, claro, fue todo tan de repente, un hombre tan amable un momento antes, y luego el monstruo famoso creado por su madre. Grosero, impertinente y sin dar más explicaciones me dejó plantada, se fue, se encerró y no volví a saber de el por un par de meses. Fui a buscarle en una ocasión para ver si ya estaba tranquilo y obtener explicaciones, no que él me las fuera a dar, pero charlar y encontrar una salida airosa a esta dificultad que yo ya suponía de donde podía venir. Fue cuando conocí a su cuñada Maricruz y a su hermano Mario. Estaban por salir de la casa de Guillermo. Me reconocieron, me saludaron:

Mario:- Buenas tardes, ¿eres Amanda?

Yo: - Si, me llamo Amanda, soy vecina de Guillermo…

Mario.- Me llamo Mario, soy hermano de Memo, y Maricruz es mi esposa. Nuestros hijos: Rodrigo y Jimena.

Yo: - Hola Rodrigo, Jimena, Maricruz, mucho gusto. Pues Mario, encantada de conocerte. Supongo que Guillermo no está…

Mario: - No, ya tiene seis semanas sin venir, se queda en casa de mi otro hermano, Ángel, salió de viaje con su esposa y sus hijos, ellos viven en el norte de San Diego, en el bosque prácticamente. Le pidieron a Guillermo que cuidara su casa, andan en Europa.

Yo: -¡Fantástico! Qué bonito viaje. Hace tiempo que no veo a tu hermano en su casa, y vine a ver si de casualidad ya andaba por aquí.

Maricruz: - Nos ha hablado mucho de ti. Que has viajado mucho. Que viviste en Europa y que conoces todo México.

Yo: - ¡Qué pena! Parezco una presumida vista desde esos comentarios. Seguramente les dijo "la chilanga de mi vecina se cree el ombligo del mundo".

Mario: - Todo lo contrario. Solo piensa en ti. Se fue porque te quiere olvidar. Piensa que no es digno de ti.

Maricruz:- Mi cuñado es un hombre noble, lindísimo, exagera en su modestia, pero tiene más cualidades que sus hermanos por eso lo queremos mucho. Pero es impulsivo.

Mario:- y créeme es la primera vez, primera vez… lo digo en serio, que lo notamos profundamente enamorado… lo hemos discutido entre nosotros, no se lo decimos a él, porque lo negará siempre.

Maricruz:- Si piensa que lo hemos descubierto se irá a otro planeta. Pero que puede uno pensar cuando solo habla de lo maravillosa que es su vecina.

Mario:- "Es culta, refinada, femenina, afectuosa, siempre sonríe, nunca se enoja. Mis hijas quieren una mamá como ella…" No para de hablar de ti cuando nos reunimos en familia. Ya queríamos conocerte.

Maricruz:- Pero no se lo debemos pedir, todo debe venir de sí mismo. Es un poco especial.

Mario:- Está un poco traumado por nuestra madre. Lo quiere tanto, que lo quiere guardar para ella. No hay mujer que lo merezca.

Maricruz: - Cualquiera se trauma con tu madre. Siempre que es posible le damos la vuelta para no verla. La visitamos por turnos para no sentir la carga tan pesada. De esta manera ella se siente siempre acompañada.

Mario: - No vayas a pensar que es un monstruo, de hecho creo que los monstruos le tienen miedo… -reímos-

Yo:- Mi madre era algo semejante, tal vez esa generación de madres tuvo ese defecto de fabricación… - reíamos nuevamente-.

Mario: - ¿Y ya murió?

Yo: - No, pero la edad la dulcificó. Ustedes tienen esperanzas. – lo dije bromeando-

Maricruz: - Fue un gusto conocerte. Lo vamos a mantener en secreto, aunque no por mucho tiempo, apuesto que la semana que entra Memo te invita a casa con nosotros.

Mario: - ¿Y si le damos la sorpresa a Memo? Te invitamos como amiga de Maricruz…

Yo: - Se los agradezco, prefiero que las cosas sigan un curso natural. No me gusta forzar nada, ni a nadie.

Mario: - A veces es necesario. Pero por ahora esperaremos aunque ya deseamos ese desenlace… matrimonial

Maricruz: - Lo que quieres decir, mi vida, es "enlace matrimonial". Ya hemos apostado a que esta vez sí se casa. Esta muy entusiasmado contigo, como nunca lo había estado.

Mario: - Todas sus últimas relaciones han sido superficiales, realmente ni han sido relaciones, son encuentro casuales que no se repiten…

De manera espontanea y natural nos despedimos de beso y abrazo, con los niños también.

EL TIEMPO ES UN REMEDIO.

El amor entra por los ojos, invade todo el cuerpo y deja fuera de combate al cerebro.   *Emma Lorival.*

Dos semanas más tarde sonó el teléfono de mi casa. Era Guillermo. Me invitó a cenar. Volvimos a platicar, largo y tendido. No me dio explicaciones directas desde luego. Me repitió lo que su hermano me había dicho. Agregó como que no quiere la cosa, que se había quedado con ganas de acompañarme a mi fiesta, se fue a un bar y se le pasaron las copas; se quedó perdido por un fin de semana. Mario se preocupó, pues ellos se quedaron con sus hijas, lo localizó y sus dos hermanos lo recogieron perdido en las afueras de San Diego, cerca de la casa de Ángel. Me advirtió que me contaba esas cosas para que yo supiera como era el. Tal vez nunca quisiera unirme a un hombre con tantos problemas. Yo tenía una educación diferente. Nuestros mundos eran opuestos.

Yo: - Tienes razón. Yo nunca he hecho algo semejante. Nunca me he emborrachado, ni se me antoja. Mis adicciones son los libros, la literatura. Puedo hacer lo mismo que hiciste, olvidarme de todo, abandonar los quehaceres de la casa, la comida, todo, todo se me olvida cuando tengo un buen libro entre las manos, hasta que no lo acabo.

Bernabé:- Me gustaría ser como tú. Préstame el último libro que te gustó. Tal vez puedo interesarme en tu adicción. – decía esto a guisa de disculpa y de volver a intentar algo.

Discretamente, como imán su mano se deslizaba de mi mano hacia arriba de mi brazo, con delicadeza. Me encantó este gesto seductor. El beso más dulce, tierno y largo que nos dimos por primera vez, nos dejó temblando. De cualquier manera enganchada, ya estaba. El actuar como que no me importa si terminamos fue mi anzuelo para ese pez. Definitivamente andábamos en la misma longitud de onda. Todavía agregué:

Yo: - Te voy a regalar un libro muy interesante. Es una historia real de una mujer sinaloense, joven, bonita, sin mucha preparación pero con virtudes y aptitudes especiales, llegó a aparecer en una revista muy conocida en España, triunfó en muchos sentidos. El autor es escritor, un periodista español Arturo Pérez – Reverte. Creo que esta lectura te va a gustar, es de acción, y también te puede dar ideas de mujeres que valen la pena, aunque no sean preparadas, aunque sean jóvenes y sensuales.

Lo dije con toda intención, primero de que revalorara a la mujer, fuera capaz de perdonar y entender situaciones, que entendiera que la preparación no es educación, sino voluntad de ser mejor; y segundo de que pudiera gustarle la lectura. Con su manera de contarme lo que le sucedía, su vida, sus anhelos, sus caídas, sus sueños, ya me había dado el panorama que me permitió describir a Guillermo anteriormente. No que él me lo contara de ese modo, lo deduje por sus hermanos, sus cuñadas, sus amigos y por el mismo. Entonces le conozco, sé sus debilidades, y admiro sus cualidades. Sé que me enfrento a una montaña de dificultades, el también está consciente de que yo represento lo mismo; pero con nuestro trato hemos negociado, hemos dialogado para encontrar un camino que podamos recorrer juntos, agarrados de las manos y no de las greñas.

Mejoró nuestra relación francamente. Superamos los celos, superamos la infatuación, superamos varios enojos y separaciones dolorosas, pues en fin de cuentas nos necesitábamos y sabíamos que éramos el uno para el otro. Decidimos unir nuestras vidas ante una formalidad civil y social. En marzo del año pasado. Familiares y amigos estaban enterados.

Sucedieron dos cosas que nos frenaron. Una, como no teníamos relaciones sexuales, las tendríamos hasta que fuéramos marido y mujer; premisa que Guillermo manejaba, ya que yo era "su mujer ideal, casta, santa y pura", a sabiendas de mis matrimonios anteriores y mis dos hijos, pero bueno era su gusto verlo de esa manera, bueno como no desahogaba esa función tan primitiva y pujante en el sexo masculino, se permitía una que otra prostituta de vez en cuando. Yo lo sabía, y prefería ignorarlo.

La segunda objeción venia de mi costumbre de ser mujer que toma decisiones propias e independientes, reconozco que cuando tienes pareja debes dialogar y llegar a un acuerdo antes de tomar resoluciones que puedan afectar a los dos. Yo sola organicé mi fiesta, contando obviamente a su gente pero sin decírselo, elegí y reservé como bella sorpresa nuestro lugar de luna de miel.

Faltando quince días para nuestras nupcias, llegué muy noche a casa ocupada con esas tareas de sorpresa. Sorprendida estuve al encontrar un mensaje por escrito y cinco en la contestadora. Guillermo me buscaba con desesperación, yo no le había dicho nada. Entonces siendo las doce de la noche, estando su casa a cien metros de la mía, me dirigí allá para ponerle al corriente de mis diligencias. Había luces en toda su casa, parecía fiesta, la música a todo volumen… Toqué a la puerta, me abrió Mario, me abrazó, me felicitó, estaba tomado… llegó Ángel, igualmente alegre, pasa, pasa cuñada, ésta es tu casa… busqué a las mujeres familiares, no estaban… eran puras chicas alegres, jóvenes, fogosa. "Y Guillermo?" me atreví a preguntar…

Ángel:- Memo, te busca tu mujer, … Memo… ¿donde andas?…. Memo… (Gritos para encontrar al extraviado).

Guillermo: - dile que suba, estoy en la terraza. – Voz aguardentosa-

Yo:- ¡Hola mi amor! –fríamente, con un control y un cinismo poco usual en mi, digamos que era en defensa propia. " Mi amor" sostenía en sus piernas a una nena media desnuda, con grandes tetas que se atrevió a morder delante de mi.- Guillermo, estuve ocupada organizando los últimos detalles de nuestra fiesta, ya tengo las reservaciones para la luna de miel…

Guillermo: ¿Tu gustas? – Levantó el vaso de bebida y mordió nuevamente a la chica, quien reía estúpidamente.

Yo:- ¿Puedo morderla también? ¿Me lo permite señorita? Sus senos están bonitos y apetitosos. – Estaba yo, muy cerca de los dos. La chica me miraba entre temerosa y dispuesta a complacerme… yo tomé la actitud de aprestarme a morder la fruta…

Guillermo:- ¡Cínica!, ¡Desvergonzada!, ¿Cómo te atreves? ¿Con quién andabas? Seguramente te fuiste con otro, y estabas haciendo lo mismo. – Para esto ya había aventado a la chavita lejos de él. "lo logré, lo logré", pensé en mis adentros: la mandó lejos, yo soy más importante que ella".

Yo: - Tienes razón, siempre tienes la razón. Mi hombre siempre tiene la razón. Entonces haz lo que mejor te parezca. Me tomé el tiempo para organizar una fiesta para nuestra celebración, aquí está el folleto del hotel y el lugar de nuestra luna de miel. Si tienes algo que decirme, me lo haces saber a más tardar en tres días, para tener tiempo de cancelar lo que no te guste.

Sus hermanos estaban allí, dispuestos a ayudar o a detener al "monstruo si se ponía insoportable". Me dejaron pasar cuando vieron que estaba resuelta a irme. Ángel dijo, "así se habla cuñada, jale la rienda para que no se desboque el caballo". Mario agregó: "Todo va a salir bien, lo vamos a cuidar y te lo llevamos el día de la boda". Ángel: "No hermano, antes, no la oíste, le da tres días, no vamos esperar hasta el día de la boda, antes, ¿oíste Memo?, tres días para que vayas a decirle lo que quieres, tres días hermano…"

No supe nada de nada. Suspendí todo. Me dolía el alma, y todo el cuerpo, me dio catarro por pretexto. El catarro siempre te agarra con las defensas abajo. La semana previa al viaje, le envié varios correos, invitándolo a acompañarme, invitándolo a mejor vivir juntos antes que casarnos. Nunca tuve respuesta. Me fui sola a una estación de invierno cerca de Denver, lo disfruté, conocí gente nueva. Reflexioné y pensé, lo que ha de ser que sea. No había rencores, ni enojos en mi corazón. Pensaba que el tiempo nos da las mejores respuestas y en último caso es el mejor remedio para muchos males.

ALCANZAR EL CIELO.

La humanidad sigue a la Tierra, la Tierra sigue al Paraíso, el Paraíso sigue a la Grandeza, a Lo Eterno, a lo Omnipotente. Lao Tse.

La Tierra es ella, el cielo es El. El y Ella. Yo soy Ella, hay un El para mí. Hay sonrisas, hay trabajo, hay amigos, hay diversiones, hay preocupaciones, hay todo lo que uno desea encontrar. La felicidad esta dentro de mí, sonrío y la dicha interior se acrecienta. Nadie, ni nada me hace feliz, mis alegres pensamientos me dan gozo, luz interna, energía, renovación y deseos de hacer mil cosas, volver a empezar cada mañana, volver a soñar cada noche. Confiar en mi fuerza interior y seguir adelante. Ya logré mucho, todavía hay tiempo de realizar muchas cosas en el avenir. Vivo con mi negra soledad vestida con pollera colorada, bailando la cumbia todos los días, y la llamo "negra" de cariño, la verdad no me fastidia. Mis hijos significan mucho, aunque no vivan conmigo, mi jardín, mi hogar, mi pasión por las letras, hasta de las canciones, todo lo que sea letras habladas, escritas, extranjeras, del país, en periódico, en revista, en un set cinematográfico, en poesía, mientras este enamorada de estas cosas y motivada cada día, no importa perder una boda mas.

Mis reflexiones llenas de enaltecidos sueños me levantan la moral, mi viaje, ocuparme con mis alumnos, con mis amigos y actividades recreativas como la oratoria, las conferencias, el ayudar a otros, todo ello me daba ánimo para seguir imperturbable mi camino. Mientras me llegaba alguna otra idea, algún otro amor, o enamoramiento. Me encontré en el supermercado con Maricruz. Nos saludamos amistosamente.

Maricruz:- Te ves muy bien. Te sentó el viaje.

Yo:- Digamos que al mal tiempo buena cara. Curiosamente a la buena cara el tiempo le sonríe y se pasa rápido.

Maricruz: - Guillermo esta hecho trizas. Ha perdido muchos kilos en este mes, después de su rompimiento contigo. Se ve grave. Puede ser que tenga cáncer.

Yo:- No, Maricruz. Guillermo es muy sano y tiene mucha vida por delante. Lo más seguro es que el alcohol, el cigarro, las malpasadas y el mal dormir le hayan ocasionado una gastritis, o una infección del estomago, por eso ha perdido peso. Voy a ir a visitarlo. ¿Está en su casa o con su mamá?

Maricruz: - En su casa. En realidad espera que vayas a verlo. Su soberbia no le permite ni hablarte. Pero se está muriendo por ti. Eso lo sabemos todos. Se queja de sus dolores y agrega "seguramente ya anda con otro"… siente sus malestares y el gemido sale con: "ya se ha de haber casado con alguien, ustedes no me lo quieren decir"… Lo que te dije primero es el punto de vista de mi cuñado.

Maricruz soltaba una risa suave, casi secreta, que compartí con ella. Al buen entendedor… claro que yo estaba a punto de saltar de gozo. Me retuve para no salir corriendo a la casa de Guillermo. Tomé todo con mucha calma.

Le envié un mensaje por el teléfono celular. [Supe que estás enfermo. Puedo pasar a verte hoy?.] Me contestó: [Hola. Creo que tengo cáncer. Hoy voy a que me hagan una biopsia. Mañana estaré en casa.]

Le llevé arroz y caldo de pollo. Sus hijas se quedaban o con su madre, o con la tía. Se dejó mimar con la comida. Estaba muy delgado, había perdido varios kilos. Pero se veía radiante, no parecía enfermo.

Yo:- Te ves bien. No pareces canceroso.

Guille:- Lo sabré hasta la semana próxima. Me harán otros estudios. Ya tengo un mes sin ir a trabajar. Todo lo paga mi seguro.

Yo: - ¡Suertudo! Yo cuando tengo preocupaciones, me deprimo, como mucho y aumento de peso.

Guille: - Te aseguro que lo que yo tengo es cáncer. Me voy a morir pronto. No sé cuanto tiempo me den.

Yo: - Guillermo me gusta darte la razón en todo. Pero hoy no te la doy, NO TIENES CANCER, estas sano, lo percibo estando aquí a tu lado. (Lo rozaba con mis dedos ligeramente, como si tuviera temor a lastimarlo. En su frente, en sus labios, en sus manos. Noté sus suspiros de alivio, cerraba los ojos, en su boca se dibujaba una amplia sonrisa, su cuerpo temblaba de vez en cuando.) Me abrazó, me besó, me soltó, murmurando… "te puedo contagiar… me he portado mal, bebí mucho, anduve haciendo tonterías, con muchas mujeres, de todo… no sé, tal vez tengo un mal contagioso…"

Yo:- No tienes nada. Estás sano, estás fuerte. (Yo decía esto con convicción, algo en la médula de mi esencia me decía que el estaba bien, lo que pasaba era que sufría de pánico a perderme y al mismo tiempo a amarme). Ya me voy, te voy a dejar descansar. Cuando te sientas mejor háblame. Voy a estar al tanto de tu salud de todos modos. – Lo besé sobre los labios, me abracé a él con afecto, esperé su reacción… fue la buena, me apretó contra él y me besó dulcemente, rico, con ansia, saboreándome, temblando otra vez… "no me dejes, no te vayas", lo decía tan quedito que no quería escucharlo ni el mismo.

Volvimos a frecuentarnos, a salir juntos, a vernos como amigos, a desearnos con locura, era un juego tonto… no encontraba la solución. Ya no se atrevía a decirme nada de casarnos. Fue entonces cuando conocí a Armando. Ya había conocido a varios candidatos. Hay muchos hombres solos, que piensan en casarse de inmediato. He tenido propuestas de matrimonio, por lo menos dos por año. Estoy lejos de ser la mujer irresistible, simplemente soy mujer al cien por ciento. Sensible, afable, maternal, y estoy contenta conmigo y con lo que me rodea. Eso me da un aura de atracción, hasta con las mujeres, no hablo de sexualidad, pero de afecto. Hay una sed de afecto tan enorme en el mundo, como si ya estuviéramos en sequia. Tal vez si, desde que las mujeres conquistamos el mundo laboral, de negocios, de comercio, de política y de participación social, empezó a secarse el pozo del cuidado y del afecto por los demás.

Frecuento a una docena de amigos solteros. Unos homosexuales, otros solterones, otros desesperados por casarse con quien sea, uno que otro me pone a pensar, dadas las circunstancias, reconozco la necesidad del otro, sugiere Jorge Bucay, sus libros son un sostén de moral muy alto un El, podría ser … Con Armando hubo cierta fascinación. Agradable, atractivo, bien arreglado, bien educado y amante de las letras, de la música, de la cultura, muy afín a mí, difícil de encontrar alguien así. Ya me había subyugado cuando me advirtió que como era serio su sentimiento hacia mí, quería que yo supiera que estaba casado. Decepción y abstención. Lo llevé por el camino hermoso… la amistad. Así te conocí, Christine, cuando viniste a visitar a tu marido. Era muy importante para mí conocerte, y saber la historia del otro lado de la moneda.

Poco a poco le he hablado de mis amigos, a Guillermo. Se familiariza con ellos, se siente seguro o celoso, depende de su humor. Cuando supo de Armando se enceló, hizo rabietas, y rompió barreras. Me volvió a pedir que nos casáramos. Solo que ahora yo puse condiciones.

Recibiríamos ayuda psicológica. Dialogaríamos nuestras diferencias, le recordé "hablando se entiende la gente". "Si tú me dices no uses esa blusa, me parece muy escotada. Te haré caso, vamos a negociar… tu quieres que yo sea mujer de hogar, no estoy acostumbrada a encerrarme, pero te prometo estar contigo cuando me necesites, administrar el hogar y limpiar juntos la casa, de hecho tu lo haces mejor que yo… pero estaré a tu lado, la persona más importante para mí, después de mi misma, eres tú, Guillermo".

Guillermo me dijo que ya estaba recibiendo ayuda psiquiátrica, cuando terminaron de hacerle su revisión médica total, no encontraron nada físico, un poco de irritación en el colon, debido a estrés, por eso el médico le recomendó de manera tajante ir con el psiquiatra. Era una condición para conservar su empleo. Me di cuenta que el tratamiento estaba surtiendo efecto.

En este momento tierra a tierra, buscamos firmemente el paraíso de una relación sólida y duradera. Hombre y mujer como amigos, como hermanos, como amantes, como complemento, como el Cielo y la Tierra del Tao, como el gozo y disfrute de lo divino, de lo que merece la humanidad cuando ha aceptado su pequeñez en la grandeza.

IMITAR A LA ZORRA...

from	: ***Christine*** *<chrichv@videotron.ca>*
to	*Amanda Lozal <alozal@gmail.com>*
date	Fri, Sept, 10, 2010 at 7: 55 PM
subject	*"La lección vale bien un queso."*
	Mailed videotron.ca
	By

Amanda,

Recibí un correo de Armando. Me asegura que se casara contigo, que van a vivir juntos mientras esperan el divorcio. Que refinada lección me has dado, le ganas a la astuta zorra que le quita el queso al cuervo.

Tonta de mí, abriendo el pico para darte a mi marido. En cuanto te dije que he pedido el divorcio, que no esperaría hasta fin de año, te abalanzaste sobre la prenda.

Me has engatusado con tus historias, me has hecho creer en una amistad entre nosotras, todo para enredarme y quedarte con el hombre que es tu alma gemela. Si, los dos se merecen el uno al otro. Ya lo sospechaba. Supuestamente con una educación elevada, vanagloriándose de ser mejor que sus iguales, luchando por conseguir valores universales que los haga sobresalir del resto de su generación. Son fango, son lodo, son mentiras que rompen la confianza de quien se les acerca.

Pero no me han vencido todavía. Se precipitaron antes de tiempo. No hay tal divorcio todavía, si Armando desea su libertar para finalmente unirse con el amor de su vida, tendrá que pagar, tendrá que luchar, tendrá que venir a costear el divorcio aquí en Canadá. No lo voy a pagar yo, no moveré un dedo. Que se libere él con su propio esfuerzo.

En cuanto a ti, mí ahora si bien tasada rival, no has tomado en cuenta que tú has abierto el pico de manera más amplia que yo. Tengo tus cuentos, tus historias. Recuerda que tengo experiencia en plagio. No te atrevas a publicar nada, las he registrado en derechos de autor en mi país. La lección es buena, y vale bien el precio, maestra zorra, vuestro pan ha sido comido con vuestro queso.

Fui haciendo la traducción de tus anécdotas al francés. Quería sorprenderte de buena fe, para el momento que estuvieras lista para publicar, darte la sorpresa de que existía ya la traducción. Así como ustedes corrieron a enlazar sus vidas esta semana, de la misma manera, no perdí tiempo y fui a registrar esas traducciones. Ya tengo quien las publique. Son mías.

Recuerda que es un crimen grave el plagio internacional de una obra. Piensa dos veces lo que haces. Esperaste hasta el final de tu cuento para su registro, Ya es muy tarde.

LA VERDAD...

Ningún error puede ser útil, así como ninguna verdad puede dañar.   **D   e Maistre.**

Armando: - Christine dice que va a plagiar tus historias. ¿Por qué? ¿Cómo sucedió eso? (Armando parecía tan sorprendido como yo). Las registraste ante Derechos de Autor cuando te dije ¿verdad?

Yo:- Christine dice que tradujo mis anécdotas al francés y que ya las registró en Canadá. (Tomé un respiro, me molestaba la situación pero deseaba aclararlo con Armando y luego con su esposa). ¿Quieres saber como lo hizo? Yo se las fui dando mientras comentábamos por internet lo que hacías o dejabas de hacer. Supuse, junto contigo, que lo que deseaba era monitorearte a través de mí. Para entretenerla y hacerle menos doloroso el proceso de separación y divorcio, se me ocurrió que era una manera de invitarla a ser creativa, a producir sus obras, prometió hacer una cronología de su vida. La hizo a medias, con pocas ganas, a causa de su depresión.

Armando: - No creo que Christine te haga eso, no es su estilo. (A la reflexión yo pensaba igual que Armando). Es como tú, respetuosa y luchadora, le gusta hacer las cosas por sí misma.

Yo: - Estoy de acuerdo contigo. Sólo que no contábamos con que se pondría como una fiera salvaje cuando ha sido herida o cuando se siente amenazada. Le duele mucho perderte, Armando. Peor aún, no sé de dónde sacó que tú y yo nos vamos a casar. (Era domingo, íbamos a Ensenada a la reunión inter-clubes, Armando conducía el auto).

Armando:- Yo se lo dije. Ya me decidí, por eso te pedí que viniéramos solos, sin Ileana, a esta reunión en Ensenada. Quiero que vivamos juntos, tú no deseas casarte de inmediato, yo tampoco llevo prisa. Esperaremos el divorcio y nos casaremos cuando sea pertinente. Nos llevamos muy bien, como siempre me lo dices, somos "buenos amigos", y la amistad como la nuestra hace que un matrimonio dure, no es pasión, no es una infatuación pasajera. Somos adultos y nos gusta andar juntos. Ya me cansé de estar solo, ya me cansé de mujeres que sospechan lo peor de mí. No tengo hijos, no los necesito, ya me di cuenta de ello. Tu estas sola, tus hijos ya hacen su vida sin ti. Es un momento ideal para los dos.

Yo:- Armando para decidir un matrimonio con madurez se necesitan dos personas que estén de acuerdo, no nada más tu.

Armando: - Sé que estas molesta porque he andado con una y con otra, te expliqué razones. Tú me dices que no eres celosa. Me dices que somos "lo mejores amigos, que una amistad como la nuestra vale muchos orgasmos".

Allí estábamos ese domingo, Armando y yo sin Ileana, porque él quería hablar conmigo a solas y yo había recibido ese mensaje de su mujer. Había llegado el momento de poner bien en claro toda la situación.

Yo: - Armando, mira, este anillo de compromiso es el que le regresé a Guillermo el año pasado. Te conté que estuve a punto de casarme. Bien ahora si nos vamos a casar. Por eso acepté nuevamente el anillo.

Armando:- No puedes casarte con un hombre como ése. No tiene sentido, es un disparate. Tú tienes una educación diferente. Hablas, lees y escribes en tres idiomas, igual que yo. El no habla bien ni su propio idioma, y no lee. Su machismo nace en su ignorancia. Tu temes que él sea violento… no me extrañaría que lo fuera, su medio lo exige. Recoger basura en San Diego… no, no es digno de ti. Amanda tu y yo estuvimos en buenas universidades en nuestro país, venimos de ciudades cultas, venimos del sur, tenemos mucho en común, no eches a perder tu vida de esta manera.

Yo:- Hay cambios positivos en Guillermo. Desde un principio hubo química entre nosotros. El está libre desde hace cinco años. A ti te va a hacer falta eso, curarte de tu relación con Christine por lo menos por un año. Ella está sufriendo lo indecible, por eso ataca. Tú no puedes estar tan fresco Armando.

Armando: - Mira el amor se acabó desde hace más de un año, entre Christine y yo. Llevábamos unos veinte meses de pleitos continuos, agrégale a eso los largos inviernos canadienses, era como para suicidarse. Estoy curado de esa relación. No quiero pasar por lo mismo, y lo único que me detenía era la reacción de Christine, su dolor, pero ya no puedo seguir haciéndome responsable de algo que no tiene sentido, ni unión verdadera.

Yo:- Bien, allí lo tienes, son dos los que deben de estar de acuerdo. Yo desde un principio te ofrecí mi mano amiga, amistad sincera, del fondo de mi corazón. Me encantas, estos momentos, como ahora que estamos juntos, me siento en plena confianza contigo. Me has acompañado hasta el hospital, momentos de dolor, momentos de alegría, y hasta momentos de creación…

Armando: - Te lo digo, somos el uno para el otro, en esos momentos de creación hemos hecho hijos. Tu un libro, yo los artículos que han publicado algunos periódicos, gracias a estas charlas, estamos compenetrados, ya me di cuenta de ello, y racionalmente he medido la situación, te pido que seas sensata, únete conmigo. No te pido matrimonio ahora, sabes que no se puede en este momento, pero juntos tendremos fuerza para vencer desafíos.

Yo:- El afecto, la amistad entre nosotros es entrañable, pero lo que representa este anillo de compromiso es sensualidad, calidez emocional contenida que empieza a desbordarse suavemente, es erotismo en una caricia sutil, son celos que tienen riendas, es una reunión con el amor a mí misma, a mi naturaleza reconocida en el otro que es Guillermo… es algo que aun no alcanzas a experimentar, mi querido amigo, porque eres muy matemático, exageradamente racional.

Armando:- Destrozas mis ilusiones Amanda. Te equivocas al percibirme tan fríamente. Soy sensible, me expreso a través de la música y del baile. Desde que te conocí todo eso volvió a ser parte de mi vida, por eso supe que eras la mujer ideal para mí. Hemos jugado a lo tonto, entiendo que por mi situación, lo acepto. Un error que estoy pagando caro. Si te puedes ver en mí, como en un espejo, aprende. Ay de ti Amanda, ay de ti, cometes un error al unirte a la persona equivocada. Piénsalo nuevamente. ¿Qué tienes en común con ese tipo?

Yo:- Ya te lo expliqué, es la química del romanticismo. Lo amo, porque me amo.

Armando:- Reflexiona, Amanda, por el amor de Dios, vuélvete sensata como lo eres normalmente. Es una aberración lo que dices.

Yo:- Tengo un año meditando la situación. Siempre pensé que en cualquier momento que Guillermo se portara con mayor sensatez, los verdaderos sentimientos entre nosotros tendrían todo el sentido que debe tener un matrimonio y sucedió.

from	:Amanda Lozal <alozal@gmail.com>
to	**Christine** <chrichv@videotron.ca>c
date	Wed, Sept, 15, 2010 at 1:16 PM
subject	:Aclarar errores. Mailed gmail.com By

Christine,

Me voy a casar con Guillermo Márquez, si deseas venir a nuestra boda, será sencilla, sólo por lo civil y en "petit comité", será el viernes 15 de octubre del presente a las 14:00 hrs. El sábado nos vamos de luna de miel a Acapulco, Cuernavaca y México. Diez días.

Entiendo totalmente tu enojo. Espero que te des cuenta de la confusión. Tu marido espera casarse con alguien, no conmigo. De hecho hablé con Armando para entender tu última misiva. Una serie de desasosiegos que tiene tu marido le hizo mal entender una amistad sincera.

Amistad franca que le sigo ofreciendo, igual que a ti. Los seres humanos, sobre todo con nuestra calidad, debemos primero que nada hacernos escuchar, comprendernos y evitar rencillas que causen pleitos.

Estoy muy agradecida contigo por haber hecho la traducción de mis anécdotas. Mereces reconocimiento, mi obra completa en Español está registrada ante D.A.; tiene mucho de mi vida personal, idealizada, tergiversada un poco para hacerla digna de un relato, existen elementos que aportaste, por lo que creo que debo agregarte como coautora. Estoy segura que llegaremos a un acuerdo razonable y que sobre todo interés haremos prevalecer la amistad. Es más aquí te envío las historias que aun no tienes. Y el complemento de la semblanza de mi Guillermo.

He aquí, entonces, mi expresión humilde y noble de mis sentimientos que estoy segura harán eco en tu alma. Amanda.

ILUSIONES.

La ilusión es tan bienhechora y tan necesaria a la humanidad como la verdad.   Lichtenberger.

Entre pleitos y relación terminada desde que se suspendió nuestra boda, ya había transcurrido un año, y apenas unas semanas antes habíamos decidido nuevamente casarnos. Eso fue porque Guillermo me vio con Armando cuando me accidenté. Armando fue gentil de llevarme al hospital, regresarme a casa y estar pendiente de mi salud y mi bienestar. Guille estaba pendiente de sus celos, de quien entraba y salía de mi casa. Gracias a su tratamiento constante con el psicólogo, habíamos logrado mantener comunicación. Antes se enojaba, se iba a tirar a la borrachera y la perdición de su persona, no decía ni una palabra de sus sentimientos.

Ahora, como "amigos", platicábamos. Nos veíamos tres veces por semana. Planeábamos nuestras salidas dándonos gusto alternadamente; una vez el decidía lo que haríamos, otra vez yo sugería lo que podríamos compartir juntos. Nos dábamos tiempo para charlar, Guillermo no gusta mucho de hablar con la gente, le gusta hablar conmigo, le gusta que yo le cuente cosas, de las que he leído, de lo que he visto en mis viajes.

Realmente era como Sherazada contando cuentos al Sultán para no degollar nuestra relación. Nuestras veladas eran deliciosas, mi Sultán esbozaba alguna idea que le rondaba en la cabeza y yo la asociaba con alguna lectura o experiencia y le lanzaba el cuento, el escuchaba atento, mirándome con gusto, haciendo preguntas, o no estando de acuerdo en algunas cosas, en otras no...

Guillermo: " ¡Fidel Castro un gran líder! Claro que no, es una locura decir algo semejante, ¡es un dictador!", opinaba mi señor, hablando de liderazgo, cuando venía de contarle que vi en la televisión una semblanza de la vida de Fidel, realizada por gente de Miami, que supuestamente lo odia, pero en conclusión lo que salía en la pantalla daba una imagen de líder, de héroe, de hombre singular, sin igual.

Me di cuenta que Guillermo había deseado toda su vida ser un hombre con educación, era un hombre sensible pero su madre y su padrastro siempre le dijeron que "no es de machos mostrar sentimientos", su rebeldía y su agresión interna crecieron tanto que inconscientemente buscaba la auto-destrucción. Ahora motivado por su trabajo había decidido cambiar, paso a paso. Lo estaba logrando. Sus sentimientos se liberaban en la intimidad conmigo. No que tuviéramos relaciones sexuales, al contrario las sublimábamos hasta el punto de que ese sublime objeto de nuestro deseo mutuo era grandioso. El afecto prodigado en besos, abrazos y caricias furtivas era excelso. Yo seguía siendo la "mujer virgen y santa", el aumentaba su seguridad y confianza en el mismo y como corolario en mi. Faltaba mucho camino por recorrer.

Cuando accidentalmente me lastimé la rodilla, Guillermo andaba en San Diego, allá la pasa la mitad del tiempo sus cuarenta horas de trabajo y el transportarse diariamente otras tres horas por jornada. Armando esta todo el tiempo acá, y como profesor y asesor financiero, tiene mayor disponibilidad. Después del casual encuentro. Guillermo fue a verme y a enterarse de lo que me sucedía. Me sorprendió muchísimo su actitud controlada, su sincera inquietud por mi salud. Se ofreció a acompañarme al médico la próxima vez si podía hacerlo. La cita no coincidía con su tiempo libre, entonces me dijo preocupado: "¿No tienes una amiga que te acompañe, en lugar de ese "amigo" tuyo? Es más conveniente que vayas con una mujer. Maricruz lo haría con gusto, ¿quieres que le diga?".

Le recordé que Armando estaba casado, en proceso de divorcio y que andaba saliendo con una compañera del club. Le ratifiqué que yo estaba interesada únicamente en él, y que tendría paciencia.

Guillermo: - Mira, yo ya no tengo paciencia. Vamos a fijar una fecha para casarnos, irnos de luna de miel como se debe y sin hacer tonterías, ¿te parece?

Yo: - Me parece, si. Estoy de acuerdo. – Nos abrazamos con la ternura de siempre, nos besamos, y no queríamos separarnos nunca más. El insistió:

Guillermo: - Por favor, ya no salgas con hombres, una mujer comprometida, una mujer casada también, no sale con otros hombres.

Yo:- Recuerda que mi mejor amigo, desde la infancia, es hombre…

Guillermo: - Es homosexual, no cuenta. La que debería ponerse celosa eres tú, me lanza los canes duro…

Yo: - (riendo) Es mi mejor amigo, no me haría eso, ni tu tampoco. En cuanto a los demás, poco a poco se alejaran, cuando nos vean casados.

Guillermo:- Bien, voy por el anillo de compromiso que me regresaste, y vamos actuando como que estamos casados. Maricruz te acompañará al médico, es ama de casa, los niños están en la escuela a la hora de tu cita. ¿De acuerdo?

Yo:- De acuerdo. Pero voy a invitar a Armando a nuestra ceremonia, es una manera de informarle…

Guillermo: - No lo invites, solo infórmale de que eres mi mujer y ya.

Yo: - Lo veo en el club con frecuencia, y vamos a una reunión de inter- clubes el domingo que tu trabajas. No te molestes si salgo con él, será la última vez. No puedo manejar, iremos con Ileana.

BICHOS Y ALIMAÑAS.

En el miedo extremo no hay piedad. César

N.b.: Cuando se sueña con bichos y alimañas significa que nuestra alma esta en conflicto. Tenía que encontrar la manera de resolver el conflicto creado entre Armando, Christine y yo misma.

Nos encantan, nos fascinan, nos dan miedo, es cierto, pero aterrados o curiosos, los miramos y los admiramos a esos bichos raros. No estamos acostumbrados a convivir con ellos, menos aun hoy en día en las grandes ciudades, con muchas comodidades y con tecnología electrónica. Nos conformamos con conocerles a través del televisor.

Sin embargo, vayamos a nuestra infancia. En un jardín, en un terreno baldío, en un rancho, en la montaña, en algún paseo por la naturaleza, algún día nos encontramos con estos animales que nos llaman la atención. Bichos como los escarabajos, las arañas, los alacranes, las víboras, las tarántulas, los insectos raros como la Mantis Religiosa, el falso tallo, el gusano verde, el ciempiés, la cochinilla, la Catarina. Las recoges, las metes en bocales, te diviertes mirando cuando pelean y se destrozan, por ejemplo las hormigas negras contra las rojas. Cuando encuentras una que te parece bellísima, tratas de guardarla para siempre. Así teníamos una tarántula tigre en su caja transparente, especial para ese tipo de mascota. La encontramos en Acapulco, paseando por un parque en las afueras del puerto. ¡Qué lindo recuerdo! Peluda, de unos 15 cm, negra aterciopelada, con rallas amarillas.

Soñar con alimañas, con bichos o animales rastreros que nos atemorizan significa "conflictos". Digamos que soñamos que estamos rodeados de bichos que nos atemorizan dentro de nuestro lugar de trabajo, eso quiere decir que hay envidias y un mal ambiente de trabajo; mucha víbora chismeando, tan terribles son que las verdaderas serpientes huyen del lugar. Si en tu sueño ves a una enorme tarántula con la cara de tu suegra, cuidado, las relaciones con la familia de tu pareja no van bien. Que no cunda el pánico para no llegar a la guerra fría, trata de suavizarlos siendo amable con ellos.

Y cuando duermes con una alimaña, ¿Qué significa? Ja,ja,ja. Ríe, si, pero no, no me refiero a esa clase de alimaña que puede ser tu compañero, o compañera. Ese lo dejo para tu psicoanálisis. México, nuestro amado país, país tropical, tiene un sinnúmero de bichos en cualquier parte. Nosotros nos mudamos a vivir a Cuernavaca.

Generalmente las arañas patonas se paseaban por los muros. Y como bien dice César, gobernador romano, el miedo nos hace no tener piedad. Las vemos y las aplastamos sin ningún remordimiento de conciencia. La única molestia era el manchón que dejaban en el muro, Había que limpiarlo. El dilema que se te presenta: es la vida de la araña patona o eres tú como víctima de una irritación dolorosa en la piel causada por la araña que también en contacto con tu piel, despiadadamente te vierte su líquido venenoso. No es mortal, pero bien que te envía a la farmacia, mínimo.

Una hermosa mañana dominguera. Nos levantamos pensando a donde iríamos a pasear con los niños. Decidimos visitar el sitio arqueológico de Teopanzolco, en la misma ciudad de Cuernavaca. Los niños se alborotaron sólo de saber que saldríamos de paseo. Nos pusimos en marcha con el arreglo personal para empezar. Mi madre estaba con nosotros. Mis varoncitos tomarían un baño, el mayor estaba ya bajo la ducha. El pequeño detrás de mí me dijo:

_ "Oye mamá, ¿qué es un animalito que tiene dos pinzas al lado de su cabeza?"

Yo pensé que eran adivinanzas, y le contesté,

_ ¡un cangrejo!

_ No sé, - comentó con duda- tiene varias patas a un lado y otro de su cuerpo.

_ Pues así son los cangrejos y las langostas. – Dijo su hermano en tono de ¡qué tontería!, ni que fuera tan difícil tu adivinanza.

_ Tiene una cola muy bonita, es como una flecha, tiene una punta en flecha. ¿Lo puedo agarrar? - Ante esa pregunta, me quedé instintivamente inmóvil, mi pequeño todo este tiempo había estado detrás de mí, esperando su turno para entrar a la regadera. Entonces pregunté con cautela:

_ ¿Dónde está el "animalito" que estás viendo hijito?

_ En tu espalda, mamá.

_ No lo toques. – Dije con la mayor serenidad de la que fui capaz- Ve con tu abuela y dile que mami tiene un alacrán en la espalda, que venga a ayudarme, y no lo toques, ya ni lo mires, no se vaya a enojar y entierre su flecha en mi espalda.

_ ¿Te puede enterrar su flechita en la espalda?

_ Si mi amor, y con esa pequeña flecha puede inyectar un veneno muy poderoso. Así que ve rápido por ayuda.

Mi hijo mayor cerró la llave del agua. Y esperaba también inmóvil y en silencio, pues supo que era un mal momento para cualquier revuelta.

Llegó mi madre y con una toalla seca, en un rápido movimiento desprendió al despreocupado escorpión de mi espalda. Estando en el suelo, el temido monstruo de escasos veinte milímetros, corrió por su vida, a lo largo de la esquina que forman la pared y el suelo, aún así lo atrapamos con el cepillo que sirve para lavar la taza del inodoro, y luego le pusimos el vaso metálico que teníamos para el enjuague bucal para inmovilizarlo. Mi hijo mayor, entonces de doce años, ya con toalla y sandalias de baño, sacó el alcohol de debajo del lavabo, Si bien a mucha gente le gusta el alcohol en sus bebidas, a los alacranes no les gusta el baño en alcohol. Cruelmente rociamos al bicho en alcohol, y le prendimos fuego. El susto fue mayúsculo para mi, por eso actuamos sin piedad, los cuatro. Yo soy de signo escorpión, y todo el tiempo que dormí con mi marido, y este nunca se asusto de esta manera…ja,ja. El era capricornio, representado por el macho cabrío, "cabrón", existe en buen léxico, sólo que tiene mala connotación en nuestro idioma, je,je. Es bellísimo también este animal. Pero igual que un toro, estando de malas, cuídate de sus cornadas.

Pero volviendo al caso del plagio, el triangulo amoroso inexistente, la furia de Christine, la decepción de la amistad y todo ese conflicto, no era para actuar de manera radical, con espadazos, cornadas, patadas y sangre regada, no nada de eso. Siempre hay soluciones diplomáticas que evitan la guerra. Yo esperaba ansiosamente la respuesta de Christine que evitaría pleitos legales.

NEGOCIOS.

El verdadero medio de ganar mucho consiste en no querer nunca ganar demasiado.   *François Fénelon.*

from	**: Christine** *<chrichv@videotron.ca>*
to	*Amanda Lozal <alozal@gmail.com>*
date	Mon, Sept, 20, 2010 at 9:33 P.M.
subject	*Negociando.*
	Mailed videotron.ca
	By

Amanda,

Eres razonable, mucho dice de ti el que valores la amistad sobre todas las cosas. Un pleito por un hombre es ridículo, sobre todo en las circunstancias en que nos encontramos. Que no se diga que las mujeres no sabemos ser amigas de las mujeres.

Tú eres una amiga sin igual. Pierdo mucho al perder tu nobleza, tu sensibilidad, tu creatividad, tu disposición amable. Armando está lejos de tener esa propiedad. Finalmente estas cualidades son las que encuentras en Guillermo. No tendrá la capacidad, o la pulida educación de mi marido, o de tus maridos franceses, (no puedo menos que sonreír en el plural de maridos, sin embargo pronto estaré usándolo para mí misma); pero tiene nobleza, Guillermo, y en esa piedra angular está bien cimentada la relación de ustedes dos. Te felicito.

Dije barbaridades, hice barbaridades. Discúlpame. Desgraciadamente lo hecho, hecho esta. La oportunidad que me presentas de enmendar mi conducta es encomiable. La tomo porque el error que cometí nos podría llevar a un pleito que no tiene sentido y donde reconozco que saldría perdiendo. De cualquier modo, aparecer como coautora contigo es ya un pago, conservar nuestra amistad es oro. Veremos que nos depara el destino.

En Canadá, donde hay muchas novelas depresivas, algo así de locuaz puede levantar el ánimo. Seguro que tendremos éxito. Mostraremos a la gente que la verdadera amistad existe, que no se rompe tan fácilmente, que el trabajo en equipo es valioso. Sobre todo, que el género humano es uno, uno el espíritu que nos une.

Ahora, otra novedad, en lugar de criticar el club de oratoria donde asisten ustedes, yo la gran graduada con maestría en Letras, voy a iniciarme, modestamente, empezando el camino en un club de oratoria aquí en Montreal. Por ello al iniciar mi escrito ya me inspiré citando a François Fénelon, gran orador francés y religioso católico. Amanda, si uno no pone en práctica lo que sabe, y al servicio de los demás, nos quedamos como las ostras, encerradas en una concha que crece y crece, hasta parecer una roca sin vida.

Contigo me siento como niña tomada de la mano, juntas iniciaremos un camino, te ayudaré a contar esas mil y una historias de la actualidad que cambien la manera de ver las relaciones entre las mujeres, la imagen misma de la mujer. Tan inspirada estoy, que copiando a los Beatles quiero romper fronteras, credos, clases sociales, prejuicios raciales, imaginar a toda la gente viviendo un mundo ideal, creado con verdaderos valores. Soy tu Sancho, eres mi Quijote, te sigo para alcanzar lo inalcanzable.

Tu amiga incondicional.

Christine.

SANDRA, ISABEL, ILEANA.

La mujer es la reina del mundo y la esclava de un deseo. H de Balzac.

Sandra es la tentación misma para los deseos pecaminosos de la mayoría de los hombres. Es atractiva, grandes senos, cintura estrecha, caderas amplias que cuando se bambolean arrancan suspiros, piropos y pensamientos eróticos. Secretaria de profesión, se casó con su jefe. "*déjà vu, déjà connu*" (Ya visto, ya conocido). Un abogado sagaz, hábil y bien conectado en los medios legales y políticos. Su secretaria era un atractivo enorme en el despacho. Ya como su mujer también la presumía con sus amigos. En un principio apoyó todo los gastos de belleza de su mujer: ropa, maquillaje, salón de belleza, gimnasio, cirugías correctivas, estéticas y de cualquier índole. Tuvieron dos hijos, un varón y una mujer. El niño salió como su madre, guapo, galán, atractivo, le gustaba la belleza, acompañaba a su madre a todos esos servicios que la conservaban como su padre quería.

La mujercita era parecida al padre: avispada, inquieta, inteligente, buena para la disertación, sociable, y muy carismática. En un revés de fortuna, el abogado fue acusado de asociarse a mafiosos de la droga, fue condenado a varios años de cárcel, y lo mataron antes de cumplir su condena. Sandra se quedo con sus dos hijos adolescentes, de dieciséis la chica, y diecinueve el joven; con una casa grande y sin la menor idea de cómo desenvolverse por sí sola. Ella era simplemente bella. Lo poco que sabía de secretariado lo olvidó. Por eso en la desesperación que da la soledad, se dedicaba a coquetear a diestra y siniestra. Es una manera de pescar algo, a alguien, a ese hombre que la haría su mujer objeto de todo deseo y placer. Pero aunque sea la nena muy atractiva, si no se tiene astucia y habilidades cerebrales que te orienten en esta sociedad mercantilista, eres barco extraviado en altamar.

Los hijos tuvieron mejor sentido de orientación. El hombre se hizo peinador y en la casa pusieron un salón de belleza. La chica estudiaba; deseaba ir a la facultad de leyes, era sobresaliente en la escuela, había ganado varios concursos de oratoria y prácticamente era la directora intelectual de su hogar. Siendo la casa tan grande, sugirió que se rentaran las habitaciones del segundo piso, y ellos en el primer piso acomodaron su vivienda y el local de su hermano.

Sandra, la madre, era como una hija para sus hijos. Descocada, desordenada, y continuamente en busca del hombre de su vida. En general se le acercaban hombres que no valían la pena. Su hija varias ocasiones le dijo que se ocupara en algo, podría ser recepcionista, aun se veía joven, y era muy atractiva. Haciéndole caso a su pequeña, consiguió emplearse y ocuparse, era lo primordial para centrarse en la vida. Trabajaba en un consultorio múltiple, en el cual un médico especialista en cirugía plástica, el cual venia de divorciarse, se puso a cortejarla. La relación tomaba cariz de seriedad, el médico veía en ella un especie de comercial y recomendación. Sandra reina de corazones, esclava de su simpleza.

Isabel era una gran bailarina, concursaba en bailes de moda, rumba, zamba, tango, cumbia. Soñaba en ser finalista en alguna ocasión. Sus gemelos tenían un padre desobligado, nunca se casó con ella. Se habían conocido en un salón de baile. Igual que ella, su ideal era ser el gran bailarín. Se dedicaba a dar espectáculos de danza y cursos de esta especialidad, lo cual le permitía conquistar mujeres con facilidad, y con facilidad cambiaba una por otra.

Isabel trabajaba en una agencia inmobiliaria. Vivía con sus padres, era muy joven y sus críos la necesitaban muchísimo. Los padres eran prácticamente los que educaban a los gemelos aunque constantemente presionaban a Isabel para que se hiciera madre responsable. Solamente que entre el baile, las desveladas, el trabajo y el gusanillo eterno de buscar al príncipe azul que la salvase de su situación y le ayudase con sus responsabilidades, terminaba por no cumplir con ninguna de sus tareas de manera cabal.

La reina del baile y de la juventud era esclava de quimeras irrealizables.

Ileana, con la experiencia de la mujer que realiza metas, que lleva a cabo sus objetivos programados, se daba cuenta clara que primero se logra un propósito y luego otro. Su carrera de empresaria estaba sólida, tenía una planta recicladora de desperdicios de fierro y exportaba a países asiáticos. Otro objetivo era esa familia bien equilibrada que desgraciadamente se truncó porque su marido era mujeriego, parrandero e irresponsable. Se quedó con sus hijos pues era claro que el padre no haría mucho por ellos. Al menos sobrellevaban una relación "amistosa", para que los hijos conocieran a través de la convivencia al padre.

Quería ver a sus hijos bien cimentados, encaminados en sus estudios, en lo que harían de sus vidas. Desde luego no descartaba encontrar al compañero ideal. Este compañero debía ser soltero, o sin compromiso, libre o al menos en igualdad de circunstancias. El maestro de karate de su hijo mayor, resultó ser un buen candidato. Era karateka, psicólogo y Maestro (Sensei) yogui. Tenía su escuela de artes marciales, de yoga y su consulta como psicólogo. Su hijo vivía con él, su hija vivía con la ex mujer. Encontró en Ileana un eco a su alma solitaria. Ella la reina de la sensatez, esclava del deber, fue recompensada de acuerdo a la ley de la atracción. Lo sensato, lo responsable, atrae lo mismo.

ARMANDO.

El destino tiene dos maneras de herirnos: negándose a nuestros deseos y cumpliéndolos.   *Amiel.*

Armando tuvo mucha suerte. Cuando alguien es bien amado por otra persona, u otras personas, es una bendición, un aura protectora. Desde luego el temor a la soledad le desorientó en un principio. Los cambios drásticos en su vida se habían realizado gracias a los hados, no a su determinación.

Sin embargo en esta última ocasión, fue el propio Armando quien decidió que un país frio, con invierno tan largo y tan alejado de su entrañable gente, de su historia, de su país, no era lo apropiado para él. Empezó a tientas y a ciegas a buscar lo que realmente deseaba.

¿Quién sabe lo que realmente desea? Aquel que desnuda su alma y la ve detalladamente. Aquel que conoce su yo interno. Se nos dio el libre albedrio que en ocasiones solo sirve para despistarnos. Creemos que fuera de nosotros encontraremos todas las respuestas, la grandeza, la riqueza, la juventud, a Dios mismo lo buscamos fuera de nosotros. Oh sorpresa, esos tesoros tan codiciados están dentro de nosotros, y es donde menos escudriñamos. Armando necesitaba echarse un clavado a su interior. Conocerse, aceptarse y amarse.

Tenía mucha tela de donde cortar. Era una persona bien preparada, con sentimientos nobles. Gustaba de las artes, de la cultura, poseía una preparación matemática financiera envidiable. Era un hombre atractivo, agradable y con un aire conocedor del mundo. Le faltaba ejercitar sus dones internos. La espiritualidad, la generosidad, la modestia. Quería atesorar a manos llenas riqueza material, deseaba que le lloviera como mana del cielo.

Los hados favorables a un ser de buena disposición le fueron encaminando, primero uniéndose a clubes que engrandecían los valores de crecimiento espiritual, de ayuda a los demás, de solidaridad, respeto y diplomacia. Se ubico nuevamente en su país, ya no como aquel que viene del extranjero con la varita mágica que cambiara todo lo que toque en su tierra, sino como aquel que desea emprender el conocimiento de lo propio, propiciar las oportunidades de crecimiento de su comunidad y las suyas, compartir las experiencias de lo aprendido en lugares lejanos, adaptándolas a las circunstancias de lo que realmente se necesita y se produce en su país. Con esta disposición se coloco en el lugar adecuado, en el momento adecuado para desarrollar sus habilidades laborales. Cada vez se sentía mejor con sí mismo y por añadidura ese brillo de satisfacción le hacía atractivo y codiciado para que ahora si le lloviera trabajo de varias empresas.

El destino le negó la riqueza material como por arte de magia, sin embargo le concedió el instalarse de nuevo en su propio medio, regresar al terruño añorado. El precio de la soledad sexual, pronto le pareció un buen precio. No solo de sexo se acompaña el hombre, también de amigos, de ser útil a su sociedad y de conseguir hacerse un hombre integro, un hombre verdadero a través de acciones proactivas, propositivas y progresistas.

101. CONCLUSION.

La felicidad es una decisión mental. Las personas son tan felices como se deciden a serlo. Lincoln.

Christine Chevey vino desde Quebec hasta Tijuana a firmar el contrato de edición y coautoría. Vino a festejar con nosotros. Mi cumpleaños, la publicación del libro, nuestra boda: Cuarto matrimonio de Amanda, segundo de Guillermo. Cuando decidió venir me pidió de no decirle nada a su marido. Ella decidiría si le veía, si le frecuentaría mientras estuviera ella aquí. Guillermo y yo nos casamos el quince de octubre, regresamos de nuestra luna de miel diez días después. Christine llegó a mi casa el veintisiete del mismo mes. Yo ya vivía con mi marido. Mis amistades y familiares que venían de lejos se hospedarían en mi propiedad. Christine encontró a Guillermo muy apuesto," pocos mexicanos así de altos y de majos" me dijo, por fin contenta y convencida de que no tuve nada que ver con su marido.

Me llené de alegría al tener apoyo en la organización de mis celebraciones. Mi familia, mis hijos, mis amigos del club de oratoria y los Rotarios, mis compañeros de trabajo, mis vecinos, y otras amistades de la iglesia, de los padres de amigos de mis hijos, todos ellos formaban un grupo numeroso que me sorprendió con una nutrida asistencia en la presentación de nuestro libro. El día de Todos los Santos hicimos la presentación, con nuestros editores presentes el de Quebec, y el de México.

Mis compañeros de oratoria se encargaron de la programación, la bienvenida, la presentación de editores y de autores. En el centro cultural nos facilitaron un salón y estuvo lleno de gente linda y querida. Hubo bocadillos y sonido. La música fue variada, hasta baile tuvimos. Todo un evento. Mi marido llegó muy tarde, después de trabajar y relajarse un rato. De cualquier manera no es muy sociable tiene tendencia a ser solitario o estar activamente ocupado con su cuerpo... y el mío....ja,ja, ja...

En la presentación del libro, tomé la palabra para contar un par de anécdotas resumidas del libro y agradecer a Dios por tanto apoyo, amabilidad, amistad y posibilidad de realizar los sueños que uno anhela entrañablemente. Christine me propuso que haría lo propio en Quebec, se excusó por su falta de dominio del español, prometió la próxima oportunidad demostrar cuanto le importaba nuestro idioma, nuestra amistad.

La invitación a mis amigos la di personalmente en cada club, la reafirmé por correo electrónico. Evitando así que Guillermo se molestara si llegaba a ver a Armando, e igualmente me guardé bien de comunicarle a Armando que su mujer y yo habíamos llegado a un arreglo. El no tenía ni la menor idea de que Christine estaba allí. Si Christine lo deseaba era su opción hablarle o ignorarlo. Antes de la llegada de Guillermo, Armando se me acercó para felicitarme.

ARMANDO: - Mi queridísima Amanda, siempre supe que llegarías lejos. Permíteme abrazarte fuerte, muy fuerte y no soltarte jamás.

Yo:- Pues como decía la canción, "no mas no me aprietes mucho arrastrao".

ARMANDO: - "Por eso no te has casao"!

Yo:- Ya me casé Armando, mi marido llegará en cualquier momento. Espero presentarte con él en grupo, no en particular para evitar fricciones. ¿De acuerdo?

ARMANDO: - ¿Ves? Te lo dije. No eches a perder tu libertad. Ya no respiras tranquila.

Yo:- Respiro, suspiro, aspiro el aroma de mi amado, muy enamorado igual que yo. ¿Sabes qué? Vale la pena. Yo que tu no me divorciaba. Pero es tu opción.

ARMANDO: - Christine iniciará el divorcio en enero. Tal vez me convenga. Por cierto, vi una hermosa damisela que se parece un poco a mi ex mujer. La debes conocer, invitada tuya seguramente. Esta radiante esa mujer.

Yo: - ¿Cómo está vestida? ¿La ves desde aquí?

ARMANDO: - Si, por cierto que si, (la buscó con la vista y la localizó rápidamente), trae un sombrero de invierno muy coqueto, color purpura y su vestido es de flores purpura y rosa. ¡Se ve hermosa! Aun no la conozco y siento cosquilleo en las entrañas... tú que eres la experta, dime ¿será amor a primera vista?

Yo:- No creo Armando. Conociéndote, debe ser algo intenso y profundo que piensas que nunca te ha sucedido, pero si buscas en tu pasado histórico, tal vez en otra vida...

ARMANDO:- (Quien me tenia de la mano y me contemplaba sonriente, y seguía con la mirada a la mujer del sombrero). Ya sé que tú crees en esas cosas también, que hemos tenido vidas pasadas, reencarnamos...

YO:- Nos reciclamos, como las estrellas, explotan y ese polvo cósmico trae energía, brillo y materia renovada. Así me ves, ¿verdad? Renovada. Espero verte pronto igual que yo. Sinceramente enamorado, valorando a la mujer que tengas en turno, y que sea para siempre.

ARMANDO: - Si tú me lo deseas va a suceder. Tal vez la magia comience si me presentas a esa amiga tuya, mírala sigue allí con aquel extranjero, y con tu editor de México... creo que ya me la ganaron.

Yo: - Sígueme discretamente. Yo me acerco con ellos y veo de qué se trata. Si están muy ocupados en negocios, o si uno de ellos es su esposo, mejor ni te la presento. ¿De acuerdo?

ARMANDO: - Estaré atento a tu señal. En caso de ser necesario me disperso y buscaré por otro lado.

Al acercarnos, Armando alejado por un grupo como de cinco personas, veía solo nuestras espaldas. Aproveché para decirle a Christine que Armando estaba allí, que le había gustado muchísimo la mujer del sombrero purpura, era ella misma desde luego, le informé que el ignoraba totalmente que ella estuviera en Tijuana. "¿Que quieres hacer Christine? ¿Te presento con él o no?" Tráelo aquí y preséntamelo... nos divertiremos un rato... -sonreíamos muy alegres las dos- Los editores alzaron sus copas por nosotras, brindamos con ellos y aproveché para decirle a Armando que se acercara.

Yo:- Señores, nuestro amigo Armando Burciaga, quien también habla francés, colabora con varios periódicos del país. Tiene anotaciones avanzadas sobre un libro de finanzas, energía alternativa y cuidado al medio ambiente, podría ser interesante, ¿no creen? –Enseguida, dirigiéndome a Christine y a Armando- Armando ella es mi coautora.

La sorpresa dibujada en el rostro de Armando era indescriptible. Christine de manera natural, lo abrazó, lo besó y lo presentó al editor de Quebec en primer lugar, como su esposo. Yo aclaré con nuestro editor mexicano, quien no hablaba el francés, las presentaciones.

Christine se vino a vivir a Tijuana. Le tocaba a ella probar el amor por una cultura diferente a la suya, por una manera de vivir cálida, más relajada, más afectuosa, llena de ese cariño que añoramos cuando niños. Y también vivieron felices para siempre. Armando y Christine adoptaron un niño y una niña, huérfanos mexicanos, que encontraron una familia que les dio un futuro de seguridad y unidad familiar.